Pinchas Sadeh

Jüdische Märchen und Legenden

Pinchas Sadeh

Jüdische Märchen und Legenden

Mit zahlreichen Holzschnitten
aus der Schocken-Bibliothek in Jerusalem

Aus dem Hebräischen von Wolfgang Lotz

Anaconda

Titel der Originalausgabe: *Sefer hadimionot schel hajehudim* (Tel Aviv: Verlag Schocken 1983). Die Auswahl der deutschen Ausgabe wurde vom Autor besorgt. Die im Buch abgebildeten Holzschnitte stammen aus der Schocken-Bibliothek in Jerusalem. Nachwort und Quellennachweis wurden von Stefan Siebers übersetzt.
Lizenzausgabe mit freundlicher Genehmigung des Carl Hanser Verlags

MIX
Papier aus verantwortungsvollen Quellen
FSC
www.fsc.org
FSC® C083411

Penguin Random House Verlagsgruppe FSC® N001967

Die Deutsche Nationalbibliothek verzeichnet diese Publikation in der Deutschen Nationalbibliographie; detaillierte bibliographische Daten sind im Internet unter http://dnb.d-nb.de abrufbar.

Umschlagmotive: Boris Dmitrievich Grigoriev (1886-1939),
»Jewish Comedians Resting« (1910), Private Collection / Bridgeman Images. -
Albert Charles August Racinet (1825-1893), »Persian«, plate 25 from *Polychromatic Ornament: One Hundred Plates in Gold, Silver and Colours* (1873), Brooklyn Museum of Art, New York / Bridgeman Images
Umschlaggestaltung: www.katjaholst.de
Satz und Layout: paquémedia, www.paque.de
Druck und Bindung: CPI Books GmbH, Leck
ISBN 978-3-7306-0978-1
www.anacondaverlag.de

Inhalt

Sturz der Engel

Es begab sich zu uralten Zeiten, daß zwei Engel vor Gott standen. Und diese Engel waren groß und mächtig im Himmelreich – der eine war Herrscher über das Wasser, der andere Herrscher über den Wind.

Eines Tages sagten sie zu Gott: »O Herr, unser Gott, bei Tag und bei Nacht leisten wir dir treue Dienste, und du bist mit uns im Leichten und im Schlimmen streng, aber die Menschen sind schlecht und sündig, und dennoch hast du Mitleid mit ihnen. Wir sind der Meinung, man sollte sie vernichten und einen neuen Menschen erschaffen.«

Und der Schöpfer sprach: »Ihr habt leicht reden. Euch habe ich aus dem besten Urstoff erschaffen – aus dem Feuer –, während ich den Menschen aus minderwertigem Stoff schuf – aus Erde und Staub –, und darum ist er schwach und leichtsinnig. Wenn ihr ebenso beschaffen wäret wie der Mensch, würdet ihr euch so verhalten wie er.«

Da sagten die Engel: »Auch wenn wir so wären wie der Mensch, verhielten wir uns nicht wie er.«

Da sprach Gott: »Ich schicke euch hinunter zur Erde, damit ihr hundert Jahre lang unter den Menschen lebt. Wenn ihr diese Prüfung besteht, werde ich eurem Wunsch nachgeben und die Menschheit vernichten. Aber wenn ihr so werdet wie sie, hänge ich euch auf zwischen Himmel und Erde auf dem Berg der Finsternis.«

Und der Schöpfer tat, was er ihnen verkündet hatte, und schickte sie auf die Erde hinunter, und mit der Zeit vergaßen sie ihre Vorsätze und gaben sich weltlichen Vergnügungen hin, dem Geld, dem Wein und dem Zauber schöner Frauen. Und da sie stärker waren als die Menschen, übertrafen sie sie in allem Bösen, das sie taten, und sie zeugten Nachkommen, ein Geschlecht, das an Schlechtigkeit den Menschen noch übertraf.

Gott sah es und verdammte sie zum Tode. Und ihre Kadaver hängte er zwischen Himmel und Erde auf, auf den Berg der Finsternis. Und zu jenem Berg kommen seither die Hexen und Zauberinnen, um sich zu inspirieren und um ihr Handwerk zu erlernen. Und auch die Nachkommen der beiden Engel vernichtete der Schöpfer, damit sie die Erde nicht verunreinigten und völlig zerstörten. Aus diesem Grunde ließ er die Sintflut über die Welt hereinbrechen.

Doch benötigte der Schöpfer zwei neue Engel an Stelle derer, die er verloren hatte. Darum ließ er den Propheten Elija und den Propheten Nahum kommen und setzte sie an Stelle der verlorenen Engel ein.

DER DIAMANT ADAMS

Als Adam noch im Garten Eden wohnte, fühlte er sich dort wie zu Hause. Doch als er sündigte und die Gebote des Herrn mißachtete und er aus dem Garten Eden vertrieben werden sollte, widerstrebte es dem Herrn, ihn so einfach hinauszuwerfen.

Eines Tages begegnete der Herr zufällig Adam, erkundigte sich nach seinem Befinden und lud ihn in ein Gasthaus ein, wo man ihm allerlei Speisen und scharfe Getränke der besten Sorte vorsetzte. Und als Adam dann guter Laune war, sagte Gott zu ihm: »Nun, Adam, möchtest du nicht ein wenig in der Welt herumziehen und dir anschauen, was sich dort tut?« Adam wünschte es nicht, aber Gott sagte: »Du kannst dir mitnehmen, was du willst, alles, was dir gefällt, wenn du nur gehst.«

Er führte ihn herum und zeigte ihm alle Schätze und Kostbarkeiten des Garten Eden und erlaubte ihm, sich auszusuchen, was sein Herz begehrte. Adam sah sich um und betrachtete alles, was es dort zu sehen gab: Gärten und Weinberge, Tiere und Vieh, schöne Kleider und Schätze von

Gold, Kupfer und Perlen. Aber von alldem nahm er nichts. Schließlich kamen sie zu einem Schatz von Diamanten, jeder von der Größe einer Wassermelone. Da sagte sich Adam: Ein einziger dieser Diamanten genügt mir für mein ganzes Leben. Er erklärte sich einverstanden, in die weite Welt hinauszuziehen, nahm sich einen der Diamanten und ging damit zum Tor des Garten Eden, gefolgt von einem Engel. Als er zum Tor hinausging und sich noch einmal umblickte, sah er das flammende Schwert und bedauerte, fortgegangen zu sein, aber nun war es zu spät. Er ging weiter, bis er an einen Bach kam, wo er stehenblieb und sich überlegte, wie er am besten hinüberkommen konnte. Da gab ihm der Engel, der hinter ihm herging, einen Stoß und sagte: »Was stehst du da und denkst? Geh doch hinüber.« Und als er ihm nochmals einen Stoß versetzte, fiel Adam der Diamant aus der Hand und versank im Wasser.

Erschrocken rief Adam dem Engel zu: »Was hast du getan?« Und der Engel erwiderte: »Was ist schon daran? Steige ins Wasser und hole dir deinen Diamanten wieder heraus.« Adam stieg in den Bach und sah dort Tausende und Abertausende von Diamanten, so daß er seinen eigenen nicht mehr erkennen konnte. Da sagte der Engel: »Was suchst du so lange herum? Warum holst du dir deinen Diamanten nicht heraus?« Darauf erwiderte Adam: »Ich kann meinen nicht erkennen.« Da sagte der Engel: »Glaubst du etwa, du wärest der erste, den man aus dem Garten Eden vertrieb und der sich einen Diamanten mitnahm? Tausende und Abertausende waren schon vor dir da.«

Moses und die Ameisen

Als Moses den Berg Sinai bestiegen hatte, sündigte das Volk Israel und betete das Goldene Kalb an. Darauf kam eine Seuche über das Volk, an der dreitausend dahinstarben. Moses, Herr der Propheten, betete zu Gott und rief: »O Herr, warum hast du so viele getötet, und sie sind deine Kinder?« »Weil sie gesündigt haben«, erwiderte der Allmächtige. »Und wie viele von ihnen haben gesündigt?« fragte Moses. »Du hast auch Unschuldige getötet!«

Darauf fiel Moses in einen tiefen Schlaf. Und während er schlief, krochen ihm Ameisen über die Beine und stachen ihn. Moses fuhr hoch, schlug auf die Ameisen ein und tötete viele von ihnen. »Moses, warum hast du die Ameisen erschlagen?« fragte der Herr. »Weil sie mich gestochen haben«, erwiderte dieser. »Und wie viele von ihnen haben dich gestochen? Zwei? Drei? Du aber hast Dutzende erschlagen. So wie du nicht genau sagen kannst, welche dich gestochen haben und welche nicht, so konnte auch ich zwischen den Sündern und den Unschuldigen nicht unterscheiden.«

Ein altes Sprichwort sagt: Wenn der Wald brennt, brennen die trokkenen Bäume zusammen mit den feuchten.

Der Satan und sein Verbündeter

Ein Mann lief seiner Frau davon. Unterwegs traf er den Satan, der fragte ihn: »Wohin gehst du?« Der Mann erwiderte: »Ich fliehe vor meiner Frau.« Darauf sagte der Teufel: »Ich fliehe auch vor meiner Frau. Komm, laß uns in ein anderes Land gehen und uns zusammenschließen. Ich werde in die Königstochter fahren, und wenn man dann nach Ärzten ruft, um sie zu heilen, stellst du dich als großer berühmter Arzt vor und verlangst eine gewaltige Geldsumme, die wir uns später teilen.« Und der Mann sagte: »So sei es.«

Sie zogen gemeinsam in jenes Land, und der Satan fuhr in die Königstochter und verwirrte ihren Geist. Die Leute des Königs riefen nach Ärzten, die sie heilen sollten. Da kam der Mann und sagte: »Ich bin ein berühmter Arzt. Wenn ihr mir viel Geld zahlt, werde ich sie heilen.« »Und wenn es dir nicht gelingt?« fragten sie ihn. Darauf erwiderte er: »Dann möge mir der König den Kopf abschlagen lassen.« Und sie sagten: »So sei es.« Sie gaben ihm das Geld und gewährten ihm eine Frist von drei Tagen.

Darauf ging der Mann hin und sagte zum Satan: »Laß ab von der Königstochter, denn man hat uns schon viel Geld gezahlt.« Aber der Satan antwortete ihm: »Ich will nicht.« Nach drei Tagen kamen die Männer des Königs und sahen, daß die Königstochter nicht geheilt war. Und der Mann sagte ihnen: »Ich bitte euch, gebt mir noch drei Tage.« Damit waren sie einverstanden, und der Mann ging immer wieder zum Satan und bat ihn: »Laß ab von der Königstochter.« Aber dieser wollte nicht.

Und wieder gingen drei Tage vorüber, und die Männer des Königs sahen, daß er nichts erreicht hatte, und wollten ihn töten. Und er sagte zu ihnen: »Ich bitte euch, gebt mir nochmals drei Tage, und wenn ich sie dann nicht geheilt habe, soll der König auf der Stelle meinen Kopf haben.« Und auch damit waren sie einverstanden. Wieder gingen drei Tage vorüber, und der Satan weigerte sich, von der Königstochter abzulassen.

Was tat der Mann? Er trat vor den König und sagte: »O mein Herr, rufe aus allen Teilen des Landes dein Heer zusammen und lasse die Sol-

daten laut auf ihren Hörnern und Trompeten blasen, und wer keine hat, der möge aus vollem Halse schreien.« Und der König tat, wie geheißen, und aus dem ganzen Land strömten die Heerscharen herbei und bliesen und schrien mit aller Macht. Der Satan hörte den Lärm und sagte zu dem Mann: »Mein Freund, was soll dieses Getöse im ganzen Land?« Und der Mann erwiderte: »Deine Frau ist hinter dir her und jagt dir nach mit Aufsehern und gewaltigen Heeren.«

Als der Satan das hörte, ließ er sofort von der Königstochter ab und machte sich davon.

Die Geschichte vom Eselskopf

Es war einmal eine alte, arme Frau, die auf ihrem Weg den weggeworfenen Kopf eines Esels fand. Der Eselskopf machte sein Maul auf und sagte zu ihr: »Liebe Frau, wenn du mich aufhebst und mitnimmst, wird dir das viel Geld einbringen.« Also nahm sie den Eselskopf mit nach Hause, und seitdem fand sie jeden Tag eine Silbermünze.

Eines Tages sagte der Eselskopf zu ihr: »Ich möchte, daß du den König darum bittest, mir seine Tochter zur Frau zu geben.« Darauf erwiderte sie: »Ist es denn denkbar, daß die Königstochter einen Eselskopf heiratet? Wenn ich dem König einen solchen Vorschlag mache, läßt er mich töten.« Doch der Eselskopf sagte: »Tue es trotzdem.« Und jeden Tag redete er auf sie ein, bis sie schließlich nachgab. Sie ging zum Königspalast und bat, den König sprechen zu dürfen. Als man ihrer Bitte nachgab, sagte sie dem König, was sie zu sagen hatte. Der König zürnte ihr sehr und befahl, ihr hundert Peitschenschläge zu verabreichen. Mit Schmerzen und voller Groll kehrte die Alte nach Hause zurück und sagte zu dem Eselskopf: »Sieh nur, was ich deinetwegen alles erleiden mußte.« Der Eselskopf bedauerte es und bat sie um Verzeihung. Trotzdem ließ er nicht ab und wiederholte seine Forderung Tag für Tag, bis sie schließlich noch einmal einwilligte und wieder zum König ging, der ihr hundert Peitschenhiebe verabreichen ließ und sie mit Schimpf und Schande davonjagte. Und wieder bat sie der Eselskopf um Verzeihung für den Kummer und die Schmerzen, die sie seinetwegen erlitten hatte, doch hörte er nicht auf, immer wieder die gleiche Forderung zu stellen. Daraufhin begab sie sich ein drittes Mal zum Königspalast. Als der König sie jetzt zum drittenmal sah, flammte sein Zorn auf, und er schrie sie an: »Du lästiges altes Weib, warum kommst du immer wieder hierher, um dich über mich lustig zu machen?« Aber sie flehte ihn so lange an, bis er sie schließlich anhörte – vielleicht nur, um sie loszuwerden und endlich seine Ruhe zu haben –, und dann sagte er: »Also gut, ich bin einverstanden, diesem Eselskopf meine Tochter zur Frau zu geben, aber nur unter der Bedingung, daß er mir fünfhundert Kamele gibt, beladen mit fünfhundert Gefäßen voller Goldmünzen, sowie fünfhundert schwarze Sklavinnen, die auf ihren Köpfen fünfhundert Körbe tragen mit Hochzeitskleidern aus bestickter chinesischer Seide. Außerdem muß er mir einen Palast bauen, größer und schöner als der, den ich heute bewohne.«

Die Alte kehrte nach Hause zurück, erzählte dem Eselskopf, was der König verlangt hatte, und sagte: »Ich glaube, jetzt wirst du endlich mit deinen eigensinnigen Forderungen aufhören.« Doch der Eselskopf erwiderte: »Im Gegenteil. Nichts leichter als das.« Und er schickte dem König fünfhundert mit Gold beladene Kamele und fünfhundert schwarze Sklavinnen und alles andere, was er gefordert hatte. Als der König sah, daß seine Forderungen erfüllt waren und nichts fehlte, hielt er sein Versprechen, gab ihm seine Tochter zur Frau und ließ ein prächtiges Hochzeitsfest halten. Und die Königstochter lebte in Eintracht mit ihrem Ehemann in dem neuen Palast, denn des Nachts verwandelte er sich in einen schönen und lieblichen jungen Mann, der erst im Morgengrauen wieder ein Eselskopf wurde. Im Laufe der Zeit heiratete auch die Schwester der Königstochter und lud diese zur Hochzeit ein. Darauf bat sie ihren Mann, der Hochzeit ihrer Schwester beiwohnen zu dürfen. Und ihr Mann sagte: »Ich erlaube dir, zur Hochzeit deiner Schwester zu fahren, wenn du niemandem erzählst, daß dein Ehemann ein Eselskopf ist. Du darfst lediglich sagen, daß du mit mir ein gutes und glückliches Leben führst.« Seine Frau versprach ihm, seine Bitte zu erfüllen, und fuhr zur Hochzeit. Man nahm sie mit Freuden auf, küßte und umarmte sie, und die Hochzeit war ein großer Erfolg. Während des Essens fragten die alten Frauen sie aus und erkundigten sich über ihr Eheleben und ob alles in Ordnung sei, und sie antwortete, wie sie es versprochen hatte. Aber die Frauen ließen nicht ab von ihr und forschten und bedrängten sie immer mehr, bis sie schließlich nicht mehr an sich halten konnte und ihnen offenbarte, ihr Ehemann sei ein Eselskopf. Doch fügte sie hinzu, daß er sich des Nachts in einen Menschen wie jeder andere verwandle und dann ein netter junger Mann werde.

Da fragte man sie: »Und was geschieht in der Nacht mit dem Eselskopf?« Und sie antwortete: »Bei Nacht ist er nur eine leere Hülle.« Da sagten sie: »Wenn das so ist, raten wir dir, die Hülle in der Nacht zu verbrennen. Dann kann dein Mann nicht in seine Hülle zurückkehren und bleibt für immer und ewig ein hübscher junger Mann.«

Sie nahm sich die Worte zu Herzen, und als sie nach Hause kam, befolgte sie diesen Rat. Kaum war ihr Mann eingeschlafen, zündete sie ein kleines Feuer an und warf die Hülle hinein, in die ihr Mann jeden Morgen schlüpfte, um sich wieder in einen Eselskopf zu verwandeln. Die Hülle verbrannte, und es blieb davon nur ein Häufchen Asche übrig.

Am Morgen erwachte ihr Mann und sah, daß die Hülle verschwunden war. Erschrocken rief er aus: »Weh mir, wo ist die Hülle? Jetzt ist mein Leben in großer Gefahr!«

Da sagte sie: »Ich muß dich um Verzeihung bitten. Ich wollte ja nur, daß du für immer ein hübscher Mann bleibst.«

Aber ihr Mann konnte sich nicht beruhigen und war voller Angst vor der großen Gefahr, die sein Leben bedrohte. Auch als sie ihm ihren Schmuck schenkte, um ihn zu besänftigen, beruhigte er sich nicht, und schließlich verschwand er.

Und die Frau blieb ohne ihren Mann zurück. Bald konnte sie die Einsamkeit in dem leeren Palast nicht mehr ertragen, nahm ihre Sachen und kehrte in ihr Elternhaus zurück. Weinend und klagend saß sie dort und rief: »Ihr seid an allem schuld! Warum habt ihr mich überredet, die Hülle meines Mannes zu verbrennen? Jetzt habe ich weder eine Hülle noch einen Mann.« Und so saß sie weinend da, ohne zu essen und ohne zu trinken, und dachte immer nur an ihren Mann.

Soviel zu der Königstochter. Und es begab sich, daß eines Tages eine der Frauen in der Stadt einen Brotteig knetete und ihre Tochter damit zum Bäcker schickte, um daraus Brotlaibe zu backen. Doch unterwegs kam ein starker Wind auf und wehte dem Mädchen den Teig aus der Hand. Das Mädchen lief dem Teig nach und gelangte schließlich an einen Ort, wo es ein Kamel sah, das Geschirr abwusch. Das Mädchen staunte sehr über diesen ungewöhnlichen Anblick und blieb stehen, um zu sehen, was das Kamel noch alles tun würde.

Das Kamel sammelte das gewaschene Geschirr auf und wandte sich zum Gehen, und das Mädchen ging ihm nach. Sie kamen zu einem Haus, dessen Tür das Kamel öffnete, um hineinzugehen, gefolgt von dem Mädchen. Doch das Kamel war kein gewöhnliches Kamel, sondern ein Dämon. Als es in dem Haus war, machte es das Maul auf und rief: »Wind und Regen, fegt sofort dieses Haus rein!« Gleich darauf kam der Regen, und ein Wind erhob sich, und die beiden fegten und säuberten das ganze Haus, bis es rein war. Darauf sanken ein Teppich und drei Stühle von der Decke herunter, und nun bekam das Haus ein wohnliches Aussehen. Danach kamen drei Männer von der Decke herunter und setzten sich auf die Stühle, und dann kam ein gedeckter Tisch voller Köstlichkeiten und Leckereien und blieb vor ihnen stehen. Und die drei labten sich an den Speisen und Getränken, und zum Schluß zog einer von ihnen einen schönen Apfel aus der Tasche und schnitt ihn in vier Teile. Er gab jedem der Anwesenden einen Schnitz, doch den vierten legte er zur Seite und sagte: »Den vierten Schnitz hebe ich auf für eine, die in weiter Ferne ist und meinem Herzen doch so nahesteht, die mir ihren Schmuck anbot, den ich aber nicht annahm.

Und jetzt, meine Freunde, weint um mich,
Und auch die Wände des Hauses sollen um mich weinen.«

Und die Wände begannen zu weinen und alle Anwesenden ebenfalls. Das Mädchen hielt sich am Schwanz des Kamels fest und sah alles, was sich zutrug. Als das Mahl beendet war, sammelte das Kamel das Geschirr ein, um es draußen zu waschen. Das Mädchen hielt sich immer noch am Schwanz des Kamels fest und ging ihm nach, und so kamen sie an die Stelle, an der sie ihm zuerst begegnet war. Als das Mädchen nach Hause kam, schrie die Mutter es an: »Wo bist du gewesen, und wo ist der Brotteig?« Darauf erzählte ihr das Mädchen die ganze Geschichte. Die Mutter schickte ihre Tochter zum Königspalast, damit sie der Königstochter alles berichtete, weil sie annahm, daß der Mann mit dem Apfel kein anderer war als der verschwundene Mann der Königstochter.

Das Mädchen ging hin zum Königspalast, und als es dort ankam, rief es mit lauter Stimme: »Aus dem Weg, haltet mich nicht auf! Laßt mich der Königstochter die Heilung bringen!« Die Menschen, die sie hörten, wunderten sich. »Wie können wir ein kleines Mädchen hier hereinlassen?« Aber das Mädchen schrie weiter: »Aus dem Weg, haltet mich nicht auf. Laßt mich der Königstochter die Heilung bringen!« Das hörte der König in seinen Gemächern und sagte: »Laßt sie herein. Wer weiß, vielleicht bringt sie etwas, um das gebrochene Herz meiner Tochter zu heilen.«

Das Mädchen trat ins Gemach der Königstochter und fand sie völlig geschwächt und dem Tode nahe. Das Mädchen trat an sie heran und flüsterte ihr ins Ohr: »Deine Trauerzeit ist vorüber, denn bald werden deine Augen den Ehemann erblicken.« Und dann fuhr sie fort: »Wenn du aufstehst und ißt, zeige ich dir, wo dein Mann ist.« Denn wer keine Kraft hat, kann auch die Zeit bis zur Erlösung nicht überstehen. Dann trat das Mädchen auf den Gang hinaus und wies die Dienerschaft an:

»Bringt mir Hühnerbrühe.« Die Diener schlachteten schnell ein Huhn und bereiteten eine Hühnerbrühe, die sie der Königstochter einflößten, worauf diese sich wieder erholte. Der König betrat das Gemach seiner Tochter und war hocherfreut, als er sah, was sich zugetragen hatte. Er befahl, dem Mädchen einen Sack voll Gold zu geben, und es kehrte als reiche Tochter nach Hause zurück.

Am nächsten Tag kam das Mädchen wieder in den Palast und sagte zur Königstochter: »Komm mit mir.« Die Königstochter bat ihren Vater um Erlaubnis, und er gestattete ihr, mitzugehen. Darauf führte das Mädchen die Königstochter an den Ort, wo das Kamel Geschirr wusch, und das Kamel bestätigte der Königstochter, daß das Mädchen die Wahrheit gesprochen hatte. Danach hielten sich beide am Schwanz des Kamels fest und gingen ihm nach.

Das Kamel ging bis zum Haus, machte die Tür auf und trat ein, und die beiden folgten ihm. Wieder befahl das Kamel dem Regen und dem Wind, das Haus zu säubern, und das geschah sofort. Und wieder sanken der Teppich und die drei Stühle von der Decke herunter. Und die drei Stühle waren folgendermaßen beschaffen: einer war aus Silber, einer aus Gold und einer aus Diamanten. Darauf versteckte das Kamel das Mädchen und die Königstochter unter den Stühlen, und schon sank ein weißgedeckter Tisch von der Decke, beladen mit Tellern und Schüsseln voller Köstlichkeiten. Und die drei Männer kamen ebenfalls herunter und begannen zu speisen.

Nachdem sie sich satt gegessen hatten, zog derjenige, der auf dem Diamantenstuhl saß, einen Apfel aus der Tasche, zerschnitt ihn in vier gleiche Teile und sprach: »Der vierte Schnitz ist für die, die fern von mir weilt und die meinem Herzen doch so nahesteht, die mir ihren Schmuck geben wollte, den ich mich weigerte anzunehmen.

Weil meine Geliebte mir so fern ist – o weh,
Weint, ihr Wände, weint um mich.«

Und die Wände weinten, und die Anwesenden weinten, und der Mann selbst weinte auch. Doch unter seinem Stuhl ertönte plötzlich ein Lachen. Der Mann wurde zornig und rückte den Stuhl weg. Und was sah er? Die, die seinem Herzen so nahe war, stand vor seinen Augen. Er sagte zu ihr: »Nur deinetwegen habe ich so gelitten.« Und sie erwiderte: »Das ist sehr wenig im Vergleich mit dem, was ich erlitten habe. Deinetwegen bin ich erkrankt, und ohne dieses Mädchen, das mich vom Tode errettet hat und mir zeigte, wo du dich befindest, hättest du mich nie wiedergesehen.«

Da umarmte der Königssohn (denn ein solcher war er) seine Frau und küßte sie, und beide kehrten in den Palast zurück, wo sie zum zweitenmal Hochzeit feierten, noch prächtiger als beim erstenmal.

Der jüngere Bruder des Königssohns heiratete das Mädchen, und alle lebten noch lange in Glück und Zufriedenheit.

Der Himmel, die Ratte und das Wasserloch

Einmal verirrte sich ein junges Mädchen auf dem Weg zum Hause ihres Vaters und befand sich plötzlich weit außerhalb der Stadt. Sie war sehr durstig und kam zu einem Brunnen, an den ein Strick gebunden war. Sie ließ sich an dem Strick ins Loch hinunter und trank von dem Wasser, doch gelang es ihr nicht, wieder hinaufzuklettern. Das Mädchen weinte und schrie, doch niemand antwortete. Schließlich kam ein Mann vorbei, blickte hinunter und fragte, ob dort ein Mensch sei oder ein böser Geist. Es erwiderte: »Ich bin ein Mensch« und weinte und flehte ihn an, es herauszuholen. Da sagte er: »Wirst du dich zu mir legen, wenn ich dich heraushole?« »Ja«, erwiderte es und schwor einen Eid darauf. Mit großer Mühe zog der Mann es heraus und sagte: »Jetzt mußt du dein Versprechen halten.« Dann wollte er bei ihm liegen, aber das Mädchen sagte: »Aus welcher Stadt bist du?« Er nannte den Namen der Stadt und sagte zu ihr: »Ich bin ein Cohen.« Und auch das Mädchen nannte ihm den Namen ihrer Stadt und den Namen ihrer Familie. Und es sagte: »Du stammst aus einer geheiligten Familie von Priestern, die der Herr auserwählt hat, und willst dennoch handeln wie ein

Tier, ohne Ketubba und Kidduschin. Komm mit mir zu meinem Vater und meiner Mutter, und ich werde in Ehren und in Reinheit deine Frau werden.« Der Mann war einverstanden, und sie schlössen ein Bündnis und schworen einen gegenseitigen Eid. Und dann sagten sie: »Wer wird unser Zeuge sein?« Und sie einigten sich darauf: Der Himmel, die Ratte, die an ihnen vorbeilief, und jener Brunnen sollten die Zeugen sein.

Und dann ging jeder von ihnen seiner Wege. Das Mädchen blieb seinem Schwur treu und verweigerte sich jedem, der um seine Hand anhielt. Einmal kam ein junger Mann aus einer anderen Stadt, reich und stattlich und klug und gebildet und aus vornehmer Familie, und er sah, wie schön und vornehm dieses Mädchen war, und er schickte Heiratsvermittler zu seinem Vater, die um die Hand seiner Tochter anhielten. Als der Vater sah, was für ein edler junger Mann er war, freute er sich sehr und sagte zu den Heiratsvermittlern: »Ich werde meine Tochter fragen und euch dann eine Antwort geben.« Darauf ging er sofort zu seiner Tochter und sagte: »Meine Tochter, bis heute habe ich dich noch nie dazu gedrängt, dich mit einem der Männer, die um dich anhielten, zu verloben, und ich habe dich in Ruhe gelassen. Aber dieser Mann, der jetzt um dich anhält, ist – wie ich gehört habe – stattlich und reich und klug und in jeder Weise vollkommen. Du solltest auf mich hören und dich mit ihm verloben, denn einen Besseren werden wir nicht finden. Wir werden nicht zulassen, daß uns ein solcher Edelstein verlorengeht, und wir werden unser Glück nicht wegwerfen. Ob du es willst oder nicht, ich werde dich zwingen, ihn zu heiraten.« So sprach der Vater, und auch die Mutter stimmte ihm bei und tat alles, um ihre Tochter zu überreden. Als die Tochter sah, daß Vater und Mutter nicht nachgaben, führte sie sich auf wie eine Verrückte, zerriß ihre Kleider und die Kleider eines jeden, der sie anrührte, bis ihr Vater und ihre Mutter nicht mehr mit ihr sprachen. Und auch die ledigen Männer der Stadt hielten nicht länger um ihre Hand an, weil sich die Nachricht verbreitet hatte, sie sei verrückt geworden. Sie pflegte barfuß auf die Straße zu laufen, ihre Kleider zu zerreißen und jeden, den sie traf, mit Steinen zu bewerfen.

Doch der Mann, mit dem sie das Bündnis geschlossen hatte, vergaß bald seinen Schwur und nahm sich eine andere Frau, die ihm einen Sohn gebar. Und der Sohn wuchs heran bis zum dritten Lebensjahr, und die Eltern hatten viel Freude an ihm. Dann kam eines Tages, als er im Hof herumspazierte, eine Ratte und erwürgte ihn. Seine Mutter trauerte sehr um ihren Sohn, der eines so seltsamen Todes gestorben war, doch danach wurde sie wieder schwanger und gebar einen zweiten Sohn. Auch dieses Kind wuchs heran, bis es in ein tiefes Loch stürzte. Und die Frau trauerte sehr, weinte bittere Tränen und war untröstlich. In ihrem großen Kummer dachte sie lange nach und sagte sich: »Nicht umsonst hat der Herr mir das angetan, denn er ist gerecht und aufrichtig.« Und sie rief ihren Mann ins Zimmer und sagte zu ihm: »Lieber Freund, jeder weiß, daß Gott niemals unrecht tun würde. Wahrscheinlich hat uns der Allmächtige wegen eines Vergehens mit dem Tode unserer kleinen Kinder bestraft, zweimal hintereinander und auf so seltsame Weise. Wir sollten nachdenken, ob wir etwas Böses getan haben. Was mich betrifft, habe ich mir Gedanken gemacht, aber ich kann in meinem Tun nichts finden, wofür ich eine solche Strafe verdient hätte. Darum solltest auch du über dein Tun nachdenken und dich vielleicht an eine Jugendsünde erinnern, und du solltest mir davon erzählen, lieber Freund, damit wir es wiedergutmachen können.« Als sie so zu ihm sprach, überwältigte ihn der Kummer, und er versuchte sich an alles zu erinnern, was ihm im Leben widerfahren war. Und als er so seinen Gedanken nachhing, erinnerte er sich plötzlich an jenes Mädchen und daran, daß sie einander geschworen hatten, niemals einen anderen oder eine andere zu heiraten. Er erzählte es seiner Frau, und als diese die Geschichte hörte, mußte sie zugeben, daß die Strafe gerecht gewesen war. Sie sagte zu ihrem Mann: »Lieber Freund, ich bitte dich, gib mir in Frieden und in aller Liebe einen Scheidebrief und gehe dann sofort zu jenem Mädchen, das der Herr für dich bestimmt hat, und tue, wozu dich dein Eid verpflichtet, damit keine Reinen und Unschuldigen mehr sterben und wir nicht mehr aus dem bitteren Kelch trinken müssen.« Und sie gingen zum Rabbi, und er gab ihr einen Scheidebrief, und die Frau ging ihrer Wege.

Der Mann machte sich auf den Weg in jene Stadt, in der das Mädchen wohnte, und fragte nach ihm. Die Leute sagten ihm, es sei verrückt geworden. Doch er sagte: »Dennoch möchte ich wissen, wo das Haus seines Vaters ist.« Dann ging er zu dem Vater des Mädchens und sprach: »Euer Ehren, Ihr habt eine jungfräuliche Tochter. Wollt Ihr sie mir zur Frau geben?« Und der Vater erwiderte: »Du betrübst mich mit deinen Worten, denn meine Tochter war früher ein wahres Juwel, bis sich dann vor geraumer Zeit aus irgendeinem Grund ihr Geist verwirrte, so daß sie heute heiratsunfähig ist.« Da sagte der Mann zu ihm: »Dennoch will ich sie haben. Sei so gut und führe mich zu ihr.« »Gut«, sagte der Vater. Der Mann ging zu ihr hinein, und sofort fing sie an, sich wie eine Verrückte zu gebärden. Da sagte er: »Mädchen, erkennst du mich nicht? Erinnere dich doch daran, wie ich dich damals auf dem Feld in einem Wasserloch gefunden habe.« Und er erzählte ihr, was sich zugetragen hatte. Und ihr Geist gesundete auf der Stelle. Sie erkannte ihn wieder und sagte: »Deinetwegen und wegen des Schwures, den ich geleistet habe, mußte ich jahrelang leiden, aber ich habe meinen Eid gehalten.« Sie rief sogleich ihren Vater und ihre Mutter herbei und erzählte ihnen die ganze Geschichte, und bei den Eltern herrschte große Freude. Sogleich bereitete man alles zur Hochzeit vor. Sie heirateten und hatten Kinder und Kindeskinder und lebten in Glück und Ehren.

Die Braut und der Todesengel

Dies ist die Geschichte eines sehr reichen, klugen und gelehrten Mannes, der eine sehr schöne, züchtige und anmutige Tochter hatte. Dreimal hatte er sie verheiratet, doch jedesmal nach der Hochzeitsnacht wurde ihr Ehemann tot aufgefunden. Da sagte die Witwe: »Meinetwegen werden keine Menschen mehr sterben, denn ich werde so lange Witwe bleiben, bis der Allmächtige sich meiner erbarmt.« So saß sie viele Tage lang im Hause ihres Vaters und hoffte auf das Erbarmen des Himmels.

Ihr Vater hatte in einem fremden Land einen verarmten Bruder, der zehn Söhne hatte. Jeden Tag holten der Bruder und sein ältester Sohn Holz aus dem Wald und verkauften es; davon ernährte er sich, seine Frau und die Söhne. Eines Tages konnten sie das Holz nicht verkaufen, besaßen kein Geld für Brot und hatten den ganzen Tag lang nichts zu essen. Der älteste Sohn weinte bitterlich ob dieser schrecklichen Armut, und er bat seinen Vater und seine Mutter um Erlaubnis, in das Land seines Onkels gehen zu dürfen. Der Onkel freute sich sehr über seinen Besuch, und auch seine Frau und seine Tochter freuten sich, empfingen den Gast mit allen Ehren und erkundigten sich nach dem Befinden seines Vaters, seiner Mutter und seiner Brüder. Nach-

dem er sieben Tage dort geblieben war, ging er zu seinem Onkel und sagte: »Ich habe eine Bitte, die du mir nicht abschlagen darfst.« Und der Onkel erwiderte: »Bitte mich um alles, was du willst, mein Sohn.« Da sagte der junge Mann: »Ich bitte dich, mir deine Tochter zur Frau zu geben.« Als der Onkel das hörte, brach er in Tränen aus und sagte: »Tu das nicht, mein Sohn, denn ihre Bräutigame sterben alle gleich nach der ersten Nacht.« Der junge Mann erwiderte: »Ich bin bereit, diese Gefahr auf mich zu nehmen.« Der Onkel erschrak und sagte: »Wenn du sie nur ihres Geldes wegen haben willst, brauchst du sie nicht zu heiraten. Ich gebe dir Gold und Silber, soviel du willst. Du bist ein kluger und anmutiger Junge, und ich rate dir, dich nicht in Gefahr zu begeben.« Doch der junge Mann sagte: »Ich habe schon einen Eid abgelegt.« Als der reiche Onkel sah, wie die Dinge standen, gab er nach, ging zu seiner Tochter und erzählte ihr alles. Die Tochter weinte bittere Tränen, schlug die Augen zum Himmel auf und rief: »Allmächtiger Gott, töte mich und laß diesen Jungen nicht um meinetwillen sterben.«

Der junge Mann nahm sie zur Frau, und ihr Vater lud die Würdenträger der Stadt zu einem Gelage ein. Alle kamen, um das Brautpaar zu erfreuen. Als der Bräutigam unter dem Baldachin saß, den man für ihn aufgestellt hatte, trat ein alter Mann an ihn heran. Das war der gottselige Prophet Elija, und er flüsterte ihm zu: »Mein Sohn, laß mich dir einen guten Rat geben und verschmähe ihn nicht. Wenn du dich heute an die Festtafel setzt, wird ein armer Mann hereinkommen, in schwarzer, zerschlissener Kleidung, barfuß und erschöpft, mit Haaren so wie Nägel. Sobald du ihn siehst, sollst du von deinem Stuhl aufstehen, ihn neben dich setzen, ihn mit Speise und Trank bewirten und ihm Ehre erweisen. Lasse nichts von dem verlauten, was ich dir gesagt habe.« Nachdem der Alte seinen Spruch aufgesagt hatte, verabschiedete er sich, und der Bräutigam kehrte an seinen Platz zurück.

Als man mit dem Essen begann, erschien der Arme und blieb an der Türschwelle stehen. Der Bräutigam, der am Kopf der Tafel saß, erhob sich und ging auf ihn zu. Er lud ihn ein, neben ihm zu sitzen, bewirtete ihn und tat alles, was der Alte ihm eingeschärft hatte. Nach dem Festmahl, als der Bräutigam auf sein Zimmer ging, folgte ihm der Arme und sprach ihn an: »Mein Sohn, ich bin der Abgesandte des Allmächtigen, und ich bin gekommen, deine Seele zu holen.« Der Bräutigam bat ihn: »Herr, gib mir nur noch ein Jahr oder auch nur ein halbes.« Er entgegnete ihm: »Nein, das tue ich nicht.« Der Bräutigam sagte: »Gib mir dreißig Tage oder wenigstens die sieben Tage des Festmahls.« Darauf antwortete er: »Ich kann dir auch nicht einen einzigen Tag geben, denn deine Stunde ist bereits gekommen.« Und der Bräutigam sagte: »Ich bitte dich, warte noch so lange, bis ich mich von meiner Frau verabschiedet habe.« Und er bekam zur Antwort: »Diesen Wunsch werde ich dir erfüllen, weil du mir soviel Ehre erwiesen hast. Geh und komm schnell zurück.«

Der Bräutigam ging zu dem Zimmer, in dem die Braut wartete; sie saß dort weinend und betete. Er rief nach ihr, und sie öffnete ihm sofort, und als sie ihn auf der Türschwelle stehen sah, küßte und umarmte sie ihn und sagte: »Warum bist du allein gekommen?« Darauf sagte er: »Ich bin gekommen, um von dir Abschied zu nehmen, denn meine letzte Stunde hat geschlagen. Der Todesengel kam zu mir und sagte, er sei gekommen, um meine Seele zu holen.« Darauf erwiderte sie: »Geh nicht hinaus. Bleibe hier sitzen, und ich werde hinausgehen und mit ihm sprechen.« Sie ging hinaus, sah dort den Todesengel und sagte: »Bist du der Engel, der die Seele meines Mannes haben will?« Und er erwiderte: »So ist es.« Da sagte sie: »Mein Mann soll nicht sterben. Denn in der Tora steht geschrieben: ›Wenn jemand ein Weib kurz zuvor genommen hat, der soll nicht in die Heerfahrt ziehen, und man soll ihm nichts auflegen. Er soll frei in seinem Hause sein ein Jahr lang, daß er sein Weib erfreue, das er genommen hat.‹ Der Allmächtige ist die Wahrheit, und seine Lehre ist die Wahrheit, und wenn du jetzt die Seele meines Mannes nimmst, verfälschst du die Lehre des Herrn. Wenn du auf mich hören willst, gut, wenn nicht, komm mit mir vor den allerhöchsten Richter.« Der Engel hörte sie an und erwiderte: »Weil dein Mann mich geehrt und mir Güte erwiesen hat, werde ich dieses tun: Ich gehe zum König aller Könige und berichte ihm, was du gesagt hast.« Dann verschwand der Engel für einen Augenblick und kam gleich darauf hocherfreut wieder. Er berichtete, der Allmächtige habe dem Bräutigam das Leben wiedergegeben.

Der Vater und die Mutter der Braut verbrachten eine schlaflose Nacht und saßen weinend in ihrem Zimmer. Um Mitternacht standen beide auf, um noch vor Sonnenaufgang ein Grab für den Bräutigam auszuheben. Als sie aus ihrem Zimmer traten, vernahmen sie die Stimmen des Brautpaares. Sie lauschten und hörten, wie die Brautleute fröhlich herumtollten.

Der Mann und seine Frau und der Räuber

Zur Zeit des Königs Salomo ging einmal ein junger Mann von Tiberias nach Betar, um dort die Heilige Schrift zu studieren. Er war ein sehr anmutiger junger Mann. Unterwegs fiel er einem jungen Mädchen auf, das sogleich zu seinem Vater sagte: »Ich bitte dich, verheirate mich mit diesem Jungen.« Der Vater lief dem jungen Mann nach und sagte: »Würdest du gerne heiraten, und soll ich dir meine Tochter zur Frau geben?« Und der junge Mann erwiderte: »Ja.« Darauf nahm er sie sogleich zur Frau, kehrte mit ihr in seine Stadt zurück und lebte mit ihr ein Jahr lang froh und glücklich. Am Ende des Jahres sprach seine Frau zu ihm: »Bitte, laß uns doch meinen Vater und meine Mutter besuchen.« Der Ehemann sattelte die Pferde, belud sie mit Speisen und Getränken und Süßigkeiten und machte sich mit seiner Frau auf den Weg, ihre Eltern zu besuchen.

Unterwegs trat ihnen ein bewaffneter Räuber entgegen. Als die Frau den Räuber erblickte, verliebte sie sich in ihn und gab ihm einen Wink, der ihm ihre Liebe offenbarte. Gemeinsam packten die Frau und der Räuber den Ehemann und fesselten ihn mit Stricken, um ihn später zu töten. Darauf legte sich der Räuber mit der Frau nieder und vergnügte sich mit ihr, und danach labten sie sich an Speise und Trank. Und der Ehemann war an einen Baum gebunden und sah zu. Danach legte sich der Räuber nochmals mit der Frau nieder, und dann nahm er den

Weinkrug, legte ihn unter seinen Kopf und schlief ein. Während er schlief, kam eine Schlange, trank von dem Wein und erbrach ihr tödliches Gift in den Krug. Als der Räuber erwachte und den Krug zum Munde führte, starb er.

Da sagte der Ehemann zu seiner Frau: »Ich bitte dich, binde mich los und nimm mir die Fesseln ab.« Und sie erwiderte: »Ich habe Angst, daß du mich töten wirst.« Doch er sagte: »Ich schwöre, daß ich dich nicht töten werde.« Darauf löste sie seine Fesseln, und sie zogen gemeinsam zum Hause ihres Vaters. Als die Eltern ihre Tochter erblickten, freuten sie sich sehr und richteten ein Festmahl her. Darauf sagte der Ehemann zu ihnen: »Ich werde weder essen noch trinken, bis ich euch berichtet habe, was mir widerfahren ist.« Und er erzählte ihnen, was geschehen war. Darauf erhob sich der Vater und erschlug seine sündhafte Tochter.

Die tote Braut

Es war einmal ein Chassid, ein Schriftgelehrter und reicher Mann, aber kinderlos. Monat für Monat fuhr er zu seinem Rabbi, dem Maggid von Kosnitz, und bat ihn jedesmal, für ihn zu beten, damit Gott ihm Söhne beschere. Doch der Rabbi antwortete ihm nicht. Eines Tages sagte seine Frau voller Bitterkeit zu ihm: »Wenn du das nächstemal zu dem heiligen Rabbi fährst, weiche nicht von seiner Türschwelle, bis er dir antwortet, denn mein Leben ist kein Leben ohne Kinder.« Und der Mann erwiderte: »Und wenn er mir sagt, ich soll mich von dir scheiden lassen?« Da antwortete ihm die Frau: »Alles, was er sagt, mußt du tun.« Da ging der

Mann zum Rabbi und sprach: »Ich kann die Tränen meiner Frau nicht mehr ertragen. Darum bin ich zu dir gekommen und werde nicht von deiner Türschwelle weichen, bis du mir eine Antwort gibst.« Der Rabbi hörte ihn an und sagte: »Wenn du bereit bist, dein ganzes Vermögen zu verlieren, wirst du Söhne haben.« Und der Chassid erwiderte: »Ich werde meine Frau fragen.« Er fuhr nach Hause und erzählte seiner Frau, was der Rabbi gesagt hatte, und sie erklärte: »Ich will Nachkommen gebären, und der Allmächtige, der das Leben schenkt, wird auch für unseren Lebensunterhalt sorgen.« Darauf fuhr der Mann wieder zum Rabbi zurück und sagte: »Meine Frau möchte Kinder gebären.« Der Rabbi blickte ihm ins Gesicht und sprach: »Geh nach Hause und hole dein ganzes Geld. Dann werde ich dir sagen, was du tun sollst.« Der Mann tat, wie geheißen, und als er wiederkam, sagte der Rabbi zu ihm: »Fahre in die Stadt Lublin und sage dem Zaddik Jaakov Jitzchak, daß ich dich geschickt habe. Und dann tue das, was er dir befiehlt.«

Der Mann fuhr von Kosnitz nach Lublin, ging dort zu Rabbi Jaakov Jitzchak und sagte, was man ihm aufgetragen hatte. Da sagte der Rabbi zu ihm: »Bleibe hier, bis ich dir sage, was du tun sollst.« Und der Mann blieb viele Tage lang in Lublin, bis der Rabbi ihn eines Tages ansprach: »Jetzt werde ich dir sagen, was du tun sollst. In deiner Kindheit hat man dich mit einer Jungfrau verlobt, doch als du älter wurdest, hast du die Verlobung gelöst, ohne die Braut zu entschädigen, und bis sie dir nicht verzeiht, wirst du keine Kinder haben. Und weil diese Frau, mit der du verlobt warst, in der Zwischenzeit sehr weit gereist ist, mußt du so lange nach ihr suchen, bis du sie findest. Ich will dir einen Rat geben: in zwei Monaten findet in der Stadt Balta der große Jahrmarkt statt, wahrscheinlich wird diese Frau dort sein. Darum wäre es ratsam, dorthin zu fahren und sie zu suchen, bis du sie findest.«

Der Chassid hörte auf die Worte des heiligen Rabbis und fuhr nach Balta. Unterwegs erkundigte er sich überall nach der Frau. Vielleicht, so dachte er, würde er ihr schon jetzt begegnen, sich mit ihr versöhnen und sogleich nach Hause zurückkehren. Doch seine Bemühungen waren umsonst; er sah und hörte nichts von ihr. In Balta angekommen, begab er sich in eine Herberge und kümmerte sich nicht um Handel und

Geschäfte, sondern gab sich dem Studium und dem Gebet hin. Tag für Tag streifte er drei Stunden lang durch die Straßen der Stadt auf der Suche nach jener Frau. So gingen Tage und Wochen vorüber, bis der große Markt begann, und nun durchstreifte er die Straßen von früh bis spät. Überall fragte er nach einer Frau namens Ester Schifra, mit der er in seiner Kindheit verlobt gewesen war, doch brachte er nichts in Erfahrung und wäre schon verzweifelt nach Hause zurückgekehrt, hätte ihm der heilige Rabbi nicht zugesagt, er würde sie finden.

Und siehe da, drei Tage vor Ende des Jahrmarkts, als die Kaufleute schon nach Hause fuhren, jeder in seine Stadt, stand der Chassid in Gedanken versunken auf der Straße, als es plötzlich heftig zu regnen begann. Er suchte Schutz an einer Hauswand, und dort fiel sein Blick auf eine Frau, die neben ihm stand, in bestickte Seide gekleidet und mit zahlreichen Schmuckstücken behangen. Als er etwas von ihr abrückte und einen Schritt zurücktrat, lachte die Frau und sagte zu ihrer Freundin: »Dieser Mann hat mich in seiner Jugend betrogen, und auch heute noch läuft er vor mir davon. Er war einmal mit mir verlobt, aber dann gefiel ich ihm nicht mehr, und obwohl ich heute durch die Gnade Gottes noch wohlhabender bin als er, rückt er immer noch von mir ab.« Als der Chassid das hörte, wandte er sich ihr zu und fragte: »Meine Dame, von wem sprecht Ihr?« Und die Frau erwiderte: »Ich spreche von Euch. Erinnert Ihr Euch nicht an Ester Schifra, die vier Jahre lang mit Euch verlobt war? Das bin ich. Und Ihr? Was tut Ihr hier? Und wie geht es Eurer Frau und Euren Kindern?« Da sagte er: »Seht, ich will nichts vor Euch verbergen, und Ihr sollt wissen, daß ich nur um Euretwillen hergekommen bin. Ich bin kinderlos, und der heilige Rabbi von Lublin hat mir gesagt, daß meine Frau nicht gebären werde, bis ich mich mit Euch versöhne. Und ich bin bereit, alles zu tun, was Ihr mir befehlt, wenn Ihr mir nur verzeihen wollt.« Da sagte die Frau: »Ihr sollt wissen, daß Gott mich mit reichen Gütern gesegnet hat und ich von Euch nichts benötige. Doch habe ich einen armen Bruder, einen gelehrten und gottesfürchtigen Mann, der in einem Dorf in der Nähe von Suvlak wohnt und dieser Tage seine Tochter verheiratet. Doch besitzt er keinen Pfennig Geld. Darum sollt Ihr zu ihm fahren und ihm zweihundert Dukaten auszahlen, und danach werdet Ihr Kinder haben.« Doch der Chassid flehte sie an: »Glaubt mir, daß mich diese Reise schon ein Vermögen gekostet hat. Warum wollt Ihr mir noch die Reise zu Eurem Bruder aufbürden? Nehmt doch das Geld und schickt es ihm mit der Post.« Doch die Frau erwiderte: »Nein, Ihr müßt selbst hinfahren und ihm das Geld übergeben. Sobald er es in Empfang genommen hat, verzeihe ich Euch von ganzem Herzen, und der Allmächtige wird Euch helfen, Kinder und Kindeskinder zu haben, die die Heilige Schrift studieren und gute Taten vollbringen.« Damit wandte sie sich ab und ging davon, und als er ihr nachging und auf die Straße trat, war sie verschwunden.

Der Chassid fuhr also nach Suvlak und von dort in das Dorf, in dem der Bruder seiner Verlobten wohnte. Als er zu ihm ins Haus kam, fand er ihn in Gedanken versunken. Da fragte ihn der Chassid: »Warum seid Ihr so besorgt und bekümmert?« Darauf erwiderte der Hausherr: »Mein Herr, könnt Ihr mir denn helfen, wenn ich Euch sage, was mein Herz bedrückt?« Doch sein Gast drängte ihn, ihm den Grund für seine Niedergeschlagenheit mitzuteilen, bis der Hausherr schließlich nachgab und sagte: »Meine jungfräuliche Tochter ist mit dem Sohne des reichsten Mannes von Suvlak verlobt, und ich habe ihr eine Mitgift von dreihundert Silberschekel versprochen, außer den üblichen Geschenken und Kleidungsstücken. Doch zu meinem Unglück besitze ich diese Summe nicht. Schaut, hier ist der Brief, den ich gestern vom Vater des Bräutigams erhalten habe, in dem er mir schreibt, wenn ich die Mitgift nicht innerhalb von drei Tagen auszahle, bricht er die Verlobung und verheiratet seinen Sohn an eine andere Frau. Meine Tochter heult und ist untröstlich, und ich bin ratlos und verbittert und kann nicht helfen.«

Als der Hausherr geendet hatte, sagte sein Gast zu ihm: »Macht Euch keine Sorgen. Ich werde Euch zweihundert Dukaten geben, genug für die Kosten der Hochzeit und noch mehr.« Der Hausherr erwiderte: »Womit habe ich es verdient, daß Ihr so großzügig seid? Oder macht Ihr Euch nur über mich lustig? Noch nie habe ich gesehen oder gehört, daß jemand sein Geld so verschleudert.« Und der Gast antwortete: »Ich werde nichts vor Euch verbergen. Ich bin der Abgesandte Eurer Schwester Ester Schifra, die mir aufgetragen hat, Euch zweihundert Dukaten auszuzahlen.« Darauf sagte der Hausherr: »Wann habt Ihr denn meine Schwester gesehen? Und wann hat sie Euch einen solchen Auftrag erteilt?« Und der Gast erwiderte: »Ich traf Eure Schwester vor drei Wochen auf dem Jahrmarkt in Balta, wo sie mir von der bevorstehenden Hochzeit Eurer Tochter erzählte. Ihr müßt wissen, daß Eure Schwester in meiner Jugend mit mir verlobt war und daß ich die Verlobung löste, ohne sie dafür zu entschädigen, und daß ich jetzt zu ihr gefahren bin, um sie um Verzeihung zu bitten. Doch wollte sie sich erst mit mir versöhnen, wenn ich Euch zweihundert Dukaten auszahle.« Als der Hausherr diese Worte hörte, wurde er äußerst zornig und rief: »Der Zorn Gottes sei auf Eurem Haupt! Ich habe ja gleich gesagt, Ihr wollt Euch nur über mich lustig machen. Seid Ihr gekommen, um meinen Kummer noch zu vermehren und mich an meine Schwester zu erinnern, die vor fünfzehn Jahren gestorben ist?« Der Gast war äußerst erstaunt, als er diese Worte vernahm, und sagte zu dem Hausherrn: »Ich schwöre Euch beim allmächtigen Gott im Himmel und auf Erden, daß alles, was ich Euch erzählt habe, die reine Wahrheit ist.« Und der Hausherr erwiderte: »Wie konntet Ihr nur glauben, Ihr hättet meine Schwester in Balta gesehen? Sie ist doch schon vor fünfzehn Jahren gestorben. Kommt mit mir nach Suvlak, dann zeige ich Euch das Grab.« Der Gast wunderte

sich sehr und begann zu verstehen, was sich zugetragen hatte. Als er sich ein wenig von seinem Staunen erholt hatte, sagte er: »Offenbar ist es ein Geschenk des Himmels, also müßt Ihr das Geld annehmen.«

Nach diesen Worten setzten sie sich zusammen, und der Gast berichtete dem Hausherrn alles, was sich ereignet hatte. Und der Hausherr sagte: »Beschreibt mir die Gesichtszüge jener Frau, und wenn ich sie danach erkenne, weiß ich, daß Ihr in der Tat meine Schwester gesehen habt.« Und der Gast beschrieb ihm die Gesichtszüge jener Frau, und ihr Bruder erkannte sie und sagte: »Ja, das war in der Tat meine Schwester, die Euch der Himmel geschickt hat, damit Ihr Euch mit ihr versöhnt und mir zu Hilfe kommt. Möge Euch der Allmächtige Nachkommen bescheren, Weise und Gelehrte, denn Ihr habt mir das Leben wiedergegeben, und es steht geschrieben: Wer auch nur eine Seele aus dem Volk Israel rettet, dem wird es angerechnet, als habe er die ganze Welt gerettet.« Der Chassid gab ihm zweihundert Dukaten und fuhr zurück nach Kosnitz. Dort ging er zu dem Rabbi und erzählte ihm von Anfang bis zum Ende alles, was sich zugetragen hatte. Und der Rabbi sagte: »Wisse, auf meine Gebete hin hat man sie zur Erde geschickt, damit du dich mit ihr versöhnst. Sonst hättest du niemals Nachkommen haben können, denn das Urteil der Unfruchtbarkeit war bereits über dich gefällt, weil du eigenmächtig deine Verlobung gelöst hattest. Und jetzt sorge dich nicht. Kehre nach Hause zurück, und du wirst Nachkommen haben, weise und gelehrte Schüler der Lehre Gottes, wie es dir deine tote Braut zugesagt hat.«

Die Gesteinigte

Es war einmal ein Mann, der auszog, um Handel zu treiben. Er gab seine Frau in die Obhut seines Bruders und befahl ihm: »Mein Bruder, behüte meine Frau und beschütze sie, bis ich gesund zurückkehre.« Und der Bruder sagte: »Das will ich tun.« Darauf begab sich der Mann auf eine lange Reise, und die Frau blieb allein in der Obhut seines Bruders zurück. Und was tat dieser? Er ging jeden Tag zu ihr und sagte: »Sei mir zu Willen, und ich gebe dir alles, was du begehrst.« Und sie erwiderte: »Niemals würde ich so etwas tun, denn eine Frau, die ihren Mann betrügt, ist zur Hölle verdammt. Und wer der Frau seines Bruders nachstellt, verliert seinen Besitz und wird am Ende vom Aussatz befallen.« Was tat darauf der Bruder? Er sagte eines Tages zu seinem Knecht: »Nimm dir einen Krug und geh Wasser holen.« Als der Knecht gegangen war, begab sich der Mann zur Frau seines Bruders und versuchte, ihr Gewalt anzutun. Doch die Frau schrie so laut, daß er von ihr ablassen mußte. Darauf ging er zum Markt, heuerte falsche Zeugen an und befahl ihnen: »Kommt und bezeugt, daß ich sie mit meinem Knecht überrascht habe.« Und was taten darauf die Bösewichter? Sie gingen zum Obersten Gericht und bezeugten: »Das und das haben wir gesehen.« Sogleich verurteilte sie das Gericht zur Steinigung. Man band ihr einen Strick um den Hals und führte sie vor die Tore von Jerusalem, und dort steinigte man sie, bis sie unter einem Steinhaufen begraben war. Am nächsten Tag kam ein Mann des Weges, der seinen Sohn nach Jerusalem geleitete, denn dieser wollte dort die Heilige Schrift studieren. Als die beiden den Acker erreichten, wo die Steinigung stattgefunden hatte, überfiel sie die Nacht, und sie konnten an diesem Tag Jerusalem nicht mehr betreten. So legten sie sich dort, wo sie waren, zur Ruhe nieder und lehnten ihre Köpfe an den Steinhaufen. Und unter den Steinen vernahmen sie eine Stimme, die seufzte und schrie: »Weh ist mir, denn man hat mich unschuldig gesteinigt.« Als der Mann die Stimme vernahm, räumte er die Steine zur Seite und sah vor sich eine Frau. Er fragte sie: »Wer bist du, meine Tochter?« Sie erwiderte: »Ich bin die Frau eines Mannes aus Jerusalem.« Und er fragte sie: »Was tust du hier?« Sie antwortete: »Das und das hat sich zugetragen, und man hat mich ohne Schuld gesteinigt.« Dann sagte sie: »Herr, wohin gehst du?« Und er erwiderte: »Nach Jerusalem, damit mein Sohn dort die Heilige Schrift studiert.« Da sagte die Frau: »Wenn du mich mitnimmst in dein Land, werde ich deinen Sohn alles lehren, die Tora, das Buch der Propheten und das Buch der Schriften.« Da sagte er: »Verstehst du dich denn so gut darauf?« Und sie erwiderte: »Ja.« Da nahm der Mann sie mit in sein Land, und dort erteilte sie seinem Sohn Unterricht in der Heiligen Schrift.

Eines Tages warf der Knecht dieses Mannes ein Auge auf sie und sagte: »Gib dich mir hin, und ich werde dir alles geben, was dein Herz begehrt.« Doch die Frau erhörte ihn nicht. Was tat darauf der Knecht? Er nahm ein Messer und wollte sie erstechen, doch traf er statt ihrer den Sohn und tötete ihn. Der Knecht entfloh, und im Hause erhob sich ein Geschrei, daß der Sohn tot sei. Da sagte der Vater des Knaben zu der Frau: »Geh aus dem Hause und mache dich auf den Weg, denn jedesmal, wenn ich dich sehe, bin ich von neuem erzürnt und erbittert über den Tod meines Sohnes.« Darauf verließ die Frau das Haus und ging ihrer Wege, und sie irrte umher, bis sie ans Ufer des Meeres kam, wo sich ein Schiff mit Seeräubern befand, die sie gefangennahmen.

Doch Gott ließ auf dem Meer einen großen Sturm aufkommen, und es stürmte gewaltig, bis das Schiff auseinanderzubrechen drohte. Die Seeleute begannen zu beten, jeder zu seinen Göttern, und sie sagten, einer zum anderen: »Kommt, laßt uns das Los befragen, wem dieses Übel zuzuschreiben ist.« Sie losten aus, und das Los fiel auf die Frau, und sie sagten zu ihr: »Welches Gewerbe übst du aus?« Und sie erwiderte: »Ich bin eine Hebräerin, und ich fürchte meinen Gott, der das Meer und das Festland erschaffen hat.« Und sie erzählte ihnen alles, was ihr widerfahren war. Was taten darauf die Seeleute? Sie erbarmten sich ihrer, und keiner tat ihr etwas Böses an, sondern sie setzten sie an Land und bauten ihr ein kleines Haus. Das Meer beruhigte sich, und das Schiff setzte seinen Weg fort. Die Frau blieb in dieser Gegend wohnen und wurde eine berühmte Heilerin. Der Allmächtige ließ für sie verschiedene Arten von Kräutern wachsen, mit denen sie Aussätzige und andere Kranke heilte. Und die Frau erlebte einen großen Aufstieg, und ihr Ruhm verbreitete sich auf der ganzen Welt, und so sammelte sie große Schätze von Gold und Silber. Eines Tages kehrte ihr Mann nach Jerusalem zurück und hörte, seine Frau sei gesteinigt worden. Doch der Allmächtige strafte den Bruder mit Aussatz und ebenso die falschen Zeugen, die gegen die Frau ausgesagt hatten. Und als sie hörten, daß es am Ufer des Meeres eine Heilerin gab, da sagten sie einer zum anderen: »Kommt, laßt uns zu der Heilerin gehen.« Sie gingen los, und auch der Mann jener Frau schloß sich ihnen an, und schließlich erreichten sie den Ort, an dem sich die Frau befand. Als sie bei ihr eintraten, erkannte sie die Männer sogleich, aber die Männer erkannten sie nicht. Und die Männer sagten zu ihr: »Werte Frau, wir sind aus einem fernen Land angereist, weil wir gehört haben, du seiest eine berühmte Heilerin. Wir werden dir viel Gold und Silber geben, wenn du uns von unserem Aussatz heilst.« Und sie erwiderte: »Ich kann keinen Menschen heilen, der mir nicht seine schlimmste Sünde offenbart, denn ohne das hilft ihm kein Heilmittel.« Und sie erzählten ihr: »Dieses und jenes haben wir getan.« Da sagte die Frau: »Ich erkenne an euren Gesichtern, daß ihr große Sünder seid, und ihr habt mir noch nicht alle eure Sünden offenbart, und solange ihr diese Sünden vor mir verheimlicht, wird euch kein Heilmittel helfen.« Und was taten sie? Sie erzählten ihr alles ohne Scham, und der Ehemann der Frau hörte zu.

Da sagte die Frau: »Aus eigenem Munde seid ihr verurteilt. Ich schwöre, daß ich euch nicht heilen werde, denn alle Heilmittel der Welt werden euch nichts nützen. Wisset, ihr Bösewichte, daß ich, die Frau, die hier vor euch steht, dieselbe Frau bin, der ihr soviel Böses angetan habt, die man aufgrund eurer Lügen steinigte und die der Allmächtige in seiner unendlichen Güte gerettet hat.«

Da erkannte der Ehemann seine Frau wieder, und sie waren fröhlich und glücklich und priesen den Schöpfer für seine Wunder. Und die Aussätzigen mußten alle sterben.

Das Kleid

In einer Stadt lebte einmal eine Frau, schön und lieblich anzusehen, gottesfürchtig und herzensgut. Eines Tages ging ihr Mann auf den Markt und sah dort ein hübsches Kleid. Da sagte er sich: »Das wäre ein hübsches Kleid für meine Frau« und kaufte das Kleid und trug es zu einem Schneider zum Ausbessern.

Als der Ehemann aus dem Hause des Schneiders kam, ging dort ein anderer Mann vorbei, ein Goi und ein Zauberer, und sah das Kleid in der Hand des Schneiders. Das Kleid gefiel dem Zauberer, und er sagte sich: »Ein schönes Kleid, und die Frau, die es anzieht, ist sicher auch schön.« Was tat dieser Goi? Er schrieb einen Zauberspruch auf ein Stück Papier, übergab es dem Schneider und bestach ihn, das Papier in das Kleid einzunähen, daß es nicht mehr sichtbar war. Der Schneider tat, wie ihm geheißen, und der Zauberer ging nach Hause und sagte sich: »Jetzt wird die Frau von selbst zu mir kommen, sobald sie dieses Kleid anzieht.«

Am Abend des Jom Kippur zog die Frau das Kleid an, das ihr Mann ihr mitgebracht hatte, um in die Synagoge zu gehen. Doch kaum hatte sie das Kleid übergezogen, kam auf sie der Geist der Unreinheit. Ihr Mann sagte zu ihr: »Komm, laß uns zum Kol-Nidre-Gebet ins Gotteshaus gehen.« Und sie erwiderte: »Geh du schon vor, ich werde dir bald nachkommen.« Darauf ging der Mann allein in die Synagoge, und bald darauf schickte sich auch die Frau an, ins Gotteshaus zu gehen. Als sie jedoch aus dem Hause trat, wich sie vom Weg ab, und ihre Füße trugen sie wie von selbst zum Hause jenes Bösewichts. Als sie bei ihm eintrat, fiel ihr der Bösewicht um den Hals, küßte und umarmte sie und richtete ein Festmahl her, und sie speisten und tranken gemeinsam. Danach ging der Zauberer zu Bett und zog sie mit sich, und sie begann sich zu entkleiden. Doch als sie das Kleid auszog, verließ sie sogleich der Geist der Unreinheit. Ihr Bewußtsein kehrte zurück, und sie erkannte, was sie getan hatte. Vom bösen Gewissen gequält, ließ sie das Kleid zurück und lief hinaus. Doch als sie draußen war, fand sie die Hoftür verschlossen. Die Frau stand bitterlich weinend im Hof und rief: »Allmächtiger Gott! Denke daran, daß ich mein ganzes Leben lang auf deinen Pfaden gewandelt bin, in Wahrheit und in Unschuld, und stets deinen Gesetzen gefolgt bin. Ich bitte dich, o Gott, rette mich und überlasse mich nicht diesem Übeltäter. Erbarme dich meiner, barmherziger Gott, und erhöre mein Gebet zu dieser Stunde und an diesem Feiertag der Versöhnung und Vergebung für das ganze Volk Israel.«

Und der Herr erhörte sie und erbarmte sich ihrer und schickte einen Sturmwind, der die Frau nach Hause trug.

Die Frau legte sich ins Bett, ihr Herz wie ein Sturm über dem Meer, verwirrt und entsetzt. Als ihr Ehemann vom Bethaus zurückkehrte und sie fragte, ob sie beten gegangen sei, antwortete sie ihm: »Ich bin nicht gegangen, weil ich krank bin.« Ihr Mann glaubte ihr und stellte keine weiteren Fragen.

Am nächsten Tag nahm der Goi das Kleid, das die Frau in seinem Hause zurückgelassen hatte, und ging auf den Markt, um es zu verkaufen, denn es war Gottes Wille, daß man seine Missetaten entdecken und ihn dafür totschlagen würde. Und als der Ehemann dieser Frau wieder einmal auf den Markt ging, sah er dort das Kleid seiner Frau bei einem Händler und wunderte sich sehr. Sogleich kaufte er dem Händler das Kleid ab, brachte es nach Hause und fragte seine Frau: »Wo ist das Kleid, das ich dir gekauft habe?« Und sie erwiderte: »Das Kleid ist nicht in meinem Hause, und was soll ich jetzt tun, nachdem ich des Kleides wegen fast gesündigt hätte?« Sie erzählte ihrem Mann alles, was ihr widerfahren war, und sagte: »Mich trifft keine Schuld. Schuld ist das Kleid, das du mir gebracht hast.« Sogleich ließ der Mann die Weisen der Stadt rufen, um sie um Rat zu bitten. Sie kamen, zerrissen das Kleid und durchsuchten die Stoffetzen. Als sie den Zauberspruch fanden, glaubten sie den Worten der Frau.

Danach gingen sie zum Vorsteher der Stadt und berichteten ihm über diese Missetat. Dieser befahl, den Schneider und den Zauberer zu ihm zu bringen, und fragte sie, ob es wahr sei, daß sie einem unbescholtenen Mann eine solche Falle gestellt hätten. Als die beiden ihre Tat eingestanden hatten, ließ er den Schneider zur Strafe aufs schmerzlichste foltern und den Zauberer an einem Baum aufhängen.

Die Geschichte vom alten Hagestolz, der eine Bohne verlor

Ein alter Hagestolz suchte einmal in seinen Taschen herum und fand eine Kupfermünze. Er sagte sich: »Was kann ich schon mit einer einzigen Münze anfangen?« Er ging zum Markt und sah, daß man dort Bohnen, Erdnüsse und Sonnenblumenkerne feilbot. Und was konnte sich der arme Kerl mit einer Kupfermünze kaufen? Er kaufte ein paar Bohnen. Er ging seines Weges und aß von den Bohnen, bis er an einem Brunnen vorbeikam. Es war ihm nur noch eine einzige Bohne geblieben, die er eben in den Mund stecken wollte, da fiel die Bohne in den Brunnen. Der Arme fing an zu schreien: »Oh, meine Bohne! Meine Bohne!«

Das Wasser im Brunnen fing an zu brodeln, und ein Teufel kam heraus und sagte zu ihm: »Warum machst du soviel Krach? Ich kann diesen Lärm nicht ertragen.«

Und der Mann erwiderte: »Ich will meine Bohne wiederhaben, die in den Brunnen gefallen ist.«

Da stieg der Teufel in den Brunnen hinunter und suchte, fand jedoch die Bohne nicht. Er stieg wieder nach oben und sagte: »Es ist keine Bohne da.« Der Alte erwiderte: »Was soll das heißen? Dann suche doch gründlich.« Und der Teufel sagte: »Ich habe schon alles abgesucht und deine Bohne nicht gefunden, aber ich will dir statt ihrer etwas anderes schenken, damit du nicht soviel Krach machst.«

Da fragte der Mann: »Was willst du mir geben?« Und der Teufel antwortete: »Ich gebe dir einen Topf, und wenn du hungrig bist, kannst du von dem Topf Bohnen verlangen oder jedes andere Gericht, woran du dich satt essen kannst.« Doch der Mann sagte: »Vielleicht belügst du mich?« Und der Teufel erwiderte: »Du kennst doch diesen Brunnen hier. Nimm also den Topf, und sollte ich dich betrogen haben, kannst du immer hierher zurückkommen.«

Da nahm der Mann den Topf und ging damit nach Hause. Dort schloß er die Tür hinter sich und sagte: »O Topf, ich habe Hunger.« Sogleich füllte sich der Topf bis zum Rande mit Bohnen. Doch der Alte sagte: »Solche Gerichte esse ich nicht. Ich möchte gekochtes Fleisch mit Rosinen und Mandeln.« Der Topf füllte sich mit gekochtem Fleisch, Rosinen und Mandeln, und der Alte aß sich satt.

Danach ging er gutgelaunt aus dem Haus und setzte sich zu einer kleinen Plauderei zu den Nachbarn. Und wovon sprachen die Nachbarn? Vom Essen natürlich. Der eine sagte: »Ich habe dies und das gegessen«, und der andere entgegnete: »Und ich dieses undjenes.« Der eine sprach weiter: »Gestern gab es bei mir Kuskus mit Fleisch und verschiedenen Gemüsen.« Und der andere rühmte sich: »Bei mir gab es eine köstliche Tansia.« Doch der Alte sagte: »All diese Speisen sind nichts im Vergleich zu dem, was ich gegessen habe. Und wenn ihr mir nicht glaubt, gehe ich jetzt hinüber in mein Haus und bringe euch Köstlichkeiten, wie ihr sie in eurem ganzen Leben noch nie gekostet habt.« Darauf ging der Alte ins Haus, klopfte auf den Topf und sagte: »Topf, ich will verschiedene Gerichte für vier bis fünf Personen, aber wohlgemerkt nur vom Besten und Feinsten.«

Sogleich füllte sich der Topf mit den besten und feinsten Speisen, die das Auge ergötzten und das Herz erfreuten. Der Alte nahm die Speisen und brachte sie zu den Nachbarn. Diese aßen davon, und ihre Augen leuchteten auf. Und sie fragten ihn: »Sage uns bitte, woher hast du diese Speisen?«

Er erwiderte: »Meine Brüder und Nachbarn, bittet mich um jede Speise, nach der es euch gelüstet, und ihr bekommt sie von mir, aber fragt mich nicht, woher sie kommen, denn das ist ein Geheimnis.«

Und unter den Nachbarn befand sich auch eine böse alte Frau, die ebenfalls um Essen bat. Wieder ging der Alte ins Haus, ihre Bitte zu erfüllen, doch sie schlich ihm heimlich nach, um dem Geheimnis auf den Grund zu kommen. Der Alte trat ins Zimmer und schloß die Tür hinter sich, und die böse alte Frau blickte durchs Schlüsselloch und sah, wie er auf den Topf klopfte und dieser sich mit Speisen füllte. Danach stellte der Alte den Topf beiseite und brachte die Speisen zu den Nachbarn, die davon aßen und den Gütigen segneten. Doch inzwischen schlich sich die alte Frau zu ihm ins Haus, stahl den Topf und stellte einen ihrer eigenen Töpfe dorthin.

Nach einiger Zeit gelüstete es die Nachbarn nach weiteren Speisen. Sie sagten zu dem Alten: »Bringe uns noch mehr von dem, was du hast.« Wieder ging der Alte ins Haus und klopfte auf den Topf. Einmal, zweimal und dreimal, aber nichts geschah. Darauf wurde der Alte zornig, lief zu jenem Brunnen zurück und schrie: »Oh, meine Bohne! Meine Bohne!«

Da brodelte das Wasser im Brunnen, und der Teufel kam heraus und fragte: »Warum schreist du so laut?«

Der Alte antwortete: »Ich will meine Bohne wiederhaben.«

Und der Teufel sagte: »Was willst du eigentlich von mir? Ich habe dir doch statt dieser Bohne einen Topf gegeben, der dich dein ganzes Leben lang ernährt.«

Der Alte schrie voller Wut den Teufel an: »Lügner! Du wolltest mich nur loswerden, und hier ist dein Topf.«

Der Teufel betrachtete den Topf sehr genau und sagte: »Das ist nicht der Topf, den ich dir gegeben habe. Offenbar hat man dir mein Geschenk gestohlen und es mit einem einfachen Topf vertauscht.«

Doch der Alte blieb hartnäckig: »Du bist ein Lügner! Ich wohne ganz allein, und keiner kann mich bestehlen.«

Da stieg der Teufel nochmals in den Brunnen hinunter, holte einen anderen Topf und sagte zu dem Alten: »Hier hast du einen neuen Topf, aber diesmal gib acht, daß er dir nicht wieder verlorengeht. Und du sollst wissen: Dieser Topf wird dir nicht nur Nahrung schenken, sondern auch Gold und Silber und Diamanten und ähnliches. Geh jetzt, und komm nicht wieder hierher, um mich zu plagen.«

Der Alte ging nach Hause, schloß die Tür hinter sich und klopfte auf den Topf. Und aus dem Topf stieg ein Mohr und sagte: »Was befiehlt mein Herr und Meister?« Der Alte erwiderte: »Ich will essen und auch ein wenig Silber.« Der Mohr nickte und verschwand, und gleich darauf füllte sich der Topf mit den köstlichsten Speisen, Beilagen und Nebengerichten, und ein wenig Silber und Gold war auch dabei. Damit ging der Alte zu seinen Freunden hinüber, richtete ihnen ein Festmahl aus und verteilte unter ihnen das Silber und das Gold. Als die alte Frau das sah, sagte sie sich: »Der hat etwas Besseres gefunden als den Topf, den ich ihm gestohlen habe.« Und was tat sie? Sie schlich zu ihm ins Haus, stahl auch den neuen Topf und tauschte ihn gegen einen anderen aus.

Als der Alte nach Hause kam und es ihn danach gelüstete, ein wenig von den guten Dingen des Lebens zu genießen, klopfte er einmal, dann ein zweites Mal und ein drittes Mal auf den Topf, aber ohne Erfolg. Er verfluchte den Teufel und faßte den Beschluß: Diesmal werde ich ihn umbringen! Darauf ging er wieder zum Brunnen und schrie: »Oh, meine Bohne! Meine Bohne!«

Das Wasser begann zu brodeln, und der Teufel stieg heraus und sagte: »Was willst du? Der Kopf tut mir schon weh von deinem Geschrei.«

Und der Alte erwiderte: »Machst du dich über mich lustig? Hier hast du deinen Topf zurück, und ich will nichts mehr von dir haben außer meiner Bohne.«

Da begann der Teufel, ihn anzuflehen: »Wie lange willst du mir noch das Leben schwermachen? Ist es denn meine Schuld, daß man dir jedesmal den Topf stiehlt? Also dies ist das letztemal, daß ich dir etwas schenke. Und es ist kein Topf oder ähnliches, sondern ein Gerät, mit dem man Diebe fängt. Du mußt folgendes tun: Lade deine Freunde und Nachbarn zu einem Festmahl ein, setzt euch im Kreis um den Tisch herum, und du legst dieses Gerät in die Mitte des Kreises. Sogleich beginnt dann das Gerät herumzuspringen und Lärm zu machen und fährt hin und her, bis es sich schließlich auf dem Kopf des Diebes niederläßt. Danach steigt ein Mohr heraus, der den Dieb so lange verprügelt, bis dieser gesteht: ›Ich bin der Dieb.‹«

Der Mann tat wie geheißen und richtete für seine Freunde ein Festmahl aus, doch die Alte lud er nicht ein, weil er sie gar nicht kannte. Sie stand auf der Straße und schaute durchs Fenster, um zu sehen, was sie noch alles stehlen könnte. Aber was ihr geschehen würde, sah sie nicht.

Der Alte legte das Gerät in die Mitte des Zimmers, und sogleich begann das Gerät zu tanzen und zu singen, zu hüpfen und zu gackern, sprang aus dem Fenster und setzte sich der bösen alten Frau auf den Kopf. Dann stieg ein Mohr heraus mit einem schweren Knüppel in der Hand und begann auf die Alte einzuschlagen, bis ihre Haut sich blau verfärbte und sie ausrief: »Genug! Ich gestehe, daß ich die Diebin bin.«

Da sagte der Alte: »Dein Geständnis genügt mir nicht. Du mußt mir auch die Töpfe zurückgeben.« Und das tat sie auch. Aber was tat sie noch? Am nächsten Tag ging sie zum König, stellte sich vor ihn hin und sagte: »Mein Herr und König, Ihr wißt nicht, was in Eurem Land vorgeht. Was für ein König seid Ihr?«

Und der König fragte verwundert: »Was soll das heißen?«

Die Alte erwiderte: »In der und der Straße, in dem und dem Haus wohnt ein alter Mann, der Wundergeräte in seinem Besitz hat, wie sie nur eines Königs würdig sind. Wahrscheinlich hat er sie aus dem Königshaus gestohlen.«

Darauf schickte der König seine Schergen, den Alten zu holen und auch seine Töpfe und das bewußte Gerät. Er nahm ihm die Wunderdinge weg und ließ den armen Alten ins Gefängnis werfen, wo es ihm gar nicht gut erging.

Und der König schöpfte die Töpfe aus und ließ sich von ihnen alles geben, was sein Herz begehrte. Doch eines Tages wollte er das Gerät ausprobieren. Er legte es auf den Fußboden, und das Gerät begann sogleich zu gackern und zu springen, zu tanzen und zu singen, bis es schließlich auf des Königs Kopf sitzen blieb und der Mohr mit seinem Knüppel heraussprang, auf den König einschlug und schrie: »Du hast dem Alten seine Töpfe gestohlen!« Und er hörte nicht auf, ihn zu schlagen, bis der König den Alten aus dem Gefängnis kommen ließ und ihm sein Eigentum wiedergab.

Darauf bat der König den Alten, ihm seine Geschichte zu erzählen. Und der Alte erzählte ihm, er sei ein verarmter alter Hagestolz und eines Tages sei ihm eine Bohne in den Brunnen gefallen und der Teufel habe ihm dafür die Geschenke gegeben, die ihm die böse alte Frau später gestohlen hatte. Als der König das vernahm, war er sehr erstaunt. Er erteilte der bösen Frau eine schwere und schmerzhafte Strafe, und den Alten schickte er nach Hause. Der Alte verbrachte die Jahre, die ihm noch beschieden waren, in Glück und Zufriedenheit, bis ihm das zustieß, was uns allen einmal bevorsteht.

DIE NACHTIGALL UND DIE MÄNNER IN TOTENHEMDEN

Eines Tages machte der König einen Spaziergang durch die Straßen seiner Stadt und kam am Haus einer Witwe vorbei. Die Witwe und ihre drei Töchter saßen auf der Veranda und sprachen über die guten alten Zeiten, die längst vergangen waren, und ähnliches. Die älteste der Töchter sagte: »Wenn mich der König zur Frau nähme, würde ich Kleider für ihn und all seine Soldaten nähen.« Da sagte die zweitälteste Tochter: »Wenn mich der König zur Frau nähme, würde ich für ihn und alle seine Soldaten das köstlichste Essen kochen.« Doch die jüngste Tochter schwieg. Als man sie nach dem Grund ihres Schweigens fragte, sagte sie: »Alles, was ich versprechen kann, ist, eine treue Gattin und liebende Mutter zu sein.«

Als der König das hörte, kehrte er in seinen Palast zurück, ließ die älteste der drei Töchter kommen und fragte sie: »Wenn ich dich zur Frau nähme, würdest du das tun, was du versprochen hast?« Und sie erwiderte: »Ich habe doch nur Dummheiten geredet.« Da jagte sie der König mit Schimpf und Schande hinaus und befahl seinem Diener, die zweitälteste Tochter zu ihm zu bringen. Als sie vor ihn trat, stellte er ihr die gleiche Frage. Und die zweitälteste Tochter erwiderte: »Das habe ich nur im Scherz gesagt.« Und der König befahl, auch sie mit Schimpf und Schande aus dem Palast zu jagen und die jüngste Tochter zu ihm zu bringen. Und als er dieser die gleiche Frage stellte, wiederholte sie, was sie auf der Veranda gesagt hatte. Sie fand Gefallen in den Augen des Königs, und er nahm sie zur Frau.

Doch ihre zwei älteren Schwestern waren voller Neid, weil sie zu Glück und Ansehen gekommen war, und wünschten ihr Böses. Als sie erfuhren, daß ihre Schwester schwanger geworden war, schlug ihr Neid in Haß um. Was taten sie? Sie gingen zu der Hebamme und bestachen sie mit viel Geld, den Säugling, sobald er geboren würde, mit einem neugeborenen Kätzchen zu vertauschen. Das tat die Hebamme und legte den Säugling in einen Korb, den sie der ältesten Schwester übergab, und diese stellte den Korb vor die Haustür einer alten, armen Frau. Als die Alte herauskam und das weinende Kind vorfand, wurde sie von Mitleid erfaßt, und sie fand Gefallen an dem Kind, so daß sie es als ihren eigenen Sohn aufnahm.

Und der König liebte seine Frau sehr und sagte ihr kein Wort von dem, was geschehen war. Und als sich ein Jahr später das gleiche wiederholte, schwieg er immer noch. Doch als man auch im dritten Jahr im Bett der Wöchnerin ein Tier fand, diesmal einen kleinen Hund, wurde der König zornig und jagte seine Frau davon. Jahre vergingen, und die drei Königskinder, zwei Knaben und ein Mädchen, wuchsen im Hause der alten Frau heran. Die zwei bösen Schwestern waren neugierig, was wohl mit den Kindern, die sie vor der Haustür der Alten ausgesetzt hatten, geschehen sein mochte. Sie gingen zu ihr, und als sie an die Tür klopften, kam ein wunderschönes Mädchen heraus und fragte nach ihren Wünschen. Sie sagten: »Wir sind erschöpft von dem langen Weg und möchten ein wenig ausruhen.« Sie bat die zwei Schwestern ins Haus, reichte ihnen kaltes Wasser zur Erfrischung und unterhielt sich höflich mit ihnen. Sie erzählte, sie hätte zwei Brüder, die sie sehr liebten und die jetzt auf der Jagd seien. Da sagten die Schwestern: »Warum erzählst du uns, daß sie dich so sehr lieben, wenn das doch nicht wahr ist? Wenn sie dich wirklich liebten, würden sie dir ein Schwimmbecken bauen und dir eine Nachtigall bringen, die dich mit ihrem Gesang erfreut.«

Das Mädchen nahm sich diese Worte zu Herzen, und als die Brüder nach Hause kamen, saß ihre Schwester da und weinte. Sie sagten zu ihr: »Warum weinst du? Wir lieben dich doch.« Und sie antwortete: »Wenn ihr mich wirklich lieben würdet, hättet ihr mir ein Schwimmbecken gebaut und mir eine Nachtigall gefangen, die mit ihrem Gesang mein Herz erfreut.«

Als die Brüder das hörten, gingen sie sogleich in den Hof, hoben eine tiefe Grube aus und bauten ihrer Schwester ein Schwimmbecken. Als sie damit fertig waren, sagte der ältere Bruder: »Jetzt gehe ich dir eine Nachtigall holen, und wenn ich bis zum Ende des Jahres nicht zurück bin, dann ist mir etwas zugestoßen.«

Er steckte sich ein wenig Wegzehrung in seine Umhängetasche und machte sich auf den Weg. Er irrte umher, bis er einen alten Mann traf, den er fragte, wo er eine Nachtigall kaufen oder fangen könne, die schön singen könne. Darauf sagte der Alte: »Wenn du immer geradeaus gehst, ohne nach links oder rechts abzuweichen, dann kommst du nach drei Tagen zu einem Garten, der von einem Zaun umgeben ist. Gehe am Zaun entlang, bis du an eine Pforte kommst, und wenn du hineingehst, siehst du rechts von dir einen Baum. An einem der Äste hängt ein Käfig mit einer offenen Tür. Das ist der Käfig der Nachtigall, aber sie wird nicht dort sein, denn sie fliegt gerne umher. Verstecke dich hinter dem Baum, damit sie dich nicht sieht, wenn sie wiederkommt. Sobald sie in den Käfig fliegt, machst du die Tür zu. Nimm den Käfig und entferne dich so schnell du kannst, ohne dich auch nur eine Minute aufzuhalten und ohne auf die Stimmen zu hören, die dir zurufen, du habest dich geirrt und statt der Nachtigall einen anderen Vogel gefangen. Beachte meine Warnung, denn es geht um dein Leben.«

Der ältere Bruder machte sich auf den Weg und tat alles, was ihm der Alte gesagt hatte. Doch als er den Ort, wo er die Nachtigall gefangen hatte, verlassen wollte und die Stimmen hörte, die ihm zuriefen: »Du hast dich geirrt! Nicht die Nachtigall hast du mitgenommen, sondern einen anderen Vogel«, blieb er stehen und fragte sich, ob das vielleicht wahr sei. In diesem Augenblick sah er sich von vielen Männern umgeben, die Leichengewänder trugen. Sie packten ihn und warfen ihn in eine tiefe Grube.

In der Grube befanden sich viele Menschen, die alle weinten und ihr Schicksal beklagten. Der Knabe fragte sie, warum man sie in die Grube geworfen habe, und sie sagten: »Weil wir gekommen sind, den herrlichen Vogel zu erjagen. Aber es ist uns mißlungen.«

Der Bruder blieb weiter in der Grube gefangen, bei Wasser und Brot, und als das Jahr zu Ende ging, kehrte er nicht nach Hause zurück. Da sagte der jüngere Bruder zu seiner Schwester: »Unser Bruder ist verlorengegangen, ich gehe ihn suchen.« Er nahm sich ein wenig Wegzehrung mit und machte sich auf den Weg. Er traf den alten Mann und sagte zu ihm: »Herr, weißt du, wo sich die Nachtigall befindet, die so schön singt?« Und der Alte erwiderte: »Es ist schade um dich, mein Sohn. Du willst den Weg gehen, auf dem schon so viele gescheitert sind.« Doch der Knabe sagte: »Großväterchen, ich muß es tun.« Als der Alte das hörte, beschrieb er ihm den Weg, erklärte ihm, was er tun solle und ermahnte ihn: »Sei nicht leichtsinnig; der Rat der Alten bringt Segen und Erfolg.«

Der Knabe dankte ihm, verabschiedete sich und nahm sich vor, die Weisungen des Alten genau zu befolgen, denn er sagte sich: Wahrscheinlich ist mein Bruder leichtsinnig gewesen, hat den Rat des Alten nicht genau befolgt und dafür einen hohen Preis gezahlt.

Der Knabe ging bis zu jenem Garten, fing dort die Nachtigall in ihrem Käfig und wandte sich zum Gehen. Sogleich waren von allen Seiten Stimmen zu hören, die ihn auslachten und sich über ihn lustig machten und ihm zuriefen, er habe sich geirrt und das sei gar nicht die richtige Nachtigall, sondern nur ein gewöhnlicher Vogel, der nicht singen könne. Doch der Knabe achtete nicht auf die Zurufe und hörte nicht auf die Stimmen. Als er wieder an die Gartenpforte kam, stand dort ein bewaffneter schwarzer Wächter. Der Knabe fürchtete sich nicht, zog sein Schwert und stach den Wächter nieder. Der Wächter flehte um Gnade und versprach ihm, wenn er sein Leben verschonte, würde er ihm den Ort zeigen, an dem der Bruder gefangen sei.

Dann zeigte ihm der Wächter die Grube, und der Knabe ließ einen Strick hinunter und zog seinen Bruder heraus und auch alle anderen, die dort in der Finsternis wohnten. Die zwei Brüder fielen sich um den Hals und waren von großer Freude erfüllt. Aber die anderen Gefangenen sagten: »Wir gehen nicht weg, bis wir uns etwas von den Reichtümern genommen haben, die es hier gibt, als Entschädigung für unser Leiden.« Sie füllten ihre Taschen mit Gold und Silber und Edelsteinen und gingen dann ihrer Wege. Die beiden Brüder kehrten nach Hause zurück und brachten ihrer Schwester die Nachtigall mit, die so herrlich sang.

Eines Tages ging der König mit seinen Ministern und seinen Knechten auf die Jagd. Unterwegs kam er am Hause der alten Frau vorbei und erblickte dort ein Mädchen, das im Garten Blumen pflückte. Das Mädchen war so schön, daß der König entzückt war. Er stieg vom Pferd, ging auf sie zu und bat sie um eine Blume. Und als sie ihm die Blume reichte, bat er sie um ihre Hand. Das Mädchen war einverstanden, und sie setzten sogleich den Hochzeitstag fest. Doch während sie noch miteinander sprachen, fing die Nachtigall in ihrem Käfig zu singen an. Ihr Lied war ungewöhnlich traurig und hatte folgende Worte:

»Oh, welche Schmach und welche Schande,
wenn der Vater die eigene Tochter zur Frau nimmt.«

Der König hörte das und wollte seinen Ohren nicht trauen. Er ließ die Hebamme kommen und forschte sie aus. Als er sah, daß sie seinen Fragen auswich, drohte er, ihr die Zunge mit einer eisernen Zange auszureißen. Darauf erzählte sie alles, was sie wußte, auch von der Königin, der das Herz gebrochen war, als der König sie vertrieben, und die sich danach das Leben genommen hatte. Der König befahl, die Hebamme und die beiden Schwestern der Königin vor Gericht zu stellen. Sie wurden zum Tode verurteilt und an drei hohen Bäumen aufgehängt. Und niemand hat jemals wieder etwas von ihnen gehört.

Die Geschichte des Mannes, der sein Brot ins Wasser warf

Es war einmal ein gerechter Mann, der sagte zu seinem einzigen Sohn: »Du sollst niemals allein dein Brot essen, sondern einen Teil davon ins Wasser werfen. Dann wirst du in späteren Zeiten reich belohnt werden.« So sprach er und starb.

Der Sohn folgte den Worten seines Vaters und warf jeden Tag einen Laib Brot ins Meer. Und ein Fisch pflegte jeden Tag ans Ufer zu schwimmen und den Laib Brot aufzufressen, bis er schließlich ganz groß und fett wurde. Und er bereitete seinen Kameraden sehr viel Kummer, indem er ihnen nachjagte und sie fraß. Darauf gingen die Fische zu ihrem König, dem Walfisch, und sagten: »O Herr, was sollen wir tun? Es gibt da einen großen Fisch, der immer größer und fetter wird; nicht nur, daß er uns das ganze Futter wegnimmt, er verspeist jeden Tag auch hundert unserer Kameraden.«

Der Walfisch schickte sogleich einen Boten, der den großen Fisch zu ihm rufen sollte. Doch der große Fisch fraß den Boten auf. Darauf schickte der Walfisch noch einen Boten, und der wurde ebenfalls aufgefressen. Schließlich machte sich der Walfisch selbst auf den Weg, schwamm zu dem großen Fisch hin und fragte ihn: »Wo wohnst du?« Und der Fisch erwiderte: »Dicht am Meeresufer.« Da sagte der Walfisch: »Deine Kameraden wohnen mitten im Meer und sind nicht so groß wie du.« Und der Fisch sagte: »Ein Mann hat mir jeden Tag einen Laib Brot gebracht, den ich gegessen habe. Darum bin ich so gewachsen.« Und der Walfisch fragte ihn: »Warum hast du deine Kameraden aufgefressen?« Der Fisch erwiderte: »Weil sie mir mein Brot wegfressen wollten.« Da sagte der Walfisch: »Nun gut. Ich befehle dir, den Mann, der das Brot ins Meer wirft, zu mir zu bringen, und dann werden wir sehen, ob du die Wahrheit gesprochen hast.«

Sogleich grub der Fisch ein tiefes Loch an der Stelle, zu der der Mann jeden Tag kam. Am nächsten Tag, als der Mann sein Brot ins Meer werfen wollte, fiel er ins Wasser, und der Fisch verschluckte ihn und brachte ihn zum Walfisch. Der Walfisch nahm ihm den Mann weg, verschluckte ihn und fragte: »Warum wirfst du Brot ins Meer?« Der Mann erwiderte: »Herr, ich befolge das Gebot meines Vaters.«

Als der Walfisch hörte, daß der Mann das Gebot seines Vaters befolgte, gefiel er ihm. Und er sagte zu dem Mann: »Mach den Mund auf.« Als der Mann seinen Mund öffnete, spuckte ihm der Walfisch dreimal hinein. Das verlieh dem Mann viel Weisheit und Verstand. Mit einem Mal konnte er siebzig Sprachen sprechen und verstand auch die Sprache der Tiere und der Vögel. Danach befahl der Walfisch dem großen Fisch, den Mann wieder ans Ufer zu bringen, was er auch tat.

Doch die Gegend, wo er den Mann ans Ufer setzte, war öde und leer, und der Mann lag müde und geschwächt am Ufer. Da hörte er plötzlich, wie zwei Krähen – eine Mutter und ihr Sohn – miteinander stritten, ob der Mann nun tot sei oder nicht. Der Sohn sagte: »Ich werde ihm die Augen aushacken, denn es gelüstet mich nach Menschenfleisch.« Doch die Mutter sagte: »Du sollst wissen, daß die Menschen sehr schlau sind. Rühre ihn nicht an.« Doch der Sohn hörte nicht auf die Mutter und biß den Mann ins Bein. Als er sah, daß der Mann sich nicht bewegte, wollte er ihm die Augen aushacken. Doch der Mann streckte plötzlich die Hand aus und packte die Krähe. Da schrie der Sohn laut klagend, seine Mutter möge ihn aus der Hand des Menschen befreien. Sogleich rief die Krähenmutter dem Mann zu: »Tue ihm nichts. Wenn du meinen Sohn freiläßt, zeige ich dir einen großen Schatz, den der König Salomo hier versteckt hat.« Als der Mann das hörte, sagte er: »Zeige ihn mir, dann lasse ich deinen Sohn frei.« Darauf ging der Mann der Krähenmutter nach, und als er den Schatz gefunden hatte, ließ er ihren Sohn davonfliegen. Da begann die Krähenmutter, auf ihren Sohn einzuschlagen, und rief: »Warum hast du mir nicht geglaubt und nicht auf mich gehört, als ich dir sagte, daß der Mensch schlau ist? Da er dich fing, war ich gezwungen, ihm zu zeigen, wo der Schatz versteckt war.« Und sie schlug weiter auf ihn ein, bis er tot war. Doch sogleich ging sie und holte ein Kraut, das sie ihm auf den Schnabel legte, worauf er wieder zum Leben erwachte.

Das sah ein Mann, der vorbeikam, und er sagte sich: Dieses Kraut kann Tote wiederbeleben. Ich werde nach Jerusalem gehen und die Toten erwecken. Er nahm das Kraut und ging seines Weges, bis er einen toten Löwen fand. Er berührte ihn mit dem Kraut. Sogleich sprang der Löwe auf und fraß den Mann.

Der fromme Mann, der den Schatz entdeckt hatte, ging nach Hause und mietete sich Esel, um die Reichtümer zu holen. Als er wieder bei dem Schatz angekommen war, belud er die Esel mit Gold und Silber, soviel sie nur tragen konnten. Doch unter den Eseln befand sich ein störrischer Bösewicht, der zu seinen Kameraden sagte: »Wenn ihr auf mich hört, können wir es so einrichten, daß dieser Mann sein ganzes Gold und Silber verliert, zur Strafe, daß er uns zu schwer beladen hat.« Doch die anderen Esel sagten: »Wie denn?« Und er erwiderte: »Macht es mir nach. Wenn wir ans Stadttor kommen, werde ich mich zu Boden werfen. Dann werden Leute kommen, um mir zu helfen, und wenn sie das Gold und das Silber sehen, werden sie es stehlen.« Da sagten die anderen: »Wir haben Angst, denn der Mensch ist schlau. Wenn wir das tun, wird er uns so lange mit dem Stock schlagen, bis wir auch ohne Hilfe wieder aufstehen.« Doch er erwiderte: »Dann wartet ab, und wenn ihr seht, daß mir ein Mensch zu Hilfe kommt, dann laßt euch ebenfalls zu Boden fallen.«

Der Mann verstand alles, was sie sagten, und schwieg. Als sie ans Stadttor kamen, ließ der Esel sich fallen, und Menschen eilten ihm zu Hilfe. Da rief der Mann ihnen zu: »Ich bitte euch, helft ihm nicht, denn ich kenne diesen Esel und seine Bösartigkeit.« Was tat er? Er nahm einen großen Knüppel und schlug damit dem Esel kräftig auf den Rükken und auf die Nase, bis dieser wieder auf die Füße kam. Und die anderen Esel sagten: »Siehst du, wenn wir deinem Beispiel gefolgt wären, hätten wir dasselbe Schicksal erlitten.«

Der Mann ging nach Hause und lud den Schatz ab, doch seine Frau sagte zu ihm: »Woher hast du diesen Schatz?« Und er erwiderte: »Warum fragst du? Der Allmächtige hat ihn mir in seiner Güte geschenkt.« So sprach er, doch sie bedrängte ihn Tag und Nacht, bis er ihr versprach, ihr sein Geheimnis zu offenbaren, und dafür einen bestimmten Tag festsetzte. Am nächsten Tag ging er in den Stall und sah, daß sein Pferd weinte. Während er noch dortstand, kam ein Hahn herein, um ein wenig Gerste zu kosten. Und auch der Hahn sah, wie das Pferd weinte, und fragte es: »Warum weinst du?« Und das Pferd antwortete: »Ich weine über die schlimme Lage, in der sich mein Herr befindet. Denn mein Herr hat seiner Frau versprochen, ihr das Geheimnis zu enthüllen, woher er den Schatz hat. Sie wird bei den Nachbarinnen alles ausplaudern, und die Nachbarinnen werden es ihren Männern berichten, diese werden kommen und ihn töten, um ihm den Schatz zu rauben.« Der Hahn antwortete ihm und sagte: »Weh, so eine Schande. Ich habe zehn Frauen, die sich alle vor mir fürchten und nichts ohne meine Erlaubnis tun, und mein Herr hat nur eine einzige Frau und kann sie nicht gefügig machen. Wenn du sehen willst, wie meine Frauen mich fürchten, dann schau mir zu.« Der Hahn hob ein Körnchen Gerste auf und rief nach seinen Frauen, die alle sogleich herbeieilten und fraßen. Danach krähte er sie an, und sie flüchteten ins Freie. Und der Hahn sagte zum Pferd: »Hast du gesehen, wie sie sich vor mir fürchten? So sollte auch unser Herr mit seiner Frau umgehen, damit sie das Fürchten erlernt.«

Der Mann hörte das, und als seine Frau kam und ihn wieder bedrängte, ihr zu sagen, woher er den Schatz hatte, verprügelte er sie gründlich, bis sie versprach, ihn nicht mehr mit ihren Fragen zu belästigen. All das geschah aufgrund seiner Weisheit, die er erworben hatte, weil er das Gebot seines Vaters befolgte.

Der König und die vierzig Krähen

Einst pilgerte ein Mann nach Mekka. Auf dem Rückweg sah er am Wegrand einen Totenschädel liegen, auf dem geschrieben stand: »Ich werde nicht ruhen, bis ich vierzig getötet habe.« Der Mann lachte nur und versetzte dem Schädel einen verächtlichen Fußtritt. Der Schädel kippte zur Seite, und ein Bonbon fiel heraus.

Der Mann wußte nicht, was das war, aber er hob den Bonbon auf und steckte ihn in die Tasche. Als er nach Hause kam, zog er seine Kleider aus, die nach der Reise staubig waren, und seine Tochter legte sie zu den Kleidern, die gewaschen werden sollten. Dabei fand sie in einer der Taschen den Bonbon. Ohne viel nachzudenken schluckte sie ihn hinunter. Bald darauf wurde sie schwanger. Sie gebar einen Sohn, der schon gleich nach seiner Geburt aufstehen und sprechen konnte. Alle erkannten sofort, daß das Kind in Wirklichkeit ein Teufel war. Sie wagten nicht, ihn zu behalten, denn sie wohnten in einer großen Stadt, wo es als Schande angesehen wurde, einen Teufel im Hause zu haben. Was

taten sie also? Sie übergaben das Kind einem Onkel auf dem Dorf und sagten sich im stillen: Bei diesem Fellachen wird er schwere Feldarbeit verrichten müssen, wird niemandem auffallen, und keiner wird schlecht über uns sprechen.

Der Knabe wohnte und arbeitete bei dem Onkel und hatte die Gabe, die Zukunft vorauszusehen. Und das ist ja auch kein Wunder, denn er war schließlich ein Teufel. Eines Tages kam der Wesir des Königs vorbei. Er ritt auf einem Esel und hatte zwei Säcke seitlich an den Sattel geschnallt. Da sagte der Knabe zu ihm: »Soll ich dir sagen, was du in den Säcken hast? In dem einen ist soundso viel Geld, in dem anderen sind soundso viele Diamanten.« Der Wesir wunderte sich: Er ist noch so klein und weiß schon so viel. Da sagte der Knabe: »Das ist noch gar nichts. Soll ich dir sagen, wohin du reitest? Du reitest zum Königspalast, um das Schmükken des Eingangstors zu vollenden. Aber je mehr du dich auch bemühst, desto weniger Erfolg hast du, und der König zürnt dir.«

Als der Wesir das hörte, wurde er vor Erstaunen fast wahnsinnig. Und er sprach zu dem Knaben: »Vielleicht kannst du mir auch sagen, wie ich das Tor zur Zufriedenheit des Königs schmücken sollte?« Und der Knabe erwiderte: »Nichts leichter als das. Sieben Ellen unter dem Tor sind sieben goldene Kästen vergraben, die mit Edelsteinen gefüllt sind. Grabe sie aus und schmücke damit das Tor. Dann wird der König mit dir zufrieden sein.«

Das tat der Wesir, und es gelang ihm. Da sagte er sich im stillen: Dieser Knabe ist ein Weiser und ein Wahrsager, wie es seinesgleichen nicht gibt, und ich sollte ihn in meinem Besitz haben. Darauf kaufte er ihn dem Onkel ab, und dieser war froh, ihn loszuwerden, denn er wußte, daß der Knabe in Wirklichkeit ein Teufel war, und er fürchtete sich vor ihm.

Doch der Wesir war ein Bösewicht. Er dachte sich im stillen: Wenn der König erfährt, daß es in seinem Land einen klügeren gibt als mich, wird er den Knaben an meine Stelle setzen und mich aufhängen. Er rief seine Tochter und befahl ihr: »Tochter, nimm diesen Knaben und schlachte ihn; gib mir sein Fleisch zum Mittagessen und bringe mir sein Blut in einem besonderen Kelch.« Und die Tochter erwiderte: »Ich höre und gehorche.«

Doch der Knabe, der alles wußte, ging zur Tochter des Wesirs und sagte: »Meine Dame, warum wollt Ihr ein armes Kind umbringen? Reicht Eurem Vater Lammfleisch und Lammblut, und Ihr könnt sicher sein, daß er den Unterschied nicht bemerken wird.« Damit war sie einverstanden. In derselben Nacht hatte der König einen Traum: vierzig Krähen flogen um seinen Kopf, pickten an seinem Fleisch und brachten ihn fast um den Verstand. Am Morgen rief er die weisen Männer zusammen und sagte zu ihnen: »Dies und jenes habe ich geträumt. Deutet mir meinen Traum.« Doch keiner wußte den Traum zu deuten. Da sagte der König zu seinem Wesir: »Ich gebe dir fünfzehn Tage. Wenn du mir bis dahin den Traum nicht deutest, bist du ein Kind des Todes.«

Voller Furcht und Schrecken ging der Wesir nach Hause und sah sich bereits dem Tode ausgeliefert. Er setzte sich zum Essen, und seine Tochter stellte das Lammfleisch und Lammblut vor ihn hin. Da wurde ihm übel, und er schrie sie an: »Ach und weh – warum hast du den Knaben getötet?« Und sie erwiderte: »Vater, der Knabe lebt.« Als der Knabe das hörte, kam er aus seinem Versteck hervor und sagte zu dem Wesir: »Ich kann den Traum des Königs deuten.« Der Wesir freute sich sehr, denn es kam ihm vor, als sei er von den Toten zurückgekehrt, und er sagte: »Mein liebes Kind, erzähle mir alles.« Doch der Knabe erwiderte: »Ich werde es nach fünfzehn Tagen dem König selbst erzählen.« Damit mußte der Wesir sich begnügen.

Am fünfzehnten Tag brachte der Wesir den Knaben zum König. Und der Knabe sagte: »Mein Herr und König, es ist dein Wille, daß ich dir einen Traum deute. Aber wessen Traum? Deinen, den deines Vaters oder den deines Großvaters?«

Der König war sehr erstaunt über die Worte des Knaben und sagte: »Deute mir den Traum meines Großvaters.«

Da begann der Knabe zu erzählen: »Dein Großvater ging einmal mit einer Taube auf der Schulter durch die Wüste, und diese Taube liebte er sehr. Plötzlich bekam er Durst. Er suchte nach Wasser und kam an einen hohen Felsen, von dessen Spitze Tropfen herunterfielen. Er zog einen Becher aus der Tasche, um die Tropfen damit aufzufangen. Doch als der Becher zu einem Viertel gefüllt war, schlug die Taube mit den Flügeln und warf den Becher um. Dein Großvater ärgerte sich, tat aber der Taube nichts zuleide. Dann begann er wieder, die Tropfen im Becher aufzufangen, aber als er zu einem Viertel gefüllt war, schlug die Taube wieder mit den Flügeln und warf den Becher um. Als sie das zum drittenmal tat, wurde dein Großvater sehr zornig und riß die Taube in Stücke. Dann befahl dein Großvater seinem Wesir: ›Klettere auf den Felsen hinauf, denn dort oben befindet sich gewiß eine Quelle, aus der du den Becher bis zum Rand füllen kannst.‹ Der Wesir stieg auf den Felsen und fand dort eine riesige Schlange, aus deren Maul Gift spritzte, das den Felsen hinuntertropfte. Dein Großvater bedauerte sehr, was er getan hatte, und legte die Reste der Taube in einen goldenen Kasten und diesen wiederum in sieben silberne Kästen, einen im anderen, und ließ sie vergraben. Und an der und der Stelle sind sie vergraben.«

Der König war äußerst erstaunt und befahl, an der bezeichneten Stelle zu graben. Man fand die silbernen Kästen und darin den goldenen Kasten mit den Überresten der Taube, genau wie es der Knabe vorausgesagt hatte.

In derselben Nacht träumte der König wieder, daß vierzig Krähen um seinen Kopf flogen, an seinem Fleisch pickten und ihn fast um den Verstand brachten. Am Morgen ließ er den Knaben kommen. Und der

Knabe sagte: »Mein Herr und König, welchen Traum soll ich dir diesmal deuten? Deinen oder den deines Vaters?«

Und der König sagte: »Den meines Vaters.«

Darauf begann der Knabe zu erzählen: »Einmal hielt dein Vater ein Festmahl für alle Könige der benachbarten Länder. Dein Vater besaß einen herrlichen schwarzen Vogel, den er sehr liebte und der nicht von seiner Seite wich. Auch bei dem Festmahl saß der Vogel neben dem König und aß von dessen Teller. Wie immer, wenn sich Könige treffen, prahlte jeder mit seinem Besitz. Der eine sagte, ich habe dies und das, der andere, ich habe dies und jenes, und der dritte, ich habe noch viel mehr als ihr alle. Da zeigte dein Vater seinen Gästen den Vogel und verkündete: ›So einen Wundervogel gibt es nirgends.‹ Und die Gäste riefen ihm zu: ›Zeige uns doch mal, was er kann!‹ Da sagte dein Vater zum Vogel: ›Mein Liebling, fliege in die Ferne und bringe mir etwas Gutes.‹ Der Vogel flog weg und kam mit einem Stock im Schnabel zurück. Die Könige lachten, und dein Vater war sehr zornig über die Schande, die der Vogel über ihn gebracht hatte. Er erschlug ihn und warf den Stock auf den Boden. Im gleichen Augenblick, als der Stock den Boden berührte, wuchs an derselben Stelle ein großer, prächtiger Apfelbaum. Die Könige sagten einstimmig, sie hätten noch nie im Leben ein solches Wunder und einen so schönen Baum gesehen. Dein Vater bedauerte sehr, was er dem schwarzen Vogel angetan hatte, und legte ihn in einen goldenen Kasten und diesen wiederum in sieben silberne Kästen, einen im anderen, und begrub sie an der und der Stelle.«

Der König war äußerst erstaunt und befahl, an der bezeichneten Stelle zu graben, und es war alles so, wie der Knabe es vorausgesagt hatte. Und der König wurde fast wahnsinnig vor Bewunderung über die Weisheit des Knaben.

Und in derselben Nacht träumte der König, daß vierzig Krähen um seinen Kopf flogen und an seinem Fleisch pickten. Am Morgen ließ er den Knaben kommen, und der sagte zu ihm: »Mein Herr und König, welchen Traum soll ich dir heute deuten? Den deines Großvaters, den deines Vaters oder deinen?«

»Meinen«, entgegnete der König.

Und der Knabe sagte: »So sei es. Die vierzig Krähen sind nichts anderes als die neununddreißig Mohren, die mit deiner Frau, der Königin, schlafen, und der vierzigste ist einer, der das Geheimnis kennt und es verschweigt.« Der König wurde sehr bleich und seine Miene finster, und er sagte zu dem Knaben: »Bringe sie einen nach dem anderen hierher, damit ich sie töte.« Der Knabe ballte die Hand zur Faust, als ergriffe er sie am Schopf, und zog einen nach dem anderen hervor, wie aus dem Erdboden. Und der König schlug allen den Kopf ab. Als der neununddreißigste Kopf gefallen war, wandte sich der Knabe dem König zu und sagte: »Mein Herr und König, laß es damit genug sein. Ich bitte dich, erbarme dich des Vierzigsten und verschone ihn, denn er hat keine Unzucht getrieben, sondern nur das Geheimnis gewahrt. Wisse, wenn du ihn nicht verschonst, wirst du es ebenso bedauern, wie dein Vater und Großvater ihren Fehler bedauert haben.«

Doch der König sagte: »Ich werde ihn nicht verschonen und kein Mitleid mit ihm haben, denn wer von einem Verbrechen weiß und es nicht meldet, ist an dem Verbrechen beteiligt. Beeile dich und hole auch ihn.«

Der Knabe ballte die Hand zur Faust, als hielte er jemand an den Haaren und zöge ihn aus dem Erdboden hervor, und der König schlug mit seinem Schwert zu. Und der Knabe fiel mit abgeschlagenem Kopf zu Boden.

Die Geschichte von der Prinzessin, dem Mädchen mit dem Kaugummi und dem jungen Mann, der zwischen ihnen stand

Es war einmal ein König, der hatte eine einzige Tochter, und die war blaß und abgemagert und immer traurig. Der König beriet sich mit seinen Ministern, und die sagten zu ihm: »Schicke deine Tochter doch aufs Land, wo die Obstgärten blühen, auf daß sie sich dort mit unseren

Töchtern anfreunde und mit ihnen spiele und tanze, und schon nach kurzer Zeit wird sich ihr Zustand bessern.«

Der König folgte ihrem Rat, und die Prinzessin fühlte sich wohl im Kreise ihrer Freundinnen, und niemand störte sie. Ein Jahr später besuchte der König seine Tochter auf dem Land inmitten der Obstgärten und sah, daß sie zugenommen hatte und in Schönheit erblüht war und daß ihre Wangen eine rosige Farbe angenommen hatten. Der König war darüber sehr erfreut und wollte sie wieder nach Hause nehmen, aber sie bat ihn, noch ein Jahr bleiben zu dürfen, und er stimmte zu. So spielte und tanzte sie weiter mit den Töchtern der Minister, und niemand bekam die Mädchen zu Gesicht.

Eines Tages – an einem heißen Sommertag – legten sich die Mädchen, ermüdet von ihren Spielen, zu einer kurzen Ruhe nieder. Zur gleichen Zeit geschah es in einem fernen Land, daß dem Königssohn seine Lieblingstaube abhanden gekommen war. Sie war davongeflogen und spurlos verschwunden. Der Prinz lief ihr nach, von einem Ort zum anderen, bis er zu jenem Obstgarten kam, wo er ein Mädchen auf dem Gras in der Sonne liegen sah, das von wundersamer Schönheit strahlte. Von Liebe erfüllt, küßte er sie und sagte: »Ich hoffe, es wird mir gelingen, diese Schönheit zur Frau zu nehmen.« Er schnitt ein Stück vom Saum seines Mantels ab, legte es ihr auf die Stirn und entfernte sich. Als die Prinzessin erwachte, fand sie das Stoffstück. Erschrocken rief sie ihre Gespielinnen herbei und fragte, ob sie jemanden gesehen hätten, der in den Obstgarten eingedrungen war. Sie erwiderten, sie hätten niemanden bemerkt, da auch sie sich der Ruhe hingegeben hatten. Da sagte die Prinzessin: »Dann werde ich den Mann suchen gehen, der mir ein Stück von seinem Mantel aufs Gesicht gelegt hat.« Doch die Mädchen baten sie: »Geh lieber nicht, denn wenn dein Vater, der König, kommt und dich nicht findet, wird er uns alle töten.« Da sagte sie: »Was immer auch geschehen mag, ich gehe jetzt den Besitzer dieses Mantels suchen. Und wenn ich bis zum Jahresende nicht zurückgekehrt bin, ist es ein Zeichen, daß ich tot bin.«

Den Ministertöchtern halfen weder Bitten noch Tränen. Die Königstochter machte sich auf den Weg und ging immer weiter, bis sie in eine

Stadt kam, in der ihr eine alte Frau begegnete. Sie sagte zu der Frau: »Ich bitte dich, laß mich in deinem Hause übernachten, denn der lange Weg hat mich ermüdet.« Da nahm die Alte sie mit nach Hause und ließ sie bei ihr übernachten. Am Morgen zog die Königstochter ihren Ring vom Finger und sagte zu der Alten: »Nimm ihn, verkaufe ihn auf dem Markt und kaufe uns dafür etwas zu essen und auch schwarze Farbe.«

Die alte Frau besorgte alles Nötige, und sie aßen sich satt. Dann nahm die Königstochter die Farbe und färbte sich damit schwarz, so daß sie aussah wie eine schwarze Sklavin. Dann sagte sie zu der Alten: »Nimm mich mit auf den Markt und verkaufe mich an jemanden, der eine Sklavin braucht.«

Erschrocken erwiderte die Alte: »Warum, meine Tochter, soll ich dich als Sklavin verkaufen, wo du doch eine so wunderschöne Prinzessin bist?« Doch die Königstochter hörte nicht auf ihre Bitten, und die Alte mußte mit ihr auf den Markt gehen. Dort kaufte sie einer der Minister des Königs, der eine verhexte und schwerkranke Tochter hatte, und nahm sie mit sich nach Hause.

Dort befahl ihr der Minister, am Bett seiner Tochter zu sitzen und sie zu behüten. In der Nacht stand die Tochter des Ministers von ihrem Bett auf und verwandelte sich zuerst in ein Pferd, dann in eine Kuh und schließlich in ein Kamel. Das Kamel lief im Zimmer umher und warf die Kerze um, so daß sie ausging und völlige Dunkelheit herrschte. Die Prinzessin erschrak und wollte Licht machen, fand jedoch keine Zündhölzer. Sie lief hinaus und sah in der Ferne ein Licht. Als sie sich dem Licht näherte, vernahm sie die Stimmen von Menschen, die miteinander flüsterten. Lauschend blieb sie stehen und hörte, wie einer sagte: »Einmal verwandelt sich die Tochter des Ministers in eine Kuh, dann in ein Pferd und dann wieder in ein Kamel.« Da wurde der Königstochter klar, daß dies die Zauberer waren, die die Ministertochter mit ihren Zaubersprüchen verwandelten und quälten.

Die Königstochter, die sich als schwarze Sklavin ausgab, trat zu den Zauberern und sagte: »Ich erbitte von euch ein paar Zündhölzer, denn die Kinder haben beim Spielen die Kerze umgeworfen, und da die Tochter des Ministers sich in Kürze vermählt, sollte Licht im Hause sein.«

An jenem Ort befand sich ein Mann, der, als er diese Worte hörte, ein Messer zog und die Zauberer erstach. Da fragte ihn die Prinzessin: »Warum hast du sie getötet?« Und er erwiderte: »Weil sie mich betrogen haben. Ich wollte die Tochter des Ministers zur Frau nehmen, doch ihre Eltern weigerten sich, sie mir zu geben. Da habe ich diese Zauberer angeheuert, sie zu verhexen und zu mir zu bringen. Und jetzt höre ich, daß sie einen Mann heiratet.« Und die Prinzessin erwiderte: »Dieser Mann bist du.«

Darauf kehrte die Prinzessin ins Haus des Ministers zurück und sprach zu ihm: »Willst du, daß deine Tochter von ihrer Krankheit geheilt wird?« Und der Minister antwortete: »Ohne jeden Zweifel.« Und sie sagte: »Gib sie jenem Mann zur Frau, der um sie angehalten hat, und das wird ihre Erlösung sein.« Der Minister war einverstanden, diesem Mann seine Tochter zu geben, und die Tochter wurde wieder gesund. Darauf sagte die Prinzessin zu dem Minister: »Meine Arbeit hier ist getan. Ich will zu der alten Frau zurückkehren, von der du mich gekauft hast.« Alle Bitten und Versprechungen nützten dem Minister nichts, und er mußte sie schließlich ins Haus der Alten zurückschicken. Zwei Wochen lang blieb sie dort, und die beiden Frauen fanden Gefallen aneinander. Doch dann sagte die Königstochter zu der Alten: »Nimm mich wieder mit auf den Markt und verkaufe mich an einen, der mich braucht.« Sie hörte nicht auf die endlosen Bitten der Alten, färbte sich schwarz und ging mit ihr zum Markt, wo sie an einen reichen Mann verkauft wurde.

Und dieser reiche Mann hatte eine Tochter, die stumm war. Sie war nicht von Geburt an stumm gewesen, sondern ganz plötzlich verstummt, und nun saß sie den ganzen Tag da mit Kaugummi im Mund und nähte. Der reiche Mann befahl der Prinzessin, die er für eine schwarze Sklavin hielt, am Bett seiner Tochter zu wachen. Am Abend gab die Stumme ihrer Sklavin eine Tasse Kaffee und schüttete heimlich ein Schlafmittel hinein, daß sie einschlief. Doch die Stumme begnügte sich nicht mit dem bloßen Anblick der Schlafenden, sondern stieg aus dem Bett und zwickte sie heftig am ganzen Körper, bis sie sicher war, daß sie wirklich fest schlief. Dann nahm sie einen kleinen Schlüssel, der an ihrem Ohr hing, und öffnete damit einen Schrank, der in der Ecke des Zimmers stand. Sie warf ein wenig Brot und ein Gefäß mit Wasser hinein und schrie: »Wirst du mich nun heiraten, oder willst du lieber dort drinnen sterben?« Und eine Stimme antwortete ihr aus dem Inneren des Schrankes: »Ich werde nur diejenige heiraten, der ich ein Stück meines Mantels auf die Stirn gelegt habe.«

Als die Stumme das hörte, schrie sie: »Dann bleibe dort, bis du stirbst!« Sie schloß die Schranktür ab und legte sich schlafen.

Als die Königstochter am nächsten Morgen erwachte, war sie müde und erschöpft und wunderte sich, daß sie überall blaue Flecken hatte. Den ganzen Tag über war sie dann mit Hausarbeiten beschäftigt, mit Waschen und Kochen. Als es Abend wurde, gab ihr die Stumme wiederum eine Tasse Kaffee mit einem Schlafmittel, doch diesmal war die Königstochter klüger und schüttete den Kaffee heimlich aus dem Fenster. Darauf legte sie sich ins Bett und tat so, als schliefe sie, und obgleich die Stumme sie wieder heftig zwickte, rührte sie sich nicht. Sie hob ein wenig die Augenlider und beobachtete, wie die Stumme den kleinen Schlüssel nahm, der an ihrem Ohr hing, den Schrank aufsperrte und ihre Frage stellte, und sie hörte die Stimme aus dem Schrank antworten: »Ich werde keine heiraten außer der, der ich ein Stück meines Mantels auf die Stirn gelegt habe.«

Als die Stumme sich wieder ins Bett gelegt hatte, öffnete die Königstochter die Augen und sagte zu ihr: »Jetzt habe ich dich bei deinem Betrug erwischt, und wenn du von heute an nicht wieder zu sprechen beginnst, werde ich deinen Eltern alles berichten, was ich gesehen habe.« Die Stumme erschrak und versprach, es zu tun. Darauf ging die Königstochter zum Vater des Mädchens und sagte: »Siehe, deine Tochter hat die Sprache wiedererlangt. Damit ist meine Arbeit hier beendet, und ich will in das Haus der alten Frau zurückkehren.«

Wieder wohnte sie zwei Wochen lang bei der Alten, und beide fanden Gefallen aneinander, bis die Prinzessin ihr sagte: »Verkaufe mich noch einmal auf dem Markt.« Die Alte hatte keine andere Wahl und verkaufte sie als schwarze Sklavin an einen der Bediensteten des Königs. Dieser nahm sie mit in den Königspalast, aber was mußte sie dort sehen? Das ganze Haus war verschmutzt und vernachlässigt, überall liefen die Ratten herum, und alle Hausbewohner saßen mit verhülltem Haupt da und trauerten. Als sie das sah, war sie sehr erstaunt und fragte die Leute, warum sie trauerten. Und die sagten: »Wie sollten wir nicht trauern, da doch der einzige Sohn des Königs verschwunden ist.« Da wurde es der Königstochter klar, daß der Mann im Schrank des stummen Mädchens kein anderer war als der Königssohn. Und sie sagte: »Hört sofort auf zu jammern und zu seufzen, denn eure Erlösung ist nahe.«

Danach machte sie das Haus sauber, da sie sich ja als eine schwarze Sklavin ausgab, wusch und badete die Leute und kochte ihnen eine Suppe. Nachdem diese sich erholt hatten, sagte sie zu ihnen: »Geht zum Hause jenes reichen Mannes, und dort werdet ihr ein Mädchen finden, das Kaugummi kaut. Nehmt ihr den kleinen Schlüssel weg, der an ihrem Ohr hängt, und öffnet damit den Schrank in der Ecke des Zimmers. Und dort findet ihr euren Sohn wieder.«

Der König und die Königin waren von großer Freude erfüllt und schickten sogleich Soldaten und Aufseher zum Hause des reichen Mannes. Diese brachen die Tür auf und nahmen dem Mädchen mit dem Kaugummi den Schlüssel vom Ohr. Damit öffneten sie den Schrank und fanden darin den Königssohn, der schwach und abgemagert und dem Tode nahe war. Sie brachten ihn in den Palast, wuschen ihn, rasierten ihm den Bart ab, schnitten ihm die Nägel und flößten ihm Hühnerbrühe ein, bis er wieder zu Kräften kam.

Inzwischen hatte die schwarze Sklavin sein Zimmer aufgeräumt und sein Bett gemacht. Dabei sah sie seinen Mantel, der im Schrank hing und an dem ein Stück des Saumes fehlte. Sie verstand sogleich alles, holte das Stück Saum, das sie verwahrt hatte, hervor und legte es unter das Bettuch.

In der Nacht lag der Königssohn in seinem Bett, wälzte sich von einer Seite auf die andere und wußte nicht, was ihm soviel Unbequemlichkeiten bereitete. Schließlich zündete er eine Kerze an, sah unter dem Bettuch nach und fand das Stück Stoff vom Saum seines Mantels, das er einmal jenem wunderschönen Mädchen in dem Obstgarten auf die Stirn gelegt hatte. Gleich am Morgen ging er zu seiner Mutter und fragte sie: »Mutter, wer hat gestern mein Bett gemacht?« Und sie erwiderte: »Die schwarze Sklavin.« Da sagte er zu seiner Mutter: »Ich will sie zur Frau nehmen.« Die Mutter erwiderte: »Ist denn das möglich? Du als Königssohn willst eine schwarze Sklavin heiraten?« Und er antwortete: »Mutter, sie ist ebenfalls eine Königstochter.« Darauf rief die Mutter die schwarze Sklavin herbei und fragte sie aus, und diese erzählte ihr die ganze Geschichte.

Man führte die Sklavin ins Badehaus, und als sie zurückkam, war sie schön wie die Sonne und weiß wie der Mond. Es herrschte große Freude, und man bereitete eine prächtige Hochzeit vor, zu der alle Bewohner der Stadt und die Eltern der Prinzessin und ihre Freundinnen aus dem Obstgarten und auch die Alte, die sie dreimal auf dem Markt verkauft hatte, eingeladen waren. Und der Königssohn und die Königstochter lebten glücklich und zufrieden zusammen. Und das ist die Geschichte von der Prinzessin und dem Mädchen mit dem Kaugummi und dem jungen Mann, der zwischen ihnen stand.

Der Engel Asriel und der Schafhirte

Es war einmal ein junger Schafhirte. Eines Tages, als er mit seiner Herde auf der Weide war und sich auf einen Felsen setzte, um eine Mahlzeit aus Brot und Salz zu sich zu nehmen, blickte er auf und sah vor sich den Engel Asriel. Der Hirte teilte sein Brot mit ihm und auch das Salz, und gemeinsam setzten sie sich zum Essen. Da sprach der Engel: »Wisse, daß Gott mich geschickt hat, um dich zu töten.«

Der Hirte schwieg und sagte kein Wort, denn was sollte er dazu sagen? Und der Engel sprach weiter: »Ich werde dir ein Geheimnis verraten, das du niemandem offenbaren darfst, auch nicht deinem Vater und deiner Mutter. Du sollst niemals heiraten. Solange du unverheiratet bist, wird dir nichts Böses zustoßen, aber wenn du eine Frau nimmst, komme ich in dem Augenblick, wenn du sie in dein Zimmer führst, und nehme dir dein Leben. So hat man es mir befohlen.«

Die beiden einigten sich, das Geheimnis keinem lebenden Wesen zu offenbaren. Der Hirte schloß die Augen, und als er sie wieder aufschlug, war der Engel nicht mehr bei ihm.

Der Hirte kehrte nach Hause zurück und erzählte seinem Vater und seiner Mutter nichts. Monate und Jahre vergingen, Sommer und Winter wechselten sich ab, und immer noch nahm er sich keine Frau. Seine Eltern waren sehr betrübt, denn sie wurden alt, und auch ihm wuchsen schon ein paar graue Haare. Sie sprachen immer wieder von einer Ehe, aber er sagte nur: »Ich kann keine Frau nehmen, und ich darf euch auch nicht sagen, warum.«

Doch eines Tages, als er die Tränen seiner Mutter nicht mehr ertragen konnte, offenbarte er ihr sein Geheimnis. Als die Eltern und die ganze Familie das hörten, redeten sie auf ihn ein und beschworen ihn, die Sorge aus seinem Herzen zu verbannen, und sie versprachen, ihr Leben für ihn zu geben, sollte ihm Gefahr drohen.

Der Hirte hörte sie an und glaubte ihnen. Er nahm sich eine Frau und hielt Hochzeit. Doch nach dem Hochzeitsmahl erschien der Engel und sprach: »Du hast nicht auf meinen Rat gehört, dir keine Frau zu nehmen und niemandem dein Geheimnis zu verraten, und darum muß ich dir jetzt das Leben nehmen.«

Der Schafhirte rief seine ganze Familie zusammen, und alle kamen herbeigeeilt, doch als sie den Engel erblickten, packte sie die Angst, und sie liefen um ihr Leben. Da sagte der Engel zu dem Hirten: »Siehst du, keiner wird sein Leben für dich einsetzen, denn wer will schon sterben?

Auch ein Bruder wird sich für den anderen Bruder nicht opfern. Aber ich habe Brot und Salz mit dir gegessen, und wir sind Freunde. Ich werde dir nichts zuleide tun. Du bist heute fünfzig Jahre alt, und es werden dir noch weitere fünfzig Jahre beschert sein.«

So sprach der Engel Asriel und nahm Abschied von seinem Freund.

Die Höhle unseres Urvaters Abraham

Als unser Urvater Abraham die Götzenbilder mit einem Knüppel zerschlagen hatte, packte ihn Nimrod der Bösewicht und sagte: »Verneige dich und knie vor mir nieder, sonst werfe ich dich ins Feuer.« Als Abraham sich weigerte, schleppte ihn Nimrod in eine Höhle, in der sich ein Kohlen-Meiler befand, und warf ihn ins Feuer. Aber Gott entsandte einen Engel, der ihn rettete. Als Abraham dem Feuer entstieg und aus der Höhle trat, erblickte er am Himmel drei Sterne, die in einem besonderen Licht aufblitzten. Da fragte er den Engel, der ihn begleitete: »Herr, was sind das für Sterne?« Und der Engel erwiderte: »Das bist du, dein Sohn Isaak und dein Sohnessohn Jakob.«

Die glühenden Kohlen, auf die man Abraham geworfen hatte, verletzten ihn nicht, denn der Engel hatte sie in Fische verwandelt und eine Quelle sprudeln lassen, in der die Fische schwimmen konnten. Der Meiler wurde im Laufe der Jahre zerstört, aber seitdem wächst dort Gemüse, das von der Quelle bewässert wird. An der Decke der Höhle hängt ein Stein, und wenn ein Glücklicher die Höhle betritt, leuchtet ihm der Stein in allen Farben entgegen, aber wenn ein Glückloser hereinkommt, leuchtet er nicht und wird von dem Eintretenden gar nicht bemerkt.

Diese Höhle mit ihrer Quelle und den bunten Fischen wird »die Höhle unseres Urvaters Abraham« genannt, und sie befindet sich bei der Stadt Orfa, in der Nähe der großen Stadt Aleppo, an der Grenze zwischen Syrien und der Türkei.

Der zehnte Mann

Vor sehr langer Zeit war Hebron noch eine kleine Stadt, in der nur wenige Juden wohnten, und nicht immer fanden sich zehn Juden zum öffentlichen Gebet zusammen. Eines Abends, kurz vor Beginn des Jom Kippur, waren in der ganzen Stadt Hebron nicht mehr als neun jüdische Männer anwesend. Man wartete ab, ob vielleicht noch jemand aus einem der Dörfer kommen würde, aber keiner kam, weil alle nach Jerusalem, der Heiligen Stadt, gegangen waren, eine Entfernung von einem Viertel Tagesmarsch. Die Juden waren sehr betrübt, denn die Sonne war schon kurz vor dem Untergehen, und es würde bald Nacht werden.

Doch plötzlich sahen sie von weitem einen alten Mann kommen. Alle freuten sich sehr, und als der Alte zu ihnen trat, setzte man ihm sogleich Essen vor, doch er dankte ihnen und sagte, er habe schon unterwegs gegessen. Sie beteten alle zusammen am heiligen Tag und erwiesen dem Alten große Ehre. Als der Fasttag zu Ende ging, besprachen sich die Männer, denn jeder von ihnen wollte den Gast in seinem Hause bewirten. Schließlich einigte man sich, das Los entscheiden zu lassen, und das Los fiel auf den Kantor, der ein frommer Mann war und oft bedeutsame Träume hatte. Der Kantor machte sich auf den Nachhauseweg, und der Gast folgte ihm, doch als sich der Kantor zu ihm umwandte, war dieser verschwunden. Man suchte ihn überall und fand ihn nicht, und alle waren sehr bestürzt, weil sie dachten, der Gast sei davongegangen, weil er nicht mit ihnen Zusammensein wollte. Doch in derselben Nacht erschien der Alte dem Kantor im Traum und sagte ihm, er sei unser Urvater Abraham, möge er in Frieden ruhen, und er sei gekommen, um den Minjan vollzumachen.

Abraham der Schuhmacher

In Salkov, einer Kleinstadt in Polen, wohnte ein Rabbi namens Gedaljah. Eines Tages schickte man ihm eine Botschaft, er möge in einem der umliegenden Dörfer einen Säugling beschneiden. Es war Kriegszeit,

überall herrschte Verwüstung, und die Menschen fürchteten sich, die Stadt zu verlassen. Doch Rabbi Gedaljah nahm die Gefahr auf sich und fuhr in jenes Dorf zum Hause der Wöchnerin. Der Ehemann der Wöchnerin war wegen des Krieges aus dem Dorf geflüchtet, und es gab keinen Paten für den Säugling. Im ganzen Dorf gab es keinen einzigen Juden mehr. Rabbi Gedaljah stellte sich an die Wegkreuzung für den Fall, daß irgendwann ein Jude vorbeikommen würde. Wie er noch betrübt dastand, sah er einen Mann, der nach der Gewohnheit umherziehender Schuhmacher einen kleinen Schemel auf der Schulter trug. Und Rabbi Gedaljah sagte zu ihm: »Friede sei mit dir, wir müssen jetzt beide einen Säugling aus diesem Dorf beschneiden.« Der Mann wollte zuerst nicht auf Rabbi Gedaljah hören, und erst als dieser ihn bat und anflehte, stimmte er zu, und beide gingen gemeinsam ins Haus der Wöchnerin. Dort setzte sich der Mann auf seinen kleinen Schemel und hielt das Kind auf den Knien, und Rabbi Gedaljah vollzog die Beschneidungszeremonie nach allen Regeln. Der Mann hatte auch eine Flasche Wein bei sich, die Rabbi Gedaljah entgegennahm, und er sprach zu dem freudigen Ereignis einen Segensspruch aus. Kaum war der Segen gesprochen, war der Mann plötzlich verschwunden. Rabbi Gedaljah war sehr erstaunt über diese eigenartige Erscheinung und war zu gleicher Zeit von Angst und Freude erfüllt, denn er glaubte, der Allmächtige habe ihm den Propheten Elija gesandt.

Nach einigen Tagen fuhr Rabbi Gedaljah zu Rabbi Israel von Kosnitz. Als er an die Tür trat, kam ihm der Zaddik mit strahlendem Gesicht entgegen und sagte: »Ich weiß, daß du glaubtest, der Schuhmacher, der das Kind während der Beschneidung auf den Knien hielt, sei der Prophet Elija gewesen. Wie groß wird erst deine Freude sein, wenn ich dir sage, daß es unser Urvater Abraham selbst war, möge er in Frieden ruhen.«

Das Gespräch mit unserem Urvater Abraham

Ein Minister aus Damaskus kam einmal nach Hebron zur Grabstätte unserer Urväter, mögen sie in Frieden ruhen. Über der Gruft bemerkte er eine Öffnung und beugte sich hinein, um die Urväter zu sehen. Dabei rutschte ihm sein Schwert aus dem Gürtel und fiel in die Gruft. Und dieses Schwert war äußerst kostbar.

Da befahl der Minister den Leuten seines Gefolges, in die Gruft zu steigen und ihm das Schwert zu holen. Die Männer stiegen einer nach dem anderen hinunter, und alle starben – insgesamt dreißig Mann. Da ließ der Minister den Diener der Grabstätte rufen, der ebenfalls ein Araber war, und sagte zu ihm: »Grabdiener bist du und kennst dich in dieser Gruft aus. Darum befehle ich dir, mir mein Schwert zu holen.« Doch der Diener erwiderte: »Laß doch die Juden kommen, und sie werden dir dein Schwert herausholen.« Seine wirkliche Absicht war, die Juden zu töten.

Darauf ließ der Minister den Rabbiner von Hebron kommen und sagte zu ihm: »Hole mir mein Schwert.« Und was tat der Rabbiner? Es gab in Hebron einen armen alten Diener, und zu dem sagte der Rabbiner: »Steige hinunter und bringe dem Minister sein Schwert.« Doch der Diener sagte: »Ich fürchte mich.«

Und der Rabbiner sagte: »Geh, nimm ein Bad, wechsle deine Kleidung und fürchte dich nicht, denn ich bürge für deine Sicherheit.«

Der jüdische Diener tat, wie ihn der Rabbiner geheißen hatte, und dann ließ man ihn vor den Augen des Ministers und seiner Leute an einem Strick in die Gruft hinunter. Und alle Juden der Stadt sahen zu.

Der Diener kam in die Gruft, eine Wachskerze in der Hand. Und beim Schein der Kerze sah er dort unseren Urvater Abraham und dessen Frau Sarah sitzen. Und Abraham sprach zu ihm: »Warum bist du hierhergekommen?« Der Diener fiel vor ihm auf die Knie, küßte ihm Hände und Füße und erwiderte: »Herr, du kennst doch den Grund.« Und nach einer Weile fügte er hinzu: »Herr, ich bitte dich: Sage mir, wann der Messias, unser Erlöser, kommen wird.« Und Abraham erwiderte: »Frage mich nicht, denn ich darf es dir nicht offenbaren.« Und dann sagte er noch: »Ich will dir ein Geheimnis verraten, und wenn du es niemandem erzählst, wirst du noch vierzig Jahre leben, und noch in diesem Jahr wird dir ein Sohn geboren werden. Aber wenn du jemandem von unserem Gespräch erzählst, stirbst du sofort.«

Der Diener vernahm die Worte unseres Urvaters Abraham, küßte ihm die Hand und stieg aus der Gruft. Als er wieder oben war, sagte der Rabbiner zu ihm: »Ich weiß, daß du mit unserem Urvater Abraham gesprochen hast, möge er in Frieden ruhen.« Doch der Diener erwiderte: »Er hat kein Wort mit mir gesprochen.« Da sagte der Rabbiner: »Das ist nicht wahr, denn er hat mit dir gesprochen, und du wirst mir nichts verheimlichen.« Darauf schwieg der Diener, und der Rabbiner sagte: »Du bist schon achtzig Jahre alt und willst noch immer weiterleben?« Da berichtete der Diener ihm alles, was er gehört hatte, und starb auf der Stelle.

Die vier vornehmen Frauen

Der Zaddik Rabbi Dow Bar aus Masaritsch war in jungen Jahren sehr arm. An einem Winterabend mußte seine Frau zur Mikwe gehen, doch draußen wütete ein Schneesturm, und sie verirrte sich und erreichte das Badehaus erst nach Anbruch der Dunkelheit, als der Bademeister das Tor schon abgeschlossen hatte. Die Frau klopfte an und bat, eingelassen zu werden, aber der Bademeister verwehrte ihr den Eintritt und rief: »Was denkst du dir, du bettelarmes Weib, daß du mich in meiner Ruhe störst?« Beschämt blieb die Frau draußen stehen und rührte sich nicht von der Stelle. Die Stunden zogen vorbei, und es wurde Mitternacht. Plötzlich ertönte Glockengeläut und das Stampfen von Pferden, und eine Kutsche, in der vier vornehme Frauen saßen, hielt vor dem Tor des Badehauses. Erschrocken sprang der Bademeister von seinem Lager auf, zündete eine Kerze an und riß die Tür auf, um die vornehmen Frauen mit großer Ehrerbietung zu empfangen. Als sie eintraten, nahmen sie die arme Frau bei der Hand, badeten gemeinsam mit ihr, und nach dem Bad nahmen sie sie in der Kutsche mit und brachten sie bis an ihre Haustür. Als sie ausgestiegen war, verschwand die Kutsche mit den vier Frauen vor ihren Augen. Als sie ins Haus trat, blickte ihr Mann sie an und sagte: »Meine Frau, du hast mit unseren vier Urmüttern Sarah, Rebekka, Rachel und Leah gebadet.«

Joab Ben Zeruja und die Amalekiter

Es war einmal zur Zeit Davids, des Königs von Israel, da zog Joab Ben Zeruja aus zur Stadt der Amalekiter, die Kinseli benannt war, um sie anzugreifen und zu erobern. Und die Amalekiter verschlossen die Tore der Stadt, als Joab mit seinem Heer von zwölftausend Kriegshelden anrückte. Nach sechs Monaten versammelten sich die Krieger um Joab und sagten zu ihm: »Wir können diese Unbill nicht länger ertragen, bei Tag und bei Nacht gegen die Stadtmauer anzustürmen, weitab von unseren

Frauen und Kindern.« Und Joab fragte: »Was wollt ihr tun?« Darauf erwiderten sie: »Wir wollen nach Hause zurückkehren.« Darauf sagte Joab: »Warum sollten wir gesenkten Hauptes zurückkehren, in Schimpf und Schande und zum Spott unserer Nachbarn? Alle Völker werden es erfahren und über uns herfallen und uns bekriegen. Hört auf mich und tut, was ich euch sage: Baut eine Wurfmaschine und schleudert mich damit über die Mauer hinweg in die Stadt und wartet dann vierzig Tage lang. Wenn ihr seht, daß unter den Toren der Stadt Blut hervorquillt, ist das ein Zeichen, daß ich am Leben bin. Wenn nicht, dann bin ich tot, und ihr könnt zu euren Familien zurückkehren.«

Und Joab nahm tausend Goldmünzen und auch sein Schwert, das eine halbe Elle lang und eine Spanne breit war, und dann schleuderten sie ihn mit der Wurfmaschine über die Mauer, das Geld und das Schwert mit ihm. In der Stadt fiel er auf den Hof einer Witwe, die eine verheiratete Tochter hatte. Als das Mädchen den Aufschlag hörte, lief es in den Hof und sah Joab am Boden liegen. Sie rief ihre Mutter und ihren Mann, und die drei trugen Joab ins Haus. Dort wuschen sie ihn mit warmem Wasser und rieben ihn mit Öl ein, bis er wieder zu sich kam. Als sie ihn fragten: »Wer bist du?«, erwiderte er: »Ich bin ein Amalekiter und war bei der Streitmacht der Israeliten, und dann fingen sie mich ein und führten mich vor den König von Israel. Und der König befahl, mich mit einer Wurfmaschine in diese Stadt zu schleudern. Darum bitte ich euch, mich am Leben zu lassen.« Joab gab dem Ehemann des Mädchens zehn Goldmünzen und sagte: »Tue mit dem Geld, was du willst.«

Nachdem Joab zehn Tage bei ihnen gewohnt hatte, wollte er in die Stadt gehen. Da sagten sie zu ihm: »Gehe nicht in der Kleidung, die du trägst, denn man wird dich für einen Kundschafter halten, und dann droht dir Gefahr.« Sie gaben ihm von ihrer eigenen Kleidung, und er ging in die Stadt. In dieser Stadt gab es hundertundvierzig Märkte, einer größer als der andere, und Joab kundschaftete alle Eingänge und Ausgänge der Stadt aus. Dann ging er zu einem Schmied und sagte: »Bringe mein Schwert wieder in Ordnung, das mir beim Fallen zerbrochen ist.« Als der Schmied das Schwert betrachtete, erschrak er. Joab fragte ihn: »Warum bist du so erschrocken?« Und der Schmied antwortete: »Ein solches Schwert habe ich noch nie gesehen.« Da sagte Joab: »Richte es her, und ich werde dir einen guten Lohn zahlen.« Der Schmied besserte das Schwert aus und überreichte es Joab. Dieser ergriff es, schwenkte es durch die Luft, und wieder zerbrach es. Auch beim zweitenmal zerbrach das Schwert, aber beim drittenmal nicht mehr. Da sagte Joab zum Schmied: »Wer soll mit diesem Schwert erschlagen werden?« Und der Schmied erwiderte: »Joab, der Heerführer des Königs von Israel.« Darauf sagte Joab: »Das bin ich« und stieß ihm das Schwert in den Leib. Danach fragte er ihn: »Was ist das in deinem Bauch?«, und der Schmied sagte: »So etwas wie Schnee.« Darauf stieß Joab ihn zu Boden und ging davon.

Joab ging durch eine der Straßen und sah dort etwa fünfhundert Söldner. Er erschlug sie alle und ließ keinen am Leben, und danach kehrte er in das Haus zurück, in dem er wohnte. Die Nachricht von den erschlagenen Söldnern hatte sich in der Stadt verbreitet, und man fragte, wer sie getötet habe. Und die Menschen sagten: »Kein anderer als Asmodi, der König der Teufel.« Doch die Bewohner des Hauses, wo er wohnte, fragten Joab: »Hast du von diesem Gerücht gehört?« Und er erwiderte: »Nein.« Er gab ihnen noch mehr von seinem Geld und blieb weitere zehn Tage bei ihnen wohnen. Danach ging er wieder in die Stadt, das gezückte Schwert in der Hand, und erschlug weitere tausendfünfhundert Mann, bis das Schwert ihm an der Hand klebenblieb.

Er kehrte ins Haus zurück, fand dort das Mädchen vor und sagte: »Bringe mir ein wenig warmes Wasser und löse damit das Schwert von meiner Hand.« Als das Mädchen jedoch seine Hand betrachtete, stieß es einen Schrei aus und rief: »Bei uns ißt du und trinkst, und unsere Männer erschlägst du?« Darauf stieß ihr Joab das Schwert in den Leib, und es löste sich von seiner Hand. Danach ging er wieder in die Stadt und hörte, wie ein Ausrufer verkündete: »Wer immer einen Gast im Hause hat, bringe ihn zum König.« Und Joab erstach ihn. Das gleiche tat er mit jedem, dem er begegnete, bis er zweitausend Mann getötet hatte. Dann ging er an die Tore der Stadt und erschlug alle, die sich dort befanden. Und er öffnete die Tore, und das Blut strömte hinaus.

Bis dahin hatten die Israeliten um Joab getrauert und wollten schon nach Hause zurückkehren, doch als sie das Blut aus den Toren fließen sahen, freuten sich alle und riefen wie ein Mann: »Höre Israel, der Herr ist unser Gott, der Herr ist der einzige Gott!« Nachdem Joab Ben Zeruja die Tore geöffnet hatte, stieg er auf einen Turm, damit alle Israeliten ihn sehen konnten, und rief mit lauter Stimme: »Schickt Botschafter zum König, und dann zückt eure Schwerter und zieht in die Stadt ein.« Und dann sah Joab, daß auf seinem rechten Bein folgende Verse standen: »Der Herr erhöre dich in der Not« und »Hilf Herr, du König! Er wird uns erhören, wenn wir rufen.«

Und als David kam, sprach er zu Joab: »Was hast du getan? Hast du alle Amalekiter in der Stadt erschlagen, so wie es geschrieben steht: ›Du sollst die Erinnerung an die Amalekiter austilgen‹?« Und Joab erwiderte: »Das habe ich getan, und nur ihr König ist als einziger am Leben geblieben.« Danach ging Joab und brachte den König zu David, und David tötete ihn mit eigener Hand. Und Joab nahm seine Krone und setzte sie David aufs Haupt, und die Krone war aus purem Gold mit einem kostbaren Edelstein. Danach nahmen die Israeliten alles Eigentum in der Stadt und die Kinder und alles Gold und Silber und raubten und plünderten alles aus und brannten die Häuser der Götzenanbeter nieder und kehrten voller Freude nach Jerusalem zurück.

König David und Rabbi Riccanati

Einst ging der Sultan am Abend in der Stadt Istanbul spazieren und kam im Mondschein durch die Judengasse, wo eine Gruppe von zehn Juden stand, die Gesichter dem Mond zugewandt, und ausrief: »David, der König Israels, ist lebendig und beständig!« Erstaunt sagte sich der Sultan: »Lebt denn König David wirklich noch? Ich schwöre bei Gott und bei meinem Leben, daß ich nicht ruhen werde, bis ich ihn mit eigenen Augen sehe.«

Als er wieder zu Hause war, ließ er den berühmten Rabbi Menachem Riccanati zu sich rufen und sagte zu ihm: »Heute abend bin ich durch die Judengasse gegangen, und dort hörte ich, daß sie sagten, König David sei lebendig und beständig. Ich verlange, daß du ihn mir zeigst, wenn er wirklich noch am Leben ist, wie ihr sagt: Und wenn du diesem meinem Wunsche nicht nachkommst, sehe ich das als ein Zeichen an, daß ihr mir nicht treu ergeben seid, und ich werde euch alle umbringen lassen.«

Als Rabbi Riccanati die Worte des Sultans hörte, überfiel ihn große Furcht. Er ging nach Hause und fastete mehrere Tage, bis ihm vom Himmel verkündet wurde, er möge in die Stadt Lus gehen, um dort zu erfahren, was er zu tun habe. Riccanati machte sich auf den Weg und erreichte die Tore der Stadt Lus. Doch dort verwehrten ihm die Wächter den Eintritt, da nicht jeder Beliebige die Stadt betreten durfte. Darauf nannte er ihnen seinen Namen und sagte ihnen auch, welchen Auftrag ihm der Sultan gestellt hatte, und daß man ihm vom Himmel verkündet habe, er müsse in die Stadt Lus ziehen, um seinen Auftrag auszuführen. Die Wächter ließen ihn daraufhin ein, und er betrat die Stadt. Als er über die Märkte und durch die Straßen wanderte, begegnete er einem alten Juden von weisem Aussehen, und dieser grüßte ihn und fragte: »Wer bist du und was ist der Grund deines Kommens?« Und Riccanati erwiderte: »Mein Name ist Menachem Riccanati, und ein Wink des Himmels hat mich hergeführt, um eure Weisen zu befragen, wie ich zu der Höhle Davids des Königs komme, möge er in Frieden ruhen.« Der Alte blickte ihn an und sagte: »Ich warte schon lange Jahre

auf dich, denn ich habe nur so lange zu leben, bis Riccanati in die Stadt Lus einkehrt. Wenn du zu David dem König gehen willst, möge er in Frieden ruhen, mußt du einige Meilen in die Wüste hinausgehen, bis du an eine große Höhle kommst. Aber betrete die Höhle nicht, bevor du deinen ganzen Körper mit Wasser gewaschen hast, und rufe die heiligen Namen aus, die ich dir ins Ohr sagen werde.«

Riccanati verneigte sich tief vor dem Alten und sagte: »Ich werde tun, wie du mich geheißen hast, Herr.« Darauf zog er drei Tage und drei Nächte durch die Wüste und kam zu einer großen Höhle. Und davor war ein Wasserbecken, in dem er sich wusch. Dann stand er auf und rief die heiligen Namen, die ihm der Alte genannt hatte, und betrat die Höhle. Als sein Fuß die Schwelle berührte, leuchtete ringsum ein helles Licht auf, das ihn blendete, so daß er nichts mehr sehen konnte. Er schloß für ein paar Minuten die Augen, und als er sie wieder öffnete, erblickte er König David, der auf einem elfenbeinernen Bett lag, seine Königskrone neben seinem Haupt, und an der Wand über ihm hing sein mit Saphiren geschmücktes Schwert. Riccanati verneigte sich vor ihm und warf sich zu Boden, und er hatte so große Angst, daß er nicht wieder aufstehen konnte.

Als König David das sah, sprach er zu ihm: »Stehe auf, mein Sohn, und trete näher.« Darauf erhob sich Riccanati und tat, wie ihm geheißen, und sogleich war sein Körper mit Aussatz bedeckt. Da schrie er: »Mein Herr und König, ich bitte dich – heile mich!« Und der König sagte: »Warum schreist du? Wasche dich jetzt mit dem Wasser aus dem anderen Krug, und du wirst wieder gesund sein.« Als sich darauf Riccanati mit dem Wasser aus dem anderen Krug wusch, wurde er sogleich wieder gesund, und von dem Aussatz war nichts mehr zu sehen. Und da sprach der König: »Nimm diese zwei Wasserkrüge und bringe sie dem Sultan, und wenn er die Wunderkraft dieses Wassers sieht, sage ihm, ich hätte es ihm gesandt.«

Riccanati kehrte zurück zum König der Türken und zeigte ihm die Wunder, die das Wasser bewirkte, doch der Sultan sagte: »Wenn du mir ein so kostbares Geschenk von König David gebracht hast, ist das ein Beweis, daß er tatsächlich noch lebt, und darum werde ich mein Urteil nicht widerrufen, bis ich ihn mit meinen eigenen Augen gesehen habe.« Als Riccanati die zornigen Worte des Sultans hörte, fürchtete er um sein Leben und geleitete ihn in die Höhle des Königs David. Doch als der Sultan das Antlitz von König David sah, packte ihn der Schrecken, und er fiel bewußtlos zu Boden. Bald darauf erwachte er wieder, und König David sprach zu ihm: »Nach dem Gesetz müßtest du sterben, aber ich will Gnade walten lassen, damit du allen von den Wundern des Gottes Israels berichten kannst.« Dann kehrte der Sultan nach Hause zurück und widerrief sein hartes Urteil zur Freude und Erleichterung aller.

Rabbi Judel der Rote und König David

In der Stadt Premisla in Polen lebte ein Mann mit Namen Rabbi Jehuda, doch die Einwohner der Stadt nannten ihn Rabbi Judel den Roten. Er war ein schlichter, ehrlicher und gottesfürchtiger Mann, der den ganzen Tag über mit Tallit und Tefillin in der Synagoge saß und Gebete und Psalmen hersagte. Die Psalmen pflegte er mit singender Stimme vorzutragen, und da er diese Lieder des Königs David so sehr liebte, verging kein Tag, ohne daß er sie alle aufsagte, und am Sabbat und an Feiertagen gleich zweimal. Rabbi Judel hatte eine einfache Frau, die in ihrem Laden Hefe verkaufte und damit ihren Mann und ihre vier Kinder ernährte. Rabbi Judel war nicht reich und kein großer Gelehrter, aber er liebte Gott und sang ihm täglich die schönen Psalmen des Königs David vor. Als seine Todesstunde gekommen war, hörte er nicht auf, Psalmen herzusagen, und starb schließlich am siebten Tag des Pessachfestes mit dem letzten Vers auf seinen Lippen: »Jede Seele möge Gott preisen, halleluja.«

Die Trauergäste schritten hinter seinem Sarg her zum Friedhof, und plötzlich sahen sie, wie eine Schar von Reitern sich auf der Straße nach Lvov näherte, auf prächtigen Pferden und in blitzender Rüstung mit kupfernen Helmen auf dem Kopf und mit langen Schwertern auf ihren Schenkeln. Als sie herangekommen waren, bemerkten die Trauergäste, daß die Reiter Musikinstrumente über der Schulter trugen. »Wozu seid ihr alle hier versammelt?« fragte der Anführer der Reiter, und sie erwiderten: »Ein frommer Mann ist heute verschieden, der Gott in Liebe und Ehrfurcht diente und der nicht müde wurde, Psalmen zu singen, und jetzt geben wir ihm das Geleit zu seiner letzten Ruhestätte.« Da sagte der Anführer der Reiter: »Es geziemt sich, daß auch wir ihm Ehre erweisen.« Er befahl seinen Soldaten, sich an die Spitze des Trauerzuges zu setzen und dem Toten aufzuspielen, bis man ihn ins Grab legte. So zog der Trauerzug mit den Musikanten an der Spitze zum Friedhof. Und während man noch damit beschäftigt war, den Toten zur letzten Ruhe zu betten, waren die Soldaten plötzlich verschwunden, und keiner hatte sie wegreiten sehen. Es erschien allen wie ein Wunder, und man fragte sich, wer diese Reiter wohl sein mochten, wo sie herkamen und wohin sie verschwunden waren. Doch niemand wußte eine Antwort darauf. Man erkundigte sich bei allen Leuten, die unterwegs waren, doch alle sagten: »Wir haben nichts gehört und nichts gesehen.« Danach schickte man Boten in die Städte und Dörfer, die an der Straße nach Lvov lagen, um zu fragen, ob dort eine Schar von Reitern mit Musikinstrumenten über der Schulter gesehen worden sei, aber niemand hatte etwas gesehen oder gehört. Da wunderten sich die Leute über die Sache.

Doch in derselben Nacht erschien Rabbi Judel dem Rabbiner der Stadt im Traum und sagte zu ihm: »Du sollst wissen – der Anführer jener Schar von Reitern, die euch auf dem Weg zum Friedhof begegneten, war König David, möge er in Frieden ruhen. Er kam mit seinem Gefolge, um mich im Jenseits zu begrüßen, und sie erwiesen mir die

Ehre, dieselbe Melodie zu spielen, nach der David zum erstenmal seine Psalmen gesungen hatte. Und diese Ehre erwies man mir nur darum, weil ich stets, als ich noch auf Erden wandelte, die Psalmen zum Lobe Gottes gesungen habe.«

Der reiche Mann, der Baal Schem Tow und König David

In einer Stadt in der Nähe von Medsibus lebte einst ein sehr reicher Mann, der auch ein Gelehrter und Wohltäter war. Eines Tages kam ihm der Gedanke, ein Buch der Heiligen Schrift zu stiften, das nach strengsten Regeln der Religion angefertigt war und seinesgleichen nicht hatte. Was tat er also? Er kaufte eine Anzahl Kälber ein, die er in einem besonderen Stall mästen ließ, bis sie fett waren. Dann wurden sie geschlachtet, und er verteilte das Fleisch an die Armen. Die Häute ließ er von gottesfürchtigen Fachleuten zu feinstem Leder verarbeiten, aus dem das Buch der Heiligen Schrift gefertigt werden sollte. Danach ließ er einen geschickten, gottesfürchtigen Schreiber kommen, verköstigte ihn und seine Familie in seinem Hause, und dieser Schreiber saß viele Jahre lang Tag für Tag und widmete sich dieser heiligen Arbeit. Als das Buch

fertig geschrieben war und in seiner Pracht alles übertraf, gab der reiche Mann ein Festmahl zur Feier der Fertigstellung des Heiligen Buches.

Alle Einwohner der Stadt versammelten sich im Haus des reichen Mannes, und unter ihnen war auch ein Wasserträger. Dieser Wasserträger war ein frommer, ehrlicher Mann, der fleißig seine Arbeit verrichtete und die Gewohnheit hatte, häufig Psalmen zu singen. Nachdem der Gastgeber die Würdenträger der Stadt eingeladen hatte, diejenigen Buchstaben, die der Schreiber nur in Umrissen gemalt hatte, mit Tinte nachzuziehen, und nachdem ein Segensspruch zu Ehren der Heiligen Schrift und ihrer Leser gesprochen war, begann man, an die Gäste, die am Tisch saßen, Challot zu verteilen, und auch dem Wasserträger, der am unteren Ende des Tisches saß, gab man ein Stück davon. Als dieser das Brot sah, konnte er sich nicht länger zurückhalten, denn er war sehr hungrig, nachdem er den ganzen Tag nichts gegessen hatte. Er glaubte, niemand würde ihn beachten, und wusch sich die Hände, noch bevor die anderen Gäste es taten. Doch der Hausherr, der gerade vorbeikam, hatte es bemerkt, wurde sehr zornig und rief mit lauter Stimme: »Tolpatsch, warum drängst du dich vor? Glaubst du, du wärest wichtiger als andere, weil du Psalmen singst? Unter meinen Gästen sind Gelehrte und reiche Leute, und du drängst dich vor!«

Als der arme Wasserträger die Worte des reichen Hausherrn hörte und seinen Zorn sah, legte er das Brot wieder auf den Tisch und verließ das Haus. Die übrigen Gäste wuschen sich die Hände, speisten nach Herzenslust, und keiner achtete auf die Beleidigung, die dem Wasserträger durch den Hausherrn widerfahren war, und niemand bemerkte, daß er das Haus verlassen hatte. Auch der Hausherr selbst vergaß den Vorfall. Nachdem alle gesättigt waren und das Festmahl zu Ende ging, machten sich die Gäste auf den Nachhauseweg, und der Hausherr setzte sich, wie es seine allabendliche Gewohnheit war, zum Studium religiöser Schriften nieder. Und als er dort saß, ein offenes Buch vor sich, hörte er draußen plötzlich eine Stimme, die ihn rief. Sogleich unterbrach er sein Studium und eilte hinaus, um nachzusehen, wer mitten in der Nacht nach ihm rief. Doch als er hinaustrat, erhob sich ein Sturmwind, packte ihn und trug ihn davon bis tief in die Wüste, wo er ihn zu Boden warf.

Große Angst überfiel ihn, und er blieb reglos liegen. Auch war er bei seinem Fall vom Himmel schwer aufgeschlagen. Als er wieder zu sich kam und sich ein wenig beruhigt hatte, öffnete er die Augen und erblickte von weitem ein Licht. Als er wieder ein wenig zu Kräften gekommen war, erhob er sich, ging auf das Licht zu und kam an ein großes, prächtiges Haus, aus dessen Fenstern das Licht herausschien. Dort angekommen, setzte er sich an die Hausmauer und ging nicht hinein, denn er sagte sich im stillen: Das ist ein Haus von Teufeln oder Räubern. Während er dort saß und sich versteckt hielt, hörte er plötzlich aus dem Inneren des Hauses eine Stimme: »Macht Platz für David, den König von Israel!« Er traute seinen Ohren nicht und glaubte, es sei nur Einbildung, aber wieder vernahm er eine Stimme: »Willkommen, David, König von Israel!« Und wenige Augenblicke später ertönte ein weiterer Ruf: »Macht Platz für Rabbi Israel Baal Schem Tow!« Und gleich darauf: »Willkommen, Rabbi Israel Baal Schem Tow!« Der reiche Mann spitzte die Ohren und vernahm die Stimme eines Mannes, der sagte: »Warum sitzt dieser Mann aus dem Volk Israel dort draußen an der Mauer?« Und die Stimme von König David erwiderte: »Ich habe ihn herbestellt, um ihn vor Gericht zu stellen, und Rabbi Israel Baal Schem Tow wird sein Fürsprecher sein.«

Darauf setzten sich die Richter zur Verhandlung hin, und König David erhob sich und sprach: »Mein ganzes Leben lang habe ich den Schöpfer der Welt gebeten, meine Aussprüche als das lebende Wort Gottes anzusehen, und er versprach mir, daß jeder, der meine Psalmen sagt, mit dem gleichgestellt wird, der Heilige Schriften studiert. Und in einer jüdischen Stadt wohnt ein rechtschaffener, einfacher Jude, ein Wasserträger, der sein ganzes Leben lang Psalmen sagt. Dieser Mann kam in ein Haus, wo man ihn vor allen Gästen auf gemeine Art beleidigte, nur weil er meine Psalmen singt. Ich verlange, den Mann, der ihn beleidigt hat, zu verurteilen, damit das ganze Volk davon hört und sich fürchtet.«

Darauf erhob sich der Vorsitzende des Gerichts und sagte: »Nach dem Gesetz muß dieser Mann vom Himmel zum Tode verurteilt werden, doch sollten wir zunächst seinen Fürsprecher anhören.« Nun erhob sich der Baal Schem Tow und sagte: »Zwar ist der Vorsitzende dem Gesetz nach im Recht, doch wenn wir so verfahren, ist dem Recht nicht Genüge getan, denn niemand wird erfahren, welch große Tugend das Sprechen von Psalmen ist und wie schwer diejenigen bestraft werden, die dieses Gebot mißachten. Es ist meine Meinung, wir sollten diesem Mann sein Urteil verkünden und ihm die Wahl überlassen, entweder nach Hause zurückzukehren und dort im Schlaf von den Mächten des Himmels hingerichtet zu werden, wobei niemand erfahren würde, warum er gestorben ist, oder aber die ganze Stadt zu einem Festmahl einzuladen und vor versammeltem Volk den Wasserträger um Vergebung zu bitten und öffentlich zu berichten, was ihm in dieser Nacht widerfahren ist, damit das ganze Volk es erfährt und sich fürchtet.«

Das Gericht stimmte dem Fürsprecher zu und schickte sogleich einen Boten hinaus, dem reichen Mann das Urteil zu verkünden und ihm zu sagen, er müsse sich sofort entscheiden. Der Mann entschied sich für die zweite Möglichkeit und bat darum, nach Hause zurückkehren zu dürfen, doch war er nicht imstande, sich von der Stelle zu bewegen. Darauf brachte ihm der Bote des Gerichts einen Krug mit Wasser aus dem Garten Eden, und der Reiche wusch sich damit und kam wieder zu Kräften. Dann erfaßte ihn eine Wolkensäule und trug ihn bis vor seine Haustür.

Im Morgengrauen rief der Reiche die Hausbewohner zusammen und befahl ihnen, ein großes Festmahl für alle Einwohner der Stadt auszurichten, und lud auch den Wasserträger ein, an seinem Tisch zu speisen. Während des Festmahls erhob er sich, bat den Wasserträger um Vergebung und berichtete der gesamten Bevölkerung, was ihm in der Nacht widerfahren war. Als die Anwesenden diese Geschichte vernahmen, wurden sie alle von Gottesfurcht erfaßt und sagten einer zum anderen: »Wie groß ist doch das Verdienst derer, die die Preisungen Davids, des Königs von Israel, singen. Das haben wir bisher nicht gewußt.«

Am nächsten Tag fuhr der reiche Mann in die nächste Stadt, um den Baal Schem Tow aufzusuchen, und als er ihn erblickte, fiel er besinnungslos zu Boden. Und als man ihn wiederbelebt hatte, begann er dem Zaddik zu berichten, was in jener Nacht geschehen war. Doch der Baal Schem Tow unterbrach ihn und sagte: »Schweig! Ich habe dich doch gesehen, als ich vor das höchste Gericht trat und du draußen an der Mauer saßest.«

Diese Geschichte erzählte der Zaddik Menachem Mendel aus Kosow.

König Salomo und das Honigurteil

Das Urteil, das Salomo im Streit der zwei Mütter fällte, ist allgemein bekannt. Weniger bekannt ist sein Urteil im Streit zwischen der Witwe und ihrer Nachbarin.

In einem Land lebte eine schöne und reiche jüdische Frau, deren Mann plötzlich verstarb. Der arabische König jenes Landes hatte ein Auge auf sie geworfen und wollte sie zur Frau nehmen. Doch die Jüdin weigerte sich, weil sie ihre Religion nicht aufgeben und keine anderen Götter anbeten wollte. Da sie jedoch wußte, daß man sie dazu zwingen konnte, beschloß sie, zu ihren Eltern zu flüchten und bei ihnen zu wohnen. Sie legte all ihr Silber und Gold in zwei große tönerne Krüge, verdeckte es mit Honig und übergab die Krüge ihrer Nachbarin mit den Worten: »Nachbarin, ich reise zu meinen Eltern und bitte dich, mir diese zwei Krüge mit Honig aufzubewahren, bis ich wiederkomme.«

Die Zeit verging, und der Sohn der Nachbarin wurde Bar-Mitzwa. Als die Familie alles zum Fest herrichtete und die Mutter Kuchen bakken wollte, bemerkte sie, daß kein Honig im Hause war. Es war schon Nacht, und alle Geschäfte waren geschlossen. Da sagte die Nachbarin zu ihrem Mann: »Wir haben hier zwei Krüge mit Honig, die der schönen Witwe von nebenan gehören, die dem König davongelaufen und zu ihren Eltern gezogen ist. Laß uns doch ihren Honig verwenden, und morgen kaufen wir frischen Honig und füllen die Krüge wieder auf.«

Als sie die Krüge öffneten, fanden sie unter dem Honig das Silber und das Gold. Sie waren freudig überrascht, versteckten den Schatz und füllten die Krüge mit frischem Honig.

Und wieder verging einige Zeit, und der arabische König kam ans Ende seiner Tage und starb. Diese Botschaft erreichte auch die Witwe,

worauf sie Abschied von ihren Eltern nahm und in ihre Stadt und ihr Haus zurückkehrte. Dort ging sie zu ihrer Nachbarin und bekam die zwei Krüge, die sie ihr zur Aufbewahrung überlassen hatte, zurück. Als sie die Krüge öffnete, fand sie darin jedoch nur Honig. Kein Gold, kein Silber – nur Honig. Es wurde ihr schwarz vor Augen, und sie raufte sich die Haare und lief weinend auf die Straße.

Zur gleichen Zeit kam dort der Knabe Salomo vorbei, der Sohn von König David, auf dem Weg in die Schule. Der sagte zu ihr: »Mütterchen, warum weinst du und raufst dir die Haare?« Und sie erwiderte: »Mein Kind, du bist noch zu klein, um mein Leid zu verstehen.« Da sagte er: »Erzähle es mir dennoch.« Und da erzählte sie ihm die ganze Geschichte, daß der arabische König sie zur Frau hatte nehmen wollen und sie nicht zugestimmt hatte, weil sie Jüdin bleiben wollte, und daß sie geflohen war und zwei Krüge voll Gold und Silber, mit Honig bedeckt, der Nachbarin zur Aufbewahrung übergeben hatte. Und als der König gestorben war und sie nach Hause zurückkehrte und die Krüge öffnete, hatten sie nichts als Honig enthalten, und jetzt sei sie völlig verarmt und hätte auch keine Zeugen für ihre Behauptung und keinen, der Recht sprechen würde.

Da sagte Salomo: »Ich werde Recht sprechen.« Darauf ging er zu König David und sagte: »Vater, ich möchte über diese Frau Recht sprechen.« Doch David erwiderte: »Mein Sohn, dazu bist zu noch zu klein.« Und Salomo sagte: »Vater, laß mich richten und schaue zu, was geschieht.« Der Vater gab nach, und Salomo nahm dessen Krone und setzte sie sich auf den Kopf. Darauf ließ Salomo die Witwe kommen und sagte zu ihr: »Frau, bringe deine Nachbarin vor mein Gericht und auch die zwei Krüge.« Darauf erschien die Witwe mit ihrer Nachbarin und deren Mann, und eine Menschenmenge versammelte sich, und der Knabe Salomo saß auf einem Thron über ihnen und sagte: »Frau, behauptest du, daß diese Krüge Gold und Silber enthielten, und jetzt enthalten sie nichts als Honig, woraus hervorgeht, daß deine Nachbarin das Fehlende gestohlen hat?« Und die Witwe erwiderte: »So ist es, und das ist die Wahrheit.« Da sagte Salomo: »Und du, Nachbarin, behauptest, daß die Krüge von Anfang an nur Honig enthielten und kein Gold und Silber und daß du nichts gestohlen hast?« Und die Nachbarin antwortete: »So ist es, und das ist die Wahrheit.«

Darauf befahl Salomo den Dienern: »Zerschmettert die Krüge.«

Die Diener nahmen die Krüge und zerschmetterten sie, und eine Goldmünze kam zum Vorschein, die an dem Honig ganz unten am Krug klebengeblieben war. Da sagte Salomo: »Dies ist ein sonnenklarer Beweis.«

Da warf sich die Nachbarin vor Salomo zu Boden und gestand ihre Tat und verpflichtete sich, der Witwe alles zurückzuerstatten, was sie ihr gestohlen hatte. Und alle Umstehenden waren aufs höchste erstaunt über die Weisheit des Knaben. Und dies war das erste Urteil von Salomo, der später zum Weisesten aller Menschen heranwuchs.

König Salomo und der uralte Frosch

Es wird erzählt, daß es König Salomo gelüstete, alle Tiere, alles Vieh und alle Vögel, zu einem Festmahl einzuladen. Die Boten eilten aus, um sie alle einzuladen, und vergaßen auch nicht den kleinsten und niedrigsten Wurm und den geringsten unter den Vögeln.

Als das Festmahl angerichtet war, blickte der König sich um und sah, daß die Adler noch fehlten. Er befahl abzuwarten, bis er endlich Flügelschläge vernahm und sieben Adler vom Himmel herunterschwebten und sich niederließen. Der König fragte sie: »Was ist der Grund eurer Verspätung?« Und sie erwiderten: »O Herr, wir haben einen alten Vater, den wir füttern und pflegen und schlafen legen müssen, und erst danach können wir uns anderen Dingen zuwenden. Das ist der Grund für unsere Verspätung.«

Da sagte der König: »Es läßt mir keine Ruhe, daß ihr euren Vater nicht mitgebracht habt zu diesem wichtigen Fest. Fliegt zurück und bringt ihn hierher.«

Da flogen die Adler zurück zu ihrem Horst, der auf einem hohen Felsen gelegen war, legten ihren alten Vater in einen Korb und trugen ihn zum Festmahl von König Salomo. Der alte Adler hatte schon keine Federn mehr und konnte nicht mehr auf den Beinen stehen. König Salomo erhob sich und begrüßte ihn und fragte ihn, wie alt er sei. Der alte Adler erwiderte: »Ich bin dreihundert Jahre alt.«

Da sagte der König: »Ich bitte dich, uns zu erzählen, was das Wichtigste und Bedeutendste ist, das du in deinem langen Leben gesehen hast.« Der Adler antwortete: »Eigentlich habe ich nichts Besonderes gesehen, aber ich bin ja auch noch nicht so sehr alt. Aber ich hörte von einer jungen Frau – sie ist etwa vierhundert Jahre alt –, an deren Fußgelenk eine Kette von der Größe eines Hauses befestigt war. Ich bin sicher, sie hat in ihrem Leben schon etwas Wichtiges gesehen, aber leider lebt sie nicht mehr und ist schon im Jenseits.« Da fragte ihn der König: »Wo ist sie begraben?« Und der Adler erwiderte: »Weit von hier, und ich habe nicht mehr die Kraft, dorthin zu fliegen.« Da betete der König für den Adler, und mit einmal kehrten seine Kräfte zurück, und der König stieg auf seinen Rücken, und der Adler trug ihn zu einem Hügel auf einer Lichtung. Wieder betete der König, und der Hügel brach auseinander und die Leiche einer riesengroßen Frau kam zum Vorschein. Nochmals betete der König, und die Frau erwachte zum Leben und schlug die Augen auf. Da sagte der König: »Erzähle mir, was du in deinem langen Leben Bedeutendes gesehen hast.« Worauf sie antwortete: »An einem gewissen Ort habe ich einen Totenschädel gesehen, in dem ein ganzes Heer von Soldaten Platz fand.«

Der König legte sie wieder zur Ruhe, stieg auf den Rücken des Adlers und flog an den Ort, wo sich der Schädel befand. Als er angekommen war, sprach der König wieder ein Gebet, worauf der Totenschädel zum Leben erwachte. Der König sagte zu ihm: »Erzähle mir von der bedeutendsten Sache, die der Mann, zu dem du einmal gehörtest, jemals gesehen hat.« Und der Schädel antwortete: »Obgleich ich tausend Jahre gelebt habe, habe ich nichts von besonderer Bedeutung gesehen. Aber ich kenne einen Frosch, der schon seit der Erschaffung der Welt am Leben ist. Frage ihn doch. Vielleicht hat er etwas Besonderes gesehen.«

Der König dankte dem Schädel und legte ihn wieder zur Ruhe. Dann stieg er auf den Rücken des Adlers und flog zu dem alten Brunnen, wo der Frosch wohnte. Dort angekommen, sagte der König zum Frosch: »Ich bitte dich, erzähle mir, was du in deinem Leben Besonderes gesehen hast.«

Da sagte der Frosch: »In alten Zeiten hing über diesem Brunnen ein Eimer aus Gold, und auch der Strick, an dem er hing, war aus Gold. Und die Menschen kamen, schöpften Wasser und löschten ihren Durst und legten den Eimer und den Strick wieder an ihren Platz zurück. Viele Generationen zogen vorüber, der goldene Eimer und der goldene Strick verschwanden und wurden durch einen silbernen Eimer und einen silbernen Strick ersetzt. Wieder ging eine lange Zeit vorüber, der silberne Eimer und der silberne Strick verschwanden, und mit einmal waren nur ein kupferner Eimer und ein kupferner Strick da. Schließlich wurden nach vielen Jahren auch diese durch lederne Schläuche ersetzt. Dieser häufige Austausch ist eigentlich das einzige, was mir an Besonderem aufgefallen ist.«

Das Zinnschwert

Als der König Salomo, möge er in Frieden ruhen, einmal sagte: »Unter tausend habe ich *einen* Mann gefunden, aber ein Weib habe ich unter allen nicht gefunden«, hörten es das Volk und der Hohe Rat und waren erstaunt. Da sagte Salomo: »Wenn ihr wollt, will ich es euch beweisen.« Und alle riefen: »Ja, beweise es uns.« Worauf er zu ihnen sagte: »Findet mir eine Frau aus gutem Hause, ehrbar und bescheiden, deren Mann ebenfalls besser ist als andere.« Darauf suchten und fanden sie einen Mann, der eine hübsche, gute und liebliche Frau hatte.

Der König ließ diesen Mann kommen und sprach zu ihm: »Ich will dir eine große Ehre erweisen und dich zu meinem Hofmeister ernennen.« Und der Mann erwiderte: »Ich bin dein ergebener Diener.« Darauf sagte der König: »Höre auf mich – töte deine Frau und bringe mir noch heute nacht ihren Kopf, dann werde ich dir morgen meine Tochter zur Frau geben und dich zu einem großen Würdenträger des Volkes Israel machen.« Und der Mann antwortete: »Ich werde nach deinem Willen handeln.« Er ging nach Hause zu seiner lieblichen Frau, die ihm kleine Söhne geschenkt hatte, und als er sie ansah, war sein Herz von Liebe erfüllt, und er begann zu weinen. Die Frau sah den Zorn auf seinem Gesicht und sagte: »Warum zürnst du, mein Mann?« Und er erwiderte: »Laß mich in Frieden, denn ich habe Kummer.« Sogleich brachte sie ihm Speise und Trank, aber er wollte nichts essen. Er dachte nach und sagte sich im stillen: Was soll ich tun? Soll ich wirklich meine Frau töten? Ich habe doch kleine Kinder von ihr. Und zu seiner Frau sagte er: »Geh und lege dich mit den Kindern schlafen.« Als sie eingeschlafen war, überwältigte ihn der böse Trieb und sagte zu ihm: »Wenn du erst einmal der Eidam des Königs bist, wirst du eine noch schönere Frau haben als diese und ein hoher Würdenträger werden.« Er erhob sich und zückte sein Schwert, um sie zu töten. Dann sah er, daß sein jüngerer Sohn zwischen ihren Brüsten schlief und der andere mit seinem Kopf auf ihrer Schulter. Da sagte er sich in seinem Herzen: König Salomo ist vom Teufel besessen, der ihn gegen dich hetzt. Sogleich steckte er sein Schwert in die Scheide zurück und sagte: »Möge der Allmächtige dir zürnen, Satan.« Aber gleich darauf dachte er wieder: Wenn ich sie töte, gibt mir der König seine Tochter und macht mich reich. Wieder zog er sein Schwert und ging zum zweitenmal zu seiner Frau hin und sah, daß ihr Haar über die Gesichter der Kinder gebreitet war. Mitleid erfüllte sein Herz, und er sagte sich: Auch wenn mir der König sämtliche Reichtümer seines Hauses gibt, kann ich diese Frau nicht umbringen. Er steckte sein Schwert in die Scheide und schlief bis zum Morgen bei seiner Frau.

Am Morgen kamen die Boten des Königs und führten ihn zu ihm. Der König fragte ihn: »Was hast du getan? Hast du meine Weisung ausgeführt?« Und der Mann erwiderte: »Möge es dem König gefallen, mich nicht zu dieser Tat zu zwingen. Ein- und zweimal habe ich es versucht, aber ich habe es nicht übers Herz gebracht.« Da sagte Salomo: »Du hast recht getan. Unter tausend habe ich *einen* Mann gefunden.« Und der Mann kehrte in Frieden nach Hause zurück. Dreißig Tage später ließ der König die Frau im geheimen zu sich rufen.

Und der König sagte zu ihr: »Hast du einen guten Ehemann?« Und sie erwiderte: »Ja.« Und der König fuhr fort: »Ich habe viel von deiner Schönheit und Anmut gehört und würde dich gern zur Frau nehmen. Ich werde dich zur Königin krönen und über alle anderen Königinnen und Fürstinnen stellen und dich von Kopf bis Fuß in goldene Gewänder kleiden.« Und sie antwortete: »Ich werde alles tun, was du befiehlst.« Da sagte er: »Es gibt nur ein Hindernis: Ich kann nichts tun, solange du einen Ehemann hast.« Da fragte sie: »Was sollen wir tun?« Und er erwiderte: »Töte deinen Mann, und danach nehme ich dich zur Frau.« Und sie sagte: »So sei es.«

Doch Salomo sagte sich im stillen: Wenn sie so leicht einverstanden ist, wird sie ihren Mann bestimmt umbringen. Ich muß etwas tun, damit er nicht stirbt. Und was tat er? Er gab ihr ein Schwert aus Zinn und sagte zu ihr: »Nimm dieses Schwert und töte damit deinen Mann.« Die Frau freute sich über das glänzende Schwert, verbarg es unter ihrem Gewand und nahm es mit nach Hause. Als ihr Mann kam, stellte sie sich vor ihn hin, küßte und umarmte ihn und sagte: »Setze dich, mein Herr, Krone meines Hauptes.« Als ihr Mann diese Worte vernahm, freute er sich sehr und setzte sich liebevoll mit ihr nieder, ohne etwas Böses zu ahnen. Sie deckte den Tisch, und sie aßen und tranken gemeinsam, und sie gab ihm mehr Wein zu trinken, als er es gewohnt war. Da sagte er zu ihr: »Meine Frau, worin unterscheidet sich diese Nacht von anderen Nächten?« Und sie erwiderte: »Ich will mit dir fröhlich sein und dich ein wenig betrunken machen.« Da lachte ihr Mann und trank so lange, bis er einschlief. Als sie sah, daß er schlief, nahm sie ihren Mut zusammen, ergriff das Schwert, das der König ihr gegeben hatte, und begann, ihm den Hals abzuschneiden. Ihr Mann erwachte und spürte die Klinge an seinem Hals und sah, daß seine Frau über ihm stand und ihn erstechen wollte.

Da sagte er zu ihr: »Erzähle mir alles. Wer hat dir dieses Schwert gegeben, und was hat sich zugetragen?« Und sie sagte: »König Salomo hat es mir befohlen.« Worauf er sagte: »Fürchte dich nicht.« Als der Morgen anbrach, kamen die Boten des Königs und führten den Mann und seine Frau zu ihm. Der König saß auf seinem Thron und die Mitglieder des Hohen Rates vor ihm. Als der König die beiden sah, lachte er und sagte: »Erzählt mir genau, was sich zugetragen hat.« Da sagte der Mann: »Ich spürte einen Stich und sah, daß meine Frau mich umbringen wollte. Wäre das Schwert nicht aus Zinn gewesen, wäre ich jetzt tot und in einer anderen Welt. Ich hatte Mitleid mit ihr, aber sie hatte kein Mitleid mit mir.«

Da sagte Salomo: »Ich wußte, daß Frauen kein Mitleid kennen, darum habe ich ihr ein Zinnschwert gegeben.« Und die Mitglieder des Hohen Rates sagten: »Unser König hatte recht, als er sprach: Unter tausend habe ich *einen* Mann gefunden, aber keine Frau.«

Die Geschichte von dem Mann mit den zwei Köpfen

Eines Tages kam Asmodi, König der Teufel, zu Salomo, dem König von Israel, und fragte ihn: »Bist du derjenige, den man den Weisesten aller Menschen nennt?«

Und Salomo erwiderte: »Das hat mir der Allmächtige zugesagt.« Darauf sagte Asmodi: »Wenn du willst, zeige ich dir etwas, was du in deinem ganzen Leben noch nie gesehen hast.« Und Salomo antwortete: »Das will ich sehen.« Und Asmodi streckte seine Hand in die Tiefe und zog einen Mann hervor, der zwei Köpfe und vier Augen hatte. Bei dem Anblick dieses Mannes erschrak Salomo aufs heftigste und ließ sogleich Benajahu Ben Jehojada zu sich rufen und fragte ihn: »Wußtest du, daß in der Tiefe unter uns Menschen leben?« Benajahu erwiderte: »Mein Herr und König, ich schwöre, daß ich es nicht mit Bestimmtheit wußte, aber Achitopel, der Ratgeber deines Vaters, hat mir einmal erzählt, daß auch dort Menschen wohnen.« Da fragte ihn Salomo: »Was würdest du sagen, wenn ich dir einen von diesen Menschen zeige?« Benajahu antwortete: »Das kannst du nicht, denn der Weg in die Tiefe ist eine Strecke von fünfhundert Jahren.« Da befahl Salomo, den Mann hereinzuführen, und als Benajahu ihn erblickte, fiel er auf die Knie und rief aus: »Gelobt sei der Schöpfer aller Lebewesen!« Darauf fragte König Salomo den zweiköpfigen Mann: »Wessen Sohn bist du?« Und er erwiderte: »Ich bin ein Menschensohn und ein Nachkomme von Kain.« Und Salomo fragte weiter: »Wo ist euer Wohnort?« Der Mann antwortete: »Auf der Welt.« Dann fragte Salomo: »Habt ihr auch eine Sonne oder einen Mond?« Der Mann sagte: »Ja, und wir säen und ernten auch und haben Rinder- und Schafherden.« »Und wo geht bei euch die Sonne auf?« fragte Salomo, und der Mann erwiderte: »Im Westen, und im Osten geht sie unter.« »Welche Gebete sprecht ihr?« erkundigte sich Salomo, und der Mann antwortete: »Ja, wir beten, und unser Gebet lautet: Wie groß sind deine Wundertaten, o Gott, und wieviel Weisheit liegt darin!« Schließlich sagte Salomo: »Wenn du willst, schicke ich dich zurück in deine Heimat.« Und der Mann sagte: »Wenn ihr mir etwas Gutes antun wollt, dann schickt mich dorthin zurück, wo mein rechtmäßiger Platz ist.« Darauf ließ Salomo Asmodi rufen und sagte zu ihm: »Bringe diesen Mann an seinen Platz zurück.« Doch Asmodi erwiderte: »Ich kann ihn niemals wieder zurückbringen.«

Als der zweiköpfige Mann sah, daß es für ihn kein Zurück gab, siedelte er sich an und nahm eine Frau, die ihm sieben Söhne gebar: sechs nach ihrem Ebenbild und einen nach dem Ebenbild des Vaters – mit zwei Köpfen. Der Mann ackerte, säte und erntete und wurde mit der Zeit einer der reichsten Männer auf der Welt. Dann starb er und hinterließ seinen Söhnen eine beträchtliche Erbschaft. Sechs von ihnen sagten: »Wir sind sieben Brüder und teilen die Erbschaft in sieben Teile.« Doch der mit den zwei Köpfen sagte: »Wir sind acht, und mir gebühren zwei Teile von der Erbschaft.« Schließlich gingen sie alle zu König Salomo und sagten: »Unser Herr und König, wir sind sieben Brüder, doch unser Bruder mit den zwei Köpfen behauptet, wir seien acht, und will die Erbschaft unseres Vaters in acht teilen und sich zwei Teile davon nehmen.«

Als der König das hörte, war er ratlos. Um Mitternacht ging er in den Palast und betete zu Gott: »O Herr der Welt, als du mir erschienst und mir zusagtest, du würdest mir jede Bitte erfüllen, habe ich nicht um Gold und Silber gebeten, sondern um Weisheit, damit ich gerechte Urteile fällen kann. Da hast du versprochen, mir Weisheit zu schenken, und ich bitte dich – löse jetzt dein Versprechen ein.« Und der Allmächtige antwortete ihm: »Am Morgen werde ich dir Weisheit geben.« Als der Morgen anbrach, befahl der König, den Mann mit den zwei Köpfen zu ihm zu bringen, und sagte in Gegenwart des Hohen Rates und vor versammeltem Volk: »Wenn der eine Kopf wahrnimmt, was ich dem anderen Kopf antue, dann ist dieser Mann nur ein einziger Mensch. Wenn nicht, sind es zwei Menschen.« Darauf ließ er sich heißes Wasser und alten Wein kommen und goß dem Mann das Wasser und den Wein aufs Gesicht. Sogleich fingen beide Köpfe an zu schreien: »O Herr, wir sterben, wir sterben – wir sind nur ein Mensch und nicht zwei!« Darauf schickte Salomo die Brüder fort, und sie teilten die Erbschaft in sieben Teile.

Salomo und Asmodi

Als König Salomo, möge er in Frieden ruhen, groß und mächtig wurde in seinem Reich, pflegte er Tag für Tag bis zu den Bergen der Finsternis zu wandern, um sich dort von den gefallenen Engeln Usa und

Asael Geheimnisse offenbaren zu lassen. Alle unterwarfen sich dem Willen Salomos, und die himmlischen Heerscharen priesen den Allmächtigen, daß er Israel einen solchen König beschert hatte.

König Salomo besaß einen Ring, auf dem der Name Gottes eingeritzt war, und alle fürchteten sich vor der Macht, die ihm der Ring verlieh. Eines Tages befahl Salomo, Asmodi, den König der Teufel, zu ihm zu bringen, ließ ihn in Ketten legen und zwang ihn, ihm zu Diensten zu sein, wie zum Beispiel beim Bau des Tempels in Jerusalem und bei anderen Arbeiten. Und auch nachdem der Tempel fertiggestellt war, hielt er Asmodi noch lange Zeit gefangen.

Und Salomo war sehr stolz auf seine Weisheit, seinen Reichtum und seine Macht und sagte sich: Im ganzen Land gibt es nicht meinesgleichen. Schließlich verführte ihn sein böser Trieb dazu, drei Verbote der Tora zu übertreten: das Verbot, viele Frauen zu besitzen, das Verbot, viele Pferde zu besitzen, sowie das Verbot, ein Übermaß an Gold und Silber zu besitzen. Darauf bestrafte ihn der Allmächtige mit drei Jahren Verbannung, in denen er außerhalb seines Reiches von Ort zu Ort ziehen mußte.

Der Allmächtige rief Asmodi und sprach zu ihm: »Gehe zu Salomo, ziehe ihm den Ring vom Finger und verstoße ihn aus seinem Reich. Danach nimm seine Gestalt an und setze dich statt seiner auf seinen Thron.« Sogleich trat Asmodi vor den König und bat ihn um seine Freilassung und sagte, er würde ihm dafür ein großes und furchtbares Geheimnis offenbaren. Der Allmächtige ließ Salomo an die Worte Asmodis glauben, weil er ihn für seine Sünden bestrafen wollte. Salomo ließ Asmodi frei, und im gleichen Augenblick wurde Asmodi wieder stark, schlug Salomo ins Gesicht und stürzte ihn vom Thron. Danach zog er ihm den Ring vom Finger und warf ihn ins Meer, wo ein Fisch den Ring verschlang. Und er warf Salomo über tausend Meilen weit in die Wüste und setzte sich auf dessen Thron, wobei er das Ebenbild Salomos annahm, und das Volk Israel glaubte, er sei der rechtmäßige König.

Nach dem Verlust des Ringes mit dem eingeritzten Namen Gottes verlor Salomo seine Weisheit und seinen Ruhm. Er zog durch die Lande und klopfte in vielen Häusern an die Tür und sagte: »Ich bin Salomo, ich bin Kohelet, und ich war König von Israel in Jerusalem.« Und alle lachten ihn aus und sagten einer zum anderen: »Seht nur, was für ein Narr. Der König sitzt auf seinem Thron, und dieser Mensch sagt: ›Ich bin Salomo.‹« Und so quälte sich Salomo drei Jahre lang zur Strafe dafür, daß er die erwähnten drei Gebote mißachtet hatte.

Während dieser drei Jahre nahm sich Asmodi alle Frauen von Salomo, eine nach der anderen. Zu einer von ihnen kam er während der verbotenen Tage, und als er sie packte, um sie zu besitzen, sagte sie zu ihm: »Salomo, warum bist du von deinen guten Gewohnheiten abgekommen und hast dich so verändert? Ich bin sicher, daß du nicht Salomo bist.« Sogleich machte Asmodi sich davon, und als sie den Führern des Volkes davon erzählte, glaubten sie ihr nicht. Eines Tages kam Asmodi zu Bathseba, der Mutter von Salomo, und sagte zu ihr: »Mutter, ich will mit dir schlafen.« Und Bathseba erwiderte: »Wenn du das tust, bist du nicht mein Sohn.« Asmodi entfernte sich sogleich, und am Morgen ging Bathseba zu Benajahu Ben Jehojada, dem Heerführer, und berichtete ihm, was geschehen war. Erschüttert zerriß sich Benajahu die Kleider, raufte sich die Haare und sagte: »Das ist gewiß nicht Salomo, sondern Asmodi, und jener Mann, der herumirrt und sagt: ›Ich bin Salomo‹, ist in der Tat Salomo.«

Am Ende der drei Jahre, die er Salomo auferlegt hatte, erbarmte sich der Allmächtige seiner – und das wegen seines Vaters David – und führte ihn in die Hauptstadt des Landes Ammon. Das tat er zu Ehren von Naama, der Tochter des Königs von Ammon, von der der Messias, der

Sohn Davids, abstammen sollte. Als Salomo gebrochenen Herzens in dieser Stadt an einer Straßenecke stand, kam dort der Küchenmeister des Königs vorbei, dessen Aufgabe es war, Lebensmittel für den König einzukaufen und seine Speisen zu kochen. Als er Salomo dort tatenlos stehen sah, befahl er ihm, mit ihm zu gehen und ihm die Lebensmittel, die er auf dem Markt gekauft hatte, zu tragen. Salomo hob sich die Last auf die Schultern und ging mit ihm. Als der Küchenmeister sah, daß Salomo hungrig und durstig war, hatte er Mitleid mit ihm und gab ihm zu essen und zu trinken. Und weil Salomo ihm gefiel, sagte er zu ihm: »Wenn du willst, kannst du hierbleiben und mir dienen, und zum Lohn erhältst du Speise und Trank.« Salomo willigte ein und diente dem Küchenmeister, bis auch er gelernt hatte, königliche Speisen zu kochen. Eines Tages bat Salomo den Küchenmeister, ihm zu erlauben, einen ganzen Tag lang die Speisen des Königs zu kochen. Der Küchenmeister willigte ein und sagte: »Möge es dir gelingen.« Und so kam es, daß Salomo an diesem Tage die Speisen des Königs kochte, und der Küchenmeister setzte sie dem König vor. Als der König von den Speisen und Köstlichkeiten kostete, mundeten sie ihm sehr, und er fragte den Küchenmeister: »Wer hat diese Speisen gekocht, deresgleichen du mir noch nie vorgesetzt hast?« Der Küchenmeister erwiderte: »Mein Herr und König, der Mann, der mir dient, hat sie gekocht.« Der König befahl, den Mann kommen zu lassen, und Salomo trat vor ihn. Da fragte ihn der König: »Willst du mein Küchenmeister werden?« Und Salomo erwiderte: »Ich bin bereit, dir zu dienen.« Sogleich schickte der König seinen Küchenmeister fort und setzte Salomo an seine Stelle.

Danach lebte Salomo im Hause des Königs, und dort sah ihn die Königstochter Naama und verliebte sich in ihn. Sie sagte ihrer Mutter, sie wolle den Küchenmeister heiraten. Die Mutter rügte sie und sagte: »Es gibt im Königreich viele Minister und hohe Würdenträger, unter denen du dir jeden aussuchen kannst, der dir gefällt.« Doch die Tochter erwiderte: »Mutter, ich will keinen Minister, sondern nur diesen Küchenmeister.« Und sosehr die Mutter auch auf sie einsprach, es nützte ihr nichts, denn die Tochter sagte immer nur: »Ich will keinen anderen Mann auf der Welt, nur diesen.« Schließlich mußte die Mutter ihrem

Mann offenbaren, daß ihre Tochter den Küchenmeister heiraten wollte, und als der König das vernahm, wurde er äußerst zornig und wollte die beiden töten. Doch es geschah ein Wunder – der König erbarmte sich und wollte kein reines Blut vergießen. Er befahl einem seiner Knechte, die beiden, seine Tochter und den Küchenmeister, in eine Einöde zu bringen, wo sie sterben würden.

Der Knecht tat, wie ihn der König geheißen hatte, führte die zwei in die Einöde und ließ sie dort zurück. Die beiden gingen auf Nahrungssuche und kamen schließlich in eine Stadt am Meer, wo sie Fischern begegneten, die Fische verkauften. Salomo kaufte einen Fisch und brachte ihn seiner Frau Naama zum Kochen, doch als sie ihn aufschnitt, fand sie in seinem Bauch den Ring mit dem eingeritzten Namen Gottes. Naama gab den Ring ihrem Mann, der ihn sogleich erkannte und ihn sich über den Finger streifte. Augenblicklich kehrten seine geistigen Kräfte zurück, und er machte sich auf nach Jerusalem. Das geschah zur gleichen Zeit, als sich der Vorfall mit Asmodi und Bathseba ereignete und Asmodis Schande offenbar wurde. Benajahu ließ Salomo kommen und sagte zu ihm: »Mein Sohn, sage mir, wer du bist.« Und Salomo antwortete: »Ich bin Salomo, der Sohn Davids.« Und Benajahu sagte: »Mein Sohn, erzähle mir, was sich zugetragen hat.« Und Salomo erzählte: »Eines Tages saß ich auf meinem Thron, da erhob sich so etwas wie ein Sturmwind und trug mich fort, und von diesem Tag an bis heute war mein Verstand umnachtet, und ich irrte ziellos umher.« Da fragte ihn Benajahu: »Hast du ein Zeichen dafür?« Salomo erwiderte: »Ja. Bei meiner Krönung legte mein Vater eine seiner Hände in die deine und die andere in die Hand des Propheten Nathan, und meine Mutter küßte meinen Vater auf die Stirn. Das ist mein Zeichen.«

Als Benajahu diese Worte vernahm, rief er sogleich den Hohen Rat zusammen und sagte: »Geht und schreibt euch den Namen des Allmächtigen aufs Herz, und dann vertreibt Asmodi vom Königsthron.« Doch sie erwiderten: »Wir fürchten uns vor dem Namen, der auf seinem Herzen eingeritzt ist.« »Schämt euch«, sagte Benajahu zu ihnen, und er ging selbst und versetzte Asmodi einen mächtigen Schlag und war im Begriff, ihn zu töten. Da ertönte eine Stimme vom Himmel und rief: »Tue ihm nichts an, denn ich war es, der Salomo dafür bestrafte, daß er die Gebote der Tora nicht eingehalten hat, aber jetzt sind ihm seine Sünden vergeben.«

Da bestieg Salomo wieder seinen Thron, setzte sich die Königskrone aufs Haupt, und seine frühere Weisheit und Schönheit kehrten zurück. Und er sagte: »Was haben mir meine Macht, meine Weisheit und meine Kraft in der Stunde der Not genützt?« Danach ließ Salomo den König von Ammon rufen und sagte: »Warum hast du zwei Menschen getötet und reines Blut vergossen?« Der Ammoniter erwiderte: »Mein Herr und König, ich habe sie nicht getötet, sondern sie in die Wüste vertrieben, und ich weiß nicht, was mit ihnen geschehen ist.« Da fragte ihn Salomo: »Würdest du sie wiedererkennen?« Und der Ammoniter erwiderte: »Ich werde sie erkennen.« Da ließ Salomo Naama rufen, und sie kam und küßte ihm die Hand. Und Salomo sagte zum König von Ammon: »Ich bin der Küchenmeister, und deine Tochter ist meine Frau.«

König Salomo und das Schicksal

Schon viele haben versucht, ihrem Schicksal zu entkommen, aber noch keinem ist es geglückt. Das mußte auch König Salomo, der weiseste aller Menschen, erfahren. Eines Tages hörte König Salomo, möge er in

Frieden ruhen, wie eine Stimme vom Himmel verkündete, dieses und jenes Schicksal werde ein bestimmtes Mädchen treffen. Da sagte er sich im stillen: Ich werde das Schicksal dieses Mädchens ändern. Darauf rief König Salomo einen Adler zu sich und befahl ihm: »Trage dieses Mädchen in eine entfernte Wüste, so daß niemand es jemals finden wird, und bringe es nicht wieder zurück, bis ich es dir befehle. Kaufe ihm jeden Tag Brot, und alles andere nimm aus meinem Palast.«

Der Adler trug das Mädchen in eine weit entfernte Wüste und ließ es dort in einer Höhle zurück. Und er kaufte jeden Tag auf dem Markt einen Laib frisches Brot, und die anderen Speisen holte er aus dem Palast.

Eines Tages unternahm ein junger Mann eine Seefahrt, und das Meer stürmte, bis die Wellen das Boot an die Küste jener einsamen Wüste warfen. Der junge Mann stieg ans Ufer und irrte in der Wüste umher, bis er an die Höhle kam. Dort fand er das Mädchen vor und blieb bei ihm.

Der Adler sah es und brachte von nun an täglich zwei Laibe Brot und die doppelte Menge Speisen. Die Zeit verging, und das Mädchen und der junge Mann verliebten sich ineinander, und er bat es, seine Frau zu werden. Aber wie hätten sie nach mosaischem Gesetz heiraten können? Es gab weder einen Rabbiner noch einen Trauzeugen, noch einen Minjan.

Als sie keinen Ausweg fanden, sprach der Mann den Heiratsspruch selbst und nahm das Mädchen zur Frau. Nach einer Zeit wurde sie schwanger und gebar ihm einen Sohn, und im Laufe der Jahre gebar sie ihm fünf Söhne und Töchter. Und der Adler war gezwungen, ihnen die doppelte und dreifache und vierfache Menge an Speisen zu bringen – eine gewaltige Last. Schließlich bemerkte das König Salomo und wunderte sich. Er rief den Adler zu sich und sagte: »Aus welchem Grund leerst du die Speisekammern meines Palastes?« Und der Adler erwiderte: »Mein Herr und König, du hast mir aufgetragen, für einen Menschen zu sorgen, aber jetzt befinden sich dort in der Höhle sieben Menschen, die ich versorgen muß.« Und der Adler berichtete König Salomo alles, was geschehen war, von der Ankunft des jungen Mannes an bis zur Geburt des fünften Kindes. Da begriff Salomo, daß man gegen das Schicksal machtlos ist. Er befahl dem Adler, die ganze Familie zu ihm zu bringen, baute dem Paar ein schönes Haus und beschenkte es reich, und die Eheleute lebten fortan mit ihren Kindern in Glück und Frieden.

Die Königsgräber

Es geschah in alten Zeiten, da löste sich ein Stein aus der Mauer der christlichen Kirche auf dem Berg Zion, und die Mauer brach zusammen. Darauf ließ der Bischof seinen Beauftragten kommen, befahl ihm, eine neue Mauer zu bauen und sagte: »Die festen Steine, die du benötigst, kannst du aus der alten Stadtmauer herausbrechen und zum Bau verwenden.« Der Beauftragte heuerte zwanzig Arbeiter an, die unter den Grundfesten der Mauer von Zion gruben und die alten Steine herausbrachen.

Unter den Arbeitern waren auch zwei, die befreundet waren. Eines Tages lud der eine den anderen zum Essen ein, und sie kamen zu spät zur Arbeit. Der Beauftragte des Bischofs rügte sie und sagte: »Warum habt ihr euch verspätet?« Und sie erwiderten: »Das macht doch nichts. Wenn die anderen zum Essen gehen, bleiben wir hier und arbeiten weiter.«

Zur Essenszeit, als die anderen Pause machten, blieben die beiden zurück und gruben Steine aus. Plötzlich, als sie wieder einen Stein wegräumten, entdeckten sie den Eingang zu einer Höhle.

Da sagte der eine zum anderen: »Laß uns hineingehen und nachsehen, ob drinnen ein Schatz versteckt ist.« Sie betraten die Höhle und gingen immer tiefer hinein, bis sie in einen großen Saal mit marmornen Pfeilern gelangten, dessen Wände mit Gold und Silber verkleidet waren. In der Mitte des Saals stand ein Tisch aus purem Gold und darauf ein goldenes Zepter und eine goldene Krone. Das war das Grab Davids, des Königs von Israel. Links davon sahen sie das Grab des Königs Salomo und die Gräber aller Könige von Judäa. Daneben stand eine

Anzahl verschlossener und versiegelter Truhen, denen nicht anzusehen war, was sie enthielten.

Die beiden Arbeiter wollten weitergehen und auch die übrigen Räume des Palastes betrachten, doch ein mächtiger Sturmwind aus dem Eingang der Höhle warf sie zu Boden, wo sie bis zum Abend wie tot liegenblieben. Am Abend erhob sich ein zweiter Sturmwind, der ihnen mit Menschenstimme zurief: »Steht auf und verlaßt diesen Ort!« Zu Tode erschrocken eilten sie davon und berichteten dem Bischof, was ihnen widerfahren war.

Der Bischof ließ Rabbi Abraham den Chassid zu sich rufen, einen der Weisen von Jerusalem, und erzählte ihm, was man ihm berichtet hatte. Darauf sagte Rabbi Abraham: »Zweifellos sind es die Gräber des Hauses David und der Könige von Judäa. Laß uns morgen mit den zwei Arbeitern dort hingehen, um sie mit eigenen Augen zu betrachten.«

Am nächsten Tag schickte der Bischof nach den beiden Arbeitern, doch sein Bote fand sie tot in ihren Betten. Da sagten der Bischof und Rabbi Abraham zueinander: »Wir werden nicht hingehen, denn Gott will diesen Ort keinen Menschen sehen lassen.« Und der Bischof befahl, den Eingang zur Höhle zu verdecken, und bis zum heutigen Tag ist sie vor den Augen der Menschen verborgen.

Diese Geschichte erzählte Rabbi Abraham der Chassid.

Der Kuss

Es lebte einst ein armer Mann, der Frau und Kinder hatte und nicht imstande war, sie zu ernähren. Tag und Nacht saß er im Lehrhaus und studierte die Heilige Schrift, und noch nie hatte er die Stadt verlassen. Eines Tages sagte seine Frau zu ihm: »Wie lange willst du noch hier herumsitzen, ohne einen nahen oder fernen Verwandten um Hilfe zu bitten, damit wir nicht alle verhungern müssen?« Und er erwiderte: »Was soll ich tun? Ich bin noch nie über die Stadtgrenze hinausgekommen und kenne die Wege nicht. Lieber sterbe ich hier als irgendwo auf den Feldern.« Da sagte seine Frau: »Fürchte dich nicht. Vor den Toren der Stadt kannst du die Menschen nach dem Weg fragen, und sie werden ihn dir zeigen.« Jeden Tag redete sie auf ihn ein, bis er schließlich aufstand und seinen Wanderstab zur Hand nahm. Unter Tränen nahm er Abschied von seiner Frau und seinen Söhnen und Töchtern, und auch sie weinten mit ihm, und dann machte er sich auf und ging zum Stadttor hinaus.

Als er seines Weges ging, begegnete ihm ein schwarzer und häßlicher Mensch. Der Chassid sprach ihn an: »Sei gegrüßt, Herr.« Und der schwarze Mann fragte ihn: »Wohin gehst du, Herr?« Der Chassid nannte ihm den Namen einer Stadt, und der Schwarze sagte: »Komm mit mir, ich werde dir den Weg zeigen.« Da ging er mit ihm, und der Schwarze führte ihn zu einer Ruine, und hinter der Ruine lag eine große Stadt. Als sie in die Stadt kamen, hörte der Chassid, wie man überall betete, und das erfreute ihn sehr. Er betrat eines der Häuser, und dort empfing man ihn mit viel Ehrerbietung und reichte ihm Brot und Trank und die köstlichsten Speisen der Welt. Bei diesen Leuten blieb er bis zum Ausgang des Sabbat und ging dann mit ihnen beten. Als sie in die Synagoge kamen, stand dort der Kantor und betete vor, und die ganze Gemeinde sprach ihm die Gebete nach. Als es Zeit wurde, das »Wajehi Noam«-Gebet zu sprechen, erhob sich der Chassid und sprach den Segensspruch »Wajehi Noam Adonai Elohenu alenu«, und im selben Augenblick liefen alle davon. Als er sich umblickte, war kein Mensch mehr zu sehen. Er war sehr erstaunt, daß alle, die eben noch dagewesen waren, plötzlich verschwunden waren und er nicht wußte, wohin. Mürrisch saß er ganz allein da und dachte nach, bis er zu der Erkenntnis kam, daß all diese Leute Teufel waren.

Nach drei Stunden kehrten alle in die Synagoge zurück und sagten zu ihm: »Was hast du uns angetan? Du hast uns Gutes mit Bösem vergolten und uns hinausgejagt, vierhunderttausend Meilen weit.« Und er erwiderte: »Zürnt mir nicht, denn ich kannte euch nicht, und verzeiht mir, was ich gesagt habe.« Da sagten sie: »Es sei dir verziehen, wenn du so etwas nicht noch einmal tust.« Darauf sagte er: »Ich bitte euch, laßt mich hinaus und führt mich zurück in meine Heimat zu meinen Kindern und meiner Frau, denn bei euch ist es mir nicht gut ergangen.« Doch sie erwiderten: »Nein, du mußt hierbleiben und unter uns leben und dir eine Frau aus unserer Mitte nehmen, die dir in unserer Stadt Kinder gebärt. Wir werden dir Besitz und Reichtümer geben, soviel dein Herz begehrt, und es wird dir an nichts fehlen.« Da bat er sie: »Laßt mich doch bitte gehen, denn ich habe Frau und Kinder.« Doch sie sagten: »Das ändert nichts.« Gegen seinen Willen gab man ihm eine Frau, mit der er sich vermählen mußte und die ihm Söhne und Töchter gebar.

Eines Tages sagte er zu seiner Frau, der Teufelin: »Ich bitte dich, erlaube mir, meine Frau und meine Kinder zu besuchen«, und sie antwortete: »Wenn du mir schwörst, gleich wieder zurückzukommen und nicht länger als eine Nacht wegzubleiben, gebe ich dir viel Geld, von dem deine Frau und deine Kinder im Überfluß leben können. Ich gebe dir auch ein besonderes Pferd, das dich in einem halben Tag zu ihnen bringt. Aber belüge mich nicht.« Da sagte er: »So sei es. Ich werde alles tun, was du verlangst, wenn du mich nur gehen läßt.« Und er legte einen Schwur ab, und sie brachte ihm ein Pferd, beladen mit Gold und Silber und Edelsteinen. Er bestieg das Pferd, und schon nach kurzer Zeit brachte es ihn bis an seine Haustür.

Seine Frau und seine Kinder fielen ihm voller Freude um den Hals, umarmten und küßten ihn und sagten weinend: »Willkommen, Vater. Wo bist du gewesen?« Doch er erzählte nichts von alldem, was geschehen war, sondern gab ihnen die Reichtümer, die er mitgebracht hatte. Dann schlief er bei seiner Frau die ganze Nacht, doch er weinte und fand keine Ruhe. Da fragte ihn seine Frau: »Mein Mann, warum weinst du? Warum bereitest du mir soviel Kummer? Gibt es denn einen Menschen, der Frau und Kinder so lange Zeit nicht gesehen hat und der bei seiner Heimkehr weint und trauert?« Doch er schwieg und gab keine Antwort, und daraufhin sagte sie: »Wenn du mir nicht erzählst, was dich bedrückt, hänge ich mich auf.« Sie nahm einen Gürtel, legte ihn sich um den Hals und wollte sich erhängen. Er lief auf sie zu, ihr das Leben zu retten, und sagte: »Komm, lege dich zu mir, und ich will dir alles erzählen, was mir widerfahren ist.«

Da ließ die Frau den Gürtel fallen und legte sich zu ihm, und er erzählte ihr alles. Darauf sagte sie: »Mein Mann, ich will dir einen guten Rat geben. Gehe in das Lehrhaus und studiere dort Tag und Nacht die Heilige Schrift, und sie wird dich vor allem Bösen bewahren.« Und er erwiderte: »Schön hast du geredet, und so werde ich tun.« Am nächsten Tag ging er schon frühzeitig in das Lehrhaus und studierte dort Tag und Nacht die Heilige Schrift.

Als die Teufelin sah, daß er nicht zurückkehrte, schickte sie einen Teufel zu ihm in Gestalt eines sehr schönen Mannes, der den Chassid aufsuchte und zu ihm sagte: »Komm heraus zu mir, denn ich muß dir ein Geheimnis mitteilen.« Aber der Chassid antwortete: »Sprich, und ich höre, aber ich werde mein Torastudium nicht unterbrechen, um mit dir zu reden.« Als der Teufel sah, daß er nicht aufstehen und sein Studium nicht einmal für kurze Zeit unterbrechen würde, sagte er nichts und machte sich davon. Er ging zu der Teufelin zurück und berichtete ihr, was geschehen war.

Darauf begab sich die Teufelin zum Vorsteher des Lehrhauses, erschien vor ihm in Gestalt einer schönen Frau und sagte: »Höre mich an, Herr. Ich erhebe Klage vor dir gegen diesen Mann.« Da sagte der Chassid: »Du hast keine Ansprüche an mich.« Doch sie erwiderte: »Ich bin deine Frau. Du hast dich nach dem Gesetz unter der Chuppa mit mir vermählt, und ich habe Söhne und Töchter von dir. Bevor du weggingst, hast du mir geschworen, am nächsten Tag zurückzukommen, und ich habe dir viel Gold und Silber gegeben. Doch du hast deinen Schwur gebrochen. Ich fordere von dir Unterkunft, Schutz und Unterhalt, wie es das Gesetz Israels vorschreibt.« Da sagte er: »Du bist gar keine Israelitin, sondern eine Hexe, die kein Recht hat, bei uns zu sein, möge Gott dich bestrafen.« Als sie sah, daß sie ihm nichts anhaben konnte, nicht vor Gericht und nicht mit Worten, sagte sie: »Ich habe nur eine Bitte, und wenn du sie mir erfüllst, bist du mich los, und ich werde nie wieder etwas von dir verlangen.« Da sagte er: »Nenne sie mir, und ich werde sie dir erfüllen.«

Und sie sagte: »Küsse mich, und du bist mich für immer los.« Da küßte er sie, und bei diesem Kuß saugte sie ihm die Seele aus. Und gleich darauf war sie verschwunden.

DER KAUFMANNSSOHN UND ASMODIS TOCHTER

Es war einmal ein Kaufmann, der hatte einen einzigen Sohn. Er lehrte ihn die Heilige Schrift und gab ihm ein Mädchen zur Frau, und als seine Sterbestunde nahte, ließ er die Stadtältesten zu sich rufen und sagte zu ihnen: »Wisset, daß ich ein großes Vermögen besitze, das ich meinem Sohn vererbe, doch lege ich ihm eine Bedingung auf: er darf sein ganzes Leben lang keine Seereise unternehmen. Ich selbst habe auf See viele Gefahren durchmachen müssen, bis ich ein Vermögen gemacht habe, das meinem Sohn und seinen Nachkommen ihr ganzes Leben lang ausreichen wird. Ich will, daß er einen heiligen Eid auf die Tora schwört.« Der Sohn war damit einverstanden und leistete den Eid, und wenige Tage darauf starb der Alte.

Ein Jahr später legte ein Schiff im Hafen dieser Stadt an, das mit vielerlei Waren und auch mit Gold und Silber und Edelsteinen beladen war. Die Seeleute erkundigten sich nach dem alten Kaufmann, und man sagte ihnen, er sei gestorben und habe einen Sohn hinterlassen. Darauf sagten die Seeleute: »Zeigt uns sein Haus.« Man zeigte es ihnen, und sie gingen zu ihm, erkundigten sich nach seinem Befinden und fragten: »Welche Weisungen hat dein Vater hinterlassen, seine Waren und sein Vermögen jenseits des Meeres betreffend?« Und er erwiderte: »Er hat mir diesbezüglich keine Weisungen gegeben. Im Gegenteil – er hat mir befohlen, niemals zur See zu fahren.« Da sagten sie: »Wahrscheinlich hat er dir solches befohlen, weil sein Geist zu dieser Zeit schon umnachtet war. Die Waren und Reichtümer auf dem Schiff waren Eigentum deines Vaters, und wir sind gottesfürchtige Leute, und das Pfand werden wir nicht anrühren. Komm und hole dir dein Eigentum.« Als der Sohn das hörte, war er sehr erfreut, ließ das Schiff entladen und lud die Seeleute zu einem Festmahl ein. Als sie zu ihm kamen, sagte sie: »Du solltest wissen, daß dein Vater jenseits des Meeres das Doppelte an Reichtümern besitzt. Höre auf uns und kommt mit uns. Dein Vater hat dir nur deshalb den Schwur abgenommen, weil er so kurz vor seinem Tode nicht mehr klar denken konnte.« Doch er erwiderte: »Niemals. Gott verhüte es. Wie kann ich einen Eid brechen, den ich meinem Vater geschworen habe?« Doch sie sprachen so lange auf ihn ein, bis er schließlich einwilligte und mit ihnen aufs Schiff ging und in See stach.

Als sie auf dem Meer waren, ließ Gott einen Sturm aufkommen, der das Schiff in Stücke brach, und alle ertranken bis auf den Kaufmannssohn, denn Gott hatte dem Herrscher der Meere ein Zeichen gegeben, er solle ihn an Land werfen. Nackt und barfüßig fand sich der Kaufmannssohn in einer Einöde wieder, schlug die Augen zum Himmel auf und sah ein, daß sein Schicksal gerechtfertigt war. Dann ging er an der Küste entlang, um vielleicht Nahrung oder Kleidung zu finden. Nachdem er einen ganzen Tag lang gewandert war, sah er einen Baum, der sechs Parsangen hoch war. Er riß ein Blatt ab, bedeckte sich damit und setzte sich in den Schatten des Baumes. Mitten in der Nacht hörte er einen Löwen brüllen. Er erschrak und flehte Gott an, ihn nicht auf diese grausame Weise sterben zu lassen. Dann bestieg er den Baum und rettete sich so vor dem Löwen. Auf dem Baum begegnete er dem Riesenvogel Kipupha, der den Schnabel aufriß und ihn verschlingen wollte, doch der junge Mann sprang ihm in seiner Angst auf den Rücken und blieb dort sitzen, und der Vogel fürchtete sich auch, weil er nicht wußte, wer auf seinem Rücken saß. Als dann der Tag anbrach und der Vogel bemerkte, daß ein Mensch auf seinem Rücken saß, flog er mit ihm übers Meer.

Am Abend erreichten sie ein fernes Land, und als sie näher kamen, waren Knabenstimmen zu hören, die aus der Tora lasen: »Dies sind die Rechtsordnungen, die du ihnen vorlesen sollst ...« Da dachte er sich: Dies ist gewiß ein Land von Israeliten. Ich werde mich hier fallen lassen und mich ihnen anschließen, vielleicht werden sie sich meiner erbarmen. Er sprang hinunter und fiel vor dem Tor der Synagoge zu Boden, und der Vogel flog weiter. Da lag er nun und konnte sich nicht regen, weil er von Hunger und Erschöpfung geschwächt war. Schließlich gelang es ihm doch, aufzustehen und sich bis ans Tor der Synagoge zu schleppen, doch es war verschlossen. Da rief er laut: »Öffnet mir die Tore der Gerechtigkeit!« Darauf trat ein Knabe aus der Tür und fragte ihn: »Wer bist du?« Und er erwiderte: »Ich bin ein Hebräer.« Sogleich ging der Knabe, es seinem Rabbi zu erzählen, und dieser befahl ihm, den Gast einzulassen. Der Kaufmannssohn trat ein und berichtete dem Rabbi alles, was ihm widerfahren war. Und der Rabbi sagte: »Was dir geschehen ist, ist wenig im Vergleich mit den Leiden, die dir hier bevorstehen.« Erstaunt fragte der junge Mann: »Seid ihr denn keine Israeliten, die sich eines armen Mannes erbarmen?« Und der Rabbi erwiderte: »Rede nicht soviel. Niemand kann dich vom Tode retten, denn in dieser Stadt leben keine Menschen, sondern Teufel und Teufelinnen, und die Kinder, die ich unterrichte, sind alle Teufelskinder, die dich bald überfallen und töten werden.« Bei diesen Worten erschrak der junge Mann, warf sich dem Rabbi zu Füßen und flehte ihn an, ihm zu helfen, dem Tode zu entgehen, denn er sei ein gottesfürchtiger Mensch und gegen seinen Willen gezwungen worden, seinen Eid zu brechen. Und der Rabbi hatte Mitleid mit ihm und sagte: »Weil du deine Tat bereust, sollst du verschont werden.« Er nahm ihn mit in sein Haus, gab ihm Speise und Trank und ein Lager für die Nacht, und die Teufel bemerkten ihn nicht.

Am nächsten Tag führte der Rabbi ihn in die Synagoge, verbarg ihn unter seinem Gebetsschal und wies ihn an, kein Wort zu sprechen. Als die Teufel unter lautem Lärm die Synagoge betraten, starb der Kaufmannssohn fast vor Angst. Als man zu beten begann, sagte einer der Teufel, der neben dem Rabbi stand, zu seinem Nachbarn: »Ich rieche einen Menschen.« Und ein anderer sagte: »Dort steht er ja – neben dem Rabbi.« Der Rabbi sah, daß sie seinen Schützling entdeckt hatten, und sagte, nachdem das Gebet beendet war: »Ich habe euch etwas zu sagen.« Und sie erwiderten: »Unser Rabbi wird sprechen, und wir werden ihn anhören.« Da sprach der Rabbi: »Ich bitte euch, diesem Mann nichts anzutun, denn er ist Gast in meinem Hause und genießt meinen Schutz.« Darauf sagten sie: »Wer ist dieser Menschensohn, der zu uns gekommen ist?« Und der Kaufmannssohn erzählte ihnen, warum und auf welche Weise er zu ihnen gekommen war. Da sagten die Teufel: »Er verdient den Tod.« Doch der Rabbi sagte: »Durch das Mißgeschick, das ihm widerfahren ist, ist er bereits bestraft. Er ist ein Gelehrter der Tora, und die Tora schützt ihn, und wenn er den Tod verdiente, hätte Gott ihn nicht gerettet.« Da sagten die Teufel: »Wenn er ein Toragelehrter ist und gesündigt hat, muß er erst recht sterben.« Worauf der Rabbi erwiderte: »Hört mich an. Laßt uns unsere Gebete beenden und ihn dann zu König Asmodi bringen, damit er ein Urteil fällt.« Und alle riefen: »So sei es.«

Sie führten ihn zu Asmodi und trugen ihm den Fall vor. Da fragte Asmodi seine Richter: »Welche Strafe verdient dieser Mann nach dem Gesetz der Tora?« Und die Richter erwiderten: »O Herr und König, er ist dem Tode geweiht, denn es steht geschrieben: ›Wer seinen Vater und seine Mutter nicht ehrt, muß sterben.‹ Dieser Mann hat seinen Vater entehrt, seinen Befehl mißachtet und seinen Eid gebrochen.« Darauf sagte Asmodi zu dem Kaufmannssohn: »Wenn du mir schwörst, meinen Sohn die Heilige Schrift zu lehren, will ich dich retten.« Da schwor der junge Mann einen Eid. Und die Richter sagten zu Asmodi: »Unser Herr und König, du studierst täglich im Lehrhaus des Oberen. Was ist deine Meinung bezüglich dieser Angelegenheit?« Asmodi erwiderte: »Er verdient nicht die Todesstrafe, denn die Seeleute haben ihn betört und gegen seinen Willen entführt, und alles, was er getan hat, geschah unter Zwang, und dem, der unter Zwang handelt, gebührt keine Strafe, denn es steht geschrieben: ›Das Mädchen, dem man Gewalt angetan hat, sollst du nicht bestrafen.‹« Als die Richter das hörten, sprachen sie den jungen Mann frei. Der König nahm ihn mit in sein Haus und erwies ihm große Ehre, und der Kaufmannssohn gab dem Sohn des Königs Unterricht in der Heiligen Schrift.

Eines Tages erhob sich eines der Nachbarländer gegen den König, und dieser versammelte sein Heer und zog gegen die Meuterer zu Felde. Bevor er fortzog, rief er den Kaufmannssohn zu sich, übergab ihm die Schlüssel zu seinen Schatzkammern, setzte ihn als Statthalter ein und sagte zu ihm: »Du darfst alle Häuser in meinem Reich betreten, nur ein bestimmtes Haus darfst du nicht betreten.« Nachdem Asmodi alle Vorbereitungen getroffen hatte, zog er mit seinem Heer davon. Einige Tage später ging der junge Mann an jenem Haus vorüber, das er nicht betreten durfte, und wunderte sich über dieses Verbot, doch schließlich öffnete er die Haustür und trat ein. Drinnen sah er Asmodis Tochter auf einem goldenen Thron sitzen, schön und lieblich anzusehen und von tanzenden Jungfrauen umgeben. Als sie ihn erblickte, sagte sie: »Komm zu mir.« Und als er zu ihr trat, sagte sie: »Du dummer Menschensohn, warum hast du den Befehl des Königs mißachtet, das Frauenhaus nicht zu betreten? Noch heute wirst du sterben, denn mein Vater hat bereits erfahren, daß du hier eingedrungen bist, und bald wird er mit gezücktem Schwert kommen und dich töten.« Da fiel der junge Mann vor ihr auf die Knie und bat sie, ihn vor dem Zorn ihres Vaters zu bewahren. Aus Mitleid mit ihm sagte sie: »Wenn mein Vater kommt und dich fragt, warum du dieses Haus betreten hast, sage ihm, du hättest es aus Liebe zu mir getan, und halte bei ihm um meine Hand an. Ich weiß, daß er deine Bitte erfüllen wird, denn du bist ein Toragelehrter, und er hat Gefallen an dir gefunden, und seit deinem Kommen hat er beabsichtigt, mich dir zur Frau zu geben.« Als Asmodi dann kam und ihn fragte: »Warum hast du das Frauenhaus betreten?«, antwortete ihm der Kaufmannssohn, wie ihn die Königstochter geheißen hatte. Das gefiel Asmodi, und er sagte: »Warte, bis ich aus dem Krieg zurückkehre, und dann werde ich dich mit ihr verheiraten.«

Nachdem der König den Krieg gewonnen hatte, sprach er zu seinen Heerscharen: »Kommt mit mir zur Hochzeit meiner Tochter.« Sogleich versammelten sich alle Teufel und fingen in der Wüste alle Vöge für das Festgelage ihres Königs. Sie setzten die Heiratsurkunde auf, die der Bräutigam unterzeichnete, und am Abend führte man ihn unter die Chuppa. Und da sagte die Königstochter zu ihm: »Mache dir keine Gedanken darüber, daß ich eine Teufelin bin und du ein Menschensohn. Wisse, daß mir nichts fehlt. Aber hüte dich, mich zur Frau zu nehmen, wenn du mich nicht begehrst. Ich liebe dich wie meinen Augapfel und werde dich niemals verlassen, und auch du mußt mir schwören, mich nie zu verlassen.« Er legte einen Schwur ab, schrieb ihn nieder und unterzeichnete ihn mit seinem Namen. Dann wohnte er seiner Frau bei, und sie gebar ihm einen Sohn, den er Salomo nannte. Es vergingen zwei Jahre. Eines Tages, als er mit seinem Sohn spielte, stöhnte er auf. Seine Frau hörte es und fragte ihn: »Warum stöhnst du?« Und er erwiderte: »Ich stöhne bei dem Gedanken an meinen Sohn und meine Frau, die ich in meiner Heimat zurückgelassen habe.« Da sagte sie: »Ich habe dich gewarnt, mich zur Frau zu nehmen, wenn du mich nicht wirklich liebst. Und jetzt stöhnst du, wenn du an deine erste Frau denkst. Das sollst du nicht tun.« Nach einiger Zeit hörte sie ihn wieder stöhnen und sagte: »Wann wirst du endlich aufhören, um deine Frau und deinen Sohn zu trauern und zu stöhnen? Ich sehe, daß du dir Kummer machst, und will dir erlauben, sie zu besuchen, aber du mußt einen Zeitpunkt festsetzen, an dem du zu mir zurückkehrst.« Da sagte er zu ihr: »Ein Jahr.« Und sie sagte: »Schwöre es mir.« Er schwor es, schrieb den Schwur nieder und unterzeichnete ihn mit seinem Namen. Sie nahm das Schriftstück und legte es zu den übrigen Schriftstücken, auf denen seine Schwüre verzeichnet waren.

Danach rief sie ihre Bediensteten herbei und sagte zu ihnen: »Mein Ehemann will seine erste Frau besuchen, die in einer bestimmten Stadt wohnt. Wer von euch besitzt die Kraft, ihn dorthin zu bringen?« Da sagte einer von ihnen: »Ich kann ihn innerhalb von zehn Jahren dort hinbringen.« Ein zweiter erbot sich, ihn innerhalb eines Jahres hinzubringen, und das gleiche sagten auch die anderen. Dann meldete sich einer, der auf einem Auge blind war und einen Buckel hatte, und sagte: »Ich bringe ihn an einem einzigen Tag in seine Heimat.« Da sagte die Königstochter: »Dich nehme ich.« Sie befahl ihm, ihren Mann zu behüten, daß ihm nichts Schlechtes widerfahre, und ihn als seinen Gebieter anzusehen, denn er sei ein Toragelehrter, der keine Leiden ertragen könne. Und zu ihrem Mann sagte sie: »Hüte dich davor, seine Ehre zu verletzen, denn er ist ein Krüppel und wird leicht zornig.« Dann nahm sie Abschied von ihm und sagte: »Ziehe hin in Frieden.«

Der bucklige Teufel trug ihn auf seinen Schultern in seine Heimat und setzte ihn vor den Toren der Stadt ab. Am Morgen nahm der Teufel die Gestalt eines Menschen an, und gemeinsam betraten sie die Stadt. Unterwegs erkannte ein Goi den Kaufmannssohn wieder und eilte, der Familie die Nachricht zu überbringen. Freudig lief die Familie ihm entgegen, und er erzählte ihnen alles, was sich ereignet hatte, von Anfang bis zum Ende. Als er nach Hause kam, gab er ein Festgelage für seine Verwandten und Freunde, und nachdem sie sich alle an Speise und Trank gelabt hatten, wandte er sich an den einäugigen Teufel und sagte: »Warum bist du auf einem Auge blind?« Und der Teufel erwiderte: »Warum beschämst du mich vor all diesen Menschen? Denn es heißt: ›Wer seinen Nächsten öffentlich beschämt, kommt nicht ins Himmelreiche.‹« Doch der Kaufmannssohn hörte nicht auf, ihn zu ärgern und sagte: »Warum hast du einen Buckel?« Darauf wurde der Teufel sehr zornig und sagte: »Obgleich du mich beleidigt hast, will ich es dir erzählen: Ich hatte einmal Streit mit einem Freund, und er stach mir mit seinem Messer ein Auge aus. Und auf deine Frage, warum ich einen Buckel habe, kann ich nur antworten: Frage doch den, der mich erschaffen hat.« Da sagte der junge Mann: »Bitte verzeihe mir.« Doch der Teufel erwiderte: »Ich verzeihe dir nicht. Ich will zu meiner Herrin zurück und bitte dich, mir zu sagen, was ich ihr ausrichten soll.« Darauf der junge Mann: »Geh und sage ihr, daß ich nie wieder zurückkomme, weil sie eine Teufelin ist und nicht meine Frau.« Da fragte ihn der Teufel: »Willst du deinen Eid brechen?« Und der Kaufmannssohn erwiderte: »Kein Eid, den ich ihr geschworen habe, ist gültig.«

Darauf kehrte der Teufel in seine Heimat zurück und berichtete alles seiner Herrin. Doch diese sagte: »Ich glaube dir nicht. Er ist ein Toragelehrter und kann unmöglich so etwas gesagt haben. Ich werde abwarten, bis seine Frist abgelaufen ist, und dann werden wir sehen, was geschieht.« Als die Frist abgelaufen war, befahl sie dem Teufel, ihren Mann zu ihr zurückzubringen. Er begab sich zu dem jungen Ehemann und sagte zu ihm: »Meine Herrin läßt dir Grüße ausrichten und erinnert sich daran, daß es Zeit ist, zurückzukommen, wie du versprochen hast.« Und er erwiderte: »Gehe und richte ihr aus, daß ich ihr keine Grüße sende, weil ich nicht ihr Mann bin.« Der Bedienstete kehrte zurück und erstattete seiner Herrin Bericht, worauf diese zu ihrem Vater ging und ihm alles erzählte. Da sagte der Vater: »Vielleicht haben sie sich zerstritten, und darum hat er so etwas gesagt. Oder vielleicht deshalb, weil dein Bote so häßlich anzusehen ist, blind auf einem Auge und bucklig, betrachtet dein Mann es als unter seiner Würde, ihn zu begleiten. Ich gebe dir den Rat, würdigere Boten zu ihm zu schicken. Vielleicht kommt er dann.« Die Königstochter folgte dem Rat ihres Vaters, aber ihr Mann weigerte sich, zu kommen. Da wiesen ihn die Abgesandten zurecht und sagten zu ihm: »Wie kannst du nur deinen Eid brechen? Steht es doch in der Tora geschrieben: ›Ihren Unterhalt, ihre Kleidung und ihre Behausung muß er ihr geben.‹« Doch wieder gab er ihnen die gleiche Antwort, und die Boten kehrten heim und erstatteten Bericht. Da schickte sie andere Boten zu ihm, doch er hörte sie nicht an und schlug ihre Warnungen in den Wind. Wieder ging sie zu ihrem Vater, und dieser sagte: »Jetzt werde ich mein ganzes Heer zusammenrufen und ihn und alle Einwohner seiner Stadt erschlagen.« Doch seine Tochter sagte: »Gott bewahre! Gehe nicht selbst, sondern schicke mich mit einem deiner Heerführer und einigen wenigen Soldaten, und ich nehme meinen Sohn Salomo mit mir. Dann wird er uns vielleicht empfangen.« Ihr Vater war einverstanden, und sie zog fort mit ihrem Sohn und einigen Heerführern und Soldaten, und nachts erreichten sie die Stadt. Die Soldaten wollten in die Stadt eindringen, um den jungen Mann und sämtliche Einwohner zu erschlagen, doch die Königstochter ließ es nicht zu. Bei Tagesanbruch sagte sie zu ihrem Sohn Salomo: »Mein Sohn, gehe in die Stadt und sage deinem Vater, daß ich seinetwegen gekommen bin.« Der Sohn ging zu seinem Vater, der noch schlief, und weckte ihn. Der Vater erschrak und fragte: »Wer bist du?« Und er antwortete: »Ich bin dein Sohn Salomo.« Da erkannte ihn sein Vater, umarmte und küßte ihn und fragte: »Warum bist du hierhergekommen?« Und der Sohn sagte: »Meine Mutter ist deinetwillen hergekommen und hat mir aufgetragen, dich zu bitten, mit ihr zu kommen.« Da erwiderte er: »Sage deiner Mutter, daß ich nicht ihr Ehemann bin und nicht kommen werde.« Und der Sohn erwiderte: »Wie kannst du so etwas sagen? Während der ganzen Zeit, als du bei uns warst, hat dir keiner etwas Böses angetan, und man hat dir um meiner Mutter willen große Ehre erwiesen. Warum versetzt du ihr jetzt einen Tritt und wirfst sie hinaus?« Darauf sagte der Vater: »Salomo, mein Sohn, sprich kein weiteres Wort. Alle meine Schwüre habe ich unter Zwang geleistet, und sie sind ungültig.« Und der Sohn antwortete: »Ich will tun, was du mir gebietest, und kein weiteres Wort sprechen. Nur eines sollst du wissen: Du bist im Begriff, Selbstmord zu begehen.«

Der Sohn ging und berichtete seiner Mutter, was der Vater gesagt hatte, und sie zürnte sehr. Sie ging in die Synagoge, begleitet von ihrem Gefolge von Teufeln, zur Stunde, als sich dort die Gemeinde versammelt hatte, und sagte zum Abgeordneten der Gemeinde: »Wartet und beginnt nicht mit dem Gebet, bis ich zu euch gesprochen habe.« Und er erwiderte: »Sprich.« Da sagte sie mit lauter Stimme: »Ihr sollt urteilen zwischen mir und diesem Mann hier, mit Namen Dihon Bar Schalimon.« Sie erzählte, was sich zugetragen hatte, und fuhr fort: »Wie darf er sämtliche Schwüre brechen, die er mir geleistet hat?« Darauf sagte ihr Mann: »Alle Eide, die ich geschworen habe, wurden mir unter Zwang abgenommen und unter Todesdrohungen. Jetzt will ich mit meiner richtigen Frau zusammenleben, die ein Menschenkind ist wie ich, und nicht mit einer Teufelin.« Die Teufelin erwiderte darauf: »Dann möge er mir einen Scheidebrief ausstellen und mir den Brautpreis zahlen, der in der Heiratsurkunde verzeichnet ist, und dann gebe ich ihn frei.« Und die Richter sagten: »Sie ist im Recht. So will es das Gesetz.« Darauf zog die Königstochter die Heiratsurkunde hervor, auf der eine so gewaltige Summe verzeichnet war, daß sie jede Vorstellung übertraf. Da sagte ihr Mann: »Ich will ihr alles geben, was ich besitze, aber niemals zu ihr zurückkehren.« Doch die Richter sagten: »Du mußt ihr die ganze Summe zahlen, die auf der Heiratsurkunde steht, oder mit ihr gehen. Einen anderen Ausweg gibt es nicht.«

Als die Königstochter sah, daß das Urteil zu seinen Ungunsten ausgefallen war, sagte sie: »Ich will nicht, daß er unter Zwang zu mir zurückkehrt, aber ich bitte euch, ihm zu befehlen, er möge mich noch einmal auf den Mund küssen. Dann werde ich ihn verlassen.« Darauf küßte sie der Mann auf den Mund, und sie erstickte ihn mit ihrem Kuß, so daß er starb. Und sie sagte: »Das ist die Vergeltung dafür, daß er mich noch zu seinen Lebzeiten zur Witwe machen wollte – und jetzt wird seine Frau eine Witwe sein. Und ihr alle hier, wenn ihr nicht wollt, daß ich euch ebenfalls töte, nehmt meinen Sohn Salomo und gebt ihm die Tochter des Größten unter euch zur Frau und ernennt ihn zum Vorsteher eurer Gemeinde, denn er ist einer von euch. Ich will, daß er hier unter euch lebt, denn nachdem ich seinen Vater getötet habe, will ich ihn nicht mit mir nehmen, denn ich hätte nur Kummer und böse Erinnerungen.«

Die Bewohner der Stadt taten, was sie verlangt hatte, und sie ging ihres Weges.

Die Moral dieser Geschichte: Es ist eine schwere Sünde, einen Eid zu brechen.

Die Geschichte des Goldschmieds und seiner zwei Frauen

In der Stadt Posen in Polen stand auf einer der Straßen ein hohes Haus mit einem großen Keller, der stets verschlossen und verriegelt war. Eines Tages nahm ein junger Mann den Schlüssel und stieg die Treppe hinunter, um die Kellertür aufzuschließen, und nach einer knappen Stunde fanden ihn die Hausbewohner leblos auf der Schwelle der Kellertür. Man begann nachzuforschen, was zu seinem Tode geführt haben mochte, fand aber nichts. Zwei Jahre später wurde das Haus von einem neuen Unglück betroffen. Alle Lebensmittel im Hause verdarben oder waren derartig mit Erde und Asche beschmutzt, daß noch nicht einmal die Hunde sie fressen wollten. Und dann geschah es, daß die Hausbewohner ihre Vasen und Lampen, die sie zu Schmuck und Zier aufgehängt hatten, am Boden verstreut vorfanden. Voller Angst verließen die Bewohner das Haus, und auch die übrigen Einwohner der Stadt waren von Angst erfaßt und wußten keinen Rat, wie sie die bösen Geister aus jenem Hause vertreiben konnten. Schließlich wandten sie sich an die Jesuitenpater, die in dem finsteren Keller allerlei Beschwörungen murmelten, aber auch nicht helfen konnten.

Als die Hausbewohner das sahen, schickten sie einen Boten in die Stadt Samuscht zu dem berühmten Rabbi Joel Baal Schem, ihn zu bitten, nach Posen zu kommen. Rabbi Joel Baal Schem folgte ihrem Ruf und begab sich sogleich in das bewußte Haus, wo er die bösen Geister beschwor, ihm mitzuteilen, warum sie sich hier angesiedelt hatten. Er sagte zu ihnen: »Ihr habt kein Recht, in einer bevölkerten Ortschaft zu wohnen, sondern nur in der Wüste oder an einem unreinen Ort. Warum seid ihr gekommen und habt euch unter Menschen angesiedelt?« Und sie erwiderten: »Du hast recht, aber dieses Haus gehört uns, und wir wohnen hier im Einklang mit dem Gesetz der Tora.« Da sagte Rabbi Joel: »Wie wollt ihr wissen, daß das Gesetz auf eurer Seite ist, wenn ihr nicht vor Gericht wart? Zunächst müßt ihr vor den Richtern der Stadt Posen erscheinen, und wenn sie euch recht geben, wird euch das Haus gehören. Keinem ist es erlaubt, seine eigenen Gesetze zu machen, und ihr seid keine Ausnahme.« Die bösen Geister hörten auf ihn und erklärten sich einverstanden, dem Gericht der Gemeinde Posen ihre Forderungen vorzutragen.

Am nächsten Tag gingen die drei Richter der Stadt gemeinsam mit Rabbi Joel zu jenem Haus, und auch die Hausbewohner schlossen sich ihnen an. Als sie dort angekommen waren, ertönte plötzlich eine Stimme, obgleich niemand zu sehen war. Und die Stimme erzählte den Richtern, auf welche Weise das Haus in die Hände der Schadenstifter gekommen war, und sagte: »Wisset, meine Herren, daß dieses Haus in alten Zeiten einem Goldschmied gehörte, der Frau und Kinder hatte. Aber er hatte zwei Frauen. Die eine war ein Menschenkind, doch die andere eine Teufelin. Und er hatte eine große Liebe für die Tochter der Teufel – so groß, daß er zuweilen in der Synagoge sein Gebet unterbrach, um sich mit ihr zu vereinen. So lebte der Goldschmied mit zwei Frauen zur gleichen Zeit, und beide gebaren ihm Söhne und Töchter, und seine Frau wußte nichts davon. Bis sie es schließlich erfuhr. Denn einmal am Pessachabend saß der Goldschmied mit seiner Frau und seinen Kindern zu Tisch, und während der Mahlzeit erhob er sich und ging aufs Klosett, um seine Notdurft zu verrichten. Die Frau und die Kinder warteten lange Zeit auf seine Rückkehr, und als er nicht wiederkam, ging die Frau ihn suchen. Sie blickte durch ein Guckloch und sah in ein prächtiges Zimmer mit einem Tisch, der mit goldenen und silbernen Bestecken gedeckt war, und mit einem reichgeschmückten Bett, auf dem eine wunderschöne nackte Frau saß. Und ihr Mann, der Goldschmied, saß neben dieser Frau, und er küßte und umarmte sie, wie es unter Eheleuten der Brauch ist. Als die Frau das sah, befiel sie große Angst, und in ihrer Angst und ihrem Kummer lief sie in ihr Zimmer zurück, wo sie der Zorn überwältigte. Als ihr Mann nach einer Weile an die Festtafel zurückkehrte, sagte sie kein Wort, kein gutes und kein schlechtes, und hüllte sich den ganzen Abend in Schweigen. Als der Morgen dämmerte, erhob sie sich, ging zu Rabbi Scheftiel und erzählte ihm alles, was sich in dieser Nacht zugetragen hatte. Der Rabbi ließ den Goldschmied kommen, erzählte ihm alles, was die Frau ihm berichtet hatte, und der Goldschmied gestand und sagte: »Es ist wahr, ich habe eine fremde Frau, die nicht dem Menschengeschlecht angehört.« Als der Rabbi das hörte, fertigte er ein Amulett an, beschrieb es mit den heiligen Namen und hängte es ihm um den Hals. Darauf konnte der Goldschmied nie wieder mit der fremden Frau zusammensein und verließ sie. Jahre vergingen, und als seine Sterbestunde gekommen war, kam die Frau aus dem Teufelsgeschlecht zu ihm, weinte bitterlich und sagte: »Habe Mitleid mit mir und deinen Kindern und lasse uns nicht ohne Stütze und Versorgung zurück.« Danach war sie freundlich und küßte und umarmte ihn, bis er schließlich zustimmte, auch ihr und ihren Kindern einen Teil der Erbschaft zu geben, und er vermachte ihnen den Keller seines Hauses. Wieder verging eine lange Zeit, und überall in Polen gab es Kriege und Kämpfe, und die Juden waren vom Jahre 5408 bis zum Jahre 5418 Pogromen ausgesetzt. Dabei kamen alle Nachkommen des Goldschmieds um, und keiner von denen, die dem Menschengeschlecht angehörten, blieb am Leben.«

Das alles erzählte die Stimme den Richtern und sagte zum Schluß: »Auf diese Weise sind wir als einzige Erben zurückgeblieben, und dieses ist die Hinterlassenschaft unseres Vaters.«

Danach trugen die Hausbewohner den Richtern ihre Argumente vor und sagten: »Wir haben dieses Haus zum vollen Preis gekauft, und diese haben kein Anrecht darauf, denn sie gehören nicht dem Menschengeschlecht an.« Die Richter hörten beide Seiten an und fällten dann ihr Urteil: »Die Schadenstifter haben kein Anrecht auf das Haus, denn die Bewohner haben es nach dem Gesetz zum vollen Preis gekauft. Vielmehr: Wenn die Teufelin den Goldschmied zu Fall brachte nach Art der

Teufel, ist das kein Beweis, daß die Schadenstifter in der Tat seine Nachkommen sind. Darum haben sie keinen Anteil an einem Haus, das nicht in der Wüste, sondern in einer bevölkerten Ortschaft liegt.« So urteilten die Richter, und danach wandte sich Rabbi Joel Baal Schem an die bösen Geister und beschwor sie, den Keller und das Haus zu verlassen, und befahl ihnen, in die Wälder und Wüsten zurückzukehren, wo sich keine Menschen befinden. Die bösen Geister folgten dem Befehl des Rabbi und verließen das Haus, und seit diesem Tag mußte keiner der Hausbewohner mehr Schaden erleiden.

DIE GESCHICHTE DER SCHLANGENFRAU

Ein junger Reitersmann ritt einmal vor Tausenden von Jahren auf seinem Pferd durch die Wüste und sah dort im Sand ein wunderschönes Mädchen. Er war von ihrer Schönheit entzückt und verliebte sich in sie. Das Mädchen ergriff den Zaum seines Pferdes und sagte: »Ich liebe dich. Nimm mich mit und mache mich zu deiner Frau.«

Darauf setzte sie der Reiter aufs Pferd, nahm sie mit in sein Haus und nahm sie zur Frau. Aber dieses Mädchen war in Wirklichkeit eine Schlange. Beim Anblick des schönen Jünglings hatte sie sich in ein Menschenkind verwandelt, um ihn zu heiraten.

Lange Zeit verging, und eines Tages erkrankte der Jüngling. Er wurde von Tag zu Tag blasser und magerte ab. Die Ärzte wußten keinen Rat und konnten ihm nicht helfen, und er blieb im Hause, und sein Lebenslicht drohte zu erlöschen.

Eines Tages betrat ein Derwisch das Haus, um ein Almosen zu erbitten, zu einer Zeit, da die Frau abwesend war. Da fragte der Derwisch: »Warum bist du so blaß?« Und der Jüngling erwiderte: »Ich weiß es nicht. Ich habe die Ärzte befragt, und keiner kann mir helfen. Von Tag zu Tag geht es mir schlechter, und ich bin sehr krank.« Da sagte der Derwisch: »Komm, ich werde dir wahrsagen.« Er betrachtete die Handfläche des Kranken und fragte ihn: »Hast du eine Frau?« Und der Jüngling erwiderte: »Ja.« Und der Derwisch fragte weiter: »Schläfst du die ganze Nacht bei ihr?« Und der Jüngling erwiderte: »So ist es.« Darauf fragte der Derwisch: »Verläßt sie während der Nacht das Zimmer?« Und der Jüngling erwiderte: »Das habe ich nicht bemerkt.« Da sagte der Derwisch: »Wisse, daß deine Frau eine Schlange ist.«

Der Jüngling war äußerst erstaunt und wollte es nicht glauben, doch der Derwisch sagte: »Wenn du mir nicht glaubst, mußt du dieses tun: Wirf eine Handvoll Salz in das Essen, das deine Frau gekocht hat, und entleere alle Gefäße im Zimmer, in denen sich Wasser befindet. Und verstecke den Zimmerschlüssel, daß deine Frau ihn nicht findet. Bevor du dich in der Nacht zum Schlafen niederlegst, schneide dich in den Finger und streue Salz auf die Wunde, damit der Schmerz dich am Einschlafen hindere.«

Der Jüngling tat, wie der Derwisch ihn geheißen hatte, ging abends zu Bett und stellte sich schlafend. Mitten in der Nacht erwachte die Frau und war sehr durstig, weil sie die salzigen Speisen gegessen hatte. Sie suchte etwas zum Trinken, aber alle Wasserbehälter waren leer. Dann wollte sie hinausgehen, aber die Tür war verschlossen und der Schlüssel verschwunden. Darauf legte sie sich auf den Boden, rollte sich dreimal zusammen und verwandelte sich in eine Schlange. Dann, nachdem sie zur Schlange geworden war, kroch sie durch einen Spalt in der Wand ins Freie. Dort kroch sie in den Brunnen, löschte ihren Durst und kehrte durch denselben Spalt wieder ins Zimmer zurück. Wieder rollte sie sich dreimal auf dem Boden zusammen, verwandelte sich wieder in eine Frau und legte sich zu ihrem Mann ins Bett.

Der Jüngling hatte mit eigenen Augen alles gesehen und schwieg. Am nächsten Tag kam wieder der Derwisch und fragte ihn: »Hast du etwas gesehen?« Und der Jüngling erzählte ihm alles, was er gesehen hatte. Und der Derwisch fragte ihn: »Jetzt, wo du alles gesehen hast, willst du dich dieser Frau entledigen?« Und der Jüngling antwortete: »Ja, das will ich.« Da sagte der Derwisch: »Dann tue dieses: Sage deiner Frau, sie möge Brot backen, und erhitze den Ofen bis zur höchsten Glut. Wenn deine Frau sich dann bückt, um den Teig in den Ofen zu schieben, pakke sie an den Beinen und wirf sie hinein, und schließe die Ofentür und mauere sie fest zu. Dann werde ich kommen und dir zeigen, was weiter geschieht.«

Der Jüngling tat, wie ihn der Derwisch geheißen hatte. Er bat seine Frau, Brot zu backen, und zündete im Ofen ein großes Feuer an. Als sie sich bückte, um den Teig in den Ofen zu schieben, packte er sie an den Beinen und warf sie hinein. Dann schloß er geschwind die Ofentür und mauerte sie mit dickem Mörtel zu. Am nächsten Tag kam der Derwisch, öffnete die Ofentür und fand drinnen einen goldenen Kranz. Als er den Kranz aus dem Ofen nahm, fiel eine der Blumen herunter, und diese Blume war der kleine Finger der Frau. Der Derwisch übergab dem Jüngling die goldene Blume und nahm sich selbst den übrigen Kranz.

Lilit und das Unkraut

Es war einmal ein jüdischer Mann, der von Lilit verführt wurde und ihr verfallen war. Das bereitete ihm großen Kummer, und er fuhr zu dem Zaddik Rabbi Mordechai aus Neskis und bat ihn um Hilfe. Der Rabbi sah voraus, daß der Mann zu ihm kommen würde, und befahl sämtlichen Einwohnern der Stadt, ihre Türen zu verschließen und ihn nicht bei sich aufzunehmen. Als der Mann in die Stadt kam, fand er nirgends Unterkunft und legte sich in einen Hof auf einen Heuhaufen. In der Nacht kam Lilit zu ihm und flüsterte ihm ins Ohr: »Mein Geliebter, steige vom Heuhaufen herunter und komme zu mir.« Und er erwiderte: »Warum verlangst du von mir, zu dir zu kommen? Es ist doch deine Gewohnheit, zu mir zu kommen.« Da sagte sie: »Mein Geliebter, in diesem Heuhaufen, auf dem du liegst, befindet sich ein Unkraut, das es mir verwehrt, zu dir zu kommen.« Da sagte er: »Ich bitte dich, zeige mir dieses Unkraut. Ich werde es wegwerfen, und dann kannst du zu mir kommen.« Und Lilit zeigte ihm, was er sehen wollte, worauf er sich das Unkraut aufs Herz band und auf diese Weise vor der Dämonin gerettet wurde.

Die verlassene Frau und der Tote

In der Stadt Posen lebte einst ein reicher Mann, der eine einzige Tochter hatte, die sehr schön war. Als die Tochter heranwuchs, wollte ihr Vater sie mit einem vollendeten Mann, der alle Vorzüge hatte, verheiraten. Also ging der Vater zu dem Rabbi Naftali Cohen Zedek und bat ihn, unter den jungen Männern seiner Jeschiwa einen auszuwählen. Das tat der Rabbi und wählte einen jungen Mann, der sich im Studium der Tora und durch Gottesfurcht auszeichnete. Darauf gab der reiche Mann seiner Tochter eine große Mitgift, versorgte den künftigen Schwiegersohn mit Kleidung und Schuhwerk und ehrte das Brautpaar mit einer prächtigen Hochzeitsfeier. Doch wenige Wochen nach der Hochzeit verließ der Bräutigam seine Braut und war spurlos verschwunden.

Darauf sandte der reiche Mann Kundschafter aus, die ihn im ganzen Land suchten, ohne ihn jedoch zu finden. Und so saß seine Tochter bekümmert und verzweifelt als Witwe eines Lebenden dreizehn Jahre lang. Eines Tages erzählte der Reiche einem seiner Freunde, der dem Rabbi nahestand, von seinen Sorgen. Darauf sagte sein Freund: »Komm, laß uns zum Rabbi gehen, ihn um Rat bitten und das tun, was er uns rät.« Der Reiche war einverstanden, und sie gingen beide zum Rabbi. Während der Freund dem Rabbi alles erzählte, stand der Reiche zur Seite und weinte bitterlich. Da hatte der Rabbi Mitleid und sagte: »Geht hinaus, und ich werde etwas für euch tun. Wenn Gott mir beisteht, wird der Tochter geholfen werden.« Die beiden gingen hinaus, und der Rabbi versenkte sich in Gedanken und sagte dann zu seinen Schülern: »Auf dieser Welt sehe ich ihn nicht.« Dann fügte er hinzu: »Seht mich an und tut, was ich euch befehle. Ich werde hier vor euch auf meinem Stuhl sitzen, und der Schlaf wird mich überkommen. Wenn ihr seht, daß sich meine Gesichtszüge verändern, fangt laut an zu schreien, bis ich erwache. Nach einigen Minuten werde ich wiederum einschlafen, und wenn ihr seht, daß sich meine Gesichtszüge wieder verändern, ruft mich beim Namen, bis mein Bewußtsein zurückkehrt. Und beim drittenmal werde ich fast meinen Geist aufgeben, und ihr müßt so lange schreien, bis ich erwache. Und wisset, wenn ihr das nicht tut, bin ich in großer Gefahr.«

So sprach der Rabbi, und seine Schüler taten, wie er sie geheißen hatte. Als der Rabbi erwachte, ließ er den Reichen kommen und sagte zu ihm: »Jetzt weiß ich, wo sich der junge Mann befindet. Miete eine Kutsche und nimm deine Tochter, Richter, einen Schreiber und zwei Zeugen und fahre mit ihnen auf den Weg nach Wien. Etwa zwei Meilen vor der Stadt kommt ihr zu einem großen Wirtshaus. Geht hinein, und an einem der Tische seht ihr drei Männer in Soldatenkleidung sitzen. Der in der Mitte wird sogleich deine Tochter erkennen und zu seinen Begleitern sagen: ›Dies ist meine erste Frau.‹ Und du wirst ihn fragen: ›Warum hast du deine Frau vor dreizehn Jahren verlassen? Du mußt ihr einen Scheidebrief ausstellen.‹ Darauf wird er stumm vor dir sitzen und kein einziges Wort sprechen. Du wirst ihn bitten, deiner Tochter den Scheidebrief zu geben, aber er wird sich weigern. Darauf wirst du ihm viel Geld anbieten, und er wird sich immer noch weigern. Danach wirst du einen Boten nach Wien schicken, der den Heeresführern das alles berichtet, und diese werden einen hohen Offizier entsenden, der ihn zwingt, den Scheidebrief auszustellen.«

Der Reiche hörte auf den Rabbi und tat alles, was er ihn geheißen hatte. Als er mit seinen Begleitern in das Wirtshaus kam, sah er dort drei Soldaten sitzen und hörte, wie der eine zu seinen Kameraden sagte: »Seht, das war meine erste Frau.« Da bat ihn der Reiche, seiner Frau den Scheidebrief auszustellen, aber der Mann hörte ihn nicht einmal an. Darauf schickte der Reiche einen Boten zu den Heerführern der Stadt

Wien, ihnen mitzuteilen, was dieser Mann seiner Tochter angetan hatte. Als sie das hörten, entsandten sie einen hohen Offizier, um ihm zu befehlen, seiner Frau die Scheidung zu geben. Doch der junge Mann hörte nicht auf den Offizier, und als dieser nicht von ihm abließ, begann er, Flüche und Verwünschungen gegen das Heer und seine Offiziere auszustoßen. Als der Offizier das hörte, entbrannte sein Zorn, und er zog seinen Säbel aus der Scheide und schlug dem Lästerer den Kopf ab. Danach sagte er zu der Frau: »Jetzt brauchst du keine Scheidung mehr, denn ihr könnt ja alle sehen, daß er tot ist.«

Darauf kehrte der reiche Mann mit seinen Begleitern in seine Heimatstadt zurück, ging sogleich zum Rabbi Naftali Cohen Zedek und erzählte ihm, was sich zugetragen hatte. Und der Rabbi sagte zu ihm: »Wisse, daß sich der junge Mann schon längst nicht mehr auf dieser Welt befindet, sondern tief in der Hölle. Nur weil ich Mitleid mit dir und deiner Tochter hatte, habe ich ihn aus der dritten Ebene der Hölle heraufgeholt. Und das hat sich so zugetragen: Nachdem dieser Jüngling seine Frau verließ, schloß er sich einer Bande von Mördern und Räubern an, beteiligte sich an ihren Untaten und tötete selbst einige Men-

schen. Dann hatte er Streit mit seinen Gefährten, und sie erschlugen ihn. Als er vor den Obersten Richter kam, verdammte ihn dieser zur Hölle und warf ihn hinab. Doch als ich euren Kummer sah, wollte ich deine Tochter retten, damit sie nicht als Verlassene leben muß, und so blieb mir keine andere Wahl, als ihn aus der Hölle zu holen. Ich wandte mich an das Jüngste Gericht, und man schickte ihn in Begleitung zweier Racheengel in Gestalt von Soldaten. Als er sich dann weigerte, den Befehl des Offiziers auszuführen und ihn auch noch beschimpfte, schlug dieser ihm vor euren Augen den Kopf ab.«

Danach wandte sich der Rabbi an die Zeugen und fragte: »Habt ihr mit eigenen Augen gesehen, wie man jenem Jüngling, dem Ehemann dieser Frau, den Kopf abschlug und er tot zu Boden fiel?« Und die Zeugen erwiderten: »Wir haben es mit eigenen Augen gesehen.« Darauf entließ der Rabbi die Frau aus ihrem Zustand als Verlassene, und sie heiratete bald darauf einen anderen Mann. Und das ist die Geschichte der Verlassenen und ihres Ehemanns, der von den Toten zurückkehrte und ein zweites Mal starb.

DIE GESCHICHTE VON DEM LEBENDEN UND DEM TOTEN KAUFMANN

In der Stadt Ostrau lebten einst zwei Kaufleute, die gemeinsam mit Stoffen handelten und einander sehr liebten. Eines Tages hörten sie, daß eine bestimmte Fürstin von einem ihrer Verwandten eine große Menge guten Stoffes geerbt hatte – man sprach von tausend Kisten –, den man billig kaufen könne. Die beiden Kaufleute machten sich auf und fuhren zum Wohnsitz der Fürstin, wo sie den Türhütern auftrugen, sie möchten ihrer Herrin mitteilen, zwei Kaufleute seien gekommen, um ihre Stoffe zu kaufen. Die Türhüter meldeten es der Fürstin, doch diese weigerte sich, zwei jüdische Kaufleute zu empfangen, denn sie hatte noch nie einen Juden zu Gesicht bekommen, da sie in einer Gegend wohnte, in der es keine Juden gab, und das Wort Jude erregte bei ihr Furcht und Ekel. Doch weil sie ihre Stoffe verkaufen wollte, ließ sie die Kaufleute nicht fortjagen, sondern beauftragte einen ihrer Bediensteten, das Geschäft abzuschließen. Man wurde sich einig, die Kaufleute übernahmen die Stoffe und zahlten dem Bediensteten den vereinbarten Kaufpreis. Als der Bedienstete seiner Fürstin das Geld brachte, sagte sie zu ihm: »Weißt du, warum ich sie nicht vorgelassen habe? Nach der Überlieferung meiner Vorfahren haben sie den Heiland ermordet, und außerdem sind es Betrüger.« Doch der Bedienstete erwiderte: »Dem ist nicht so. Die Juden sind Menschen wie alle anderen. Es gibt unter ihnen sowohl Gerechte wie auch Bösewichte. In der Regel sind sie ehrliche Menschen.« Als die Fürstin das hörte, wurde sie neugierig und trat vor die Tür, um sich diese Juden einmal anzusehen. Einer der beiden Teilhaber war ein besonders schöner und stattlicher Mann, und darüber wunderte sich die Fürstin sehr. Sie ließ ihn rufen und sprach mit ihm, und er antwortete ihr in ausgezeichnetem Polnisch. Die Fürstin fand Vergnügen an dem Gespräch und an seinen guten Manieren, bis ihre Leidenschaft entbrannte und sie vor Liebe und Lust krank wurde und das Bett hüten mußte.

Die beiden Teilhaber hielten sich noch einige Tage im Hof auf, um den Stoff abzumessen und Pferdekarren für den Transport der Ware zu beschaffen. Da in jenem Dorf nicht genügend Pferdekarren zu haben waren, fuhr einer der beiden Kaufleute in die nächste Stadt, um die nötigen Karren zu besorgen, während der andere – der Schöne und Stattliche – zurückblieb, die Ware aufzuladen. Als die Fürstin erfuhr, daß der Schöne allein im Hof übernachtete, ließ sie ihn rufen und offenbarte ihm ihre Leidenschaft. Doch der Mann lehnte es ab, ihren Wunsch zu erfüllen, und wies sie von sich. Darauf gab sie ihm das ganze Geld zurück, das sie für ihre Ware bekommen hatte, und sagte: »Hier hast du dein Geld wieder, und die Ware schenke ich dir, wenn du nur meinen Wunsch erfüllst.« Darauf vereinten sich Geldgier und Lust, und der Kaufmann konnte seine Triebe nicht mehr beherrschen. Er nahm das Geld und war ihr zu Willen.

Am Morgen verließ er sie, und bald kam sein Teilhaber mit den Pferdekarren. Gemeinsam verluden sie die gesamte Ware und machten sich auf den Weg, beide fröhlich und guter Dinge. Unterwegs entsann sich der Schöne all dessen, was geschehen war, und wurde von Reue und Kummer übermannt, so daß er laut seufzte. Da fragte ihn sein Freund: »Wozu dieser Seufzer? Wir haben doch – Gott sei Dank – die Ware ganz billig eingekauft.« Doch der Schöne leitete das Gespräch in andere Bahnen, um sich abzulenken, aber immer wieder gab er Seufzer von sich, bis sein Freund in ihn drang, ihm den Grund dafür mitzuteilen, weil er sich dachte, daß ein Mensch nicht ohne Grund so traurig sein konnte. Und er ließ nicht ab, bis der andere ihm schließlich alles erzählte, was sich in der

Nacht zugetragen hatte, ihm das Geldbündel zeigte und sagte: »Die Ware habe ich umsonst bekommen, aber dafür eine schwere Sünde auf mich geladen. Darum mache ich mir Sorgen und bereue meine Tat.« So sprach er und weinte bittere Tränen. Doch sein Freund machte sich über ihn lustig und sagte: »Mit so viel Geld kann man jede Sünde bereinigen. Man kann Geld für wohltätige Zwecke stiften, und Reue nützt immer.« Doch sein Freund war nicht zu trösten und weinte und seufzte in einem fort. Schließlich sagte sein Teilhaber zu ihm: »Ich will dir deine Sünde abkaufen.« Kaum waren die Worte ausgesprochen, sagte der andere sogleich: »Hier hast du das ganze Geld, das ich bekommen habe, und dazu schenke ich dir ein Viertel der Ware, wenn du mir wirklich meine Sünde abkaufst.« Da erwiderte sein Freund: »Weißt du, was wir tun können? Wir sind Teilhaber bei diesem Handel, also laß uns auch Teilhaber bei deinem Vergehen sein, und teilen wir uns das Geld zu gleichen Teilen.« Doch der Sünder weigerte sich und sagte: »Wenn du willst, verzichte ich auch auf meinen Anteil am Gewinn, obgleich der Gewinn groß ist.« Da siegte bei seinem Freund die Geldgier und der Drang, reich zu werden, und er sagte: »Ich kaufe dir deine Sünde ab.« Darauf gab ihm der Sünder das ganze Geld, das er von der Fürstin erhalten hatte, und sie besiegelten den Handel mit Handschlag. Sogleich wurde aus dem Sünder ein ganz anderer Mensch, und er war froh und guter Dinge, und als sie in ihre Stadt Ostrau zurückkehrten, lösten sie ihre Teilhaberschaft auf, und jeder ging seinen eigenen Geschäften nach. Der Mann, der die Sünde gekauft hatte, erzielte einen gewaltigen Gewinn beim Verkauf der Waren und wurde ein sehr reicher Mann.

Nach einiger Zeit starb der Mann, der die Sünde gekauft hatte, und als er vor das himmlische Gericht trat und Rechenschaft über seine Taten auf Erden ablegen mußte, rechnete man ihm neben seinen anderen Verfehlungen auch die Sünde an, daß er einer Nichtjüdin beigewohnt hatte. Darauf beteuerte er: »Diese Sünde habe ich nicht begangen.« Doch die Richter hielten ihm vor: »Du hast die Sünde deines Freundes rechtmäßig gekauft, und sie ist unter deinem Namen eingetragen.« Da erwiderte er: »Im Jenseits beurteilt man einen Menschen nur nach seinen Taten, und nur diese zählen. Wenn ich auch Geld angenommen habe, die Sünde habe ich nicht begangen. Warum wollt ihr mich für etwas bestrafen, was ich nie getan habe?« So sprach er, bis die Richter ihm gestatteten, seinen Freund, der noch am Leben war, vor dem Rabbinatsgericht zu verklagen. Darauf erschien der Tote seinem Freund im Traum und forderte ihn auf, vor dem Rabbinatsgericht zu erscheinen. Er ließ ihm keine Ruhe und erschien Nacht für Nacht, bis sein Freund schließlich erkrankte und das Bett hüten mußte.

Zu jener Zeit war der Vorsitzende des Rabbinatsgerichts in Ostrau der gelehrte Zaddik Rabbi Samuel Elieser Edels, möge er in Frieden ruhen. Der Kranke bat seine Familie, ihn in seinem Bett zum Rabbi zu tragen, dem er die ganze Geschichte von Anfang bis zum Ende erzählte und den er um Rat ersuchte. Da sagte der Rabbi: »Fürchte dich nicht. Geh nach Hause und bleibe ruhig in deinem Bett liegen, und wenn du noch einmal die Stimme hörst, die dich vor mein Gericht zitiert, sage dem Verstorbenen in meinem Namen, daß wir nicht im Jenseits tagen. Wenn er dich verklagen will, muß er vor mir erscheinen. Und wenn er das nicht will, sage ihm, daß ich einen Bann über ihn verhängen werde.« Der Kranke wurde wieder nach Hause gebracht und lag dort in seinem Bett und schlief. Als der Tote ihm wieder erschien, berichtete ihm der Kranke, was der Rabbi gesagt hatte. Darauf sagte der Tote: »Ich bin einverstanden.« Und der Kranke sagte: »Warte, bis ich mich wieder erholt habe, und in einem Monat werden wir die Sache vor dem Gericht des Rabbi Samuel Elieser Edels austragen.«

Als der Tag gekommen war, befahl der Rabbi den Gerichtsdienern, laut in der ganzen Stadt zu verkünden, daß alle Einwohner sich versammeln müßten, um zuzuhören und daraus zu lernen. Das Gericht tagte in dem Lehrhaus, und auch dem Toten hatte man einen Platz in der Ecke zugewiesen, damit er sich nicht unter die Lebenden mischte und ihnen Schaden zufügte. Und den Diener schickte der Rabbi auf den Friedhof zum Grabe des Toten, ihm mitzuteilen, daß der Tag gekommen sei, an dem er sich wie vereinbart mit dem Beklagten dem Rabbinatsgericht von Ostrau stellen mußte. Danach setzte sich das Gericht zur Verhandlung nieder, der Rabbi als Vorsitzender an der Spitze, und der lebende Mann stand vor ihnen.

Und er sagte aus: »Sogleich nachdem ich gesündigt hatte, habe ich meine Tat bereut und bitterlich geweint, und wenn mein Teilhaber mir nicht meine Sünde abgekauft hätte, hätte ich selbst Buße getan und wäre zum Rabbi gegangen, um einen Ausweg zu finden und zu sühnen. Doch nachdem mir mein Teilhaber die Sünde abgekauft und ich ihn dafür rechtmäßig bezahlt hatte, war ich der Meinung, die Sünde beträfe mich nicht mehr, und verbannte sie aus meiner Erinnerung. Warum verklagt er mich jetzt? Was verlangt er noch von mir?«

Da erklang eine Stimme aus der Ecke, die man dem Toten zugewiesen hatte, und sprach: »Ich habe einen Fehler begangen, als ich dir die Sünde abkaufte, obgleich es in guter Absicht geschah. Ich wollte deinen Kummer mindern und beschloß in meinem Herzen, dir dein Geld zurückzuerstatten, zusammen mit deinem Anteil am Gewinn, doch war ich so beschäftigt, daß ich es vergaß. Zwar schulde ich dir jetzt viel Geld, doch bin ich nicht bereit, für eine Sünde zu büßen, die du begangen hast und nicht ich. Und noch dieses: Warum sollte man mich für einen Genuß bestrafen, der nicht mir zuteil wurde? Heißt es denn im Gesetz, daß du sündigen kannst und ich dafür bestraft werde?«

So sprach die Stimme, und das ganze Volk hörte die Stimme des Toten, obgleich man ihn nicht sehen konnte. Und als die Stimme ihre Ausführungen beendet hatte, brach sie in herzzerreißendes Weinen aus und schrie: »Ach und weh dem, der glaubt, im Grab Ruhe zu finden und seine Taten auf Erden vergessen zu können. Ein bitteres Ende ist ihm beschieden!«

Nachdem die Richter die Argumente gehört und sich beraten hatten, erhob sich der Rabbi und sagte: »Der Lebende hat recht und nicht der Tote, denn der Käufer hat durch diesen Handel den Sünder an seiner Sühne gehindert. Ein Handel bleibt ein Handel, und ein Dummkopf bleibt ein Dummkopf. Denn der Dummkopf begnügte sich nicht mit seinen eigenen Sünden, sondern kaufte sich noch die Sünden anderer, um sie seinen eigenen hinzuzufügen.« Als das Urteil gesprochen war, ertönte lautes Weinen in der Synagoge, und die Stimme des Toten rief: »Weh mir! Ich hatte ein Urteil zu meinen Gunsten erwartet, denn er lebt ja noch und kann immer noch sühnen, während ich schon tot bin und nichts mehr tun kann. Weh mir!« Da tröstete ihn der Rabbi und sagte: »Ich will versuchen, auch für deine Seele Gnade zu erbitten und deine Strafe zu mildern. Obgleich das Urteil schon zugunsten des Lebenden gesprochen ist, will ich auch für dich einen Ausweg finden.« Als der Rabbi gesprochen hatte, ertönte wieder lautes Weinen, und auf dem Platz des Toten erhob sich eine Rauchsäule und verschwand.

Der fahrende Händler und der getreue Tote

Es war einmal ein Mann, der hatte einen Sohn, den er sehr liebte. Eines Tages kam sein Sohn zu ihm und sagte: »Vater, ich habe nie gelernt, Handel zu treiben. Du bist schon alt, und wenn dein Tag kommt, werde ich nicht aus noch ein wissen.« Darauf erwiderte der Vater: »Ich und deine Mutter sind schon alte Leute, und reich sind wir auch. Wir haben keinen, dem wir vertrauen können, außer dir, und es wäre besser, wenn du bei uns bleibst. Warum willst du uns verlassen?« Da sagte der Sohn: »Das ist mein Wille, und ich werde ihn nicht ändern.« Darauf erwiderte der Vater: »Wenn das so ist, nimm dir hundert Dukaten und gehe, wohin du willst. Treibe Handel, kaufe und verkaufe, aber nimm dir niemals einen Teilhaber.«

Der Sohn nahm die hundert Dukaten, fuhr in ein Land, das am Meer lag, wo er Handel trieb und hohen Gewinn erzielte und schließlich sehr reich wurde. Er hörte, daß es in einer fernen Stadt sehr viele Händler gab, und fuhr dorthin. Kurz vor der Stadt traf er einen Mann, der ein Feld beackerte. Er grüßte ihn, und der Mann grüßte zurück. Darauf fragte ihn der Händler: »Gibt es in dieser Stadt einen ehrlichen Menschen, dem ich vertrauen kann?« Und der Ackermann erwiderte: »Auch wenn du tausend Silberbarren besitzt, kannst du sie ruhig dem Mann, den ich dir nennen werde, anvertrauen, denn er ist überaus ehrlich.« Der Händler ging in die Stadt, fragte nach dem Haus dieses Mannes und ging zu ihm. Er traf ihn zu Hause an, erkundigte sich nach seinem Befinden und sagte: »Ich habe gehört, du seiest ein vertrauenswürdiger

Mann, und ich habe in meinem Besitz etwas sehr Wertvolles, das ich dir anvertrauen will. Habe die Güte, es ein Jahr lang für mich zu verwahren, und dann werde ich wiederkommen und es mir holen.« Und der Mann erwiderte: »Komm in mein Zimmer und lege dort alles in den Kasten.« Der Händler tat wie geheißen und legte einen Gürtel mit zehntausend Goldmünzen in den Kasten, verschloß ihn und nahm sich den Schlüssel. Dann fuhr er in die Ferne, denn das Land war sehr groß, trieb Handel und erzielte hohen Gewinn.

Nach einem Jahr kehrte er in die Stadt zurück, wo er die zehntausend Goldmünzen hinterlegt hatte, und als er sich der Stadt näherte, begegnete ihm ein Mann, den er fragte: »Kennst du den und den Mann?« Und dieser antwortete: »Ja, ich kannte ihn, aber er ist verstorben.« Als der Händler das hörte, zerriß er seine Kleider und jammerte. Da fragte ihn der Mann: »Warum jammerst du so?« Darauf erzählte der Händler ihm alles, doch der Mann sagte: »Mache dir keine weiteren Sorgen. Tue, was ich dir sage, und Gott wird mit dir sein. Wisse, daß die Einwohner dieser Stadt die Gewohnheit haben, einen Monat nach ihrem Tode in ihr Haus zurückzukehren. An diesem Tage kommt der Verstorbene und setzt sich auf einen erhöhten Sessel in der Mitte seines Hauses, und alle Nachbarn und Verwandten kommen zu ihm, um sich nach den Ihrigen im Jenseits zu erkundigen. Es kommen auch alle Leute, die ihm einmal Wertsachen zur Aufbewahrung übergeben haben, und er befiehlt seiner Frau und seinen Söhnen, diese Sachen zurückzugeben. Und bei diesem Mann, den du mir nanntest, sind erst drei Wochen seit seinem Todestag vergangen. Bleibe noch eine Woche lang in der Stadt und gehe am Ende der Woche zu seinem Haus, gemeinsam mit den anderen, laßt euch eure Wertsachen wiedergeben und fragt ihn, was ihr ihn fragen wollt. Er wird euch auf jede Frage eine Antwort geben.«

Als der Händler das hörte, erschrak er sehr und sagte: »Wer hat jemals davon gehört, daß ein Toter vor aller Augen in sein Haus zurückkommt und mit seinen Angehörigen und den Bewohnern der Stadt Gespräche führt?« Und der Mann erwiderte: »Das ist der Brauch in dieser Stadt.« Er entbot ihm einen Gruß und ging davon. Der Händler ging in die Stadt, wartete eine Woche, und genau einen Monat nach dem Tode jenes Mannes ging er zu ihm ins Haus. Und was sah er dort? Der Mann war in sein Haus zurückgekommen, ganz so, als lebte er noch, und saß auf einem erhöhten Sessel, und all seine Freunde, Bekannte und Verwandte saßen um ihn herum und befragten ihn, wie es ihm im Jenseits ergehe. Und alle befragten ihn über ihre verstorbenen Angehörigen, und er erzählte, daß es ihnen gutgehe. Als alle wieder gegangen waren, trat der Händler auf ihn zu und sagte: »Herr, heute vor einem Jahr habe ich einen großen Sack voll mit Goldmünzen bei dir hinterlassen und ihn nach deinen Weisungen in den Kasten in deinem Schlafzimmer getan, und du hast mir diesen Schlüssel übergeben, den ich hier als Beweis habe. Nimm den Schlüssel und gib mir mein Eigentum wieder.« Da sagte der Tote: »Rufe meine Frau.« Der Händler rief die Frau, und sie kam herbeigeeilt. Und der Tote sagte zu ihr: »Ich hatte dir befohlen, diesem Mann, wenn er kommt, sein Eigentum zurückzugeben, wenn er dir den Schlüssel zum Kasten aushändigt.« Und die Frau erwiderte: »Bei deiner Seele, Herr! Seit du mir dieses anbefohlen hast, habe ich den Mann nicht gesehen.« Worauf der Händler sagte: »Das ist die Wahrheit. Ich habe bis heute mein Geld nicht zurückgefordert.« Da sagte der Tote zu seiner Frau: »Spute dich und gib ihm alles, was er hier hinterlegt hat, und halte nichts zurück.« Darauf sagte die Frau zu dem Händler: »Komm mit mir ins Zimmer und nimm dir alles, was du in den Kasten gelegt hast.« Das tat er, nahm seinen Besitz an sich, nahm Abschied und ging seines Weges.

Doch als der Händler das Haus verlassen hatte, dachte er sich im stillen: Ich werde nicht ruhen noch rasten, bis ich erfahren habe, wie und warum diese Menschen nach ihrem Tode nach Hause zurückkehren. Und was tat er? Er verbarg sich und erwartete den Toten außerhalb der Stadt. Als er ihn kommen sah, stand er auf, packte ihn am Kittel und sagte zu dem Toten: »Ich beschwöre dich beim allmächtigen Schöpfer, sage mir, wer du bist. Bist du wirklich jener Mann, der verstorben ist, und warum kehren die Einwohner dieser Stadt nach ihrem Tode hierher zurück, was in anderen Städten keiner tut?« Da erwiderte der Tote: »Laß mich gehen und halte mich nicht zurück, denn es ist mir nicht erlaubt, hierzubleiben.« Doch der Händler sagte: »Ich schwöre bei meinem Leben, daß ich dich nicht gehen lasse, bis du mir alles sagst.« Darauf erwiderte der Tote: »Gut, ich werde dir alles sagen. Ich bin ein Teufel, und meine Aufgabe ist es, die Einwohner dieser Stadt irrezuführen. Dazu hat man mir die Erlaubnis gegeben. Sie fragen mich, wie es ihren Vätern und Angehörigen im Jenseits geht, und ich antworte: Es geht ihnen gut. Aber in Wirklichkeit werden diese Väter und Angehörigen in der Hölle bestraft, wie schon Hiob sagte: ›Er macht Völker groß und bringt sie wieder um; er breitet ein Volk aus und treibt es wieder weg.‹«

Da nahm der Händler sein gesamtes Vermögen und kehrte in sein Elternhaus zurück, und es herrschte große Freude, und sie lebten in großem Reichtum ihr Leben lang. Dies ist die Geschichte des jungen Händlers und was ihm in der Fremde geschah.

Der Weise, der ins Wasser fiel

Es war einmal in alten Zeiten ein Weiser aus dem Volke Israel, der kannte alle Weisheiten und Künste außer der Zauberkunst. Da hörte er, daß sich keiner mit den Zauberern Ägyptens vergleichen konnte, und dachte sich im stillen: Ich muß nach Ägypten gehen und dort alles lernen, was es zu lernen gibt.

Er machte sich auf, und unterwegs übernachtete er in einer Herberge. Als er am Morgen weiterziehen wollte, fragte ihn der Wirt: »Wo willst du hin?«, und der Weise sagte es ihm. Und der Wirt sagte: »Auch ich bin ein Zauberer und kann dich die Zauberkunst lehren.« Da verspottete ihn der Weise und sagte: »Gibt es denn auch unter den Gastwirten Zauberer?« Das merkte sich der Wirt und beschloß, dem Hochmütigen eine Lehre zu erteilen. Er sagte zu ihm: »Herr, dein Weg führt dich durch Einöden und Wüste, und du solltest dir vor deinem Aufbruch das Gesicht mit kaltem, erfrischendem Wasser waschen.«

Er brachte eine Schüssel mit Wasser herbei, und als der Weise sich über die Schüssel neigte, um sich zu waschen, fiel er ins Wasser, und sogleich erhob sich ein großer Sturm, und die Wellen schlugen über ihn hinweg, daß er fast ertrank. Ein Schiff mit Kaufleuten zog an ihm vorbei, und diese warfen ihm einen Strick zu und zogen ihn auf Deck. Sie führten Gespräche mit ihm und erkannten, daß er ein Weiser war. Da sagten sie: »Komm mit uns in unser Land und sei unser Richter und Herrscher.« Er stimmte zu, fuhr mit ihnen und wurde in ihrem Lande

zum Richter und Herrscher gewählt, und er vergaß alles, was ihm geschehen war, und vergaß auch sein Land und seine Heimat.

Eines Tages griff der Feind dieses Land an und eroberte es, und der Weise wurde gefangengenommen und als Sklave verkauft. Lange Zeit verbrachte er in der Sklaverei, bis er eines Tages entkommen konnte und in die Wüste flüchtete. Dort irrte er umher, bis er zu einer Höhle kam, in die er sich setzte, und er wußte nicht, was er tun sollte. Da kam ein Vogel und zwitscherte ihm zu: »Hinaus, hinaus, hinaus!«

Der Weise verstand, was der Vogel ihm sagen wollte, und ging hinaus. Vor der Öffnung der Höhle stand eine Schüssel mit Wasser. Er beugte sich über die Schüssel, um sein Gesicht zu waschen, und sah einen Mann vor sich stehen. Er erkannte den Gastwirt, bei dem er vor vielen Jahren auf dem Weg nach Ägypten eingekehrt war.

Und der Gastwirt sagte zu ihm: »Herr, du wäschst dein Gesicht schon sehr lange in meiner Schüssel, und deine Mahlzeit steht bereit.«

Da verstand der Weise, was sich zugetragen hatte, und beschloß, bei diesem Wirt zu bleiben und von ihm die Zauberkunst zu erlernen.

Der Jüngling, der die Zauberkunst erlernen wollte

Es war einmal ein Jüngling, vollendet und mit allen Vorzügen begabt, den es gelüstete, die Zauberkunst zu erlernen. Er machte sich auf die Suche nach einem Hexenmeister, der ihn die Zauberei von Grund auf lehren würde, aber er fand niemanden. Da kam ihm der Einfall, nach Ägypten zu fahren, in das Land der Zauberer, um dort bei weisen alten Zauberern zu studieren. Da es ein weiter Weg war, bereitete er sich lange Zeit sorgfältig auf die Reise vor und verließ dann seine Heimat und fuhr von Stadt zu Stadt, bis er schließlich auf seinem Wege nach Ägypten in die Stadt Kuritz kam, die in Rußland liegt.

In dieser Stadt lebte der Zaddik Rabbi Pinchas, und als der Jüngling das erfuhr, ging er zu ihm. Es war der erste Tag des Monats – ein Feiertag –, und im Hause des Rabbi war ein Festmahl angerichtet. Als der Jüngling zu dem heiligen Rabbi kam, fand er diesen am gedeckten Tisch sitzend vor. Der Rabbi begrüßte ihn und bat ihn, sich die Hände zu waschen und sein Gast zu sein. Der Jüngling wusch sich die Hände, setzte sich zu den anderen Gästen und sprach den Segen über das Brot. Man brachte gekochten Fisch, und er aß davon mit Genuß. Doch dann griff er sich an den Leib, erhob sich und lief hinaus. Draußen blickte er sich um nach einem Platz, wo er seine Notdurft verrichten konnte, und

sah in einiger Entfernung einen Abort. Er betrat das Häuschen, fand jedoch keinen Abort, sondern eine Treppe, die unter die Erde führte. Er stieg nach unten, und als er unter der Erde weiterging, erschien es ihm, als hörte er das Rauschen des Windes in den Baumkronen. Er ging dem Geräusch nach und kam in einen großen Wald. Zur gleichen Zeit kam dort eine Räuberbande vorbei und bemerkte den Jüngling, der sich zwischen den Bäumen verbarg. Die Räuber fielen über ihn her, prügelten auf ihn ein und verletzten ihn und waren bereits im Begriff, ihn zu töten, da weinte er laut und rief aus: »Laßt mir mein Leben und nehmt euch alles, was ich besitze.« Darauf nahmen sie ihm alles ab, was er besaß, und machten sich davon.

Ohne jede Habe blieb der Jüngling am Leben und sprach dem Allmächtigen, der über Leben und Tod entscheidet, Lob und Dank aus. Danach wollte er auf dem gleichen Weg, den er gekommen war, ins Haus des heiligen Rabbi von Kuritz zurückkehren, doch irrte er ziellos zwischen den Bäumen umher und fand nicht den Weg zurück. Der Wald umschloß ihn. So verblieb er lange Zeit im Walde und nährte sich von Kräutern und Früchten und begegnete keinem Menschen. Tagelang suchte er nach einem Weg, der ihn aus dem unwirtlichen Wald zu einer menschlichen Siedlung führen würde, aber er fand keinen. Eines Tages, als er durch den Wald ging, glaubte er, Menschenspuren entdeckt zu haben, und ging ihnen nach, bis er ans Ende des Waldes gelangte. Voller Freude ging er weiter und erreichte nach einigen Tagen eine Stadt. Vor den Toren der Stadt saßen Wächter, und als er durchs Tor gehen wollte, fragten sie ihn nach einem Passierschein, denn ohne einen solchen durfte keiner die Stadt betreten. Als er keinen Passierschein vorweisen konnte, weil ihm die Räuber alles abgenommen hatten, packten ihn die Wächter und warfen ihn ins Gefängnis. Dort verblieb er eine Woche lang, und nachdem man ihn befragt und verhört hatte, übergab man ihn der Armee, wo man ihn einkleidete und er fünf Jahre lang als Soldat dienen mußte.

Die Stadt, in der er sich befand, lag an einem großen Fluß, und im Sommer, wenn es heiß war, pflegten die Stadtbewohner dort zu baden. Einmal, als die Hitze besonders stark war, verließ der Jüngling das Lager und ging im Fluß baden. Als er ins Wasser gestiegen war und sich ein wenig vom Ufer entfernt hatte, erhob sich plötzlich ein Sturm, und das Wasser, das bisher ruhig gewesen war, schlug hohe Wellen. Viele der Badenden, die vom Ufer abgekommen waren, wurden von den Wellen fortgeschwemmt, und auch er wurde zum Spiel der Wellen, die ihn hin und her warfen und ihn herumwirbelten wie ein Stück Treibholz. Mit letzten Kräften hielt er sich an der Wasseroberfläche, bis der Sturm sich legte und die Wellen sich glätteten, und dann sah er, daß er sich in der Nähe einer Stadt befand. Müde und erschöpft stieg er aus dem Wasser und setzte sich auf den Sand am Ufer, um ein wenig auszuruhen. Ein paar Menschen kamen vorbei, und er erkundigte sich nach dem Namen der Stadt, und sie sagten ihm, es sei die Stadt Kuritz.

Da erinnerte er sich, daß er einmal in Kuritz gewesen war, bei dem heiligen Rabbi Pinchas, auf dem Wege nach Ägypten, wo er die Zauberkunst erlernen wollte. Er erinnerte sich an alles, was ihm widerfahren war, und es befiel ihn große Angst. Nachdem er sich ein wenig erholt hatte, borgte er sich ein paar Kleidungsstücke und eilte ins Haus des Rabbi, ihm sein Herz auszuschütten. Als er ins Haus trat, saß der Rabbi am gedeckten Tisch mit all jenen Gästen, die auch damals am Festmahl zu Beginn des Monats teilgenommen hatten, und man reichte gerade die Tunke herum. Als Rabbi Pinchas ihn sah, sagte er: »Wo bist du bis jetzt gewesen? Ich glaube, ab heute gelüstet es dich nicht mehr, die Zauberkunst zu erlernen.«

Der Jüngling war äußerst erstaunt und antwortete nicht. Er setzte sich zu den Gästen und aß, ohne ein Wort zu sagen. Als die Tafel aufgehoben wurde und der Rabbi in sein Zimmer ging, folgte ihm der Jüngling und erzählte ihm alles, was ihm widerfahren war, von den Qualen, die er erlitten hatte von dem Augenblick an, wo er hinausgegangen war, um seine Notdurft zu verrichten, bis zu diesem Tag. Er weinte bitterlich und sagte, er wisse nicht mehr, in welcher Welt er sich befinde. Der Rabbi hörte ihn an und sah, wie verwirrt und ängstlich er war, und versuchte, ihn zu beruhigen: »Alles, was sich ereignet hat, geschah im Laufe einer kurzen Stunde, zwischen dem Fischgericht und der Tunke. Und das soll dich lehren, daß die Welt der Zauberei Lüge und Trug ist, und es steht geschrieben: ›Halte dich ferne einer Sache, bei der Lüge im Spiel ist.‹ Und wisse: Das Volk Israel ist heilig, und seine Taten sind heilig, und es nimmt keinen Anteil an gemeinen und häßlichen Dingen, die die Welt ins Tohuwabohu stürzen. Fürchte dich nicht, denn nichts Böses wird dir widerfahren, wenn du auf den Pfaden Gottes wandelst.«

Die Geschichte der Rabbinertochter, die einen Zauberer heiratete

Vor sehr langer Zeit lebte einmal ein Rabbi, ein gottesfürchtiger Mann, der das Böse verabscheute, und der hatte einen Sohn und eine Tochter. Der Sohn war ein gelehriger Schüler und die Tochter züchtig und von großer Schönheit. Als der Vater seine Sterbestunde nahen fühlte, rief er seinen Sohn zu sich und sagte: »Mein Sohn, ich hinterlasse dir ein Vermögen und Besitz, von dem du und deine Schwester nach Bedarf leben könnt, und ich bitte dich nur um eines: Gib deine Schwester nur einem weisen und gottesfürchtigen Israeliten zur Frau.«

So sprach er und starb. Bruder und Schwester blieben allein im Hause zurück und ernährten sich von dem, was der Vater ihnen hinterlassen hatte. Eines Tages erschien in der Stadt ein übel beleumundeter Zauberer, den es nach dem Mädchen gelüstete und der eine List ersann, um es zu besitzen. Was tat er? Er mietete sich in der Nähe einen Laden, in dem er Speisen und Getränke und andere Gebrauchsgegenstände feilbot. Vor ihm auf dem Tisch lag stets ein aufgeschlagenes Buch, und auf diese Weise gab er sich als Toragelehrter aus. Als dem Geschwisterpaar die Lebensmittel ausgingen, ging der Bruder auf die Straße und sah dort einen Laden. Als er den Laden betrat, saß der Händler und studierte die Heilige Schrift wie einer, der sich weder um Kunden noch um das Geschäft kümmert. Da sagte sich der Jüngling im stillen: Dieser Mann ist ein Gelehrter und Frommer. Er machte seine Einkäufe, kaufte Mehl und Zucker und Gewürze und anderes und lud den Händler am Abend zum Essen ein.

Der Zauberer kam, speiste bei dem Geschwisterpaar zu Abend, befleißigte sich guter Sitten und schöner Rede, würzte das Gespräch mit Zitaten aus der Tora und gab vor, nur heilige Dinge im Sinn zu haben, so daß die Geschwister Gefallen an ihm fanden. Nachdem er das Haus verlassen hatte, fragte der Bruder die Schwester: »Schwester, gefällt dir dieser Mann?« Und sie erwiderte: »Er gefällt mir.« Darauf sagte der Bruder: »Dann werde ich dich ihm zur Frau geben, wie es unser Vater befohlen hat.«

Am nächsten Tag kam der Zauberer wieder und wurde mit allen Ehren empfangen. Er war sicher, daß seine List gelungen war, und der Bruder freute sich, eine so gute Ehe angebahnt zu haben. Und die beiden Männer fanden großen Gefallen aneinander. Am dritten Tag kam der Zauberer wieder mit drei Wagen voller Goldgefäße und kostbaren Kleidern und Edelsteinen, zum Zeichen, daß er um die Hand der Rabbinertochter anhalten wollte. Alle Nachbarn schauten aus den Fenstern, sahen die Pracht und dachten im stillen: Welch ein Glück für die Tochter des weisen Rabbi, einen so reichen Mann zu heiraten. Wäre es doch nur unsere Tochter!

Der Zauberer hielt bei dem Bruder um die Hand der Schwester an, und dieser gab sie ihm, und man hielt eine prunkvolle Hochzeit und ein Festmahl, das einundzwanzig Tage währte und zu dem die Nachbarn und die Armen der Stadt und sämtliche Einwohner geladen waren, und alle speisten und tranken und feierten. Als die Feiern beendet waren, sagte der Zauberer zu seinem Schwager: »Schwager, mit deiner Erlaubnis werde ich meine Frau an einen bestimmten Ort führen, nicht weit von hier, wo sich mein Landsitz befindet, das Erbe meiner Väter. Ich will ihr meinen Besitz zeigen und dann hierher zurückkehren.«

Am Morgen nahmen sie freundlich Abschied, und der Zauberer machte sich mit dem Mädchen auf den Weg. Sie wanderten viele Stunden lang, die Mittagszeit war schon vorüber, und ließen die bewohnten Gegenden, wo es Gärten und schattige Bäume gab, hinter sich und kamen in die Einöde. Das zarte Mädchen konnte nicht mehr weitergehen, und ihre Beine versagten ihr den Dienst. Da stellte sich der Zauberer vor sie und blies die Backen auf und wurde zu einem gewaltigen Riesen, der mit den Füßen auf dem Erdboden stand und dessen Kopf die Sonne verdeckte. Als das Mädchen dieses sah, starb es fast vor Angst. Und er sagte zu ihr: »Schau mich an und siehe, wer ich wirklich bin. Meine wahre Gestalt habe ich vor deinem Bruder verborgen, aber du sollst mich sehen, wie ich wirklich bin. Und von jetzt an wirst du mir in allem gehorchen. Wenn nicht, wirst du großen Kummer haben.« Da weinte das Mädchen und sagte: »Oh, mein teurer Bruder, sieh nur, was du mir angetan hast!«

Der Zauberer nahm wieder Menschengestalt an und blies einen Sturmwind herbei, der ihn und seine Frau zu seinem Palast trug. Als sie dort ankamen, sah sie Hunderte von Frauen, denn der Zauberer begehrte Frauen und lockte sie mit seinen Zauberkünsten aus allen vier Himmelsrichtungen an, und bei den Frauen befanden sich etwa tausend Kinder, die alle dem Zauberer gehörten. Schwindel und Erschöpfung befielen sie, aber die Frauen nahmen sie freundlich auf, wuschen ihr den Staub von der Reise ab, kleideten sie in schöne Gewänder und gaben ihr zu essen, so daß sie wieder zu Kräften kam.

In der Nacht kam der Zauberer zu ihr und sagte: »Wisse, daß ich dich mehr liebe als meine anderen Frauen.« Und sie erwiderte: »Ich bin bereit, deine Frau zu sein, aber dann mußt du deine anderen Frauen mitsamt ihren Kindern fortjagen. Wenn nicht, solltest du mich lieber nach Hause bringen oder mich töten, denn ein solches Leben kann ich nicht führen.«

Der Zauberer dachte nach und sagte sich im stillen: Ein solches Mädchen will ich nicht verlieren, denn in meinen Augen ist es mehr wert als alle anderen. Darauf schickte er alle anderen Frauen mit ihren Kindern fort, und sie gingen ihres Weges.

Der Bruder des Mädchens wartete und wartete, erhielt jedoch kein Lebenszeichen von seiner Schwester oder ihrem Mann. Er spürte, daß etwas Böses geschehen war, wußte jedoch nicht, was er tun sollte. Eines Nachts erschien ihm sein Vater im Traum und sagte: »Mein Sohn, wisse, daß der Mann, dem du deine Schwester zur Frau gegeben hast, kein Frommer und kein Toragelehrter ist und nicht wie andere Menschen, sondern ein Zauberer. Du mußt sie retten, lieber heute als morgen.«

Am Morgen erwachte der Bruder und sah vor der Tür ein Pferd stehen, einen edlen Schimmel, wie man ihn selten findet, der wieherte und mit den Hufen scharrte, als könne er es nicht erwarten, weit weg zu laufen. Der junge Mann fragte seine Nachbarn: »Wem gehört dieses Pferd?«, doch die Nachbarn wußten es nicht. Da wurde ihm klar, daß sein Vater ihm das Pferd geschickt hatte. Er stieg auf und hatte die Zügel noch nicht aufgenommen, da stob das Pferd davon wie der Sturmwind und hielt nicht eher an, als bis sie beim Palast des Zauberers angekommen waren. Der Jüngling blickte sich um und sah vor sich einen prächtigen Palast mit Kuppeln und Türmen und blumengeschmückten Zinnen, doch wußte er nicht, wo er sich befand.

Vor dem Tor des Palastes befand sich ein Brunnen. Dort setzte er sich nieder, um ein wenig zu ruhen. Plötzlich kam eine Magd aus dem Palast, um Wasser zu schöpfen, und er sah, daß sie zwei Becher in den Händen hielt, einen aus Kupfer und einen aus Gold. Er bat um Wasser, und die Magd schöpfte es aus dem Brunnen und reichte es ihm in dem kupfernen Becher. Da fragte er sie: »Warum gibst du mir nicht aus dem goldenen Becher zu trinken?« Und sie erwiderte: »Weil der nur meiner Herrin gehört.« Da sagte er: »Wer mag deine Herrin sein, die so verwöhnt ist?« Und sie antwortete: »Sie ist die neue Frau meines Herrn, die er von weit her gebracht hat und die er so liebt, daß er ihr nichts verweigert.«

Da begriff der Jüngling, daß diese Frau nur seine Schwester sein konnte. Und was tat er? Er zog seinen Ring vom Finger und warf ihn in den goldenen Becher. Als die Magd ihrer Herrin den Becher brachte und sie daraus trank, fand sie den Ring. Sogleich erkannte sie, daß es der Ring ihres Bruders war. Da fragte sie die Magd: »Meine Liebe, hast du nicht draußen vor dem Palast einen jungen Mann gesehen?« Und die Magd erwiderte: »So ist es, Herrin. Ich sah einen Jüngling draußen am Brunnen«, und sie beschrieb ihn. Da hatte die Frau keinen Zweifel mehr, daß es kein anderer als ihr Bruder war, und sie befahl der Magd, ihn hereinzuführen.

Da brachte die Magd ihn ins Zimmer ihrer Herrin, und die Geschwister fielen einander um den Hals, küßten sich und freuten sich sehr. Und er sagte zu ihr: »Schwester, ich sehe, daß du großen Kummer hast.« Worauf sie erwiderte: »Du kannst nicht wissen, wie groß mein Kummer ist, denn mein Mann ist ein mächtiger Zauberer, vor dem nicht einmal die wilden Tiere der Wüste sicher sind. Doch ich werde dich vor ihm in Schutz nehmen.«

Mit einmal hörten sie die Schritte des Zauberers, der sich näherte. Sogleich sprach die Frau einen Zauberspruch aus, denn manches hatte sie schon von ihrem Mann gelernt, und verwandelte ihren Bruder in einen Teppich, auf den sie sich setzte. Der Zauberer trat ein und schrie: »Ich spüre den Geruch eines fremden Mannes in diesem Hause!« Darauf erwiderte sie: »Wer würde es wagen, herzukommen?« Da sagte er: »Wenn es dein Bruder ist, braucht er sich nicht zu fürchten, denn ich habe ihn liebgewonnen und schwöre, ich werde ihn freundlich aufnehmen und mit ihm tanzen.«

Da gab die Frau dem Teppich wieder seine ursprüngliche Form, und ihr Bruder kam zum Vorschein. Der Zauberer reichte ihm die Hand zum Gruß und tat ihm nichts Böses an, und der Bruder blieb ungestört im Palast wohnen.

Die Zeit verging, und die Frau wurde schwanger und gebar einen Sohn. Kaum hatte der Säugling den Schoß seiner Mutter verlassen, öff-

nete er den Mund und sagte: »Mutter, ich bin hungrig und will essen.« Die Mutter erschrak und sagte: »Möge Gott sich meiner erbarmen. Du solltest warten, bis wir dir wenigstens einen Namen gegeben haben.« Und der Säugling antwortete: »Ich habe schon einen Namen. Ich heiße Mischnasch. Das bedeutet: Gedankenleser.«

Der Knabe wuchs schnell heran, nicht wie andere Kinder, und er und der Bruder seiner Mutter fanden Gefallen aneinander und schlossen Freundschaft. Darum zürnte die Mutter ihrem Bruder und ging zu ihrem Mann, dem Zauberer, und sagte: »Ich weiß, wie sehr du mich liebst, und ich bin dir treu. Ich bitte dich, meinen Bruder zu vertreiben, der meine Seele vergiftet.«

Darauf fragte der Zauberer: »Warum hat sich deine Liebe auf einmal in Haß verwandelt?«

Und sie erwiderte: »Es ist die Art der Frauen, ihre Meinung zu ändern, und du brauchst kein Mitleid mit ihm zu haben. Gehe in den Keller, verwandle dich in eine Schlange und verbirg dich im Butterkübel, und ich werde ihn hinunterschicken, Butter zu holen. Wenn er dann die Hand in den Kübel steckt, beiße ihn, daß er stirbt.«

Das tat der Zauberer. Er verwandelte sich in eine Schlange und verbarg sich in dem Kübel im Keller, und die Frau schickte ihren Bruder Butter holen. Auf dem Wege begegnete ihm der Knabe Mischnasch und sagte zu ihm: »Onkel, wohin gehst du?« Und er erwiderte: »Butter holen für deine Mutter.« Darauf sagte Mischnasch: »Mein Onkel, bemühe dich nicht. Ich weiß, wo sich der Kübel mit der Butter befindet, und werde diesen Auftrag ausführen.« Der Bruder ging zurück in sein Zimmer, und Mischnasch stieg in den Keller hinunter, trat an den Kübel und sagte: »Vater, was tust du dort im Kübel? Komm heraus.«

Der Zauberer kam heraus, nahm wieder Menschengestalt an, und die Ränke der Frau wurden zunichte. Das gleiche geschah mit dem Honigkrug, und der Vorfall wiederholte sich. Doch die Frau fuhr fort, Ränke zu schmieden, und hetzte ihren Mann gegen ihren Bruder auf, und immer wieder bewahrte Mischnasch seinen Onkel vor allem Bösen. Als die Frau das sah, sagte sie zu ihrem Mann: »Nichts wird uns gelingen, solange das Kind hier ist. Schicken wir ihn doch zur Jagd auf die Felder, damit er uns nicht stört.«

Das taten sie dann. Darauf rollte die Frau den Teppich in ihrem Zimmer zusammen und bat ihren Bruder, den Teppich ans Meer zu tragen und ihn zu waschen. Der Zauberer verwandelte sich wieder in eine Schlange und verbarg sich in dem aufgerollten Teppich, mit der Absicht, den Bruder beim Ausbreiten des Teppichs zu überraschen und ihm einen tödlichen Biß zu versetzen. Der Bruder lud sich den Teppich auf die Schulter und machte sich auf den Weg zum Meer. Unterwegs begegnete ihm Mischnasch, und er fragte ihn: »Was tust du hier? Deine Mutter hat dich doch auf die Jagd geschickt.« Und Mischnasch erwiderte: »Die Jagd, die ich hier vorhabe, ist wichtiger. Gehe und bringe mir einen großen Stein.« Sein Onkel ging und holte einen großen Stein, doch Mischnasch sagte: »Nein, mein Onkel, dieser Stein ist nicht groß und schwer genug. Halte den Teppich fest und breite ihn nicht aus, und ich werde das Nötige beschaffen.« Er ging und schleppte einen Felsen von der Größe eines halben Berges herbei und schleuderte ihn auf den Teppich, so daß er die Schlange im Teppich zerschmetterte und der Zauberer diese Welt verließ. Der Knabe und sein Onkel warfen den Schmutz ins Meer, wuschen den Teppich und kehrten nach Hause zurück.

Als die Frau sah, daß die beiden gesund und unversehrt zurückkamen, wußte sie, daß sie keinen Mann mehr hatte. Sie hielt ihre Tränen zurück, ließ sich nichts anmerken und sagte: »Ihr müßt hungrig sein. Wartet ein wenig, und ich werde euch eure Leibspeise bereiten.« Sie kochte zwei große Schüsseln Kuskus und schüttete Gift hinein, und für sich selbst richtete sie eine dritte Schüssel her. Im stillen sagte sie sich: Diesmal sind beide des Todes.

Doch Mischnasch erkannte ihre Absicht und sagte zu seinem Onkel: »Onkel, wenn wir uns zu Tisch setzen, mußt du mit mir Streit anfangen, und ich werde dir unhöflich antworten. So können wir vorgeben, daß wir sehr zornig aufeinander sind, und wir schlagen großen Lärm und stiften Verwirrung. Sobald meine Mutter durch den Lärm und den Streit abgelenkt ist, vertausche ich schnell die Schüsseln, und es wird sie dasselbe Schicksal treffen, das sie uns zugedacht hat.«

So geschah es. Während des vorgetäuschten Streites schob Mischnasch ihr die Schüssel mit dem vergifteten Kuskus unter, und als sie davon kostete, fiel sie vom Stuhl und hauchte ihr Leben aus. Da sagten sie einer zum anderen: »Gelobt sei Gott, daß sie nicht mehr bei uns ist.« Dann setzten sie sich zu Tisch und aßen in Ruhe ihre Mahlzeit.

Am nächsten Tag sagte Mischnasch zu seinem Onkel: »Onkel, du gehörst dem Menschengeschlecht an, was tust du hier an diesem Ort? Wenn du willst, bringe ich dich an einen Ort, wo Menschen sind, so daß du unter ihnen leben kannst.«

Mischnasch hob seinen Onkel auf die Schulter und flog mit ihm davon, bis er an eine Wegkreuzung kam. Dort sagte er zu ihm: »Mein Onkel, der Weg nach links führt dich zu den Menschen, der Weg nach rechts unter die Tiere. Höre auf mich und schlage den linken Weg ein, denn dort wird es dir besser ergehen.«

Und Mischnasch gab ihm drei seiner Kopfhaare und sagte ihm, wenn er sich in Gefahr befinde, solle er eines der Haare verbrennen, und Mischnasch würde ihm sogleich zu Hilfe eilen. Sie nahmen Abschied, und Mischnasch verschwand spurlos.

Der Onkel zog weiter, bis er zu einer großen Stadt kam. Dort stand ein Mann auf der Straße und rief aus: »Wer Arbeit sucht, komme zu mir.« Er trat auf ihn zu und sagte: »Ich brauche Arbeit, um meinen Lebensunterhalt zu verdienen.« Und der Mann sagte zu ihm: »Daran sind zwei Bedingungen gebunden. Die eine: Wenn du mit meinen Schafherden auf die Weide gehst, schicke ich meinen Hund mit dir. Wer am Abend als erster zurückkommt, erhält eine Mahlzeit. Der andere geht leer aus. Die zweite Bedingung: Wenn du mir jemals zürnst, schäle ich dir die Haut vom Gesicht, und wenn ich dir zürne, darfst du das gleiche mit mir tun.«

Der Bruder stimmte zu und wurde Schafhirt bei jenem Mann. Doch zu seinem Unglück kam der Hund jeden Abend als erster nach Hause, und der Hirte bekam drei Tage lang nichts zu essen. Am vierten Tag kam der Mann zu ihm und sagte: »Ich sehe dir an, daß du mir zürnst.« Und der Hirte erwiderte: »Wie sollte ich nicht zürnen, wenn der Hund mir mein ganzes Essen nimmt?« Da schälte ihm der Mann die Haut vom Gesicht und schickte ihn fort.

Der Bruder erinnerte sich an die Haare von Mischnasch, nahm eines davon und verbrannte es. Sogleich war Mischnasch zur Stelle. Sein Onkel erzählte ihm, was sich zugetragen hatte. Darauf heilte Mischnasch seine Wunden, gab ihm die Haut seines Gesichts zurück und sagte: »Morgen gehe ich zu jenem Mann und erteile ihm eine Lehre.«

Am nächsten Tag ging Mischnasch hin und verdingte sich als Schafhirte bei demselben Mann und unter den gleichen Bedingungen. Am Abend vor der Heimkehr schnitt er dem Hund seine vier Beine ab, ging nach Hause und verspeiste in Ruhe seine Mahlzeit. Der Eigentümer der Herde sah ihn essen und fragte: »Wo ist der Hund?« Und Mischnasch antwortete: »Ich habe ihm seine vier Beine abgeschnitten und ihn auf der Weide gelassen. Zürnst du mir?« Und der Besitzer der Herde erwiderte: »Gott behüte! Aber nach dem Essen habe ich eine Arbeit für dich.« Und Mischnasch sagte: »Ich werde deine Arbeit mit Freuden verrichten.« Da sagte der Mann: »Schlage ein Loch von der Größe einer Handfläche in die Wand und schiebe ein Schaf durch dieses Loch von einem Zimmer ins andere.«

Mischnasch schlug ein Loch in die Wand, so groß wie seine Handfläche, dann schlachtete er ein Schaf, schnitt es in kleine Scheiben und schob diese durch das Loch von dem einen Zimmer ins andere. Danach ging er zu dem Eigentümer der Herde und sagte: »Ich habe meine Arbeit vollendet.« Da fragte ihn der Mann: »Hast du das ganze Schaf durch das Loch geschoben?« Und er erwiderte: »Ja, das ganze Schaf, aber in kleinen Scheiben.« Als der Eigentümer der Herde das hörte, drehte sich ihm der Magen um, und Mischnasch fragte ihn: »Zürnst du mir jetzt?« Und er erwiderte: »Gott behüte! Aber ich habe noch eine Arbeit für dich. Ich habe heute abend Gäste und will nicht, daß sie mit ihrem Schuhwerk den Fußboden beschmutzen. Sorge dafür, daß sie nicht auf den Fußboden treten.«

Darauf schlachtete Mischnasch die gesamte Herde und zog den Schafen das Fell ab und breitete die Felle über den ganzen Weg, so daß die Gäste mit reinem Schuhwerk das Haus betraten und sich zu Tisch setzten. Der Besitzer der Herde, den man jetzt schon nicht mehr als solchen bezeichnen kann, der aber immer noch der Hausherr war, befahl Mischnasch: »Gehe hinaus und schlachte mir ein Schaf«, worauf Mischnasch erwiderte: »Sie sind alle bereits geschlachtet, und ich habe ihre Felle auf dem Weg ausgelegt. Zürnst du mir jetzt?« Doch der Mann sagte: »In keiner Weise. Ich habe für dich nur freundliche Gefühle. Aber ich habe noch eine Arbeit für dich. Weil ich keine Herde mehr habe und keinen Hirten brauche, sollst du morgen im Hause bleiben und meine Kinder unterhalten.«

Am nächsten Morgen erhob sich Mischnasch frühzeitig, ging in den Garten, fing vier Schlangen und verteilte sie unter den vier Kindern des Hausherrn als Spielzeug. Die Kinder nahmen die Schlangen in die Hand, wurden gebissen und starben.

Der Hausherr ließ sich seinen Zorn nicht anmerken, doch in der Nacht sagte er zu seiner Frau: »Ich sehe, daß dieser Fremde nicht ruhen wird, bis er auch uns vernichtet. Wir müssen vor ihm fliehen.« Am Morgen sagte er zu Mischnasch: »Meine Frau und ich sind zu einer Hochzeit geladen. Bewache das Tor und entferne dich nicht eine Handbreit.«

Mann und Frau machten sich auf den Weg und freuten sich, durch ihre List Mischnasch entkommen zu sein. Doch was tat Mischnasch? Er riß das Tor aus den Angeln, nahm es auf die Schulter und ging ihnen nach. Da sagte der Hausherr zu ihm: »Warum kommst du uns nach? Ich habe dir befohlen, das Tor zu hüten und dich nicht eine Handbreit zu entfernen.« Doch Mischnasch erwiderte: »Herr, wie du siehst, hüte ich das Tor und habe mich nicht von ihm entfernt. Ist es möglich, daß du mir dennoch zürnst?«

Und er erhielt zur Antwort: »Ich werde mich hüten. Wie sollte ich dir zürnen?«

Als sie sich zur Rast setzten, sagte der Mann zu seiner Frau: »Ich habe einen Plan, wie wir dieses Ungeheuer vernichten können. In der Nacht, wenn wir uns schlafen gelegt haben, werfe ich ihn in den Fluß.« Da sagte die Frau: »Noch nie habe ich einen so klugen Plan gehört.«

Alle drei legten sich schlafen. Mitten in der Nacht erhob sich Mischnasch, legte sich auf den Platz der Frau und schob diese auf seinen Platz. Dann schlief er wieder ein. Kurz vor der Morgendämmerung stand der Ehemann auf, packte seine Frau und warf sie in den Fluß. Als es hell wurde, sagte Mischnasch zu ihm: »Ich sehe, daß du mir in der Tat gezürnt hast und mich loswerden wolltest.« Und dann tat er das gleiche, was der Mann seinem Onkel angetan hatte – er schälte ihm die Haut vom Gesicht.

Danach ging er in die Stadt und traf dort seinen Onkel, und beide zogen fort und lebten glücklich und zufrieden zusammen bis ans Ende ihrer Tage.

Der amerikanische Königssohn

Vor langer Zeit lebten in einem fernen Land ein König und eine Königin, die keine Kinder hatten. Das bereitete ihnen großen Kummer, und sie beschlossen, ein Kind anzunehmen und es als Thronfolger aufzuziehen. Sie schickten einen Diener zum Markt, und er kaufte ihnen dort ein kleines schwarzes Kind.

Eines Nachts hatte die Königin einen Traum. Es erschien ihr ein alter Mann, der zu ihr sagte: »Du wirst ein Kind gebären, dessen sämtliche Wünsche in Erfüllung gehen werden.« In der folgenden Nacht hatte sie den gleichen Traum, und als sich der Traum auch in der dritten Nacht wiederholte, sprang sie auf und begann zu lachen. Da fragte sie der König: »Warum lachst du?« Und sie erwiderte: »Das und das habe ich geträumt, aber ich bin doch schon viel zu alt, um einen Sohn zu gebären.«

Das schwarze Kind, das im Nebenzimmer in seinem Bett lag, hörte diese Worte und behielt sie in Erinnerung.

Am nächsten Tag sagte der Knabe zum König: »Vater, ich bitte dich um Erlaubnis, in ferne Länder zu reisen, um Lebenserfahrung zu sammeln.« Das gefiel dem König. Er nahm sein Scheckheft aus der Tasche, unterschrieb einen Scheck mit seinem Namen und übergab ihn dem schwarzen Knaben mit den Worten: »Ich habe keine Geldsumme aufgeschrieben, und ich erlaube dir, die Summe, die du benötigst, selbst einzusetzen.«

Darauf fuhr der Knabe nach Amerika, schrieb eine riesige Summe auf den Scheck, löste ihn ein und baute sich von dem Geld einen Palast, so groß wie der des Königs. Nachdem er sich etwa neun Monate in Amerika aufgehalten hatte, kehrte er in seine Heimat zurück. Das war am selben Abend, als die Königin gerade im Begriff war, ein Kind zu gebären. Da sagte der König zu dem schwarzen Knaben: »Mein Sohn, gehe und hole die Hebamme.« Der Knabe beeilte sich, nahm ein Gewehr und lief zum Hause der Hebamme. Als diese ihm die Tür öffnete, richtete er das Gewehr auf sie und sagte: »Hebamme, wenn du meine Befehle befolgst, wird dir nichts geschehen, wenn nicht, töte ich dich auf der Stelle.« Da sagte sie: »Befiehl mir, was du willst, aber töte mich nicht.« Und er sagte: »Tue dieses: Nimm den Säugling weg, sobald er geboren ist, und lege statt seiner der Wöchnerin einen jungen Hund ins Bett.«

Das tat die Hebamme. Als der König im Bett der Wöchnerin statt eines menschlichen Säuglings einen jungen Hund vorfand, wurde er äußerst zornig und ließ seinen Zorn an der niedergeschlagenen Mutter aus und sperrte sie in einen Käfig, wo sie nur ein wenig Brot zu essen und bitteres Wasser zu trinken bekam. Der schwarze Sohn nahm der Hebamme den Säugling ab und fuhr mit ihm nach Amerika. Dort heuerte er eine Amme an und zog den wirklichen Königssohn in seinem Hause auf. Da der Säugling die Gabe hatte, daß alle seine Wünsche in Erfüllung gingen, machte sich der Schwarze diese Gabe zunutze, wurde sehr reich und raffte ein gewaltiges Vermögen zusammen. Dann nahm er eine Amerikanerin zur Frau und brachte sie in sein Haus. Er zeigte ihr alle Zimmer seines Palastes mit Ausnahme jenes Zimmers, in dem der wirkliche Königssohn wohnte. Die Frau bestaunte den Reichtum, denn solche Reichtümer kann man nicht von seiner Hände Arbeit herbeigeschafft haben, und da erzählte er ihr: »Ich bin ein Königssohn aus einem fernen Land.«

Und die Frau wanderte durch die Gemächer des Palastes, bis sie eines Tages dem wirklichen Königssohn begegnete. Sie sah, wie schön und lieblich und gesittet er war, fand Gefallen an ihm und dachte im stillen: Wenn ich nicht schon verheiratet wäre, würde ich diesen holden Knaben zum Manne nehmen. In der Nacht fragte sie ihren Mann, wer dieser wunderbare Knabe sei. Obgleich ihr Mann sich zu Anfang taub stellte und ihre Fragen nicht beantwortete, konnte er am Ende ihren Bitten nicht widerstehen und erzählte ihr alles – auch von der Gabe des Knaben, daß ihm jeder Wunsch sofort erfüllt wurde.

Und der wirkliche Königssohn, der im Nebenzimmer schlief, hörte alles. Er schlug die Augen zum Himmel auf und bat, der Schwarze möge sich in einen Esel verwandeln. Kaum hatte er die Worte ausgesprochen, da verwandelte sich dieser in einen knochigen Esel. Als die Frau das sah, sprang sie aus dem Bett und lief aus dem Zimmer. Darauf nahm der wirkliche Königssohn sie zur Frau und fuhr mit ihr in seine Heimatstadt zurück, und den Esel nahmen sie mit.

Sie kamen in jene Stadt und stiegen in einer Herberge ab. Am nächsten Morgen erhob sich der Jüngling und ging in eines der prächtigen Kaffeehäuser, in dem der König täglich eine Tasse Kaffee zu trinken pflegte. Während er noch dort saß, kam der König herein, begleitet von einer Schar Diener. Die Kellner setzten den König an einen für ihn bereitgehaltenen Tisch und reichten ihm Kaffee. Während er seinen Kaffee trank, fiel sein Blick auf den lieblichen Jüngling, und er fand Gefallen an ihm. Er rief ihn zu sich und fragte ihn, wer er sei und was er hier tue. Der Jüngling erzählte ihm, er sei ein Königssohn aus Amerika und sei mit seiner Frau und seinem Esel angereist, die Hauptstadt zu besuchen. Da sagte der König: »Dann sei mein Gast und komme morgen mit deiner Frau zu mir zum Essen.« Der Jüngling bat, auch den Esel mitbringen zu dürfen, und der König gestattete es.

Am nächsten Tag kamen der Jüngling und seine Frau und auch der Esel zum Essen. Die Würdenträger des Königreiches waren dort versammelt, Minister, Ratgeber und andere. Da bemerkte der Königssohn, daß der Sessel der Königin nicht besetzt war, und fragte den König: »Herr, wo ist die Königin?« Und der König erwiderte: »Sie ist krank.« Doch der Königssohn bat ihn so lange, daß der König keine andere Wahl hatte, als einer Dienerin zu befehlen, die Königin an die Tafel zu bringen. Man holte sie aus ihrem Käfig, wusch und kämmte sie und kleidete sie in königliche Gewänder und führte sie in den Festsaal. Sogleich erhob sich der Königssohn und machte ihr den Platz zwischen sich und seiner Frau frei.

Man speiste und trank, und als der Kaffee gereicht wurde, sprach der Königssohn: »Mein Herr und König, dieser Esel, der mir zu Füßen liegt, sagt, der Kaffee sei zu bitter.« Erstaunt fragte der König: »Was weiß ein Esel von Kaffee?« Und der Königssohn erwiderte: »Kann denn eine Frau einen Hund gebären?« Äußerst verwundert fragte ihn der König: »Wer hat dir solches erzählt?« Und der Königssohn antwortete: »Ein Schwarzer, der mich in Amerika aufzog.« Und der König fragte weiter: »Wo ist dieser Schwarze jetzt? Er kann nur mein angenommener Sohn sein.« Und der Königssohn erwiderte: »Hier ist er.« Er schlug die Augen zum Himmel auf, flüsterte einige Worte, und der Esel verwandelte sich in jenen schwarzen Mann, den alle hier kannten.

Der König konnte sich vor Erstaunen nicht fassen und befahl dem Schwarzen, ihm die ganze Wahrheit zu berichten. Der erzählte ihm alles, und man rief auch die alte Hebamme herbei, und auch diese erzählte die ganze Wahrheit und flehte um Mitleid und Vergebung. Der

König war hocherfreut, seinen wirklichen Sohn gefunden zu haben, und befahl, seinen angenommenen schwarzen Sohn an einem Baum aufzuhängen. Und dafür, daß er seiner Frau Unrecht angetan und sie jahrelang in einen Käfig gesperrt hatte, behandelte er sie von nun an besonders gut, und er und seine Frau und ihr Sohn und dessen Braut lebten fortan glücklich und zufrieden.

Die Geschichte der Brüder Salomo und Abraham

Vor vielen Jahren lebte einmal eine Familie, deren Vater schon alt und betagt war. Als er fühlte, daß seine Todesstunde gekommen war, rief er seine Söhne zu sich und sprach: »Meine Söhne, hütet euch, jemals heißes Wasser auf der Türschwelle auszugießen.« So sprach er und starb. Und die Söhne mußten schwer arbeiten, um sich und ihre Mutter zu ernähren. Jeden Tag gingen sie noch vor Tagesanbruch aus dem Haus und kehrten heim, wenn die Sterne schon am Himmel standen. Eines Tages, als die Söhne auf dem Feld waren, vergaß die Mutter die Weisung des Verstorbenen und goß heißes Wasser über der Türschwelle aus. Sogleich erschien ein Löwe und sagte zu ihr: »O meine Dame, auf diesen gesegneten Augenblick habe ich lange Zeit gewartet. Jetzt hast du die Wahl: Heirate mich, oder ich fresse dich auf.«

Da erwiderte die Frau: »Deine Worte erfreuen mich, o Löwe. Schon lange warte ich auf einen solchen Antrag, denn mein Mann, möge er in Frieden ruhen, ist verstorben, und es ist mein Wunsch, wieder zu heiraten.« Die beiden heirateten im geheimen, ohne daß es jemand erfuhr, und nach einiger Zeit gebar die Frau einen Sohn. Sie wußte nicht, was sie mit dem Kind tun sollte, und bat den Löwen um Rat. Und dieser sagte: »Lege den Säugling auf den Weg, auf dem dein ältester Sohn vom Feld nach Hause zu kommen pflegt. Er wird das Kind finden und sich seiner erbarmen und ihn zu dir bringen.«

Und so geschah es. Der älteste Sohn kam zu seiner Mutter, den weinenden Säugling in den Armen, und sagte: »Ich bitte dich, Mutter, säuge dieses Kind.« Die Frau tat, als wolle sie ihm die Bitte verweigern, ließ sich dann aber von ihm überreden und stimmte zu. So wuchs das Kind im Hause auf, wurde Abraham benannt, und alle liebten es und spielten mit ihm. Und der älteste Sohn, der Salomo hieß, liebte das Kind ganz besonders und brachte ihm oft Süßigkeiten.

Eines Tages, als sonst keiner zu Hause war, beriet sich die Frau mit dem Löwen: Was würde geschehen, wenn Salomo die Wahrheit erführe? Ohne jeden Zweifel würde er sie beide töten. Da sagte der Löwe: »Ich weiß Rat. Ich muß ihm zuvorkommen und ihn zuerst töten.« Da fragte ihn die Frau: »Wie willst du das tun?« Und er erwiderte: »Wisse, daß ich drei Köpfe habe. Wenn ich auf einen der Köpfe schlage, kommt ein Skorpion heraus. Ich lege den Skorpion in Salomos Schuh, und wenn er vom Feld kommt und den Schuh anzieht, wird der Skorpion ihn stechen, und er muß sterben.«

Der Knabe Abraham hörte ihnen zu, aber sie dachten, er wäre noch zu klein, um das Gespräch zu verstehen. Als Salomo vom Feld nach Hause kam und seine Schuhe anziehen wollte, sprang der Knabe auf und rief ihm zu: »Salomo, Salomo, stecke deinen Fuß nicht in diesen Schuh!« Salomo wunderte sich und fragte warum. Und der Knabe erwiderte: »Drehe den Schuh erst um, dann wirst du es sehen.« Darauf drehte Salomo den Schuh um, und der Skorpion fiel heraus. Er schlug ihn tot.

Am nächsten Tag sagte die Frau zum Löwen: »Dein Rat hat nichts genützt.« Und der Löwe erwiderte: »Ich habe noch etwas, was ganz bestimmt wirkt. Wenn ich auf meinen zweiten Kopf klopfe, kommt eine Schlange heraus. Diese Schlange lege ich auf das Fenstersims, und wenn Salomo sich aus dem Fenster lehnt, um frische Luft zu schöpfen, wird die Schlange ihn beißen, und er muß sterben.«

Auch dies hörte der Knabe Abraham, und als Salomo vom Feld heimgekehrt war, gespeist und sich gewaschen hatte und ans Fenster treten wollte, um etwas frische Luft zu schöpfen, sprang der Knabe auf ihn zu und rief: »Salomo, Salomo, geh nicht ans Fenster!« Verwundert fragte Salomo warum, und der Knabe sagte: »Schau auf das Fenstersims, und du wirst es sehen.« Da sah Salomo die Schlange, nahm einen Knüppel und schlug sie tot.

Am nächsten Tag sagte die Frau zum Löwen: »Was tun wir jetzt? Du hattest drei Köpfe, einen für den Skorpion, den zweiten für die Schlange, und jetzt bleibt dir nur noch dein eigener.«

Da sagte der Löwe: »Sorge dich nicht. Ich kann noch eine andere List anwenden. In einer Stadt nicht weit von hier lebt meine Schwester, und sie besitzt sieben Köpfe. Täusche einen Unfall vor und schicke Salomo zu ihr, und ganz gewiß wird ihm etwas zustoßen, von dem es keine Rettung gibt.«

Die Frau legte sich ins Bett und täuschte eine Krankheit vor, und als ihr Sohn Salomo vom Feld heimkam, sagte sie zu ihm: »Mein Sohn, ich bin schwer krank, und die einzige Arznei, die mir helfen kann, gibt es in der und der Stadt. Fahre dorthin und rette mein Leben.«

Und Salomo sagte: »Ich höre, Mutter, und gehorche deinem Befehl.« Er gürtete sein Schwert um, sattelte sein Pferd und ritt weit fort, bis er in die Nähe jener Stadt kam. Dort befand sich eine Einöde, wo die Schwester des Löwen, die sieben Köpfe hatte, lebte. Als sie ihn sah, fragte sie: »Woher kommst du?« Und er sagte es ihr. Da sprach sie: »Du bist gekommen, um Arznei für deine Mutter zu kaufen.«

Verwundert fragte Salomo: »Woher weißt du das?« Und sie erwiderte: »Wisse, daß deine Mutter mit meinem Bruder, dem Löwen, verheiratet ist. Sie haben beschlossen, dich umzubringen, und es war mein Bruder, der dir den Skorpion und die Schlange geschickt hat, aber sein Plan ist fehlgeschlagen. Und jetzt haben sie dich hierhergeschickt, damit ich dich töte. Aber ich bin eine Löwin und bediene mich nicht der Hinterlist des Fuchses, der sich auf krummen Wegen anschleicht und andere betrügt. Ich warne meinen Gegner, bevor ich ihn angreife, und darum sage ich dir: Ruhe dich über Nacht bei mir aus, sättige dich an Speise und Trank, und morgen ziehen wir aus zum Zweikampf – du mit deinem Schwert und ich mit meinen sieben Köpfen.«

Er stimmte zu, sättigte sich an Speise und Trank und übernachtete bei ihr, und im Morgengrauen zogen sie aus zum Zweikampf. Sie kämpften bis zum Sonnenuntergang, ohne eine Entscheidung herbeizuführen. Da sagte die Löwin: »Für heute ist es genug. Sei bei mir zu Gast, und morgen werden wir den Kampf fortsetzen.«

Sie speisten gemeinsam und legten sich zur Ruhe. Mitten in der Nacht erwachte Salomo, bekleidete sich mit den Kleidern der Löwin und zog ihr seine eigenen Kleider über. Am Morgen erwachte die Löwin, sah, daß sie Männerkleidung trug, und fragte ihn: »Wer hat das getan?« Und er erwiderte: »Ich.« Da wurde die Löwin wütend, rief ihre Freunde, die Löwen, herbei, und sagte: »Nehmt diesen Mann, werft ihn in den Brunnen und reißt ihm die Augen aus.«

Die Löwen rissen Salomo die Augen aus und warfen ihn in den Brunnen. In jenen Tagen herrschte Krieg. Eine Truppe Soldaten kam am Brunnen vorbei und hörte die Schreie eines Menschen. Darauf traten die Soldaten an den Brunnenrand und riefen hinein: »Wer bist du, der da schreit? Bist du von den Teufeln oder von den Menschen?« Und er antwortete: »Ich bin ein Mensch.«

Als sie das hörten, erbarmten sie sich und zogen ihn an einem Strick aus dem Brunnen heraus. Salomo erzählte ihnen, was ihm widerfahren war, und sie sagten: »Wir können dich nicht nach Hause bringen, denn wir sind Soldaten und müssen aufs Schlachtfeld ziehen, aber wir bringen dich zum Palast des Königs und lassen dich dort.«

Freudig willigte er ein, und sie brachten ihn zum Königspalast und ließen ihn dort zurück. Dort stand er und harrte der Dinge, die ihm geschehen würden, da blickte die Königstochter aus dem Fenster und sah ihn. Darauf schickte sie ihre Dienerin, ihn in den Palast zu führen, und als er vor sie trat, fragte sie ihn nach seinem Namen, und er erwiderte: »Ich heiße Salomo.« Und sie sagte: »Mein Name ist Miriam.« Da erzählte er ihr alles, was geschehen war, und fügte hinzu: »Ich wohne in der und der Stadt, und dort sind auch meine Augen, denn ich habe gehört, wie die Löwin den anderen Löwen befahl, die Augen meiner Mutter zu übergeben, zum Beweis dafür, daß mich mein Ende ereilt hat.«

Da rief die Prinzessin Miriam ihre Dienerin herbei und sagte zu ihr: »Meine Liebe, gehe in das Haus der Mutter von Salomo und bringe ihm seine Augen zurück.«

Die Dienerin erwiderte: »Ich höre und gehorche.« Sie ging, bis sie zum Hause von Salomos Mutter kam, und sagte zu ihr: »Herrin, ich bin bereit, bei dir für Wasser und Brot zu arbeiten.« Die Frau nahm sie auf, und sie war so fleißig und gehorsam, daß sie schon nach wenigen Tagen ihr Herz gewonnen hatte. Eines Tages sagte sie zu der Frau: »Herrin, ich sehe bei dir ein Paar Augen liegen, die du nicht gebrauchst, und ich habe einen blinden Sohn. Wenn du sie mir gibst, kann ich sie ihm einsetzen, so daß er wieder sehen kann wie andere Menschen.«

Da erlaubte ihr die Frau, die Augen mitzunehmen, und die Dienerin kehrte in den Palast zurück und übergab sie der Prinzessin. Die Prinzessin ließ einen Augenarzt kommen und erklärte ihm, was geschehen war. Der Arzt befahl Salomo, sich niederzulegen, zog ein kunstvoll gefertigtes Gerät aus der Tasche und setzte ihm die Augen wieder in den Kopf. Die Operation war ein großer Erfolg.

Als Salomo sein Augenlicht wiedererlangt hatte, wollte die Königstochter seine Frau werden. Das versprach er ihr, doch bat er sie um Erlaubnis, zuerst seine Heimatstadt zu besuchen. Da fragte sie ihn: »Warum willst du dorthin zurück?« Und er erwiderte: »Ich muß noch einige Dinge erledigen.« Näheres sagte er ihr nicht. Darauf gab ihm Miriam ein Schwert, ein Pferd und Wegzehrung, und er ritt, bis er in seine Heimatstadt kam, wo er sein Haus unerwartet betrat und seine Mutter und den Löwen erschlug. Danach nahm er seinen Bruder Abraham mit sich, kehrte zum Palast zurück und nahm die Königstochter Miriam zur Frau. Und von diesem Tag an lebten sie alle in Reichtum, Freude und Frieden.

Der Jüngling mit den leuchtenden Augen

Ein Fischer und sein kleiner Sohn gingen einmal ans Meeresufer, um dort zu fischen. Der Fischer warf sein Netz aus und fing darin einen Fisch mit einem goldenen Schwanz und Augen aus Edelsteinen. Da sagte der Fischer zu seinem Sohn: »Mein Kind, bewache diesen Fisch, und ich eile zum König, ihm meinen Fund zu melden.«

Er hatte den Königspalast noch nicht erreicht, da erbarmte sich der Knabe des unglücklichen Fisches, drehte das Netz um und ließ ihn ins

Wasser springen. Als er sah, daß der Fisch davongeschwommen war, beschloß auch er zu flüchten, weil er befürchtete, von seinem zornigen Vater gehörig verprügelt zu werden. Er machte sich auf und lief über die Felder und in die Berge, wohin ihn seine Füße trugen.

Unterwegs begegnete ihm ein Jüngling mit leuchtenden Augen, und dieser fragte ihn: »Knabe, wohin des Weges?« Und da erzählte ihm der Knabe die ganze Geschichte. Da sagte der Jüngling: »Auch ich bin vor meinen Eltern geflohen, weil sie mir großen Kummer bereiteten. Tun wir uns zusammen und leben als Freunde.«

Die beiden taten sich zusammen und wanderten, bis sie in eine Stadt kamen. Dort mieteten sie ein Zimmer, und der Knabe, der wegen seines zarten Alters keine Arbeit finden konnte, blieb im Hause, während der Jüngling in einem Laden Arbeit fand, in dem man Mehl für Krapfen verkaufte. Am Abend kam der Jüngling dann nach Hause und brachte dem Knaben Essen und auch etwas Taschengeld. So ging es zwei Jahre lang.

Eines Tages betrat der Statthalter des Königs den Laden und verlangte eine große Menge Krapfen und bat den Ladenbesitzer, den Jüngling mit den Krapfen zum Palast zu schicken. Der Ladenbesitzer war damit nicht einverstanden, doch der Statthalter bestand darauf, so daß er schließlich einwilligte. So ging denn der Jüngling zum Palast und trug den Korb mit den Krapfen auf dem Kopf.

Als er dort ankam, zählte der Statthalter die Krapfen und fand, daß keiner fehlte, und der ehrliche Jüngling fand Gefallen in seinen Augen. Er sagte zu ihm: »Du bist der Mann, dem man ein Geheimnis anvertrauen kann.« Er nahm ihn mit bis vor die Stadt, wo sie an einen Hügel kamen. Der Statthalter rief ein paar Worte aus, worauf der Hügel sich öffnete und eine Grube voller Gold sichtbar wurde. Darauf sagte der Statthalter des Königs zu dem Jüngling: »Steige in die Grube hinab und hole das Gold heraus.«

Der Jüngling stieg in die Grube und begann, Säcke voller Gold hinaufzutragen. Plötzlich brachen die Wände der Grube zusammen und begruben den Jüngling unter sich. Als der Statthalter das sah, lief er davon.

Am nächsten Tag ging der Statthalter auf den Markt und kam zu dem Krapfenbäcker, und wen sah er dort? Den Jüngling, den er tot geglaubt hatte. Er betrat den Laden, bestellte eine große Menge Krapfen und bat, den Jüngling mit den Krapfen zu ihm zu schicken. Doch der Ladenbesitzer sagte: »Herr, das gefällt mir nicht, denn gestern hat sich mein Gehilfe fast den ganzen Tag bei dir aufgehalten.« Aber wieder bestand der Statthalter darauf, bis der Mann schließlich einwilligte.

Und wieder führte der Statthalter den Jüngling an jenen Ort, wo der Schatz vergraben war. Doch als sie dort ankamen, sagte der Jüngling zu ihm: »Diesmal steige du hinunter, denn gestern war ich unten, und jetzt ist die Reihe an dir.«

Darauf stieg der Statthalter in die Grube und begann, die Säcke mit dem Gold herauszuschaffen. Doch wieder stürzten die Wände ein und begruben ihn unter sich. Da nahm der Jüngling mit den leuchtenden Augen alles Gold, was er tragen konnte, und brachte es zu seinem Freund, dem Fischersohn. Danach heuerte er Arbeiter an und befahl ihnen, von dem Ort, wo der Schatz lag, bis zu seinem Hause einen Tunnel zu graben. Dann führte er seinen Freund zu dem Schatz und sagte: »Siehe, all dies gehört dir. Von heute an sollst du dich schön kleiden und deine Zeit in den prächtigsten Kaffeehäusern der Stadt zubringen, und wer dir einen Gruß entbietet, dem sollst du eine Goldmünze schenken, und wer dir deine Schuhe putzt, dem gib zwei Goldmünzen und lade ihn zu einer Tasse Kaffee ein. Frage jeden Abend den Kaffeehausbesitzer, wieviel Geld du ihm schuldest, und wenn er sagt: Zwanzig Goldmünzen, dann gib ihm vierzig und noch zwei dazu. Und das tue jeden Tag.«

Und der Fischersohn hörte auf ihn und tat, wie geheißen, und bald war er in der ganzen Stadt für seinen Reichtum und seine Freigebigkeit bekannt. Sein Ruf kam auch dem König zu Ohren, und er wollte diesen berühmten jungen Mann sehen. Darauf ging er hin und setzte sich in das Kaffeehaus und sah mit eigenen Augen, daß alles, was er gehört hatte, die reine Wahrheit war. Darauf lud der König den Fischersohn in seinen Palast ein. Als dieser dort ankam, bot ihm der König an, seine Tochter zur Frau zu nehmen. Der Fischersohn erwiderte: »Mein Herr und König, ich kann dir keine Antwort geben, bis ich denjenigen gefragt habe, den ich fragen muß, und es gibt einen solchen.«

Darauf ging der Fischersohn und fragte seinen Freund, den Jüngling mit den leuchtenden Augen. Dieser riet ihm, dem Angebot zuzustimmen. Er willigte ein, man hielt eine prunkvolle Hochzeit, und nach einem Jahr wurde dem jungen Paar ein Sohn geboren. Nach einem weiteren Jahr wurde ein zweiter Sohn geboren und nach dem dritten Jahr eine Tochter.

Eines Tages fragte der Jüngling mit den leuchtenden Augen seinen Freund, den Fischersohn: »Warum besuchst du deinen Vater nicht und erkundigst dich nicht nach seinem Befinden?« Da seufzte der Fischersohn, und seine Augen füllten sich mit Tränen, denn er sehnte sich sehr nach seinem Vater. Der Jüngling sah den Kummer seines Freundes und fuhr eiligst in die Heimatstadt des Fischers und fand ihn dort im Kerker. Der Grund dafür war, daß der König ihm sehr zürnte, weil er ihm von dem Fisch mit dem goldenen Schwanz und den Augen aus Edelsteinen berichtet hatte und dennoch nichts in seinem Netz gewesen war, und der König dachte, der Fischer hätte ihn betrogen.

Der Jüngling mit den leuchtenden Augen kaufte den Fischer aus seiner Kerkerzelle frei und fuhr mit ihm in einer prächtigen Kutsche zu seinem Sohn, dem Eidam des Königs. Und zu dem Sohn sagte er: »Mein teurer Freund, du hast mir einen großen Dienst erwiesen, und ich habe ihn dir vergolten. Denn wisse: Ich bin jener goldene Fisch mit den Augen aus Edelstein, den du entkommen ließest und den du vom Tode errettet hast. Wäre ich im Netz geblieben, hätte der König mich zweifellos erschlagen und aufgegessen. Doch jetzt gehe ich zurück in das große Meer, denn ich bin der Sohn des Königs der Fische, und dir wünsche ich ein gutes und langes Leben.«

So sprach der Jüngling mit den leuchtenden Augen und verschwand. Und der Fischersohn blieb zurück und führte im Kreise seiner Familie ein langes und glückliches Leben. Das ist die Geschichte vom Fischersohn und seinem Freund, dem Jüngling mit den leuchtenden Augen.

Die Ministertochter und der Dieb im Schafspelz

Es war einmal ein Minister, der eine längere Reise antreten mußte, und damit seiner einzigen Tochter nichts Böses zustieße, ließ er um sein Haus herum eine hohe Mauer bauen und warnte seine Tochter, keinen fremden Mann einzulassen.

Eines Abends, als die Tochter im Bett lag, hörte sie auf dem Dach Geräusche. Sie nahm ein Messer zur Hand und stieg hinauf, um dem Geräusch auf die Spur zu kommen. Plötzlich sprang ein Mann auf sie zu. Sie schwang das Messer und schlug ihm den Kopf ab. Dann erschien ein zweiter Mann, und wieder schlug sie ihm den Kopf ab. Schließlich lagen vierzig Köpfe zu ihren Füßen, und das waren die Köpfe von vierzig Dieben. Danach sprang der einundvierzigste Dieb auf sie zu, und das war der Anführer der Diebesbande, und auch ihm wollte sie den Kopf abschlagen, jedoch verfehlte sie ihn und schnitt ihm nur ein Ohr ab. Da sagte er zu ihr: »Du wirst noch in meine Hände fallen.« Danach flüchtete er.

Die erschrockene Ministertochter stieg hinunter, weckte ihr Gesinde aus dem Schlaf und ließ sie aufs Dach steigen, wo sie ihnen alles zeigte, was es zu sehen gab. Und sie sagten: »Von nun an hast du nichts mehr zu befürchten.« Doch sie erwiderte: »So ist es nicht, denn der Anführer ist entkommen, und ich fürchte seine Rache.« Da sagten sie zu ihr: »Fürchte dich nicht. Wir werden die Leichen und die Köpfe aufsammeln und im Lagerraum verwahren.«

Sie sammelten die vierzig Leichen und ihre Köpfe ein, verwahrten sie im Lagerraum und schlossen die Tür ab. Dann reinigten sie das Dach, bis nichts mehr zu sehen war. Die Ministertochter beschwor das Gesinde, ihrem Vater nichts zu erzählen, und das versprachen sie ihr. Im

Laufe der Zeit vergaß das Gesinde den Vorfall, doch die Ministertochter wurde ihre Angst vor dem Anführer der Diebesbande nicht los.

Eines Tages kehrte der Minister von seiner Reise zurück. Zur gleichen Zeit gab sich der Anführer der Diebesbande als Kaufmann aus und eröffnete einen Laden auf der anderen Straßenseite neben dem Amtssitz des Ministers. Von dort aus blickte der Minister auf den neuen Laden und wunderte sich über das reichhaltige Angebot an Waren jeder Art, die vielen Käufer und die Kasse, die immer bis zum Rand gefüllt war. Der neue Kaufmann fand Gefallen in seinen Augen, und sie wurden Freunde. Schließlich ging die Freundschaft so weit, daß der Kaufmann bei dem Minister um die Hand seiner Tochter anhielt. Der Minister erzählte es seiner Tochter und lobte die guten Eigenschaften seines Freundes, bis sie einwilligte, diesen Mann zu ehelichen. Man hielt eine prunkvolle Hochzeit, und sie wurde seine Frau.

In der Hochzeitsnacht, als der Mann und seine Frau allein waren, sagte er zu ihr: »Erkennst du mich nicht?« Und sie erwiderte: »Nein.« Da nahm er seine Mütze vom Kopf und zeigte ihr sein abgeschnittenes Ohr. Die Braut erschrak und sagte: »Wir sollten vergessen, was geschehen ist. Die Vergangenheit ist hinter uns, und jetzt sind wir verheiratet.« Doch er sagte: »Du dummes Weib, wozu habe ich dich zur Frau genommen? Doch nur, um dich einzufangen und dir zu zeigen, daß ich nicht vergessen habe, was du meinen vierzig Freunden angetan hast, deren Frauen du zu Witwen und deren Söhne du zu Waisen gemacht hast.« Er packte die Ministertochter, schlang sie sich auf den Rücken und flüchtete aus dem Haus und aus der Stadt, bis er in einen Wald kam. Dort band er sie mit Stricken an einen Baum und sagte: »Jetzt gehe ich die vierzig Witwen holen, deren Männer du umgebracht hast, und sie werden dich töten.«

Darauf ging der Anführer der Diebe, seine Drohung wahr zu machen, und die Ministertochter blieb bitterlich weinend zurück. Ein alter Mann, der mit Öl handelte, kam vorbei, hörte ihr Weinen und fragte: »Was hast du? Warum weinst du?« Sie erzählte ihm alles und bat ihn, sie zu retten. Da zog der Alte ein Messer, schnitt sie los und brachte sie in sein Haus, wo er sie in einem leeren Ölfaß verbarg.

Als der Anführer der Diebe mit den vierzig Witwen zu dem Baum kamen, war die Ministertochter nicht mehr dort. Die Frauen zürnten ihm sehr und wollten ihn töten. Da sagte er: »Zürnt mir nicht. Wenn ihr hier auf mich wartet, werde ich das Mädchen zurückbringen.«

Der Anführer der Diebe durchsuchte den ganzen Wald nach allen Seiten hin, bis er zum Hause des Alten kam. Er sagte zu ihm: »Alter, hast du eine Frau gesehen, die an einem Baum gebunden war?« Und der Alte erwiderte: »Ich verkaufe Öl, und um anderes kümmere ich mich nicht. Wenn du Öl haben willst, kann ich dir welches verkaufen.« Darauf ging der Anführer der Diebe zu den Witwen zurück und sagte: »Ich habe sie nicht gefunden.«

Als die Ministertochter sah, daß die Gefahr vorüber war, kehrte ihre Zuversicht zurück, und sie kam aus dem Faß heraus und blieb bei dem Alten wohnen. Nur nachts verbarg sie sich immer noch im Faß. Eines Tages kam der Königssohn durch den Wald, blickte durchs Fenster in die Hütte des Alten und sah dort ein schönes Mädchen, für das sein Herz sogleich in Liebe entflammte. Er ging zu seiner Mutter und sagte: »Mutter, ich will die Tochter des alten Ölhändlers zur Frau nehmen.« Worauf die Mutter erwiderte: »Ich wundere mich über dich, mein Sohn, und was du sagst, erscheint mir unmöglich, denn ich habe noch nie gehört, daß dieser Alte eine Tochter hat.« Doch er sagte: »Mutter, ich habe sie mit eigenen Augen gesehen. Ich bitte dich, gehe zu ihm und halte für mich um die Hand seiner Tochter an.«

Da ging die Königin, begleitet von einigen ihrer Schergen, und kam nachts zum Hause des Alten. Sie sagte ihm, was der Sohn ihr aufgetragen hatte, und der Alte erwiderte: »Hohe Frau, ich habe keine Tochter.« Da sagten die Königin und ihre Schergen: »Leugne nicht, denn der Königssohn hat sie mit eigenen Augen gesehen.« Da kratzte sich der Alte die Stirn und sagte: »Gut – kommt morgen wieder, und ich werde euch eine Antwort geben. Bis dahin will ich mich bei den Nachbarn umfragen. Vielleicht war es ihre Tochter, die der Königssohn gesehen hat.«

Als die Besucher gegangen waren, klopfte der Alte auf das Faß und sagte zu dem Mädchen, das sich dort verborgen hielt: »Man ist gekommen, um für den Königssohn um deine Hand anzuhalten. Was ist deine Meinung dazu?« Und sie erwiderte: »Ich fürchte mich vor dem Anführer der Diebe, der mein Ehemann ist.« Doch der Alte redete ihr so lange zu, bis ihre Angst verschwand und sie einwilligte, den Königssohn zu heiraten.

Am nächsten Tag kam wieder die Königin mit ihren Schergen und wiederholte ihre Bitte. Da sagte der Alte: »Freuet euch, denn das Mädchen hat eingewilligt, den Königssohn zu heiraten. Doch stellt sie eine Bedingung: Zwei Löwen müssen ständig vor ihren Gemächern Wache halten.«

Die Königin stimmte dieser Bedingung zu. Sie kaufte für das Brautpaar ein Haus, umgeben von einer hohen Mauer, und zwei Löwen, die es bewachten, und richtete eine prächtige Hochzeit aus. Doch auch nach der Hochzeit fürchtete sich die Ministertochter immer noch vor dem Anführer der Diebe und bangte um ihr Leben. Als ihr Mann, der Königssohn, sie nach dem Grund ihrer Traurigkeit fragte, erwiderte sie: »Es ist meine Gewohnheit, niemals zu lachen.« Und sie offenbarte ihm nichts von dem, was geschehen war und was sie befürchtete.

Und die ganze Zeit über ruhte und rastete der Anführer der Diebe nicht und suchte überall nach der Ministertochter, bis ihm das Gerücht zu Ohren kam, sie habe den Königssohn geheiratet. Was tat er? Er zog sich einen Schafspelz über und bat einen der Diebe, die er in der Zwischenzeit angeworben hatte: »Nimm mich mit auf den Markt und stelle mich zum Verkauf als ein Schaf, das singen und tanzen kann, und verkaufe mich an keinen außer an den Königssohn, sobald dieser mich zu kaufen wünscht.«

Das tat sein Freund, und eines Tages ging der Königssohn auf den Markt und sah dort das Schaf, das sang und tanzte. Da dachte er im stillen: Ich will dieses Schaf meiner Frau bringen, auf daß es ihr Herz erfreue und ihr ein Lächeln entlocke. Er kaufte das Schaf und brachte es seiner Frau.

In der Nacht, als alle Bewohner des Palastes im Schlaf lagen, legte der Anführer der Diebe den Schafspelz ab, verließ den Schuppen, in den man ihn gesperrt hatte, und schlich ins Zimmer der Frau. Diese schlug die Augen auf und sah, wie er über ihr stand. Der Bösewicht hörte nicht auf ihr Flehen, nahm sie auf die Schulter und wollte mit ihr entfliehen. Doch die beiden Löwen, die Wache hielten, bemerkten den Räuber und rissen ihn in Stücke.

Als die Frau sah, daß sie von heute an in Frieden leben würde, begann sie vor Freude zu singen. Davon erwachte der Königssohn und dachte: Sie muß verrückt geworden sein. Doch seine Frau erzählte ihm alles, was sich zugetragen hatte, den Grund für ihre Trauer und warum sie jetzt so fröhlich war. Und das Brautpaar und mit ihm alle Bewohner des Palastes jubelten und freuten sich.

Man ließ den Minister rufen, der seine Tochter schon tot geglaubt hatte und um sie trauerte. Der glückliche Minister fiel seiner Tochter um den Hals, und auch ihm erzählte sie die ganze Geschichte, und im Palast herrschte doppelte Freude. Und von diesem Tag an führte das Brautpaar ein schönes und glückliches Leben. Und dies ist die Geschichte von der Ministertochter und dem Anführer der Diebe, der sich als Schaf verkleidete.

Die drei Tiere und der undankbare Jude

Ein Jude ging einmal durch die Wüste, verirrte sich und fiel in einen Brunnen. Er rief um Hilfe, doch keiner hörte seine Stimme, und er schrie die ganze Nacht über und auch am nächsten Tag bis zum Nachmittagsgebet. Dann kam ein Mann vorbei und hörte die Schreie. Er legte seine Kleider ab, rollte sie zu einem Strick zusammen und ließ diesen in den Brunnen hinunter. Als er spürte, daß etwas anpackte, zog er es nach oben und sah, daß es ein junger Löwe war.

Er war sehr erstaunt und sagte zu dem Löwen: »Es war meine Absicht, einen Menschen zu retten.« Darauf erwiderte der Löwe: »Das wäre eine Dummheit gewesen, denn die Menschen sind undankbar. Nur wir Tiere zeigen uns für eine Gefälligkeit erkenntlich.«

Der Löwe ging seines Weges, und der Mann ließ den Strick nochmals in den Brunnen hinunter und zog diesmal eine Schlange heraus.

Wieder wunderte er sich und sagte: »Ich wollte doch einen Menschen retten.« Und die Schlange erwiderte: »Es ist nicht gut, einen Menschen zu retten, denn er würde dir Gutes mit Bösem vergelten.« Die Schlange gab ihm eine Handvoll Erde und sagte: »Wenn du dich einmal in Nöten befindest, reibe die Erde zwischen deinen Händen, und ich komme dir sogleich zu Hilfe.«

Der Mann sagte sich im stillen: Das ist doch nichts als Staub und Erde. Doch wollte er die Schlange nicht kränken und verwahrte die Erde in einem Tuch. Die Schlange ging ihres Weges, und wieder ließ der Mann den Strick in den Brunnen hinunter und zog einen Affen heraus. Verwundert sagte er: »Ich habe diesen Strick in den Brunnen hinuntergelassen, weil ich die Schreie eines Menschen hörte, aber es ist kein Mensch hier.« Und der Affe erwiderte: »Es lohnt sich nicht, einen Menschen zu retten, denn der Mensch ist undankbar, und du würdest es bereuen.« Und auch der Affe gab ihm eine Handvoll Erde und sagte: »Wenn du dich in Nöten befindest, reibe die Erde zwischen deinen Händen, und ich komme dir sogleich zu Hilfe. Du wirst singen, und ich werde tanzen, und damit wirst du deinen Unterhalt verdienen.«

Der Affe ging seines Weges, und wieder ließ der Mann den Strick in den Brunnen hinunter und zog den Juden heraus. Beide grüßten einander, und der Jude ging seines Weges.

Der Mann zog seine Kleider wieder an und ging weiter, bis er in eine Stadt kam. In der Stadt herrschte allgemeine Freude, denn an diesem Abend sollte die Tochter des Scheichs heiraten. Das Mädchen war von Kopf bis Fuß mit Goldschmuck behangen, mit Halsketten und Gehängen und Ringen und Nasenringen und Ohrringen und Armreifen, denn der Scheich war nicht weniger reich als der König selbst.

Der junge Löwe, den der Mann aus dem Brunnen gezogen hatte, wollte ihm seine gute Tat vergelten. Und was tat er? Er packte die Tochter des Scheichs mit all ihrem Schmuck und übergab sie seinem Retter. Dieser nahm den Schmuck an sich und ließ die Braut frei, und sie war gezwungen, ohne ihren Schmuck zu heiraten. So vergalt der Löwe die gute Tat.

Der Mann ging auf den Markt der Goldschmiede und bot den Schmuck zum Verkauf an. Dort begegnete er dem Juden, den er aus dem Brunnen gerettet hatte, und dieser fragte ihn: »Was verkaufst du?« Und er erwiderte: »Du siehst es.« Da sagte der Jude: »Ich kaufe es dir ab.« Er kaufte den ganzen Schmuck, zahlte den geforderten Preis und ging mit freundlichem Gruß davon.

In der Zwischenzeit hatte der Scheich die Polizei gerufen, und diese durchsuchte den Markt der Goldschmiede, bis sie auf den Juden stieß und bei ihm den gesamten Schmuck fand. Doch dieser verspürte keine Dankbarkeit, verriet seinen Retter und übergab ihn der Polizei. Die Polizisten nahmen ihn fest und warfen ihn wegen Diebstahls ins Gefängnis. Dort saß er einige Tage und hatte schon keine Hoffnung mehr, als er sich an die Worte der Schlange erinnerte. Er knüpfte sein Tuch auf und rieb die Erde zwischen seinen Händen. Sogleich erschien die Schlange, legte sich um den Hals des Königs und begann ihn zu würgen. Man rief die Ärzte und Zauberer, und diese eilten erschrocken herbei und taten, was sie konnten, doch die Schlange beachtete sie nicht.

Diese wundersame Geschichte verbreitete sich bald in der ganzen Stadt und bis ins Gefängnis. Der Gefangene wußte, daß das Mißgeschick des Königs von ihm ausging und daß jene Schlange sein wahrer Freund war. Er rief den Aufseher und sagte ihm, daß er allein den König retten könne, denn er sei ein Fachmann für Schlangen. Man brachte ihn zum König, und vor den Augen der versammelten Minister und Würdenträger zerrieb der Mann die Erde in seinem Tuch zwischen den Händen, worauf die Schlange sogleich vom König abließ und sich davonmachte.

Der König freute sich über alle Maßen, umarmte den Gefangenen und sagte: »Mein teurer Freund, was soll ich dir dafür geben, daß du mich gerettet hast?« Und der Mann erwiderte: »Ich bitte nur um eines: mich freizulassen, denn ich bin kein Dieb und habe nichts gestohlen.« Sogleich befahl der König, ihn freizulassen, und man ließ ihn gehen.

Der Mann machte sich auf den Weg. Dann nahm er die Handvoll Erde, die ihm der Affe gegeben hatte, zerrieb sie zwischen den Fingern, und sogleich kam der Affe herbeigeeilt. Darauf kaufte der Mann eine Trommel, zog damit von Ort zu Ort und trommelte und sang, und der Affe tanzte dazu. Auf diese Weise ernährte er sich in Hülle und Fülle und führte ein glückliches Leben bis zu seinem Tode.

Der Königssohn als Schneiderlehrling

Man erzählt sich von einem König, der vor langer Zeit in einem fernen Land lebte und der drei Söhne hatte. Und in seinem Besitz befand sich ein kleiner Negerknabe, den er seiner Mutter abgekauft hatte und den er mehr liebte als seine eigenen Söhne. Als der König im Sterben lag, rief er seinen Wesir zu sich und sagte zu ihm: »Mein ältester Sohn ist noch im zarten Alter, und darum will ich einen Thronfolger ernennen, der mein Königreich verwaltet, bis mein Sohn heranwächst und die Amtsgeschäfte des Königs übernehmen kann.« Der Wesir war sehr erfreut, denn er dachte: Wen, wenn nicht mich, wird der König ernennen? Doch der König sagte: »Ich habe mich entschlossen, den Schwarzen zum Thronfolger zu ernennen.«

So sprach er und starb. Der Schwarze bestieg den Thron und herrschte über das Land. Schon nach wenigen Tagen ließ er den Wesir, den Kadi und den Mufti kommen und sagte: »Ihr drei, geht zum Palast der Königin und bringt mir, jeder von euch, den Kopf eines ihrer Kinder.«

Die drei erbarmten sich jedoch der Königin und ihrer Kinder und schickten im geheimen einen Boten zur Königin, um sie zu warnen. Die Königin ließ ihre Kinder Fellachenkleidung anlegen, gab ihnen ein wenig Wegzehrung und Geld und sagte zu ihnen: »Meine Kinder, fliehet, euer Leben zu retten.« Mit Küssen und Umarmungen nahmen die Kinder Abschied von ihrer Mutter und machten sich auf den Weg.

Als der Schwarze erfuhr, daß die Kinder verschwunden waren, ließ er die Königin kommen und sagte zu ihr: »Wo sind deine Kinder?« Und sie erwiderte: »Sage du es mir.« Da zürnte er sehr und befahl, sie solle künftig als Schafhirtin auf dem Feld leben und nur Brot und Joghurt zu essen bekommen.

Und die Söhne irrten umher, bis sie eines Tages in eine Stadt kamen, wo sie in einer Herberge abstiegen. Ihr weniges Geld war schon aufgebraucht, doch der Gastwirt erbarmte sich ihrer und gab ihnen Brot zu essen und ein Bett zum Schlafen. In der Nacht fand der Jüngste keinen Schlaf und dachte sich im stillen: Was wird aus mir werden? Ich muß mich als Handwerker verdingen, um mich wie jeder andere Mensch zu ernähren. Im Morgengrauen erhob er sich und ging auf den Markt, wo er sah, wie man Ziegen und Esel und Pferde und andere Tiere verkaufte. Er stellte sich zwischen sie und rief: »Ihr Leute, auch ich stehe zum Verkauf. Wer mich haben will, kann mich kaufen.« Da kam ein Schneider vorbei, einer der großen und wichtigen, der Kleider für das Königshaus anfertigte, und kaufte ihn. So wurde der jüngste Sohn zum Schneiderlehrling, wohnte im Hause des Schneiders und speiste an seinem Tisch, und jeden Tag legte er etwas von seinem Essen zurück und brachte es seinen Brüdern.

Der Königspalast stand gegenüber der Schneiderwerkstatt. Eines Tages blickte die Königstochter aus dem Fenster und sah den Schneiderlehrling über sein Nähzeug gebeugt. Sie verliebte sich in ihn, denn er war ein schöner Jüngling vom Aussehen eines Königssohnes. Am nächsten Tag, als der Schneider ihr ein neues Kleid brachte, denn so tat er jeden Freitag, sagte die Königstochter zu ihm: »Herr, warum mußt du dich bemühen und die Stufen des Palastes erklimmen, da du doch schon ein alter und würdiger Mann bist? Schicke doch statt dessen deinen Lehrling zu mir.« Und der Schneider erwiderte: »Herrin, ich höre und gehorche.« Am folgenden Freitag schickte er seinen Lehrling mit dem Kleid der Königstochter zum Palast, und eine Dienerin übergab ihn der nächsten, und man führte ihn von einem Gemach ins andere, bis er schließlich vor die Königstochter trat. Als diese ihn aus der Nähe ansah, verdoppelte sich ihre Liebe zu ihm, und sie dachte: Ich kann ihn nicht wieder gehen lassen, denn ohne ihn wäre mein Leben freudlos. Sie versteckte ihn in ihrem Gemach, wo er Tag und Nacht bleiben mußte. Eine Dienerin brachte ihm sein Essen, und niemand wußte davon. Doch der Jüngling magerte ab und wurde von Tag zu Tag dünner und schmächtiger. Und die Königstochter fragte sich: Wie kommt es, daß er gesund war, als er noch so schwer arbeiten mußte, und jetzt, da es ihm gutgeht, magert er ab? Vielleicht täusche ich mich. Sie stellte ihn auf die Waage und wog ihn, und nach einer Woche wog sie ihn nochmals und sah, daß er an Gewicht verloren hatte. Da fragte sie ihn: »Geliebter, warum wirst du immer dünner und schmäler?« Und er erwiderte: »Der Aufenthalt im Hause ist gut für Frauen und nicht für Männer, und das ist der Grund, warum ich mager werde.« Da sagte sie: »Ich sehe es ein. Ich will dich nicht länger davon abhalten, zu gehen, wohin du willst.«

Er ging seines Weges, und die Königstochter befahl einer ihrer Dienerinnen, ihm nachzuspüren und zu sehen, was er tun würde. Als diese zurückkam, berichtete sie der Königstochter: »Herrin, ich sah, daß er zu seinen zwei Brüdern ging und ihnen das wenige Geld gab, das er noch hatte, danach saßen die drei und weinten, denn sie sehnten sich nach ihrer Mutter und ihrem Heim.«

Und im Nachbarland herrschte ein König, der war der Bruder dieses Königs und der Onkel der Königstochter. Jener König hatte einen Sohn. Eines Tages schrieb dieser König seinem Bruder einen Brief, in dem geschrieben stand: »Es ist mein Wille, daß du deine Tochter meinem Sohn zur Frau gibst, und beeile dich, meinen Wunsch zu erfüllen.«

Der König rief seine Tochter zu sich und erzählte es ihr. Doch die Tochter erwiderte: »Wisse, Vater, daß ich bereits einen Jüngling nach meinem Herzen gefunden habe, und ich werde keinen anderen heiraten als ihn.« Da sagte der König: »Meine Tochter, wie können wir deinen Vetter beleidigen? Er hat dir doch nichts Böses angetan.« Und sie sagte: »Ich weiß Rat. Laden wir die beiden Jünglinge zu einem Wettstreit ein, und wer gewinnt, nimmt mich zur Frau.«

Der König und auch sein Bruder, der König des Nachbarlandes, willigten ein, und die zwei Jünglinge – der Königssohn des Nachbarlandes und der Königssohn, der aus seinem Reich geflohen und Schneiderlehrling geworden war – erschienen vor der Königstochter. Diese gab jedem von ihnen zweihundert Lira und sagte: »Nehmt dieses Geld, und wem es gelingt, es bis zu einer bestimmten Zeit zu vervielfachen, den werde ich heiraten.«

Die beiden Königssöhne nahmen das Geld, jeder seinen Anteil, und machten sich auf den Weg. Der Königssohn des Nachbarlandes zog weit fort, bis er nach Ägypten kam. Dort setzte er sich in einem Kaffeehaus zu den Würfelspielern und versuchte sein Glück, doch bald hatte sich sein ganzes Vermögen in Rauch aufgelöst. Er besaß nicht einmal eine einzige Münze mehr, und da er hungrig war, bestellte er etwas zu essen. Da sagte der Wirt zu ihm: »Jüngling, wenn du essen willst, mußt du bei mir arbeiten.« Er willigte ein und wurde Gehilfe und Tellerwäscher bei dem Wirt des Kaffeehauses.

So erging es dem Königssohn des Nachbarlandes. Der andere Königssohn, der ein Schneiderlehrling geworden war, ging zu seinen zwei Brüdern, gab ihnen den größten Teil des Geldes und behielt nur eine geringe Summe zurück. Danach bestieg er sein Pferd und ritt in die Wüste. Als es Nacht wurde und der Mond und die Sterne am Himmel standen, stieg er ab, band sein Pferd an einen Pfahl im Sand, aß ein wenig Brot und trank einen Schluck Wasser und legte sich zur Ruhe.

Er war noch nicht eingeschlafen, da kam eine Taube, setzte sich ihm auf die Schulter und sagte: »Wenn du noch nicht schläfst, leih mir dein Ohr und höre, was ich dir zu sagen habe. Hier ganz in der Nähe steht ein kleiner Baum. Brich dir einen Zweig ab, wirf die Blätter fort und gehe in die nächste Stadt. In dieser Stadt wohnt eine verrückte Königstochter, die sieben Gemächer hat, und alle sieben Gemächer erschüttert sie mit ihrem Wahnsinn. Schon zweihundert Ärzte weniger einem haben versucht sie zu heilen, doch es gelang ihnen nicht, und der König ließ sie enthaupten und aufhängen. Wenn du in diese Stadt kommst, gehe in die Herberge zum Übernachten, und wenn der Wirt dich nach deinem Handwerk fragt, sage ihm: ›Ich bin ein Arzt.‹ Darauf wird er dich furchtbar verfluchen, und wenn du ihn fragst, warum, wird er dir sagen: ›Genügt es nicht, daß der König schon zweihundert Ärzte weniger einen getötet hat, und mußt du dich ihnen anschließen?‹ Darauf mußt du antworten: ›Ja, ich bin gekommen, das Fehlende zu ergänzen.‹ Nimm deinen Zweig, gehe damit auf die Straße und rufe: ›Arzt, Arzt, Arzt, Heiler von Verrückten!‹ Der König wird davon hören und dich kommen lassen. Und dann mußt du mit ihm eine Bedingung vereinbaren: Du heilst seine Tochter nur dann, wenn er sie dir zur Frau gibt und dir die Hälfte seines Vermögens vererbt. Und wisse, daß ich dir dieses Geheimnis nur deiner Mutter wegen offenbare, derer ich mich erbarme, weil sie bald sterben muß.«

Die Taube flog davon, und gleich darauf kam eine zweite Taube und setzte sich ihm auf die Schulter. Dann sagte sie: »Wenn du noch nicht schläfst, leih mir dein Ohr und höre, was ich dir zu sagen habe. In der und der Stadt lebt ein aussätziger König, den bisher noch kein Arzt heilen konnte. Wenn du in diese Stadt kommst, gehe in die Herberge, und wenn der Wirt dich nach deinem Handwerk fragt, sage: ›Ich bin ein Arzt.‹ Darauf wird er dich furchtbar verfluchen, und wenn du ihn fragst warum, wird er dir antworten: ›Unser König ist ein Aussätziger und er hat schon dreihundert Ärzte weniger einen aufgehängt, die ihn nicht heilen konnten. Bist du gekommen, damit man auch dich aufhängt?‹ Darauf antworte ihm: ›Ja, darum bin ich gekommen.‹ Danach wird der König dich rufen lassen, und vergiß nicht, mit ihm zu vereinbaren, daß er dir vierzig Tage Zeit läßt, und während dieser Zeit muß er ein Tanzfest veranstalten, dir seine Tochter zur Frau geben und dir die Hälfte seines Vermögens überschreiben. Wisse, hier in der Nähe steht ein kleiner Baum, und unter diesem Baum wohnt eine Maus. Nimm dir die Maus, aber hüte dich, daß die Bediensteten des Königs sie nicht zu sehen bekommen. Am vierzigsten Tag bereite dem König ein heißes Bad, und wenn er sich in die Wanne setzt, bestreiche seinen Körper mit dem Blut der geschlachteten Maus. Tue das dreimal hintereinander, und wenn der König aus dem Bad steigt, sage ihm: ›Alles ist wieder gut.‹ Darauf wird der König sagen: ›Das hast du gut gemacht. Ich hatte geglaubt, daß du mich nur verspottest.‹ Und wisse: Nur wegen der Augen deiner Mutter habe ich dir dieses Geheimnis offenbart.«

So sprach die Taube und flog davon. Gleich darauf kam eine dritte Taube, setzte sich ihm auf die Schulter und sagte: »Wisse, an der Stelle, wo du liegst, sind sieben Fässer mit Gold vergraben, die für dich bestimmt sind. Und ich offenbare dir dieses Geheimnis nur wegen der Augen deiner Mutter, die bald sterben muß.«

So sprach die dritte Taube und flog davon. Der Jüngling schlug die Augen auf und dachte sich: Ich will von hinten anfangen, bei dem, was die dritte Taube gesagt hat, und sehen, ob hier wirklich Gold vergraben liegt. Wenn nicht, haben die Worte der Tauben keinen Wert, und ich brauche mich nicht zu bemühen und die Maus zu suchen. Er grub im Erdboden und fand dort sieben Fässer voll mit reinem Gold. Da sagte er sich: Die Tauben haben die Wahrheit gesprochen. Er nahm sich ein wenig von dem Gold und deckte das Loch wieder zu. Dann ging er zu dem Baum, brach einen Zweig, fing die Maus und machte sich auf den Weg.

Er kam in die Stadt, betrat die Herberge und bat um ein Glas Tee. Der Wirt fragte ihn: »Fremder, was ist dein Handwerk?« Und er erwiderte: »Ich bin ein Arzt.« Worauf der Wirt sagte: »Es ist schade um dich. Unser König hat eine verrückte Tochter, die noch keiner heilen konnte.« Darauf antwortete der Königssohn, wie ihn die Taube geheißen hatte, und der Bericht erreichte den König. Der König ließ ihn kommen und schloß mit ihm das gewünschte Abkommen, aber im stillen dachte er sich: Dieser Elende ist dem Tode geweiht, doch vorher will er sein Leben noch genießen.

Man führte den Arzt zur Königstochter, und er schritt durch ihre sieben Gemächer und hörte, wie sie alle sieben Gemächer erschütterte. Da nahm er seinen Zweig, schlug damit auf sie ein und rief: »Verlasse sie und gib ihr Ruhe!« Danach schlug er sie ein zweites und ein drittes Mal. Die Königstochter war völlig nackt und schämte sich nicht, doch

nachdem er ihr den dritten Schlag versetzt hatte, bat sie ihn, ihre Blöße zu bedecken, denn plötzlich war sie sich ihrer Nacktheit bewußt geworden. Er verdeckte ihre Blöße und führte sie zu ihrem Vater, dem König, und alle konnten sehen, daß sie wieder zu Verstand gekommen war.

Danach machte sich der Königssohn auf den Weg und kam in die nächste Stadt, tat alles, was die zweite Taube ihn geheißen hatte, und heilte den König vom Aussatz. Darauf gab ihm dieser seine Tochter zur Frau und die Hälfte seines Vermögens und auch die Hälfte seiner Streitmacht. Er brannte allen Soldaten sein Siegel auf den Rücken, damit jeder erkennen konnte, daß sie ihm gehörten, und führte sie in die Wüste an den Ort, wo der Schatz vergraben war. Dort befahl er ihnen, das Gold auszugraben, ließ es auf Esel verladen und zog weiter. Sie zogen durch das Land Ägypten, wo sie auf einem Feld in der Nähe einer Stadt Rast machten.

Der Königssohn ging in die Stadt, um Essen für seine Soldaten zu beschaffen, und kam in das Kaffeehaus, wo der andere Königssohn als Tellerwäscher arbeitete. Der Königssohn erkannte den Tellerwäscher, doch der Tellerwäscher erkannte ihn nicht, denn seit er groß und mächtig geworden war, hatte sich sein Äußeres verändert. Und der Königssohn sagte zu dem Wirt: »Ich kaufe bei dir eine große Menge Nahrungsmittel und bezahle dir viel Geld, schicke deinen Gehilfen, damit er beim Kochen und beim Abwaschen hilft.«

Darauf kehrte der Königssohn in sein Lager zurück und mit ihm der andere Königssohn, der Tellerwäscher geworden war, und sie setzten sich zusammen mit den Soldaten zum Essen. Da sagte der Königssohn zu dem Tellerwäscher: »Wenn du willst, bleibe bei mir und verrichte leichte Arbeiten wie Kaffeekochen und ähnliches, und ich zahle dir einen Lohn von hundert Lira am Tag.«

Freudig nahm dieser den Vorschlag an, und der Königssohn brannte auch ihm sein Siegel auf den Rücken zum Zeichen, daß er ihm gehörte. Nachdem sie gespeist und geruht hatten, zogen sie weiter, bis sie in jene Stadt kamen, wo die Königstochter auf den Königssohn wartete. Er ließ seine Soldaten außerhalb der Stadtmauer lagern, ging gemeinsam mit dem Tellerwäscher in die Stadt und kam zum Palast. Der König und seine Tochter empfingen ihn mit großer Freude und ließen ein Festmahl auftragen. Nach dem Mahl befahl der Königssohn seinem Bediensteten, ihnen Kaffee zu bringen. Als dieser die Tassen mit dem Kaffee brachte, wies der Königssohn auf das Siegel auf seinem Rücken hin, und alle sahen, daß er ein Knecht des Königssohnes war und nicht länger würdig, eine Königstochter zu heiraten.

Der Königssohn nahm die Königstochter zur Frau und verheiratete auch seine zwei Brüder, den einen mit der Königstochter, die ehemals verrückt gewesen war, den anderen mit der Tochter des Königs, dessen Aussatz er geheilt hatte. Nachdem nun jeder von ihnen eine Frau genommen hatte, beschlossen sie, zu ihrer Mutter zu fahren. Sie reisten lange Zeit, bis sie zu ihrer Heimatstadt kamen, und vor den Toren der Stadt sprach der Königssohn zu seinen zwei Brüdern: »Brüder, wartet hier auf mich, bis ich euch rufe, denn aus Gründen der Vorsicht sollten wir nicht alle gemeinsam gehen.«

Der Königssohn betrat das Haus seiner Mutter, und es war ein kleines und ärmliches Haus, und dort saß sie, gekleidet wie ein Beduine. Er gab vor, sie nicht zu erkennen, und sie erkannte ihn nicht. Er sagte zu ihr: »Friede sei mit dir, Onkel Beduine.« Doch sie gab keine Antwort. Da sagte er zu ihr: »Ich bin ein vom Schicksal Geschlagener.« Und sie erwiderte: »Sei mir willkommen.« Da fragte er: »Warum hast du meinen früheren Gruß nicht beantwortet, und jetzt antwortest du mir?« Und sie erwiderte: »Weil auch ich ein Geschlagener bin.« Und er fragte: »Warum?« Und sie antwortete: »Ich will nicht davon sprechen.« Da sagte er: »Erzähle mir eine Geschichte.« Und sie erwiderte: »Ich habe nichts zu erzählen.« Darauf sagte er: »Tue es dennoch, weil ich ein Geschlagener bin und mich auch einmal ein wenig freuen will.« Da sagte sie: »Gut, ich werde dir eine Geschichte erzählen.«

Da erzählte sie ihm die Geschichte ihres Lebens, was ihr zugestoßen war und wie sie ihre Kinder verloren hatte, und sie offenbarte ihm, daß sie kein Beduine sei, sondern eine Frau und eine Königin. Und er sagte: »Herrin, ist keiner deiner Söhne jemals zurückgekehrt?« Und sie erwiderte: »Kein einziger.« Und er fragte: »Wenn einer zurückgekommen wäre, hättest du ihn an einem Muttermal auf seinem Körper erkannt?« Und sie erwiderte: »Ohne jeden Zweifel, denn ich habe mir jedes Muttermal genau gemerkt.«

Darauf legte er sein Hemd ab und zeigte ihr das Muttermal auf seinem Körper, und sie erkannte sogleich, daß er ihr Sohn war. Oh, wie groß war die Freude der Mutter! Wie sehr freute sie sich! Und wie sie tanzte! Da rief der Sohn seine beiden Brüder, und sie kamen mit ihren Frauen, und alle jubelten gemeinsam. Danach gingen sie und erschlugen den Schwarzen. Und dann bestieg der Königssohn den Thron, und einen seiner Brüder ernannte er zu seinem Stellvertreter und den anderen zum Wesir. Und alle lebten sie in Reichtum, Freude und Liebe, und alle, die sie lieben, sollen Kubbe essen, bis sie satt sind und wir mit ihnen.

Der beschämte Weise und der gerechte Metzger

Vor langer Zeit lebte einmal ein Weiser im Lande Marokko, und seine Frau starb und hinterließ eine Tochter. Der Weise ehelichte eine zweite Frau, und einmal, als er eine Reise antreten mußte, bat er sie, seine

Tochter wohl zu behüten. Die Frau versprach es, und er nahm Abschied von ihr, bestieg sein Pferd und machte sich auf den Weg.

Unterwegs hörte das Pferd, wie eine Stimme aus der Erde heraus ertönte. Es blieb stehen und scharrte mit den Hufen, bis ein hölzerner Kasten zum Vorschein kam, der den Kopf eines Mannes enthielt, und auf der Stirn stand geschrieben: »Dieser Mann ist in Bagdad geboren und bei den sieben Toren der Stadt Sali gestorben.« Da nahm der Weise den Kasten und schickte ihn zu sich nach Hause.

Als die Frau den Kasten erblickte, dachte sie: Sicherlich will mein Mann etwas vor mir verbergen. Sie ging zur Nachbarin und beriet sich mit ihr. Und die Nachbarin sagte: »Nimm einen Schlüssel, öffne den Kasten und sieh nach, was er enthält.« Die Frau öffnete den Kasten und sah einen Menschenkopf. Da rief sie ihre Tochter herbei und sagte zu ihr: »Nimm diesen Kopf und wirf ihn in den Ofen.«

Die Tochter nahm den Kopf in die Hand, und von dem Geruch des Kopfes wurde sie schwanger. Als der Weise von seiner Reise zurückkehrte, kam die Tochter nicht heraus, ihn zu begrüßen. Da fragte er seine Frau: »Wo ist meine Tochter?« Und die Frau erwiderte: »Es ist geschehen, was geschehen ist, und sie ist schwanger.« Ihr Mann zürnte ihr sehr und sagte: »Habe ich dich doch gebeten, sie zu behüten.« Und die Frau erwiderte: »Ich schwöre dir, daß das Mädchen nicht aus dem Hause gegangen ist.«

Nach einiger Zeit gebar das Mädchen einen Sohn, und dieser konnte bereits nach sieben Tagen gehen und sprechen. Und es geschah, daß an diesem Tag der Weise und auch der Metzger starben. Man bestattete den Weisen mit hohen Ehren und den Metzger ohne hohe Ehren. Als der Säugling sah, daß man Tote begrub, fragte er: »Wer ist heute gestorben?« Und man sagte ihm: »Der Weise und der Metzger.« Da sagte er: »Kommt mit mir.« Alle gingen mit ihm, und er führte sie zum Grabe des Weisen. Der Säugling stampfte mit dem Fuß auf den Boden und rief: »He – du Bösewicht und Übeltäter, komme heraus und stelle dich uns!« Da stieg der Weise aus dem Grab und stellte sich vor sie hin.

Da fragte ihn der Säugling: »Was hast du in deinem Leben getan?« Und der Weise erwiderte: »Es gibt kein Gebot der Tora, das ich nicht gebrochen habe.«

Darauf ging der Säugling mit allen Leuten zu dem Grab des Metzgers und rief: »Stehe auf, du Frommer! Stehe auf, du Gerechter!« Darauf stieg der Metzger aus dem Grab und stand vor ihnen.

Da fragte ihn der Säugling: »Was hast du in deinem Leben getan?« Und der Metzger erwiderte: »Ich habe den Armen geholfen und die Bedürftigen versorgt.«

Und der Säugling sagte: »Erzähle uns, was des Erzählens würdig ist.«

Da erzählte der Metzger: »Einmal ging ich durch den Markt und sah dort unter den Gefangenen ein kleines Mädchen. Ich fragte: ›Wer ist das?‹, und man sagte mir: ›Eine der Jüdinnen, die die Araber gefangen haben, und jetzt steht sie zum Verkauf.‹ Da sagte ich: ›Verkauft sie mir‹, und sie sagten: ›Gib uns Geld.‹ Ich zahlte den Preis und nahm sie mit mir nach Hause. Ich liebte sie wie eine eigene Tochter und ließ es ihr an nichts fehlen, und als sie heranwuchs, sah ich, daß sie schön und gut war, und beschloß, sie meinem Sohn zur Frau zu geben. Ich fragte ihn: ›Willst du dieses Mädchen ehelichen, mein Sohn?‹ Und er erwiderte: ›Dein Wille, mein Vater, ist auch mein Wille.‹ Ich richtete ein reiches Festmahl aus und lud die Armen der Stadt ein, versorgte sie mit Speise und Trank und bemühte mich, sie zu erfreuen, bis ich an einen Tisch kam, wo ein Armer bekümmert saß und von keiner Speise kostete. Verwundert fragte ich ihn: ›Mundet dir mein Essen nicht?‹ Und er erwiderte: ›Nicht das ist der Grund.‹ Und ich fragte: ›Warum ißt du nichts?‹ Da sagte er: ›Das darf ich dir nicht offenbaren.‹ Doch ich sagte: ›Sprich und fürchte dich nicht.‹ Da sprach er: ›Ich bin ein unglücklicher

Mensch, denn die Braut, die heute heiratet, war mir zugesprochen.‹ Darauf sagte ich zu ihm: ›Alles ist von Gott gegeben. Sorge dich nicht, denn Gott bedrückt keinen.‹ Dann ging ich zu meinem Sohn und sagte: ›Mein Sohn, ich habe eine Bitte.‹ Und er erwiderte: ›Sprich, Vater, und es sei, wie du sagst.‹ Und ich bat ihn: ›Stimmst du zu, daß ich dir deine Braut nehme und sie jenem Armen zur Frau gebe?‹ Und er erwiderte: ›Dein Wille, Vater, ist auch mein Wille.‹ Ich gab das Mädchen dem Armen zur Frau, und noch am selben Abend ging ich zu einem meiner Freunde und bat um die Hand seiner Tochter für meinen Sohn. Und am gleichen Abend wurden zwei Hochzeiten gefeiert.«

Die Geschichte vom Königssohn, der in die Welt zog

Es war einmal ein König, der hatte einen Sohn, und die Sterndeuter prophezeiten ihm große Gefahr für den Fall, daß er in die Welt hinauszöge. Da sagte der König im stillen: Ich darf ihn nicht gehen lassen. Er baute seinem Sohn einen schönen Palast voller Kostbarkeiten und stellte ihm vierzig Jünglinge zur Seite, die ihn unterhalten würden.

Doch im Laufe der Zeit begannen die Jünglinge sich zu langweilen und sagten zum Königssohn: »Die Zeit wird uns lang.« Und er erwiderte: »Was soll ich tun?« Und sie sagten: »Bitte deinen Vater, er möge vor dem Tor des Palastes zwei Fässer aufstellen lassen, eines mit Honig und eines mit Rahm. Dann werden Menschen kommen, um davon zu genießen, und wir werden mit ihnen bekannt werden und unseren Geist erfrischen.« Der Sohn tat, was sie ihm geraten hatten, und trug seine Bitte dem König vor, und dieser erfüllte seine Bitte, und viele Menschen strömten herbei, und es herrschte große Freude.

In jener Stadt wohnte auch eine alte und taube Frau, die von den Fässern nichts wußte. Eines Tages erkrankte ihre Tochter, und sie ging zur Nachbarin, sie um ein wenig Honig und Rahm zu bitten, auf daß ihre Tochter wieder gesunde. Da sagte die Nachbarin: »Hast du nicht gehört, daß der König Honig und Rahm gespendet hat und ein jeder sich ohne Bezahlung davon nehmen kann? Gehe und schöpfe dir diesen Genuß aus den Fässern.«

Und es war die letzte Stunde des letzten Tages, für den der König die Ausgabe von Honig und Rahm befohlen hatte. Als die Alte mit einer Eierschale in der Hand ankam, um das wenige, das noch in den Fässern verblieben war, auszuschöpfen, blickte der Königssohn aus dem Fenster und sagte zu seinen Freunden: »Seht nur diese gierige Alte, die auch im letzten Augenblick nicht auf den kleinen Rest Honig verzichtet, der noch an der Seite des Fasses klebt. Ich sollte sie mit meinem Ring zu Boden werfen.« Darauf forderten seine Freunde ihn heraus und sagten, er sei nicht imstande dazu. Da zog er seinen Ring vom Finger und warf ihn auf die Alte, die zu Boden fiel, als er sie traf. Aber als sie aufstand, sagte sie zu dem Königssohn: »Ist es eine Heldentat, eine alte Frau umzuwerfen? Wenn du ein Mann wärest, würdest du dir die Teufelstochter zur Frau nehmen.«

Der Königssohn hatte nicht verstanden, was die Alte gesagt hatte, und bat sie, ihre Worte zu wiederholen. Doch die Alte erschrak und bereute ihre Worte, und erst nachdem der Königssohn sie beschwor und ihr ein Faß mit Rahm zugesagt hatte, gab sie nach und sagte: »Wenn du die Tochter des Königs der Teufel zur Frau nehmen würdest, wäre das eine Tat, auf die du stolz sein könntest.«

Diese Worte gingen dem Königssohn zu Herzen, und er ließ nicht ab, seinen Vater zu bitten, in die Welt hinausziehen zu dürfen, bis dieser ihm schließlich die Erlaubnis erteilte. Doch er warnte ihn: »Wisse, mein Sohn, daß dies eine große Gefahr bedeuten kann.«

Der Königssohn bestieg sein Pferd, nahm sich ein wenig Wegzehrung mit und ritt davon. Er fragte die Menschen, die ihm begegneten, nach dem Weg zu der Stadt des Königs der Teufel, und sie wiesen ihm den Weg, bis er dort ankam. Auf der Stadtmauer sah er unzählige abgeschlagene Köpfe aufgespießt. Dieser Anblick erstaunte ihn, und er fragte, was es damit für eine Bewandtnis habe, und man erklärte ihm, es seien die Köpfe jener, die um die Hand der Tochter des Königs der Teufel angehalten hatten. Da erschrak er sehr, kehrte aber trotzdem nicht um.

Er ging zum Königspalast und trat vor den König der Teufel. Und der König sagte zu ihm: »Jüngling, ich hoffe, du bist gekommen, um mir einen Streitfall vorzutragen, und nicht, um mich um die Hand meiner Tochter zu bitten.« Und der Königssohn erwiderte: »Dem ist nicht so. Ich will in der Tat um die Hand deiner Tochter anhalten.« Dreimal wiederholte der König seine Worte, um dem Jüngling Gelegenheit zu geben, seine Meinung zu ändern, doch er tat es nicht. Als der König der Teufel das sah, klatschte er in die Hände und befahl seinen Bediensteten, den Jüngling in den Kerker zu werfen.

Der Königssohn saß im Kerker und dachte über sein Schicksal nach, und mittlerweile wurde es Abend. Da kam einer der Bediensteten und setzte ihm eine große Schüssel mit Suppe vor, in der ein ganzes gekochtes Kalb lag, und sagte zu ihm: »Wenn du bis zum Sonnenaufgang alles aufißt, was in dieser Schüssel ist, gehört dir die Hand der Königstochter. Wenn nicht, wird dir der Kopf abgeschlagen und auf die Stadtmauer aufgespießt.«

Der Königssohn betrachtete das Essen, das vor ihm stand, und von dem Anblick allein war er schon gesättigt. Er blickte auf und sah die edlen Gesichtszüge eines wunderschönen Mädchens und wußte, daß dies die Königstochter war. Und sie sprach zu ihm: »Warum kostest du nicht von dieser Speise?« Und er erwiderte: »Von dem Anblick allein bin ich schon gesättigt.« Und sie sagte: »Sorge dich nicht.« Das sagte sie, weil sie sich auf den ersten Blick in ihn verliebt hatte. Sie klatschte in die Hände, und sogleich erschienen sieben Teufelinnen, denen sie befahl, alles aufzuessen, und das taten sie und ließen nicht eine einzige Krume übrig.

Am Morgen kamen die Schergen des Königs und sahen, was es zu sehen gab, und riefen aus: »O Herr und König, der Jüngling hat alles aufgegessen!«

Der König freute sich, endlich einen passenden Bräutigam für seine Tochter gefunden zu haben, doch seine Frau, die Hexe, sagte: »Wir müssen den Jüngling noch weiterhin auf die Probe stellen.« Obgleich der König und seine Minister und Schergen anderer Meinung waren, wagten sie nicht, ihr zu widersprechen, und es wurde beschlossen, den Königssohn einer weiteren Prüfung zu unterziehen. Am selben Abend brachte man ihm sieben Säcke mit sieben Arten von vermischtem Saatgut in den Kerker und sagte zu ihm: »Bis zum Sonnenaufgang mußt du die verschiedenen Samen auslesen und jede Art in einen anderen Sack tun.« Und man wiederholte die Drohung vom ersten Mal.

Der Königssohn, der wußte, daß er auch nicht einen einzigen Sack auslesen konnte, beschloß, schlafen zu gehen. Da vernahm er eine liebliche Stimme, die ihn rief, blickte auf und sah das lächelnde Gesicht der Prinzessin. Sie rief ihre Teufelinnen herbei, die sogleich die Samen auslasen und sorgfältig in die Säcke füllten. Als sie ihre Arbeit beendet hatten und wieder verschwunden waren, sagte die Königstochter: »Wisse, daß dir morgen eine noch schwerere Prüfung bevorsteht. Du mußt einen Haufen Eier erklimmen, ohne ein einziges Ei zu zerbrechen, und zur gleichen Zeit ein Glas Milch in der Hand halten, ohne auch nur einen einen einzigen Tropfen zu verschütten. Aber ich werde dir helfen.« So sprach sie und übergab ihm ein Pulver, das er über die Eier schütten sollte, um sie hart zu machen, sowie einen Ring, der die Milch zum Gerinnen bringen würde. Der Königssohn dankte ihr, und sie nahm Abschied.

Der Königssohn bestand auch diese Prüfung, doch die Hexenkönigin bestand darauf, ihn einer weiteren Prüfung zu unterziehen, wie es die Prinzessin vorausgesehen hatte. Der Königssohn tat, wie die Prinzessin ihn gelehrt hatte, zerbrach nicht ein einziges Ei und verschüttete auch nicht einen Tropfen von der Milch. Doch als er auf dem Hügel der Eier stand und von weitem seine Vaterstadt erblickte, erinnerte er sich an frühere Zeiten und verglich sie mit seinem jetzigen Schicksal, und eine Träne tropfte ihm aus dem Auge auf eines der Eier. Zunächst glaubten die Zuschauer, es sei ein Tropfen Milch, doch als sie sahen, daß dem nicht so war, verkündeten sie, er habe auch diese Prüfung bestanden. Und alle riefen und jubelten: »O Herr und König, er hat die Prinzessin gewonnen! Sie gehört ihm!« Doch das nützte ihm nichts, denn die Hexe weigerte sich noch immer und sagte: »Ich will noch eine Prüfung.«

Der Königssohn saß einsam und traurig in seiner Kerkerzelle, da öffnete sich über ihm ein Fenster, und wieder erschien ihm die schöne Prinzessin und sagte: »Wisse, morgen wird man hundert Kutschen nebeneinander aufstellen, und du mußt herausfinden, in welcher Kutsche ich sitze. Wenn du dich irrst, schlägt man dir den Kopf ab, doch wenn du die richtige Kutsche findest, steige hinein und laß uns beide in die Ferne fliehen. Und ich will dir ein Zeichen geben: Ich habe eine goldene Fliege, und wenn du diese Fliege vor einem der Fenster flattern siehst, dann ist das die Kutsche, in der ich mich befinde.«

Am nächsten Tag stellte man hundert Kutschen auf dem Marktplatz auf, und sämtliche Einwohner versammelten sich, um dem Schauspiel zuzusehen. Es war eine riesige Menschenmenge und ein großer Tumult, und als man den Königssohn herbeiführte, war er so verwirrt, daß er die Fliege, von der seine Rettung abhing, völlig vergaß. Ratlos ging er von einer Kutsche zur anderen, und alle erschienen ihm gleich, und auch der Jubel der Menge, die ihn anfeuerte, um ihm Mut zu machen, half ihm nicht.

Unter der Menge befand sich ein alter Mann, und als der Königssohn an ihm vorbeiging hörte er, wie der Alte seufzte und sagte: »Alles ist vom Himmel bestimmt, und nicht einmal eine Fliege darf ohne die Erlaubnis Gottes fliegen.« Da erinnerte sich der Königssohn an das, was er in der Nacht gehört hatte, und ging von Kutsche zu Kutsche, bis er in einem der Fenster die goldene Fliege erblickte. Eiligst stieg er in diese Kutsche und entfloh mit seiner Braut.

Unter den Einwohnern erhob sich ein großer Jubel, doch der Zorn der Hexe war entflammt, und sie gab nicht nach, bis sie den König bewogen hatte, eine Kutsche anspannen zu lassen und die Flüchtigen zu verfolgen. Während der Flucht sagte die Prinzessin zu dem Königssohn:

»Geliebter, schau nach, ob uns keiner verfolgt.« Er wandte den Kopf um und sagte: »Ich sehe etwas von der Größe einer Fliege.« Die Prinzessin befahl, die Pferde anzutreiben, und mittlerweile hatte ihr Verfolger die Größe eines Hahnes angenommen. Und er wurde immer größer, bis er so groß war wie ein Schaf. Darauf befahl die Prinzessin, die Kutsche anzuhalten, denn auch sie hatte etwas von der Hexenkunst ihrer Mutter gelernt, und verwandelte den Königssohn in einen Schwachsinnigen, sich selbst in einen Kohlkopf und die Kutsche in einen Stein.

Als der König sie eingeholt hatte, fragte er: »Schwachsinniger, ist hier eine Kutsche vorbeigekommen?« Der Schwachsinnige gab keine Antwort, sondern lud statt dessen den König ein, von dem Kohl zu essen. Dann begann er, das Lied eines Gemüsehändlers zu singen.

Der König sah, daß von dem Schwachsinnigen nichts zu erfahren war, drehte um und fuhr wieder nach Hause. Dort fragte ihn die Königin: »Wo ist das Paar?« Und er erwiderte: »Ich habe auf dem Weg nichts gesehen als einen Schwachsinnigen, der Kohl aß.« Und die Königin sagte: »Weh dir! Das ist das Paar!« Und sie befahl ihm, nochmals die Verfolgung aufzunehmen.

Mittlerweile war das Paar weitergefahren, und der Königssohn wandte den Kopf um und sah, daß man sie verfolgte, und der Verfolger war zunächst von der Größe einer Fliege, danach von der eines Hahnes und dann von der eines Schafes. Wieder befahl die Prinzessin, die Kutsche anzuhalten, verwandelte ihren Bräutigam in einen Sarg, sich selbst in eine trauernde Witwe und die Kutsche in einen Stein. Als der König sie eingeholt hatte, fragte er sie: »Witwe, hast du hier eine Kutsche vorbeifahren sehen?« Und sie erwiderte: »Herr, ich bin nur eine arme Witwe« und brach in Tränen aus.

Der König sah keinen anderen Weg, als wieder nach Hause zu fahren. Dort erzählte er seiner Frau, was geschehen war, und sie verstand sogleich, daß die Flüchtlinge den König zum Narren gehalten hatten, und schickte ihn, die Verfolgung nochmals aufzunehmen. Der König ließ jedesmal frische Pferde einspannen, während die Pferde des Brautpaares schon erschöpft waren. Als die Prinzessin ihren Bräutigam fragte, ob er einen Verfolger sehe, und er ihr sagte, der Verfolger sei von der

Größe einer Fliege, später von der eines Hahnes und schließlich von der Größe eines Schafes, hielt die Prinzessin die Kutsche an, verwandelte ihren Bräutigam in einen Becher, sich selbst in einen kleinen Bach und die Kutsche in einen Stein, auf dem der Becher stand.

Als der König ankam, sah er keinen Menschen, und er selbst war müde und durstig. Er sah vor sich einen Bach mit frischem Wasser und einen Becher. Er schöpfte Wasser und trank aus dem Becher, stieg in seine Kutsche und fuhr in seinen Palast zurück.

Als seine Frau, die Hexe, sah, daß er auch dieses Mal mit leeren Händen zurückgekehrt war, schrie sie ihn an: »Fahre zurück und ruhe und raste nicht, bis du unsere Tochter eingefangen hast.« Doch diesmal erschrak der König nicht vor ihr, weil ihn das Wasser des Baches erfrischt und gestärkt hatte, und sagte zu ihr: »Der Jüngling hat uns besiegt, und von heute an gehört ihm unsere Tochter.«

Das Brautpaar gelangte in die Heimatstadt des Königssohnes, wo große Freude herrschte und sie eine prunkvolle Hochzeit hielten und danach in Glück und Freude lebten bis zu ihrem hundertzwanzigsten Jahr. Dies ist die Geschichte des Königssohnes, der in die Welt hinauszog.

Die Geschichte von der schweigsamen Prinzessin

Es war einmal ein König, der hatte eine wunderschöne Tochter, doch sie war schweigsam und sagte kein einziges Wort. Der König befahl, vor dem Palast ein Schild aufzuhängen, auf dem geschrieben stand: »Wer die Königstochter zum Sprechen bringt, darf sie zur Frau nehmen.«

Es kamen siebenundneunzig Jünglinge, einer nach dem anderen, und versuchten ihr Glück. Doch das Glück war ihnen nicht hold, denn es gelang ihnen nicht, der Prinzessin auch nur ein Wort oder ein halbes Wort zu entlocken. Es war die Regel, daß jeder, dem der Versuch mißglückt war, sterben mußte. Man schlug ihm den Kopf von den Schultern und steckte ihn auf einen scharfen Spieß, den man auf der Stadtmauer aufstellte, allen Reisenden zur Warnung.

In demselben Land lebte ein Ehepaar, das drei Söhne hatte. Eines Tages starb der Vater, und die drei Söhne blieben mittellos zurück, denn die Geldverleiher hatten ihnen fast alles genommen, was sie im Hause hatten. Bekümmert sagte der älteste Sohn zu seiner Mutter: »Mutter, laß mich in eine andere Stadt ziehen, vielleicht mache ich dort mein Glück.« Und sie antwortete: »Was soll ich dir darauf sagen, mein Sohn? Gehe und mögest du Glück haben.« Sie packte ihm ein wenig Wegzehrung in seinen Ranzen und ließ ihn in Frieden ziehen.

Der Jüngling ging seines Weges, bis er in die Hauptstadt kam. Er kam zum Tor des Palastes und las, was auf dem Schild geschrieben stand, und er sah auch die Köpfe auf der Mauer. Da dachte er sich: Wer weiß, vielleicht wird mir das Glück hold sein. Er bat den Türhüter, ihn einzulassen, und dieser gestattete es, und die Diener geleiteten ihn ins Bad, wuschen ihn, scherten ihm den Bart und kleideten ihn in neue Gewänder und führten ihn ins Gemach der Königstochter. Dort saß er die ganze Nacht über und sprach und erzählte und fragte und murmelte, doch ohne Erfolg. Am Morgen schlug man ihm den Kopf ab, steckte ihn auf einen Spieß und stellte ihn auf die Mauer, allen Reisenden zur Warnung.

Und die Mutter des Jünglings wartete auf seine Rückkehr und saß und weinte unaufhörlich. Eines Tages sagte der zweite Sohn zu ihr: »Mutter, ich will meinem Bruder nachgehen, denn wozu sollte ich noch länger hierbleiben? Vielleicht winkt mir in der Ferne das Glück.« Was konnte die unglückliche Frau darauf antworten? Sie gab ihm etwas von der wenigen Nahrung, die ihr geblieben war, und ließ ihn in Frieden ziehen.

Der Sohn zog aus und kam in die Hauptstadt, wo er auf der Mauer vor dem Königspalast die achtundneunzig abgeschlagenen Köpfe sah, und der letzte war der Kopf seines älteren Bruders. Da begann er laut zu weinen und rief: »O mein Bruder, warum hat man dir das angetan?« Dann blickte er sich um und sah das Schild vor dem Tor und dachte sich: Wer weiß, vielleicht winkt mir das Glück. Er bat, eintreten zu dürfen, und die Diener machten alles genau wie bei seinem Bruder und führten ihn dann ins Gemach der Königstochter. Dort verblieb er die ganze Nacht über und sprach und erzählte und gab ihr Rätsel auf und trug lustige Geschichten vor, doch es nützte alles nichts. Und man verfuhr mit ihm wie mit seinen Vorgängern. Am Morgen schlug man ihm den Kopf ab, steckte ihn auf einen Spieß und stellte ihn auf die Mauer, allen Reisenden zur Warnung.

Die Zeit verging, und auch der zweite Sohn kehrte nicht zurück, und die Augen der Mutter waren schon trübe vom vielen Weinen. Nur der jüngste Sohn war ihr geblieben, der trotz seiner Jugend der Stärkste unter ihnen war und den man den »Mann, der Bäume aus der Erde reißt« genannt hatte. Eines Tages sprach der Jüngling zu seiner Mutter: »Mutter, mein ältester Bruder ist nicht zurückgekehrt und auch der Zweitälteste nicht. Jetzt werde ich gehen, vielleicht finde ich sie und bringe sie zurück.« Und die Mutter erwiderte: »Gott möge dir beistehen, mein Sohn.« Sie packte ihm die letzte Nahrung als Wegzehrung in den Ranzen und ließ ihn in Frieden ziehen.

Und auch dieser Jüngling kam in die Hauptstadt und sah dort die neunundneunzig abgeschlagenen Köpfe auf der Mauer, und die letzten beiden Köpfe waren die seiner Brüder. Da dachte er: O meine Brüder, es ist schade um euch. Was habt ihr nur gesündigt, um diesen schändlichen Tod zu verdienen?

In der Nähe befand sich ein arabisches Kaffeehaus. Dort trat er ein und bestellte eine Tasse Kaffee. Er saß am Fenster und blickte die ganze Zeit auf die abgeschlagenen Köpfe. Der Wirt bemerkte, daß er den Blick nicht von den Köpfen abwandte, und sagte zu ihm: »Jüngling, warum willst du dich ins Unglück stürzen? Es wäre schade um dich. Was hast du damit zu tun?«

Doch der Jüngling hörte nicht auf ihn, stand auf und ging hinüber zu den Torhütern des Palastes. Er bat um Einlaß, und die Diener führten ihn hinein, wuschen ihn, scherten ihm den Bart, kleideten ihn in schöne Gewänder und brachten ihn in das Gemach der Königstochter.

Der Jüngling trat ein, ohne ein Wort zu sprechen, sagte nicht guten Tag und sagte keinen Gruß, setzte sich in die Ecke und schwieg. Die Königstochter saß in der anderen Ecke und schwieg ebenfalls, wie es ihre Gewohnheit war. So saßen sie beide und schwiegen. Bald darauf zog der Jüngling einen Leuchter aus der Tasche und begann, mit ihm zu sprechen. Die Königstochter erhob sich und sagte: »Was tust du da? Bist du schwachsinnig? Du sprichst mit einem Leuchter?«

Und er erwiderte: »Was geht es dich an? Ich spreche ja nicht mit dir.«

Und sie sagte: »Du sprichst mit einem Leuchter, das bedeutet, daß du schwachsinnig bist.«

Die Wächter draußen spitzten die Ohren und hörten, wie die Königstochter mit dem Jüngling sprach. Am Morgen schlang sich der Jüngling die Königstochter über die Schulter und wollte sie mitnehmen, denn jetzt gehörte sie ihm. Da sagten die Wächter: »Du hast ein Anrecht auf sie, doch wäre es eine Schande, sie einfach wegzuschleppen. Warte ein wenig, bis der König kommt und dir rechtmäßig die Hand seiner Tochter gibt.«

Zur gleichen Zeit erschien der Statthalter des Königs. Der Statthalter war erpicht darauf, seinen eigenen Sohn mit der Königstochter zu vermählen, und darum hatte er auch dem König geraten, all ihre Freier köpfen zu lassen, denn er sagte sich: Das wird die Freier das Fürchten lehren, und sie werden jede Hoffnung aufgeben, die Königstochter zu gewinnen. Die Wächter berichteten ihm, was sich zugetragen hatte, und sein Herz krampfte sich zusammen. Darauf ging er zum König und sagte: »O Herr, wenn dieser Jüngling wirklich so tapfer und klug ist, befiehl ihm, er möge dir einen singenden Hahn bringen. Bringt er ihn, darf er deine Tochter ehelichen, bringt er ihn nicht, muß er sterben.« Es war die Absicht des Statthalters, den Jüngling sterben zu lassen.

Da sprach der König zu dem Jüngling: »Meine Tochter gehört nach Recht und Gesetz dir. Doch bitte ich dich als künftiger Schwiegervater um eine kleine Gefälligkeit: Bringe mir einen singenden Hahn.«

Der Jüngling erwiderte: »Ich höre und gehorche. Auch ist es keine schwere Aufgabe für mich.« Er nahm sich ein wenig Wegzehrung und gab, bevor er sich auf den Weg machte, der Königstochter drei Blumentöpfe und sagte ihr: »Hier sind drei Töpfe mit Pflanzen, die du einmal in der Woche begießen mußt. Wenn eine der Pflanzen verwelkt, wisse, daß ein Drittel meiner Kraft geschwunden ist. Wenn auch die zweite verwelkt, ist das ein Zeichen, daß zwei Drittel meiner Kraft geschwunden sind. Und wenn die dritte Pflanze stirbt, bin auch ich tot.«

Dann sattelte er sein Pferd und machte sich auf den Weg. Er ritt einen ganzen Monat lang, bis er an eine Wegkreuzung kam. An einem der Wege stand geschrieben: »Wer diesen Weg geht, kehrt niemals zurück.« Am anderen Weg stand: »Eine erfolgreiche Reise.« Der Jüngling blieb stehen und überlegte: Wohin soll ich gehen? Dann entschloß er sich: Ich gehe den Weg, von dem es keine Rückkehr gibt, und was sein wird, wird sein.

Auf diesem Weg ritt er weiter und begegnete einer alten Frau, die zu ihm sagte: »O Menschenkind, es ist schade um dich.« Und er erwiderte: »Was geht es dich an?« Da sagte sie: »Wenn du darauf bestehst, diesen Weg zu gehen, will ich dir sagen, was du zu tun hast, und wenn du auf mich hörst, ist es möglich, daß es dir trotz allem gelingt. Mein Rat ist dieser: Reite, bis du auf ein großes Feld mit hohen Bäumen kommst. Auf diesem Feld steht ein Käfig, in dem sich der singende Hahn befindet. Doch nähere dich nicht dem Käfig, denn er wird von einem Ungeheuer mit sieben Köpfen bewacht. Beobachte den Käfig von weitem. Wenn das Ungeheuer die Augen offenhält, dann schläft es, und du kannst dir den Hahn nehmen. Doch wenn es die Augen geschlossen hat, dann ist es wach, und du mußt dich vor ihm hüten. Aber auch wenn es dir gelingt, den Hahn zu stehlen und zu entkommen, erwartet dich Gefahr an drei verschiedenen Orten.«

Der Jüngling fragte: »Welche Orte sind es?«

Und die Alte erwiderte: »Der erste ist ein Pfad, der auf halbem Wege aufhört. Wenn du ihn erreichst, sprich: ›Wie schön ist dieser Pfad! Wenn alle Pferde meines Vaters, des Königs, bei mir wären, würde ich hier tanzen.‹ Sobald du diese Worte sprichst, verlängert sich der Pfad, und du kannst weiterreiten. Danach kommst du zu einem Tal voller Kehricht, das man nicht durchqueren kann. Wenn du das Tal erreichst, sprich: ›Wie süß ist der Honig in diesem Tal! Wenn man ein wenig von diesem Honig ins Haus meines Vaters, des Königs, brächte, würde ich mit großem Appetit davon essen.‹ Darauf wird das Tal austrocknen und dir den Weg freigeben. Danach kommst du an ein anderes Tal voller Blut, Eiter und böser Tiere. Wenn du dort ankommst, sprich: ›Wie köstlich ist diese Butter! Wenn ich das Brot meines Vaters, des Königs, bei mir hätte, würde ich es mit dieser Butter bestreichen.‹ Darauf wird das Tal austrocknen und dir und dem Hahn, den du bei dir trägst, den Weg freigeben.«

Der Jüngling dankte der Alten und ritt weiter. Er ritt, bis er an das große Feld kam und dort den Hahn im Käfig und das Ungeheuer sah. Und er sah, daß das Ungeheuer die Augen geschlossen hielt, und wußte, daß es wach war und er drei Monate warten mußte, denn bei dem Ungeheuer waren drei Monate so lang wie ein einziger Tag. Er wappnete sich mit Geduld und wartete drei Monate lang, bis das Ungeheuer die Augen öffnete und er wußte, daß es nun schlief. Er zog seinen Ring mit dem Schlüssel vom Finger, öffnete damit den Käfig und packte den Hahn. Dann schwang er sich aufs Pferd und ritt eilig davon. Er ritt drei Monate lang, bis er den gefährlichen Pfad erreichte.

Zur gleichen Zeit erwachte das Ungeheuer, das bereits drei Monate geschlafen hatte. Es sah, daß der Hahn und der Schlüssel zum Käfig fehlten, sprang auf und stellte dem Jüngling nach und legte in einem einzigen Augenblick die Wegstrecke zurück, für die der Jüngling drei Monate gebraucht hatte. Schon wollte das Ungeheuer ihn ergreifen, da sprach er die Worte, die die Alte ihn gelehrt hatte: »Wie schön ist doch dieser Pfad« und so weiter. Darauf öffnete sich der Pfad vor ihm, und er war gerettet. Doch das Ungeheuer setzte ihm weiterhin nach. Da kam er zu dem ersten Tal und rief: »Wie süß ist dieser Honig« und so weiter. Er durchquerte das Tal und war gerettet. Dann erreichte er das zweite Tal und rief: »Wie köstlich ist diese Butter« und so weiter, durchquerte das Tal und war gerettet. Am Ende begegnete der Jüngling, gesund und heil, wieder der Alten und hielt den singenden Hahn in der Hand.

Da sagte die Alte: »Du bist ein Held, aber du wirst von der Reise erschöpft sein. Ruhe bei mir aus, und wenn du gespeist und geschlafen hast, reite weiter.« Sie ging in den Hof, säte Gerste, erntete, drosch und mahlte und bereitete einen köstlichen Kuskus, und all das in nur einem einzigen Augenblick.

Plötzlich fing der Hahn an zu sprechen und sagte: »Menschensohn, es ist schade um dich. Wie sehr hast du dich gemüht und geplagt, bis du mich hattest, und jetzt wird die Alte mich nehmen, sobald du eingeschlafen bist. Ich will dir etwas sagen: Sobald sie sich bückt, um dir die Kuskusschüssel vorzusetzen, hüte dich. Sie wird zwei Stäbe herausziehen, einen aus Silber und einen aus Gold. Wenn sie dich mit dem silbernen Stab schlägt, verwandelst du dich in eine Hündin, und schlägt sie dich dann mit dem goldenen Stab, wirst du wieder ein Mensch. Was du tun mußt, ist dieses: Entreiße ihr den silbernen Stab und versetze ihr einen einzigen Schlag und nicht mehr. Dies ist mein Rat.«

Der Jüngling tat, wie der Hahn ihn geheißen hatte, und die Alte verwandelte sich in eine Hündin. Er band sie an einen Strick, damit sie nicht entkommen konnte.

Eines Tages, als die Königstochter aufs Dach stieg, die Pflanzen in den Töpfen zu bewässern, sah sie, daß zwei davon verwelkt waren, doch an der dritten wuchs ein neues Blatt. Da wußte sie, daß ihr Mann lebte und seinen Auftrag erfüllt hatte, und sie begann zu singen und zu tanzen. Das sah der Statthalter von seinem Fenster aus, und die Bedeutung wurde ihm klar. Er sagte sich im stillen: Ich muß diesen Jüngling zu Tode bringen.

Am nächsten Tag ging der König auf dem Dach spazieren und sah, wie der Jüngling auf seinem Pferd herbeiritt, mit dem singenden Hahn in der Hand und einer Hündin, die ans Pferd gebunden war. Er schickte Boten aus, ihn mit gebührenden Ehren zu empfangen und ihn ins Gemach der Königstochter zu geleiten. Dort blieb der Jüngling zehn Tage und zehn Nächte, und der Hahn saß in seinem Käfig.

Danach kam der Bräutigam aus dem Gemach seiner Braut und sprach zum König: »Schwiegervater, lade alle Minister und Soldaten und Regierungsbeamte ein, damit sie sehen, was ich dir gebracht habe.«

Als alle versammelt waren, nahm der Eidam des Königs den Hahn aus seinem Käfig, band ihn auf dem Dach fest und sagte zu ihm: »O Hahn, ich will, daß du uns mit deinem Gesang und deinen Scherzen die Zeit vertreibst.«

Da schlug der Hahn mit den Flügeln und krähte laut, und dann begann er zu scherzen und Lieder zu singen, wie sie noch kein Ohr vernommen hatte. Als er geendet hatte, sagte der Eidam des Königs: »Jetzt seht auch die Hündin, die ich gebracht habe.« Er nahm seinen goldenen Stab, versetzte der Hündin einen einzigen Schlag, und die Hündin verwandelte sich in eine alte Frau. Das Staunen der Anwesenden fand keine Grenzen.

Danach wollte der Jüngling von seinen Erlebnissen erzählen, da sprang der Hahn auf und rief: »Ich bitte dich, Herr, laß mich erzählen!« Und er erzählte in allen Einzelheiten von den Abenteuern, die sie erlebt hatten, von den Gefahren und Entbehrungen und der Rettung und würzte seine Erzählung mit Späßen und Scherzen, um seine Zuhörer zu erfreuen.

Danach fragte der König seinen Eidam: »Was willst du jetzt tun?« Und er erwiderte: »Ich nehme meine Frau, da sie ja mir gehört, und ziehe mit ihr ins Haus meiner Mutter.« Der König hatte keine andere Wahl als zuzustimmen. Der Jüngling nahm den Silberstab, berührte damit die Alte, worauf diese sich wieder in eine Hündin verwandelte. Dann setzte er die Königstochter hinter sich auf sein Pferd und ritt mit ihr zum Hause seiner Mutter. Die Mutter hatte bereits die Hoffnung aufgegeben, ihn lebend wiederzusehen, ihn und ihre zwei anderen Söhne. Und er sagte zu ihr: »Mutter, siehst du dieses Mädchen? Ihretwegen mußten deine zwei Söhne, meine zwei Brüder, sterben.«

Er zog sein Schwert aus der Scheide und schlug dem Mädchen den Kopf ab. Den Kopf schickte er dem König mit einem Brief, in dem geschrieben stand: »Neunundneunzig Köpfe sind ihretwegen abgeschlagen worden. Ich schicke dir den hundertsten Kopf, um die Zahl vollzumachen.«

Der Königssohn und die Hindin

Auch dies ist eine Geschichte von einer Königstochter, die nie den Mund öffnete und die keiner zum Sprechen bringen konnte.

Vor langer Zeit gab es einen alten König, der dem Tode nahe war. Er rief seine drei Söhne zu sich und sagte zu ihnen: »Meine Söhne, ich vererbe jedem von euch einen Feigenbaum. Und wenn ihr seht, daß die Blätter eines der Bäume welken, dann wisset, daß der Besitzer des Baumes tot ist.« Dann bat er sie noch, sein Grab an der Stelle auszuheben, wo seine Schimmelstute stehenbleiben würde.

So sprach er und starb. Man ließ die Schimmelstute laufen, bis sie vor einem Berg stehenblieb. Dort hob man ein Grab aus und begrub den alten König.

Der älteste Sohn erbte das Königreich. Eines Tages ging er spazieren und kam ans Grab seines Vaters. Dort sah er auf dem Feld eine Hindin. Er wollte ihr nachstellen, doch die Hindin sprang in einen Brunnen und verbarg sich dort. Drei Tage und drei Nächte lang wartete der Königssohn, doch die Hindin kam nicht aus dem Brunnen heraus. Da gab er die Jagd auf und ging weiter, bis er in eine Stadt kam, wo er auf der Mauer achtzig aufgespießte Köpfe sah. Er fragte: »Was ist die Bedeutung dieser Köpfe?«, und einer der Vorübergehenden sagte: »In unserer Stadt gibt es eine Königstochter, die noch keiner zum Sprechen gebracht hat. Sie öffnet den Mund nicht und spricht kein einziges Wort. Wem es gelingt, sie zum Sprechen zu bringen, der erbt das Königreich, doch wenn es ihm mißlingt, wird er geköpft. Achtzig haben es bereits versucht, haben jedoch mit ihrem Leben bezahlt.«

Als der Königssohn das hörte, sagte er: »Ich werde sie zum Sprechen bringen und sie zur Frau nehmen.«

Er ging zu ihr und begann zu reden, und er redete, bis er heiser war, und es nützte ihm nichts. Er wurde geköpft.

Lange Zeit warteten seine Untertanen auf ihn, bis sie sahen, daß die Blätter seines Feigenbaumes welkten, und da wußten sie, daß er tot war. Der zweitälteste Sohn bestieg den Thron des Königreiches. Eines Tages ging auch er vor der Stadt spazieren. Er kam an das Grab und sah die

Hindin, die ihn in die Irre führte, bis er zu der schweigsamen Prinzessin kam, wo er sein Glück versuchte. Doch auch ihm erging es wie seinem Vorgänger, und man schlug ihm den Kopf ab. Seine Untertanen sahen, daß sein Feigenbaum welkte, und wußten, daß er tot war. Darauf krönten sie den jüngsten Sohn zum König.

Eines Tages ging der Jüngling, der den Thron bestiegen hatte, spazieren, kam zum Grab seines Vaters und sah dort die Hindin. Er stellte ihr nach, und es gelang ihr nicht, ihm zu entkommen, und er fing sie ein. Und er fragte sie: »Wer bist du?« Und sie erwiderte: »Ich bin eine Teufelin.«

Die Hindin, die eine Teufelin war, versprach ihm, wenn er sie freilasse, würde sie ihn lehren, wie er die schweigsame Königstochter erobern könnte, und er erwiderte: »Ich willige ein. Lehre mich.«

Da sagte sie: »Wenn du ins Gemach der Königstochter gehst, kommen ich und meine Schwester mit dir, verwandeln uns in Tauben und verbergen uns unter ihrem Bett. Und wenn ihre Magd ihr das Essen bringt, nimm es ihr weg und iß alles auf, was auf dem Teller ist. Und wenn du auf den Tisch klopfst, verwandeln wir uns aus Tauben in zwei Jünglinge und zaubern Musikanten und Tänzerinnen herbei.«

Der Königssohn dankte ihr und tat, wie sie ihn geheißen hatte. Nachdem die Tauben sich in Jünglinge verwandelt hatten, erzählte er ihnen diese Geschichte: »Einmal kamen drei Handwerker zu mir, damit ich in einem Streitfall Recht spräche. Einer war ein Schreiner, der aus einem Holzpflock die Figur eines Mädchens geschnitzt hatte. Der zweite war ein Schneider, der für die Puppe schöne Kleider genäht hatte. Doch der dritte, der ein Schmied war, hatte ihr den Lebensgeist eingehaucht. Jeder hatte einen Anteil an ihr, doch die Frage war, wer von ihnen das lebende Mädchen bekommen würde. Sie baten mich um ein Urteil, und ich bestimmte, daß der Schreiner sie bekommen würde.«

Da sprang die Königstochter auf und rief: »Unsinn. Dies ist kein gerechtes Urteil. Der Mann, der ihr den Lebensgeist eingehaucht hat, soll sie bekommen. Diesem Mann gehört sie.«

Da sagte der Königssohn: »So ist es. Du hast recht. Und du gehörst mir, weil du den Mund geöffnet hast.«

Der Königssohn nahm die Prinzessin zur Frau, nahm sie mit in sein Land, und dort lebten sie in Freude und Glück.

Und möge uns allen Freude beschert sein.

Der gesegnete Bäckerlehrling

Vor langer Zeit lebte in einer kleinen entlegenen Stadt ein Zaddik, ein frommer und gelehrter Rabbi, der unaufhörlich die Tora studierte, am Tage bei Sonnenlicht und in der Nacht bei Kerzenschein. Eines Nachts im Winter saß er wieder einmal bei seinen Büchern, und vor ihm auf dem Tisch stand eine Schale mit Öl und einem Docht, der ihm als Kerze diente. Da kam ein Windstoß und blies die Kerze aus. Der Rabbi zündete die Kerze wieder an, da kam ein zweiter Windstoß und blies sie aus. Nochmals zündete der Rabbi die Kerze an, und wieder blies ein Windstoß sie aus. Da hatte der Rabbi keine Zündhölzer mehr und saß im Dunkeln.

Da sagte sich der Rabbi: Das einzige, was ich tun kann, ist, mir von meinem Nachbarn, dem Bäcker, ein brennendes Holzscheit zu holen. Er trat aus dem Haus und ging bei Wind und Regen den kurzen Weg bis zum Bäcker und klopfte an dessen Tür. Der arabische Bäckerlehrling Ali öffnete ihm die Tür, begrüßte ihn höflich und gab ihm auf seine Bitte ein brennendes Holzscheit aus dem Backofen. Der Rabbi machte sich auf den Nachhauseweg, doch der Regen löschte das Feuer aus. Da sagte sich der Rabbi: Es tut mir leid, den Bäckerlehrling nochmals aus dem Bett zu holen, aber ohne Licht kann ich nicht studieren, und wer weiß, vielleicht will mich Satan nur vom Studium der Tora abhalten.

Er ging zurück zur Bäckerei und klopfte an die Tür. Ali erhob sich von seinem Bett, öffnete ihm freundlich lächelnd die Tür und zündete ihm das Holzscheit im Backofen an. Der Rabbi dankte ihm und wollte gehen. Da sagte Ali zu ihm: »Diesmal werde ich mit dir gehen und die Flamme schützen, damit sie nicht ausgeht.« Er ging mit ihm und

schützte die Flamme mit einem Holzbrett aus der Backstube, und sie erreichten mit dem brennenden Scheit das Haus des Rabbi und zündeten die Kerze an. Da sagte der Rabbi zu Ali: »Ich segne dich, daß das Geld in deinen Händen sich vermehre wie Sand am Meer.«

Ali legte sich wieder ins Bett, und der Rabbi wandte sich seinen Studien zu, und die Kerze erlosch die ganze Nacht über nicht. Am nächsten Tag, als Ali mit seiner Arbeit in der Backstube fertig war, badete er, wechselte die Kleidung und ging, wie es seine Gewohnheit war, ins Kaffeehaus. Ein Schwarzer kam vorbei und grüßte ihn. Ali erwiderte den Gruß. Da fragte ihn der Schwarze: »Möchtest du bei mir arbeiten?« Und Ali erwiderte: »Herzlichen Dank, aber ich arbeite bereits in einer Backstube.« Da fragte der Schwarze: »Wie hoch ist dein Lohn?« Und Ali antwortete: »Ein halber Rial am Tag.« Darauf sagte der Schwarze: »Komm mit mir, und dein Lohn wird fünf Goldstücke am Tag betragen, und deine Verpflegung geht auch auf meine Rechnung.«

Darauf schloß sich Ali dem Schwarzen an, und dieser führte ihn auf Umwegen zu einer abgelegenen Gasse. Dort zog er ein Tuch aus der Tasche, verband Ali die Augen, nahm ihn bei der Hand und führte ihn etwa hundert Schritte weiter bis zu der Tür eines bestimmten Hauses. Er öffnete die Tür mit einem Schlüssel, trat mit Ali ins Haus und schloß die Tür hinter sich ab. Dann nahm der Schwarze ihm das Tuch von den Augen und sagte: »Hier wirst du arbeiten.«

Ali blickte sich um und sah auf dem Fußboden eine Marmorplatte, die etwa eine Elle lang und eine Elle breit war und an der ein Griff befestigt war. Der Schwarze zog an dem Griff und legte eine Öffnung im Fußboden frei. Ali blickte hinein und sah im Keller eine riesige Menge von Gold- und Silbermünzen liegen.

Und der Schwarze sagte zu ihm: »Deine Arbeit besteht darin, diese Münzen nach ihrem Wert zu sortieren und in Leinensäcke zu füllen und jeden Sack zuzubinden, wenn er voll ist. Beginne mit den Goldmünzen im Wert einer Lira, danach sortiere die Silbermünzen, dann die Goldmünzen im Wert einer halben Lira und so weiter. Achte darauf, jede Art von Münzen in den dafür bestimmten Sack zu füllen, die Goldmünzen in einen roten Sack, die Silbermünzen in einen grünen Sack und auch die übrigen Münzen dorthin, wo sie sein sollen.«

Ali erklärte sich bereit, die ihm zugewiesene Arbeit auszuführen, und der Schwarze ging fort und ließ ihn allein bei seiner Arbeit zurück. Am Abend kam er zurück, brachte Ali eine reichliche Mahlzeit, und dieser aß von den Speisen, bis er gesättigt war. Dann band ihm der Schwarze wieder das Tuch um die Augen, führte ihn durch winkelige Gassen ins Kaffeehaus zurück und zahlte ihm seinen Lohn von fünf Goldrial und verabschiedete sich.

Am nächsten Tag kam der Schwarze wieder ins Kaffeehaus, nahm Ali mit, und alles wiederholte sich wie am Vortag. So arbeitete Ali bei dem Schwarzen zwei Jahre lang. Es war eine saubere und leichte Arbeit, die Mahlzeiten waren reichlich und sein Lohn ebenfalls reichlich bemessen, doch Ali sagte sich im stillen: Wie schade, daß der Rabbi mich gesegnet hat, das Geld in meinen Händen möge sich vermehren wie Sand am Meer, aber nicht, daß das Geld auch mir gehören solle.

Nach zwei Jahren war seine Arbeit beendet, und der Schwarze zahlte ihm zusätzlich den Lohn für ein ganzes Jahr und nahm Abschied von ihm. Von nun an pflegte Ali durch die Stadt zu spazieren und sich von der Sonne bräunen zu lassen, und er saß im Kaffeehaus, die Taschen voller Gold und Silber, und keiner wußte davon. Eines Tages begegnete ihm der Eigentümer der Backstube und sagte zu ihm: »Sei gegrüßt, Ali. Warum sitzt du hier herum, ohne zu arbeiten? Willst du wieder zu mir kommen?« Und Ali erwiderte: »Ich danke dir, und der Herr sei gepriesen.« Der Bäcker ahnte nicht, daß Ali ihm mit Leichtigkeit seine Backstube abkaufen konnte, wenn er nur wollte.

Eines Tages kam ein Ausrufer am Kaffeehaus vorbei und verkündete mit lauter Stimme: »Wer will eine Wohnung kaufen?« Und Ali rief ihm zu: »He, Ausrufer, wem gehört diese Wohnung?« Und der Mann erwiderte: »Der Eigentümer ist gestorben, und ich kannte ihn nicht. Mich hat der Verwalter angeheuert, um die Wohnung mit allem, was drinnen ist, zu verkaufen.« Da dachte sich Ali im stillen: Wer weiß, vielleicht ist es die Wohnung des Schwarzen. Und zu dem Ausrufer sagte er: »Ich kaufe die Wohnung für fünfhundert Lira.« Doch ein Mann, der dem Gespräch zugehört hatte, rief aus: »Ich biete sechshundert.« Aber Ali ließ nicht ab und sagte: »Ich biete tausend.« Der andere gab nicht auf und sagte: »Ich biete tausendfünfhundert.« Und Ali überlegte: Ich kaufe die Wohnung, komme, was wolle. Wenn es die Wohnung des Schwarzen ist, fallen mir seine Schätze in die Hände, und ich bin ein steinreicher Mann. Wenn es jedoch eine gewöhnliche Wohnung ist, verliere ich mein ganzes Geld und bin wieder arm und mittellos. Doch gegen das Schicksal kommt man nicht an. Er sagte zu dem Ausrufer: »Ich kaufe die Wohnung für zweitausend Lira.« Da zog sich der andere Kaufwillige zurück und sagte: »Ich verzichte.« Und der Ausrufer sagte zu Ali: »Die Wohnung ist dein für zweitausend Lira.«

Ali übergab ihm das Geld, erhielt den Schlüssel und die Adresse und machte sich auf den Weg, bis er in einer entlegenen Gasse zu einem bestimmten Haus kam. Er nahm den Schlüssel, öffnete die Tür, trat ein und schloß die Tür wieder hinter sich. Auf dem Fußboden sah er eine Marmorplatte, eine Elle lang und eine Elle breit, mit einem Griff. Er

zog an dem Griff und legte eine Öffnung im Fußboden frei. Dann blickte er hinein und sah, daß der Keller immer noch voller Gold- und Silbermünzen war, die in roten und grünen Säcken verpackt waren.

Ali füllte einen großen Sack mit Goldmünzen und einen zweiten mit Silbermünzen, lud sich die Säcke auf die Schulter, schloß die Öffnung und verließ das Haus. Dann mietete er einen Wagen und fuhr nach Ägypten. Dort ging er aufs Postamt und schickte den größten Teil des Geldes – etwa zehntausend Goldlira – an seine eigene Adresse und gab als Absender den erfundenen Namen seines Bruders an, den es gar nicht gab. Dann fuhr er zurück und wartete, bis das Geld kam. Seine Nachbarn und Bekannten glaubten alle, sein Bruder hätte ihm dieses Vermögen geschickt, und schöpften keinen Verdacht. Von dem Geld kaufte er alles auf, was in der Stadt zu haben war, wie Teppiche, Kleidung, Wollstoffe und dergleichen, und dann fuhr er nach Ägypten, eröffnete ein Geschäft und verkaufte seine Waren mit hohem Gewinn. Er kaufte eine prunkvolle Wohnung und lebte in Freude und Wohlstand.

Seine Geschäfte blühten und gediehen, und er kaufte weitere Läden und Gewölbe und Lagerhäuser und brachte Waren aus Ost und West, und die Käufer strömten herbei, und er erzielte hohen Gewinn und gelangte zu unbeschreiblichem Reichtum, bis ihm schließlich die ganze Stadt mit ihren Häusern und Grundstücken gehörte. Und er wurde zum Bürgermeister der Stadt gewählt. Er pflegte in einer prächtigen Kutsche durch die Stadt zu fahren, und die Leute traten aus ihren Läden, um ihm Ehre zu erweisen.

Soweit über die Erlebnisse des Bäckerlehrlings. Mittlerweile hatte der Rabbi schon längst vergessen, was in jener Nacht geschehen war, als seine Kerze erlosch. Er studierte weiterhin die Tora, und die Zeit verging, bis er spürte, daß seine Tage gezählt waren. Eines Tages, am Ausgang des heiligen Sabbat, nachdem er den Segen über den Wein gesprochen und die Kerze angezündet hatte, die den Übergang vom Sabbat zum Wochentag kennzeichnet, sagte er zu den Leuten seiner Gemeinde: »Wisset, daß ich beschlossen habe, ins Heilige Land zu pilgern, nach Jerusalem, unserer Heiligen Stadt, denn die Zeit ist gekommen.« Da sagten sie zu ihm: »Rabbi, es fällt uns schwer, aber wenn dein Entschluß feststeht, lassen wir dich nicht allein fahren.« Sie spannten vier Wagen ein und beluden einen davon mit Gebetbüchern und heiligen Schriften, einen zweiten mit Nahrungsmitteln, einen dritten mit Futter für die Pferde und im vierten saß der Rabbi mit neun jungen Männern, die ihn begleiteten, damit er einen Minjan zum Beten hatte, und dann machten sie sich auf den Weg.

Sie fuhren durch Dörfer und Städte, über Berge und durch Täler, bis sie in eine Stadt in Ägypten kamen. Und diese Stadt war Alis Stadt. Sie stiegen von den Wagen und betraten ein Wirtshaus, wo sie speisten. Plötzlich fuhr eine prunkvolle Kutsche vorbei. Der Mann, der in der Kutsche saß, befahl seinen Bediensteten zu halten, trat barfüßig auf den Rabbi zu, verneigte sich vor ihm und küßte seine Hand. Der Rabbi war äußerst erstaunt, denn der Mann war ihm unbekannt. Darauf fragte er den Wirt: »Wer ist dieser vornehme Mann?« Darauf erwiderte der Wirt: »Wie kommt es, daß du ihn nicht kennst? Dieser Herr ist der reichste Mann in ganz Ägypten, und ihm gehört diese Stadt mit all ihren Häusern und allem, was sie enthält.«

Der Reiche befahl dem Wirt, den Rabbi und seine Begleiter auf seine Rechnung zu verköstigen und auch die Pferde zu füttern. Darauf sagte der Rabbi zu ihm: »Herr, du mußt dich wohl irren, denn du bist mir unbekannt.« Doch der Reiche erwiderte: »Nein, o Herr, es ist kein Irrtum. Du bist der Rabbi meines Heimatdorfes und wie ein Vater für mich, und alles, was mein ist, ist auch dein.«

Der Rabbi wunderte sich über alle Maßen und wußte nicht, wie ihm geschah. Während er noch darüber nachdachte, lud der Reiche ihn und seine Begleiter ein, bei ihm zu speisen. Der Rabbi dachte sich im stillen: Was soll ich nur tun? Er konnte die Einladung nicht ablehnen, aber im Hause eines Goi nichtkoschere Speisen verzehren, konnte er noch weniger. Doch der Reiche sagte zu ihm: »Mein Herr und Rabbi, ich weiß, worüber du dir Sorgen machst, und ich werde mich hüten, dir Anlaß zur Sorge zu geben. Komme morgen mit deinen Begleitern zum Essen, und alles wird koscher sein nach den strengsten Regeln.«

Am nächsten Abend kam der Rabbi mit seinen Männern ins Haus des Reichen. Als er eintrat, traf er dort den Oberrabbiner von Ägypten. Beide zeigten sich hocherfreut und unterhielten sich in der heiligen Sprache. Und der Kleinstadt-Rabbi sagte zu dem Oberrabbiner: »Was habe ich gesündigt und verbrochen, daß ich im Hause eines Goi speisen muß?« Und der Oberrabbiner erwiderte: »Mein Freund und Gönner, sorge dich nicht, all diese Geräte kommen aus meinem Hause, und die Speisen sind von meiner Frau gekocht, und alles ist koscher nach den strengsten Regeln. Ich selbst werde vom selben Tisch essen.«

Da war der Rabbi beruhigt, und er und seine Männer aßen reichlich von den köstlichen Speisen. Nach dem Ende des Mahles, als der Segen gesprochen war, wandte sich der Reiche dem Rabbi zu und sagte: »Rabbi, kennst du mich immer noch nicht?« Und der Rabbi erwiderte: »Bei meiner Ehre, ich kenne dich nicht.« Da sagte der Reiche: »Rabbi, erlaube mir, dir die Gemächer dieses Hauses zu zeigen.« Er nahm ihn bei der Hand und führte ihn von einem Gemach ins andere und zeigte ihm die Reichtümer, die dort angehäuft waren: im ersten Gemach Gold, im zweiten Silber, im dritten Edelsteine, im vierten Teppiche, im fünften Weizen, im sechsten Öl und im siebten Wolle.

Da fragte der Rabbi den Reichen: »Hat Gott dir all diese Reichtümer zukommen lassen?« Und der Reiche erwiderte: »All dies gehört nicht mir.« Da fragte der Rabbi verwundert: »Wem gehört es dann?« Und der Reiche antwortete: »Es gehört dir, Rabbi. Erkennst du mich auch jetzt noch nicht? Ich bin jener Bäckerlehrling, der dir in einer Winternacht die Tür öffnete und dir aus dem Backofen Feuer für deine Kerze gab und der die Flamme abschirmte, damit sie im Regen nicht erlösche, und vor deiner Haustür hast du mich gesegnet, ich möge Geld haben wie Sand am Meer, und der Himmel erhörte den Segensspruch, so daß ich heute der reichste Mann Ägyptens bin.«

Der alte Rabbi war von Freude erfüllt, daß sein Segensspruch Gehör gefunden hatte. Und Ali sagte zu ihm: »Rabbi, von heute an werde ich alle deine Bedürfnisse und die deiner Männer befriedigen.« Der Rabbi und seine Männer setzten ihren Weg fort, kamen ins Heilige Land und siedelten sich in der Heiligen Stadt Jerusalem an, wo der Rabbi eine große Jeschiwa gründete und Toragelehrte ausbildete. Und Ali schickte ihm Monat für Monat aus Ägypten eine großzügige Geldspende sowie zehn Kamele, beladen mit Weizen und Gerste und Öl und Früchten und was sie sonst benötigten, und der Rabbi und seine Männer lebten in Glück und Überfluß bis an ihr Lebensende.

Die Geschichte von den zwei Freunden

In einer Stadt lebten einmal zwei Freunde, deren Liebe zueinander in aller Munde war und als wahres Wunder angesehen wurde. Zu jener Zeit gab es Krieg zwischen zwei benachbarten Königreichen, und die zwei Freunde gerieten in Gefangenschaft, jeder in einem anderen Land. Eines Tages kam einer der beiden Freunde in die Königsstadt, in der sich sein geliebter Freund befand, und als man dem König berichtete, ein Mann aus dem Feindesland sei in die Stadt gekommen, hielt dieser ihn für einen Spion und befahl, ihn festzunehmen und hinzurichten. Sogleich packten ihn die Häscher und führten ihn zum Ort der Hinrichtung. Auf dem Wege dorthin flehte er sie an, sie möchten ihm gestatten, mit dem König zu sprechen. Als sie ihn vor den König brachten, fiel er diesem zu Füßen und bat ihn um Gnade. Da sagte der König: »Was ist deine Bitte? Sprich, und ich werde dich anhören.« Worauf der Mann erwiderte: »Mein Herr und König, ich bin ein großer Kaufmann in meiner Heimatstadt, und all meine Waren und mein gesamtes Vermögen befinden sich in den Händen von Kaufleuten und Ladenbesitzern, denen ich sie auf Kredit gegeben habe, ohne Verkaufsurkunde oder schriftliche Bestätigung. Wenn du mich jetzt umbringen läßt, bleiben mein Sohn und meine Frau arm und mittellos zurück und müssen hungern, denn sie wissen nicht, wem ich meinen Besitz anvertraut habe, und sie haben keinen Beweis in der Hand. Darum flehe ich dich an, mein Herr und König, dich meiner Frau und meines Sohnes zu erbarmen und ihnen eine Gnade zu erweisen, indem du mich in meine Heimatstadt zurückkehren läßt, meinen Besitz an mich zu nehmen, damit sie sich ernähren können und nicht verhungern müssen.«

Da antwortete der König: »Wer bürgt mir dafür, daß du hierher zurückkehrst, um den Tod zu erleiden? Verzeihe mir, aber ich glaube dir nicht, daß du, wenn du mir einmal entkommen bist, zurückkommst, damit ich dich töte.« Da sagte der Mann: »Mein Herr und König, ich habe einen Freund in dieser Stadt, der mit Gewißheit für mich bürgen wird.« Sogleich ließ der König jenen Freund rufen, der in seiner Stadt wohnte, und sagte zu ihm: »Willst du dich verbürgen, daß dieser Mann, der zum Tode verurteilt ist und vorher in seine Heimatstadt fahren will, um seine Geschäfte abzuschließen, bis zu einem bestimmten Tag hierher zurückkehrt, und wenn er es nicht tut, bist du bereit, an seiner Stelle zu sterben?« Da erwiderte der Freund: »Mein Herr und König, ich bürge für diesen Mann, und wenn er nicht wiederkommt, will ich an seiner Stelle sterben.«

Als der König das hörte, bestimmte er eine Frist von einem Monat. Der zum Tode Verurteilte durfte in seine Heimatstadt zurückkehren, und sein Freund wurde bis zu seiner Rückkehr ins Gefängnis gesperrt. Der König sagte sich im stillen: Dieses Wunder möchte ich sehen, daß sich ein Mann an Stelle seines Freundes hinrichten läßt. Als die gesetzte Frist sich ihrem Ende zuneigte und auch der dreißigste Tag fast vorüber war und es Abend wurde und der König sah, daß der Mann nicht zurückgekehrt war, befahl er, dessen Freund aus dem Gefängnis zu holen und ihn hinzurichten.

Als man ihn zum Hinrichtungsplatz führte und ihm das Schwert an den Hals setzte, erhoben sich Stimmen in der Stadt, die verkündeten, der Mann, den der König erwartete, sei zurückgekommen. Nachdem dieser vor den König getreten war, ging er sogleich zum Hinrichtungsplatz, nahm das Schwert vom Hals seines Freundes und setzte es sich an den eigenen Hals. Jeder der beiden Freunde, die einander so sehr liebten, versuchte das Schwert an sich zu ziehen und dem anderen zu entreißen, und der König saß am Fenster über dem Hinrichtungsplatz und sah dieses Wunder, das noch größer war als das erste. Der König und die Minister, die ihn umgaben, staunten ob dieser Liebe zwischen zwei

Menschen, und sogleich befahl der König, ihnen das Schwert zu nehmen, erließ ihnen die Todesstrafe und beschenkte sie reich. Dann sagte er: »Angesichts dieser großen Liebe bitte ich euch, auch mich als euren dritten Freund aufzunehmen.« Und das taten sie dann auch.

Rabbi Nissim der Ägypter

Vor nicht allzulanger Zeit lebte in Jerusalem ein armer Gelehrter. In jenen Tagen war es Brauch, den Bedürftigen aus der Gemeindekasse eine kleine Unterstützung zukommen zu lassen, insbesondere vor dem Pessachfest, wenn der Mensch solche Dinge benötigt wie Matze und Wein, um das Fest gebührend zu feiern. Doch als man diesmal die Gaben verteilte, vergaßen die Gemeindediener diesen armen Mann, weil er sich in seiner Bescheidenheit nicht vordrängte.

Der Tag verging, und ein neuer Tag brach an, und das Pessachfest stand vor der Tür, und im Hause des bescheidenen Armen war die Speisekammer leer. Seine Söhne und Töchter baten ihn inständig: »Vater, sitze nicht tatenlos herum, bitte deinen Gott um Hilfe.« Darauf vergoß der arme Mann bittere Tränen und beklagte seine Armut und Dürftigkeit, bis sein Hilfeschrei auch den Himmel erreichte.

Als der Allmächtige das Weinen des bescheidenen Armen vernahm, kannte sein Zorn keine Grenzen, und es kam ihm der Gedanke, die Stadt Jerusalem zu zerstören ob der Kaltherzigkeit ihrer Gemeindediener. Da kam der Prophet Elija zu ihm und sprach: »Herr, barmherziger und gnädiger Gott, zerstöre nicht deine Stadt und dein Volk. Nicht in verbrecherischer Absicht haben die Gemeindediener jenen Armen vergessen, sondern weil er so bescheiden ist, daß er ihrer Aufmerksamkeit entgangen war. Ich selbst werde sogleich zur Erde hinabsteigen und den armen Mann aus seiner Not befreien.«

Gott erhörte den Propheten Elija, den er sehr liebte, und willigte ein, dieses Mal die Stadt nicht zu zerstören. Als der bescheidene arme Mann sich ausgeweint hatte, erhob er sich und ging auf die Straße. Vor der Haustür erschien ihm der Prophet Elija, möge er in Frieden ruhen, doch der Arme erkannte ihn nicht. Er grüßte den Fremden, und der Prophet Elija erwiderte seinen Gruß. Und der Arme fragte ihn: »Herr, was ist dein Begehren?« Und Elija erwiderte: »Ich komme von weit her, und keiner hat mich in sein Haus gebeten. Wenn du Gefallen an mir findest, beehre mich mit einer Einladung zum Pessachfest, und ich will Sorge tragen, daß es dir an nichts mangelt.« Worauf der Arme erwiderte: »Sei willkommen im Namen Gottes. Doch nenne mir deinen Namen, damit ich dich gebührend ehren kann.« Darauf sagte Elija: »Man nennt mich Rabbi Nissim den Ägypter.«

Elija gab ihm genügend Geld, um alles, was zum Pessachfest benötigt wurde, einzukaufen, und die Summe war reichlich bemessen, und der Arme kehrte fröhlich und froh nach Hause zurück und erzählte seiner Frau, was geschehen war. Er befahl seiner Frau, ein Festmahl zu bereiten, bei dem es an nichts fehlte, zu Ehren des Gastes, der ein alter und würdevoller Mann sei und anmutete wie ein Engel Gottes. Und er befahl den Bewohnern des Hauses, dem Gast jede Ehre zu erweisen.

Doch als es Abend wurde und der Gast noch nicht erschienen war, sagte er sich: Ich will hinausgehen und auf den Märkten nach ihm suchen, denn vielleicht hat er sich verirrt und findet nicht den Weg zu meinem Hause. Er ging durch die Straßen und Märkte und fragte überall: »Kennt ihr Rabbi Nissim den Ägypter und habt ihr ihn gesehen?« Doch die Leute antworteten: »Wir kennen ihn nicht und haben ihn nicht gesehen, und wir haben heute zum erstenmal aus deinem Munde seinen Namen vernommen.«

Da begriff der Arme, daß ihm der Prophet Elija erschienen war und daß Nissim der Ägypter auf das Wunder hinwies, das ihm heute ge-

schehen war, in ähnlicher Weise wie das Wunder, das den Israeliten in Ägypten zuteil wurde. Darauf kehrte der Arme nach Hause zurück und feierte das Pessachfest mit seiner Frau und seinen Kindern in Glück und Freude, und von dem Geld, das übriggeblieben war, lebten sie im Wohlstand bis an ihr Lebensende. In derselben Nacht erschien dem Rabbiner von Jerusalem im Traum eine Gestalt, die aussah wie ein Engel Gottes, erschreckte ihn fürchterlich, als wollte er ihn erwürgen, und schrie ihm zu: »Warum hast du jenen bescheidenen Armen vergessen und damit fast die Zerstörung der Stadt herbeigeführt? Wenn der Prophet Elija, möge er in Frieden ruhen, nicht für euch gesprochen hätte, wärest du und deine Angehörigen und deine gesamte Gemeinde vernichtet worden.« Am nächsten Morgen ließ der Rabbi den Armen rufen, bat ihn um Vergebung und verpflichtete sich, von diesem Tag an jeden Armen und Bedürftigen in der Stadt ausfindig zu machen und keinen wegen seiner Bescheidenheit zu vergessen.

Es war einmal ein Chassid

Es war einmal ein Chassid, der so arm war, daß er nichts zu essen hatte, und er hatte eine Frau und fünf Söhne. Eines Tages sagte seine Frau zu ihm: »Wie lange sollen wir noch so leiden? Wir haben kein Brot und keine Kleidung, und es fehlt uns an allem. Zwar hast du die Tora studiert bis zur Ermüdung, aber was sollen wir essen? Gehe auf den Markt, und vielleicht wird dir Gott der Barmherzige eine Gnade erweisen.«

Doch ihr Mann erwiderte: »Wie kann ich so gehen, ohne ein Kleidungsstück und einen Kittel, zu Spott und Schande vor allen Menschen. Ich kann nichts kaufen, denn ich besitze nicht eine Münze.«

Da erbat die Frau bei den Nachbarn ein paar alte geflickte Kleidungsstücke, und ihr Mann zog sie an und legte sein Schicksal in die Hände Gottes, dem er in großer Liebe ergeben war. Er ging auf den Markt, wo er umherirrte und nicht wußte, wohin er sich wenden sollte. Er vergoß bittere Tränen, richtete den Blick gen Himmel und rief aus: »Herr der Welt, du weißt, ich habe keinen Bruder, keinen Verwandten und keinen Freund, der sich meiner erbarmt, und meine kleinen Kinder sind hungrig. Darum erbarme du dich unser, o Gott, oder nimm uns zu dir, damit unser Leiden ein Ende hat.«

Und als er dort stand und unter bitteren Tränen betete, erschien ihm der Prophet Elija, möge er in Frieden ruhen. Und der Prophet sprach zu ihm: »Noch heute wirst du reich werden. Komm mit mir und weine nicht und verkaufe mich als Knecht an den Meistbietenden.« Doch der Chassid antwortete: »Herr, kann ein Knecht seinen eigenen Herrn verkaufen? Auch weiß ein jeder, daß ich keinen Knecht habe.« Da sagte Elija: »Fürchte dich nicht und folge meinem Rat, und wenn du mich verkauft hast, gib mir von dem Erlös eine silberne Münze.«

Der Chassid tat wie geheißen und führte Elija zum Markt, wo die Leute glaubten, er sei der Knecht und Elija der Herr, doch als sie Elija fragten, erwiderte dieser: »Er ist mein Herr, und ich bin sein Knecht.« Zur gleichen Stunde kam ein Minister des Königs vorbei, der an dem Knecht Gefallen fand, und er kaufte ihn für den König zum Preis von achtzig Dinar. Davon nahm sich Elija eine Münze und überließ den Rest dem Chassid und sagte zu ihm: »Nimm das und ernähre dich und die Deinen, und die Armut wird dich nie wieder heimsuchen.«

Elija ging mit dem Minister, und der Chassid kehrte nach Hause zurück, wo seine Frau und seine Söhne saßen und hungerten. Er setzte ihnen Brot und Wein vor und erzählte, was geschehen war. Da sagte seine Frau: »Wie gut, daß du auf mich gehört hast, sonst wären wir alle verhungert.« Und von diesem Tage an segnete Gott das Haus dieses Mannes, und er wurde reich und kannte bis zu seinem Lebensende keine Armut mehr.

Der Minister führte indessen Elija vor den König, der die Absicht hatte, außerhalb der Stadt einen großen Palast bauen zu lassen, und der zu dieser Zeit viele Knechte kaufte, die Steine behauen, Bäume fällen und alles für den Bau bereitstellen sollten. Und der König fragte Elija: »Sage mir, was dein Handwerk ist.« Und Elija erwiderte: »Ich bin ein Handwerker und Baumeister.« Der König war sehr erfreut und sagte: »Ich will, daß du mir außerhalb der Stadt einen großen Palast von den und den Ausmaßen baust.« Und Elija antwortete: »Das werde ich tun.«

Um Mitternacht erhob sich Elija und betete zu Gott: »Hilf mir, schrecklicher Gott, ich habe mich in die Sklaverei verkauft, nicht mir, sondern dir zu Ehren. Ich bitte dich, Schöpfer der Welt, lasse diesen Bau vollenden.« Sogleich stiegen Engel vom Himmel, werkten die ganze Nacht über, errichteten Türme und Zinnen von vollendeter Baukunst und errichteten den Bau noch vor Sonnenaufgang.

Als die Arbeit beendet war, zog Elija seines Weges, und der König kam und sah den Palast und war von großer Freude erfüllt. Doch wunderte er sich sehr und suchte nach Elija. Als er ihn nicht fand, dachte er sich, daß es ein Engel gewesen war. Und Elija ging, bis er dem Mann begegnete, der ihn als Knecht verkauft hatte, und dieser fragte ihn: »Was hast du bei dem Minister getan?« Und er erwiderte: »Ich habe das getan, was er von mir verlangte, weil ich ihm keinen Schaden zufügen wollte, und habe ihm einen Palast gebaut, der meinen Kaufpreis tausendfach übersteigt.« Darauf segnete der Chassid den Propheten Elija und sagte: »Du hast mir das Leben geschenkt.« Worauf Elija, möge er in Frieden ruhen, ihm antwortete: »Lobe den Schöpfer, der dir diese Gnade erwiesen hat.«

Der Alte aus den Bergen

In einer Stadt lebte einmal ein Jude, der in seinem Laden Brennholz verkaufte. Da er keine Kundschaft hatte, befanden sich der Mann und seine Frau und seine kleinen Kinder in so großer Not, daß sie hungern mußten. Der Mann saß den ganzen Tag über in seinem Laden und las Psalmen.

Das Pessachfest nahte heran, und im Hause gab es nichts zu essen. Da beklagte sich die Frau bei ihrem Mann: »Was sitzt du den ganzen Tag und träumst? Warum sorgst du nicht für deine Familie wie andere Ehemänner?« Der Mann wußte nicht, was er ihr antworten sollte, und fand keine Worte außer denen, die im dreiundzwanzigsten Psalm stehen: »Der Herr ist mein Hirte, mir wird nichts mangeln.«

Der Vorabend des Pessachfestes brach an, und es geschah nichts, was die Not dieses Mannes lindern konnte, und er saß in seinem Laden, wie es seine Gewohnheit war, und las im Buch der Psalmen. Als er an die Stelle kam, wo geschrieben steht: »Ich hebe meine Augen auf zu den Bergen. Woher kommt mir Hilfe?«, hob auch er seine Augen auf und sah vor sich einen alten Mann, der nach Art der Bergbewohner gekleidet war. Da fragte er ihn: »Herr, was benötigst du?« Und der Alte erwiderte: »Ich will ein wenig Holz kaufen.« Der Holzhändler verkaufte ihm, was er haben wollte, worauf der Alte eines der Holzscheite, die im Laden lagen, berührte und sich wieder auf den Weg machte.

Als er gegangen war, betrachtete der Händler das Holzscheit und sah, daß es sich in reines Gold verwandelt hatte. Darauf lief er hinaus und begann zu rufen: »Elija! Der Prophet Elija!« Die Menschen auf der Straße hörten sein Rufen und blickten sich um, doch sahen sie niemanden. Sie konnten nicht verstehen, warum er schrie, und hielten ihn für verrückt.

Das Gold machte den Händler zu einem sehr reichen Mann, und er feierte mit seiner Frau und seinen Kindern das Pessachfest in gebührender Weise, und von diesem Tag an lebten sie in Wohlstand und Freuden.

Der Prophet Elija und der Baal Schem Tow

Einmal baten die Schüler des Baal Schem Tow ihren Lehrer, ihnen den Propheten Elija seligen Angedenkens zu zeigen. Darauf sagte der Rabbi: »Er befindet sich an jedem Ort, an dem man ein Kind in den Bund unseres Urvaters Abraham aufnimmt.« Und die Schüler sagten: »Nicht jedem Menschen ist es gewährt, ihn zu sehen. Darum bitten wir unseren Rabbi, uns zum Zeitpunkt, da er kommt, die Augen zu öffnen.« Die Schüler baten ihn so lange, bis er versprach, ihnen den Propheten Elija zu zeigen, sobald in der Stadt eine Beschneidung stattfinden würde.

Nach einiger Zeit wurde einem der Armen in der Stadt ein Sohn geboren, und seine Beschneidung wurde im Lehrhaus vorgenommen. Während des Gebets betrat ein Jude das Lehrhaus, setzte sich abseits nieder und begann, in einem Buch zu lesen. Als bald darauf der Baal Schem Tow ins Lehrhaus kam und in demselben Gebetbuch lesen wollte, suchten die Schüler in allen Schränken und auf sämtlichen Tischen nach diesem Buch und fanden es nicht. Da sagte einer von ihnen: »Vor kurzer Zeit saß hier ein Fremder und las in diesem Buch, und jetzt ist es verschwunden. Der Mann muß es genommen haben.« Sie suchten den Mann in den Straßen und auf den Märkten, bis sie ihn gefunden hatten. Als sie ihn durchsuchten, fanden sie das Buch unter seinem Mantel. Darauf wurden sie sehr zornig und sagten zu ihm: »Das war keine gute Tat, daß du ins Lehrhaus gekommen bist und dort gestohlen hast.« Sie packten den Mann und brachten ihn ins Lehrhaus, um ihn dort zu verprügeln, doch der Baal Schem Tow ließ es nicht zu und sagte: »Tut diesem Mann nichts an, denn ich kann ihm vom Gesicht ablesen, daß er kein Dieb ist.« Darauf ließen die Schüler ihn frei, und er ging seines Weges.

Nach einiger Zeit gab es wieder eine Beschneidung im Lehrhaus, und unter den Anwesenden befand sich auch ein armer Jude, der sich während des Gebets in ein Buch vertiefte. Nach der Beschneidung wollte der Baal Schem Tow das Buch zur Hand nehmen, doch man konnte es nirgends finden, und da erinnerte man sich an den armen Juden. Man ging ihn suchen und fand ihn auf der Straße mit dem Buch in der Hand. Darauf packte man ihn und brachte ihn ins Lehrhaus. Einige der dort Versammelten erkannten ihn und wollten ihn schlagen, denn sie sagten: »Dieser Mann hat auch damals das Buch gestohlen, also ist er ein Dieb.« Doch wieder sagte der Rabbi: »Rührt ihn nicht an, denn er ist kein Dieb.«

Als der Mann das Lehrhaus verlassen hatte, sagte der heilige Rabbi zu seinen Schülern: »Zweimal habt ihr den Propheten Elija zu Gesicht bekommen, und wenn ich es nicht verhindert hätte, hättet ihr ihn geschlagen.« Als die Schüler die Worte ihres Rabbi hörten, waren sie sehr bekümmert und baten ihn, ihnen den Propheten Elija noch ein drittes Mal zu zeigen. Da sagte der Baal Schem Tow: »Ich werde euch auch diesen Wunsch erfüllen, doch nicht im Lehrhaus werdet ihr ihn sehen, sondern wenn ihr auf dem Weg seid.« Als die Schüler das hörten, freuten sie sich. Eines Tages fuhr der Rabbi mit seinen Schülern auf einem Wagen über die Felder, um sich im Freien ein wenig zu erholen, und weitab von der Stadt erblickten sie einen Krieger auf einem edlen Pferd, in schöne Gewänder gekleidet und mit einem Schwert umgürtet. Als er auf sie zuritt, fürchteten sie um ihr Leben, doch er fragte sie nur: »Ist einer unter euch, der mir Feuer für meine Tabakspfeife geben kann?« Der Baal Schem Tow bejahte die Frage und befahl seinen Schülern, den Wunsch des Kriegers zu erfüllen. Als der Krieger sich dem Wagen näherte, um von einem der Schüler ein Stückchen glühende Kohle entgegenzunehmen, erblickte er den Rabbi im Wagen und fragte ihn in polnischer Sprache: »Wie geht es dir, Rabbi Israel?« Die Schüler wunderten sich sehr ob dieser Worte, die in freundschaftlichem Ton gesprochen waren, und sie staunten noch mehr, als der Krieger dem Rabbi um den Hals fiel und ihn küßte. Und auch der Rabbi erhob sich, fiel dem Krieger um den Hals und küßte ihn. Danach sprachen sie noch einige Minuten miteinander auf polnisch, und dann bestieg der Krieger wieder sein Pferd und ritt davon. Die Schüler waren so verwundert, daß sie kein Wort herausbrachten. Da sagte ihnen der Rabbi: »Ich hatte euch versprochen, daß ihr den Propheten Elija auf dem Weg sehen werdet, und eben habt ihr ihm ins Gesicht geblickt.«

Der Buchhändler

Der Zaddik Rabbi Pinchas von Genibschov, Schüler des Maggid von Kosnitz, wünschte sich sehr das Buch *Tanna Debe Elijahu* mit der Auslegung der *Sikukin Dinura* zu besitzen, doch da er sehr arm war, gelang es ihm nicht, dieses Buch zu erwerben. Eines Tages, als er am Nachmittag vor dem Sabbat in seinem Hause saß, kam ein Jude zu ihm, der einen großen Sack voller Bücher auf der Schulter trug. Der Jude nahm den Sack von der Schulter, stellte ihn auf den Fußboden, und dann begrüßte er den Rabbi und sagte: »Ich bin ein Buchhändler und habe gehört, daß Euer Ehren Bücher liebt. Darum bin ich gekommen, Euch meine Waren zu zeigen, und vielleicht findet Ihr ein Buch, das Ihr braucht.« Er öffnete den Sack und zeigte dem Rabbi verschiedene Bücher, und unter ihnen befand sich auch das Buch *Tanna Debe Elijahu* mit der Auslegung der *Sikukin Dinura*. Als der Rabbi dieses Buch sah, hob er es auf und begann, sich darin zu vertiefen. Da sagte der Buchhändler: »Ich sehe, daß Euer Ehren Interesse an diesem Buch finden.« Darauf erwiderte der Rabbi: »So ist es, doch besitze ich nicht die Mittel, es zu kaufen, und auch wenn du es billig hergibst, ist es noch zu teuer für mich.« Da sagte der Jude: »Wenn der Rabbi in diesem Buch lesen will, lasse ich es hier im Hause. Ohnehin bleibe ich über den Sabbat in der Stadt, und Euer Ehren können sich bis Sonntag in das Buch vertiefen. Vor meiner Abreise komme ich wieder, und wenn Ihr das Geld habt, könnt Ihr das

Buch kaufen, wenn nicht, nehme ich es wieder zurück.« So sprach der Mann, legte das Buch auf den Tisch und verschwand. Und der Rabbi vertiefte sich in das Buch und las darin den ganzen Abend und den ganzen Sabbat über und blätterte immer wieder darin und las mit größtem Genuß fast das ganze Buch durch. Es wurde Sonntag, und der Rabbi wollte das Buch an seinen Eigentümer zurückgeben oder es vielleicht kaufen und den Preis dafür bezahlen, doch der Mann kam nicht wieder. Darauf begann der Rabbi nach ihm zu suchen und schickte Boten in sämtliche Synagogen und Lehrhäuser der Stadt, die ihn suchten und nach ihm fragten, doch er war nicht zu finden.

Rabbi Pinchas bedauerte das sehr und wußte nicht, was er mit dem Buch tun sollte, ob es ihm überhaupt erlaubt war, es im Hause zu behalten, und er beschloß, seinen Lehrer, den Maggid von Kosnitz, um Rat zu bitten. Nach einigen Tagen kam er nach Kosnitz, und als er über die Schwelle des Maggid trat, begrüßte ihn dieser mit den Worten: »Worüber machst du dir so viele Gedanken? Der Prophet Elija seligen Angedenkens hat gesehen, wie sehr du dir das Buch *Tana De-bei Elijahu* mit der Auslegung der *Sikukin Dinura* gewünscht hast, und hat sich in der Gestalt eines Buchhändlers zu dir bemüht, um es dir zu geben.« Als Rabbi Pinchas das hörte, war er erschüttert und sagte: »Wenn es ein so wichtiges Buch ist, werde ich es nicht länger gebrauchen, sondern es meinem Lehrer und Meister zum Geschenk machen.« Und das tat er.

Der alte Mann, der ins Zimmer trat

Eine Frau im Lande Tunesien verbrühte sich einmal auf schreckliche Weise mit kochendem Wasser. Auch die herbeigerufenen Ärzte konnten ihr nicht helfen, und ihre Angehörigen saßen an ihrem Bett, als sie im Sterben lag.

Als sie eingeschlummert zu sein schien, gingen die Angehörigen aus dem Zimmer und ließen sie allein. Sie schlug die Augen auf und sah einen alten Mann ins Zimmer treten.

Der Alte fragte sie nach ihrem Befinden, strich mit der Hand über ihre Wunden und sagte: »Erhebe dich.« Nachdem er diese Worte gesprochen hatte, ging er davon.

Die Frau bewegte ihre Arme und Beine und verspürte keinen Schmerz mehr. Darauf erhob sie sich vom Bett und ging hinaus. Die Angehörigen und die Ärzte trauten ihren Augen nicht. Da erzählte ihnen die Frau, was geschehen war. Alle hörten und staunten, weil ihnen klar wurde, daß der Prophet Elija seligen Angedenkens ihr erschienen war.

Zwei Wäscherinnen am Pessachabend

In einer Stadt lebten zwei Frauen. Die eine war reich, die andere arm. Als das Pessachfest herannahte, sah die Arme, daß sie nichts im Hause hatte, um das Fest zu begehen, und sie hatte zehn Kinder. Doch ihre reiche Nachbarin hatte bereits ein Schaf im Hof angebunden und alles für das Fest hergerichtet und auch ihren Kindern neue Kleider gekauft.

Da ging die Arme hinunter zum Fluß, die Kleider ihrer Kinder zu waschen, damit sie zum Fest sauber und frisch wären und ihnen nichts Gesäuertes anhaftete. Da kam ein alter Mann des Weges und sagte zu ihr: »Meine Tochter, was tust du hier?« Und sie erwiderte: »Herr, ich wasche die Kleider meiner Kinder.« Da fragte er sie: »Hast du schon zum Fest dein Haus reingemacht?« Und sie antwortete: »Gott sei gepriesen.« Und er sagte weiter: »So soll es sein, und hast du schon ein Schaf für das Festmahl?« Und sie erwiderte: »Gott sei gepriesen.« Da sagte er: »So soll es sein, und hast du deinen Kindern schon neue Kleider gekauft?« Und sie erwiderte: »Gott sei gepriesen.« Worauf er sagte: »So soll es sein.« Der Alte entbot ihr einen Abschiedgruß und ging weiter.

Die Arme ging nach Hause, und was sah sie dort? Ein Schaf, das an einen Strick gebunden war, neue Kleider im Schrank, und die Speisekammer war mit Speisen und Köstlichkeiten für das Pessachfest gefüllt.

Die Frau ging in den Hof, um das Schaf für das Festmahl zu schlachten. Die reiche Nachbarin sah es und war von Neid erfüllt und sagte zu ihr: »Meine Nachbarin, woher hast du all diesen Überfluß?« Darauf erzählte ihr die Arme, was sich zugetragen hatte. Da sagte sich die Reiche im stillen: Dieser alte Mann ist entweder sehr reich oder ein Zauberer, und auch ich sollte daraus Nutzen ziehen.

Sie nahm ein paar alte Kleider, ging zum Fluß und warf sie ins Wasser. Der alte Mann kam vorbei und fragte sie: »Meine Tochter, was tust du hier?« Und sie erwiderte: »Herr, ich wasche die Kleider meiner armen Kinder.« Und er fragte weiter: »Hast du dein Haus schon zum Fest reingemacht?« Und sie erwiderte: »Noch nicht, weil ich viel Kummer habe.« Da sagte er: »So soll es sein. Und hast du schon ein Schaf für das Festmahl?« Und sie sagte: »Nein.« Darauf der Alte: »So soll es sein. Hast du schon neue Kleider für deine Kinder?« Und wieder sagte sie »nein« und drückte sich eine Träne aus dem Auge. Da sprach der Prophet Elija: »So soll es sein«, entbot ihr einen Abschiedsgruß und ging davon.

Die Reiche eilte nach Hause, und als sie dort ankam, sah sie, daß das Schaf aus dem Hof verschwunden war und auch die neuen Kinderkleider aus dem Schrank und ebenso ihr ganzer Reichtum, und im Hause gab es nur noch Schmutz und Unrat.

Die Geschichte vom armen Mann, der Arzt wurde

Es war einmal ein jüdischer Mann, der eine neunköpfige Familie hatte, die er nicht ernähren konnte. Und täglich zeterte seine Frau: »Du bist ein Faulpelz und trägst nichts zum Unterhalt dieses Hauses bei, während unsere Nachbarn ihr Haus mit dem Feinsten und Besten füllen.« So setzte sie ihm zu, bis er des Lebens überdrüssig wurde und beschloß, sich umzubringen. Dann überlegte er es sich und dachte: Wozu soll ich mich umbringen? Lieber werde ich ein Räuber und kann von der Beute meine Familie ernähren.

Er ging übers Feld, setzte sich unter einen Baum mit einer Pistole in der Hand und wartete auf vorbeiziehende Reisende. Ein Reiter kam des Weges. Der Arme sprang auf und rief ihm zu: »Halt! Hebe die Hände und gib mir all dein Geld, sonst bist du des Todes!«

Der Reiter erwiderte: »Was nützt dir mein Tod? Ich bin ein Arzt, und wenn du willst, kannst du bei mir als Gehilfe arbeiten, und wir teilen uns meinen Lohn zu gleichen Hälften.«

Der Arme willigte ein, zumal er ein mitleidiges Herz hatte und nicht darauf erpicht war, Menschen zu ermorden. Der Arzt und sein neuer Gehilfe zogen weiter, bis sie in eine große Stadt kamen, wo sie sahen, daß die Einwohner sehr bekümmert waren, weil die Königstochter krank war und die Ärzte sie bereits aufgegeben hatten. Da trat der Arzt vor den König und sagte: »Majestät, laßt mich Eure Tochter behandeln, und mit Gottes Hilfe werde ich sie heilen.« Und der König erwiderte: »Möge es so sein, wie du sagst.« Da sagte der Arzt: »Verlaßt alle den Raum und laßt nur mich und meinen Gehilfen hier.« Und alle gingen hinaus.

Der Arzt öffnete seine Tasche, holte ein langes Messer hervor und sagte zu seinem Gehilfen: »Halte ihren Kopf fest.« Der Gehilfe hielt den Kopf der Königstochter fest und zitterte dabei vor Angst, was der Arzt wohl tun würde. Dieser schwang das Messer und schnitt der Kranken den Kopf ab, dann die Arme und zum Schluß die Beine. Der Gehilfe brach in Tränen aus, raufte sich die Haare und schrie: »Ach und weh –

was hast du getan?« Und der Arzt erwiderte: »Erst vor kurzem warst du noch ein Räuber und Mörder, und jetzt jammerst du und weinst?« Er nahm den Kopf, behandelte ihn und klebte ihn dann wieder an den Körper an, und dasselbe tat er mit den Armen und Beinen. Als seine Arbeit beendet war, sagte er zu der Königstochter: »Erhebe dich.« Sie erhob sich und war gesund und munter.

Als der König das sah, war er hocherfreut. Er überschüttete den Arzt und seinen Gehilfen mit Gold und Silber und Edelsteinen, und auch seine Minister und Freunde gaben von ihrem Reichtum, und sie sammelten ein riesiges Vermögen ein. Dann teilten sie es in zwei gleiche Hälften, und der Arzt gab seinen Anteil dem Gehilfen zur Aufbewahrung und zog davon. Der Gehilfe kehrte nach Hause zurück und lebte mit seiner Familie in Wohlstand und Glück.

Die Zeit verging, und der Sohn des Königs wurde von einer unheilbaren Krankheit befallen. Die Ärzte hatten ihn aufgegeben, und der König ließ im ganzen Reich nach jenem Arzt suchen, doch man fand lediglich seinen Gehilfen. Da dachte sich der König: Der Gehilfe ist besser als nichts und ließ ihn rufen.

Der Gehilfe erschien und war äußerst selbstbewußt, weil er sich bereits für einen bedeutenden Mediziner hielt. Er befahl den Anwesenden, den Raum zu verlassen, schloß die Tür hinter sich ab und zog ein langes Messer aus seinem Koffer, womit er dem Königssohn den Kopf, die Arme und die Beine abtrennte. Er behandelte den Kopf und die Gliedmaßen auf gleiche Weise, wie er es bei dem Arzt gesehen hatte, doch als er den Kopf wieder ankleben wollte, gelang es ihm nicht. Da dachte er: Vielleicht sollte ich zuerst die Arme und Beine befestigen, aber auch das gelang ihm nicht. Große Angst überfiel ihn, und die Knie begannen ihm zu schlottern, und er dachte: Ich bin verloren, und es bleibt mir nichts übrig, als mich umzubringen, um Qualen und Foltern zu entgehen, die schlimmer sind als der Tod. Schon erhob er sein Messer und wollte es sich ins Herz stoßen, da öffnete sich die Wand, und vor ihm stand der Arzt.

Und der Arzt sagte zu ihm voller Zorn: »Dummkopf, was hast du getan?« Da erzählte ihm sein Gehilfe, was sich ereignet hatte. Und der Arzt sagte: »Dieses Mal will ich dir noch helfen, aber hüte dich, nochmals eine solche Dummheit zu begehen.« Der Gehilfe versprach ihm feierlich, nie wieder ein messerähnliches Werkzeug in die Hand zu nehmen, worauf der Arzt sich dem Toten zuwandte, ihm Kopf und Glieder wieder anklebte, ihn zum Leben erweckte und wieder gesund machte. Als er seine Arbeit beendet hatte, öffnete sich wieder die Wand, und der Arzt sagte zu seinem Gehilfen: »Erinnere dich stets an das Versprechen, das du mir gegeben hast, und wisse, daß ich kein Arzt und kein Sterblicher bin, sondern der Prophet Elija.« Und dann verschwand er.

Gehasi der Hund

Zu Zeiten des Ha-ari lebte einmal ein reicher Mann, der keine Söhne hatte. Er betete ständig zu Gott, und schließlich wurde seine Frau schwanger und gebar einen Sohn. Der Reiche ging sogleich zu Ha-ari, berichtete ihm von dem Wunder Gottes, lud ihn zur Beschneidungsfeier ein und bat ihn, Pate zu stehen. Ha-ari versprach ihm, zu kommen, und voller Freude ließ der Reiche ein großes Festmahl herrichten, die köstlichsten Speisen kochen und Brotlaibe und Kuchen backen.

Doch in derselben Stadt lebte ein anderer reicher Mann, ein Widersacher des anderen bei seinen Geschäften, und zwischen den beiden herrschte Neid und Haß. Als dieser die Vorbereitungen zu dem Festmahl sah und erfuhr, wie viele vornehme Gäste seinen Widersacher beehren und an seiner Tafel speisen würden, packte ihn der Neid, und er schmiedete einen finsteren Plan, sich an ihm zu rächen und ein tödliches Gift in den großen Kessel zu tun, in dem der Fisch für das Festmahl gekocht wurde. Und ganz im geheimen führte er seinen Plan aus, und keiner sah es oder wußte davon.

Am achten Tage nach der Geburt des Sohnes erschienen die Gäste zur Beschneidungsfeier, und nur der wichtigste unter ihnen, Ha-ari, fehlte. Man wartete eine Stunde und auch eine zweite, und die Gäste waren verärgert ob dieser Verspätung und weil er offenbar keine Eile hatte, die wichtige Pflicht des Paten zu erfüllen. Es vergingen noch mehrere Stunden, und der heilige Ha-ari erschien erst am Abend. Dann erzählte er den versammelten Gästen, warum er sich so sehr verspätet hatte.

Und dies ist die Geschichte, die er erzählte: »Als ich mich gerade ankleidete, um zur Beschneidungsfeier zu gehen, kam ein Hund und begann zu bellen. Da fragte ich ihn: ›Wem gehörst du und was begehrst du?‹ Und der Hund erwiderte: ›Ich bin auf Seelenwanderung und verlange die Wiedergutmachung eines Unrechts.‹ Und ich fragte: ›Wessen Seele bist du?‹ Da sagte er: ›Ich bin die wandernde Seele Gehasis, des Dieners des Propheten Elischa.‹ Da fragte ich: ›Warum ist deine Seele in einen Hund gefahren?‹ Und er sagte: ›Weißt du es nicht? Es ist allgemein bekannt. Als Elischa mich zu der Sunamitin schickte, ihren Sohn zum Leben zu erwecken, gab er mir seinen Stab und sagte: ‚Gürte deine Lenden, nimm meinen Stab und mache dich auf den Weg, und wenn du einem Menschen begegnest, grüße ihn nicht, und wenn er dich grüßt, antworte ihm nicht, und wenn du ankommst, berühre das Gesicht des Knaben mit meinem Stab.' Ich nahm den Stab, doch glaubte ich seinen Worten nicht und hielt sie für Hohn. Als ich zum Hause der Sunamitin kam, sah ich einen toten Hund vor ihrer Tür liegen und dachte: Ich will mit dem Stab diesen Hund berühren und sehen, ob er wirklich Tote erwecken kann. Ich tat es, und siehe da – der tote Hund öffnete die Augen, stand auf, schüttelte sich und lief davon. Als ich das sah, erschrak ich sehr, dann ging ich ins Haus zu dem Knaben und berührte sein Gesicht mit dem Stab, doch zu meiner großen Verwunderung rührte sich der Knabe nicht. Da ging ich zum Propheten zurück und berichtete ihm, daß der Knabe nicht erwacht war, denn in meiner Dummheit wußte ich nicht, daß ich mit der Berührung des Hundes den Stab verunreinigt hatte. Danach konnte der Stab nicht einmal einen Schlafenden erwecken, und schon gar nicht einen Toten. Und das Urteil des Himmels lautete, daß meine Seele in einen Hund schlüpfen sollte, damit Gleiches mit Gleichem vergolten würde. Und so geschah es. Nach kurzer Zeit starb ich, und meine Seele fuhr in einen Hund, und bis zum heutigen Tage konnte ich keine Erlösung finden. Jetzt erfuhr ich, daß du dich auf diese Weisheit verstehst, und darum bin ich gekommen mit der Bitte, mir zu helfen.‹ Da sagte ich: ›Ich weiß keinen Weg außer dem, daß du deine Seele für die Allgemeinheit opferst.‹ Und er fragte: ›Für welche Allgemeinheit?‹ Und ich erwiderte: ›Das macht keinen Unterschied. Die Hauptsache ist, daß du dich opferst.‹ Da beschloß er, das Opfer zu bringen, und fragte mich, auf welche Weise er es tun solle.«

Während Ha-ari noch seine Geschichte erzählte, kam eine der Dienerinnen herein und sagte: »Als wir den kochenden Kessel mit den Fischen vom Feuer nahmen, sprang plötzlich ein Hund in den Kessel und starb darin.« Als der heilige Ha-ari das hörte, ging er hinaus, betrachtete den Hund und sagte: »Das ist der Hund, und jetzt hat er gesühnt, denn er hat das Fischgericht ungenießbar gemacht.« Man untersuchte die Fische und fand das Gift, und durch das Opfer des Hundes wurden viele jüdische Menschen gerettet.

DER VERFOLGER

In einer der kleinen jüdischen Gemeinden in Polen war ein Rabbiner, ein verborgener Zaddik, der Tag und Nacht die Heiligen Schriften studierte. Dieser Rabbiner hatte einen Diener, einen einfachen, gottesfürchtigen Mann, der nie aus dem Hause ging und ihm den ganzen Tag über zu Diensten stand. Eines Tages sah der Diener zwei alte Männer, die zum Rabbi kamen, Männer von würdiger Erscheinung, denen die Weisheit auf dem Gesicht geschrieben stand, und jede ihrer Bewegungen erheischte Ehrerbietung. Die beiden Alten verbrachten eine lange Stunde bei dem Rabbi, und der Diener wußte nicht, woher sie kamen oder wohin sie gingen.

Nachdem sie gegangen waren, kam ein zutiefst erschrockener Mann und erkundigte sich, ob die zwei Alten sich noch beim Rabbi befänden. Als der Diener ihm antwortete, sie seien schon gegangen, fragte der Mann: »Wohin sind sie gegangen?« Und als der Diener ihm die Richtung anzeigte, lief er in derselben Richtung davon, als wolle er sie verfolgen und einholen. Das gleiche wiederholte sich jeden Tag. Die beiden Alten kamen zum Rabbi, blieben dort eine Weile, und nachdem sie gegangen waren, kam derselbe erschrockene Mann und fragte nach ihnen. Und wenn der Diener ihm mitteilte, sie seien schon gegangen, blieb der Mann ratlos stehen und eilte dann davon.

Als das mehrere Male geschehen war, begann der Diener sich zu wundern, was das wohl zu bedeuten hätte. Er hätte gern den Rabbi gefragt, doch wagte er es nicht. So ging es einige Wochen lang weiter, und der Diener beschloß, den Mann selbst zu fragen, wer er sei und wer die beiden Alten seien, die er jeden Tag erfolglos suchte. Doch als der Mann kam, wagte es der Diener nicht, ihn zu fragen, und so blieb alles beim alten.

Eines Tages, nachdem die alten Männer gegangen waren, rief der Rabbi den Diener zu sich, und dieser nahm seinen ganzen Mut zusammen und fragte den Rabbi, wer diese Männer seien und woher sie tagtäglich kämen. Und der Rabbi, der in seiner Einfachheit glaubte, die beiden Alten kämen nicht nur zu ihm, sondern sie seien allen Einwohnern der Stadt bekannt, sagte verwundert zu seinem Diener: »Warum fragst du nach ihnen? Jeder weiß, der eine ist der Prophet Elija und der andere sein Schüler Elischa.« Der Diener staunte über die Antwort seines Rabbi und fragte: »Und wer ist der Mann, der sich tagtäglich nach ihnen erkundigt und ihnen bis heute noch nicht begegnet ist?« Worauf der Rabbi erwiderte: »Diesen Mann habe ich nicht gesehen, aber ich vermute, es ist Elischas Diener Gehasi, der auf seine Erlösung wartet, doch ist die Stunde noch nicht gekommen. Es ist seine Strafe, zu der

ihn das himmlische Gericht verurteilt hat, daß er immer verspätet ankommt und sie niemals zu Gesicht bekommt, und wenn er sie sucht, sind sie schon weit weg.«

Als der Diener das hörte, befiel ihn große Angst, und als er aus dem Zimmer des Rabbi kam, konnte er nicht länger an sich halten und erzählte den Bewohnern der Stadt alles, was er gesehen und gehört hatte. Alle waren äußerst erstaunt, als sie die wunderbare Geschichte des Dieners hörten, und wunderten sich über ihren Rabbi, der ihnen so viele Jahre lang verschwiegen hatte, was für ein heiliger Mann er war. Doch von diesem Tag an bekam der Diener weder die alten Männer noch ihren Verfolger zu Gesicht, und als er den Rabbi befragte, erwiderte dieser: »Sie kommen nicht mehr, weil ihr Kommen in der Stadt bekannt geworden ist und viel Aufsehen erregt hat.«

JAKOB UND DER FISCHER

In einer Stadt lebte einst ein äußerst vermögender Mann, der einen einzigen Sohn namens Jakob hatte. Jakob war ein hochgelehrter Schüler und studierte Tag und Nacht die Heiligen Schriften. Da sagten seine Freunde zu ihm: »Wie lange willst du noch über deinen Büchern sitzen und der Welt fernbleiben? Dein Vater ist ein so reicher Mann. Bitte ihn, dir etwas von seinem Geld zu geben, und ziehe in die Welt hinaus, dir deinen Lebensweg zu bahnen.«

Der Knabe hörte nicht auf sie, doch sie beredeten ihn so lange, bis er schließlich nachgab. Er ging zu seinem Vater und sagte: »Vater, ich bin herangewachsen und ein Mann geworden, und es ist Zeit, daß ich auf eigenen Füßen stehe. Gib mir zehntausend Peseten, denn ich will in die Türkei fahren und dort Waren kaufen.«

Der Vater, der ihn sehr liebte, erfüllte seine Bitte und gab ihm auch ein Boot und zwei Diener und was er sonst zur Reise benötigte. Jakob schiffte sich ein und erreichte die Türkei. Als er an den Toren der Hauptstadt angekommen war, sah er auf der Straße einen jüdischen Be-

erdigungszug und fragte die Trauergäste: »Wen führt ihr da zur ewigen Ruhe?« Und sie erwiderten: »Den Rabbi unserer Stadt.« Da sagte er: »Auch ich will ihm die letzte Ehre erweisen« und schloß sich dem Trauerzug an. Auf dem Wege hörte er, wie die Leute klagten, der Rabbi sei ein Betrüger gewesen, der sich von allen Geld auslieh und es nicht zurückgab. Jakob war sehr bekümmert, daß man den Toten so verunglimpfte, und sagte: »Lasset ab, ihr Leute. Ich habe viel Geld bei mir und werde die Schulden eures Rabbi bezahlen, damit ihr keinen Grund habt, euch zu beklagen.« Er verteilte sein Geld unter die Leute, fuhr nach Hause zurück ohne Geld und ohne Ware und erzählte seinem Vater die ganze Geschichte.

Einige Zeit verging, und wieder ging er zu seinem Vater und sagte: »Vater, ich bitte dich, gib mir diesmal fünfzehntausend Peseten, denn ich will nach Persien fahren und dort Waren einkaufen.«

Der Vater erfüllte auch diese Bitte und gab ihm auch ein Boot, Diener und was er sonst benötigte. Jakob schiffte sich ein, erreichte Persien und ging in der Stadt Teheran auf den Markt, um seinen Durst zu löschen. Auf dem Markt sah er eine Räuberbande, die Frauen und Mädchen eingefangen hatte und an den Meistbietenden verkaufte. Jakob war sehr betrübt, daß man Menschen auf diese Weise verkaufte, und unter den Gefangenen war ein junges Mädchen, das er besonders bemitleidete. Er gab den Räubern sein ganzes Geld, kaufte ihnen das Mädchen ab und kehrte zurück nach Hause.

Das Mädchen wuchs heran, kam ins heiratsfähige Alter und war so schön wie der Mond, so süß wie Honig und wohlerzogen, und Jakobs

Herz war von Liebe erfüllt. Sein Vater bemerkte es und sagte zu ihm: »Mein Sohn, dieses Mädchen ist es wert, daß du es zur Frau nimmst.« Darauf erwiderte Jakob: »Vater, es sei, wie du sagst, doch zuerst muß ich bei ihrem Vater um ihre Hand anhalten.«

Und dieses Mädchen war eine Königstochter, und das Reich ihres Vaters lag weit weg jenseits des Meeres. Jakobs Vater gab seinem Sohn ein Boot und fünf Diener und Wegzehrung und Geschenke für den König und was er sonst noch benötigte. Da nahm Jakob das Mädchen und fuhr mit ihm aufs Meer hinaus. Unterwegs erhob sich ein großer Sturm, und die Wellen schüttelten das Boot, bis es kenterte. Die Diener ertranken, und die gesamte Ladung ging verloren, nur Jakob und das Mädchen schwammen auf den Wellen, und auch sie hatten die Hoffnung aufgegeben, ihr Leben zu retten. Da erschien plötzlich ein Fischer in seinem Boot, nahm sie auf und brachte sie sicher ans Ufer.

Jakob erzählte dem Fischer alles, was geschehen war, und auch, daß er zum König, dem Vater des Mädchens, gelangen wollte. Da sagte der Fischer: »Diese Küste, an die ich dich gebracht habe, gehört zum Reich jenes Königs, und schon morgen werde ich dich zu ihm führen. Doch habe ich eine Bitte an dich: In deiner Hochzeitsnacht, auf der Höhe deines Glückes, gleich nach der Trauung unter der Chuppa, komme zu mir, denn ich brauche dich.«

Jakob wunderte sich sehr ob dieser Bitte, doch fragte er nicht und forschte nicht nach ihrer Bedeutung, sondern versprach, die Bitte zu erfüllen. In der Hochzeitsnacht, gleich nach der Trauung unter der Chuppa, bat er den König um eine Kutsche und Pferde und um die Erlaubnis, sich für eine Stunde zu verabschieden. Obgleich der König sehr erstaunt war, gewährte er ihm die Bitte. Jakob bestieg die Kutsche, trieb die Pferde an und erreichte in kurzer Zeit die Hütte des Fischers, der ihn bereits vor der Tür erwartete.

Da sagte Jakob zu dem Fischer: »Ich bin gekommen, wie ich dir versprochen habe. Was kann ich noch für dich tun?« Und der Fischer erwiderte: »Ich bitte dich, mir hier an dieser Stelle ein Loch zu graben.« Jakobs Staunen fand keine Grenzen, doch stellte er auch diesmal keine Fragen, stieg aus der Kutsche und begann ein Loch in der Erde zu graben. Da sagte der Fischer: »Ich bitte dich, das Loch vier Ellen lang und vier Ellen breit zu machen«, und Jakob erwiderte: »Es sei, wie du sagst.«

Darauf sagte der Fischer: »Wisse, daß ich kein Fischer bin, sondern jener Rabbi, der in der Türkei begraben wurde. Und zum Dank dafür, daß du meine Schulden bezahlt hast und ich mit Ehren begraben wurde, wurde ich vom Himmel zu dir geschickt, dich aus den Wellen zu retten, die dich ertränkt hätten. Und jetzt, da meine Aufgabe erfüllt ist, will ich wieder ins Grab steigen. Decke mich mit Erde zu, auf daß ich in Frieden ruhe.«

Die Geschichte von der Witwe und dem Bankdirektor

Im Lande Tunesien lebte einmal eine Witwe, die nichts besaß außer einem einzigen Sohn. Die Frau arbeitete als Dienerin in den Nachbarhäusern, um den Lebensunterhalt für sich und ihren Sohn zu verdienen. Eines Tages wurde der Sohn krank und starb. Seine Mutter trauerte tief, weil er das teuerste in ihrem Leben gewesen war, und schickte täglich dem Synagogendiener, was immer sie übrig hatte – einige wenige Münzen –, damit er für ihren Sohn Kaddisch sage.

Das tat sie Tag für Tag. Einmal erhielt sie von einem ihrer Arbeitgeber ein größeres Geldgeschenk und beschloß, künftig dem Synagogendiener die doppelte Summe zu geben, denn sie sagte sich: Vielleicht gibt es Familien, die keine Möglichkeit haben, Kaddisch sagen zu lassen. Darum soll der Synagogendiener auch für sie Kaddisch sagen. Darauf sagte der Synagogendiener jeden Tag zweimal Kaddisch.

Eines Tages sprach sie ein Mann auf der Straße an und sagte: »Meine Dame, welches Abkommen habt Ihr mit dem Synagogendiener getroffen?« Da erzählte sie ihm die ganze Geschichte. Darauf schrieb der Mann eine Geldanweisung aus, unterzeichnete mit seinem Namen und sagte zu ihr: »Meine Dame, habt die Güte, morgen auf die Bank zu gehen und die Summe, die Euch zukommt, in Empfang zu nehmen.« Darauf wandte er sich um und ging davon.

Am nächsten Tag ging die Frau auf die Bank, die er ihr bezeichnet hatte, und trat an den Schalter. Der Schalterbeamte betrachtete die Geldanweisung und staunte über die Höhe der Summe. Er beriet sich mit seinem Vorgesetzten, und beide sagten zu ihr: »Meine Dame, kommt bitte mit uns zum Direktor.« Dieser warf einen Blick auf die Unterschrift, und seine Knie begannen zu schlottern. Er fragte: »Meine Dame, wie ist diese Geldanweisung in Eure Hände gelangt?« Da erzählte sie ihm die ganze Geschichte. Darauf zeigte ihr der Direktor das Foto eines Mannes, und sie sagte: »Das ist der Mann, der mir die Geldanweisung gegeben hat.«

Da zerriß der Bankdirektor seine Kleider und begann bitterlich zu weinen. Als er sich ein wenig beruhigt hatte, sagte er: »Meine Dame, dieser Mann ist mein Vater. Als er noch lebte, war er Direktor dieser Bank, und nach seinem Hinscheiden bin ich an seine Stelle getreten, und ich habe niemals Kaddisch für ihn gesagt.«

Darauf zahlte ihr der Bankdirektor den Betrag aus, der auf der Anweisung stand – eine riesige Summe –, und damit lebte sie im Überfluß bis an ihr Ende.

Der arme Bruder und die drei Tiere

Es lebten einmal zwei Brüder im Lande Persien, der eine war arm und der andere reich. Der reiche Bruder handelte mit Stoffen, und sein Geschäft blühte, während der Arme sich vergebens abrackerte und kein Glück hatte.

Einmal, kurz vor dem Pessachfest, waren der Arme und seine Frau in großer Not und hatten nichts im Hause, um das Fest gebührend zu begehen. Da sagte die Frau des Armen zu ihm: »Mein Mann, es bleibt dir keine Wahl, als deinen Bruder um Hilfe zu bitten, denn schließlich ist er dein Bruder und dein eigen Fleisch und Blut.« Darauf ging der Arme zu seinem reichen Bruder und erbat seine Hilfe, und dieser sagte zu ihm: »Du tust mir leid, Bruder, doch auch meine Lage ist nicht rosig, wegen der vielen Steuern und der Zinsen, wegen der unbezahlten Anleihen und wegen des Wettbewerbs der anderen Kaufleute und der schlechten Lage des Handels überhaupt.« So speiste er ihn mit leeren Worten ab und gab ihm auch nicht einen einzigen Dinar, von dem er sich zum Fest Matze und Fisch und Wein hätte kaufen können.

Bekümmert, beschämt und gesenkten Hauptes ging der Arme davon und wagte es nicht, nach Hause zu gehen. Er beschloß davonzulaufen, wohin immer ihn seine Beine tragen würden. Er wanderte weit weg über die Felder, bis er an einen Fluß kam. Dort stand eine verfallene und verlassene alte Wassermühle, und der Arme ging hinein, legte sich in einem Winkel nieder und schlief vor Erschöpfung ein.

Gegen Mitternacht hörte er Stimmen. Er schlug die Augen auf und sah einen Fuchs, einen Löwen und einen Bären, die sich dort zu treffen und Gespräche zu führen pflegten. Der Fuchs sagte: »Freunde, ist euch bekannt, daß hier in einem Loch unter dem Fußboden eine Maus wohnt, die Goldmünzen sammelt?« Da erwiderte der Löwe: »Das ist gar nichts gegenüber dem, was ich weiß: Die Tochter des Königs ist erkrankt und verrückt geworden, und kein Arzt kann ihr helfen, obgleich sie mit Leichtigkeit geheilt werden könnte. Im Hause des Bauern Soundso (der Löwe nannte seinen Namen) befindet sich ein schwarzer Hund. Wer diesen Hund tötet, sein Herz kocht und der Königstochter zu essen gibt, kann ihre Krankheit heilen.« Da sagte der Bär: »Auch ich habe etwas Wichtiges zu erzählen: Wisset, daß es südlich der Stadtmauer einen Hügel gibt, und unter dem Hügel befindet sich eine Höhle voller Tonkrüge, die mit Goldmünzen gefüllt sind, und wer sie findet, wird auf einen Schlag ein reicher Mann.«

Der arme Mann hörte diese Worte und behielt sie in Erinnerung. Als es Tag wurde und der Hahn krähte, gingen der Fuchs, der Löwe und der Bär ihres Weges. Der Arme erhob sich, grub unter dem Fußboden und fand das Mauseloch mit den Münzen. Er füllte seine Taschen bis zum Rand und machte sich davon.

Als er an das Stadttor kam, sah er, daß die Menschen bekümmert waren und sich sorgten und die Frauen Tränen vergossen. Da fragte er sie: »Worum sorgt ihr euch so sehr?« Und sie erwiderten: »Wie sollten wir uns nicht sorgen, da doch die Königstochter verrückt geworden ist und keiner sie heilen kann?« Darauf ging der Mann zum Königspalast und sagte zu dem Türhüter: »Gehe und melde deinem Herrn, dem König, daß ich gekommen bin, seine Tochter zu heilen.« Da sagte der Türhüter: »Es ist schade um dich, Fremder, daß du deinen Kopf in eine so gefährliche Schlinge steckst. Schon viele haben es versucht und dabei ihren Kopf verloren. Warum solltest auch du deinen Kopf verlieren.« Doch der Mann sagte: »Tue es dennoch.«

Der Türhüter ging und meldete es dem König, und dieser erteilte seine Erlaubnis. Darauf nahm der Mann den Türhüter mit und ging mit ihm zum Hause jenes Bauern, wo sie den schwarzen Hund fanden. Sie töteten den Hund, kochten sein Herz und gaben es der Königstochter zu essen, worauf diese sogleich gesund wurde. Darauf sagte der König zu dem Mann: »Wenn du möchtest, gebe ich dir meine Tochter zur Frau und setze dich zu meinem Erben ein.«

Und der Mann erwiderte: »Möge mein Herr und König ewig leben, denn seine Gnade kennt keine Grenzen, und auch seine Tochter ist sehr schön. Doch bin ich bereits verheiratet, und wir Juden dürfen nur eine Frau ehelichen. Darum habe ich nur eine Bitte: Schenke mir den Hügel südlich der Stadtmauer.«

Der König schenkte ihm den Hügel, unterschrieb einen Vertrag und stempelte ihn mit seinem königlichen Siegel und ließ die Schenkung im Regierungsamt eintragen. Darauf grub der Mann in der Höhle im Hügel, fand dort sieben Tonkrüge voller Gold und wurde reicher, als er es sich je erträumt hatte. Unsereiner wäre schon zufrieden, wenn er nur den Inhalt eines jener Tonkrüge besäße.

Jetzt, da er reich geworden war, ließ der Mann seine Frau und seine Kinder in die Hauptstadt kommen. Und die Familie feierte das Pessachfest in Wohlstand und Freude, kaufte sich neue Kleider und neue Schuhe, von der Matze und dem Wein für die vier Becher und den köstlichen Speisen gar nicht zu reden. Als das Fest vorüber war, heuerte der Mann Arbeiter an und ließ auf dem Gipfel des Hügels eine große Herberge bauen mit einem Schild über der Tür, auf dem in weit sichtbaren Buchstaben geschrieben stand: »Jeder Hungrige möge kommen und essen.«

Nicht lange danach verwickelte sich sein reicher Bruder in schlechte Geschäfte, verlor sein ganzes Geld und machte Bankrott und hatte kein Brot mehr zu essen. Da erinnerte er sich an seinen Bruder, der reich geworden war, und ging in die Hauptstadt, ihn um Hilfe zu bitten. Sein Bruder unterstützte ihn auf großzügige Weise und geizte nicht, doch der arm gewordene Reiche begnügte sich damit nicht und begehrte zu wissen, auf welche Weise sein Bruder so viele Reichtümer erworben hatte. Er drängte ihn so lange, bis sein Bruder ihm von der alten Mühle erzählte, von dem Fuchs, dem Löwen und dem Bären und allem anderen. Der Bruder hörte ihm zu und behielt seine Worte in Erinnerung.

Er dachte nach und beschloß, ebenfalls zu jener Mühle zu gehen. Als er dort ankam, versteckte er sich hinter einem Haufen Müll und Abfall. Um Mitternacht erschienen wieder der Fuchs, der Löwe und der Bär, und der Fuchs sagte: »Freunde, ich rieche einen Menschen.« Darauf sagte der Löwe: »Das muß derselbe Mensch sein, der uns damals belauscht hat und der das Geld aus dem Mauseloch holte, die Königstochter heilte und den Schatz aus der Höhle ausgrub.« Und der Bär sagte: »Ich bin so zornig, daß ich ihn zerreißen möchte, wie nur ein Bär es kann.«

Sie suchten nach dem Versteckten, fanden ihn und rissen ihn in Stükke. Der Mann blieb lange Zeit verschwunden, bis es eines Tages seinem Bruder in den Sinn kam, zur Mühle zu gehen und ihn dort zu suchen. Als er dort hinkam, fand er nur seine Knochen. Er sammelte sie auf, begrub sie nach jüdischer Tradition und setzte ihm einen Grabstein. Und er ernährte die Frau und die Kinder des Verstorbenen, daß es ihnen an nichts fehlte.

Perlenhals

Dies ist die Geschichte eines alten Ehepaares, dem keine Kinder beschert waren, das jedoch die Hoffnung nicht aufgab und Tag und Nacht betete und flehte, bis ihm schließlich ein Sohn geboren wurde. Und der Knabe war außergewöhnlich schön und lieblich anzuschauen, und alle, die ihn sahen, sagten, sie hätten noch nie eine solche Schönheit erblickt. Die Eltern liebten ihren Sohn über alles und sparten, Münze für Münze, eine Geldsumme, von der sie eine Perlenkette kauften, die sie ihrem Sohn um den Hals hängten. Der Knabe war ob seiner Perlenkette überall bekannt und man nannte ihn Perlenhals.

Als er heranwuchs, hütete er die Schafherde seines Vaters. Eines Tages fuhr die Königstochter in ihrer Kutsche vorüber, erblickte den Jüngling und war von seiner Schönheit verzaubert. Sie ging zu ihrem Vater und sagte: »Vater, ich habe mich in diesen Jüngling verliebt, und wenn du ihn mir nicht zum Manne gibst, ist mein Leben kein Leben mehr.« Der König liebte seine Tochter wie seinen Augapfel und versagte ihr diese Bitte nicht. Er ließ den Jüngling kommen, und dieser nahm sie zur Frau, und die beiden lebten zusammen in Eintracht und Glück.

Das kam einer Freundin der Königstochter zu Ohren, die die Tochter des Königs eines Nachbarlandes war, und der Neid stieg in ihr auf. Dieser Neid fraß an ihrem Herzen, bis sie abmagerte und bleich wurde und ständig mißlaunig war und zürnte. Ihr Vater bemerkte das und fragte sie: »Meine Tochter, warum bist du so blaß und mißgelaunt und zornig?« Und sie erwiderte: »Vater, wenn du mir nicht Perlenhals bringst, will ich nicht mehr leben.« Da sagte der König: »Meine Tochter, wie kann ich das tun? Er ist mit der Tochter unseres Nachbarn verheiratet.« Und sie sagte: »Vater, sprich mit ihm. Wenn er dir nicht zu Willen ist, ziehe gegen ihn in den Krieg.«

Der König sah, daß ihm keine andere Wahl blieb, als den Wunsch seiner Tochter zu erfüllen, versammelte seine Streitmacht und viele Pferde und Reiter und zog an die Grenze des Nachbarlandes. Und die Einwohner gerieten in Furcht und Schrecken, denn es waren wenige gegen viele und Schwache gegen Starke. Als Perlenhals die Notlage seiner

Mitbürger sah, ging er zu seinem Schwiegervater, dem König, und sagte: »Herr, erlaube mir zu jener Königstochter zu gehen, die nach mir verlangt, denn wenn ich es nicht tue, sind wir alle verloren.«

Perlenhals nahm mit Küssen und Umarmungen und unter Tränen Abschied von seiner Frau und versprach ihr, nach einem Monat zu ihr zurückzukehren. Die Frau wartete auf die Rückkehr ihres Mannes einen Monat lang, dann zwei und dann drei, doch er kam nicht zurück. Da ging sie zu ihrem Vater und sagte: »Mein teurer Vater, ich muß selbst gehen und meinen Mann zurückholen, den mir jene Frau gestohlen hat, denn ohne ihn will ich nicht weiterleben.« Der Vater versuchte sie davon abzuhalten, doch all seine Beschwörungen waren umsonst. Schließlich mußte er nachgeben, gab ihr eine Kutsche und Pferde und Wegzehrung und Bedienstete und außerdem noch drei Geschenke: ein mit Edelsteinen besetztes Tuch, ein mit Gold und Perlen durchwirktes Kleid und ein Tablett mit einer Henne und Küken aus purem Gold. Die Frau verkleidete sich als Mann, um nicht erkannt zu werden, und machte sich auf den Weg.

Sie fuhr, bis sie in die Hauptstadt des Nachbarlandes kam, und stellte sich dort auf die Straße, um den Weg zum Königspalast zu erfragen. Ein Händler kam vorüber, und sie fragte ihn nach dem Weg. Der Händler sagte: »Ich habe schöne Äpfel billig zu verkaufen«, doch ihre Frage beantwortete er nicht. Darauf wandte sich die Frau an andere Menschen auf der Straße, doch keiner beantwortete ihre Frage. Die Frau war äußerst verwundert und sagte sich im stillen: All diese Leute sind dumm oder böse oder unhöflich. Sie wußte nicht, daß es in diesem Lande ein Gesetz gab, das es verbot, einem Fremden zu offenbaren, wo sich der Königspalast befand. Wer es mit Worten erklärte, dem wurde die Zunge herausgeschnitten, wer mit dem Finger die Richtung angab, dem hackte man den Finger ab, wer mit einem Blick darauf hinwies, dem riß man das Auge aus, und wer mit einem Kopfnicken die Richtung angab, dem wurde der Kopf abgeschlagen.

Die Frau ging weiter, bis sie am Abend an die Stadtgrenze kam, wo in einer ärmlichen Hütte ein altes Ehepaar wohnte. Sie schenkte den Alten eine Goldmünze und sagte: »Ich bin hier fremd und will zum

Königspalast.« Und der alte Mann schwieg, weil er sich fürchtete. Da sagte seine Frau zu ihm: »Mein Mann, wir wohnen an einem entlegenen Ort, wo uns keiner sieht. Laß uns dieser Tochter großzügiger Menschen helfen.« Da sagte der Alte zu der Königstochter: »Geehrte Frau, wenn ich morgen in die Stadt gehe, folge mir, und deine Bitte wird erfüllt werden.« Da gab sie ihm noch eine Goldmünze und wartete bis zum Morgen.

Am Morgen machte der Alte sich auf und ging über die Märkte der Stadt, auf dem Kopf einen Korb mit Brot, Honigkuchen und anderem Backwerk. Die Königstochter ging ihm nach, doch plötzlich stolperte der Alte und fiel zu Boden, und seine Waren verstreuten sich auf der Erde, und der Alte weinte und beklagte sein Schicksal. Die Königstochter begriff sogleich, daß sie an ihrem Bestimmungsort angekommen waren. Sie blickte sich um und sah ein schönes großes Haus mit einem Garten und einer hohen Mauer, und das war offenbar der Königspalast.

Gegenüber stand die Hütte eines Kohlenbrenners. Bei ihm mietete sie ein Zimmer für drei Tage und zahlte einen hohen Preis. Der Kohlenbrenner holte Arbeiter, die das Zimmer mit Kalk weiß anstrichen, und stellte Stühle, einen Tisch und ein Bett hinein und was sie sonst noch benötigte. Die Frau hängte das mit Edelsteinen besetzte Tuch, das ihr Vater ihr gegeben hatte, ins Fenster und wartete ab.

Eine der Dienerinnen im Palast steckte den Kopf aus dem Fenster, um etwas hinauszuwerfen, und bemerkte das Tuch, das in der Sonne glitzerte. Da sagte sie zu ihrer Herrin, der Königstochter: »Herrin, ich sehe ein wunderschönes Tuch.« Zornig erwiderte die Königstochter: »Was fällt dir ein, Dienerin, mich mit Geringfügigkeiten zu belästigen! Wahrscheinlich ist es nur ein Lappen, der kaum den Preis eines Büschels Petersilie wert ist.« Worauf die Dienerin erwiderte: »Herrin, ich bin das Fleisch, und du bist das Messer. Tue, wie dir beliebt.«

Das erweckte die Neugierde der Königstochter, und sie ging ans Fenster und blickte hinaus. Da sagte sie: »Dieses herrliche Tuch muß ich haben.« Sie befahl der Dienerin hinunterzugehen und das Tuch seinem Besitzer abzukaufen. Diese ging zur Hütte des Kohlenbrenners und bat die Frau, ihr das Tuch zu verkaufen. Die Frau erwiderte: »Ich verkaufe dieses Tuch um keinen Preis, es sei denn, daß Perlenhals kommt und bei mir die Nacht verbringt.« Und die Frau, die immer noch Männerkleidung trug, wurde von den Menschen für einen Mann gehalten.

Die Dienerin ging zurück und berichtete der Königstochter, was geschehen war. Da sagte diese sich im stillen: Der Besitzer des Tuches ist ein Mann. Was macht es schon aus, wenn Perlenhals bei ihm übernachtet? Was kann er schon mit ihm anfangen? Und sie willigte in den Tauschhandel ein. Was tat sie? Am Abend verabreichte sie Perlenhals ein Schlafmittel, und als er fest schlief, steckten ihn die Diener in einen Kasten und trugen ihn über die Straße zur Hütte des Kohlenbrenners. Dort blieb er die ganze Nacht über in tiefem Schlaf, und es gelang der Königstochter nicht, ihn auch nur für eine Minute zu erwecken. Am Morgen holten ihn die Diener zurück in den Palast, und er wußte nicht einmal, was mit ihm geschehen war.

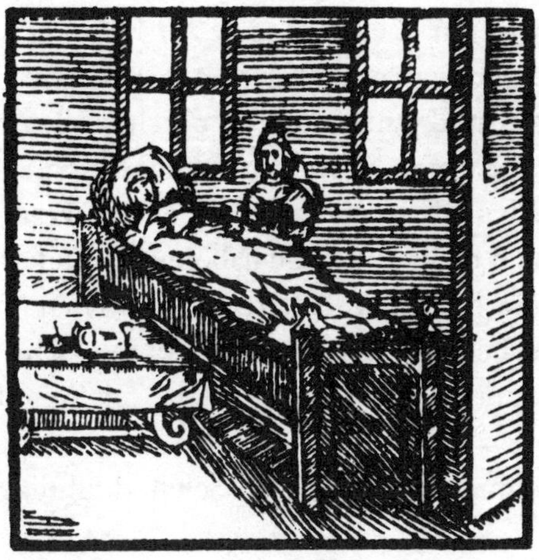

Am nächsten Tag hängte die Frau das Kleid mit der Gold- und Perlenstickerei, das sie mitgebracht hatte, ins Fenster. Eine der Dienerinnen sah es und erzählte ihrer Herrin davon. Diese blickte aus dem Fenster, fand Gefallen daran und schickte die Dienerin, das prächtige Kleidungsstück zu kaufen. Und alles war wie am Vortag, man brachte Perlenhals in der Nacht zur Hütte des Kohlenbrenners, während er fest schlief und nicht wußte, was mit ihm geschah. Die Frau war ratlos und fast schon daran, ihren Plan aufzugeben.

Jetzt blieb ihr nur noch die Henne mit ihren Küken. Sie stellte sie ins Fenster, wo sie in der Sonne glitzerten, und die Königstochter konnte ihre Gier nicht unterdrücken und willigte ein, Perlenhals auch in der dritten Nacht zu ihr zu schicken. Am selben Tag ging Perlenhals in der Dämmerung spazieren. Als er an der Hütte des Kohlenbrenners vorbeikam, trat dieser aus der Tür und sagte: »Herr, eine Frau hat bei mir ein Zimmer gemietet, und ich höre, wie sie die ganze Nacht weint und deinen Namen ruft und keine Antwort erhält. Es scheint mir, daß man dich einschläfert und deine Sinne umnebelt, und du solltest dieser Sache Beachtung schenken.«

Perlenhals dankte ihm und ging in den Palast zurück. Beim Abendessen paßte er auf und sah, wie man ihm ein Schlafmittel in den Wein schüttete. Er goß den Wein heimlich aus und stellte sich schlafend, und wieder brachte man ihn über die Straße zur Hütte des Kohlenbrenners. Als er dort angekommen war, schlug er die Augen auf und stieg aus dem Kasten, und er und seine Frau fielen sich in die Arme und herzten und küßten sich die ganze Nacht unter Freudentränen.

Dann sagte Perlenhals zu seiner Frau: »Meine Frau, wisse, daß diese Königstochter mich nicht aus Liebe haben will, sondern aus Neid, denn bei den Frauen gibt es keinen stärkeren Trieb als den Neid. Und ich bin bei ihr schon des Lebens überdrüssig geworden.« Die beiden erhoben sich noch vor Sonnenaufgang und gingen weit weg, bis sie ans Meer kamen. Dort fanden sie ein Schiff und bestachen den Kapitän mit viel Geld, sie mitzunehmen. Sie stachen in See und fuhren, bis sie ihre Heimat erreichten.

Am Morgen kamen die Diener zur Hütte des Kohlenbrenners, doch Perlenhals war nicht mehr dort. Das berichteten sie der Königstochter, die sogleich begriff, was geschehen war, und sie erkrankte von dem Neid, der an ihrem Herzen fraß, und ihre Krankheit währte lange Zeit, bis sie schließlich starb.

Wo ist der Platz des Asasel?

Es waren einmal zwei Brüder, der eine reich, der andere arm. Der Reiche pflegte seinem Bruder einmal im Jahr ein Maß Weizen zu schenken, damit er zum Pessachfest Matzen backen konnte. Eines Tages kam sein Bruder wie gewöhnlich zu ihm, den Weizen in Empfang zu nehmen, doch der Reiche sagte hartherzig zu ihm: »Geh zum Asasel.«

Bekümmert ging der Arme nach Hause und sah, daß seine Kinder weinten. Da sagte er sich: Ich will in der Tat zum Asasel gehen. Vielleicht finde ich dort etwas, womit ich meine Kinder ernähren kann.

Er nahm seinen Gebetsschal und seine Gebetsriemen und ein wenig Wegzehrung und machte sich auf den Weg. Er ging einen Tag und noch einen Tag, bis er an einen kleinen Bach kam. Dort setzte er sich nieder, um ein wenig zu ruhen. Er nahm ein Stück Brot aus seinem Knappsack, tauchte es ins Wasser und aß davon, und danach sprach er den Segensspruch. Dann sprach er das Gebet: »Höre Israel« und legte sich schlafen.

Am Morgen erhob er sich und setzte seinen Weg fort. Er ging einen weiten Weg, bis er an ein kleines Haus kam. Da dachte er sich: Vielleicht ist hier der Platz des Asasel, betrat das Haus und sah dort drei junge Weberinnen. Die eine webte Goldfäden, die zweite Wollfäden und die dritte Seidenfäden. Sie empfingen den Wanderer sehr freundlich, setzten ihn zu Tisch, gaben ihm Wasser zum Händewaschen, Brot und Salz und schmackhafte Speisen. Er aß sich satt und sprach den Segensspruch.

Doch spürte er, daß die Mädchen bekümmert waren, und fragte sie: »Sagt mir bitte, warum seid ihr so traurig?« Und sie erwiderten: »Wir weben schon so viele Jahre lang mit Gold und Wolle und Seide und blicken aus dem Fenster und halten vergebens Ausschau nach den uns zugedachten Jünglingen, die uns heiraten werden, aber keiner kommt.«

Da sagte der arme Mann: »Seid nicht traurig, denn Gott wird euch beistehen.«

Er übernachtete in dem kleinen Haus und machte sich am frühen Morgen wieder auf den Weg. Bevor er ging, versprach er den Mädchen, wenn er auf seinem Weg erfolgreich sein würde, dann würde er auch

ihnen helfen. Sie dankten ihm, gaben ihm ein wenig Wegzehrung, und dann ging er weiter.

Er wanderte einen ganzen Tag und noch einen zweiten Tag lang und kam zu einem hohen Baum. Er setzte sich in den Schatten des Baumes und schlief vor Erschöpfung ein. Als er erwachte, streckte er die Hand aus, pflückte sich einen Apfel und aß davon. Doch der Apfel hatte einen bitteren Geschmack. Da fragte er den Baum: »Wie kommt es, daß du so hübsch bist und deine Früchte so bitter sind?« Und der Baum erwiderte: »Ich weiß es, weil jeder Vorübergehende, der meine Früchte pflückt, mich verflucht, anstatt mich zu segnen. Doch die Ursache ist mir unbekannt.«

Da sagte der Arme: »Sei nicht traurig und betrübt. Wenn ich auf meinem Wege erfolgreich bin, werde ich auch für dich sorgen und die Ursache herausfinden.«

Der Arme wanderte weiter, einen ganzen Tag und noch einen ganzen Tag, und kam schließlich an einen breiten Fluß. Auf dem Fluß befand sich eine Fähre, und der Fährmann stand dabei und weinte bitterlich. Verwundert fragte ihn der Arme: »Warum weinst du?« Und der Fährmann erwiderte: »Wie soll ich nicht weinen? Seit vielen Jahren setze ich auf dieser Fähre Menschen über den Fluß, und danach ziehen sie weiter und gehen ihren Geschäften nach, während ich selbst meine Fähre nicht verlassen darf.«

Der Arme überredete ihn, ihn überzusetzen, und dann sagte er: »Wenn ich erfolgreich bin, werde ich dich nicht vergessen, und dann werde ich herausfinden, warum du die Fähre nicht verlassen kannst.«

Danach ging der Arme weiter, einen Tag und noch einen Tag, bis er an einen dichten Wald kam. In diesem Wald stand ein kleines Haus, in dem eine alte Frau wohnte, der nichts auf der Welt verborgen blieb. Die Alte nahm den Wanderer freundlich auf, setzte ihn zu Tisch, brachte ihm Wasser zum Händewaschen, Brot und Salz und Speise und Trank. Er aß sich satt und sprach den Segensspruch. Danach sagte die Alte zu ihm: »Wenn du mir Fragen stellen willst, werde ich dir antworten. Du hast Gefallen in meinen Augen gefunden, und ich will dir nützlich sein.«

Da fragte er sie: »Warum ist mein reicher Bruder so hartherzig und will mir nicht helfen?«

Und sie erwiderte: »Weil er nie Armut gekannt hat.«

Dann fragte er: »Warum finden die drei Weberinnen von Goldfäden, Wollfäden und Seidenfäden keine Freier?«

Sie erwiderte: »Weil vor ihrem Haus soviel Abfall liegt. Sobald die Mädchen den Abfall aufkehren, werden die Freier kommen.«

Er fragte: »Warum sind die Früchte des Baumes so bitter?«

Sie erwiderte: »Weil zwischen seinen Wurzeln ein Schatz begraben ist. Sobald der Schatz gehoben wird, werden die Früchte wieder süß sein.«

Er fragte: »Warum darf der Fährmann am Fluß die Fähre nicht verlassen?«

Sie erwiderte: »Er soll einen anderen Fährmann finden, dann kann er gehen.«

Er fragte: »Woher soll man Matzen für das Pessachfest nehmen für einen Juden, der keine Matzen hat?«

Sie erwiderte: »Man nimmt sie von dem einen und gibt sie dem anderen.«

Als die Alte dem Armen alle Fragen beantwortet hatte, dankte er ihr und machte sich auf den Weg. Als er wieder zum Fluß kam, erzählte er dem Fährmann, was die Alte gesagt hatte, und dieser dankte ihm und setzte ihn über. Als er dann zum Baum kam, erzählte er diesem, was die Alte gesagt hatte, und bat um Erlaubnis, den Schatz ausgraben zu dürfen. Der Baum erteilte ihm die Erlaubnis, und darauf öffnete sich die Erde, und der Arme stieg in die Grube und fand dort Silber und Edelsteine und einen goldenen Leuchter und andere Sachen von hohem Wert. Dann nahm er Abschied von dem Baum und ging weiter bis zu dem kleinen Haus der Weberinnen, denen er berichtete, was die Alte gesagt hatte. Die Mädchen freuten sich sehr, daß das Geheimnis gelüftet war und ihre Rettung bevorstand, und alle drei beschenkten ihn: die eine mit Goldfäden, die zweite mit Wollfäden und die dritte mit Seidenfäden.

Danach kehrte der Arme, der nun reich geworden war, freudigen Herzens nach Hause zurück und kaufte für sich und seine Familie Speisen und Kleidung und neue Schuhe, und am Abend des Pessachfestes lud er seinen reichen Bruder zum Festmahl ein. Als dieser kam, packte ihn der Neid und er fragte: »Mein Bruder, woher hast du all diese Reichtümer?«

Und dieser erwiderte: »Mein Bruder, du hast mich doch zum Asasel geschickt. Dies alles habe ich von dort mitgebracht.«

Da sagte sich der Reiche im stillen: Dann will auch ich zum Asasel gehen. Als das Pessachfest vorüber war, machte er sich auf den Weg, den Platz des Asasel zu suchen. Er ging, bis er an den breiten Fluß kam. Dort begegnete er dem Fährmann und fragte ihn: »Weißt du, wo der Platz des Asasel ist?« Der Fährmann verstand sogleich, worum es ging, und erwiderte: »Diese Fähre ist der Platz des Asasel.«

Darauf stieg der Reiche auf die Fähre, und im gleichen Augenblick sprang der Fährmann ans Ufer und machte sich davon. Und der Reiche mußte bis an sein Lebensende auf der Fähre bleiben.

Wen Gott liebt

Es war einmal ein Witwer, der zwei Söhne hatte, und als seine Sterbestunde herannahte, rief er die Söhne an sein Bett und sagte: »Nach meinem Tode sollt ihr meinen Leichnam auf eine Stute binden und sie laufen lassen, und da, wo sie stehenbleibt, sollt ihr mich begraben.«

Der ältere Sohn hörte ihn an und ging davon, denn er hatte keine Achtung vor seinem Vater und schätzte alles gering, was mit der Ehrung von Toten zusammenhing. Doch der jüngere Sohn blieb zurück und weinte bitterlich. Da sagte der Vater: »Mein kleiner Sohn, du sollst stets auf deinen Bruder hören und alles tun, was er dir sagt, denn du bist der Bessere.«

So sprach er, schloß die Augen und starb und wurde beerdigt. Schon nach wenigen Tagen kam der ältere Bruder zu dem jüngeren und sagte: »Gib mir dein ganzes Geld und alles, was du besitzt.« Und der Jüngere schwieg und gab es ihm.

Am nächsten Tag kam der Ältere wieder und sagte: »Dies ist mein Haus, und ich will es verkaufen. Geh und schlafe im Hof.« Da sagte der Jüngere: »Mein Bruder, wie kannst du mich hinauswerfen? Es gibt doch einen Gott im Himmel.« Doch der Ältere erwiderte: »Es gibt keinen Gott im Himmel.« Er hörte nicht auf das Flehen des Jüngeren, verkaufte das Haus und warf seinen Bruder hinaus.

Nach einigen Tagen kam er wieder und sagte: »Du hast behauptet, es gebe einen Gott im Himmel, aber wie ich sehe, gelingen meine Taten und nicht die deinen. Was ist deine Meinung? Wen liebt Gott? Dich oder mich? Das Gute oder das Böse?«

Und weil der Jüngere sich vor dem Älteren fürchtete, sagte er: »Wie es scheint, liebt Gott das Böse.«

Und der Ältere sagte: »Darüber muß ich noch einige Menschen befragen.« Er ging hinaus und fragte die Leute: »Was meint ihr Leute: Was liebt Gott mehr, das Gute oder das Böse?« Und weil sie Angst vor ihm hatten, erwiderten sie: »Das Böse.«

Da sagte sich der Ältere im stillen: »Weil Gott mich mehr liebt, ist mir alles erlaubt. Ich werde meinen Bruder blind machen.«

Er stach seinem Bruder die Augen aus und warf sie fort. Der Jüngere lief davon, irrte im Dunkeln auf den Feldern und in der Wüste umher und weinte. Und während er weinend umherirrte, sagte er immer wieder: »Es gibt einen Gott im Himmel, es gibt einen Gott im Himmel.«

Eines Tages geriet er in einen Wald und stieß dort gegen einen hohen Baum. In dem Wald gab es böse Tiere und giftige Schlangen, doch auch diese taten ihm nichts an. Als der Jüngling so umherirrte, geriet er bis in die Krone eines Baumes. Und dort auf den Ästen saßen zwei Tauben. Es waren Schwestern, und die eine war blind, die andere konnte sehen. Und die Sehende sagte zu der Blinden: »Nimm dir ein Blatt von diesem Baum, berühre deine Augen damit, und sie werden gesunden.« Als der Jüngling das hörte, nahm er sich ebenfalls ein Blatt, führte es an die Augen und sagte dreimal: »Es gibt einen Gott im Himmel.« Darauf gesundete er, und sein Augenlicht kehrte zurück. Er füllte seine Taschen mit Blättern von diesem Baum und machte sich auf den Weg.

Er ging, bis er in die Hauptstadt kam. Dort erfuhr er, daß der König eine blinde Tochter hatte. Und der König hatte ausrufen lassen, wer immer seine Tochter heilen würde, bekäme sie zur Frau und dazu das halbe Königreich. Doch wem es mißlang, dem würde man den Kopf abschlagen.

Der jüngere Bruder ging zu den Türhütern des Königspalasts, doch sie ließen ihn nicht ein und sagten: »Du hast nicht das Aussehen eines Arztes, und deine Kleidung ist ärmlich, und wir glauben nicht, daß du tun kannst, was anderen mißlungen ist.« Da erwiderte er: »Es gibt einen Gott im Himmel.« Während sie noch sprachen, blickte der König aus dem Fenster, hörte diese Worte und befahl, ihn einzulassen. Und dann fragte der König den Jüngling: »Wirst du meine Tochter heilen?«

Und er erwiderte: »Der Himmel schickt ihr die Heilung, und ich bin der Bote.«

Und er König fragte: »Was benötigst du?«

Er erwiderte: »Man gebe mir ein Zimmer und Kleidung und einen Topf mit heißem Wasser, und für alles andere wird Gott sorgen.«

Man gab ihm, was er verlangte. Dann ging er zur Königstochter und befahl ihr: »Sprich mir diese Worte nach: Gott Abrahams, Gott Isaaks,

Gott Jakobs.« Und sie sprach: »Gott Abrahams, Gott Isaaks, Gott Jakobs.« Dann tauchte er zwei Blätter in das warme Wasser und legte sie ihr auf die Augen, und als sie die Augen öffnete, konnte sie das Licht der Welt erblicken. Der Jüngling kleidete sie in die neuen Gewänder und ging mit der Königstochter hinaus. Und alle sahen, daß sie wieder sehen konnte, und es herrschte große Freude. Darauf richtete man eine prunkvolle Hochzeitsfeier aus, und der Jüngling ehelichte die Königstochter und wurde zum Thronfolger ernannt.

Eines Tages fuhren der Jüngling und seine Frau in einer Kutsche mit zwei Pferden spazieren und wurden von zwei schwarzen Sklaven begleitet. Sie kamen an einen Berg und sahen dort einen Mann, der sich abmühte, den Berg zu besteigen. Der Jüngling erkannte diesen Mann, der kein anderer war als sein Bruder. Da sagte er zu seiner Frau: »Gemahlin, nimm dir eines der Pferde und einen der Sklaven und kehre nach Hause zurück, während ich mit dem anderen Pferd und dem anderen Sklaven hier an diesem Ort bleibe.« Da begann sie zu weinen und sagte: »Mein Mann, ich fürchte, daß du mich verläßt und nicht mehr zu mir zurückkommst.« Da schwor er ihr, daß ihre Furcht grundlos sei, und sie tat, wie er sie geheißen hatte.

Als sie den Mann erreichten, wollte der Sklave ihn anfassen, doch der Jüngling sagte: »Rühre ihn nicht an.« Er sah, daß sein Bruder blind und aussätzig war und daß jeder, der ihn berührte, sterben mußte. Doch der Sklave mißachtete seine Warnung, berührte ihn und fiel tot um. Der Jüngling dagegen lud seinen Bruder ein, in die Kutsche zu steigen, und fuhr mit ihm in den Palast, wo er ihn in ein Zimmer führte. Dort befahl er den Dienern, frische Kleider und heißes Wasser zu bringen, und sagte zu seinem Bruder: »Sprich mir diese Worte nach: Gott Abrahams, Gott Isaaks, Gott Jakobs.« Der Bruder sprach ihm die Worte nach. Darauf tauchte der Jüngling zwei seiner Blätter ins warme Wasser und legte sie seinem Bruder auf die Augen, und dieser öffnete die Augen und erblickte wieder das Licht der Welt. Danach kleidete der Jüngling seinen Bruder in schöne neue Gewänder. Doch dieser fürchtete sich sehr, denn er dachte: Jetzt wird er mich gewiß umbringen. Er erkannte seinen kleinen Bruder nicht, der es im Leben so weit gebracht hatte.

Am Abend lud der Jüngling die Angehörigen seines Hauses zu einem Festmahl ein, und auch der König erschien mit seinen Ministern. Er befahl, seinen Bruder in den Festsaal zu führen, und dieser zitterte vor Angst, was ihm jetzt geschehen würde. Da sagte der Jüngling: »O Mann, stelle dich vor uns hin.« Als er vor ihnen stand, sagte der Jüngling: »Wer bist du, woher kommst du, und hast du einen Vater oder einen Bruder?« Und der Mann erwiderte: »Mein Name ist Soundso, ich komme aus der und der Stadt, und mein Vater ist tot. Ich hatte einen kleinen Bruder, aber auch der ist tot.«

Da sagte der Jüngling: »Du irrst. Schau mich an und überlege, ob du mich nicht kennst. Ich bin dein kleiner Bruder.«

Der Mann blickte ihn an, und sein Herz blieb fast stehen, und er wollte entfliehen und konnte nicht. Da fiel er auf die Knie und flehte um Mitleid. Darauf sagte der Jüngling: »Mein Bruder, du brauchst mich nicht zu fürchten. Antworte mir nur auf eine Frage: Wen liebt Gott mehr, den Guten oder den Bösen?« Da erwiderte der Bruder: »Den Guten, das ist über jeden Zweifel erhaben.«

Und die Anwesenden sahen und vernahmen all dies und wunderten sich sehr. Da sagte der jüngere Bruder zum älteren: »Mein Bruder, ich sehe, daß du dich vor mir fürchtest, und das solltest du nicht tun, denn schon unser Vater hat mir befohlen, mich nicht mit dir zu streiten. Sei sicher, daß ich dir nichts Böses antun werde.«

Da verneigte sich der Mann vor seinem Bruder und dankte ihm. Der Jüngling befahl, seinen Bruder mit Gold und Silber zu beschenken und ließ ihn in Frieden ziehen, um ihn nicht mehr sehen zu müssen.

EIN TELLER AUS EINER ANDEREN WELT

Dies ist die Geschichte eines Mannes, der lange Zeit ohne Arbeit war, bis er schließlich des Lebens überdrüssig wurde. Doch umbringen wollte er sich nicht, um nach seinem Tode nicht zum Gespött der Menschen zu werden, und so wurde er Soldat, begab sich absichtlich in Gefahr und war im Kampf immer unter den ersten, in der Absicht, auf diese Weise zu sterben und sich so seiner Sorgen zu entledigen. Doch dem Allmächtigen gefiel es, gerade diesen Soldaten am Leben zu lassen, und nicht nur das, er stieg immer weiter auf, bis er schließlich oberster Befehlshaber des Heeres wurde.

Eines Tages, als er seine Stiefel anziehen wollte, sah er, daß sie zu klein waren und nicht mehr zu seinem Fuß paßten. Darüber war er äußerst verwundert, denn noch am Vortage hatten die Stiefel genau gepaßt. Zu jener Stunde saß ein weiser Jude bei ihm und fragte den Befehlshaber: »Sage mir, hast du heute eine gute Nachricht erhalten?« Und der Befehlshaber erwiderte: »So ist es. Man hat mir mitgeteilt, ich sei zum König gewählt worden.«

Darauf sagte der Weise: »Das ist die Erklärung dafür. Denn es steht geschrieben: ›Eine gute Botschaft labt das Gebein.‹ Darum paßt der Stiefel nicht mehr zu deinem Fuß.«

Darauf befahl der Heerführer, ihm neue Stiefel anzufertigen, und zog aus, die Welt zu erobern. Er eroberte ein Land nach dem anderen und kam schließlich bis nach Jerusalem. Dort begegnete er wieder jenem weisen Juden und sagte zu ihm: »Weiser Jude, wie ich höre, glaubt ihr Juden daran, daß außer dieser Welt noch eine andere Welt besteht, und es ist mein fester Wille, diese andere Welt zu sehen.«

Darauf erwiderte der Weise: »Wer immer die andere Welt sehen will, kann es tun.«

Da fragte der König: »Wie denn? Ich kenne den Weg nicht.«

Und der Weise antwortete: »Ich will dir die Wegzeichen erklären.« Er erklärte ihm die Wegzeichen, und der König versammelte sein ganzes Heer, nahm alle seine Schätze und was er für die Reise benötigte, und zog aus, die andere Welt zu finden. Er zog über Berge und durch Täler, über Meere und durch Wüsten, durch Flüsse und Wälder, und stets befahl er seinen Soldaten: »Wenn ihr etwas Ungewöhnliches seht, laßt es mich wissen.«

Eines Abends erblickten die Soldaten Lichter am Himmel. Sie meldeten es dem König, und auch dieser blickte zum Himmel und sah die Lichter, und während dessen fand er sich vor dem Torwächter. Der König wollte hinein, doch der Wächter hielt ihn an. Der König wurde zornig und wollte den Wächter zur Seite stoßen. Dabei drang ein Nagel in seine Hand ein, so daß er sie nicht mehr bewegen konnte. Und der Wächter sagte zu ihm: »Es ist dein Glück, daß du ein großer und berühmter König bist, sonst wäre dir Schlimmeres geschehen.« Da erinnerte sich der König an das Zeichen, das ihm der weise Jude mit auf den Weg gegeben hatte, und sagte es dem Wächter. Darauf gab ihm der Wächter einen goldenen Teller, der mit Diamanten verziert war. Doch der König dachte im stillen: Man wird mich auslachen, wenn ich diesen Teller vorzeige, denn mein Besitz übertrifft um vieles den Wert dieses Tellers. Aber als er den Teller auf die Schale einer Waage legte, sah er, daß der Teller alles, was er auf die andere Waagschale legte, aufwog. Da häufte er Gold und Silber und Edelsteine auf die andere Waagschale im Übermaß, doch der Teller wog schwerer als alles andere.

Der König konnte kaum glauben, was er mit eigenen Augen sah, und kehrte zurück nach Jerusalem, um den jüdischen Weisen nach der Bedeutung dieser Erscheinung zu fragen. Der Weise betrachtete den Teller und sah dort zwei Augen. Da sagte er zum König: »Bedecke dieses Augenpaar mit ein wenig Erde.« Der König bedeckte die Augen mit ein wenig Erde, und sogleich verminderte sich das Gewicht des Tellers, und die Waagschale, auf der er lag, ging in die Höhe. Verwundert fragte der König nach der Bedeutung dieser Erscheinung, und der weise Jude erwiderte: »Es steht geschrieben: ›Der Menschen Augen sind unersättlich.‹ Das heißt: Solange die Augen in dieser Welt geöffnet sind, sind sie niemals gesättigt und begnügen sich nicht mit allem Gold und Silber. Doch in der anderen Welt ist es nicht mehr so, sobald die Erde die Augen bedeckt.«

Der Mann, der den Propheten Zacharias erschlug

In einer Stadt im Lande Aschkenas lebte einst ein Zaddik, der kurz vor seinem Tode verkündete, er würde von Mördern erschlagen werden. Als man ihn nach der Bedeutung dieser Aussage fragte, erwiderte er, er habe schon neunundneunzigmal auf dieser Welt gelebt und sei jedesmal von Mördern erschlagen worden, und dies sei das hundertste und letzte Mal, und von nun an würde seine Seele Ruhe finden und sich nicht mehr quälen müssen. Und als seine Zuhörer ob dieses Rätsels sehr verwundert waren, erzählte er ihnen, er sei zu Zeiten, als der Tempel in Jerusalem noch bestand, Vorsitzender des Sanhedrin gewesen, ein weiser Schriftgelehrter, der den Propheten nicht traute, und der erste, der dem Propheten Zacharias ins Gesicht schlug und zu ihm sagte: »Du bist unwissend, warum gibst du dich als Prophet aus?« Als die leichtfertige Volksmenge das sah, fiel sie über den Propheten her und erschlug ihn. Und der Rabbi befahl, ihm diese Worte auf den Grabstein zu schreiben: »Hier ist der Mann begraben, der den Propheten Zacharias erschlug.« Und so geschah es – nachdem ihn seine Mörder getötet hatten.

Der Zaddik und der Dibbuk

Eines Tages erschien bei dem Zaddik Rabbi Israel aus Kosnitz ein Mann, der von einem Dibbuk besessen war, und dieser Dibbuk sprach aus seinem Mund und bereitete ihm seelische und körperliche Qualen.

Während dieser Mann noch vor dem Zaddik stand, begann der Dibbuk wieder aus seinem Mund zu sprechen und seltsame Laute von sich zu geben. Da sprach der Rabbi zum Dibbuk: »Bösewicht! Warum quälst du eine Seele aus dem Volke Israels? Warum willst du diesen Körper, in den du gefahren bist, nicht verlassen?« Und der Dibbuk erwiderte: »Herr, warum sprichst du mit mir so hochmütig? Zu meinen Lebzeiten erreichten die Sechs- und Siebenjährigen viel mehr als das, was die Weisen der heutigen Generationen erreichen.« Als der Zaddik diese Worte hörte, sagte er zu dem Dibbuk: »Wenn es so ist, dann offenbare mir, wer du bist, und vielleicht kann ich etwas für deine Seele tun. Doch wenn du meinen Rat nicht annimmst, werfe ich dich in die Tiefen der Sintflut.« Da begann der besessene Mann am ganzen Leibe zu zittern, und der Geist sprach aus seinem Munde: »Wisse, daß ich vor der ersten Tempelzerstörung in Jerusalem ein großer Befehlshaber war, und als ich im heiligen Tempel die Voraussagen des Propheten Zacharias vernahm, konnte ich nicht länger an mich halten und schlug ihm zweimal ins Gesicht. Und andere folgten meinem Beispiel, bis sich das Volk erhob und ihn tötete.«

Als der Rabbi diese Worte aus dem Munde des Mannes vernahm, sagte er: »Wenn du die Wahrheit sprichst, dann will ich dich von Angesicht zu Angesicht sehen.« Und der Dibbuk erwiderte: »Ich bin bereit, deinen Wunsch zu erfüllen, doch hier im Hause ist nicht genug Platz. Gehe hinaus aufs Feld, aber nicht allein, sondern nimm einige Leute mit, die dir zur Seite stehen, für den Fall, daß du ohnmächtig wirst, wenn du mich erblickst.«

Der Zaddik tat wie geheißen und ging mit zehn Männern hinaus aufs Feld. Dort erschien ihm der Geist, und der Zaddik war von Angst und Schrecken erfüllt und fiel fast in Ohnmacht, doch die anderen Männer standen ihm bei und brachten ihn wieder zu sich. Darauf ging der Zaddik wieder ins Haus zurück und sagte zu dem vom Dibbuk besessenen Mann: »Gehe zum Rabbi von Lublin, und er wird dir helfen.« Der Mann gehorchte und ging nach Lublin zum Rabbi, und dieser fragte ihn: »Wer bist du und was ist dein Handwerk?«, worauf der Dibbuk in untertänigem Ton antwortete: »Ich bin der Befehlshaber, der den Propheten Zacharias ins Gesicht schlug, als er dem Volk im Tempelhof seine Prophezeiungen verkündete, und als das Volk sah, was ich tat, erschlug es den Propheten.« Da sagte der heilige Rabbi von Lublin: »Ich will dich von Angesicht zu Angesicht sehen.« Der Geist erfüllte seinen Wunsch und zeigte sich dem Rabbi in seinem Hause von Angesicht zu Angesicht. Darauf sagte der Rabbi zu den Männern, die ihn umgaben: »Alle Welt glaubt, daß die Räuber jener Zeit einfache und ungehobelte Menschen waren, die sagten: ›Wer gibt mir einen gelehrten Schüler, damit ich ihn wie eine Schlange beiße?‹ Doch dem ist nicht so. Es waren wichtige und verdiente Leute, die dem Propheten nicht nachstanden. Darum stellt sich die Frage: Warum widersetzten sie sich dem Propheten? Und die Antwort lautet: Sie glaubten, solange der Prophet seine Voraussagen für sich behalte und sie nicht öffentlich verkündete, könnte man alles noch wiedergutmachen. Doch wenn er seine Prophezeiung ausgesprochen hatte, gab es nichts mehr wiedergutzumachen. Und als sie sahen, daß Zacharias nicht an sich halten konnte und seine Prophezeiungen öffentlich verkündete, fielen sie über ihn her und töteten ihn, um doch noch alles wiedergutzumachen.«

Als der Rabbi seine Ausführungen beendet hatte, ertönte die Stimme des Dibbuk: »Hundertmal habe ich schon auf dieser Welt gelebt, und in jedem Leben hat man mein Blut vergossen und mich auf andere Art getötet, und alle diese Strafen haben meiner Seele keine Ruhe geschenkt, doch jetzt hat meine Seele endlich Ruhe gefunden. Das haben die Worte des heiligen Rabbi bewirkt, denn bisher hat sich kein Fürsprecher für mich gefunden. Obgleich man im Jenseits die Wahrheit kannte, konnte man mir nicht helfen, bis auch ein irdisches Gericht die Befürwortung aussprach.« Als der Geist diese Worte gesprochen hatte, fiel der Mann wie ein Stein zu Boden. Und der Mann sagte zum Dibbuk: »Verlasse den Körper dieses Mannes durch den kleinen Zeh an seinem linken Fuß, und bei deinem Austreten füge keinem Menschen ein Leid zu, bis du deine Ruhe findest.« Und gleich darauf sahen die Anwesenden, wie der kleine Zeh anschwoll und der Geist zum Fenster hinausfuhr, wie es ihm der heilige Rabbi befohlen hatte.

Menasse, den man Moses nannte

In einem Dorfe lebte einst ein braver, einfacher Jude, der von allen Rabbi Moses der Schankwirt genannt wurde, weil er an einer Wegkreuzung ein Weinhaus unterhielt. Er war ein gerechter Mann, der Gott in Liebe und Aufrichtigkeit diente und sämtliche Gebote erfüllte, die leichten wie auch die schweren. Insbesondere feierte er stets den Sabbatausgang mit Freude und großem Prunk und kochte erlesene Gerichte, um diesem Gebot in gebührender Weise nachzukommen.

Eines Abends, nachdem er den Segensspruch über den Wein gesprochen und alle Lieder für den Sabbatausgang gesungen hatte, entdeckte er, daß ihm etwas fehlte, ohne das man keine Mahlzeit kochen konnte: Er hatte vergessen, Brennholz vorzubereiten, um auf dem Herd seine Mahlzeit zu kochen. Der Mann war ratlos, denn in dieser Winternacht hatte er nicht einen einzigen Holzspan im Hause, und in der Umgebung gab es keine weiteren Häuser. Er blickte aus dem Fenster und sah an der Wegkreuzung vor dem Haus ein hölzernes Kreuz stehen. Darauf nahm Rabbi Moses seine Axt und ging hinaus. Nachdem er sich vergewissert hatte, daß ihn keiner sah, hackte er das Kreuz ab und brachte es in seinen Holzspeicher. Dort zerkleinerte er das Kreuz, heizte mit einem Teil der Späne den Herd für seine Mahlzeit und ließ die restlichen Späne auf dem Holzspeicher liegen. Bald schon war das Essen zubereitet, und er setzte sich zu Tisch, aß und trank und sang Loblieder auf den Herrn.

Am nächsten Tag kamen die Unbeschnittenen aus der Umgebung wie gewöhnlich ins Weinhaus von Rabbi Moses, und als sie aus dem Fenster blickten, sahen sie zu ihrer Verwunderung, daß das Kreuz nicht mehr an seinem Platz stand. Sie erschraken sehr und fragten Rabbi Moses: »Wo ist das Kreuz, das hier am Weg gestanden hat?« Worauf Rabbi Moses erwiderte: »Bin ich der Hüter des Kreuzes?« Dann wandte er sich ab und ging. Die Unbeschnittenen gaben sich mit dieser Antwort nicht zufrieden und wollten nicht ruhen, bis sie den Mann fänden, der es gewagt hatte, diesen Frevel zu begehen. Sie durchsuchten das Haus von Rabbi Moses in allen Ecken und Winkeln, und als sie dort nichts fanden, gingen sie hinaus auf den Hof. Schließlich fanden sie die Überbleibsel des Kreuzes auf dem Holzspeicher. Darauf wurden sie äußerst zornig, verprügelten Rabbi Moses und seine Angehörigen und plünderten sein Haus. Danach fesselten sie ihn mit Stricken und brachten ihn in die Stadt, damit dort der Bischof sein Urteil spreche.

Als der Bischof Gericht hielt, saß Rabbi Moses still und ruhig auf seinem Platz und sagte kein Wort, als man ihn der Gotteslästerung beschuldigte. Da sagte der Bischof: »Jude, du hast eine schwere Sünde begangen, für die es nur zwei Arten von Sühne gibt: Entweder bekehrst du dich, oder du wirst der Länge und der Breite nach gevierteilt in Form eines Kreuzes – Maß für Maß.« Rabbi Moses hörte das Urteil gelassen an und begab sich zur Hinrichtungsstätte.

Alle Juden in den Städten der Umgebung waren äußerst erstaunt und fragten sich: »Wie konnte diesem gerechten Mann solches geschehen?« Auch der Rabbiner in der Nachbarstadt, der Rabbi Moses gut kannte, weil er ihn gelegentlich besuchte, war sehr bestürzt, als er erfuhr, was man Rabbi Moses angetan hatte. Vor allem konnte er nicht verstehen, wie ein Jude wegen des Gebots über die Mahlzeit am Sabbatausgang sein Leben in Gefahr hatte bringen können. Und dieser Rabbiner fand keine Ruhe, bis er einen Traum heraufbeschwor, wie es die Kabbalisten jener Zeit zu tun pflegten. Darauf erschien ihm Rabbi Moses im Traum und sagte: »Sei nicht traurig ob meines seltsamen Todes, denn alles, was der Herr tut, tut er zum Guten. Wisse, meine Seele ist die Seele des Menasse Ben Heskia, des Königs von Judäa, der im Tempel ein Götzenbild aufstellte, und als ich das Götzenbild aus dem Boden riß und es verbrannte, fand meine Seele die ewige Ruhe.« Nachdem er das gesagt hatte, befahl er dem Rabbiner, auf seinen Grabstein die folgenden Worte einmeißeln zu lassen: »Hier ruht Menasse, den man Moses nannte.«

AARONS STIER

Es geschah einmal, daß der Hohepriester Aaron, der Bruder Mose, am Versöhnungstag im Tempel einen Stier opferte, doch der Stier entriß sich seinen Händen, lief davon, fand eine Kuh und deckte sie. Darauf gebar die Kuh ein Kalb, das an Größe und Stärke nicht seinesgleichen hatte. Das Kalb wuchs heran und wurde ein Stier, der größer war als die ganze Welt.

Da nahm der Allmächtige die Welt und setzte sie auf den Stier, und der Stier trug die Welt Tag und Nacht auf einem seiner Hörner, weil der Allmächtige es so wollte. Doch es gibt Sünder unter den Menschen, und die Sünden wiegen schwer, und so wird die Welt von ihnen schwer. Da wird der Stier seiner Last müde und wirft die Welt mit einer Kopfbewegung auf das andere Horn. Und so entstehen auf der Welt Erdbeben und Feuersbrünste und Katastrophen, und viele der Sünder müssen sterben, und die Sündenlast wird leichter. Somit wird auch dem Stier die Last leichter, und er hält die Welt wieder ruhig auf einem Horn.

So wälzt der Stier die Welt von einem Horn aufs andere und verursacht damit Erdbeben und Katastrophen – mögen wir davon verschont bleiben –, bis er die Sünden wieder abgeschüttelt hat. Und wenn ihr fragt: Warum gerade auf dem Horn eines Stieres?, dann lautet die Antwort: Damit die Menschen die Größe der Gefahr und die Gnade Gottes erkennen, von der alles abhängt. Wenn sie seine Gebote erfüllen und seinen Namen heiligen, wird der Stier stets ruhig auf seinem Platz stehen, und die Welt auf seinem Horn wird nicht erschüttert.

Die Löwen auf der Bundeslade

Einmal, zu Anfang aller Zeiten, unternahm Adam, der erste Mensch, einen Spaziergang auf der Erde, um sich an der Pracht der Schöpfung zu erfreuen. Da kam er an einem Wald vorüber, aus dem Lärm und Tumult ertönte, und da dachte er sich im stillen: Ich will hingehen und sehen, was dort geschieht. Er ging zwischen den Bäumen hindurch und sah eine Menge verschiedener Tiere, die miteinander kämpften und schrien und sich gegenseitig mit ihren Krallen zerfleischten.

Da sagte er sich: Ich muß eines dieser Tiere auswählen und es zum Machthaber über die anderen ernennen, damit sie sich vor ihm fürchten und wieder Ruhe und Frieden herrschen. Er blickte sich um und sah ein Tier, das über die anderen erhaben war, von majestätischem Aussehen und mit einer prächtigen Mähne. Und Adam rief es zu sich und sagte: »Du sollst König aller Tiere sein.«

Adam dachte nach, welchen Namen er diesem Tier geben solle, und wählte schließlich den Namen Ari (Löwe), der mit dem ersten Buchstaben des Alphabets begann. Danach setzten sie sich zusammen, und Adam weihte den Löwen in die Kunst des Regierens und der Rechtsprechung ein, auf daß er als weiser Herrscher und gerechter Richter für Frieden unter den Tieren sorge. Der Löwe verpflichtete sich, alles zu

tun, was Adam ihm anbefohlen hatte, dankte ihm für seine Güte, verneigte sich und nahm Abschied.

Und der Löwe herrschte gerecht und mit starker Hand, und als Adam ein Jahr später wieder in den Wald kam, gab es dort weder Geschrei noch Zwist. Da rief er den Löwen zu sich und sagte: »Wie ich sehe, bist du ein guter Herrscher, und dafür will ich dir eine Auszeichnung geben. Von heute an sollst du nicht mehr Ari, sondern Arieh heißen, damit dein Name schöner klingt und jeder die Auszeichnung erkennt.«

Der Löwe dankte Adam, verneigte sich und verpflichtete sich, weiterhin mit Gnade, Gerechtigkeit und Unbestechlichkeit sein Amt auszuüben. Die beiden nahmen Abschied voneinander, und jeder ging seiner Wege.

Adam lebte neunhundertunddreißig Jahre, bis er starb. Als der Löwe davon erfuhr, wähnte er sich seiner Verpflichtungen ledig. Er wurde stolz und hochmütig, herrschte mit eiserner Faust und legte sich weitere Namen zu, auf daß man ihn fürchte.

Als die Sintflut kam, bestieg auch der Löwe die Arche und begann sogleich, Angst und Schrecken um sich herum zu verbreiten. Noah, der ein gerechter und friedliebender Mann war, versuchte dem Löwen gut zuzureden, doch dieser wurde zornig und versetzte Noah einen Tritt mit dem rechten Fuß.

Doch in der Nacht, als der Löwe auf seinem Lager ruhte, dachte er über sein Tun nach und darüber, wieviel Gutes ihm der Mensch getan hatte, und die Reue befiel ihn. Und obgleich ihm Noah den Fußtritt längst verziehen hatte, fastete der Löwe und kasteite sich, solange er sich auf der Arche befand, und als er sie verließ, war er abgemagert und schwach und bekümmert. Doch bald erholte er sich wieder und herrschte wieder mit Milde und Gerechtigkeit und unterstützte die Armen und Schwachen.

Später, als König Salomo den Tempel erbaute, gab er zwölf Löwen einen Ehrenplatz auf den sechs Stufen zu seinem Thron, zwei auf jeder Stufe zu beiden Seiten des Throns.

Als dann der Tempel zerstört wurde und die Israeliten in die Verbannung zogen, nahmen sie die Torarollen mit sich und stellten sie in fremden Ländern in ihren Synagogen auf. Und sie schmückten die Bundesladen, in denen die Torarollen aufbewahrt wurden, mit Bildern der zwei Gesetztafeln mit den zehn Geboten und den Bildern von zwei Löwen, einen an jeder Seite. Und die Ehre, die dem Löwen damit erwiesen wurde, drückt sich in dem Spruch unserer Weisen seligen Angedenkens aus: »Dort, wo die Reumütigen stehen, ist für Gerechte kein Platz mehr.«

Die Klage des Gewürms

Es war einmal eine Zeit, da die Menschen Tag und Nacht nur an den Tod dachten und sich weder an Speise und Trank noch an den anderen guten Dingen des Lebens erfreuten. Und je älter sie wurden, um so mehr magerten sie ab, denn der Gedanke an den Tod frißt den lebenden Menschen langsam auf. Als die Menschen dann starben und begraben wurden, waren sie nur noch Haut und Knochen, und die Würmer in der Erde hatten nichts zu fressen.

Da gingen die Würmer zu Gott dem Allmächtigen und führten Beschwerde: »Herr der Welt, als du uns erschaffen hast, sagtest du, wir sollten Fleisch essen. Und was sollen wir jetzt tun, da die Menschen so mager sind wie Holzspäne und kein Stückchen Fleisch mehr an ihnen ist? Sollen wir etwa Knochen essen?«

Als der Herr das hörte, mußte er ihnen recht geben. Er beriet sich mit seinen Engeln, und auch diese gaben den Würmern recht. Was tat der Schöpfer? Er erschuf das Geld. Da fingen die Menschen an, Handel zu treiben, Geld zu verdienen und zu verlieren, und damit waren sie so beschäftigt, daß sie den Tod vergaßen. Der Mensch kaufte für hundert Silbermünzen Ware ein und verkaufte sie für zweihundert Silbermünzen. Und von diesen zweihundert Silbermünzen kaufte er für hundert Ware ein, und für die anderen hundert kaufte er Essen. Und von dem Essen wurde er fett.

Und jetzt freuen sich die Würmer wieder, wenn ein Mensch stirbt.

Ein Rätsel

Es war einmal ein König, der zwei Söhne hatte. Kurz vor seinem Tode rief der König seine Söhne zu sich und sagte: »Steigt auf eure Pferde und reitet nach Jerusalem, und wessen Pferd als letztes ankommt, der soll mein Königreich erben.« Die beiden Prinzen bestiegen ihre Pferde und ritten ganz langsam nebeneinanderher, und jeder versuchte, hinter dem anderen zurückzubleiben. Und als sie von weitem die Mauern und Türme von Jerusalem erblickten, hielten sie an und warteten, so lange sie konnten, bis sie schließlich aus dem Sattel stiegen und sich auf den Boden setzten. So saßen sie den ganzen Tag über, und es sah so aus, als würden sie ewig dort sitzenbleiben. Doch ganz plötzlich sprangen sie auf die Pferde und rasten davon wie ein abgeschossener Pfeil.

Die Frage ist: Welche Lösung hatten sie in ihrer aussichtslosen Lage gefunden?

Die Antwort: Jeder der beiden bestieg das Pferd des anderen und galoppierte mit höchster Geschwindigkeit auf die Stadt zu, denn wer als erster ankam, dessen Pferd würde letzter sein.

Der Beschneider und der Teufel

Es war einmal ein sehr reicher Mann, der einen großen Besitz sein eigen nannte, doch war er unglaublich geizig. Sein Geiz ging so weit, daß er montags und donnerstags nicht die Synagoge betrat, sondern allein betete, denn an diesen beiden Tagen sammelte man Spenden für die Armen. Doch erfüllte er ein Gebot, das ihn vor dem Tode retten sollte – er war ein Beschneider. Wann immer ihn jemand rief, seinen neugeborenen Sohn zu beschneiden, ließ er sogleich alles stehen und liegen und machte sich auf, die Beschneidung vorzunehmen, auch wenn es in einem weit entfernten Ort oder in einer anderen Stadt war.

Eines Tages erschien ihm ein Teufel in Gestalt eines Menschen und sagte zu ihm: »Wisse, daß mir ein Sohn geboren wurde und daß ich außerhalb der Stadt in einem Dorf wohne, und morgen soll die Beschneidungsfeier stattfinden. Darum bitte ich dich, noch heute mit mir zu kommen, damit du morgen früh in meinem Dorf bist.« Als der Reiche das hörte, erhob er sich sogleich, nahm seine Werkzeuge und begleitete den Teufel, den er für einen Menschen hielt. Der Teufel nahm den Beschneider in seinem Wagen mit und fuhr mit ihm aus der Stadt hinaus auf einen hohen Berg und von dort in eine Wüste. Zwei Tage und zwei Nächte lang waren sie unterwegs, und am dritten Tag kamen sie in ein kleines Dorf mit etwa zwanzig prächtigen Häusern. Der Teufel führte den Beschneider in sein Haus, ließ ihn dort zurück und ging dann auf dem Markt seinen Geschäften nach.

Der Beschneider war von der prächtigen Ausstattung des Hauses beeindruckt und begann darin herumzugehen, bis er in das Gemach der Wöchnerin kam. Als die Wöchnerin ihn erblickte, war sie sehr erfreut und sagte zu ihm: »Sei willkommen, Gottbegnadeter, und komm herein, denn ich will dir etwas offenbaren, bevor mein Mann zurückkehrt.« Und als der Beschneider auf sie zutrat, sagte sie: »Wisse, daß mein Mann, der dich hierhergeführt hat, kein Menschenkind ist, sondern ein Teufel. Doch ich bin ein Menschenkind wie du. Man hat mich geraubt, als ich noch ein Kind war, und hierher verschleppt. Ich selbst bin bereits verloren, aber wenn du dich retten willst, um nicht ebenfalls unter die

Teufel zu geraten, mußt du dich hüten, etwas von dem zu essen, was sie dir anbieten, und nicht einmal von ihrem Wasser solltest du trinken. Auch sollst du von ihnen kein Geschenk annehmen, sonst bist du in ihrem Netz gefangen und kommst niemals weg von hier.« Da befiel den Beschneider große Furcht, und er dachte im stillen: Wie bin ich nur unter die Teufel geraten?

Am Abend kam der Hausherr, der Vater des Neugeborenen, zurück und mit ihm seine Gäste, die samt und sonders Teufel waren. Die Tische wurden gedeckt, und man lud auch den Beschneider ein, Platz zu nehmen, doch er sagte, er sei müde von der langen Reise und könne nichts zu sich nehmen. Und er aß nichts und trank nichts die ganze Nacht über. Als der Morgen anbrach, gingen alle mit dem Beschneider in die Synagoge und sprachen die bei der Beschneidungszeremonie üblichen Gebete, und als sie damit fertig waren, brachte man den Säugling, und er wurde beschnitten. Nach der Zeremonie lud der Vater des Kindes alle Anwesenden in sein Haus ein, um sie dort zu bewirten, und alle gingen mit ihm. Als er auch dem Beschneider eine süße Speise anbot, sagte dieser, er könne nichts essen, weil es sein Fasttag sei. Darauf sagte der Vater des Säuglings: »Laßt uns zu Ehren des Beschneiders unser Festmahl auf den Abend verschieben.« So geschah es, und am Abend deckte man die Tafel und bat auch den Beschneider zu Tisch. Doch dieser sagte: »Ich kann nichts essen, weil ich mich krank fühle.« Und er setzte sich nicht zu Tisch und kostete nichts von den Speisen, während alle anderen freudig speisten und tranken.

Nach dem Festessen sagte der Vater des Säuglings zum Beschneider: »Komm mit mir auf mein Zimmer.« Der Beschneider fürchtete sich sehr und dachte, sein Ende sei gekommen, doch mußte er wohl oder übel mitgehen. Der Teufel zeigte ihm eine große Anzahl goldener und silberner Gefäße und sagte: »Wähle dir aus, was dir gefällt, denn du sollst mich nach deiner Heimkehr in guter Erinnerung behalten.« Darauf erwiderte der Beschneider, er sei selbst ein sehr reicher Mann und benötige nichts. Da führte ihn der Hausherr in ein anderes Zimmer, in dem große Mengen von Edelsteinen lagen, und forderte ihn auf, sich den kostbarsten Edelstein zu nehmen. Wieder antwortete der Beschneider, er brauche nichts, denn er besitze selbst zahlreiche Edelsteine. Schließlich führte ihn der Hausherr in ein drittes Zimmer, an dessen Wänden Schlüsselbünde aufgehängt waren. Als der Beschneider sie sah, war er äußerst erstaunt.

Da sagte der Teufel: »Erkläre mir, warum dich der Anblick dieser einfachen Schlüssel so sehr verwundert, da du doch beim Anblick der Reichtümer in den anderen Räumen keinerlei Verwunderung an den Tag gelegt hast. Es sind doch ganz einfache eiserne Schlüssel.« Und der Beschneider erwiderte: »Herr, ich staune über dieses Schlüsselbund, das dem meiner Schatzkammer aufs Haar ähnelt.« Worauf der Teufel sagte: »Du hast mir eine große Gefälligkeit erwiesen, indem du gekommen bist, meinen Sohn zu beschneiden, und der Allmächtige hat dir beigestanden, so daß du weder Speise noch Trank, noch Geschenke von mir angenommen hast, und darum will ich dir das Geheimnis der Schlüssel in meinem Hause offenbaren. Wisse, daß ich das Oberhaupt aller Teufel bin, und unter meinem Befehl stehen zahlreiche andere Teufel, die über geizige Menschen eingesetzt sind, denen ihre Reichtümer mehr bedeuten als ihre Seele und die zu geizig sind, um den Armen und Bedürftigen Wohltaten zu erweisen, und wenn man ihnen auch nur eine einzige Münze wegnimmt, ist es ihnen, als wolle man ihnen ans Leben. Diesen Geizkragen nehmen wir die Schlüssel zu ihren Schatzkammern ab und verwahren sie hier bei uns, damit auch sie selbst nicht in den Genuß ihrer Reichtümer kommen. Und weil auch du diese schlechte Eigenschaft besitzt, haben wir deine Schlüssel genommen, damit du nicht mehr an deinen Besitz herankommst. Doch jetzt, weil du mir einen so großen Dienst erwiesen hast, gebe ich dir deine Schlüssel zurück mit der Auflage, daß du deine schlechte Eigenschaft ablegst und von heute an nur Gutes tust und die Armen und Bedürftigen an der Gnade Gottes, die dir zuteil geworden ist, Anteil nehmen läßt.«

Da nahm der Beschneider sein Schlüsselbund an sich, und der Teufel geleitete ihn nach Hause. Und von diesem Tag an wurde der Beschneider ein anderer Mensch und verwandelte sich von einem Geizhals in einen Wohltäter. Er unterstützte die Armen und auch die bedürftigen Toraschüler und erbaute mit seinem Geld eine prunkvolle Synagoge.

Dies ist die Geschichte von dem Beschneider und dem Teufel.

Die Geschichte von den alten Eseln

Es war einmal vor sehr langer Zeit ein reicher Mann, der sein ganzes Geld den Armen spendete und sich schließlich einer Gruppe von Aussiedlern anschloß, mit denen er in die Wüste zog, um dort Gott zu dienen.

Eines Tages schickte man ihn und noch einen anderen Angehörigen der Gruppe in die Stadt, ihre zwei Esel zu verkaufen, die schon zu alt waren, um Lasten zu tragen. Er ging und stellte sich auf den Markt, und die Kaufwilligen kamen und fragten ihn, ob seine Esel auch gut seien. Und er erwiderte: »Glaubt ihr, wir würden sie verkaufen, wenn sie gut wären?« Da fragten sie: »Warum sind die Esel auf dem Rücken und am Schwanz so kahl?« Und er sagte: »Weil sie schon so alt sind und sich hinlegen, wenn man sie belastet, und da müssen wir sie am Schwanz ziehen und auf den Rücken schlagen, damit sie wieder aufstehen. Darum ist ihr Fell so kahl.«

Es fand sich kein Käufer für die Esel, und er nahm sie wieder mit, doch sein Begleiter berichtete den anderen, was geschehen war und warum er die Esel nicht verkauft hatte. Da fragten ihn die anderen, warum er den Käufern das alles gesagt hatte, und er erwiderte: »Glaubt ihr denn, ich hätte mein Haus und meinen gesamten Besitz aufgegeben, mit allen Eseln und Kamelen und Schafen und Rindern, die ich hatte, nur um wegen zwei alter Esel zum Lügner zu werden?«

Die sieben Boten des Todesengels

Ein Araber sah im Traum einen Mann mit gezücktem Schwert vor sich stehen. Er erschrak und fragte ihn: »Herr, wer bist du?« Und der Mann erwiderte: »Ich bin der Todesengel und bin gekommen, dir deine Seele zu nehmen.« Da flehte ihn der Araber an: »Herr, verschone mich, denn ich bin ein armer Mann und habe kleine Kinder und besitze nichts, was ich ihnen vererben kann. Warte doch, bis ich mir etwas erspart habe, was ich meinen Kindern hinterlassen kann, und komme dann wieder.«

Da erbarmte sich der Todesengel des armen Mannes, er steckte sein Schwert in die Scheide und sagte: »Dieses eine Mal will ich deine Bitte erfüllen, doch wenn ich zurückkomme, wird dir dein Flehen nichts nützen, und es wird für dich keine Rettung geben.« Der Araber dankte ihm für seine Güte und bat ihn, ihm einen Boten zu schicken, bevor er das nächste Mal komme, damit er sich vorbereiten könne und nicht plötzlich von Todesangst ergriffen würde. Und der Engel versprach es ihm.

Der Araber erwachte und sah, daß es nur ein Traum gewesen war. Er verließ das Haus und ging seiner Arbeit nach, und das tat er jeden Tag und vergaß seinen Traum und den Tod. Die Zeit verging, und er wurde reich und verheiratete seine Söhne und Töchter, bis er schließlich unheilbar erkrankte. Da erschien ihm wieder der Todesengel und stand mit gezücktem Schwert vor ihm. Und der Araber sagte zu ihm: »Warum bist du so plötzlich gekommen, da du mir doch versprochen hattest, dich durch einen Boten ankündigen zu lassen?«

Und der Todesengel erwiderte: »Ich habe dir nicht nur einen Boten geschickt, sondern sieben.«

Da sagte der Araber: »Wo sind sie denn? Ich habe keinen gesehen.«

Und der Todesengel lachte und erwiderte: »Hier sind sie doch – alle sieben. Der erste ist deine Sehkraft, die früher so scharf war und heute so schwach ist, daß du nichts mehr siehst. Der zweite deine Ohren, die nicht einmal den Ton einer Trompete mehr vernehmen können. Der dritte deine Zähne, mit denen du früher Steine zermalmen konntest und die dir ausgefallen sind. Der vierte ist dein Haar, das einst rabenschwarz war und heute weiß wie Kalk ist. Der fünfte ist deine Gestalt, die einst hoch und aufrecht war wie eine Palme und die heute gebeugt ist wie ein Bogen. Der sechste Bote: deine Beine, die dich einst sicher trugen, während du heute nur noch am Stock gehen kannst. Und der siebte ist dein Appetit. Einst haben dir alle Speisen geschmeckt, und heute mundet dir nichts mehr. Diese sind die sieben Boten, die ich dir geschickt habe.«

Darauf fand der Araber keine Antwort und gab seine Seele dem Todesengel hin.

Der Traum des Holzfällers

Es war einmal ein Mann, der im Walde Holz fällte und es in der Stadt verkaufte, und damit ernährte er seine Frau und seine Kinder. Und dieser Mann lebte in Armut und Sorge, so wie schon seine Väter und Vorväter vor ihm, denn auch diese waren Holzfäller gewesen.

Einmal, an einem heißen Sommertag im Monat Tamus, war der Mann von morgens bis mittags im Wald und fällte Bäume. Die Arbeit fiel ihm schwer, und er wurde so müde, daß ihm die Hände und Knie zitterten. Stöhnend vor Erschöpfung setzte er sich auf die Erde, um ein wenig auszuruhen, und dachte: Warum wird ein Mensch wie ich geboren? Mein Leben besteht nur aus Arbeit und Erschöpfung. Ich nähre mich von trocken Brot und von den Kräutern des Feldes und habe noch nie Fleisch oder Huhn gekostet. So schwer ich auch arbeite, habe ich noch nie eine Goldmünze besessen, denn das Holz, das ich verkaufe, bringt mir nur wenige Kupfermünzen ein. Wenn ich nur ein wenig von dem Gold besäße, mit denen sich Kaufleute und Geldwechsler ihre Taschen füllen, würde ich in Ruhe leben und Tag und Nacht nur Gott dienen.

So dachte der Holzfäller und schlief schließlich vor Erschöpfung und Kummer ein. Da erschien ihm im Traum ein lieblicher Knabe von schönem Angesicht, der einen goldenen Stab in der Hand hielt und zu

ihm sagte: »Gott hat deine Klagen gehört und deine Tränen gesehen, und er hat mich zu dir geschickt, dir zu sagen, daß er dir einen Wunsch erfüllen wird.« Da sagte der Holzfäller zu dem Knaben: »Es ist meine Bitte und mein Wunsch, daß alles, was ich berühre, zu Gold wird.« Als der Knabe diesen Wunsch hörte, lachte er lauthals und sagte: »So sei es.« Dann berührte er den Holzfäller mit seinem goldenen Stab und verschwand.

Während der Knabe noch vor ihm stand, glaubte der Holzfäller, es sei vielleicht nur ein Scherz, doch nachdem er verschwunden war, kam ihm der Gedanke, der Knabe könne in der Tat ein Engel vom Himmel sein. Um zu prüfen, ob dem wirklich so war, streckte er die Hand aus und berührte das Holz, das er gehackt hatte, und sogleich verwandelte es sich in reines Gold. Das erfüllte den Holzfäller mit großer Freude, und er sagte sich: Von nun an sollen andere im Wald Holz schlagen und die schweren Lasten auf den Schultern tragen. Ich werde der Reichste unter den Reichen und der Höchste unter den Würdenträgern sein, ich werde mir einen großen Palast bauen mit vielen Betten und Stühlen und verschiedenen Geräten und Möbeln, und wenn ich sie berühre, wird sich alles in Gold verwandeln. Der Staub der Welt wird in meiner Hand zu Gold werden.

So dachte er, und seine Freude fand keine Grenzen. Dann wurde er durstig und griff nach dem Krug, der neben ihm stand, um seinen Durst zu stillen. Er führte den tönernen Krug an die Lippen und sah, daß er einen Krug aus Gold in der Hand hielt. Doch als er trinken wollte, ergoß sich kein Wasser in seinen Mund. Verwundert drehte er den Krug um, doch als das Wasser seine Lippen berührte, verwandelte es sich in Gold. Da rief er verzweifelt aus: »Was habe ich getan? Der Segen ist mir zum Fluch geworden. Wenn sich alles, was meinen Körper berührt, in Gold verwandelt, was werde ich essen und trinken?« Und er beweinte sein Schicksal und klagte, er habe die Gelegenheit, daß Gott ihm einen einzigen Wunsch gewährte, nicht zu nutzen gewußt. Als er sich an das Lachen des Knaben erinnerte, sagte er: »Zu Anfang dachte ich, er hätte gelacht, weil ihm meine Bitte gefiel und weil ich einen so klugen Wunsch geäußert hatte, aber jetzt weiß ich, daß er mich ausgelacht hat.«

Der Durst quälte den Holzfäller, und er wußte keinen Rat, und er weinte und flehte Gott an, ihn aus seiner Not zu retten. Indessen erwachte er und sah, daß er das alles nur geträumt hatte, und als er die Augen aufschlug, sah er den Tonkrug neben sich stehen, und er trank von dem kühlen Wasser und erfrischte sich. Danach erhob er sich, lud sich die Ladung Holz auf die Schulter und machte sich auf den Weg in die Stadt. Unterwegs pries er Gott und dankte ihm für seinen Traum, der ihm gezeigt hatte, wie eitel und nichtig die Gier des Menschen ist.

Die Kupferfigur

In der Stadt Istanbul lebte einmal ein armer Jude, der den ganzen Tag lang in den Häusern der Juden und der Unbeschnittenen alte Kleider und andere abgelegte Gebrauchsgegenstände aufkaufte, darunter auch zerbrochene Kupfergefäße und ähnliches. Am Abend kam er dann nach Hause, ordnete die erstandenen Stücke nach Sorten und verkaufte sie mit geringem Gewinn, und damit ernährte er seine Familie auf ärmliche Weise. Er war ein einfacher Mann, ein gottesfürchtiger Jude, doch unwissend und ungelehrt.

Eines Tages kaufte er im Hause eines Unbeschnittenen verschiedene alte Geräte und Hausrat und trug alles nach Hause, um es des Nachts auszusortieren, wie es seine Gewohnheit war. Dabei fand er eine kleine Figur aus Kupfer, die schon völlig verrostet war. Er warf sie zu den übrigen Kupferbrocken, die er gekauft hatte, und wollte gerade in seiner Arbeit fortfahren, als er eine leise Stimme vernahm, die ihm zurief: »Jude, Jude! Warum behandelst du mich so verächtlich?« Er erschrak und blickte sich um, um zu sehen, woher die Stimme kam, doch kein Mensch war da. Darauf wandte er sich wieder seiner Arbeit zu, und wieder ertönte die Stimme: »Jude, Jude! Warum hast du mich so schändlich weggeworfen? Erbarme dich meiner!« Wieder blickte er sich überall um, doch es war kein Mensch da. Und zum drittenmal ertönte die Stimme, weinend und flehend: »Erbarme dich meiner, und ich werde es dir mit Gutem vergelten.« Da begann der Mann, überall nach der Stimme zu suchen, und entdeckte schließlich, daß sie aus dem Haufen mit den Kupferstücken kam und daß es die kleine Kupferfigur war, die zu ihm sprach. Und wieder sprach sie zu ihm: »Hebe mich vom Boden auf und lege mich auf den Tisch.« Er hob sie auf, legte sie auf den Tisch, und die Figur sprach: »Stelle mich oben auf den Kasten, und deine Arbeit wird heute mit großem Verdienst gesegnet sein, dem Doppelten von dem, was du an anderen Tagen verdienst. Versuche es, und du wirst sehen, was geschieht.«

Der arme Mann tat, wie die Kupferfigur ihn geheißen hatte, und an diesem Tag erzielte er in der Tat den doppelten Verdienst. Am nächsten Tag sprach die Figur zu ihm: »Ich habe eine Bitte an dich. Säubere mich und putze mich und reibe den Rost ab, dann wirst du heute das Doppelte von deinem gestrigen Verdienst einnehmen.« Darauf nahm der Arme die Figur, säuberte sie und stellte sie auf ihren Platz zurück. Es vergingen einige Tage, da sagte die Figur zu ihm: »Höre auf mich. Wenn du mir einen Schrank baust und mich darin aufbewahrst, wird dir alles, was du unternimmst, gelingen.« Wieder tat er wie geheißen, und im Laufe der Zeit verlangte die Figur von ihm, ihr immer mehr Ehre zu erweisen, bis er ihr schließlich ein eigenes Haus baute mit einem neuen Schrank, und darin stand die Figur, und vor ihr eine ewig brennende Kerze.

Und der arme Mann wurde sehr reich, baute sich einen großen Palast und spendete reichlich für die Armen. Und den Einwohnern der Stadt erschien es wie ein Wunder, als sich der alte Spruch verwirklichte: Er hebt auf den Dürftigen aus dem Staub und erhöht den Armen aus der Asche. Und je reicher er wurde, um so wohltätiger wurde er auch. Er baute in seinem Hause eine Toraschule, und die Schüler strömten herbei, und er gab ihnen reichlichen Unterhalt. Auch in der Synagoge gab er so viele Spenden, daß die Reichen der Stadt sich vor ihm schämten, und ihm wurden die höchsten Ehren erwiesen.

Eines Tages kam Rabbi Jesaja Pinto nach Istanbul, denn es war seine Gewohnheit, die jüdischen Gemeinden in allen Städten zu besuchen, um zu prüfen, ob kein Götzendienst betrieben wurde, und um ihn auszumerzen, wenn er welchen fände. Als der Rabbi in die Stadt kam, hörte er von dem neuen Reichen, dessen Haus ein Sammelpunkt für Gelehrte war, und begab sich ebenfalls dorthin. Als der Rabbi den Hausherrn erblickte, erkannte er sogleich, daß dieser ein ganz gewöhnlicher und ungelehrter Mensch war. Er fragte die Gelehrten, die an seinem Tisch speisten: »Wer ist dieser Mann?« Und sie erwiderten: »Er war ein armer Lumpensammler, der plötzlich reich wurde.«

Als der Rabbi das hörte, beschloß er, der Herkunft dieses Reichtums auf den Grund zu gehen. Er rief den Mann in ein anderes Zimmer und sagte zu ihm: »Deine guten Taten haben mich sehr erfreut. Wie groß ist doch dein Glück und wie angenehm dein Schicksal. Doch will ich dir eine Frage stellen: Wie bist du zu diesem Reichtum gekommen? Sage mir die Wahrheit, denn wenn du lügst, habe ich andere Möglichkeiten, die Wahrheit auch gegen deinen Willen zu erfahren.« So sprach der Rabbi, um ihn einzuschüchtern, und der Mann erschrak und erzählte seine ganze Geschichte von Anfang bis zum Ende, ohne etwas zu verbergen. Darauf fragte ihn Rabbi Jesaja Pinto: »Bist du ein volkommener Jude, der mit ganzem Herzen an den Gott Israels glaubt?« Und der Mann erwiderte: »Ich bin ein Hebräer, der Gott im Himmel fürchtet, und ich glaube mit ganzem Herzen an Gott und seine Lehren.« Da sagte der Rabbi: »Würdest du für sehr viel Geld Götzendienste leisten?« Und der Mann rief aus: »Niemals! Für alles Geld der Welt würde ich keine Götzen anbeten, denn ich verabscheue sie!« Darauf sagte der Rabbi: »Wenn es so ist, dann zeige mir die Kupferfigur in deinem Hause.« Da führte der Hausherr ihn in sein Zimmer, öffnete den Schrank und zeigte ihm die Figur. Als der Rabbi die Figur erblickte, schmetterte er sie zu Boden und befahl, ihm einen schweren eisernen Hammer zu bringen, und damit brach er die Figur in Stücke. Die Figur schrie laut auf, doch der Rabbi beachtete ihre Schreie nicht und schlug weiter auf sie ein, bis nur noch kleine Scherben übrig waren. Diese Scherben verbrannte er und warf die Asche ins Meer.

Dann wandte sich der Rabbi dem Hausherrn zu und sagte: »Wisse, mein Bruder, daß das Vermögen für all deine guten Taten und Spenden dem Götzendienst entstammt, der uns streng verboten ist. Doch weil dein Fehler unbeabsichtigt war, wird dich der Allmächtige nicht im nachhinein dafür bestrafen. Doch jetzt, da dir das Verbot bekannt ist, mußt du dein gesamtes Eigentum und deinen ganzen Besitz verbrennen. Und Gott, der dich ernährte, als du arm warst, wird für dich bis zu deinem Lebensende sorgen, denn nichts kann ihn daran hindern, deinen Lebensunterhalt herbeizubringen.«

Und sogleich verbrannte der Mann sein Haus und seine zahlreichen Besitztümer, und auch die Kleider, die er auf dem Leibe trug, zog er aus und warf sie in die Flammen, und nahm wieder sein früheres Leben als Lumpensammler auf. Und als das Volk sah, daß dieser reiche Mann seinen Besitz und seine Stellung aufgab, um nicht von den Früchten des Götzendienstes zu leben, liebte und ehrte man ihn noch mehr, und alle unterstützten ihn, bis auch Gott ihm half. Und so verdiente er wieder seinen Lebensunterhalt in Ehre auch am Ende seiner Tage.

Pinchas und der tote Affe

In der Stadt Prag lebte einmal ein jüdischer Mann namens Pinchas, der mit alten Kleidern handelte. Da er jedoch von diesem Handel seine Familie nicht ernähren konnte, unterstützte ihn einer seiner nichtjüdischen Nachbarn, ein reicher Herzog, der ihm am Sabbat und an Feiertagen etwas Geld zuzustecken pflegte. Und jedesmal, wenn der Herzog ihm etwas schenkte, dankte Pinchas seinem Gott und pries ihn, bis sich

der Herzog eines Tages im stillen sagte: Was soll das? Ich gebe ihm von meinem Geld, und er bedankt sich dafür bei seinem Gott? Hat ihm denn Gott von seinem Geld etwas gegeben? Darob war der Herzog ein wenig verstimmt, und als Pinchas am Vorabend des Pessachfestes zu ihm kam, gab er ihm nichts.

Pinchas kehrte nach Hause zurück, erzählte seiner Frau, was geschehen war, und beide saßen bekümmert herum und wußten keinen Rat. Plötzlich zersplitterte die Fensterscheibe, und etwas fiel auf den Fußboden. Als sie es betrachteten, sahen sie, daß es ein Kadaver war. Da riefen sie: »Ach und weh! Man versucht uns am Pessachabend Blutbeschuldigung anzulasten.« Doch dann sahen sie, daß es kein menschlicher Kadaver war, sondern der eines Affen. Da sagten sie: »Es ist ja nur ein Affe, also droht uns keine Gefahr. Wir müssen den Kadaver nur wegschaffen.« Doch als sie den toten Affen wegräumen wollten, fielen ihm ein paar Goldmünzen aus dem Maul. Der Mann und seine Frau waren höchst erstaunt, schnitten dem Affen den Bauch auf und fanden einen ganzen Schatz von Goldmünzen. Darauf ging Pinchas auf den Markt und kaufte für einige der Goldmünzen alles, was er zum Fest benötigte – Matzen und Wein und Fleisch und anderes –, und danach blieb ihm noch sehr viel Geld übrig.

Inzwischen hatte der Herzog Gewissensbisse, und er klopfte am Abend an die Tür seines armen Nachbarn. Pinchas öffnete ihm die Tür und empfing den Herzog mit gebührender Ehre. Der Herzog sah die festlich gedeckte Tafel, auf der nichts fehlte, und wunderte sich sehr. Als Pinchas seine Verwunderung bemerkte, erzählte er dem Herzog die ganze Geschichte von dem Affen und den Goldmünzen. Da sagte der Herzog: »Das muß mein Affe sein, der unlängst gestorben ist.« Und während Pinchas und der Herzog sich noch wunderten und sich fragten, wie der Affe wohl hergekommen war, sagte der Diener des Herzogs: »Ich bitte um Verzeihung, ihr Herren, und ich gestehe, ich habe mir einen dummen Streich erlaubt und den Kadaver des Affen unserem Nachbarn ins Fenster geworfen.«

Da sagte der Herzog zu Pinchas: »Wie wunderbar sind doch die Wege deines Gottes. Ich habe die Gewohnheit, mit meinen Zähnen auf alle Goldstücke zu beißen, die ich einnehme, um ihre Echtheit zu prüfen. Wahrscheinlich hat der Affe das gesehen und es mir nachgemacht, nur glaubte er, es sei etwas zu essen und verschlang die Münzen. Und so sind meine Goldmünzen in deinen Besitz gelangt, und diesmal besteht kein Zweifel, daß der Dank deinem Gott gebührt und nicht mir.«

DER JÜDISCHE PAPST

Es lebte einmal vor langer Zeit ein sehr reicher Mann und bekannter Wohltäter, der keine Söhne hatte. Als dieser Mann sein sechzigstes Lebensjahr erreichte, starb seine erste Frau, und einige Heiratsvermittler suchten ihn auf, um ihn zu einer zweiten Ehe zu überreden. Doch seine Angehörigen ließen es nicht zu, weil sie ihn beerben wollten. Sein armer Bruder jedoch, der eine Tochter hatte, suchte mit List und Tücke den Reichen zu einer Ehe mit seiner Tochter zu überreden, was ihm auch gelang. Der Reiche ehelichte die Tochter seines armen Bruders, und es vergingen einige Jahre, ohne daß sie ihm Kinder gebar. Da wurde ihm klar, daß er unfruchtbar war und niemals Kinder zeugen könnte.

Doch dann wurde seine Frau ganz plötzlich schwanger, und er war sicher, daß sie ihm die Treue gebrochen hatte, und daher war ihre Schwangerschaft eine Sünde. Er berichtete davon im Vertrauen dem Rabbiner der Stadt Wilna, einem berühmten und weisen Mann. Als ihre Zeit gekommen war, gebar seine Frau einen Sohn, doch wollte der reiche Mann es nicht bekanntwerden lassen, daß das Kind aus einer verbotenen Verbindung war, und zeigte sich höchst erfreut über die Geburt

seines Sohnes und hielt zu Ehren seiner Beschneidung ein großes Festmahl, wie es bei den Reichen Sitte ist. Nur der Rabbi kannte sein Geheimnis, und da er auch das Amt des Beschneiders ausübte, kastrierte er den Säugling bei der Beschneidung, um zu verhindern, daß er sich fortpflanzte, und niemand bemerkte es oder wußte davon. Nach der Beschneidung schnitt der Rabbi dem Kind vor aller Augen mit seinem Messer ins Ohr. Als man ihn nach dem Grund fragte, erwiderte er, das Kind sei seinen Eltern besonders lieb und teuer und der Schnitt sei ein Zeichen dafür, das alle sehen könnten.

Die Zeit verging, und der Knabe begann heranzuwachsen. Dann starb der Reiche, und seine Witwe erbte sein gesamtes Vermögen. Der Knabe war ein so guter Schüler, daß er alle anderen Kinder der Stadt Wilna übertraf. Er wetteiferte mit den Schülern des Talmud und der Heiligen

Schriften im Bethaus und übertraf sie alle. Darob schämten sie sich sehr und belegten ihn mit dem Schimpfnamen »Bankert«. Als sie nicht aufhörten, ihn Bankert zu nennen, war der Knabe sehr erbost und erzählte es schließlich seiner Mutter. Er bat sie, ihm eine Geldsumme zu geben, weil er wegen der Schande die Stadt Wilna verlassen müsse, und ihr würde er das gesamte Vermögen und den gesamten Besitz überlassen. Die Mutter gab ihm das erbetene Geld, und er fuhr an einen fernen Ort, wo er einer großen Jeschiwa beitrat und mit Fleiß und Eifer studierte, bis er auch dort alle anderen Schüler an Gelehrsamkeit übertraf.

In der Stadt Rom lebte damals ein reicher, wohltätiger und gottesfürchtiger Mann, der eine einzige Tochter hatte. Eines Tages fuhr dieser reiche Mann zu jener Jeschiwa, um dort einen Bräutigam für seine Tochter auszuwählen. Dort traf er den jungen Mann, der alle nur erdenklichen Vorzüge zu haben schien, und wählte ihn aus. Der junge Mann offenbarte ihm nicht, daß er aus Wilna stammte, sondern sagte nur, er komme aus einer anderen Stadt. Er heiratete die Tochter des reichen Mannes und war bald in ganz Rom sehr angesehen, weil er alle anderen Jünglinge in der Stadt an Weisheit und Gelehrtheit übertraf. Seine Schwiegereltern waren sehr stolz auf ihn und liebten ihn über alle Maßen. Doch das junge Paar hatte keine Kinder. So lebte er einige Jahre in Rom, bis eines Tages der Rabbi von Wilna auf einer Reise von Stadt zu Stadt, die er unternahm, um Spenden für die Befreiung von Gefangenen zu sammeln, auch nach Rom kam. Der Rabbi besuchte mehrere Synagogen und Bethäuser, wo er wunderbare Predigten hielt, doch der Jüngling stellte sich ihm entgegen, widerlegte seine Ausführungen und besiegte ihn im Wortstreit. Am Vorabend des Sabbat hatte der Rabbi sich besonders gründlich vorbereitet und Argumente erdacht, von denen er annahm, daß der Jüngling sie gewiß nicht widerlegen könne. Doch der Jüngling tat es, er widerlegte überzeugend die Ausführungen des Rabbi und beschämte ihn sehr. Doch der Rabbi erkannte den Jüngling immer noch nicht und wußte nicht, wer er war.

Am Tage nach dem Sabbat bat der Rabbi die Gemeinde um Spenden für die Befreiung der Gefangenen, und als er zu dem Reichen kam, bat ihn dieser, bis zum nächsten Sabbat in Rom zu bleiben, bei ihm zu

wohnen und mit ihm über religiöse Fragen zu diskutieren. Dann würde er ihm eine große Spende zur Befreiung der Gefangenen geben. Und so geschah es. Der Rabbi diskutierte mit dem Jüngling religiöse Streitfragen, und jedesmal widerlegte der Jüngling seine Argumente. Am Ausgang des heiligen Sabbat betrachtete der Rabbi den Jüngling genau, sah die Narbe an seinem Ohr und erkannte ihn wieder. Darauf rief der Rabbi den Reichen an einen geheimen Ort und erzählte ihm alles. Der Reiche gab dem Rabbi die große Spende, die er ihm zugesagt hatte, und der Rabbi verließ die Stadt Rom. Doch der Reiche nahm sich die Geschichte, die der Rabbi ihm erzählt hatte, so zu Herzen, daß er schwer erkrankte. Darauf schickten seine Angehörigen den Jüngling zu ihm, ihn zu fragen, was ihm fehle. Als der Jüngling kam und seinen Schwiegervater befragte, offenbarte ihm dieser, was ihm der Rabbi aus Wilna erzählt hatte, nämlich, daß er ein Bankert und Kastrat sei. Der Jüngling in seinem Edelmut wehrte sich nicht und gab seiner Frau den Scheidebrief.

Danach zog er fort und wechselte seine Religion. Er studierte die Weisheit der Griechen und zeichnete sich auch darin aus, bis er schließlich Priester wurde. Nach einiger Zeit wurde er Papst in Rom.

Sein ehemaliger Schwiegervater, der Reiche, wußte nicht, was mit dem Jüngling geschehen war, nachdem er seiner Tochter den Scheidebrief gegeben hatte. Der Reiche hatte viele Feinde, die ihn um seinen Reichtum beneideten, und das ging so weit, daß eines Tages zwei Polizisten einem Schuster in der Stadt eines seiner Kinder für zehn Silberdukaten abkauften, denn der Schuster hatte viele Kinder. Sie töteten das Kind und warfen es heimlich auf den Hof des Reichen, um ihn beschuldigen zu können, er habe das Kind ermordet. Und so geschah es. Am nächsten Tag durchsuchten die Polizisten den Hof des Reichen, fanden das tote Kind und warfen den Reichen mit seiner Frau und seiner Tochter ins Gefängnis, bis der Papst sein Urteil fällen würde. Doch die Juden leisteten hohe Bürgschaft für den Reichen und seine Angehörigen und holten sie aus dem Gefängnis, bis man sie richten würde.

Der Papst hörte, was seinem Schwiegervater widerfahren war. Am nächsten Tag legte er eine Verkleidung an, begab sich ins Haus seines Schwiegervaters und gab vor, Wein kaufen zu wollen, denn der Reiche hatte guten Wein zu verkaufen. Und sein Schwiegervater erkannte ihn nicht. Der Papst fragte seinen Schwiegervater, warum er und seine Angehörigen so bekümmert seien. Zu Anfang wollte es ihm der Reiche nicht sagen, doch als er in ihn drang, erzählte er die ganze Geschichte, wie man ihn verleumdet hatte. Der Papst sprach ihm Mut zu und ging seines Weges. Und der Reiche wußte nicht, mit wem er gesprochen hatte.

Nach einigen Tagen saß der Papst zu Gericht. Er befahl, an beiden Seiten der Stadt ein großes Feuer zu entzünden und das tote Kind zu ihm zu bringen. Der Papst war ein äußerst gelehrter Mann und verstand sich auch auf die Zauberkunst, und so brachte er das tote Kind zum Sprechen, damit es erzählen konnte, was sich zugetragen hatte. Man brachte das Kind ans Feuer, und es erhob sich und erzählte vor versammeltem Volk, wie die zwei Polizisten es seinem Vater, dem Schuster, für zehn Silberdukaten abgekauft und es dann getötet hatten. Da

befahl der Papst, die Polizisten und den Vater des Kindes zu verbrennen, und so geschah es. Den Reichen und seine Familie wusch er von jedem Verdacht rein. Danach trat der Papst an das zweite Feuer heran und begann die Christen zu beschimpfen. Dann warf er sich selbst ins Feuer zum Lobe des Herrn und verbrannte.

ELCHANAN DER PAPST

In der Stadt Mainz lebte einmal ein Rabbiner namens Rabbi Simeon der Große, ein Nachkomme des Hauses David. Dieser Rabbi hatte einen kleinen Sohn namens Elchanan, der eines Tages entführt wurde, und als er herangewachsen war, ließen seine Entführer ihn Priester werden, und als solcher stieg er hoch auf, bis er schließlich Papst wurde.

Er war ein weiser Mann, und Könige und Fürsten kamen zu ihm, um seinen Rat einzuholen, und er beriet sie alle mit großer Weisheit. Doch als er sah, daß unter all denen, die zu ihm kamen, um seinen Rat zu erbitten, sich keiner seiner Angehörigen befand, ließ er die Kardinale kommen, die ihn zum Papst ernannt hatten, und fragte sie: »Wie kommt es, daß sich unter all denen, die aus der ganzen Welt zu mir kommen, mich um Rat zu bitten, kein einziger befindet, der angibt, er sei mein Vater oder meine Mutter oder einer meiner Anverwandten? Hat mich etwa der Stein geboren, daß ich niemanden in der Welt habe? Wenn ihr mir nicht die Wahrheit sagt, lasse ich euch alle hinrichten.« Darauf erwiderten sie: »O Herr, wenn du uns dazu zwingst, müssen wir dir offenbaren, daß du einmal ein Jude warst und als kleines Kind entführt wurdest, und es war der Wille des Himmels, daß du zum höchsten Amt aufgestiegen bist und daß die Könige der ganzen Welt deinen Rat einholen, weil sie dich als Stellvertreter Jesu betrachten. Und der Mann, dessen leiblicher Sohn du bist, wohnt in Deutschland und heißt Rabbi Simeon der Große.« Da sagte der Papst: »Bringet ihn zu mir.« Darauf schickte man die höchsten Würdenträger von Rom zu Rabbi Simeon dem Großen nach Deutschland, ihm mitzuteilen, er möge an einem bestimmten Tag vor dem Papst erscheinen. Rabbi Simeon der Große erschrak, denn er fürchtete, man habe ihn verleumdet, weil er so plötzlich zum Papst gerufen wurde. Doch dann faßte er Mut und begab sich zum Papst. Als der Papst ihn erblickte und ihn zu sich in seine Gemächer rief, sah er, daß der Mann sich fürchtete. Da sprach er zu ihm: »Fürchte dich nicht. Beantworte mir nur wahrheitsgemäß meine Fragen.« Und Rabbi Simeon erwiderte: »Das will ich tun.« Darauf fragte ihn der Papst: »Wie viele Söhne hast du?« Und Rabbi Simeon nannte ihm die Namen aller Söhne und Töchter, die er hatte. Da sagte der Papst: »Du

hattest noch einen Sohn.« Rabbi Simeon schwieg, denn er fürchtete, der Papst würde ihm befehlen, diesen Sohn zu ihm zu bringen. »Warum schweigst du?« fragte der Papst. »Sage mir die Wahrheit.« Worauf Rabbi Simeon erwiderte: »O Herr, ich hatte noch einen Sohn, der entführt wurde, als er noch ein kleiner Knabe war. Ich weiß nicht, wo er sich befindet und ob er noch lebt.« Da fragte ihn der Papst: »Erinnerst du dich an die Kennzeichen an seinem Körper?« Und Rabbi Simeon beschrieb ihm die Merkmale, die der Knabe auf dem Rücken und auf dem Arm gehabt hatte. Da wußte der Papst, daß er der Sohn dieses Mannes war, denn er trug die gleichen Male auf seinem eigenen Körper. Und er rief: »O Vater, o Vater, ich bin dein Sohn, denn ich trage die gleichen Male, die du beschrieben hast.«

Da erschrak Rabbi Simeon der Große und brachte kein Wort über die Lippen. Der Papst entkleidete sich, wies ihm die Male auf seinem Körper und sagte: »O Vater, was muß ich tun, um einst in der nächsten Welt aufgenommen zu werden?« Und sein Vater erwiderte: »Du hast den Gott deiner Väter öffentlich entweiht – nun mußt du ihn öffentlich heiligen.« Sogleich wusch und reinigte sich der Papst, wie es das Ritual erfordert, bestieg den höchsten Turm und rief aus: »Höret! Höret, was ich euch bis heute verschwiegen habe: Jesus ist kein Gott, denn eine Frau hat ihn geboren wie jeden anderen Menschensohn, und die ewige Seligkeit, die ihr erhofft, ist Trug.« Da sagten die Kardinale: »Er ist von Sinnen.« Und er erwiderte: »Ihr glaubt, ich bin wahnsinnig geworden? Nicht der Wahnsinn ist in mich gefahren, sondern der Geist Gottes, und die Narren seid ihr!«

Darauf beschlossen die Kardinale, ihn zu töten. Doch er sprang vom Turm und stürzte sich zur Erde, denn er sagte sich: »Nicht diese Unreinen sollen mich umbringen.« Als sein Vater, Rabbi Simeon der Große, hörte, daß sein Sohn den allmächtigen Gott seiner Väter geheiligt hatte und zu ihm zurückgekehrt war, bestimmte er nach dem Namen seines Sohnes ein Dijut für den zweiten Tag von Rosch-Haschana: »König, dein Wort ist treu«, in dem geschrieben steht: »Gott gnädigte sein Volk mit Wohlgefallen«, und in diesem hebräischen Satz steht der Name Elchanan.

Die zwei Schneider und das wunderbare Bild

Es lebten einst in der Stadt Rom zwei jüdische Brüder, ihres Zeichens Schneidermeister, die für ihre ausgezeichnete Arbeit berühmt waren, und alle Reichen und Würdenträger von Rom ließen ihre Kleider bei ihnen anfertigen. Und es gab in Rom einen Fürsten, dem die zwei Brüder ebenfalls Kleider nähten. Dieser Fürst hatte keine Kinder und ging auch keinen Geschäften nach. Er besaß mehrere hundert Millionen, die er zu Zinsen verlieh. So hatte er viel freie Zeit, die er oft bei den beiden Brüdern verbrachte, weil er ihnen sehr zugetan war. Er offenbarte ihnen alle seine Geheimnisse und führte sie auch in sein Haus, um ihnen seine Schätze zu zeigen. Nachdem sie durch alle Räume des Hauses gegangen waren, kamen sie in das letzte Zimmer, wo der Hausherr an eine in der Wand verborgene Tür klopfte. Er führte sie in eine tiefe Höhle, zeigte ihnen dort seinen Schatz von Edelsteinen und Diamanten ohne Zahl und sagte: »Ich bitte euch, keinem Menschen jemals zu erzählen, was ihr hier gesehen habt, denn der Schatz soll geheim bleiben, auch vor meiner Frau, die nichts davon weiß. Und da ich keine Kinder habe, ist es mein Wunsch, daß ihr mich nach meinem Tode beerbt.«

Einige Zeit darauf erkrankte der Fürst und starb. Seine Frau gehörte nicht zu den Töchtern von Rom, sondern stammte aus England, und da sie keine Kinder hatte, wollte sie in ihre Heimat und zu ihrer Familie zurückkehren. Sie ließ die beiden Schneider rufen und beriet sich mit ihnen, wie sie den Palast ihres Mannes und seinen übrigen Besitz verkaufen könnte. Sie gaben ihr den Rat, in allen Zeitungen zu veröffentlichen, sie sei verwitwet und wolle ihren Wohnsitz verlassen und darum den Palast und die Ländereien in einer öffentlichen Versteigerung an den Meistbietenden verkaufen. Sie ging auf den Vorschlag ein und gab in allen Zeitungen den Tag der Versteigerung bekannt. Und an diesem Tag erschienen die größten Würdenträger des Landes, Prinzen und Adelige, denn der Palast war prächtig, und alle wollten ihn erwerben. Die beiden Brüder flüsterten untereinander und sagten: »Wenn die Witwe tatsächlich nichts von dem Schatz im Keller des Palastes weiß, sollten wir keinem gestatten, den Besitz zu ersteigern, sondern ein höheres Angebot machen als alle anderen.« Sie befragten die Witwe des Fürsten und fanden heraus, daß sie in der Tat nichts von dem Schatz wußte, und so beschlossen sie, den Besitz zu kaufen. Sie konnten nicht wissen, was ihnen Furchtbares bevorstand.

Während der öffentlichen Versteigerung schmiedeten die Würdenträger ein Komplott, den Kaufpreis in die Höhe zu treiben, damit die Brüder den Palast nicht kaufen würden, denn es erboste sie, daß die Juden es wagten, sich an der Versteigerung zu beteiligen. Doch ihre Absichten wurden zunichte, weil die zwei Brüder ihr Angebot immer wieder er-

höhten und schließlich den Palast zugesprochen bekamen. Zähneknirschend schworen die Würdenträger, an den zwei Brüdern Rache zu nehmen.

Doch auch die Brüder wußten, daß sie sich den Zorn der Würdenträger zugezogen hatten, und fanden einen Ausweg. Sie einigten sich, den größten Edelstein aus dem Schatz dem Papst zum Geschenk zu machen, damit dieser sie vor der Rache der Würdenträger bewahre. Sie nahmen den Stein, gingen zum Papst und übergaben ihm das Geschenk. Der Papst war vom Anblick des kostbaren Steines begeistert, dessengleichen er noch nie gesehen hatte, und fragte die Brüder: »Was wollt ihr für diesen Stein haben?« Und sie erwiderten: »Fern sei es von uns, von Euch, unserem Herrn und Papst, Geld anzunehmen. Ganz im Gegenteil – wir sind Euer Ehren dankbar, wenn Ihr ihn als Geschenk annehmen wollt. Doch wir bitten um Schutz gegen schlechte Menschen, die uns Böses antun wollen, aus Neid, weil wir den Palast gekauft haben.« Der Papst hörte sie an und versprach ihnen, sie vor ihren Feinden zu beschützen. Zwar fuhren die Würdenträger fort, sie Tag für Tag mit Verleumdungen zu verfolgen, doch der Papst gewährte ihnen Schutz.

Als die Würdenträger sahen, daß die Brüder unter dem Schutz des Papstes standen, schmiedeten sie einen Plan, sie des Ritualmordes zu bezichtigen und sie dem Zorn des Volkes auszusetzen. Sie führten ihren Plan aus, holten einen Toten aus seinem Grab und ließen ihn von sechs Männern in den Palast tragen, wo sie ihn im Keller verbargen. Am nächsten Tag verbreiteten sie das Gerücht unter dem Volk, die Juden hätten einen Christen geschlachtet, um sein Blut am Pessachfest zu verwenden. Man durchsuchte den Keller des Palastes und fand dort die Leiche. Sogleich versammelte sich eine große Menschenmenge, die sich anschickte, die beidenjuden in Stücke zu reißen, und nur die Wachen des Königs retteten ihnen das Leben und warfen sie in den Kerker, wo sie bis zur Aufklärung des Falles bleiben sollten. Die zwei Brüder saßen lange Wochen und Monate im Kerker, und Tag für Tag erschienen falsche Zeugen, die aussagten, daß die Brüder den Christen ermordet hätten. Schließlich verurteilten die Richter die beiden Brüder zum Tode durch Erhängen.

Die Brüder schmachteten im Kerker und beweinten ihr Schicksal. Eines Nachts, als sie gebrochenen Herzens eingeschlafen waren, hatte einer der Brüder einen Traum. Im Traum erschien ihm ein alter Jude, der einem Engel Gottes glich und zu ihm sagte: »Fürchte dich nicht, denn Gott ist mit euch. Vertraut darauf, daß er euch retten wird.« Als der Mann erwachte, war der Alte verschwunden. Da weckte er seinen Bruder aus dem Schlaf und sagte zu ihm: »Bruder, ich habe einen guten Traum gehabt«, und dann erzählte er ihm, was er geträumt hatte. Doch der Bruder zürnte ihm und sagte: »Warum störst du mich im Schlaf wegen eines Traumes? Träume sind Lug und Trug.«

In der nächsten Nacht, als sie eingeschlafen waren, erschien der Alte wiederum demselben Bruder und sprach zu ihm: »Ich bringe dir in dieser Nacht eine gute Botschaft. Siehe selbst, daß ich die Wahrheit spreche. Erhebe dich von deinem Lager und gehe zur Tür, und du wirst sie offen finden. Gehe hinaus, und dort findest du ein gesatteltes Pferd. Besteige das Pferd und reite so lange, bis es stehenbleibt. Dort siehst du ein kleines Haus mitten im Wald. Gehe ins Haus, und dort begegnest du einem alten Mann, der mit dir sprechen wird.« Der Bruder erwachte, eilte zur Tür und fand zu seinem großen Erstaunen, daß sie offenstand. Er ging hinaus, und dort erwartete ihn ein Pferd. Er stieg auf und ritt, bis er in einen dichten Wald kam. Das Pferd ging weiter bis zu einem kleinen Haus, genau wie der Alte im Traum es vorausgesagt hatte. Der Bruder stieg ab, ging ins Haus und fand dort einen alten Mann, von leuchtendem Glanz umgeben und schrecklich anzuschauen. Der Bruder erschrak, doch der Alte sprach zu ihm mit sanfter Stimme und sagte: »Sei stark, denn am Tage, da man euch zum Galgen führt, werde ich kommen und euch beschützen, weil ihr so viel Gutes getan und so viel Geld an die Armen verteilt habt. Und jetzt gehe in den Kerker zurück und schlafe den Schlaf des Gerechten.« So sprach der Alte und erfreute das Herz des Bruders. Er verneigte sich tief, bestieg sein Pferd und ritt zurück zu seinem Kerker. Dort legte er sich auf sein Lager, und sein Herz pochte vor Freude über das, was der Alte ihm gesagt hatte.

Als der zweite Bruder erwachte und daran dachte, daß man ihn am nächsten Tag hängen würde, begann er laut zu weinen und zu beten. Da erwachte der andere, von den lauten Klagen geweckt, und sagte frohen Sinnes zu seinem Bruder: »Mein Bruder, freue auch du dich.« Und er erzählte ihm alles, was geschehen war. Doch der Bruder erwiderte mit bitterem Lachen: »Was ist das für ein Traum? Wer hat dir die Riegel der Tür geöffnet, und wo ist das Pferd, auf dem du geritten bist? Der Traum ist Lug und Trug.« Da wurde sein Bruder zornig und sagte: »Warum glaubst du nicht an meine Träume. Komm und sieh selbst, daß die Tür offensteht. Dann wirst du mir glauben.« Doch als sie an die Tür kamen, war diese verschlossen. Da begann der Bruder, der den Traum gehabt hatte, zu zweifeln und dachte, vielleicht sei es doch nur ein Traum gewesen. Und auch er begann herzzerreißend zu jammern.

Als der Morgen anbrach, kam der Wächter des Kerkers, ihnen mitzuteilen, daß ihr letzter Tag angebrochen sei. Und er fragte nach ihrem letzten Wunsch, denn es ist Sitte, dem Todgeweihten eine letzte Bitte zu gewähren. Da sagten die Brüder, sie hätten keinen besonderen Wunsch, nur möge er ihnen guten und starken Branntwein bringen. Der Wächter brachte den Branntwein, und nachdem sie ihr Morgengebet verrichtet hatten, tranken sie sich zu und wurden bald darauf sehr fröhlich. Sie wunderten sich über ihre Fröhlichkeit und baten den Wächter, ihnen noch eine Freude zu bereiten und ihre Frauen und Angehörigen zu ihnen in den Kerker zu bringen, um vor ihrem Tode von ihnen Abschied zu nehmen. Der Wächter erfüllte ihren Wunsch und ließ die Familien kommen, die über die Fröhlichkeit der Brüder sehr verwundert waren. Und die Brüder sprachen ihren Frauen und Angehörigen Trost zu, doch die Frauen weinten sehr.

Als die Mittagsstunde schlug, begannen die Glocken zu läuten, und alle Einwohner der Stadt, vom Thronfolger bis zum Bettler, versammelten sich auf dem Platz, wo die Galgen standen. Auch der Papst war gekommen, obgleich er sehr traurig war, weil er den Brüdern, denen er ob ihrer Geschenke treu ergeben war, nicht helfen konnte, wie er es zugesagt hatte, da er dem erzürnten Volk gegenüber hilflos war. Als man die Brüder vom Kerker zum Richtplatz führte und die Trommeln schlug, wie es Brauch war, schritten die Brüder aufrecht und frohen Mutes, als würden Flöten spielen, und die Zuschauer wunderten sich sehr.

Doch plötzlich erhob sich ein lautes Getöse in der Menge, das bis zu den Ohren des Königs und des Papstes drang. Und als die fragten: »Was bedeutet dieser Lärm?«, berichtete man ihnen, ein alter Mann verlange, man solle ihm Platz machen. Und als man das in dem Gedränge nicht tun konnte, habe er sein Schwert gezogen und alle, die ihm im Wege standen, erschlagen. Und der Erschlagenen seien viele, weil er mit seinen drohenden Augen den Menschen Furcht einflöße und keiner ihm das Schwert entwinden könne. Da befahlen der König und der Papst, dem Alten Platz zu machen, und alle sollten zur Seite weichen, auf daß der König und der Papst den Alten mit eigenen Augen sehen könnten. Und als die Menge vor dem Schwert des Alten zurückwich, trat der Alte auf den König und den Papst zu und rief mit lauter Stimme: »Helft, mein Herr und König und mein Herr und Papst, denn man hat diese zwei Brüder heimtückisch verleumdet.« Damit zog er ein Bild hervor, auf dem sechs Männer zu sehen waren, die einen Toten ausgruben, und der König und der Papst sahen, daß unter dem Abbild jeder dieser Männer sein Name stand. Und es war auf wundersame Weise aufgezeichnet, wie an einem bestimmten Tag und zu einer bestimmten Stunde der Tote ausgegraben und von den sechs Männern in den Keller des Palastes gebracht worden war. Das alles war mit großer Deutlichkeit aufgezeichnet. Da schrie der Papst lauthals und forderte die Menschenmenge auf, die sechs Männer zu ergreifen. Als diese ihr Abbild erblickten, verließ sie der Mut, und sie fielen vor dem König und dem Papst auf die Knie und gestanden ihre Untat. Sogleich nahm man den Brüdern ihre Ketten ab, und alle Würdenträger knieten vor ihnen nieder, und alle priesen den Herrn.

Amen

Es geschah einmal, daß der König von Spanien den Juden zürnte und befahl, sie aus dem Lande zu vertreiben. Da gingen die Juden zu einem frommen Mann, der sehr bescheiden und sehr reich war und beim König in Gnade stand, und baten ihn, beim König Fürsprache einzulegen. Darauf begab sich der Fromme zum Königshof, und als der König ihn erblickte, lief er auf ihn zu und umarmte und küßte ihn. Der Fromme nahm an, der König würde seinen Beschluß widerrufen, und sprach mit ihm über andere Dinge. Währenddessen erschien ein Priester aus einem fernen Land, verneigte sich vor dem König und segnete ihn mit einem langen und bedeutsamen Segensspruch in lateinischer Sprache. Der Fromme verstand kein Lateinisch, und als er sah, daß die Stunde des Nachmittagsgebets gekommen war, zog er sich in einen Winkel zurück, um dort zu beten, denn er dachte, er würde sein Gebet beenden, noch bevor der Priester mit seinem Segensspruch fertig wäre. Als er noch mitten im Gebet war, erhob sich der Priester und forderte alle Anwesenden auf, Amen zu sagen, damit sich sein Segensspruch erfülle. Und alle sagten Amen. Doch der Fromme, der die Worte des Priesters nicht verstanden hatte und auch sein Gebet nicht unterbrechen wollte, sagte nicht Amen. Der Priester fragte, ob alle, die zum Hause gehörten, Amen gesagt hätten, und sie sagten: »Ja.« Darauf fragte er, ob auch der Jude Amen gesagt habe, und sie sagten nein, da er noch im Zimmerwinkel bete. Darauf raufte sich der Priester die Haare und rief erbittert: »O weh, wegen dieses Juden, der nicht Amen gesagt hat, wird mein Segensspruch nicht erhört werden!« Als der König das hörte, packte ihn die Wut, und er befahl, den Frommen zu töten und in Stücke zu reißen. Das tat man und schickte die Stücke in ein Tuch gehüllt zu ihm nach Hause. Danach vertrieb der König sämtliche Juden aus seinem Reich.

Es gab in der Stadt noch einen Frommen, einen Freund des Getöteten, der die grenzenlose Frömmigkeit des Toten kannte. In seiner Verzweiflung weinte und betete er, der Himmel möge ihm offenbaren, weshalb sein Freund eines so seltsamen Todes gestorben war. Er schloß sich in einen abgelegenen Raum ein und hing seinen Gedanken nach. Mit einmal erschien ihm der tote Fromme mitten am Tag in dem Zimmer, in das er sich allein zurückgezogen hatte, und als der lebende Fromme ihn erblickte, überkam ihn große Furcht. Doch der tote Fromme sagte zu ihm: »Fürchte dich nicht.« Da erwiderte der lebende Fromme: »Ich weiß, daß du sehr gottesfürchtig gewesen bist, darum sage mir, warum der Allmächtige dir dieses angetan hat.« Da antwortete der tote Fromme: »Ich will es dir sagen. Ich habe mein ganzes Leben lang kein einziges Gebot übertreten, doch der Allmächtige verfährt mit seinen Frommen mit unbarmherziger Strenge. Es geschah einmal, da sprach mein jüngster Sohn den Segensspruch über das Brot, und obgleich ich es hörte, sagte ich nicht Amen. Und der Allmächtige gewährte mir Aufschub bis zu jenem Tag, an dem ich vor dem König stand und nach dem Segen des Priesters nicht Amen sagte. Und da verurteilte mich das Höchste Gericht dafür, daß ich nach dem Segensspruch meines Sohnes nicht Amen gesagt hatte. Und darum, mein Freund, sollst du allen diese Geschichte erzählen und sie dazu anhalten, zur richtigen Zeit Amen zu sagen.« So sprach der tote Fromme und verschwand.

Die kleinen Blumen

In einer kleinen Stadt in der Nähe von Venedig lebte einmal ein Mann namens Rabbi Esra. Seit seinem siebten Lebensjahr verbrachte dieser Mann niemals eine ganze Nacht im Schlaf, sondern erhob sich um Mitternacht, um die Tora zu studieren. Seit seinem zwölften Lebensjahr sprach er kein Gebet und keinen Segensspruch, ohne über Sinn und Bedeutung jedes einzelnen Wortes nachzudenken, außer einem einzigen Mal, als er trauerte, weil ihm ein Sohn im Säuglingsalter gestorben war und er nicht auf die Bedeutung der Worte »Gelobt sei Gott, der uns ihm zu Ehren erschuf« geachtet hatte, was er sein ganzes Leben lang bedauert hat. Seit seinem zehnten Lebensjahr betete er niemals ohne Minjan, außer einem einzigen Mal, als gerade Krieg war. Und er setzte sich niemals zum Essen, ohne einen Armen an seinen Tisch zu bitten. Er hatte noch nie eine Geldmünze betrachtet, denn bis zu seiner Heirat ernährte ihn seine Mutter und danach seine Frau, die Handel trieb und Gott sei Dank ihren Mann und ihre Kinder reichlich versorgen konnte. Er beachtete peinlich genau alle religiösen Verbote und wirkte auch auf andere ein, dies zu tun. Das, in Kürze, ist ein Teil der Frömmigkeit dieses Mannes. Wir erfuhren auch, daß dieser Gerechte vor seinem Tode im Alter von siebzig Jahren zehn Finger erhob und bezeugte, er sei sein Leben lang einzig und allein zu Ehren Gottes tätig gewesen und habe, Gott bewahre, niemals einen anderen Zweck verfolgt und niemals mit einer Frau gesprochen, mit Ausnahme seiner eigenen Frau, seiner Töchter und seiner Enkelinnen – und auch mit diesen nur in aller Kürze.

Vier Jahre nach seinem Tode erschien er im Traum bei seinem Freund Rabbi Gedalja, der ebenfalls sehr fromm war, sich jedoch mit dem gottseligen Rabbi Esra nicht messen konnte, und sprach zu ihm: »Mein Freund, mein Freund, ach und weh ist mir, denn ich habe all meine Lebensjahre unnütz verschwendet.« Als Rabbi Gedalja das hörte, warf er sich zu Boden und weinte bitterlich, bis seine Frau und seine Kinder erwachten und ihn fragten: »Vater, Vater, warum weinst du?« Darauf erzählte er ihnen, wer ihm im Traum erschienen war, und sagte: »Wenn dieser gottesfürchtige Mann, den wir auf eine Stufe mit unseren Vätern Abraham, Isaak und Jakob stellten, sagt, er habe seine Jahre unnütz verschwendet, was sollen dann wir einfachen Menschen tun, die wir nicht ein Hundertstel seines Wissens und seiner Fähigkeiten besitzen?« Gleich am Morgen darauf versammelten sich alle Einwohner der Stadt – etwa fünfzig Männer, Frauen und Kinder – und zogen zum Grabe von Rabbi Esra. Das taten sie dreißig Tage lang jeden Morgen nach dem Morgengebet, um ihn zu bitten, sich einem von ihnen im Traum oder im Wachen zu zeigen und zu erklären, auf welche Weise er gesündigt hatte.

Nach dreißig Tagen erschien der Verblichene seinem Freund Rabbi Gedalja im Traum und sprach zu ihm unter Tränen: »Ein Jahr, nachdem ich euch verlassen hatte, rief man mich vor das Höchste Gericht und zeigte mir alle meine Taten auf Erden, und keine fehlte. Auch der Fehler, den ich begangen hatte, als ich einmal beim Gebet ›Gelobt sei Gott, der uns ihm zu Ehren erschuf‹ die volle Bedeutung nicht beachtet hatte. Doch man sagte mir, die Sünde sei mir vergeben, weil ich gefastet und mich kasteit hatte. Da rief ich voller Freude aus: ›Gelobt sei Gott, der mich den rechten Weg geführt hat!‹ Doch der Engel sprach zu mir: ›Blicke nach oben.‹ Und als ich den Blick erhob, sah ich eine Anzahl kleiner Blumen, wie Sterne am Himmel. Sogleich befiel mich große Angst, ich begann zu zittern und fragte: ›Was bedeutet das?‹ Und der Engel erwiderte: ›Dies sind jene Worte aus deinen Gebeten, die du beim Beten übergangen oder falsch ausgesprochen hast, und keines fehlt, und sie klagen dich an und verlangen deine Bestrafung und sagen: Dieser Mann hat uns beleidigt und geschändet und uns daran gehindert, zur Zierde der Heiligen Schrift zu gehören. Doch Gott übt Gerechtigkeit, und du bist verurteilt, noch einmal auf Erden zu leben, um deine Fehler zu tilgen. Nur deiner guten Taten wegen ist das Urteil nicht strenger ausgefallen.«

Da ließen die Einwohner der kleinen Stadt von weit her einen Gelehrten namens Rabbi Mosche Chaim Hamedakdek kommen, damit er als Rabbiner amtierte und ihnen die Lehre der Grammatik vermittelte.

Der Fromme und der Bösewicht, die am selben Tag starben

Es waren einmal zwei Freunde, zwei Fromme, die einander sehr liebten und sich nie trennten, nicht beim Beten, nicht beim Studium der Schriften und nicht einmal beim Essen. Eines Tages erkrankte einer der beiden und starb bald darauf. Und am selben Tag starb auch ein Bösewicht in der Stadt, der Sohn des Stadtvorstehers. Aus Angst vor seinem Vater schlössen sämtliche Kaufleute ihre Läden und begaben sich zum Begräbnis des Bösewichts, und aus diesem Grunde ging keiner zum Begräbnis des verstorbenen Frommen, und er wurde ohne Geleit und die gebührenden Ehren begraben.

Das bereitete seinem Freund so großen Kummer, daß er den Verstand verlor und sich dazu hinreißen ließ, den Himmel zu beschuldigen und zu sagen, es gebe keine Gerechtigkeit und keinen Richter, man mache keinen Unterschied zwischen dem Guten und dem Sünder und es gebe keinen Lohn für gute Taten und keine Bestrafung für Bösewichte. Viele Tage lang gab sich der Freund seinem Zorn und seinem Kummer hin, bis ihm im Traum ein Engel erschien und zu ihm sprach: »Versündige dich nicht an deinem Schöpfer und klage nicht über sein Urteil und seine Entscheidungen, denn er ist ein gerechter Gott, der kein Unrecht verzeiht. Und wisse, daß dein Freund zu seinen Lebzeiten eine geringfügige Sünde begangen hat, für die ihn der Allmächtige in seiner Liebe zu ihm damit bestrafte, daß er ohne Geleit und Ehren begraben wurde, auf daß er rein und unbefleckt in die nächste Welt komme, wo es nur Gutes gibt. Und jener Bösewicht hat nur einmal im Leben eine gute Tat vollbracht, wofür ihn Gott damit belohnte, daß ihm ein ehrenvolles Begräbnis zuteil wurde, auf daß ihm in der nächsten Welt nichts zugute kommen würde und er bis zum Ende aller Zeiten in der Hölle bleibe.«

Da sagte der Freund in seinem Traum zu dem Engel: »Ich bitte dich, Herr, sage mir, welcher Sünde sich mein Freund schuldig gemacht hat und welche gute Tat der Bösewicht begangen hat, und das wird mir ein Trost sein.« Da erwiderte der Engel im Traum: »Sei versichert, daß dein Freund keine große, sondern nur eine kleine Sünde begangen hat, indem er einmal irrtümlich die Gebetsriemen zuerst auf den Kopf und danach auf die Arme band, und das ist in der Tat nur eine kleine Sünde. Und jener Bösewicht, der Sohn des Stadtvorstehers, hat sein ganzes Leben lang keine gute Tat getan, mit Ausnahme von einem einzigen Mal, und auch das tat er, ohne es zu wollen. Doch der Allmächtige belohnt jede gute Tat. Es geschah, als der Bösewicht den König und alle seine Minister und Würdenträger zu einem Festmahl geladen hatte und sich plötzlich erwies, daß keiner von ihnen an diesem Tag kommen konnte. Da dachte sich der Bösewicht im stillen: Da der König und seine Minister nicht gekommen sind, kann ich die Speisen und Getränke, die ich vorbereiten ließ, an die Armen und Bedürftigen meiner Heimatstadt verteilen lassen, ohne daß es mich etwas kostet.«

Nachdem der Engel gesprochen hatte, sah der Mann in seinem Traum, wie sein Freund zwischen den Myrten in den Gärten des Paradieses lustwandelte, und auf der anderen Seite erblickte er den Bösewicht, den Sohn des Stadtvorstehers, der erschöpft und durstig auf dem Boden lag, sein Gesicht schwarz wie Kohle. Der Freund erwachte aus seinem Traum, und sein Herz war von Freude erfüllt und seine Bitterkeit gewichen, und er kehrte zurück zu seiner Frömmigkeit und erfüllte die Gebote des Herrn. Das zeigt, daß der Mensch stets das Urteil des Allmächtigen gutheißen soll.

Die Teufelsanbeter und Rabbi Abraham Ben Esra

In einem fernen Land gab es einmal eine kleine Stadt, die nur wenige Einwohner hatte, und unter ihnen befand sich ein armer, bedürftiger und stets trauriger Mann. Eines Tages, als ihn seine Armut zu sehr bedrückte, ging er weinend und klagend über die Felder und durch den Wald außerhalb der Stadt, bis er sich zum Ausruhen auf einen Hügel setzte. Und als er dort weinend und vor Erschöpfung stöhnend saß, kam ihm ein alter Mann von würdigem Aussehen entgegen und fragte ihn: »O Mensch, warum weinst du so sehr und warum bist du so abgehärmt und betrübt?« Und der Arme erwiderte: »Herr, ich weine aus bitterem Herzen, weil mich der Hunger quält und ich kein Brot für meine Kinder habe und meine zarte und liebliche Frau mich beschimpft. Darum weine und klage ich.«

Darauf sprach der Alte: »Du tust mir leid, armer und bedürftiger Mann. Doch wenn du auf meinen Rat hörst, wirst du Geld haben wie Sand am Meer und alles, was du begehrst.« Da erwiderte der Arme: »Herr, ich will tun, was immer du sagst.« Darauf sprach der Alte: »Kehre nach Hause zurück und nimm deinen einzigen Sohn, den du lieb hast, und opfere ihn mir auf einem Berg, den ich dir sagen werde. Und nachdem du das getan hast, werde ich dich segnen und dich mit Reichtümern beschenken wie Silber und Gold und Schafe und Rinder in großer Menge.«

Der einfältige Arme kehrte in sein Haus zurück und offenbarte keinem Menschen, was sich zugetragen hatte, und zu seiner Frau sagte er:

»Frau, unser kleiner Sohn kann noch kein Buch lesen und ist unwissend. Ich will ihn mit mir nehmen und in eine Schule bringen, wo er die Heiligen Schriften studiert und uns durch seine Gelehrsamkeit zu Ehre und Ruhm gereicht.« Und die Frau erwiderte: »Mein Mann, tue, wie dir beliebt.« Darauf nahm der Arme seinen Sohn und ging mit ihm auf demselben Weg, auf dem er gekommen war, bis er zu dem Hügel kam. Dort hackte er Holz, entzündete ein Feuer, fesselte seinen Sohn mit Stricken und nahm dann ein Schlachtmesser und schlachtete den Knaben und opferte ihn den teuflischen Geistern, die dort tanzten.

Darauf erschien wieder der Alte und sprach: »Jetzt weiß ich, daß du ehrfürchtig bist und mir deinen einzigen Sohn nicht vorenthalten hast. Darum wirst du bei deiner Rückkehr in dein Haus große Schätze und Reichtümer vorfinden, und es wird dir gut ergehen.«

Der Mann kehrte heim und wurde sehr reich, und alles, was er unternahm, gelang ihm. Seine Nachbarn beneideten ihn sehr, und die Nachbarinnen kamen zu seiner Frau und fragten sie: »Wie seid ihr plötzlich so reich geworden? So etwas ist nicht im Bereich des Menschlichen.« Und sie erwiderte: »Ich weiß nicht, woher dieser Reichtum kommt, denn mein Mann hat mir nichts gesagt.« Da machten sich die Nachbarinnen über sie lustig und sagten: »Überrede doch deinen Mann, dir sein Geheimnis zu offenbaren.« Diese Worte nahm sie sich zu Herzen und sagte zornig zu ihrem Ehemann: »Ich werde keine Speise anrühren, bis du mir sagst, woher du diesen Reichtum hast.« Darauf schwieg ihr Mann und sagte kein Wort. Da fragte sie ihn: »Wo ist unser Sohn, den du in die Schule auf dem Berg Tabor bringen wolltest und von dem ich nicht weiß, wo er sich befindet?« Und auch darauf antwortete ihr Mann nichts. Doch Tag für Tag quälte sie ihn mit Fragen, bis er schließlich die Geduld verlor und ihr alles erzählte. Da sagte sie: »Du hast mir die Wahrheit erzählt, und damit gebe ich mich zufrieden.« Darauf ging sie zu den Nachbarinnen und berichtete ihnen, was sie erfahren hatte. Darauf sagten die Nachbarinnen zu ihren Ehemännern: »Umsonst haben wir unserem Gott gedient. Geht und opfert unsere Söhne auf den Bergen, so wie es dieser Mann getan hat, dann werden auch wir reich werden und ein angenehmes Leben führen.« So redeten die Frauen ihren Männern Tag für Tag zu, bis sie nachgaben und ihre Söhne dem Teufel opferten, so wie es jener Arme getan hatte. Darauf vermehrte sich ihr Reichtum und ihr Besitz, ihr Getreide gedieh, und ihre Schafherden und Rinderherden mehrten sich. Sie waren fröhlich und guten Mutes, und jedes Jahr an einem bestimmten Tag hielten sie ein großes Festmahl und speisten und tranken, und jener Teufel saß am Kopfende des Tisches wie ein König.

Eines Tages kam der Gelehrte und Dichter Rabbi Abraham Ben Esra durch diese Stadt und verbrachte die Nacht bei einem der Einwohner. Als er sich früh am Morgen wieder auf den Weg machen wollte, sagte der Hausherr zu ihm: »Gelehrter Herr, wenn es dir in meinem Hause gefällt, geruhe heute abend an unserem Festmahl teilzunehmen, das ich zu Ehren eines alten Mannes gebe, der uns alle ernährt.« Der Gast erfüllte die Bitte des Hausherrn und verschob seine Reise auf den nächsten Tag. Der Hausherr und seine Familie bereiteten alles für das Festmahl vor, schlachteten Schafe und Rinder und kochten und brieten und buken allerlei Backwerk und brachten Wein und Süßigkeiten und vieles andere. Und als es Abend wurde, setzten sie sich zu Tisch mit ihren Nachbarn und Freunden.

Als sie sich zu Tisch gesetzt hatten, erschien ein alter Mann mit dem Gebaren eines Königs und kam gemessenen Schrittes herbei. Doch der gelehrte Rabbi Abraham Ben Esra erkannte schon von weitem, daß dieser Mann ein Teufel war. Er blieb still sitzen, und der Alte bemerkte ihn zunächst nicht. Doch als er in die Tür trat, sah er den Gelehrten unter den Gästen sitzen, worauf sich seine Miene verdunkelte und er mit lauter Stimme rief: »Werft diesen Fremden hinaus!« Darauf erhob sich Rabbi Abraham Ben Esra, stellte sich vor ihn hin und sagte: »Du bist der Teufel einer! Was hast du unter Menschen zu suchen? Ich befehle dir, in diesem Augenblick in die Schluchten der Finsternis zurückzukehren, zu Lilit der Teufelin, denn dort ist dein Platz!«

Der Teufel erschrak ob der Verwünschung von Rabbi Abraham Ben Esra, wandte sich ab und flüchtete ins Reich der Unterwelt und kehrte nie wieder in diese Stadt zurück. Und Rabbi Abraham Ben Esra sprach zu den Bürgern der Stadt: »Weil ihr eine Schandtat in Israel begangen habt, sollt ihr vor Gott verflucht sein. Im Schweiße eures Angesichtes sollt ihr Brot essen, und auf euren Äckern sollen nur Disteln und Unkraut wachsen.« Sogleich erhob sich lautes Weinen und Jammern, und alle riefen: »Wir haben in der Tat gesündigt und Verbrechen begangen und das Blut kleiner Kinder vergossen. Wir bitten dich, sage uns, wie wir Buße tun können, um dereinst nicht in die Hölle zu kommen.« Auf Geheiß von Rabbi Abraham kleideten sie sich in Säcke und schütteten Asche auf ihre Häupter und fasteten lange Zeit. Sie verloren all ihren Reichtum und ihren Besitz, bis sie nichts mehr hatten, nicht einmal eine rostige Nadel. Sie waren wieder so arm wie ehedem, und auch ihre Kinder hatten sie verloren. Daraus kann man die Moral ableiten, der Mensch solle nicht nach Geld und Reichtum trachten, sich mit wenigem begnügen und die Gebote des Schöpfers befolgen.

Rabbi Jechiel und der König von Frankreich

Man erzählt sich von einem weisen und heiligen Zaddik mit Namen Rabbi Jechiel, der in Frankreich lebte und der sich in allen Lehren und Weisheiten auskannte, insbesondere in den geheimen Wissenschaften. Beim Schein einer Dochtlampe, die er am Vorabend des Sabbat angezündet hatte, saß er über seinen Büchern, und die Lampe brannte die ganze Woche lang ohne einen Tropfen Öl. Dieses Wunder kam dem König von Frankreich zu Ohren.

Da schickte der König einen Boten zu Rabbi Jechiel, ihn zu fragen, ob das Gerücht wahr sei. »Nein, es ist nicht wahr«, leugnete Rabbi Jechiel, denn er wollte nicht, daß man ihn für einen Zauberer hielt. Doch der König wollte nicht glauben, was der Bote ihm berichtete, und dachte sich im stillen: Ich muß selbst hingehen und mich mit eigenen Augen überzeugen. Er beriet sich mit seinen Ministern, und man beschloß, am Mittwoch abend zu Rabbi Jechiel zu gehen.

In dieser Stadt pflegten nach Anbruch der Dunkelheit lose, verwegene Männer bei den Juden an die Haustür zu klopfen und um Gaben zu bitten. Rabbi Jechiel, der bei seinen Studien nicht gestört werden wollte, hatte einen eisernen Nagel vor seiner Haustür in die Erde getrieben, und sobald jemand anklopfte, schlug ein Hammer von oben auf den Nagel, und der Erdboden öffnete sich und verschlang den Mann, der geklopft hatte. Und als jetzt der König an die Haustür klopfte, schlug der Hammer wieder auf den Nagel, und der König versank bis zur Hüfte in den Erdboden. Doch als er darauf nochmals anklopfte, kehrte der Nagel an seinen früheren Platz zurück.

Rabbi Jechiel erschrak und dachte sich: Das muß der König sein, der da angeklopft hat. Er erhob sich, öffnete die Tür und erblickte den König. Da verneigte er sich tief und sagte: »Vergib mir, mein Herr und König, denn ich wußte nichts von deinem Kommen.« Auch der König war sehr erschrocken, denn obwohl er zusammen mit dem Nagel wieder aus der Grube gefahren war, wären er und seine Minister doch um ein Haar im Abgrund versunken. Rabbi Jechiel führte sie ins Haus, bat sie, am Feuer Platz zu nehmen, und reichte ihnen süße Speisen, um ihre Geister wieder zu beleben.

Dann fragte der Rabbi den König: »Herr, was begehrst du von mir zu dieser nächtlichen Stunde? Du hättest wissen müssen, daß ein Geist meine Haustür bewacht und daß die Erde einen jeden verschluckt, der mir Böses antun will. Wäre ich dir nicht zu Hilfe geeilt, hätte die Erde auch dich verschlungen.« Da erwiderte der König: »Sie hatte mich bereits verschlungen, und es ist dein Glück, daß du mich gerettet hast. Ich bin zu dir gekommen, weil man mir berichtet hat, du verstündest dich auf Zauberei und geheime Wissenschaften. Das beweist deine Lampe, die ohne Öl brennt.« Darauf sagte Rabbi Jechiel: »Ich bin, Gott behüte, kein Zauberer, doch bin ich ein Gelehrter der Naturwissenschaften und kenne die

Eigenschaften natürlicher Dinge, ob in fester oder flüssiger Form.« Und Rabbi Jechiel zeigte dem König seine Dochtlampe, die in der Tat ohne Öl brannte, jedoch einen Leuchtstoff enthielt, der dem Öl ähnelte.

Der König von Frankreich war äußerst erstaunt und berief Rabbi Jechiel an seinen Hof, wo er ihn mit hohen Ehren empfing und ihn zu seinem Ratgeber machte.

Der Bischof von Salzburg und der Rabbi von Regensburg

In der Stadt Salzburg herrschte einst ein mächtiger Bischof, ein Bösewicht, wie es seinesgleichen auf der Welt nicht gab. Eines Tages sagte er zu den Würdenträgern seines Hofes: »Ich habe vernommen, daß es in der Stadt Regensburg einen weisen und gelehrten Juden gibt, von allen geehrt und als heiliger Mann angesehen, von den Christen wie auch von den Juden. Doch kann ich es nicht ertragen, daß ein Jude so groß und berühmt wird, und darum werde ich zu ihm gehen und ihn mit eigener Hand töten. Wisset, daß all seine Weisheit nichtig ist und sein Gott ihn nicht vor mir schützen kann.«

Damit erhob sich der Bösewicht, versammelte sein Gefolge und zog nach Regensburg. Dort sagte er zu seinen Begleitern: »Wir ziehen jetzt in die Stadt ein, und ich gehe ins Haus jenes Juden in der Judengasse und töte ihn.« Da sprachen seine Ratgeber: »Herr, wir haben gehört, dieser Mann sei reich an Heldentaten, darum hüte dich auf deinem Wege zu ihm und bei allem, was du tust.« Doch der Bischof schenkte ihnen kein Gehör und nahm einen Dolch, den er in seinem Stiefel verbarg, um den Juden damit zu erstechen. Danach teilte er sein Gefolge auf und sagte: »Wir werden nur zu dritt zu dem Juden gehen, ich und zwei meiner Begleiter.« Und sein Gefolge gehorchte den Worten seines Herrn.

Doch der Rabbi wußte bereits, was der Bischof im Sinn hatte, und sagte zu seinen Schülern: »Wie wagt es dieser Bösewicht, aus der Fremde zu mir zu kommen in dem Glauben, es würde ihm gelingen, mir das Leben zu nehmen? Bald werdet ihr sehen, was ich ihm antue.« Während er noch sprach, betrat der Bischof das Bethaus und fragte: »Wer von euch ist euer Rabbi?« Und der Jude erwiderte: »Ich bin es.« Sogleich setzte der Bischof eine freundliche Miene auf, entbot dem Rabbi einen Gruß und sagte: »Geehrter Rabbi, ich habe von dir und deinen Wundertaten vernommen, und im ganzen Land soll es keinen größeren geben als dich. Ich bin gekommen, um dich zu bitten, mir einige deiner Wundertaten zu zeigen, damit auch ich unter Fürsten und Würdenträgern dein Lob preisen kann.« Und der Jude erwiderte: »Das will ich tun, Herr. Nur hoffe ich, daß meine Wundertaten dir nicht mißfallen, denn ich bin nur ein armer Rabbi, dessen Weisheit gering ist. Dennoch will ich dir Wundertaten zeigen, damit du von den Wundern Gottes berichten kannst.« Darauf führte er den Bischof und seine beiden Begleiter in einen anderen Raum und sprach zu ihnen: »Hier in diesem Raum werde ich euch Wundertaten zeigen.« Dann sagte er zum Bischof: »Stecke den Kopf aus dem Fenster, und du wirst Wunder erschauen.« Der Bischof tat wie geheißen, und als er den Kopf aus dem Fenster steckte, wurde das Fenster immer länger und schmäler, bis der Bösewicht seinen Kopf nicht mehr zurückziehen konnte. Und das Fenster verengte sich immer mehr, bis der Bösewicht fast erstickte, und seine zwei Begleiter eilten ihm nicht zu Hilfe, denn sie konnten sich nicht von der Stelle rühren.

Da sprach der Rabbi: »Ihr Bösewichte! Sterben sollt ihr alle! Glaubst du, mich töten zu können, weil du ein Bischof bist? Was habe ich dir zeit meines Lebens angetan, daß du von Salzburg nach Regensburg gekommen bist, mich umzubringen? Doch diese Absicht wirst du nicht ausführen können, denn Gott hat mir deine finsteren Pläne verraten, und ich weiß auch, daß in deinem Stiefelschaft ein Dolch steckt, mit dem du mich erstechen wolltest. Doch Gott hat mich gerettet und dich mir ausgeliefert.« Da sprach der Bösewicht reumütig: »O großer Rabbi, vergib mir dieses eine Mal und erbarme dich meiner. Lasse mich nicht eines elenden Todes sterben. Wenn Gott mir hilft und mich in meine Heimatstadt zurückkehren läßt, schwöre ich einen heiligen Eid, alle Juden, die ich aus meinem Herrschaftsgebiet vertrieben habe, heimkehren zu lassen und ihnen zeit meines Lebens nur Gutes zu tun.«

Der Rabbi hörte sein Flehen und sagte: »Gib mir deine Hand darauf, daß du deinen Schwur halten und den Juden nie wieder etwas Böses antun wirst, dann will ich Gnade walten lassen. Du siehst, daß die zweihundert Männer, die dich begleiten, dir nicht helfen können, daß nur ich allein es kann, weil ich dem Wort eines mächtigen Bischofs Glauben schenken will. Doch wenn du dein Wort brichst und die Juden weiterhin verfolgst wie bisher, wirst du nirgends sicher sein. Wo immer du bist, auch in deinem Hause, wirst du meine Rache spüren, denn ich werde dich überall finden.« Da schwor der Bischof einen heiligen Eid und ging zu seinem Gefolge zurück, das ihn vor der Stadt erwartete. Und sie fragten ihn: »Ist es dir gelungen, den Juden zu töten?« Da erzählte er ihnen alles, was sich zugetragen hatte, und alle staunten über die wundersamen Kräfte, die der Rabbi besaß. Danach bestiegen der Bischof und seine Begleiter ihre Pferde und machten sich auf den Heimweg, und als sie in ihrer Heimatstadt ankamen, ließ der Bischof die armen Juden rufen, die er vertrieben hatte, und gestattete ihnen heimzukehren. Er hielt seinen Schwur und tat den Juden nichts Böses mehr an und besuchte sie auch zuweilen, um ihren Glauben und ihre Lebensweise kennenzulernen. Schließlich wechselte er seinen Glauben und trat noch im hohen Alter zum Glauben Mose und Israels über. Er ehrte Gott und den Glauben Israels, und man nannte ihn einen der wahren Gerechten.

Raschi und der Ritter Gottfried von Bouillon

Raschi war einer der größten Gelehrten seiner Zeit, und die Kunde von seiner Weisheit verbreitete sich in allen Ländern und kam auch den Königen zu Ohren. Damals lebte im Lande Frankreich ein Ritter und Kriegsheld und gar grausamer Mann namens Gottfried von Bouillon. Als dieser von dem Gelehrten vernahm, ließ er ihn zu sich in seine Heimatstadt rufen. Doch Raschi weigerte sich zu kommen, denn er kannte den Mann und mochte ihn nicht leiden. Als der Ritter vernahm, daß Raschi sich weigerte, zu ihm zu kommen, zürnte er sehr, ließ sein Pferd satteln und ritt bis zum Hause des Raschi. Als er dort ankam, standen sämtliche Tore offen, und auch die Bücher waren aufgeschlagen, doch war kein Mensch zu sehen. Der Ritter war darob sehr erstaunt und rief mit lauter Stimme: »Schlomo, Schlomo!« Und die Stimme von Raschi antwortete: »Hier bin ich, Herr. Was wünschet Ihr?« Der Ritter blickte sich nach allen Seiten um und fragte: »Wo bist du?« Und Raschi erwiderte: »Hier bin ich.« Der Ritter wiederholte seine Frage einige Male, und man antwortete ihm, doch konnte er den Sprecher nicht sehen und war äußerst erstaunt. Er verließ das Haus und fragte: »Gibt es hier einen Juden?« Und als darauf einer der Schüler des Raschi zu ihm trat, sprach der Ritter zu ihm: »Sage deinem Rabbi, er möge zu mir kommen, und ich gebe ihm mein Wort, daß ihm nichts Böses zustoßen wird.« Da trat der Rabbi vor den Ritter und beugte das Knie, und der Ritter hob ihn voller Ehrerbietung vom Boden auf und sagte: »Jetzt habe ich deine Weisheit und Gelehrsamkeit erkannt, und ich will dich in einer äußerst wichtigen Sache, die ich vorhabe, um Rat bitten. Ich habe hunderttausend Reiter und zweihundert große Schiffe bereitgestellt, um ins Heilige Land zu ziehen und Jerusalem zu erobern. Ich bin sicher, daß Gott mir zur Seite stehen wird und ich die Ismaeliten, die dort wohnen, besiegen werde, weil sie der Kriegskunst unkundig sind. Darum bin ich heute zu dir gekommen, um deinen Rat einzuholen. Geruhe in deiner Weisheit, mir deine Meinung mitzuteilen, und sprich ohne Furcht.«

Und Raschi antwortete ihm mit wenigen Worten: »Du wirst ins Heilige Land ziehen und Jerusalem erobern und drei Tage lang dort herrschen. Und am vierten Tag werden die Ismaeliten dich vertreiben, und du wirst in Angst und Schrecken flüchten und mit nur drei Pferden hierher zurückkehren.« Der Ritter wurde sehr zornig, als er diese Worte vernahm, und sagte: »Vielleicht sprichst du die Wahrheit, aber wenn ich auch nur mit vier Pferden zurückkehre, werde ich dein Fleisch den Hunden zum Fraß vorwerfen und alle Juden in Frankreich erschlagen.«

Darauf zog der Ritter ins Heilige Land und kämpfte vier Jahre lang gegen die Ismaeliten, und alles, was Raschi vorausgesagt hatte, traf ein. Nachdem er in Angst und Schrecken geflohen war und auch auf dem Weg noch viele Kämpfe geführt hatte, kam er an die Mauer der Stadt, in welcher Raschi wohnte, und er führte drei Pferde mit sich, außer dem Pferd, auf dem er ritt. Da erinnerte er sich an seine Drohung und beschloß, Raschi und allen Juden in Frankreich Böses anzutun. Doch Gott machte seine Absicht zunichte, und als er durch das Stadttor einzog, fiel ein Stein aus der Mauer und erschlug einen seiner Begleiter und dessen Pferd. Als der Ritter das sah, erschrak er sehr und mußte gestehen, daß der Jude die Wahrheit gesprochen hatte. Er beschloß, zu ihm zu gehen und ihn um Verzeihung zu bitten. Doch als er dort ankam, erfuhr er, daß der Rabbi gestorben war. Daraus erkennst du, lieber Leser, wie groß die Macht der Tora und der Weisheit ist, denn dank seiner Weisheit ist Raschi auf der ganzen Welt berühmt gworden.

Der Golem von Prag

Als die Juden aus ihrem Land in die Verbannung zogen, nahmen sie einige der Steine, aus denen der Tempel erbaut war, mit sich, weil sie ihnen heilig waren und aus Bitterkeit über ihr Schicksal. Und als sie nach Prag kamen, bauten sie dort aus diesen Steinen eine Synagoge.

In der Stadt Prag lebte ein großer Rabbi – der Maharal. Und der Maharal schuf einen Golem zu Nutz und Frommen der Gemeinde. Und die Erschaffung des Golems vollzog sich auf diese Weise: Sieben Tage und sieben Nächte lang vertieften sich der Rabbi und seine Vertrauten in die Geheimnisse der Kabbala, und in der siebten Nacht, genau um Mitternacht, begaben sie sich ans Flußufer und schufen dort aus Lehm eine menschliche Gestalt. Sie formten ein Gesicht und Arme und Beine, und noch immer lag der Golem leblos vor ihnen. Sie stellten sich vor ihn und blickten ihn eine Stunde lang an, und dann umkreisten sie ihn siebenmal und murmelten Beschwörungen und reihten Buchstaben aneinander, bis der Golem rot wurde wie glühende Kohle. Nach der siebten Umkreisung erlosch das Feuer und der Grundstoff Wasser kam, worauf der Golem zu dampfen begann und ihm Haare und Fingernägel und Zehnägel wuchsen. Danach umkreiste der Maharal selbst den Golem siebenmal, und er und seine Schüler lasen aus dem Kapitel der Erschaffung des Menschen: »Und er blies ihm den Odem des Lebens in seine Nase. Und so ward der Mensch ein lebendiges Wesen.« Das sagten sie siebenmal, worauf der Golem die Augen aufschlug und sich erhob. Sie legten ihm Kleider an, zogen ihm Schuhe an die Füße und setzten ihm einen Hut auf den Kopf und gaben ihm den Namen Josef. Und der Maharal legte dem Golem einen Zettel mit dem wahren Namen Gottes unter die Zunge, und solange der Zettel dort lag, konnte der Rabbi dem Golem jeden Auftrag erteilen, und wenn er ihn wegnahm, wurde der Golem wieder eine leblose Figur. Der Maharal pflegte den Golem auf den Dachboden der Synagoge zu legen, vom Vorabend des Sabbat bis zum Sabbatausgang, und während dieser Zeit lag der Zettel nicht unter seiner Zunge. Denn wenn er, Gott behüte, dort gelegen hätte, wäre er auf ewig so geblieben, weil der Sabbat das Sein und die Kraft aller Dinge ist.

Und es geschah einmal am Vorabend des Sabbat, daß der Maharal vergessen hatte, dem Golem den Zettel aus dem Mund zu nehmen. Die Gemeinde war bereits in der Synagoge versammelt und sang Sabbatlieder, und erst dann erinnerte sich der Maharal an seine Unterlassung. Sogleich rief er den Synagogendiener und befahl ihm, aufs Podium zu steigen und zu verkünden, der Sabbat habe noch nicht begonnen. Das tat der Synagogendiener, und zur gleichen Zeit verkündete man auch im Himmel, der Sabbat habe noch nicht begonnen. Darauf befahl der Maharal dem Synagogendiener, auf den Dachboden zu steigen und dem Golem den Zettel mit dem wahren Namen Gottes aus dem Mund zu nehmen. Das tat der Synagogendiener und kehrte auf seinen Platz zurück. Danach befahl der Maharal seiner Gemeinde, das Sabbatlied nochmals zu singen. Und von jenem Tag an wurde es zum Brauch, in dieser Synagoge das Sabbatlied zweimal zu singen, als ewige Erinnerung.

Und Josef der Golem saß stets still in einem Winkel, den Kopf auf die Hände gestützt, und aß nicht, trank nicht und schlief nicht und machte sich keine Gedanken, denn schließlich war er ein Golem. Wenn die Frau des Rabbiners ihm befahl, Wasser zu holen, tat er es ohne Unterlaß, denn ein Golem tut seine Arbeit so lange, bis man ihm befiehlt aufzuhören, und das tat er so lange, bis das Haus fast unter Wasser stand. Und vom Purimfest bis zum Pessachfest legte der Golem eine Verkleidung an und ging durch die Straßen und Märkte, um zu sehen, ob die Gojim keine Vorbereitungen trafen, die Juden des Ritualmords zu bezichtigen. Und manchmal legte ihm der Maharal ein Amulett um den Hals, das ihn unsichtbar machte.

Einmal geschah es, daß am Jom Kippur in der Synagoge eine Torarolle zu Boden fiel, und alle sorgten sich sehr, warum das geschehen war und welche Bedeutung es hätte. Der Maharal bat den Himmel um Aufklärung, und man schickte ihm einen Zettel mit den Worten, die niemand verstehen konnte, bis Josef der Golem das Rätsel löste, indem er die einzelnen Buchstaben in anderer Reihenfolge aufschrieb, und jetzt stand dort zu lesen: »Du sollst dem Weibe deines Nächsten nicht beiliegen und sie beschmutzen.« Jetzt verstand man, welche Sünde die Torarolle zum Fallen gebracht hatte.

Dem Golem waren keinerlei religiöse Pflichten auferlegt, nicht einmal jene, zu denen Frauen und Knechte verpflichtet sind. Er schuf nichts Böses und er schuf nichts Gutes und alles, was er tat, geschah unter Zwang, damit er weiter dasein konnte. Er besaß keine Zeugungskraft und er konnte nicht sprechen, doch sagte man, er werde ins Paradies einziehen und am Jüngsten Tag auch auferstehen.

Die Zeit verging, und ein neuer König herrschte in Prag, nämlich der König Rudolf, der ein gerechter Mann war und den Juden wohlwollte und befahl, sie nicht mehr zu verfolgen und zu verleumden, und da sah der Maharal, daß er den Golem nicht mehr benötigte. Er beriet sich mit seinen Vertrauten, und sie beschlossen, den Golem aus dem Leben scheiden zu lassen und ihn wieder in seine vier Grundstoffe aufzulösen: Wasser, Feuer, Erde und Lebensgeist. Und das taten sie um Mitternacht, als die Einwohner von Prag in ihren Betten schliefen und nichts von dem wußten, was geschah.

Das Urteil des Sanhedrin

König Rudolf kam einmal in die Stadt Prag und sah dort einen Hügel, der von einem Zaun umgeben war. Er fragte seine Begleiter: »Was ist das für ein Hügel?« Und sie erwiderten: »O Herr und König, es ist uns nicht bekannt. Wir wissen nur, daß alle Einwohner der Stadt diesen Ort ehren und er ihnen seit vielen Generationen heilig ist.« Das erstaunte den König, und er befragte zahlreiche Gelehrte und alte Männer, doch keiner von ihnen konnte ihm antworten. Darauf beschloß er, an dieser Stelle graben zu lassen, um mit eigenen Augen zu sehen, was sich unter dem Erdhügel verbarg. Seine Vertrauten rieten ihm ab, weil sie darin die Schändung einer heiligen Stätte sahen, und warnten den König, er möge keine Schuld auf sich laden, denn es sei ein heiliger Ort, und kein Frevler würde straflos ausgehen.

Doch ihr Rat fiel auf taube Ohren, und der König befahl seinen Knechten, auf den Hügel zu steigen und dort zu graben. Beim Graben stieß einer der Knechte auf einen harten Gegenstand und legte einen eisernen Kasten frei, der mit sieben Siegeln verschlossen war. Als der König den Kasten erblickte, befiel ihn große Furcht und Verwirrung, und er wußte nicht, ob er die Siegel aufbrechen oder den Kasten ungeöffnet wieder vergraben sollte. Schließlich ließ er einige Schmiede kommen und befahl ihnen, den Kasten zu öffnen. Sie öffneten ihn und fanden eine Pergamentrolle, die mit reinen, deutlichen Buchstaben beschrieben war, doch konnte der König das Geschriebene nicht lesen. Er übergab die Rolle seinen Gelehrten, und auch diese konnten die

Schrift nicht entziffern. Da ließ der König die größten Gelehrten des Landes kommen und sagte zu ihnen: »Wer von euch diese Schrift lesen kann und mir sagt, was sie bedeutet, den will ich zum reichen Manne und zu einem der ersten Minister meines Königreiches machen.« Die Gelehrten versuchten die Schrift zu entziffern, doch auch ihnen gelang es nicht.

Der König war so bekümmert, daß er keinen Schlaf mehr fand und die alte Schriftrolle ihm nicht aus dem Kopf ging. Doch wer würde ihm das Geheimnis enthüllen können? Schließlich kam einer seiner Minister zu ihm und sagte: »Mein Herr und König, wie ich höre, ist der Rabbi der jüdischen Gemeinde in Prag ein weiser und gelehrter Mann, dem nichts verborgen bleibt. Wenn es meinem Herrn gefällt, möge er diesen Mann rufen lassen, denn vielleicht kann er diese wundersame Schrift entziffern. Vergeßt nicht, auch Pharao ließ Josef aus dem Kerker rufen, damit er ihm die Träume des Königs deute, und der König Belsazar tat es auch.« Der König war einverstanden und ließ den Rabbi, der kein anderer war als der Maharal von Prag, zu sich in seinen Palast rufen.

Die Boten des Königs kamen in das Lehrhaus des Rabbi, der dort mit seinen Schülern die Heilige Schrift studierte, und übergaben ihm den eigenhändig geschriebenen Befehl des Königs.

Der Rabbi legte seine Festtagskleidung an und folgte den Boten zum Königspalast, wo ihn die Wächter mit viel Ehrerbietung empfingen. Man führte ihn in die Gemächer des Königs, wo dieser ganz allein auf seinem Thron saß. Der Rabbi fiel vor ihm auf die Knie und bat um Erlaubnis, seinen Kopf bedecken zu dürfen, damit er Danksagung aussprechen konnte, weil er den König anblicken durfte. Der König gewährte seine Bitte und zeigte sich dem Rabbi gewogen.

Darauf wandte sich der König an den Rabbi und sprach: »Ich habe vernommen, du seiest ein großer Gelehrter, der auch die schwierigsten Fragen beantworten kann. Ich habe eine Schriftrolle gefunden, die auch die größten Gelehrten meines Landes nicht lesen können.« Der Rabbi nahm die Schriftrolle und rollte sie auf, doch als er die ersten Zeilen gelesen hatte, erschrak er und wurde kreidebleich. Der König blickte ihm ins Gesicht und fragte: »Warum bist du so bleich geworden?« Und der Rabbi erwiderte: »Ich kann diese Schrift nicht lesen.« Darauf sagte der König: »Ich sehe dir an, daß du sie lesen kannst, doch fürchtest du dich auszusprechen, was deine Augen sehen. Doch fürchte dich nicht. Lies mir, was dort geschrieben steht, und auch wenn du mir Schlimmes offenbarst, wird dir kein Haar gekrümmt werden.«

Da brach der Rabbi sein Schweigen und las dem König den Inhalt der Schriftrolle vor. Es war das Urteil des Obersten Gerichtshofes in Jerusalem über den Mann Jesus, und das Urteil war von den Mitgliedern des großen Sanhedrin unterzeichnet. Als der König das hörte, befiel ihn große Furcht, und er begann am ganzen Leibe zu zittern. Ohne ein Wort zu sprechen, nahm er dem Rabbi die Schriftrolle aus der Hand und verschloß sie in einem Schrank. Danach verweilten der König und der Rabbi noch lange Zeit hinter verschlossenen Türen, und bis zum heutigen Tag ist nicht bekannt, worüber sie sprachen.

Die Geschichte von Rabbi Josef de la Reina

In der Stadt Safed lebte einmal der große und gelehrte Rabbi Josef de la Reina. Er hatte fünf Schüler, die ebenfalls große Gelehrte waren.

Eines Tages dachte er über die bittere Verbannung Israels nach, und besonders bekümmerte ihn der Rückzug der Schechina aus dem Land. Da betete er zum allmächtigen Gott, er möge ihm beistehen und ihm helfen, die Erlösung zu bringen. Und er sprach zu seinen Schülern: »Höret, meine Söhne, ich habe beschlossen, all meine Kraft einzusetzen, auf daß der Allmächtige uns den Erlöser bringen möge.«

Und seine Schüler erwiderten: »Wir sind bereit zu tun, was immer du befiehlst.« Worauf Rabbi Josef zu ihnen sagte: »Dann tut dieses: Achtet auf äußerste Reinheit, kauft euch neue Kleider und enthaltet euch der Frauen und legt Wegzehrung bereit für den dritten Tag. An diesem Tag sollt ihr zu mir kommen, auf daß wir alle gemeinsam aufs Feld gehen und dort tun, was wir zu tun haben, und wir werden nicht eher nach Hause zurückkehren, bis wir dem Volke Israel das Heilige Land wiedergegeben haben.«

Die Schüler vernahmen die Worte ihres Rabbi, worauf sie nach Hause gingen und alles taten, was er ihnen aufgetragen hatte. Am dritten Tag kamen sie ins Bethaus und fanden den Rabbi im Gebet, und er hielt den Kopf zwischen den Knien verborgen und weinte. Als er seine Schüler erblickte, hob er den Kopf und sagte: »Laßt uns gehen, und der Allmächtige wird uns beistehen.« Sie gingen aufs Feld hinaus bis zum Grab von Rabbi Shimeon Ben Joachai, wo sie sich zu Boden warfen und die ganze Nacht über beteten, ohne auch nur einen Augenblick zu schlafen. Im Morgengrauen erschienen Rabbi Shimeon Ben Joachai und dessen Sohn Rabbi Elasar dem Rabbi Josef de la Reina im Traum und sprachen zu ihm: »Warum hast du eine solche Last auf dich geladen, die schwerer ist als du selbst? Du mußt große Vorsicht walten lassen.« Worauf Rabbi Josef ihnen erwiderte: »Der Allmächtige weiß, daß wir es ihm zu Ehren tun, und darum hoffen wir, daß er uns beistehen wird.«

Am Morgen gingen sie in einen Wald in der Nähe von Tiberias, wo sie mehrere Tage lang die Heilige Schrift studierten und fasteten und die heiligen Namen sprachen. Sie reinigten sich und badeten sechsundzwanzigmal und wandten sich nur heiligen Dingen zu. Als die Stunde des Nachmittagsgebets gekommen war, begann Rabbi Josef zu beten und flehte weinend darum, die Engel möchten vom Himmel zu ihm kommen und auch der Prophet Elija und ihn unterweisen, was er zu tun habe, um alles im Guten zu beenden.

Am nächsten Tag erschien ihm der Prophet Elija und fragte: »Was ist dein Wunsch?« Rabbi Josef und seine Schüler warfen sich vor ihm nieder und sagten: »Wir bitten dich, zürne uns nicht, daß wir dich gestört haben, denn nicht um unseretwillen haben wir es getan, sondern zu Ehren Gottes. Darum hilf uns und weise uns den richtigen Weg.« Darauf antwortete der Prophet Elija dem Rabbi: »Höre, du hast dir etwas sehr Schweres vorgenommen. Zwar hast du es in guter Absicht getan, doch rate ich dir, es zu unterlassen. Samael und seine Heerschar sind zahlreich und mächtig, und du wirst dich nicht gegen sie behaupten können.«

Da erwiderte Rabbi Josef: »Ich habe geschworen, daß ich nicht heimkehre, bis mein Herzenswunsch erfüllt ist. Weise mich an, was ich tun muß.«

Als der Prophet Elija diese Worte vernahm, sprach er: »Dieses sollt ihr tun: Bleibet auf dem Feld, fern von jedem Wohnort, und lasset keinen Fremden in eurer Mitte weilen. Einundzwanzig Tage lang sollt ihr fasten und euch nur mit Wohlgerüchen erfrischen. Auf diese Weise werdet ihr euch gegen die Engel behaupten können.«

Nachdem der Prophet Elija sie verlassen hatte, wandten sie sich wieder heiligen Dingen zu, mehr als zuvor, und taten, wie er sie geheißen hatte. Da kam der Engel Sandalphon mit seinen Heerscharen inmitten einer Feuersbrunst, und die Erde erbebte. Rabbi Josef und seine Schüler befiel große Furcht, und sie warfen sich zu Boden.

Und Rabbi Josef de la Reina sprach zu dem Engel: »Friede sei mit dir und mit deiner Heerschar, und gesegnet sei dein Kommen. Stärke mich und stehe mir bei, das zu tun, was ich mir auferlegt habe, denn der Allmächtige weiß, daß ich es nicht um meinetwillen oder zur Ehre meines Vaters tue, sondern allein zur Ehre Gottes im Himmel. Und ich frage dich: Wie kann ich Samael bekämpfen?«

Und der Engel erwiderte: »Du sprichst weise Worte, denn sämtliche Engel und Seraphim wünschen die Erlösung. Doch nur der Engel Akatriel und der Engel Metatron wissen, wie man Samael besiegen kann. Doch wisse, daß kein Geschöpf diesen Engeln gegenübertreten kann.« Doch Rabbi Josef erwiderte: »Ich weiß, daß ich nicht würdig bin, einem Engel gegenüberzutreten, doch weiß ich auch, daß der Allmächtige mir helfen wird.« Da sagte der Engel: »Höre auf mich, und der Allmächtige wird dir beistehen und dir zum Sieg verhelfen. Vierzig Tage lang müßt ihr in größter Enthaltsamkeit leben und eure Gedanken nur der Gottesehrfurcht zuwenden. Und nach vierzig Tagen sollt ihr zum Allmächtigen beten und um die Kraft bitten, den Engeln und ihren Heerscharen entgegenzutreten.«

Als der Engel von ihnen geschieden war, erhoben sie sich, und Rabbi Josef sprach zu seinen Schülern: »Seid stark und laßt uns tun, was der Engel uns geheißen hat.« Und die Schüler erwiderten: »Wir sind zu allem bereit, denn wir sind glücklich, einen Engel Gottes gesehen zu haben.« Darauf zogen sie in die Wüste und kamen zu einer Höhle, in der sie vierzig Tage fasteten und sich kasteiten. Und es gab dort einen Fluß, in dem sie täglich badeten. Und am vierzigsten Tag zur Zeit des Nachmittagsgebets taten sie, was der Engel sie geheißen hatte.

Da erhob sich ein großer Sturm, und unter gewaltigem Donner öffnete sich der Himmel, und die Engel kamen mit ihren Heerscharen herangezogen. Rabbi Josef de la Reina und seine Schüler warfen sich zu Boden und konnten vor Furcht kein einziges Wort sprechen. Da berührte der Engel Metatron den Rabbi mit dem Finger und sprach zu ihm: »Erhebe dich, Menschensohn, und sage mir, warum du uns gerufen hast.«

Da ermannte sich Rabbi Josef, öffnete den Mund und begann mit geschlossenen Augen zu sprechen: »Ihr seid die Engel Gottes und wißt, daß ich dies nicht um meinetwillen tue, sondern zu Ehren der Schechina. Darum sollt ihr mir helfen.« Da erwiderten die Engel: »Du hast dir etwas Schweres vorgenommen. Das was du bis jetzt getan hast, hat dem Allmächtigen gefallen, denn es ist ein guter Gedanke, doch ist die Zeit noch nicht gekommen. Es wäre besser, diese Sache bis zum Ende aller Tage ruhen zu lassen.«

Da erwiderte Rabbi Josef de la Reina: »Ihr heiligen Engel sprecht die Wahrheit. Doch der Gedanke an die Verbannung der Schechina entflammt mein Herz, und darum werde ich tun, was ich tun muß, und der Allmächtige wird meinen Wunsch erfüllen.«

Da sprach der Engel Akatriel: »Ich will dir sagen, worum es geht. Auf meiner Seite der Welt hat Samael zwei Schutzwälle um sich errichtet. Einer ist aus Eisen und erstreckt sich von der Erde bis zum Himmel, der andere ist ein Meer, ein großer Ozean.« Und der Engel Metatron sagte: »Auf meiner Seite der Welt hat er einen Schutzwall aus Schnee, der ebenfalls bis zum Himmel reicht. Darum mußt du unsere Weisungen genau beachten. Gehe von hier bis zum Berge Seïr, und alles, was du hier unten tust, werden wir zur gleichen Zeit oben tun, auf dem Berg, und auch deine Seele wird dort oben das gleiche tun, was du hier unten tust. Wenn du am Berge Seïr ankommst, triffst du dort auf ein großes Rudel schwarzer Hunde, und das sind die Gefolgsleute des Samael, die er euch entgegenschickt, um euch zu vertreiben. Aber fürchtet euch nicht. Sprecht die heiligen Namen aus, und die Hunde werden vor euch fliehen. Dann ziehet weiter, bis ihr an einen großen Berg aus Schnee kommt, der bis zum Himmel reicht. Hier müßt ihr nochmals die heiligen Namen Gottes aussprechen, und der Berg wird dahinschmelzen. Dann ziehet weiter bis zum zweiten Schutzwall, dem Ozean, dessen Wellen hoch aufschlagen. Doch sobald ihr die heiligen Namen aussprecht, wird das Meer austrocknen, und ihr könnt weiterziehen. Danach kommt ihr an die Eisenmauer, die groß und fest ist. Nimm ein Messer und ritze die heiligen Namen in das Eisen ein und schneide mit dem Messer eine Öffnung in die Mauer, durch die ihr alle eindringt. Dann gehet weiter bis zum Berg, von dem wir Samael hinunterwerfen werden. Nimm zwei Platten aus Blei, auf die du den Namen des Allmächtigen einritzt, und ziehet weiter bis zum großen Berg, wo ihr Samael und seiner Frau begegnet in Gestalt zweier Hunde, eines Rüden und einer Hündin. Lege jedem von ihnen eine der Bleiplatten auf und binde ihnen eine eiserne Kette um den Hals. Führet sie an der Kette bis zum Berg Seïr, und dort wird ein Widderhorn ertönen, und der Messias wird kommen und die göttliche Erlösung vollenden. Doch lasset große Vorsicht walten, den beiden nicht nachzugeben, auch wenn sie weinen und dich anflehen, ihnen zu essen und zu trinken zu geben. Höre nicht auf sie, denn auch sie würden mit dir kein Mitleid haben.«

Danach kehrten die Engel zum Himmel zurück, und Rabbi Josef fiel auf die Knie und betete zu Gott, während seine Schüler noch am Boden lagen. Doch dann erhoben sie sich voller Freude und beschrifteten die zwei Bleiplatten und machten sich auf den Weg, wie befohlen. Sie begegneten den schwarzen Hunden, die sie zerreißen wollten, doch als sie die heiligen Namen aussprachen, flohen die Hunde vor ihnen. Danach zogen sie weiter und erreichten gegen Abend den Berg aus Schnee. Da sprachen sie die heiligen Namen aus, und der Berg schmolz dahin. Nach zwei Tagen kamen sie zum Ozean, dessen Wellen hoch aufschlugen bis zum Himmel, doch als sie die heiligen Namen sprachen, trocknete er aus, und sie konnten weiterziehen. Dann kamen sie an die eiserne Wand, wo Rabbi Josef den Namen des Herrn einritzte und mit dem Messer eine Pforte herausschnitt, durch die sie eintraten. Von dort gingen sie weiter bis zu dem Berg, wo sie viele zerstörte Häuser vorfanden. Sie betraten eines der Häuser und begegneten dort zwei schwarzen Hunden, einem Rüden und einer Hündin. Da nahm Rabbi Josef die zwei Bleitafeln und legte sie auf die Hunde, die eine auf den Rüden und die andere auf die Hündin. Als die Hunde sahen, daß sie unterlagen, verwandelten sie sich in zwei Menschen mit Flügeln voller Augen und begannen zu weinen und zu schreien, man möge ihnen zu essen geben. Doch Rabbi Josef hörte nicht auf sie. Voller Freude und

Gottesglauben zogen sie weiter, während Samael und seine Frau bitterlich weinten.

Doch als sie sich dem Berge Seïr näherten, hatte Rabbi Josef Mitleid mit den beiden und ließ Samael an Weihrauch riechen. Doch kaum hatte Samael den Wohlgeruch in die Nase gezogen, sprang ein Funke aus seinen Nüstern und verbrannte den Weihrauch, und der aufsteigende Rauch verlieh ihm Kraft, als hätte man ihm ein Opfer dargebracht. Er warf die Eisenkette von sich und auch die Tafel mit den heiligen Namen. Mit seinen Heerscharen fiel er über Rabbi Josef und seine Schüler her, wobei zwei der Schüler getötet und zwei andere wahnsinnig wurden. Nur Rabbi Josef und einer seiner Schüler blieben unversehrt, doch sie fürchteten sich so sehr, daß sie schwer erkrankten.

Zur gleichen Zeit entflammte der ganze Berg, und der Rauch stieg zum Himmel auf und eine Stimme ertönte: »Wehe dir, Rabbi Josef, und wehe deiner Seele! Warum hast du nicht auf die Engel gehört, die dir befohlen hatten, kein Mitleid zu zeigen? Siehe, er hat heute kein Mitleid mit dir, und er wird dich verfolgen und dich aus dieser Welt und auch aus der nächsten Welt vertreiben.«

Und Rabbi Josef de la Reina kam nach Sidon, und sein Gram war so groß, daß er den Gott Israels verleugnete.

Ha-ari und die Zauderer

Eines Abends, kurz vor Beginn des Sabbat, ging Ha-ari seligen Angedenkens mit seinen Schülern in der Umgebung der Stadt Safed spazieren, um dort den Sabbat zu empfangen. Alle waren sie weiß gekleidet und sangen melodische Lieder zu Ehren des Sabbat. Während sie noch sangen, fragte Ha-ari seine Schüler: »Freunde, wollt ihr noch vor Beginn des Sabbat mit mir nach Jerusalem fahren und dort den Sabbat feiern?« Nun ist Jerusalem etwa hundert Meilen von Safed entfernt.

Einige seiner Schüler erwiderten: »Ja, das wollen wir.« Doch andere sagten: »Zunächst wollen wir unseren Frauen Bescheid geben.« Da sag-

te der Rabbi mit großem Bedauern: »Wehe uns, daß wir kein Recht auf Erlösung haben. Wäret ihr alle einer Meinung gewesen und hättet gesagt, ihr wollet mit Freuden nach Jerusalem gehen, wäre das Volk Israel sogleich erlöst worden.«

Zwei Laibe Brot

Es geschah zu Zeiten des Ha-ari, daß einer jener Marranen, die aus Portugal geflüchtet waren, nach Safed kam, um sich dort niederzulassen. Dort hörte er in der Synagoge eine Predigt des Rabbiners von Safed über das Altarbrot, das zu alten Zeiten im Tempel zu Jerusalem an jedem Sabbat als Opfergabe dargeboten wurde. Und er hörte auch, wie der Rabbiner während seiner Predigt seufzte, als bereite es ihm Kummer, daß dieser Brauch heute nicht mehr bestand. Als der Marrane nach Hause kam, befahl er seiner Frau, in Zukunft jeden Freitag zwei Laibe Weißbrot zu backen, mit besten Zutaten und gut geknetet, die er in der Synagoge als Opfergabe darbieten wollte, denn vielleicht würde der Allmächtige in seiner Güte sie annehmen. Die Frau tat, wie geheißen, und der Mann brachte die zwei Laibe jeden Freitag in die Synagoge und betete zu Gott, er möge sie entgegennehmen und sie sich schmecken lassen. Danach legte er die Brotlaibe auf den Altar und ging nach Hause.

Der Synagogendiener nahm die Brote an sich, ohne zu fragen, wo sie herkamen und wozu sie bestimmt waren, und verspeiste sie mit Genuß. Zur Zeit des Abendgebets lief der gottesfürchtige Mann nochmals in die Synagoge, und als er dort die Brote nicht mehr vorfand, erfüllte ihn große Freude, und er sagte zu seiner Frau: »Lob und Dank sei dem Herrn, daß er die Gabe eines armen Mannes nicht verschmäht und das Brot noch warm verspeist hat. Und du, meine Frau, darfst beim Backen des Brotes niemals nachlässig sein, denn wir sehen, daß diese Gabe dem Allmächtigen gefällig ist, und es ist unsere Pflicht, ihm diese Freude zu machen.« Und lange Zeit fuhr er fort, Gott die Brote als Gabe zu bringen.

Eines Freitags stand der Rabbiner allein in der Synagoge und übte die Predigt ein, die er am Sabbat halten wollte. Wie gewöhnlich kam auch der Marrane mit seinen Brotlaiben und sprach seine Gebete, und vor lauter Freude darüber, daß es ihm vergönnt war, Gott eine Mahlzeit zu spenden, bemerkte er den Rabbiner nicht. Und der Rabbiner vernahm alles, was der Mann sagte. Darauf zürnte er sehr, rief den Mann zu sich und sprach voller Verachtung: »Du Dummkopf, glaubst du, daß unser Gott ißt und trinkt? Wahrscheinlich hat der Synagogendiener sich die Brote genommen, und du hast geglaubt, Gott habe sie empfangen.

Es ist eine große Sünde, dem Allmächtigen menschliche Eigenschaften zuzuschreiben, denn er hat keine Gestalt und keinen Körper.« Während der Rabbiner noch sprach und zürnte, kam der Synagogendiener und gab zu, die Brote genommen zu haben. Als der Marrane das hörte, begann er zu weinen und bat den Rabbi um Verzeihung, denn er habe ja nur beabsichtigt, eine gute und fromme Tat zu tun, und statt dessen hatte er, wie der Rabbi sagte, eine Sünde begangen.

Am Abend kam ein Bote des Ha-ari zu dem Rabbiner und sprach zu ihm im Namen des Ha-ari: »Gehe und mache dein Testament, denn morgen mußt du sterben.« Der Rabbi erschrak ob dieser schrecklichen Kunde und eilte zum Ha-ari, um ihn zu fragen, was er denn verbrochen und gesündigt hatte. Und Ha-ari sprach: »Du hast dem Allmächtigen seine Freude genommen. Seit dem Tage, da sein Tempel zerstört wurde, hat er sich nicht mehr so gefreut wie an jenen Tagen, als der Marrane in seiner Einfalt zwei Laibe Brot als Opfergabe zur Synagoge brachte und fest daran glaubte, der Herr selbst nähme sie in Empfang. Und weil du es ihm verboten und ihn noch dazu beschämt hast, bist du zum Tode verurteilt. Kein Weg der Rettung steht dir offen.«

Da ging der Rabbi und machte sein Testament, und am heiligen Sabbat, zur Stunde, an der er predigen sollte, starb er.

Der Finger

Eines Tages ging eine Gruppe junger Männer auf den Feldern vor der Stadt Safed spazieren, und nach einer Weile setzten sie sich auf die Erde, ein wenig auszuruhen. Und als sie dort so saßen, bemerkten sie plötzlich, wie ein Finger sich mehrmals aus dem Boden herausstreckte und dann wieder in der Erde verschwand. Da sagte einer der Jünglinge im Scherz: »Wer von euch möchte diesem Finger einen Trauring anstecken?« Da erhob sich einer seiner Freunde, zog seinen Ring ab und streifte ihn über den Finger, der aus der Erde ragte. Darauf verschwand der Finger im Boden und kam nicht wieder zutage.

Als die Jünglinge das sahen, packte sie die Angst, und sie kehrten in die Stadt zurück. Doch mit der Zeit geriet dieses Ereignis in Vergessenheit. Einige Zeit später erwählte sich der junge Mann eine Jungfrau zur Braut, und man setzte den Hochzeitstag fest. Als der Hochzeitstag gekommen war, versammelten sich viele Menschen, um der Trauung beizuwohnen, und man begann, die sieben Segenssprüche aufzusagen, da ertönte plötzlich die laute Stimme einer Frau: »Welchen Makel hat mein Bräutigam an mir gefunden, daß er sich jetzt mit einer anderen vermählt, nachdem er mich bereits zur Frau genommen hat? Wenn man jetzt die Gesetze der Tora einhält, bin ich zufrieden. Wenn nicht, werde ich selbst Gerechtigkeit üben und den Bräutigam und die Braut erschlagen. Und wenn ihr mir nicht glaubt – hier ist der Trauring an meinem Finger.«

So sprach die Frau, streckte ihre Hand aus und zeigte den Ring vor. Und alle erkannten den Ring, auf dem der Name des Bräutigams eingraviert war. Als der Brautvater das sah, nahm er seine Tochter und ging mit ihr nach Hause, und das Fest wurde zur Trauerfeier.

Als die Nachricht den Rabbi erreichte, der kein anderer war als Ha-ari, ließ dieser den Bräutigam zu sich rufen und sagte zu ihm: »Willst du der Ehemann der Teufelin sein? Wenn nicht, dann brauchst du keine Furcht zu haben, denn ich werde dich vor ihr retten.« Und der Jüngling erwiderte: »Wer könnte so dumm sein, eine Teufelin zur Frau zu nehmen? Doch was soll ich tun in meinem Unglück? Hätte ich mir nur an jenem Tag ein Bein gebrochen und nicht Spazierengehen können.« Da sprach Ha-ari: »Setze dich. Ich werde dem Gemeindediener befehlen, die Teufelin zu mir zu bringen.« Der Gemeindediener suchte sie überall, doch konnte er sie nicht finden und meldete dem Rabbi: »Ich habe sie nicht gefunden.« Da sagte der Rabbi: »Sie ist zu Hause, doch hat sie sich aus Angst versteckt. Stelle dich auf die Leiter und rufe ihr zu: ›Ich bin der Bote des Gerichts. Wenn du nicht erscheinst, wird man dich und deine Angehörigen mit einem Bannfluch belegen.‹« Der Gemeindediener tat, wie geheißen, und die Frau folgte ihm und erschien vor dem Rabbi.

Und der Rabbi sprach zu ihr: »Teufelin, was willst du von diesem Jüngling? Gehe und vermähle dich mit einem Teufel deiner Art.« Und sie erwiderte: »Ist dies das Gesetz? Kann ich denn einen anderen heiraten, nachdem dieser Jüngling mich geheiligt hat?« Darauf sagte der Rabbi: »Diese Ehe ist ungültig, weil der Bräutigam dich nicht einmal gesehen hat und nicht wußte, daß du eine Teufelin bist, und nur im Scherz hat er dir den Ring über den Finger gestreift.« Doch die Teufelin erwiderte: »Nach dem Gesetz ist die Ehe gültig«, und so argumentierte sie mit dem Rabbi, bis er schließlich zornig wurde und rief: »Obgleich es gegen das Gesetz ist, werde ich dafür sorgen, daß er dir einen Scheidebrief gibt, denn die heilige Tora ist nicht für die Teufel geschaffen.« Darauf ließ er sogleich den Schreiber kommen, der ihr den Scheidebrief ausstellte, und sie mußte ihn mit Zorn annehmen. Danach legte Ha-ari ihr unter Androhung eines Bannfluches auf, weder dem Bräutigam noch der Braut etwas zuleide zu tun, und schickte sie fort. Nachdem sie gegangen war, ließ er den Brautvater kommen und redete ihm zu, seine Tochter zurückzubringen. Man hielt Hochzeit, der Jüngling heiligte die Braut nach den Gesetzen von Mose und Israel, und man sprach die sieben Segenssprüche.

DIE GESCHICHTE DER FRAU, DIE NICHT AN WUNDER GLAUBTE

Es geschah zu Zeiten von Ha-ari seligen Angedenkens, daß eine Frau von einem bösen Geist befallen wurde. Sie fiel zu Boden und schlug unaufhörlich mit Armen und Beinen um sich. Ihre Angehörigen hatten schon alle Heilmittel der Welt ausprobiert, und es gab keinen Arzt, den sie nicht gerufen hätten, und sie hatten bereits viel Geld ausgegeben, doch konnten sie ihr keine Heilung bringen. Eines Tages gingen die Angehörigen zu Ha-ari, berichteten ihm, was geschehen war, und flehten ihn unter Tränen an, sich der Seele dieser Frau zu erbarmen. Da erbarmte er sich ihrer und schickte seinen Schüler Rabbi Chaim Vital, zu sehen, was der Frau fehlte.

Als Rabbi Chaim Vital das Haus der Frau betrat, sah er sogleich, daß sie von einem bösen Geist besessen war, und begann mit dem Geist zu sprechen und sagte zu ihm: »Sage mir, wozu man dich in jener Welt verurteilt hat.« Und der Geist erwiderte: »Meine Sünde ist, daß ich mit der Frau eines anderen Mannes gehurt habe und sie mehrere Bankerte gebar.« Da fragte ihn der Rabbi: »Und was hat diese Frau hier gesündigt, daß du in sie gefahren bist und ihr so großes Leid zufügst?« Da antwortete der Geist: »Sie hat eine große Sünde begangen, denn sie zweifelt an den Wundertaten des Allmächtigen und hat niemals an die Wunder des Auszugs der Israeliten aus Ägypten geglaubt. Und jedes Jahr, wenn ihre Angehörigen zum Pessachfest von den Wundern erzählten, die der Allmächtige für unsere Väter in Ägypten getan hat, machte sie sich darüber lustig und hielt ihre Verwandten für dumm und verrückt. Und darum erhielt ich den Auftrag, in sie zu fahren und sie zu strafen.«

Als Rabbi Vital die Erklärung des Geistes hörte, zürnte er der Frau und sprach zu ihr: »Wisse, wenn du die Tora verleugnest, kommt das der Götzenanbetung gleich. Dieser Geist wird dir für immer und ewig anhaften und dich schwer und bitter bestrafen, bis du eines grausamen Todes stirbst, es sei denn, du gibst vom heutigen Tage an deine bösen Gedanken auf und bereust deine Sünden und glaubst mit ganzem Herzen an die Wundertaten des Allmächtigen beim Auszug der Israeliten aus Ägypten und zu allen Zeiten. Dann werde ich dir mit Gottes Hilfe den Geist austreiben können.«

Da erwiderte die Frau weinend: »Herr, ich höre deine Worte und werde alles tun, was du befiehlst.« Als der Rabbi das hörte, befahl er dem Geist, aus ihrem Körper zu entweichen, und zwar durch einen ihrer Fußnägel, damit keinem ihrer Körperteile Schaden zugefügt werde. Und gleich darauf blähte sich einer ihrer Fußnägel auf, der Geist entwich, und die Frau war geheilt.

Dies ist die Geschichte. Die Moral der Geschichte besagt, der Mensch möge sich hüten, eine Sünde zu begehen, weder in seinem Tun noch in Gedanken, denn Gott prüft den Menschen auf Herz und Nieren und kennt seine Gedanken. Auch sollten wir daraus lernen, wie hoch die Strafe des Sünders ist. Je größer die Sünde, um so strenger die Strafe. Und es ist nicht, wie man glaubt, daß die Strafe der Sünder in der Hölle nur zwölf Monate andauert und sie danach in Frieden ruhen können. So ist es nicht.

Der Traum des Sohnes von Rabbi Chaim Vital

Am elften Tag des Monats Ab träumte mein Sohn Samuel, ich hätte meiner Tochter aufgetragen, Gurken einzukaufen. Sie kam sogleich wieder zurück und sagte: »Rot, grünlich, grün.« Da fragte ich sie: »Kommen denn die drei Könige der Teufel hierher in mein Haus?« Und schon sah ich, wie die drei Teufelskönige durch die Tür kamen, der Rote, der Weiße und der Grüne. Doch sie gingen nicht aufrecht, sondern krochen auf den Knien. Zuerst schoben sie die Beine ins Zimmer, dann den restlichen Körper und setzten sich neben der Tür auf den Boden.

Darauf verneigte ich mich dreimal vor ihnen. Der Rote, der meinen Sohn Samuel sehr liebte, sagte zu ihm: »Jeder der sieben Teufelskönige hat einen Engel, dem er Untertan ist.« Da fragte ich ihn: »Warum seid ihr heute zu mir gekommen?« Und er erwiderte: »Es war keine Sünde, den Engel zu dir zu rufen, denn du wolltest Antworten auf deine Fragen erhalten, doch du sündigst, indem du ihm nicht glaubst, wenn er dir sagt, du mußt das Volk seiner Religion wieder nahebringen. Du hast seine Weisungen nicht ausgeführt. Wisse, daß die Worte des Engels die reine Wahrheit sind, und er hat uns zu dir geschickt, es dir in seinem Namen zu sagen.« Da begann auch der weiße König zu sprechen und sagte: »Bis jetzt habe ich geschwiegen, doch wisse, daß alles, was dir der Engel gesagt hat, die reine Wahrheit ist. Wenn du ihm nicht glauben willst, wirst du sehen, was dir geschieht.« Und der grüne König sagte kein Wort. Der rote König war in einen schönen Kittel von roter Wolle gekleidet und der Weiße in einen Kittel aus dünner weißer Wolle, und der grüne König trug einen Kittel aus grüner Seide. Und der weiße König war von sehr niedriger Gestalt.

Danach ging der rote König mit Samuel in die Backstube und sagte zu dem Bäcker: »Gib einen Laib Brot für Rabbi Chaim.« Doch der Bäcker wollte nicht. Da trat der Rote auf ihn zu, um ihn zu schlagen, und da küßte der Bäcker ihm die Füße und gab ihm das Brot, und der Rote brachte es mir. Darauf gingen der Weiße und der Grüne fort, und wir blieben allein mit dem Roten, der zu uns sagte: »Wenn du möchtest, gebe ich dir ein Zeichen, daß wir die Wahrheit gesprochen haben.« Er führte uns in den Brunnen im Hof, und auf dem Boden des Brunnens befand sich eine Öffnung, und er führte uns weiter durch die Öffnung in ein schönes Haus mit kostbaren Teppichen und Fenstern an allen Seiten, durch die man überall hingelangen konnte. Und er führte uns durch eines der Fenster bis an das große Meer, und in einem Winkel des Meeres war Finsternis, und in der Mitte dieser Finsternis war eine kleine Öffnung vom Umfang eines Granatapfels, die erleuchtet war wie von Kerzenlicht. Und dort befand sich ein sehr tiefes Loch, das nicht von Mauern umgeben war, und trotzdem konnte das Meerwasser nicht hineinfließen. Und der Rote sagte zu mir: »Siehst du dieses Wunder? Wisse, daß wir auf diesem Wege aus der Unterwelt kommen, wo wir wohnen. Und auf diesem Wege sind wir zu dir gekommen, um dir die Botschaft des Engels zu überbringen.«

Die Geschichte von David El-Rai

Vor langer Zeit lebte einmal ein Jude namens David El-Rai, ein Toragelehrter und bewandert in den Lehren des Talmud und der Halacha sowie auch der Ismaeliter, und er hatte die Bücher der geheimen Wissenschaften und der Zauberei studiert. Eines Tages beschloß er, sich gegen den Perserkönig zu erheben und die Juden, die auf dem Berg Hefton angesiedelt waren, zum Aufstand zu bewegen und Jerusalem zu erobern. Er wies ihnen magische Zeichen und sprach: »Der Allmächtige hat mich gesandt, um Jerusalem zu erobern.« Und sie glaubten ihm und nannten ihn Messias.

Das vernahm der Perserkönig und rief ihn zu sich, um mit ihm zu sprechen, und der Mann ging zu ihm ohne Furcht. Da fragte ihn der Perserkönig: »Bist du der König der Juden?« Und David El-Rai erwiderte: »Ich bin es.« Da zürnte der König und befahl, ihn in den Kerker zu werfen, wo seine Gefangenen bis zu ihrem Tode schmachten mußten. Und es waren noch keine drei Tage vergangen, da streifte David El-Rai seine Fesseln ab und trat vor den König und seine Minister. Als der König ihn erblickte, fragte er: »Wer hat dich befreit und hierhergebracht?« Und El-Rai erwiderte: »Meine Weisheit und meine Zauberkünste, denn ich fürchte mich nicht vor dir und all deinen Knechten.« Da schrie der König erzürnt: »Packt ihn!« Doch seine Knechte erwiderten: »Wir sehen hier keinen Menschen, doch wir hören seine Stimme.« Und der König war ob dieser Zauberkunst sehr erstaunt. Da sagte David El-Rai zum König: »Ich mache mich auf den Weg.«

Und er ging davon, und der König und seine Minister und Knechte folgten ihm, bis sie an den Fluß kamen. Dort breitete David El-Rai sein Halstuch über das Wasser und ging über den Fluß. Als die Knechte des Königs sahen, wie er auf seinem Halstuch über das Wasser ging, setzten sie ihm in kleinen Booten nach, um ihn zurückzubringen, doch gelang es ihnen nicht, ihn einzufangen. Da sagten sie: »Es gibt auf der Welt keinen zweiten Zauberer wie ihn.«

David El-Rai legte an einem einzigen Tag eine Strecke von zehn Tagen zurück mit der Kraft, die ihm der Allmächtige gegeben hatte, und erreichte die Stadt Amadia, wo er den Juden berichtete, was geschehen war. Und alle staunten über seine Weisheit. Der Perserkönig sandte Boten zum Oberhaupt der Ismaeliter in Bagdad, er möge das Oberhaupt der jüdischen Gemeinde dazu bewegen, David El-Rai an der Ausführung seines Planes zu hindern, sonst würde er, der Perserkönig, sämtliche Juden in seinem Königreich erschlagen lassen. Und alle Gemeinden der Juden in Persien waren sehr bekümmert und schickten Boten zu David El-Rai, ihm zu sagen, die Zeit der Erlösung sei noch nicht gekommen und mit Gewalt sei nichts auszurichten. Und das Oberhaupt der Gemeinde befahl ihm, nichts weiteres zu tun, sonst würde er ihn aus der Gemeinde Israels ausschließen. Man warnte ihn wieder und wieder, doch David El-Rai schenkte ihnen kein Gehör. Da schickte einer der Könige namens Sin El-Din, der dem Perserkönig Untertan war, einen Boten zum Schwiegervater David El-Rais und bestach ihn mit zehntausend Dukaten, seinen Eidam im geheimen umzubringen. Und dieser Mann ging ins Haus seines Eidams und erschlug ihn im Schlaf. Und es herrschte wieder Ruhe im Lande.

Der Sambation und Sabbataj Zwi

Am Ufer des Flusses Sabbatinus, der auch Sambation genannt wird, ist der Stamm Mose angesiedelt. Die Mitglieder des Stammes wohnen in Häusern und in Türmen, die sich selbst gebaut haben. Sie besitzen keine unreinen Vögel und kein unreines Vieh, sondern nur Rinder und Kleinvieh, und ihr Kleinvieh gebärt zweimal im Jahr. Sie säen und ernten, und von jedem Maß Korn ernten sie hundert Maß. Und es wachsen bei ihnen alle Früchte und Gemüse, die es auf der Welt gibt, alle Sorten Hülsenfrüchte und Melonen und Zwiebeln und Gurken und Knoblauch. Sie sind Gläubige und Anhänger der Tora, Fromme, Heilige und Reine, und sie leisten niemals einen Eid. Und sie leben hundertzwanzig Jahre, und keiner ihrer Söhne und Töchter stirbt zu Lebzeiten des Vaters. Sie haben keine Knechte und Mägde, sondern ackern, säen

und ernten selbst. Ihre Türen haben keine Schlösser, denn man braucht sie nicht zu verschließen, und ein kleiner Knabe kann in einer Entfernung von mehreren Tagemärschen die Herden hüten, ohne sich zu fürchten, nicht vor Räubern und nicht vor Raubtieren und nicht vor bösen Geistern und vor nichts auf der Welt, denn alle sind heilig und rein. Sie stehen noch immer unter dem Schutz unseres Urvaters Moses, möge er in Frieden ruhen, und darum wird ihnen all dieses Gute zuteil. Sie haben viel Gold und Silber, und sie säen Flachs und züchten Seidenraupen und weben schöne Gewänder. Ihre Zahl ist zweimal so groß wie beim Auszug aus Ägypten. Der Fluß Sambation ist zweihundert Ellen breit und so lang wie ein Marsch von drei Monaten. Der Fluß führt Sand und Steine mit sich unter mächtigem Rauschen, und in der Nacht ist sein Rauschen einen halben Tagesmarsch weit zu hören. Wenn man etwas von seinem Sand nimmt, kann man das Rauschen des Flusses in der Hand und im Glasgefäß hören.

Und wenn unser Messias dem Volk Israel entschwinden wird und keiner wissen wird, wohin er gegangen ist und ob er noch lebt, wird er ans Ufer des Sambation gehen. Dort wird ihn unser Urvater Moses erwarten, und sie werden gemeinsam den Fluß Sambation überqueren und bis zu jenem Ort ziehen, wo die Nachkommen Mose und der zehn Stämme lagern. Kein Mensch hat jemals diesen Ort betreten, denn während der ganzen Woche rauscht der Fluß mächtig dahin und schleudert große Steine. Nur am Sabbat ruht der Fluß und steht still, doch wenn ein Mensch ihn am Sabbat überqueren will, um zu den zehn Stämmen zu

gelangen, wird er gesteinigt, weil er den Sabbat entweiht hat. Doch wenn unser Messias zusammen mit Moses und den zehn Stämmen den Fluß überqueren wird, wird der Fluß ruhen und keine Steine schleudern, bis alle hinübergezogen sind. Erst dann wirft er wieder Steine. Dann wird ein Löwe vom Himmel steigen und eine Schlange mit sieben Köpfen, und aus dem Rachen des Löwen werden Flammen schlagen. Dann wird unser Messias Moses und alle Juden nach Jerusalem führen. Und auf dem Weg werden Gog und Magog sie angreifen, mit einem Volk, zahlreich wie der Sand am Meer, und sie bekämpfen. Doch der Messias Sabbataj Zwi wird nicht mit dem Schwert kämpfen, sondern sie mit dem Geist des lebendigen Gottes niederschlagen. Und wenn sie mit dem ganzen jüdischen Volk Jerusalem erreicht haben, wird Gott den Tempel wieder errichten, aus Gold und Edelsteinen erbaut, die die ganze Stadt erleuchten lassen. Dann wird unser Messias Gott ein Opfer darbringen, und auf der ganzen Welt werden die Toten auferstehen.

Die Visionen von Jakob Frank

Als ich vier Jahre alt war, hatte ich einen Traum: Ich sah Gott, und sein Angesicht war sehr freundlich. Er setzte mich auf seinen Schoß, gab mir ein Knäuel Goldfäden und sagte zu mir: »Mein Sohn, wenn die Zeit kommt, da du dieses Knäuel aufrollst, nimm dich in acht, daß es dir nicht davonrollt.«

Als ich dreizehn Jahre alt war, kam ich mit meiner Mutter in das Dorf Pawrow. Man erzählte sich, daß dort in den Bergen die Stimme eines Ungeheuers zu hören sei. Ich bestieg einen der Berge und begann mit lauter Stimme zu schreien, und mein Schrei war meilenweit zu hören. Da zeigte sich das Ungeheuer: Es sah aus wie ein kleiner Mensch, ganz nackt und feuerrot, mit roten Haaren, die ihm bis auf die Schultern fielen, und Augen, die wie Fackeln leuchteten. Viele Menschen waren vom Klang seiner Stimme gestorben. Es fraß Menschen, Tiere und Früchte.

Und es geschah ebenfalls in meinem dreizehnten Jahr, daß ich einige Hühner in die Stadt Okana brachte, um sie dort für den Feiertag Schawuot schlachten zu lassen. Um Mitternacht, auf dem Rückweg in mein Elternhaus, erblickte ich einen Schatz, der lichterloh brannte. Ich stieg vom Pferd, mein Schwert in der Hand, und dachte mir: Ich will Brot ins Feuer werfen und mir den Schatz nehmen. Doch als ich näher kam, erblickte ich ein großes schwarzes Pferd, das mir sein Hinterteil zuwandte und nach mir treten wollte. Da zückte ich mein Schwert, um ihm den Kopf abzuschlagen. Das Pferd erschrak und wandte mir den Kopf zu. Und sein Kopf war wie ein brennender Ofen mit schrecklichen Zähnen, aber ich fürchtete mich nicht und wollte das Pferd töten. Doch da wurde es größer und größer und war schrecklich anzusehen, und da erkannte ich, daß es ein Teufel war, und machte mich auf den Heimweg.

Die Wundertaten von Jakob Frank

Nachdem der Rabbi der Gemeinde Scharigrad einen Bannfluch über Jakob Frank und seine Anhänger ausgesprochen hatte, schickte er Boten in sämtliche Gemeinden der Umgebung, es ihnen mitzuteilen, doch auch Frank sandte Boten zu den Gemeinden des Bezirks Podolia, um bekanntzugeben, er sei bereit, allen, die zu ihm kämen, seine Wunder zu weisen, auf daß sie an ihn glaubten. Und jeden Tag versammelten sich bei ihm zahlreiche Menschen.

Eines der Wunder, das er ihnen zeigte, war, daß er in der Luft schwebte und von einer Stelle zur anderen zu gehen schien, ohne daß seine Füße den Boden berührten. Die Zuschauer glaubten, eine grüne Flamme zu sehen, die ihn umgab, und eine kreisförmige Leuchte, die über seinem Kopf schwebte und dem Mond ähnelte. Er hob auch einen Felsblock auf, der auf dem Marktplatz stand, an der Stelle, wo man Huren und Verbrecher zu strafen pflegte, und trug ihn davon, obgleich er so schwer war, daß mehrere starke Männer ihn nicht heben konnten, legte den Felsblock aufs Wasser des Flusses Dnjestr und stellte sich zusammen mit dreißig bis vierzig anderen Männern auf den schwimmenden Felsen. Und der Felsen schwamm über den Fluß wie ein Boot. Dieses und andere Wunder tat er, auf daß man an ihn glaube, und sowohl Juden wie auch Unbeschnittene sahen es, und auch der Mann, der diese Geschichte erzählt, sagt, er habe es mit eigenen Augen gesehen.

Doch gab es auch gläubige Juden, die nicht an ihn glauben wollten und zu ihm sagten: »Zwar sehen wir mit eigenen Augen, daß du unnatürliche Dinge tust, doch halten wir es für Zauberei.« Da erwiderte er: »Ich werde euch ein Wunder zeigen, an das ihr glauben müßt. Ich werde eure Väter herbringen, die schon vor Jahren gestorben sind, und diese werden euch sagen, ob ihr an mich glauben sollt oder nicht.« Da sagten sie: »Was immer sie uns sagen, wir werden hören und gehorchen.« Da führte Frank einen Mann, der sich freiwillig meldete, in ein Gemach, dessen Eingang von einem schwarzen Vorhang verdeckt war, und fragte ihn nach den Namen seiner Väter. Und der Mann nannte ihm die Namen. Darauf rief Frank die Namen aus und sagte: »Sie mögen eintreten.« Darauf traten sie ein, in Leichentücher gewickelt, und Frank fragte den Mann: »Erkennst du deine Väter?« Und der erwiderte: »Ja.« Darauf ließ Frank den Mann allein mit den eingehüllten Leichen zurück, und dieser fragte sie, in der Annahme, er spräche mit seinem Vater und seiner Mutter: »Was habt ihr mir zu sagen, meine Eltern? Sollen wir diesem Mann glauben?« Und die eingehüllten Betrüger erwiderten: »Ja, Sohn, glaube an ihn und tue alles, was er sagt, denn er ist der Messias und wird euch befreien und erretten.«

Und auf diese Weise wurden viele Menschen von Frank betrogen und irregeführt.

Die Freilegung der Klagemauer

Dreihundert Jahre vor der Eroberung von Jerusalem durch den Sultan Suleiman schrieb ein Wahrsager ein Buch, in dem folgendes Rätsel geschrieben stand: Wenn der Buchstabe Schin sich in den Buchstaben Schin hineinschiebt, schiebt sich ein Buchstabe Schin in das doppelte Schin hinein. Nachdem der Sultan Suleiman Jerusalem eingenommen hatte, fanden die Weisen die Lösung des Rätsels: Der Sultan, dessen Name mit Schin beginnt, nämlich Suleiman, wird in dreihundert Jahren hier herrschen und das doppelte Schin, nämlich Jerusalem und Damaskus, im Jahre Schin erobern.

Eines Tages blickte der Sultan Suleiman aus dem Fenster und bemerkte eine alte Frau, die über neunzig Jahre alt sein mochte und die einen Sack voll Dung in der Nähe des Palastes ausschüttete. Darob zürnte er und befahl einem seiner Knechte, die Alte und ihren Sack zu ihm zu bringen. Als sie vor ihm stand, fragte er sie, welchem Volke sie angehöre. Sie erwiderte, sie sei eine Römerin. Darauf fragte er sie, wo sie wohne, und sie erwiderte, in einer Entfernung von zweieinhalb Tagen, und darum sei sie müde und erschöpft, weil sie den Sack voll Dung so weit tragen und hier ausschütten müsse. Diejenigen, die in der Stadt wohnten, müßten jeden Tag einen Sack Dung hier ausschütten,

Leute aus der Umgebung zweimal in der Woche, und wer über drei Tagesmärsche weit wohne, einmal in dreißig Tagen.

Darauf fragte sie der Sultan: »Wer gebietet euch das?« Und sie erwiderte: »Der Vorsteher der römischen Gemeinde.« Da fragte der Sultan: »Warum?« Und sie antwortete: »An dieser Stelle stand einst der Tempel des jüdischen Gottes, und da man ihn nicht bis zu den Grundfesten zerstören konnte, sollen diese verdeckt und jede Erinnerung daran ausgelöscht werden. Darum, mein Herr und König, zürne nicht, daß ich den Dung vor deinem Palast ausgeschüttet habe, denn ich wollte dich nicht in deiner königlichen Ehre verletzen, sondern nur das tun, was mir mein Glaube gebietet.«

Der Sultan hörte in Ruhe an, was die Frau zu sagen hatte, und befahl seinen Knechten, sie so lange festzuhalten, bis er nachforschen würde, ob sie die Wahrheit gesprochen hatte. Und er befahl auch einigen Knechten, jeden, der Dung herbeischaffte, festzunehmen und zu ihm zu bringen. Es kamen mehrere Dungträger, die der Sultan befragte, und als er erfuhr, daß ihre Worte mit denen der Frau übereinstimmten, ließ er sie in den Kerker sperren.

Danach öffnete er seine Schatzkammern, füllte sich die Taschen mit Gold- und Silbermünzen, nahm einen Korb und einen Rechen zur Hand und ließ ausrufen: »Wer den Sultan liebt und ihm Freude bereiten will, der möge dem Sultan nachmachen, was immer er tun wird.« Dann ging er zum Dunghaufen und schüttete dort einen Sack voll Münzen aus, auf daß die Bettler sie sehen und wegen ihrer Habgier den Dung abtragen würden. Und der Sultan stand dabei und feuerte sie durch weiteres Ausstreuen von Münzen an. Um auch seine Minister teilnehmen zu lassen, stand er selbst mit Korb und Rechen und schaufelte Dung wie der Geringste seiner Untertanen. Und wenn man einen König mit Korb und Rechen sieht, wer würde es ihm nicht gleichtun? Und so stand er den ganzen Tag lang und auch während der nächsten Tage und schüttete jeden Tag einen Sack voll Münzen aus, und es kamen mehr als zehntausend Menschen, und innerhalb von dreißig Tagen trug man den gesamten Dung ab und legte die Westmauer des Tempels frei.

Rabbi Alfasi und der Löwe

Der gerechte Rabbi Massoud Alfasi lebte in der Stadt Fes in Marokko, bis er und einige seiner Anhänger eines Tages zueinander sagten: »Freunde, laßt uns ins Heilige Land ziehen.« Und so machten sie sich auf den Weg und durchquerten die tunesische Wüste. Dann kam der Sabbat, während die Karawane sich noch in der Wüste befand. Die Reisenden wollten weiterziehen wegen der Gefahren, die ihnen dort drohten, besonders wegen der Löwen, deren Brüllen von weitem zu hören war. Da sagte Rabbi Alfasi: »Ich werde euren Rat nicht befolgen und nicht von der Stelle weichen, und Gott wird mich vor den Zähnen der Löwen bewahren.« Er stieg von seinem Reittier, nahm sein Gepäck und blieb mit seinem Diener zurück, und sosehr seine Freunde ihn auch beschworen, er hörte nicht auf sie, und schließlich zogen sie mit Tränen in den Augen ihres Weges und ließen ihn schweren Herzens als Fraß für die Löwen zurück.

Rabbi Alfasi vertraute in Gott und fürchtete sich nicht. Er errichtete einen Wall aus Sand um sich herum. Danach sprach er frohen Sinnes und ruhigen Herzens das Abendgebet und den Segensspruch über den Wein. Sein Diener wunderte sich sehr über den Mut des Rabbi und

sein Vertrauen in Gott. Plötzlich ertönte lautes Löwengebrüll. Sie blickten auf und sahen einen großen Löwen auf sich zukommen, und das Herz des Dieners wurde zu Wasser. Da sagte der Rabbi zu ihm: »Warum erschrickst du? Der Löwe will uns nichts Böses antun, sondern uns vor Bösem behüten.« Und dann setzte er sich zum Essen und speiste in aller Ruhe und sprach den Segensspruch über das Essen mit froher Stimme, als säße er zu Hause am eigenen Tisch. Und die ganze Zeit über lag der Löwe vor dem Wall aus Sand und machte keine Anstalten, sich ihnen zu nähern.

In der Nacht legte sich der Rabbi zur Ruhe und schlief ganz fest, und nur der Diener blieb wach und zitterte vor Angst. Am Morgen erhob sich der Rabbi, wusch sich die Hände, sprach sein Morgengebet und verspeiste gelassen sein Frühstück. Danach verbrachte er den ganzen Tag im Gebet und beim Studium der Heiligen Schrift. Am Abend nahm er eine Mahlzeit zu sich und schlief fest, so wie in der vorigen Nacht. Am Morgen erhob sich der Rabbi und befahl seinem Diener, das Gepäck auf den Rücken des Löwen zu laden, doch der Diener fürchtete sich, und der Rabbi rief zornig: »Ich habe dir doch gesagt, du sollst dich nicht fürchten!« Da nahm der Diener all seinen Mut zusammen und lud dem Löwen das Gepäck auf den Rücken, und auch der Rabbi und sein Diener bestiegen den Löwen, der sie in schnellem Lauf bis zur Stadt Tunis brachte – möge Gott sie beschützen.

Die Einwohner von Tunis waren über den Anblick sehr verwundert, denn keiner von ihnen hatte jemals einen Menschen auf einem Löwen reiten sehen, es verbreiteten sich Angst und Schrecken, und alle schlossen sich in ihre Häuser ein. Auch der König von Tunis blickte aus dem Fenster und sah das Ereignis, und darauf rief er Rabbi Alfasi zu sich und fragte ihn: »Mein Herr, wollt Ihr, daß dieser schreckliche Löwe die ganze Stadt in Stücke reißt?« Worauf Rabbi Alfasi erwiderte: »Der Löwe wird keinem etwas antun, sondern sogleich an seinen Platz zurückkehren.« Darauf stieg der Rabbi vom Löwen, und sein Diener entlud das Gepäck, und gleich darauf kehrte der Löwe in die Wüste zurück.

Drei Tage später erreichte die Karawane das Stadttor, und die Reisenden kamen tränenden Auges und in zerrissenen Kleidern in die Stadt, weil sie einen großen Rabbi in der Wüste zurückgelassen hatten und keiner wußte, welches Schicksal ihn ereilt hatte. Doch als sie sahen, daß er keinen Schaden genommen hatte, fand ihr Erstaunen keine Grenzen, und sein Name wurde im ganzen Lande berühmt.

Und als Rabbi Alfasi durch die Stadt wanderte, mußte er feststellen, daß die Lehre der Tora nur ungenügend verbreitet war, und da sagte er sich im stillen: Warum sollte ich bis nach Jerusalem reisen? Es wäre besser, wenn ich hierbliebe und das Volk in der Lehre Gottes unterrichtete. Das tat er dann, und es wuchs ein Geschlecht großer Toragelehrter heran, und sein Bethaus steht bis zum heutigen Tage in der Stadt Tunis – möge Gott sie beschützen.

Die Geschichte von Abuchazera

Im Lande Marokko lebte einmal ein heiliger Rabbi namens Samuel, und sein Familienname lautete Albas, doch wurde dieser Name später geändert, und man nannte ihn Abuchazera. Das kam so: Eines Tages mußte er übers Meer reisen, um ein Gebot zu erfüllen. Er packte seine Sachen und begab sich ans Meer, wo er ein Schiff fand, das den gewünschten Hafen ansteuerte. Rabbi Samuel ging zum Kapitän des Schiffes und fragte ihn, ob er ihn mitnehmen würde. Und der Kapitän erwiderte: »Wenn du mir zahlst wie alle anderen Reisenden, kannst du mitkommen. Wenn nicht, bleibst du hier.« Da sagte Rabbi Samuel: »Ich habe kein Geld.« Worauf der Kapitän erwiderte: »Dann wirst du auch nicht fahren.«

Was tat Rabbi Samuel? Er nahm die Strohmatte, auf der er zu schlafen pflegte, breitete sie am Ufer aus, setzte sich auf die Matte und begann, Psalmen zu singen. Erstaunt blickten ihn die Leute an und hielten ihn für einen Verrückten, doch beachtete er sie nicht. Als das Schiff in See stach, fuhr auch Rabbi Samuel auf seiner Strohmatte aufs Meer hinaus, auf ein Kissen gestützt, sang er weiterhin Psalmen.

Als der Kapitän dieses Wunder sah, rief er Rabbi Samuel zu: »Heiliger Mann, es tut mir leid, daß ich dir nicht erlaubt habe, mit mir zu fahren. Komm, besteige mein Schiff und fahre mit mir ohne Entgelt.« Doch Rabbi Samuel erwiderte: »Vorher wolltest du mich nicht mitnehmen, und jetzt fühle ich mich Gott sei Dank auf meiner Strohmatte besser als auf deinem Schiff.«

Und auf diese Weise gelangte Rabbi Albas in Frieden an sein Ziel. Als das Ereignis bekannt wurde, nannte man ihn fortan Abuchazera, was auf arabisch bedeutet: Vater der Strohmatte.

Das Zeugnis des Toten

Ein Mann aus dem Lande Litauen fuhr einmal im Auftrag eines großen Kaufmanns zur Leipziger Messe. Auf dem Wege dorthin kam er in die Stadt Brodi, wo er in einer Herberge abstieg. Da es schon Freitag nachmittag war und er am Sabbat nicht weiterreisen konnte, hinterlegte er sein Geld beim Gastwirt, der als gelehrter und gottesfürchtiger Mann bekannt war.

Doch in derselben Nacht erkrankte der Gastwirt, und am Sabbat verstarb er. Die Familie trauerte um ihn, und der Mann aus Litauen trauerte mit ihr, und solange der Tote noch aufgebahrt war, forderte er nicht das Geld zurück, das er hinterlegt hatte. Doch nachdem der Tote zur ewigen Ruhe gebettet war, wandte sich der Mann an die Witwe und sagte: »Ich muß jetzt weiterreisen, darum gib mir bitte das Geld zurück, das ich am Vorabend des Sabbat bei deinem Mann hinterlegt habe.« Worauf die Frau erwiderte: »Davon weiß ich nichts.« Als der Mann das hörte, überfiel ihn große Angst, und er eilte zu Rabbi Itzchak Horwitz dem Zaddik, der als Vorsitzender des religiösen Gerichtshofes der Gemeinde von Brodi amtierte, und berichtete ihm, was sich zugetragen hatte. Darauf sagte der Rabbi: »Wir müssen warten, bis die sieben Tage der Totenwache vorüber sind, und danach will ich die Frau vorladen.«

Als die sieben Trauertage verflossen waren, rief der Rabbi die Frau und ihre Söhne zu sich, doch waren sie bereit zu schwören, daß sie von einer hinterlegten Geldsumme nichts wußten. Da sie ganz offensichtlich die Wahrheit sprachen, verzichtete der Kläger auf ihren Schwur und verließ voller Verzweiflung das Haus des Rabbi und wußte sich keinen Rat. Denn was sollte er tun? Er konnte jetzt nicht nach Leipzig fahren, weil er keinen roten Heller in der Tasche hatte, und wenn er seinem Auftraggeber mitteilte, was ihm zugestoßen war, würde dieser vermuten, er hätte das Geld unterschlagen. Und so blieb er viele Tage lang in der Stadt Brodi in Kummer und Not.

Eines Tages ging er nochmals zu dem Rabbi und klagte ihm sein Leid. Der Rabbi hatte Mitleid mit ihm und sagte: »Ich kenne nur einen Weg, dir zu helfen. Wenn du willst, kann ich den Verstorbenen vor Gericht laden, auf daß er uns sage, wo er das Geld versteckt hat.« Damit war der Mann einverstanden, und der Rabbi rief den Synagogendiener herbei und befahl ihm, auf den Friedhof zu gehen, zum Grab des Gastwirts, und zu sagen: »Gastwirt, im Namen des Gerichtsvorsitzenden unserer Stadt lade ich dich zur Verhandlung vor dem Toragericht, die morgen, am Montag um zwölf Uhr mittags, stattfinden wird.« Und der Synagogendiener tat, wie der Rabbi befohlen hatte.

Am nächsten Tag kam der Kläger zur genannten Stunde zum Hause des Rabbi, wo das Gericht tagte. Der Rabbi eröffnete die Verhandlung und sagte: »Der Verstorbene ist anwesend und steht vor dem Gericht Gottes. Der Kläger möge aufstehen und seine Klage vorbringen.« Darauf erhob sich der Kläger und erzählte dem Rabbi und den anderen Richtern alles, was sich zugetragen hatte, vom Tage an, da er seinen Heimatort in Litauen verlassen hatte, bis zum heutigen Tag. Als er seine Rede beendet hatte, wandte sich der Rabbi dem Platz zu, der dem Verstorbenen zugewiesen war, und sagte: »Was hast du zu den Worten dieses Mannes zu sagen?« Da wurde es still im Raum, und es war kein Laut zu hören. Nach einigen Minuten sprach der Rabbi: »Der Verstorbene sagt, daß der Kläger die Wahrheit spricht, doch auch seine Frau und seine Söhne sprechen die Wahrheit, denn sie wissen in der Tat nichts von dem Geld, das dieser Mann ihm übergeben hatte. Zu der Zeit, als das Geld übergeben wurde, saß der Verstorbene und studierte den Text der Sabbatgebräuche, und als er das Buch zuschlug, legte er das Geld zwischen die Seiten, wo es sich bis zum heutigen Tag befindet.«

Danach schickte der Rabbi zwei ehrenwerte Männer, das genannte Buch aus dem Hause des Verstorbenen zu holen, und sie brachten es sogleich herbei. Als das Buch vor den Versammelten aufgeschlagen wurde, fand man das Geld zwischen den Seiten. Die Geschichte verbreitete sich unter den Menschen, und sie sahen darin ein Wunder.

Hüte dich vor den Hinterlistigen

Es war einmal ein alter Mann, der einen einzigen Sohn hatte, und als er fühlte, daß sein Ende nahe war, rief er seinen Sohn zu sich und sprach: »Ich werde bald sterben, und ich hinterlasse dir ein großes Vermögen, reiche Schätze, von denen du und deine Familie stets gut leben könnt. Und ich befehle dir nur eines: Hüte dich vor den Hinterlistigen und den Scheinheiligen, die sich als Gerechte darstellen, während ihr Herz voll Falschheit und Trug ist. Höre auf meine Worte, mein Sohn, und es wird dir und den Deinen stets gut ergehen.«

Darauf starb der Alte und hinterließ seinem Sohn ein großes Vermögen. Als die Trauerzeit vorüber war, nahm der Sohn ein junges Mädchen, ein armes Waisenkind, zur Frau. Das Mädchen war von großer Schönheit, genügsam und fromm, und er liebte es sehr. Viele Tage lang lebten sie zusammen in Glück und Zufriedenheit, ohne sich auch nur einmal zu streiten.

Eines Tages sagte der Mann zu seiner Frau: »Meine Frau, komm, laß uns ein wenig hinausgehen, durch die Straßen und Märkte spazieren und uns an allem Schönen und Guten erfreuen.« Da erwiderte die Frau: »Mein Mann, ich werde nicht mit dir kommen, um mein Augenmerk nicht auf andere zu richten und auch nicht das Augenmerk anderer auf mich zu ziehen, damit weder ich noch andere sich versündigen mögen.« Als der Mann das hörte, erinnerte er sich an die Worte, die sein Vater kurz vor seinem Tod gesprochen hatte. Was tat er? Er ließ zu jeder Tür in seinem Haus zwei Schlüssel anfertigen und gab je einen seiner Frau, und je einen behielt er. Das wußte seine Frau nicht, denn er hatte ihr nichts davon gesagt.

Eines Tages sagte der Mann zu seiner Frau: »Meine Frau, richte mir Wegzehrung her, denn ich muß weit wegfahren, um Waren zu kaufen.« Die Frau tat, wie geheißen, denn sie dachte, er müsse auf Reisen gehen wie alle anderen Kaufleute. Am nächsten Tag fuhr der Mann davon, wie er gesagt hatte, doch kurz vor der Stadt befahl er dem Fuhrmann zurückzufahren. Doch fuhr er nicht nach Hause zurück, sondern kehrte in einer Herberge ein, wo er den ganzen Tag verbrachte, und erst nach Anbruch der Dunkelheit kehrte er in sein Haus zurück. Dort öffnete er mit seinen Schlüsseln ein Zimmer nach dem anderen, und als er ins Schlafgemach seiner Frau kam, sah er sie mit einem Unbeschnittenen im Bett liegen. Als die Frau ihren Mann erblickte, sagte sie zu dem Unbeschnittenen: »Nimm dein Schwert und erstich diesen Mann, denn er ist dem Tode geweiht.«

Ihr Mann erschrak und flüchtete aus dem Zimmer. Er lief auf den Markt, wo er sich bekümmert hinsetzte und einschlief. In derselben Nacht brachen Diebe in die Schatzkammer des Königs ein und stahlen dort Edelsteine, und die Wächter des Königshofes bemerkten es, und es erhob sich ein lautes Geschrei im ganzen Palast. Der König befahl sogleich, alle Straßen und Häuser zu durchsuchen, und als seine Knechte ausschwärmten, fanden sie auf der Straße einen schlafenden Mann. Da sagten sie einer zum anderen: »Dies muß der Dieb sein.« Sie packten

ihn, schleppten ihn in den Königspalast und schlugen ihn heftig, auf daß er gestehe, er sei der Dieb. Doch der Mann versicherte, er wisse nichts und er sei das Opfer einer Verleumdung. Als sie sahen, daß er trotz der schweren Folter nicht gestand, sagten sie: »Dieser Mann ist störrisch.« Und man verurteilte ihn zum Tode.

Als man ihn zur Hinrichtung führte, war ein Priester zugegen, ein Vertrauter des Königs, der ihn beschwor, seinen Glauben zu ändern, um damit seine Seele zu reinigen und Einlaß ins Paradies zu finden. Auf dem Wege kamen sie an einem Misthaufen vorbei und sahen Würmer, die auf dem Erdboden krochen. Da sagte der Priester zu den Henkern: »Macht einen Bogen um den Misthaufen, damit ihr die Würmer nicht mit euren Füßen tötet, denn es steht geschrieben: ›Er erbarmt sich aller seiner Werke.‹« Als der Verurteilte das hörte, entsann er sich der Worte seines Vaters und sprach zu den Knechten des Königs: »Höret, bis jetzt wollte ich nichts sagen, doch jetzt gestehe ich, daß ich mit dem Priester die Schatzkammer des Königs ausgeraubt habe.« Sogleich packten die Knechte den Priester und führten beide Gefangenen vor den König. Der König befahl, das Haus des Priesters zu durchsuchen, und die Knechte folgten dem Befehl ihres Herrn und fanden im Hause des Priesters den gestohlenen Schatz, von dem nichts fehlte.

Darauf fragte der König den Mann: »Woher kennst du diesen Priester, und warum hat er dich an seinem Raubzug beteiligt?« Und der Mann erwiderte: »Mein Herr und König, ich bin kein Dieb, Gott verhüte es, und nicht der Sohn eines Diebes, und ich wußte auch nichts von dem Diebstahl, den man mir zur Last gelegt hat. Doch ich befolgte den Befehl meines alten Vaters seligen Angedenkens, und so erfuhr ich, wer der Dieb war.« Da fragte der König: »Was hat dir dein Vater vor seinem Tode befohlen?« Darauf erzählte der Mann dem König, was ihm sein Vater befohlen hatte und was ihm mit seiner Frau widerfahren war, deren Hinterlist er aufgedeckt hatte, indem er den väterlichen Befehl befolgte, und er erzählte auch, warum ihn die Knechte des Königs schlafend auf der Straße gefunden hatten. Da sagte der König: »Das mag alles wahr sein, doch wenn du wußtest, daß sich das Diebesgut im Hause des Priesters befand, ist das nicht der Beweis, daß auch du an dem Diebstahl beteiligt warst?« Da sagte der Mann zum König: »Möge dein Knecht noch einmal vor dem König aussagen und von ihm gerichtet werden. Denn nach den Worten meines alten Vaters – möge er in Frieden ruhen –, die ich mir zu Herzen genommen habe, beurteile ich die Menschen nach ihren Taten. Den Priester hatte ich vorher nie gesehen, und als er mich zum Galgen begleitete, drang er in mich, dem Glauben meiner Väter abzuschwören und einen anderen Glauben anzunehmen, um auf diese Weise ins Paradies aufgenommen zu werden, und ich schwieg, denn ich dachte mir im stillen: Er glaubt wirklich daran und will meine Seele retten. Doch als wir an den Misthaufen kamen und er sich der Würmer erbarmte, die dort im Schmutz herumkrochen, und kein Mitleid mit einem Menschen hatte, der unschuldig hingerichtet werden sollte, da dachte ich: Dieser Mann ist einer jener Hinterlistigen und Scheinheiligen, der sich wie Simri verhält und wie Pinchas belohnt werden möchte. Da verdächtigte ich ihn sofort des Diebstahls, und so erwies es sich auch.«

Da befahl der König seinen Knechten, ins Haus dieses Mannes zu gehen und nachzusehen, was dort geschah, und sie suchten und fanden, daß er die Wahrheit gesprochen hatte. Sie fanden die untreue Frau und den Unbeschnittenen, der bei ihr schlief, und schlugen ihm vor versammeltem Volk den Kopf ab. Dann holten sie den Priester aus dem Kerker und hängten ihn an einem Baum auf.

Dies ist die Geschichte eines Mannes, dem sein Vater befahl, sich vor den Hinterlistigen zu hüten.

Der Fromme, der zum Dieb wurde

Es lebte einmal ein frommer Mann, der keinen Geschäften nachging und der kein Handwerk erlernt hatte und dem nichts gelang, was er unternahm, so daß er und seine Familie schließlich Hunger leiden mußten. Eines Tages begegnete er einem weisen Wahrsager, der sah, daß er im Sternzeichen des Mars geboren war, und dieser sagte zu ihm: »Ich sehe in den Sternen, daß du beim Stehlen Glück haben wirst.«

Der Fromme erschrak und sagte zu ihm: »Behüte Gott, warum erteilst du mir so schlechte Ratschläge, oder willst du mich verspotten?« Er hörte nicht auf den Rat des Wahrsagers und ließ ihn stehen. Die Zeit verging, und dem frommen Mann erging es immer schlechter, bis er schließlich kein Stück Brot mehr zu essen hatte. Da dachte er sich: Es bleibt mir keine Wahl, ich muß mir eine Goldmünze ausleihen und sie später, wenn ich wieder Geld habe, zurückerstatten. In der Nacht brach er in einen Laden ein, stahl eine Goldmünze, und die Wächter bemerkten nichts. Er kehrte nach Hause zurück und schrieb in sein Heft: »Ich habe in dem und dem Laden eine Goldmünze gestohlen.«

Er und seine Familie ernährten sich von der Goldmünze, bis sie ausgegeben war, und dann ging er in einen anderen Laden, stahl wieder eine Goldmünze und vermerkte den Namen des Eigentümers in seinem Heft. Alle Kaufleute waren sehr verwundert über den Dieb, der überall nur eine einzige Goldmünze stahl. Schließlich kam diese wundersame Geschichte auch dem König zu Ohren. Er rief seine Wächter zu sich und fragte: »Warum fangt ihr den Dieb nicht?« Und die Wächter erwiderten: »O Herr und König, auf dem Markt, den wir bewachen, haben wir noch nie einen Dieb gesehen, und es ist unmöglich, daß ein Dieb dort hineingelangt.« Da sagte der König: »Wenn ihr es nicht könnt, werde ich diesen seltsamen Dieb selbst fangen.«

Der König legte die Kleider eines einfachen Bürgers an und stellte sich zwei Nächte lang an den Eingang zum Markt und sah dort keinen Menschen. In der dritten Nacht kam der fromme Mann, brach einen Laden auf und stahl eine Goldmünze. Als er die Tür wieder abschließen wollte, packte ihn der König beim Arm und sagte: »Dieb, ich habe dich gefaßt.« Da begann der fromme Mann zu bitten und zu flehen, er möge ihn gehen lassen, und sagte: »Ich stehle nicht, ich leihe mir die Münze, um Brot für meine Familie zu kaufen, und ich werde alles zurückzahlen, was ich genommen habe.« Doch der König erwiderte: »Nein, ich habe beschlossen, dich dem König auszuliefern, denn es macht keinen Unterschied, ob du eine Goldmünze gestohlen hast oder tausend.«

Da weinte der fromme Mann und sagte zum König: »Ich bitte dich, laß mich gehen, und ich schwöre dir, nie wieder zu stehlen.« Da sagte der König: »Wenn du mit mir kommst, führe ich dich zu einem großen Schatz. Den sollst du stehlen, und wir teilen den Schatz unter uns auf.« Doch der Fromme erwiderte: »Herr, ich sagte dir schon, daß ich kein Dieb bin, sondern mir das Geld nur leihe wegen der Not, in der ich mich befinde, und eine einzige Goldmünze ernährt mich zwei Wochen lang.« Da sagte der König: »Davon will ich nichts hören, und wenn du nicht tust, was ich sage, liefere ich dich dem König aus, der Diebe aufhängen läßt.«

Der fromme Mann sah keinen Ausweg und sagte sich im stillen: Nur meine Sünden haben mich dazu gebracht. Er folgte dem König, der ihn zu seiner Schatzkammer führte, ihm einen geheimen Eingang zeigte und zu ihm sagte: »Wenn du diesen Weg gehst, werden die Wächter dich nicht sehen. Geh und stiehl, soviel du kannst.«

Der fromme Mann ging hinein, kam bei den Wächtern vorbei und hörte, wie sie untereinander flüsterten: »Wofür sitzen wir hier Tag und Nacht bis an unser Lebensende? Lieber sollten wir morgen ein tödliches Gift in den Trank des Königs tun, und während der Unruhe, die der Tod des Königs und sein Begräbnis herbeiführen wird, kommen wir hierher, füllen unsere Säcke mit Gold und Silber und flüchten in ein fremdes Land.«

Der Fromme hörte alles, wandte sich um und ging hinaus. Dort fragte ihn der König: »Was hast du gestohlen?« Und er erwiderte: »Ich habe nichts gestohlen, denn die Wächter waren wach, und ich fürchtete, sie würden mich fassen. Doch habe ich gehört, was sie untereinander sprachen. Wenn wir morgen zum König gehen und ihm berichten, was ich gehört habe, wird er uns reich beschenken, und das ist besser als zu stehlen.«

Danach berichtete der Fromme dem König, was er gehört hatte, und beschwor ihn, es keinem Menschen zu erzählen. Der König war hocherfreut, begleitete den Frommen bis zu seinem Hause und kehrte dann in den Palast zurück. Am Morgen brachten die Wächter dem König Kaffee, und er sagte zu ihnen: »Trinkt ihr zuerst, danach werde auch ich trinken.« Die Wächter tranken von dem Kaffee und fielen tot um.

Als die Minister das sahen, waren sie äußerst erstaunt. Darauf ließ der König den Frommen kommen, und der König fragte ihn in Anwesenheit der Minister: »Warum hast du in jedem Laden nur eine einzige Goldmünze gestohlen, und was hast du gestern gestohlen?« Da erzählte ihm der fromme Mann, warum er stets nur eine Münze gestohlen hatte, und fügte hinzu: »Gestern nacht habe ich nichts gestohlen. Ich habe nur einiges gehört.« Und er berichtete, was er in der Nacht gehört hatte. Da sprach der König zu ihm: »Du hast mich vom Tode errettet, und dafür gebe ich dir die Hälfte meines Schatzes.« So wurde der Fromme ein reicher Mann und zahlte alles zurück, was er gestohlen hatte, wie es in seinem Heft geschrieben stand. Dann wurde ihm klar, daß der Heilige Geist aus dem Wahrsager gesprochen hatte, der ihm geraten hatte, ein Dieb zu werden, denn so wurde das Leben des Königs gerettet.

Der arme Mann und die diebischen Minister

Es war einmal eine arme Familie. Der Vater war arm, wie auch die Mutter und die sechs Kinder. So lebten sie, bis es ihnen zuwider wurde und sie auszogen, ein besseres Leben zu suchen. Sie wanderten Tag und Nacht, der Vater, die Mutter und ihnen nach die sechs Kinder, bis sie an eine Oase in der Wüste kamen, wo sie sich im Schatten eines Feigenbaumes niederließen, um zu ruhen.

Der Baum war mit herrlichen Früchten behangen. Sie wollten von den Früchten pflücken, um ihren Hunger zu stillen, da erschien plötzlich ein Mann und sagte zu ihnen: »Es ist verboten, auch nur eine einzige Feige zu pflücken. Ich bin hier als Wächter eingesetzt, und der Besitzer des Baumes hat mir befohlen, keinen an den Baum heranzulassen.«

Darauf zogen sie weiter und kamen an einen anderen Baum. Von dessen Früchten wollten sie essen, doch wieder erschien ein Wächter und verbot es ihnen: Er sagte: »Ihr tut mir leid, doch ich muß mir meinen Arbeitsplatz bewahren. Wenn der Besitzer des Baumes erfährt, daß ich meine Aufgabe nicht erfüllt habe, entläßt er mich auf der Stelle.«

Sie zogen weiter und kamen an einen dritten Baum. Auch hier befand sich ein Wächter, doch der Vater flehte ihn an und erweichte sein Herz ein wenig. Und er sagte: »Ich werde zum König dieses Landes gehen und ihm von eurer Not berichten. Und vielleicht ist er euch gnädig.«

Der Wächter bestieg sein Pferd und ritt in die Hauptstadt zum Königspalast und erzählte dem König, was vorgefallen war. Der König erbarmte sich und befahl, eines seiner Lagerhäuser freizumachen und die arme Familie dort unterzubringen. Sogleich fuhren seine Diener zur Oase, die Familie in die Stadt zu bringen, und bevor sie auf den Wagen stiegen, erlaubten sie ihnen, von den Früchten des Baumes zu kosten.

So gelangten der Vater und die Mutter und ihre sechs Kinder in die Königsstadt, richteten sich in dem leeren Lagerhaus eine bequeme und geräumige Wohnung ein, und jeden Donnerstag bekamen sie von dem König einen großen Korb mit Lebensmitteln, so daß sie nicht länger Not leiden mußten. So lebten sie angenehm und gut.

Drei Jahre vergingen, vielleicht auch vier, und dann geschah eines Nachts ein Verbrechen: Diebe brachen in die Schatzkammer des Königs ein und stahlen seinen Schatz, der viele Säcke voller Gold und Silber enthielt. Der König schickte Polizisten und Detektive mit Spürhunden aus, die überall forschten und suchten und nichts fanden.

Da dachte sich der König: Ich muß zu jenem Manne gehen, dem ich erlaubt habe, in meinem Lagerhaus zu wohnen, und mit ihm sprechen. Er kommt von weit her, und vielleicht versteht er sich auf Dinge, die uns verborgen sind, und kann das Rätsel des verschwundenen Schatzes lösen.

Der König legte die Kleider eines armen Mannes an und klopfte an die Tür seines Gastes. Der Mann und seine Familie empfingen ihn gastlich und bewirteten ihn mit Kaffee, Früchten und einer Wasserpfeife. Während sie dort saßen, fragte der Ankömmling den Gastgeber: »Hausherr, hast du von den Verbrechern gehört, die den Schatz des Königs geraubt haben?« Und der Hausherr erwiderte: »Ich habe davon gehört und es sehr bedauert, denn der König ist ein gnädiger Mann, der mir nur Gutes getan hat.« Da fragte der König: »Weißt du keinen Rat? Vielleicht bist du ein Wahrsager und Hexenmeister und kannst des Rätsels Lösung finden.« Darauf erwiderte der Hausherr: »Warte drei Tage lang. Ich will in den Schriften nachlesen, und die weisen Buchstaben werden mir alles enthüllen.«

Der König ging davon. Doch der Mann war kein Wahrsager und kein Hexenmeister und kannte auch nicht die Schriften, und aus den Büchern erfuhr er nichts. Als der König nach drei Nächten in seiner Verkleidung wieder zu ihm kam, sagte er zu ihm: »Ich habe überall geforscht und gesucht, doch war der Himmel mit Wolken bedeckt, und ich konnte nichts sehen. Warte noch drei Tage, und dann werde ich dir mit Gottes Hilfe alles offenbaren.«

Der König ging seines Weges, und der Mann glaubte fest daran, daß Gott ihm helfen würde. Denn auf Gott kann man sich in schweren Zeiten verlassen, besonders, wenn einem kein anderer hilft. In Wirklichkeit waren es die Minister des Königs, die den Plan ausgeheckt und die Diebe in die Schatzkammer geschickt hatten. Und die Minister stellten dem König nach, denn sie erkannten ihn auch in seiner Verkleidung, und sie verbargen sich unter dem Fenster und hörten alles, was er mit dem Mann sprach. Da sagten sie einer zum anderen: »Wenn dieser Mann tatsächlich ein Wahrsager und Hexenmeister ist, wird er alles aufdecken und uns ins Unglück stürzen. Brüder, laßt uns einen Plan schmieden.«

Was taten sie? Sie schickten den obersten Minister im geheimen zu dem Mann, und er sagte zu ihm: »Herr, wir wissen, daß du ein großer Zauberer bist und dem König offenbaren wirst, daß seine Minister den Schatz gestohlen haben und ihn versteckt halten. Doch welchen Nutzen würdest du davon haben? Du solltest dich mit uns verbünden und das Geheimnis bewahren, und für deine Hilfe werden wir dich reich beschenken.«

Da erwiderte der Mann: »Deine Worte sind lieblich wie der Gesang der Nachtigall. Doch stelle ich eine Bedingung: Ihr müßt den gesamten Schatz in mein Haus bringen, auf daß ich mich mit eigenen Augen überzeuge, daß keiner der Minister etwas davon genommen hat. Doch auch wenn etwas fehlt, sorge dich nicht, denn ich werde das Fehlende ersetzen.«

Der oberste Minister war äußerst zufrieden und übergab dem Mann ein größeres Geldgeschenk aus dem gestohlenen Schatz. In der Morgendämmerung kam er mit schwerbeladenen Eseln zurück, die Säcke voller Gold und Silber trugen, und von dem Schatz fehlte nichts.

In der nächsten Nacht – es war die dritte – kam der König in seiner Verkleidung als armer Mann und fragte ihn: »Sag mir, hast du das Geheimnis des Schatzes gelüftet?« Da zeigte ihm der Mann die gefüllten Säcke und sagte: »Der Schatz liegt vor dir.« Darauf wollte der König die Säcke an sich nehmen, doch der Mann fuhr ihn an: »Wer bist du, daß du es wagst, etwas zu nehmen, das nicht dein Eigentum ist? Nur der König allein darf diesen Schatz anrühren, der ihm gehört.« Da legte der König seine ärmliche Kutte ab und stand vor ihm in seinem Glanz, und der Mann erkannte, daß er in der Tat der König des Landes war. Er verneigte sich siebenmal und übergab ihm den Schatz.

So dankte der Mann seinem König, daß er ihm Gnade erwiesen hatte, ihm die Erlaubnis erteilt hatte, im Lagerhaus zu wohnen und ihm jeden

Donnerstag einen Korb mit Lebensmitteln zukommen ließ. Und der König dankte ihm seine Treue mit kostbaren Geschenken und viel Geld. Und da der Mann auch das Geld behielt, das ihm der oberste Minister gegeben hatte, wurde er sehr reich und begann Handel zu treiben.

Jahre vergingen, und der Mann und seine Familie sehnten sich nach ihrer Heimat. Sie schickten sich an, in ihre Heimat zurückzukehren. Alle Einwohner erfuhren es, und auch dem König kam die Nachricht zu Ohren. Das bereitete allen großen Kummer, denn sie schätzten den Fremden als ehrenwerten Mann. Was taten sie? Sie schickten eine Abordnung mit dem König an der Spitze zu ihm und baten ihn, sie nicht zu verlassen. Der Mann sah, welch große Ehre man ihm erwies, und willigte ein. Da zückte der König sein Schwert, legte es dem Mann auf die Schulter und sprach: »Mein Freund, ich kenne dich als getreuen Menschen, als Wahrsager und als ehrlichen Kaufmann, und ich ernenne dich hiermit zum Schatzmeister meines Königreiches und zum obersten Steuereinnehmer. Möge der Schatz, den du aus den Händen der Diebe gerettet hast, sich in deinen Händen siebenfach vermehren.«

Der Mann nahm den Posten an, wurde Minister und Schatzmeister und wohnte fortan mit seiner Familie in einem eigenen Palast. Er diente dem König treu und erfolgreich bis an sein Lebensende.

Der Rabbi und der Räuber

Ein weiser und gerechter Rabbi unternahm einmal eine Schiffsreise. Auf dem Meer erhob sich ein Sturm, und die Wellen schlugen über das Schiff hinweg und versenkten es mit allen Menschen an Bord. Nur der Rabbi blieb am Leben und schwamm auf einem Holzbrett von einer Welle zur anderen, bis er schließlich von einer hohen Welle ans Ufer gespült wurde.

Er wanderte durch die Wüste, bis er an eine Stadt kam und zwischen den Bäumen Rauch aufsteigen sah. Da sagte er sich: Hier muß eine Siedlung sein. Er ging weiter und kam zu einem Haus, aus dessen

Schornstein Rauch aufstieg. Er klopfte an die Tür, und niemand öffnete ihm. Er trat ein und sah vier gemachte Betten, einen gedeckten Tisch mit vier Tellern und einer Schüssel mit gekochtem Essen, doch kein lebendes Wesen.

Der Rabbi aß von den Speisen, und danach legte er sich auf eines der Betten und schlief ein. Dies war das Haus von vier Straßenräubern, die Reisende überfielen und ausraubten. Während der Rabbi noch fest schlief, kehrten die Räuber mit ihrer Beute zurück und sahen, daß man am Tisch gegessen hatte. Sie blickten sich um und fanden in einem der Betten den schlafenden Rabbi. Sie weckten ihn aus dem Schlaf und sagten zu ihm: »Du bist des Todes.«

Danach befahl man einem der Räuber: »Nimm diesen Alten und schlachte ihn draußen im Hof, damit er das Haus nicht mit seinem Blut beflecke.« Und der Räuber zerrte den Rabbi in den Hof und sagte zu ihm: »Rabbi, erkennst du mich nicht?« Und der Rabbi erwiderte: »Ich kenne dich nicht.« Da sagte der Räuber: »Rabbi, ich bin ein ehemaliger Schüler von dir. Ich habe meinen Vater und meine Mutter ermordet und meinen Glauben verloren, und dann bin ich in die Wälder gezogen und habe mich der Räuberbande angeschlossen. Wenn du dich dafür verbürgst, daß ich Buße tun kann, dann verbürge ich mich dafür, daß du nicht sterben mußt.«

Da sagte der Rabbi: »Die Tore der Umkehr werden niemals verschlossen. Und dieses sollst du tun: Erjage eine kleine Schlange, lege sie in deinen Knappsack und füttere sie sieben Jahre lang. Danach lasse dich von ihr beißen, auf daß du stirbst. So wird dir die Schlange Gutes mit Bösem vergelten, wie du deinen Eltern, die dich aufgezogen und ernährt hatten, Gutes mit Bösem vergolten hast, indem du sie ermordet hast. Wenn du das tust, verbürge ich mich dafür, daß deine Reue anerkannt wird und du in den Himmel kommst.«

Der Räuber willigte ein, führte den Rabbi ins Haus zurück und sagte zu seinen Kameraden: »Freunde, wisset, daß dieser Alte ein heiliger Mann ist und ein Zauberer, und wenn wir ihn töten, sind wir selbst des Todes.« Da erschraken die Räuber und schenkten dem Rabbi das Leben.

Sein Schüler brachte ihn bis zur nächsten Siedlung, küßte ihm die Hand und nahm Abschied von ihm. Danach erjagte er eine Schlange, legte sie in seinen Knappsack und fütterte sie sieben Jahre lang.

Inzwischen starb der Rabbi. In der Nacht vor dem Ablauf der sieben Jahre erschien er seinem Schüler im Traum und sprach zu ihm: »So wie du dein Versprechen gehalten hast, wird auch das Versprechen, das ich dir gegeben habe, gehalten werden. Schon morgen findest du Einlaß ins Paradies.« Und am Morgen öffnete der Räuber seinen Knappsack, steckte die Hand hinein, und die Schlange biß ihn.

Der Bäckerlehrling und der verzauberte Becher

Gewöhnliche Gefäße enthalten in der Regel nur das, was man in sie hineingießt, doch gibt es verzauberte Becher, deren Inhalt ein ganz anderer ist. Einen solchen Becher fand einmal ein armer Bäckerlehrling. Die ganze Nacht über knetete er Teig und buk Brote im Ofen, und am Morgen brachte er die Brote auf den Markt. Eines Tages, auf dem Weg zum Markt, fand er einen goldenen Becher. Er hob ihn auf, steckte ihn in die Tasche und verkaufte dann seine Brotlaibe, wie man es ihm aufgetragen hatte. Doch das Geld für die Brotlaibe, das er seinem Arbeitgeber hätte abliefern sollen, behielt er für sich, kaufte sich davon eine Flasche Arrak und sagte sich: Nur ein einziges Mal will ich prassen wie ein reicher Mann.

Als er nach Hause kam, setzte er sich zu Tisch, zog den Becher aus der Tasche und wollte sich Arrak einschenken. Doch kaum war der erste Tropfen eingeschenkt, begann der Becher Goldmünzen auszuschütten. Und der ganze Tisch war bald von Goldmünzen bedeckt. Der Bäckerlehrling erschrak, stellte die Flasche zur Seite und betrachtete nachdenklich die Münzen.

Am nächsten Tag ging er wieder in die Backstube. Der Bäcker zürnte sehr, weil er ihm sein Geld nicht abgeliefert hatte, und entließ ihn auf der Stelle. Der Lehrling ging nach Hause und wollte seinen Kummer in einem Schluck Arrak ertränken. Er begann sich einzuschenken, und wieder schüttete der Becher große Mengen von Goldstücken aus. Er sammelte die Münzen ein und kaufte sich mit dem Geld einen großen Palast gleich neben dem Palast des Königs. Da saß er auf der Terrasse und spielte auf der Flöte wundervolle Melodien.

Eines Tages trat die Dienerin der Königstochter vor die Tür, um den Abfall auszuleeren, und vernahm die Klänge aus der Flöte des Bäckerlehrlings. Die Musik gefiel ihr, und sie blieb lange Zeit stehen, um ihr zu lauschen. Als sie zurückkam, rügte die Königstochter ihre Verspätung. Da sagte die Dienerin: »Herrin, wenn du das Flötenspiel unseres Nachbarn gehört hättest, hättest auch du lange Zeit dort verweilt.«

Da sagte sich die Königstochter im stillen: Das sollte ich genauer erforschen. Eines Nachts ging sie hinaus, näherte sich dem Hause des Flötenspielers und lauschte seinem Spiel. Die Melodie verzauberte sie so, daß sie lange Zeit draußen stehenblieb.

Am nächsten Tag schickte die Königstochter ihre Dienerin, ihren Nachbarn zu bitten, er möge zu ihr kommen und ihr vorspielen. Der Mann kam mit seiner Flöte, und die Königstochter bewirtete ihn mit Speise und Trank. Da bat er sie, aus seinem eigenen Becher trinken zu dürfen, und als er sich ein wenig Wein einschenkte, begann der Becher, Goldmünzen auszuschütten.

Die Königstochter erschrak, denn sie dachte, daß ihr Nachbar ein Zauberer sein müßte. Sie fragte ihn, ob er noch andere Zauberkünste kenne, und er erwiderte: »Herrin, ich bin kein Zauberer. Ich besitze nur diesen Becher, den ich auf der Straße gefunden habe.«

Da bat ihn die Königstochter, ihr den Becher zu schenken, doch er erwiderte: »Diesen Becher schenke ich nur der, die ihr Schicksal mit meinem verknüpft.« Da sagte die Königstochter: »Ich habe nicht die Absicht, dich zu ehelichen«, worauf er erwiderte: »Dann eben nicht.« Er erhob sich und wollte gehen. Da sagte sie: »Verweile noch ein wenig und trinke mit mir.« Er blieb bei ihr und leerte ein Glas nach dem anderen, und weil er es gewöhnt war, wurde er nicht betrunken, doch der Königstochter schwindelte bald der Kopf. Sie fiel in seine Arme und wehrte sich nicht dagegen, mit ihm zu schlafen. Am Morgen ging der Bäckerlehrling davon, packte seine Sachen und fuhr in eine andere Stadt.

Schon nach kurzer Zeit wurde die Königstochter gewahr, daß sie schwanger war. Sie erschrak fürchterlich und wollte schon ihrem Leben ein Ende bereiten, doch fehlte ihr der Mut. Sie war völlig ratlos. Schließlich erfuhr es ihre Mutter und von ihr ihr Vater, der König. Wutentbrannt schickte der König sich an, seine Tochter zu töten, doch die Königin flehte ihn an, sie am Leben zu lassen, worauf er sie dazu verdammte, nach der Geburt sein Haus zu verlassen. Nach einiger Zeit gebar sie einen schönen Knaben, doch der König weigerte sich, ihn anzusehen, und jagte seine Tochter in den Kleidern davon, die sie auf dem Leibe trug. Die Königstochter irrte umher, bis sie völlig erschöpft in einen Wald kam. Dort setzte sie sich bitterlich weinend auf einen Baumstumpf.

Der Bäckerlehrling war indessen ebenfalls in eine andere Stadt gezogen, hatte dort einen Gutshof mit einer Pferdezucht gekauft und verbrachte seine Zeit beim Reiten und auf der Jagd. Eines Tages war er wieder im Wald auf der Jagd, als er eine junge Frau erblickte, die einen Säugling auf dem Schoß hielt und offenbar zu Tode erschöpft war. Er zog eine Flasche Wein aus seiner Satteltasche und flößte ihr davon ein. Da schlug sie die Augen auf und erkannte ihren früheren Nachbarn. Sie fiel ihm freudig um den Hals und rief aus: »Du bist mein Mann, und dieses Kind ist unser!«

Der Mann brachte seine Frau und seinen Sohn nach Hause und ehelichte die Frau, wie das Gesetz es vorschreibt. Danach lebten sie glücklich und zufrieden zusammen, halfen den Armen und spendeten reichlich für wohltätige Zwecke.

Die Nachricht von dem reichen Wohltäter verbreitete sich im ganzen Land und kam auch dem König zu Ohren. Er beschloß, den berühmten Wohltäter aufzusuchen. Er legte seine königlichen Roben ab, kleidete sich bürgerlich und fuhr in die Stadt des Wohltäters. Dort angekommen, ging er in ein Kaffeehaus, eine Erfrischung zu sich zu nehmen. Zufällig befand sich dort auch der Wohltäter, und der König sah, wie dieser nach allen Seiten Geld verteilte. Darauf begann der König ein freundliches Gespräch mit ihm und lud ihn in sein Haus ein. Da sagte der Wohltäter: »Zuerst mußt du mich mit deinem Besuch beehren bei einem Festmahl am ersten Jahrestag meiner Hochzeit.« Der König willigte ein und versprach ihm zu kommen.

Als der Tag des Festmahls gekommen war, bat der Gastgeber seine Frau, sich als Mann zu verkleiden, und sie gehorchte. Als der König und die Königin erschienen, wurden sie mit hohen Ehren empfangen. In der Tür begrüßten sie der Gastgeber und dessen Frau, die als Mann verkleidet war. Der Wohltäter erklärte dem König, dies sei sein Freund und enger Vertrauter.

Alle saßen an der gedeckten Tafel und genossen die köstlichsten Speisen und edelsten Weine und führten heitere Gespräche. Und als sie vom Weine schon ein wenig berauscht waren, zog der Gastgeber seinen goldenen Becher hervor und goß ein wenig Wein hinein. Kaum hatte er ein paar Tropfen eingeschenkt, da schüttete der Becher Goldmünzen ohne Zahl aus, die im Licht der zahlreichen Lampen blitzten und glitzerten. Der König war äußerst erstaunt und fragte den Gastgeber, was es mit dem Becher für eine Bewandtnis habe. Und dieser antwortete: »Der Becher besitzt die Eigenschaft, Goldmünzen auszuschütten, und das ist die Quelle meines Reichtums. Ich habe ihn von meinen Vätern ererbt.« Da sagte der König: »Ich begehre ihn. Verlange von mir, was du willst, und du wirst es erhalten.« Da erwiderte der Gastgeber: »Ich will, daß du deiner Frau gestattest, auf ein Stündchen mit meinem jungen Freund, der zu meiner Rechten sitzt, im Nebenraum allein zu sein.«

Der König sprang auf wie von einer Schlange gebissen, zog sein Schwert aus der Scheide und wollte dem frechen Lästerer die Kehle durchschneiden. Doch dieser sprach: »Herr, ich zwinge dich nicht, meinen Wunsch zu erfüllen. Darum solltest du mir nicht zürnen. Doch den Becher wirst du auf andere Weise nicht erhalten, denn ich gebe ihn für keinen Schatz der Welt her.«

Als der König das hörte, überwog sein Begehren nach dem Becher, und er begann, mit seiner Frau zu flüstern. Schließlich stimmten sie der Bedingung des Gastgebers zu. Die Königin erhob sich und begab sich mit dem jungen Mann, den der Gastgeber als seinen Freund bezeichnet hatte, in einen Nebenraum.

Als sie allein waren, offenbarte sich die Königstochter ihrer Mutter, der Königin. Weinend und lachend fielen sie sich um den Hals. Der König vernahm ihre Stimmen und saß wie versteinert auf seinem Platz. Das war die Strafe für die Hartherzigkeit, die er seiner Tochter bewiesen hatte.

Schließlich traten Mutter und Tochter Arm in Arm aus dem Nebenraum und zeigten sich den Gästen. Jetzt verstand der König, was sich ereignet hatte. Er gab seiner Tochter den Segen zu ihrer Heirat und nahm den Bäckerlehrling als Sohn an, und alle lebten in Glück und Reichtum bis an ihr Ende. Dies ist die Geschichte vom Bäckerlehrling und seinem verzauberten Becher.

Die zwei Kaufleute und der Adler

In einer Stadt lebten einmal zwei Kaufleute, ein Jude und ein Christ. Und schon früh am Morgen scharten sich die Käufer vor dem Gewölbe des Juden, während nur wenige das Gewölbe des Christen aufsuchten. Voller Neid sagte eines Tages der Christ zu dem Juden: »Mein Freund, warum betreiben wir Wettbewerb gegeneinander? Laß uns Teilhaber werden und daran verdienen.« Sie wurden sich einig, legten ihre Gewölbe zusammen und wurden Teilhaber.

Nach einiger Zeit betrog der Christ den Juden um seinen Anteil, und die Gesetze des Landes halfen dem Juden nichts, weil die Richter den Christen begünstigten, der ihrem Glauben angehörte.

Der Jude beriet sich mit seiner Frau, und sie einigten sich, daß er nach Indien auswandern sollte, um dort vielleicht Geschäfte zu machen, ein Vermögen anzuhäufen und damit nach Hause zurückzukehren. Der Jude nahm Abschied von seiner Frau, nahm sich nur ein wenig Wegzehrung auf die Reise und gelangte nach langen Irrfahrten nach Indien. Er kam in eine fremde, unbekannte Stadt, wo er ein Kaffeehaus betrat, sich an einen der Tische setzte und eine Tasse Tee bestellte.

Ganz langsam schlürfte er seinen Tee, bis der Kaffeehausbesitzer nach einigen Stunden sein Lokal schließen wollte. Da sagte der Jude zu ihm: »Herr, ich bin ein Fremder in diesem Land und habe keine Bleibe. Wenn es dir gefällig ist, lasse mich bei dir als Diener arbeiten, und ich werde dir in Treue dienen, für einen Lohn, dessen Höhe du selbst bestimmen sollst.« Der Kaffeehausbesitzer willigte ein und nahm ihn als Diener auf, und der Mann bediente die Gäste höflich und flink, und alle waren mit ihm zufrieden. Und noch eine Aufgabe wurde ihm zuteil, nämlich, jeden Abend die Wasserkrüge zu füllen, damit diese am nächsten Tag gebrauchsfertig waren.

Jeden Abend füllte der Jude drei Wasserkrüge, doch zu seinem Erstaunen war am Morgen stets einer davon leer. Er beschloß, der Sache auf den Grund zu gehen. Was tat er? Er versteckte sich in der Nacht in der Nähe der Krüge und sah um Mitternacht einen Adler, der einen der Krüge in seinen Krallen davontrug und in der Morgendämmerung mit dem leeren Krug zurückkehrte und ihn wieder an seinen Platz stellte.

Da sagte sich der Jude: Ich muß herausfinden, wohin der Adler mit dem Wasserkrug fliegt. Was tat er? Er füllte den Krug nur zur Hälfte mit Wasser und versteckte sich im Krug, wo ihm das Wasser bis zum Hals stand. Um Mitternacht kam der Adler, packte den Krug mit seinen Krallen und flog davon. Und so schwebte der Adler mit dem Mann und dem Wasserkrug zwischen Himmel und Erde, bis er sich schließlich auf dem Goldhügel niederließ. Dort, auf dem Goldhügel, hauste der Adler mit seinen Jungen, und das Wasser benötigte er, um die Jungen zu tränken. Und jetzt, nachdem der Adler den Krug abgesetzt hatte und seine Jungen, die in den Büschen versteckt waren, holen ging, kroch der Jude heimlich aus dem Wasserkrug heraus. Er blickte sich um und sah um sich herum Berge aus purem Gold. Er raffte soviel Gold zusammen, wie er konnte, und füllte seine Taschen, und als die Adlerküken sich satt getrunken hatten und der Adler sie wieder in ihr Versteck brachte, schlüpfte der Jude in den leeren Krug. Danach packte der Adler den Krug und flog damit wieder ins Kaffeehaus zurück.

So ging es ein Jahr lang. Der Jude flog jede Nacht zum Goldhügel und kehrte mit vollen Taschen zurück, bis er einen gewaltigen Schatz angehäuft hatte. Da sagte er zu dem Kaffeehausbesitzer: »Herr, ich habe dir treu gedient, und jetzt ist es meine Absicht, in mein Land, zu meiner Frau und zu meinen Kindern zurückzukehren, und ich bitte dich, mir meinen Lohn nicht in Geld, sondern in Lebensmitteln auszuzahlen.« Der Kaffeehausbesitzer willigte ein und gab ihm als Lohn mehrere Säcke mit Lebensmitteln. Der Jude versteckte seinen Goldschatz in diesen Säcken zwischen den Lebensmitteln und kehrte in seine Heimat und zu seiner Familie zurück.

Dort kaufte der Jude für sich und seine Frau und seine Kinder ein großes Haus, schmückte es mit kostbaren Möbeln aus, und dort lebten sie in Reichtum und Glück. Eines Tages kam dort jener Christ vorüber, der einmal sein Teilhaber gewesen war. Und der fragte sich: Wie ist dieser Jude zu solchem Reichtum gekommen, nachdem ich ihm doch alles abgenommen und ihn ins Elend gestürzt habe? Ich muß hineingehen zu ihm, um zu erfahren, wie er es zu diesem Reichtum gebracht hat.

Er betrat das Haus des Juden, der ihn höflich empfing und zu ihm sagte: »Setze dich, mein Nachbar und Teilhaber.« Der Christ stellte seine Fragen, und der Jude erzählte ihm alles – von dem Adler und dem Wasserkrug und dem Goldhügel und alles andere. Und er gab ihm auch ein Empfehlungsschreiben an den Kaffeehausbesitzer, das er ihm bei seiner Ankunft übergeben sollte.

Der Christ nahm den Brief und machte sich auf den Weg und reiste lange Zeit, bis er zu jener Stadt und zu jenem Kaffeehaus kam. Der Kaffeehausbesitzer empfing ihn freudig, als er den Brief gelesen hatte, und gab ihm die gleiche Arbeit, die der Jude früher für ihn verrichtet hatte. Und das geschah zur Winterzeit.

In der Nacht verbarg sich der Christ im Wasserkrug, zitterte vor Kälte und erwartete das Kommen des Adlers. Um Mitternacht erschien der Adler, packte den Krug mit seinen Krallen und flog davon zwischen Himmel und Erde. So flogen sie dahin, bis sie zu einem Kohlenhügel kamen, wo ein Feuer brannte, und die jungen Adler saßen um das Feuer herum und wärmten sich. Als der Adler sie sah, rief er: »Ihr jungen Vögel, ich bringe euch Wasser, um euch warmes Essen zu kochen, aber wartet noch ein wenig.«

Als der Christ das hörte, stand sein Herz fast still, und er rief aus: »Warum hast du mich zum Kohlenhügel gebracht, da ich doch zum Goldhügel wollte!« Und der Adler erwiderte wutentbrannt: »Du Menschensohn, nicht nur, daß du dich im Krug versteckt und mich zu deinem Lastträger gemacht hast, erdreistest du dich noch, mir befehlen zu wollen?« Damit ließ er den Krug fallen, und der Christ fiel ins Meer und ertrank.

Als der Kaffeehausbesitzer sah, daß sowohl sein Diener wie auch der Wasserkrug verschwunden waren, schrieb er dem Juden einen Brief mit folgendem Wortlaut: »Wisse, mein Freund, daß dieser Betrüger, den du mir geschickt hast, nur wenige Tage bei mir geblieben ist und mir dann einen Wasserkrug gestohlen hat und damit entflohen ist.«

Der Jude verstand sogleich, was geschehen war, und erbarmte sich der Frau und der Kinder des Christen. Und da es ihm an Geld nicht fehlte, ernährte er sie auf lange Zeit.

Der Sohn des Rabbi und der Adler

In einer Stadt lebte einst ein weiser Rabbi, doch seine Frau war unfruchtbar und gebar ihm keine Kinder. Eines Nachts erschien ihm im Traum ein Engel und verkündete ihm, seine Frau würde ihm einen

Sohn gebären. Und in der Tat wurde ihnen ein Sohn geboren, den sie Salomo benannten. Und er war ein wunderbarer Sohn mit guten Eigenschaften und scharfem Verstand.

Eines Tages stieg der Knabe aufs Dach, und ein Adler kam herbeigeflogen und entführte ihn. Und der Adler flog mit ihm über Berge und Täler und Städte und Flüsse bis in eine kleine, von Christen bewohnte Stadt, wo er ihn im Garten des Königs absetzte. Dort fanden ihn die Wächter und führten ihn zum König. »Wer bist du?« fragte der König den Knaben. »Ich bin ein Jude«, antwortete dieser, worauf der König sagte: »Ich habe alle Juden aus meinem Lande vertrieben, doch dir will ich Unterkunft gewähren, weil es mir scheint, als habe dich Gott hierhergeführt.«

Er gab ihm ein Zimmer zum wohnen, und dort saß der Knabe und studierte die Tora. Der König hatte eine einzige Tochter, und weil deren Zimmer genau über dem Zimmer des Knaben gelegen war, konnte sie hören, wie er die Tora laut auswendig lernte. Sie wußte nicht einmal, was ein Jude war, und staunte über das, was ihre Ohren vernahmen.

Eines Nachts konnte sie ihre Neugierde nicht länger bezwingen, stieg die Treppe hinunter und stand an seiner Tür. Sie versuchte mit ihm zu sprechen, doch er antwortete ihr nicht, weil er glaubte, sie sei eine Teufelin. Da sagte sie zu ihm: »Ich bin keine Teufelin, sondern die Tochter des Königs, und ich möchte wissen, was du studierst.« Da erwiderte er: »Ich bin ein Jude, und bei unserem Volke ist es Sitte, die Tora zu studieren, um einst an der Auferstehung der Toten teilzuhaben.« Da sagte sie: »Lehre mich eure Tora, und ich werde eure Gesetze befolgen.« Darauf begann der Knabe, sie in den Nächten die Tora zu lehren, und die Königstochter aß nur noch koschere Speisen und heiligte den Sabbat, bis sie schließlich zum Judentum übertrat und den Namen Miriam annahm.

Eines Tages stieg der Knabe aufs Dach des Palastes, und derselbe Adler, der ihn schon einmal entführt hatte, packte ihn und flog mit ihm über Flüsse und Städte und Täler und Berge und setzte ihn am Hause seines Vaters nieder. Der Knabe schlug die Augen auf und sah, daß er sich im Hause seines Vaters befand, doch die Königstochter Miriam war nicht bei ihm.

Er freute sich über seine Heimkehr, doch war er betrübt über den Verlust der Königstochter, bis schließlich seine Betrübnis überwog. Er erkrankte und verzehrte sich vor Kummer. Da sprach sein Vater zu ihm: »Mein Sohn, was ist der Grund deines Kummers?« Da erzählte er dem Vater alles, was ihm widerfahren war, und von der Liebe zwischen ihm und der Königstochter und von dem Adler, der sie voneinander getrennt hatte. Da sagte der Vater: »Mein Sohn, verzweifle nicht. Ich werde gehen und für dich die Königstochter suchen.« So sprach er und machte sich auf den Weg.

Und auch die Königstochter wurde vor Kummer krank und verzehrte sich vor Sehnsucht. Der König schickte im ganzen Land Boten aus, einen Arzt für seine Tochter zu finden. Davon hörte der Vater des Knaben, und er sagte zu den Boten: »Führt mich zur Königstochter, und ich werde sie heilen.« Man brachte ihn in den Palast, und er bat, mit der Königstochter allein bleiben zu dürfen. Als sie allein waren, kochte er eine Taubensuppe für sie, und als er ihr die Suppe reichte, flüsterte er ihr zu: »Miriam, ich bin der Vater deines Bräutigams Salomo.« Sogleich schlug sie die Augen auf und war genesen. Und im Palast war man der Meinung, die Taubensuppe hätte sie wieder gesund gemacht.

Danach ging der Vater zum König und sprach zu ihm: »Mein Herr und König, erlaube mir, mit deiner Tochter über die Felder und durch die Weinberge zu gehen, denn sie muß frische Luft atmen.« Der König erteilte die Erlaubnis, ließ eine Kutsche anspannen und ihnen Wegzehrung geben. Und der Vater fuhr mit der Königstochter und brachte sie in seine Heimatstadt und in sein Haus. Die ganze Zeit über hatte sich der Knabe vor Sehnsucht verzehrt, und als sein Vater und die Königstochter zu Hause ankamen, hauchte er seine Seele aus und starb. Da weinte die Königstochter und sagte: »Ihr Juden glaubt doch an die Auferstehung der Toten, und aus diesem Grunde habe auch ich euren Glauben angenommen. Und wenn mein Bräutigam Salomo nicht wieder zum Leben erwacht, ist euer Glaube nichts wert.« Da schloß der Vater die Augen und flüsterte: »Lobet Gott, den Gesegneten.« Darauf schlug Salomo die Augen auf und erwiderte im Flüsterton: »Gelobt sei der Ewige für alle Zeit.« Seine Seele war zurückgekehrt, und er erhob sich.

Das junge Paar wurde getraut und lebte in Glück und Frieden bis an sein Lebensende, um erst am Tage der Auferstehung wieder zu erwachen.

Das Mädchen mit dem Antlitz eines Tieres

Es lebte einst ein Mädchen mit dem Antlitz eines Tieres. Den ganzen Tag über versteckte es sich in seinem Zimmer, um von keinem gesehen zu werden, und man reichte ihm das Essen durch eine kleine Luke. Doch war das Mädchen äußerst klug und weise, und im ganzen Land gab es keinen, der es an Weisheit übertraf.

In einem anderen Lande lebte ein Jüngling, der Tag und Nacht die heilige Tora studierte. Er wanderte von einem Ort zum anderen, um den Lehren weiser Männer und Rabbiner zu lauschen, bis er schließlich in die Stadt kam, in der jenes Mädchen wohnte. Eines Tages beschäftigte er sich mit einem Kapitel der Heiligen Schrift, das ihm eine Frage auferlegte, die er nicht lösen konnte. Er befragte seine Freunde, gelehrte Toraschüler, die auch keine Antwort wußten, und den Rabbi, der ihm auch nicht helfen konnte. Traurigen Herzens wanderte er über die Felder. Als er zurückkam, fand er auf seinem Tisch einen Zettel, auf dem die Lösung der schwierigen Frage geschrieben stand. Er fragte seine Freunde: »Wer hat diesen Zettel geschrieben?« Und sie antworteten: »Das Mädchen, das nie aus seinem Zimmer kommt.« Worauf er sagte: »Dieses kluge Mädchen will ich zur Frau nehmen.«

Er ging zu seinen Eltern und hielt um die Hand ihrer Tochter an. Doch sie sagten ihm: »Das ist unmöglich, denn unsere Tochter ist verkrüppelt.« Doch er redete so lange auf sie ein, bis sie schließlich einwilligten und den Hochzeitstag bestimmten.

Doch als der Jüngling seine Braut bei der Eheschließung zum erstenmal erblickte, bereute er seinen Entschluß. Er blieb nur eine Nacht bei ihr, und am Morgen legte er seinen Gebetsschal und seinen Ring ab und machte sich davon. Das Mädchen blieb als Verlassene einsam und ohne Trost zurück.

Sie gebar einen Sohn. Doch die anderen Kinder verspotteten ihn, weil er keinen Vater hatte. Eines Tages, als er schon ein wenig herangewachsen war, sagte er zu seiner Mutter: »Mutter, wo ist mein Vater?« Und sie erwiderte: »In weiter Ferne.« Da sagte er: »Dort will ich ihn suchen gehen.« Da gab sie ihm den Gebetsschal und den Ring seines Vaters und ein wenig Wegzehrung, geleitete ihn zur Tür, küßte ihn zum Abschied und ließ ihn gehen.

Der Sohn machte sich auf und wanderte bis zur Heimatstadt seines Vaters. Dort ging er in die Synagoge. Ein alter Mann sah ihn und fragte: »Mein Kind, wo kommst du her und was willst du in dieser Stadt?« Er antwortete: »Ich suche meinen Vater«, und er zeigte ihm den Gebetsschal und den Ring.

Doch dieser Alte war der Vater seines Vaters. Als er aus der Synagoge nach Hause kam, fragte er seinen Sohn: »Mein Sohn, wo ist dein Gebetsschal?« Und der Sohn erwiderte: »Vater, ich habe ihn irgendwo vergessen.« Da fragte der Alte: »Und wo ist dein Ring, den ich nicht mehr an deinem Finger sehe?« Der Sohn antwortete: »Ich habe im Fluß gebadet, und er ist mir entglitten.« Da sagte der Vater: »Würdest du deinen Gebetsschal und deinen Ring erkennen, wenn ich sie dir zeige?« Worauf der Sohn erwiderte: »Ohne jeden Zweifel.«

Da holte der Alte den Gebetsschal und den Ring, den er seinem Enkel abgenommen hatte, hervor und zeigte sie seinem Sohn, der nun gezwungen war, alles einzugestehen, was sich ereignet hatte. Darauf rief der Alte seinen Enkel zu sich und sagte zu ihm: »Dies ist dein Vater.«

Der Knabe flehte seinen Vater an, mit ihm nach Hause zurückzukehren. Doch dem Vater fiel ein solcher Entschluß schwer. Als der Knabe das sah, sagte er: »Vater, meine Mutter ist nicht nur die klügste aller Frauen, sondern auch die schönste.« Da glaubte der Vater, es müsse ein Wunder geschehen sein, und willigte ein zurückzukehren.

Die zwei zogen ihres Weges und begegneten einem alten Mann. Und der Alte sagte zu dem Knaben: »Mein Kind, nimm dieses Fläschchen von mir als Geschenk an, und wenn du nach Hause kommst, soll deine Mutter ihr Gesicht mit dem Wasser aus diesem Fläschchen waschen.« Der Knabe nahm das Fläschchen, dankte dem Alten und entbot ihm einen höflichen Abschiedsgruß. Als sie nach Hause kamen, gab der Knabe seiner Mutter das Fläschchen, und diese wusch ihr Gesicht mit dem Wasser, das es enthielt, worauf ihr Gesicht in unbeschreiblicher Schönheit erstrahlte. Da wußten sie, daß der Alte kein anderer gewesen war als der Prophet Elija seligen Angedenkens.

Die Königstochter, die alles wissen wollte

Es lebte einmal ein König, der eine Tochter hatte, die alles wissen wollte, was es an Wissenswertem gab. Eines Tages kam ihr zu Ohren, daß es einen alten Mann gab, der die Sterne deuten konnte, und sie begann vor Zorn zu weinen. Ihr Vater vernahm das Weinen, betrat ihr Zimmer und fragte sie nach dem Grund. Da sagte sie: »Vater, es gibt einen alten Mann, der mehr weiß als ich.«

Sogleich sandte der König Boten aus, die den alten Sterndeuter zu ihm bringen sollten, was auch geschah. Und der König sprach zu ihm: »Wir haben vernommen, daß du es verstehst, in den Sternen zu lesen. Wir möchten, daß du die Königstochter diese Weisheit lehrst, und dein Lohn wird ein Drittel unseres Königreiches betragen.«

Der Alte willigte ein, doch machte er zur Bedingung, daß keiner anwesend sein durfte, während er die Prinzessin unterrichtete. Danach setzte er sich mit der Königstochter zusammen und lehrte sie, was er wußte, und sie war fröhlich und zufrieden mit dem, was sie gelernt hatte. Der Alte erhielt ein Drittel des Königreiches und viel Geld und kehrte in seine Heimatstadt zurück.

Die Zeit verging, und eines Tages kam der Königstochter zu Ohren, jener Alte wisse, wo sich ein Berg voller Gold befinde, und nicht nur das, er könne auch in das Innere des Berges eindringen und soviel Gold, wie es ihn gelüstete, herausholen, ohne daß ihm etwas zustoße. Wieder weinte die Königstochter vor Zorn, und ihr Vater eilte herbei und fragte sie nach dem Grund.

Da sagte sie: »Vater, jener Alte kennt einen Berg voller Gold, und er kann nach Belieben hineingehen und wieder herauskommen.«

Wieder ließ der König eine Kutsche anspannen und schickte Boten aus, die den Alten zu ihm brachten. Und der König sprach zu ihm: »Wir haben vernommen, daß du einen goldenen Berg kennst und das Geheimnis, wie man hineinkommt und wieder herauskommt. Wir möchten, daß du der Königstochter dieses Geheimnis offenbarst, und dein Lohn wird ein Drittel des Königreiches betragen.«

Der Alte willigte ein und machte es wieder zur Bedingung, daß niemand anwesend sein dürfe. Um Mitternacht nahm der Alte die Königstochter bei der Hand und machte sich mit ihr im Dunkeln auf den Weg zu jenem Berg. Als sie dort ankamen, flüsterte der Alte einige Worte, und der Berg öffnete sich. Er führte die Königstochter hinein und zeigte ihr einen riesengroßen Goldschatz. Doch warnte er sie: »Denke daran, daß du in genau einer halben Stunde diesen Ort verlassen mußt, sonst schließt der Berg dich ein.« Sie verweilten eine halbe Stunde und verließen den Berg. Nachdem sie in den Palast zurückgekehrt waren, erhielt der Alte ein Drittel des Königreiches und viel Geld und ging wieder in seine Heimatstadt.

Um Mitternacht erhob sich die Königstochter und ging allein zum Berg. Als sie die Worte flüsterte, die der Alte sie gelehrt hatte, öffnete sich der Berg, und sie ging hinein. Sie weidete sich an dem Anblick der Schätze und vergaß darüber die Zeit. Als sie sich erinnerte, daß sie nur eine halbe Stunde hatte, war es bereits zu spät, und der Berg schloß sich und hielt sie gefangen.

Am nächsten Tag ertönte eine Stimme aus dem Berg: »Rettet mich! Rettet mich!« Man meldete es dem König, und dieser wußte sogleich, daß es die Stimme seiner Tochter sein mußte. Er zog mit seinen Soldaten aus, die mit Hacken und Schaufeln versuchten, die Königstochter auszugraben, doch der Berg war aus hartem Stein, und die Hacken und Schaufeln der Soldaten zerbrachen.

Da entsann sich der König des weisen Alten und ließ sogleich eine Kutsche anspannen und Boten ausschicken, ihn herbeizubringen. Doch als die Boten zum Hause des Alten kamen, erfuhren sie, daß er gestorben war. Sogleich kehrten die Boten zurück und meldeten dem König: »Der Alte ist tot.«

Der König war über seine Tochter und ihren Wissensdurst sehr bekümmert und sprach: »Nicht genug, daß der Alte mir zwei Drittel meines Königreiches abgenommen hat jetzt ist auch meine Tochter tot.«

Viele Tage lang trauerten der König und sein Volk um die Königstochter, und alte Männer wissen zu berichten, daß alle hundert Jahre ein Schrei aus dem Inneren des Berges ertönt: »Rettet mich! Rettet mich!«

Die Königin und der Holzhändler

Der König und die Königin saßen einmal auf dem Balkon ihres Palastes. Es war ein kalter Wintertag, der Wind wehte und es regnete stark. Da sahen sie auf der Straße einen armen Mann, der Holz feilbot und ausrief: »Holzscheite! Holzscheite!«

Da sprach der König: »Das Herz tut mir weh, wenn ich diesen armen Menschen barfuß und in zerrissener Kleidung sehe, während wir hier sitzen mit unseren Kronen auf dem Kopf.«

Und die Königin sagte: »Wahrscheinlich hat er keine Frau.« Zornig erwiderte der König: »Was soll das heißen, er hat keine Frau? Ist denn ohne Frau das Leben kein Leben mehr? Bin ich denn nur deinetwegen König?«

Worauf die Königin erwiderte: »So ist es. Wenn du mich nicht zur Frau hättest, wärest du kein König.«

Der König war sehr erbost, ließ seinen obersten Wesir kommen und befahl ihm, die Königin aus dem Palast zu werfen. »Wie denn, mein Herr und König?« fragte der Wesir. »Sie ist doch unsere Königin.« Und der König erwiderte: »Ich will solches Gerede nicht hören. Sie erhob sich über mich. Schaffe sie mir aus den Augen!«

Die Königin verließ den Palast, ohne etwas mitzunehmen, denn sie war störrisch und wollte nicht um Verzeihung bitten. Und wohin ging sie? Ins Haus des Holzhändlers. Das war ein ärmliches, schmutziges und düsteres Haus. Der Mann hatte zwölf kleine Kinder, aber keine Frau.

Als der Holzhändler mit einmal die Königin in der Tür stehen sah, war er völlig verwirrt. Wie war die Königin hierhergekommen? Er sagte zu ihr: »Majestät, ich bin beschämt, Euch in diesem Hause zu empfangen.« Und die Königin erwiderte: »Ich bin zu dir gekommen und will bei dir bleiben. Ich werde jede Arbeit tun, die getan werden muß, und ich werde aus dir einen Menschen machen. Sogar einen großen Menschen.«

Die Königin blieb im Hause des Holzhändlers, krempelte die Ärmel hoch, machte Feuer und erhitzte Wasser in einem Faß. Danach befahl sie den zwölf Kindern und auch dem Holzhändler, sich zu baden, und alle gehorchten ihr. Dann wusch sie die Wäsche, nähte und besserte Kleidungsstücke aus und richtete alles her, bis das Haus langsam Form annahm.

Das Leben des Holzhändlers verschönerte sich zusehends. Tag für Tag ging er mit den zwei ältesten Söhnen zur Arbeit, während die Frau das Haus versorgte und den anderen Kindern Schulunterricht gab. Mit der Zeit wurde das Leben immer besser, sie sparten ein wenig Geld und zogen in eine bequemere Wohnung, dann erwarben sie einen Laden, wo sie verschiedene Gebrauchsgegenstände verkauften und gut verdienten. Danach schickten sie die Kinder zur Schule, und sie waren gute Schüler und erlernten verschiedene Berufe: Einer wurde Rechtsanwalt, ein anderer wurde Arzt, und die übrigen erlernten ebenfalls wichtige Berufe.

Dann zogen sie in eine große, schöne Wohnung mit Speisezimmer und Wohnzimmer, und jeder Sohn hatte dort sein eigenes Zimmer. Und selbstverständlich gab es dort Teppiche und andere Bequemlichkeiten.

Eines Tages sagte die Frau zu dem ehemaligen Holzhändler: »Es ist an der Zeit, daß du hin und wieder ins Kaffeehaus gehst und die Leute zum Trinken einlädst. Wenn jemand dich grüßt, lade ihn ein. Gib Geld aus und spare nicht. Die Hauptsache ist – geben.«

Der Mann tat wie geheißen und ging jeden Tag mit einem seiner Söhne, vornehm gekleidet, ins Kaffeehaus. Er lud die Leute zum Essen und zum Trinken ein und verteilte Almosen nach allen Seiten.

Eines Tages bemerkte der König bei einem Besuch im Kaffeehaus, daß ihn die Bettler nicht wie gewohnt belagerten, sondern einem fremden Wohltäter große Ehre erwiesen. (Der König hatte den ehemaligen Holzhändler nicht erkannt und glaubte, er sei ein reicher Wohltäter aus der Fremde.) Der König war sehr betrübt und fragte sich: Was ist geschehen? Er beriet sich mit seinem Wesir, doch auch dieser hatte keine Erklärung. Schließlich gaben einige der Kaffeehausgäste dem König eine Erklärung: »Dieser Wohltäter ist von weit her gekommen, und keiner weiß, wer er ist. Auch seine Geschäfte sind geheim und nicht bekannt.« »Wirklich?« staunte der König.

Als der Holzhändler nach Hause kam, erzählte er der Frau, daß der König das Kaffeehaus besucht hatte. Da sagte sie: »Ich bin sicher, daß er dich bald zum Essen in seinem Haus einladen wird. Nimm die Einladung nur unter der Bedingung an, daß er dir ebenfalls einen Besuch abstattet.« Und der Holzhändler erwiderte: »Ich werde tun, was du sagst.«

Am nächsten Tag kam der König wieder ins Kaffeehaus. Als er den Holzhändler erblickte, sagte er zu ihm: »Euer Ehrwürden, es tut mir leid, daß man Euch in unserem Land keinen gebührenden Empfang bereitet hat. Doch jetzt, da wir uns begegnet sind, lade ich Euer Ehrwürden ein, in meinem Hause zu speisen.«

Da erwiderte der Holzhändler: »Ich werde mit großem Vergnügen kommen und auch meine zwölf Kinder mitbringen. Doch müßt Ihr mir versprechen, mir einen Gegenbesuch abzustatten.«

Der König und der Holzhändler einigten sich auf einen bestimmten Tag. Zunächst speiste der Holzhändler mit seinen Söhnen an der Tafel des Königs, und danach folgte der König der Einladung des Holzhändlers. Und welch ein Festmahl hatte die Königin vorbereitet! Alles vom Feinsten und vom Besten: Fleisch und Geflügel und Fisch und Reis und die verschiedensten Saucen und süßes Gebäck und die edelsten Getränke. Alles auf feinstem Geschirr und von Dienern gereicht, die jeden geleerten Teller oder Becher sogleich wieder füllten. Es war alles wie in einem Königspalast.

Nachdem alle reichlich getrunken hatten und ein wenig schläfrig geworden waren, bereitete man den Gästen wie den Hausbewohnern Liegepolster, die mit Jasminblüten bestreut waren. Und die Frau flüsterte dem Holzhändler zu: »Nachdem du dich niedergelegt hast, beschwere dich mit lauter Stimme, daß die Stiele der Jasminblüten dich stechen.«

Alle legten sich auf die Ruhepolster, und der Holzhändler klagte mit lauter Stimme: »Frau, die Stiele dieser Jasminblüten stechen mich.« Und sie erwiderte: »In der Tat. Bist du schon so verwöhnt, daß die Jasminblüten dir zu hart erscheinen? Ich dachte, sie seien weicher als die Holzscheite, die du auf dem Rücken durch die Straßen schlepptest.«

Im Nebenraum vernahm der König diese Worte, erkannte die Stimme seiner Frau, der Königin, und alles wurde ihm klar. Er sprang von seinem Ruhepolster auf, ließ barfüßig in den Nebenraum und rief freudig: »Meine Frau, meine teure Königin! Bist du hier? Alles, was du zu mir gesagt hast, war die reine Wahrheit: Alles, was im Hause geschieht, ist das Verdienst der Frau, und sie bringt den Segen ins Heim.«

Der König und die Königin kehrten in ihren Palast zurück. Sie verheirateten ihre Tochter mit einem der Söhne des Holzhändlers, und auch dieser ehelichte eine gute und anständige Frau, und beide Familien, die des Königs und die des Holzhändlers, lebten in Glück und Wohlstand.

Dies ist die Geschichte von der Königin und dem Holzhändler.

Der zerschnittene Kaftan

Es war einmal ein reicher Mann, der seinen hilflosen alten Vater im Freien aussetzte und ihn sich selbst überließ. Der kleine Sohn dieses reichen Mannes fand seinen Großvater, wie er vor Kälte zitternd am Boden saß, und erzählte es seinem Vater. Da sagte der Reiche: »Mein Sohn, nimm jenen zerrissenen Kaftan, der dort in der Ecke liegt, und gib ihn dem Alten, auf daß er seine Blöße bedecke.«

Der Knabe nahm den Kaftan, breitete ihn vor den Augen der Familie und der Gäste im Hof auf der Erde aus und schnitt ihn mit einer Schere in zwei Teile. Verwundert fragte ihn der Reiche: »Was tust du, mein Sohn?«

Und er erwiderte: »Ich will die eine Hälfte deinem Vater geben und die andere Hälfte für dich aufbewahren, teurer Vater, wenn du einmal alt bist.«

Die Glasscherben

Es war einmal ein alter Schuhmacher, dessen Frau starb, so daß er bekümmert und verbittert als Witwer zurückblieb. Er hatte drei verheiratete Söhne, die ihren Vater jedoch nur am Sabbatabend besuchten, ihn in keiner Weise unterstützten und ihm auch keine Ehre erwiesen. Der älteste Sohn war ein Tagelöhner, der zweitälteste ein Lastträger und der jüngste ein Kaufmann.

Mit der Zeit spürte der Alte, daß ihn seine Kräfte verließen. Da sagte er sich im stillen: Solange ich noch bei Kräften war und mich ernähren konnte, sind meine Söhne nur selten zu mir gekommen, und jetzt werden sie keinen Fuß mehr über meine Schwelle setzen, denn ich könnte ihnen zur Last fallen. Ich muß einen Ausweg finden.

Er rief seinen Nachbarn, einen Schreiner, und gab ihm den Auftrag, einen großen Kasten zu bauen. Diesen Kasten füllte er bis zum Rand mit Glasscherben und stellte ihn neben sein Bett. Als seine Söhne am Sabbatabend wie gewöhnlich zu ihm kamen, lag ihr Vater zu Bett. Da fragten sie ihn: »Vater, was ist dir?« Und er erwiderte: »Ich bin krank, meine Söhne, und kann mein Bett nicht verlassen.«

Die Söhne wollten sich zu ihm setzen und rückten den Kasten ein wenig beiseite. Dabei fiel ihnen auf, wie schwer der Kasten war. Da dachten sie: Dieser Kasten muß voll mit Gold und Silber sein, das unser Vater sein Leben lang erspart hat.

Da besprachen sie sich, daß einer von ihnen den Schatz bewachen sollte und daß der Wächter zur gleichen Zeit dem Vater zur Hand gehen solle. Das Los fiel auf den jüngsten Sohn, und sie einigten sich, daß man ihm seine geschäftlichen Verluste, die er dadurch, daß er am Krankenbett seines Vaters saß, erleiden müsse, nach dem Tode des Vaters aus dessen Goldschatz vergüten würde. So saß der Sohn am Krankenbett seines Vaters, pflegte ihn und kochte ihm Hühnersuppe.

Schließlich kam die Sterbestunde des Vaters, und er gab seinen Geist auf. Die Söhne bereiteten ihrem Vater eine anständige Bestattung und sparten keine Kosten, denn sie verzeichneten alle Ausgaben in einem Notizbuch und waren sicher, sie würden sich aus dem Goldschatz des Vaters alle Ausgaben hundertfach zurückerstatten können. Sieben Tage trauerten sie, wie es Sitte ist.

Am achten Tag öffneten sie den Kasten und fanden dort nur Glasscherben. Wutentbrannt sprach der jüngste Sohn: »Ich werde jetzt auf das Grab unseres Vaters pinkeln.« Da sagte der zweitälteste Sohn: »Tue das nicht, denn unser Vater hatte keine andere Wahl. Wir hätten ihn sonst wie einen Bettler begraben.« Da sagte der älteste Sohn: »Ich schäme mich zutiefst, daß unser Vater eine List gebrauchen mußte, damit wir unsere Sohnespflicht erfüllten.«

Der Traum des Befehlshabers der Polizei

In einer Kleinstadt bei Basra lebte einst ein armer Mann, der sich in seinem Heimatort nicht ernähren konnte. Da sagte er sich: Ich will in die große Stadt Bagdad ziehen, und mit Gottes Hilfe wird es mir dort besser ergehen. Er nahm seinen Wanderstab zur Hand und machte sich auf den Weg und lebte von den Almosen, die mitleidige Menschen ihm gaben, bis er schließlich Bagdad erreichte. Als er dort ankam, war es bereits Nacht, und er fand keinen Platz für seine müden Glieder, so daß er sich in einer Moschee zur Ruhe legte.

Zur gleichen Stunde zog der Befehlshaber der Polizei durch die Stadt. Als er in die Moschee kam, sah er dort einen zerlumpten Bettler liegen, der fest schlief. Er versetzte ihm einen Tritt und sagte: »Bettler, wer bist du, wo kommst du her und was suchst du hier?« Und der Bettler erwiderte: »Herr, ich bin ein armer Mann, und ich komme von weit her, denn ich hatte einen Traum, daß ich hier mein Glück finden würde.«

Der Befehlshaber der Polizei lachte ihn aus und sagte: »Du bist ein Dummkopf, daß du an Träume glaubst und deswegen deine Heimat verläßt. Auch ich hatte einen Traum, in dem mir offenbart wurde, daß im Obstgarten der Stadt zwischen den Wurzeln der Dattelpalme neben dem Graben ein Krug voller Goldmünzen versteckt ist. Aber ich bin doch nicht so dumm, dort zu graben. Träume sind Schäume.«

Der Arme hörte das und ging in den Obstgarten der Stadt, wo er die Dattelpalme fand und unter ihren Wurzeln einen Krug, der bis zum Rand mit goldenen Dinaren gefüllt war. Er nahm den Krug auf die Schulter und kehrte in seine Heimatstadt zurück. Dort wechselte er die Dinare in Landeswährung um und kaufte sich ein großes Haus und einen Laden, in dem er Stoffe verkaufte.

Der Mandolinenspieler

Vor langer Zeit lebte in einem fernen Land ein Mandolinenspieler, dessen Frau ihn betrog. Der Mann wußte nicht, was er tun sollte, und wenn ihn die Hurerei seiner Frau besonders bekümmerte, ging er aufs Feld hinaus und schüttete beim Mandolinenspiel sein Herz aus.

Eines Tages vernahm der König, daß dieser Mann so schön auf der Mandoline zu spielen wußte. Er ließ ihn kommen und sprach: »Morgen halte ich ein großes Festmahl mit allen Ministern und Fürsten, und ich bitte dich, uns auf der Mandoline aufzuspielen.«

Doch als das Festmahl begann und der Mann mit der Mandoline auf dem Podium stand, konnte er nicht aufspielen, denn nur wenn sein Herz ob der Hurerei seiner Frau bekümmert war, war die Muse ihm hold, und zu keiner anderen Zeit. Der König war sehr erzürnt und befahl, ihn in den Kerker zu werfen.

Der Kerker war ein tiefes Loch unter den Treppen im Keller des Palastes. In diesem Loch saß der Mandolinenspieler in der Nacht, als er ein Rascheln vernahm. Er blickte sich um und sah einen großen Neger, einen der Sklaven des Königs, der voller Ungeduld vor der Kellertür auf und ab ging. Nach einiger Zeit erschien die Königin, und der Neger schrie sie an: »Wie wagst du es, du Hure, mich so lange warten zu lassen!« Doch die Königin bat ihn um Verzeihung, und der Neger beruhigte sich und legte sich zu ihr, und sie ahnten nicht, daß man ihnen zusah.

Da sagte sich der Mandolinenspieler im stillen: Warum sollte ich mich meinem Kummer hingeben? Auch das Schicksal des Königs ist nicht besser als das meine. Es wurde ihm leichter ums Herz, und nachdem die beiden gegangen waren, nahm er seine Mandoline zur Hand und spielte eine schöne Melodie. Der König vernahm das Mandolinenspiel, ging hinunter in den Keller und fragte, warum er plötzlich so schön aufspielte. Da erwiderte der Mandolinenspieler: »Mein Herr und König, wenn ich es dir sage, läßt du mir den Kopf abschlagen.«

Der König schwor dem Mandolinenspieler, ihm nicht den Kopf abschlagen zu lassen, worauf dieser ihm alles erzählte, was er gesehen hatte. Als der König das vernahm, sagte er: »Mein Leidensgefährte, obgleich ich geschworen habe, kann ich dich nicht am Leben lassen, denn du kennst meine Schande. Doch gibt es einen Ausweg: Laß uns gemeinsam durch die Lande ziehen, und wenn wir irgendwo einen Menschen finden, dessen Schicksal noch trauriger ist als das unsere, schenke ich dir dein Leben.«

Der König und der Mandolinenspieler machten sich auf den Weg und kamen auf ein Feld, wo ein Mann den Boden ackerte und dabei einen großen Kasten auf der Schulter trug. Sie wunderten sich sehr und fragten den Mann, wozu er den Kasten trage. Der Ackersmann erwiderte: »Ich habe eine junge Frau, die mich betrügt, wenn ich aufs Feld gehe und sie allein zu Hause lasse. Darum habe ich diesen Kasten gebaut und sie hineingelegt, um ihrer Treue sicher zu sein.« Der König bat den Mann, den Kasten zu öffnen, und als er das tat, sahen sie dort die Frau mit ihrem Liebhaber.

Da sagte der König zu dem Mandolinenspieler: »Hier ist ein Mann, dessen Schicksal noch trauriger ist als das unsere. Nicht nur, daß sie ihn betrügt – er muß auch sie und ihren Liebhaber noch auf dem Rücken schleppen. Doch laß uns weitergehen. Vielleicht finden wir einen Menschen, dem das Schicksal noch schlimmer mitspielt als diesem hier.«

Der König und der Mandolinenspieler gingen weiter und kamen zu einem Gasthof. Und während sie saßen und speisten, tat der Gastwirt etwas sehr Eigenartiges: Jedesmal, wenn ein hübscher junger Mann hereinkam, bedeutete ihm der Gastwirt, die Treppe hinaufzusteigen. Als der König ihn nach dem Grund fragte, erwiderte der Gastwirt: »Herr, vor einem Jahr erkrankte meine Frau schwer und war dem Tode nahe. Und bevor sie starb, ließ sie mich schwören, niemals eine andere Frau anzurühren. Ich schwor es ihr, und weil ich sie so sehr liebte, tat ich ein übriges und schnitt mir vor ihren Augen mein Geschlechtsteil ab, so groß waren meine Liebe und meine Treue. Doch das Schicksal wollte es, daß meine Frau wieder gesundete. Und was soll ich jetzt tun, Herr? Ich habe eine schöne junge Frau und kann ihr nicht geben, was sie verlangt. Darum schicke ich jeden hübschen jungen Mann zu ihr aufs Zimmer, und das ist die Erklärung für das, was ihr gesehen habt.«

Als der König das hörte, sprach er zu dem Mandolinenspieler: »Hier ist ein Mann, dessen Schicksal schlimmer ist als das von uns allen. Nicht nur, daß seine Frau ihn betrügt – er muß ihr auch noch die Liebhaber zuführen.«

Der berufsmässige Dieb

Vor langer Zeit lebte einmal ein Dieb, der eine Frau und einen kleinen Sohn hatte. Als er gestorben war, wollte seine Witwe ihren Sohn als ehrlichen Menschen großziehen und schickte ihn zu einem Barbier in die Lehre. Doch hafteten ihm die Eigenschaften seines Vaters an, und er begann, Rasiermesser und andere Gegenstände zu stehlen und sie heimlich zu verkaufen. Als der Barbier das bemerkte, jagte er ihn mit Schimpf und Schande davon und sagte zu ihm: »Das Barbieren ist nicht das Handwerk deines Vaters.«

Der Knabe kam zu seiner Mutter und fragte sie: »Mutter, was war das Handwerk meines Vaters?« Und sie erwiderte: »Dein Vater war ein Dieb.« Da sagte er: »Dann will ich auch ein Dieb sein. Laß mich dieses Handwerk bei einem Meister erlernen.« Worauf die Mutter antwortete: »Dein Onkel, der Bruder deines Vaters, ist ebenfalls ein Dieb. Von ihm kannst du das Handwerk erlernen.«

Sie schickte ihren Sohn in die Stadt, wo sein Onkel wohnte. Dieser nahm ihn freundlich auf und fragte nach seinem Begehren. Der Knabe sagte es ihm, und der Onkel erklärte ihm: »Mein Kind, nicht jedem ist es vergönnt, ein Dieb zu werden, denn das ist eine edle Kunst. Ich werde dich prüfen, und dann werden wir sehen.«

Und dies war die Prüfung: Am Rande der Stadt stand ein Baum mit einem Nest, in dem ein Vogel auf seinen Eiern brütete. Der Onkel stieg auf den Baum und stahl dem Vogel die Eier. Der Knabe erhielt den Auftrag, dem Onkel die Eier zu stehlen und sie dem Vogel wieder unterzulegen, ohne daß er es merkte. Das tat der Knabe, und es gelang ihm trefflich.

Da sagte der Onkel: »Wie der Vater, so der Sohn. Du bist dazu geboren, ein großer Dieb zu werden.« Die beiden taten sich zusammen, stahlen alles, was ihnen unter die Hände kam, und wurden reich. Eines Tages beschlossen sie, sich großen Dingen zuzuwenden und die Schatzschatulle des Königs zu stehlen. Sie schlichen um den Palast herum und forschten alles aus, bis sie eine unbewachte Mauer fanden. In der Nacht kamen sie wieder mit einer Flasche Säure und Einbruchswerkzeug, gossen die Säure auf eine Stelle an der Mauer und gruben so lange, bis sie ein Loch in der Mauer geöffnet hatten. Da sagte der Knabe zu seinem Onkel: »Wer hineingeht, erhält zwei Drittel der Beute, und wer draußen bleibt und Wache hält, ein Drittel.« Der Onkel war einverstanden, weil er aus Gründen der Sicherheit nicht selbst hineingehen wollte, und der Knabe ging hinein, stahl die Schatulle des Königs, und beide teilten sich die Beute wie vereinbart.

Als die Frau des Onkels erfuhr, was geschehen war, zürnte sie sehr und sagte zu ihm: »Wie begnügt sich ein alter, erfahrener Dieb wie du mit einem Drittel, während ein solches Knäblein zwei Drittel erhält? Du solltest dich schämen.« Der Onkel war beschämt und bereute, was er getan hatte, und sagte zu dem Knaben: »Beim nächstenmal werde ich hineingehen, und du wirst draußen Wache halten, und wir teilen die Beute auf umgekehrte Weise.« Sie einigten sich, in der kommenden Nacht nochmals zum Königspalast zu gehen, denn dort gab es noch eine zweite Schatulle.

In der Zwischenzeit hatte der König den Diebstahl bemerkt und sich mit seinen Ministern beraten, und sie hatten beschlossen, unter das Loch in der Mauer ein Faß mit heißem Teer zu stellen. Wenn der Dieb wiederkommen sollte, würde er im Teer steckenbleiben. Als die zwei Diebe wiederkamen, stieg der Onkel durch das Loch, fiel in den Teer hinein und kam darin um. Als der Knabe sah, daß sein Onkel nicht zurückkam, stieg er selbst durch das Loch, doch ließ er Vorsicht walten, streckte die Hand aus und entdeckte das Teerfaß. Er umging das Faß, stahl die Schatulle, und auf dem Rückweg schnitt er seinem toten Onkel den Kopf ab und nahm ihn mit sich.

Bei seiner Rückkehr ins Haus seines Onkels gab er der Witwe die gesamte Beute, und sie begruben den Kopf. Am Morgen kam der König, sah, was geschehen war, doch ohne den Kopf konnte keiner den Toten erkennen und wissen, wer der Dieb gewesen war. Er beriet sich mit seinen Ministern, und sie beschlossen, die Leiche auf der Straße aufzuhängen. Wenn jemand käme und um ihn trauerte, würde man ihn festnehmen, denn er wäre gewiß an dem Diebstahl beteiligt oder ein Verwandter des Diebes. Doch der Knabe ersann eine List. Er schickte die Witwe mit einem Krug Öl auf die Straße und wies sie an, den Krug vor der Leiche ihres Mannes fallen zu lassen. Dann könne sie den Toten beweinen, und bei den Wächtern würde es den Eindruck erwecken, als weine sie um das vergossene Öl. Das tat die Frau, und der Knabe ging indessen mit der Kappe in der Hand unter den Umherstehenden herum und bat um Almosen für die arme Frau, bis seine Kappe voll war.

Als sie nach Hause kamen, sagte er zu ihr: »Tante, heute nacht werde ich dir die Leiche deines Mannes bringen.« Er stahl vierzig Schafe und vierzig Kerzen und vierzig Siebe und band den Schafen die brennenden Kerzen an den Kopf und bedeckte jede Kerze mit einem Sieb. Dann trieb er die Schafe auf den Marktplatz. Als die Wächter die dunklen Gestalten mit den leuchtenden Köpfen sahen, glaubten sie, es seien Teufel, und machten sich davon. Darauf schnitt der Knabe den hängenden Leichnam ab und brachte ihn ins Haus seiner Tante, wo sie ihn beerdigten.

Wieder beriet sich der König mit seinen Ministern und fragte: »Was sollen wir jetzt tun?« Und sie erwiderten: »Wir raten dir, einen Straußenvogel mit Edelsteinen zu schmücken und ihm einen Strick um den Hals zu legen, und ein Wächter soll das Ende des Strickes in der Hand halten. Wenn jemand versucht, den Straußenvogel zu stehlen, wird der Wächter ihn packen, und wahrscheinlich ist das der Dieb, den wir suchen.«

Und das taten sie. Doch der junge Dieb holte Pflanzen und Kräuter, deren Geruch die Straußenvögel lieben, schnitt den Strick durch, und der Straußenvogel folgte ihm bis nach Hause. Der Knabe und seine Tante schlachteten den Straußenvogel, labten sich an dem Braten und füllten das Schmalz in ein Glasgefäß, um es als Arznei zu verwenden.

Der König befahl, dem Wächter den Kopf abzuschlagen. Danach beriet er sich wieder mit seinen Ministern. Und diese sagten: »Wir raten dir, vierzig alte Frauen auszuschicken, um Schmalz von Straußenvögeln zu kaufen. Wer immer ihnen solches Schmalz gibt, muß der Dieb sein. Denn wer außer dem Dieb könnte das Schmalz von Straußenvögeln haben?«

Die alten Frauen durchstreiften die Stadt, bis eine von ihnen zu der Tante des Knaben kam und sie bat, ihr ein wenig Straußenschmalz zu geben, das sie als Arznei für ihren kranken Enkel benötigte, weil der Arzt es ihm verschrieben habe. Die Tante hatte Mitleid mit der Frau und gab ihr ein Glas von dem Schmalz. Die Alte dankte ihr und wandte sich zum Gehen, da begegnete ihr der junge Dieb. Er erblickte das Glas mit dem Schmalz und begriff sogleich, was es damit für eine Bewandtnis hatte. Er bat die Alte, noch einmal ins Haus zu kommen, weil er ihr noch mehr Schmalz geben wolle. Als die Alte ins Haus trat, gab er ihr kein Schmalz, sondern brachte sie um und vergrub sie im Keller.

Am Abend zählte der König die alten Frauen und fand, daß eine fehlte. Er wußte nicht, was er tun sollte, und beriet sich mit seinen Ratgebern. Und diese sagten: »Wir raten dir, auf der Straße Goldmünzen auszustreuen und Wachen aufzustellen. Wenn jemand die Münzen aufhebt, sollen die Wächter ihn packen, denn das muß der Dieb sein.«

Auf Befehl des Königs tat man wie geheißen und verstreute Goldmünzen auf der Straße. Darauf mietete der junge Dieb eine Kamelkarawane, belud jedes Kamel mit einem Korb Salz zur Rechten und einem Korb Mehl zur Linken und schmierte die Fußsohlen der Kamele mit Seife ein. Als die Karawane an den Wächtern vorbeizog, untersuchten diese die Ladung zur Rechten und fanden Salz in den Körben, und zur Linken fanden sie Mehl. Dabei blieben die Goldmünzen an den mit Seife eingeschmierten Füßen der Kamele haften, und als die Karawane weiterzog, blieb auch nicht eine einzige Goldmünze auf der Straße liegen.

Der König sah das und fragte die Wächter: »Wächter, wer ist hier vorbeigekommen?« Die einen erwiderten: »Eine Karawane mit Salz«, und die anderen sagten: »Eine Karawane mit Mehl.« Der König zürnte, weil sich die Wächter nicht einigen konnten, und befahl, sie alle aufzuhängen. Dann wandte er sich wieder an seine Ratgeber, und diese sagten: »Majestät, wir wissen keinen Rat mehr. Gegen diesen Dieb ist keine List von Nutzen.« Der König dachte nach und sagte sich im stillen: Warum soll ich den Dieb noch weiter verfolgen? Es wäre besser, mit einem so klugen und flinken Mann in Frieden zu leben. Er ließ ausrufen, daß er dem Dieb vergebe und auch bereit sei, ihm seine Tochter zur Frau zu geben.

Darauf meldete sich der junge Dieb beim König und bewies ihm, daß er in der Tat der Dieb sei. Der König hielt Wort, gab ihm seine Tochter zur Frau und dazu das halbe Königreich, und man hielt eine prächtige Hochzeit.

Als der König des Nachbarlandes von der Sache hörte, schickte er ihm einen Brief voller Schmähungen und Spott, daß er nicht nur bei der Suche nach dem Dieb erfolglos gewesen sei, sondern diesem auch noch seine Tochter zur Frau gegeben habe. »Hier in meinem Königreich«, schrieb der König des Nachbarlandes, »gibt es einundvierzig Diebe, die wir bis jetzt nicht gefaßt haben, doch unterwerfen wir uns ihnen nicht.«

Der König und auch seine Tochter waren ob dieses Briefes gekränkt und beleidigt. Und der Dieb fragte seine Frau nach dem Grund, und sie erzählte ihm, was geschehen war. Da lachte er und sagte: »Ich werde in jenes Land fahren und den König selbst stehlen und ihn dazu bringen, wie ein Hund zu bellen, wie ein Esel zu schreien und wie ein Hahn zu krähen. Und all das, weil er meinen Schwiegervater gekränkt hat.«

Der König und seine Tochter gaben dem jungen Mann ihren Segen, und dieser machte sich auf die Reise, fuhr in die Hauptstadt des Nachbarlandes und mietete sich ein Zimmer neben den Gemächern des Königs. Zwischen seinem Zimmer und den Gemächern des Königs lag nur eine Wand. Der Jüngling goß Säure auf die Wand und kratzte, goß und kratzte so lange, bis nur eine dünne Schicht Mörtel verblieb. Um Mitternacht klopfte der Jüngling an die Wand. Der König erwachte und fragte: »Wer ist dort?« Und der Dieb antwortete: »Der Todesengel, und ich bin gekommen, deine Seele zu nehmen.« Der König wußte, daß er gegen den Todesengel nichts ausrichten konnte, erhob sich von seinem Lager und machte sich zum Gehen bereit. Als der Dieb hörte, daß der König sich erhob, sagte er: »Warte ein wenig. Im Himmel weiß man, daß du ein gerechter König bist, und man hat mir aufgetragen, dich lebend ins Paradies zu bringen. Doch stellt man dir eine Bedingung: Laß einen großen hölzernen Kasten in den Hof stellen und lege dich hinein und befehle deinen Untertanen im ganzen Lande, sie möchten in ihren Häusern bleiben und auch die Fenster schließen.«

Der König tat wie geheißen, und der Dieb erschien mit vier Lastträgern, und sie brachten den Kasten, in dem der König lag, auf ein Schiff, mit dem sie in das Heimatland des Diebes zurückfuhren. Dort ging der Dieb zum Königspalast, und die vier Lastträger folgten ihm mit dem Kasten. Und anwesend im Palast waren der König, seine Tochter, die Minister, Ratgeber und zahlreiche Würdenträger.

Der Dieb befahl den Trägern, den Kasten abzusetzen, und klopfte mit der Hand auf den Kasten, worauf aus dem Inneren eine Stimme ertönte: »Bin ich schon im Paradies?« Worauf der Dieb erwiderte: »Du bist es. Doch um aus dem Kasten herauszukommen und in Frieden ins Paradies einzuziehen, mußt du drei Dinge tun, um deine Seele zu läutern.« Da antwortete der König: »Ich werde mit Freuden alles tun, was du befiehlst.« Da sagte der Dieb: »Du mußt bellen wie ein Hund, schreien wie ein Esel, und krähen wie ein Hahn.« Und der König im Kasten tat wie befohlen: Er bellte laut, schrie wie ein Esel und krähte mit dünner Stimme wie ein Hahn. Er bemühte sich sehr, es immer besser zu machen, besonders als er wie ein Hahn krähte.

Als er geendet hatte, sagte der Dieb zu ihm: »Jetzt werde ich dich aus dem Kasten holen, auf daß du dich an den Genüssen des Paradieses ergötzen mögest.« Er öffnete den Kasten und holte den König des Nachbarlandes heraus. Als sein Schwiegervater, der König, und dessen Minister und Würdenträger das sahen, staunten sie sehr, und dann brachen sie in lautes Gelächter aus und wälzten sich bald vor Lachen auf dem Boden. Der König des Nachbarlandes war tief gekränkt, doch bat er um Verzeihung für den Brief, den er geschrieben hatte. Und zu dem Dieb sagte er: »Du bist der größte aller Diebe. Deinesgleichen hat es noch nie gegeben, und wenn du nicht schon verheiratet wärest, würde ich dir meine Tochter zur Frau geben.«

Er geht und reitet – er lacht und weint

Es war einmal ein Abtrünniger, der dem jüdischen Glauben abgeschworen hatte und Ratgeber des Königs geworden war. Mit List und Tücke pflegte er den Juden Böses anzutun. Eines Tages sagte er zum König: »Herr, die Juden halten sich für klüger als alle anderen Menschen. Wenn dem so ist, sollen sie dir, o Herr, einen Juden bringen, der gleichzeitig bekleidet und nackt ist, gleichzeitig reitet und zu Fuß geht und gleichzeitig weint und lacht.«

Und der König sprach: »So sei es.«

Er gab den Juden drei Tage Zeit, sein Begehren zu erfüllen, wenn nicht, müßten sie sterben. Die Juden wurden von Angst und Schrecken gepackt, erklärten eine Fastenzeit und versammelten sich in der Synagoge, um zu trauern, Psalmen zu singen und zu weinen wie am Jom Kippur. Sie verfluchten den Abtrünnigen und lasen siebenmal den Psalm 109: »Gib ihm einen Gottlosen zum Gegner, und ein Verkläger stehe zu seiner Rechten. Seine Kinder sollen Waisen werden und sein Weib eine Witwe. Seine Nachkommen sollen ausgerottet werden, ihr Name soll schon im zweiten Glied getilgt werden. Aber du, Herr, sei du mit mir um deines Namens willen; denn deine Gnade ist mein Trost: errette mich.«

Während sie noch weinten und klagten, betrat ein Fremder die Synagoge, um sein Abendgebet zu verrichten. Der Gast vernahm das laute Weinen und fragte: »Was ist dies für ein Trauertag?« Man erzählte ihm, was geschehen war, und er sagte: »Meine Brüder und Freunde, trocknet eure Tränen. Morgen gehe ich selbst zum König, bekleidet und unbekleidet, beritten und zu Fuß, lachend und weinend.«

Alle fragten ihn erstaunt: »Wie kann das sein?« Und er erwiderte: »Ihr werdet es sehen.«

Am nächsten Tag lud der König seine Minister und die Würdenträger der Stadt mit dem Abtrünnigen an der Spitze zu sich, damit sie dem Schauspiel beiwohnten. Und dann erschien der jüdische Gast. Um seinen entblößten Körper hatte er ein Fischernetz geschlungen und war auf diese Weise sowohl bekleidet als auch nackt. Er ritt auf einem großen Stock, wobei seine Füße auf dem Boden gingen. Und er lachte und roch dabei an einer Zwiebel, so daß ihm die Tränen über die Wangen liefen. Also lachte und weinte er zur gleichen Zeit.

Der König mußte so sehr lachen, daß auch ihm die Tränen kamen. Er pries den Juden für seine Klugheit und fragte ihn, welchen Wunsch er ihm erfüllen solle. Der Jude bat um Erlaubnis, dem Abtrünnigen drei Fragen stellen zu dürfen. Als der König ihm die Erlaubnis erteilte, fragte er den Abtrünnigen: »Warum ist die Hautfarbe der Neger schwarz? Warum steigt die Sonne im Osten auf? Warum ist eine Mauleselin unfruchtbar?«

Der Abtrünnige wußte keine Antwort auf diese Fragen, und der König rügte ihn scharf und überließ ihn den Juden, mit ihm zu tun, was sie wollten. Die Juden schleppten ihn auf einen hohen Berg, banden ihn an den Schweif eines wilden Pferdes und ließen das Pferd laufen.

Der Mann, der bereit war, Moses zu spielen

Es lebte einmal ein König, dessen Ratgeber ein abtrünniger Jude war, der die Juden haßte und stets bestrebt war, ihnen Böses anzutun. Eines Tages trat er vor den König und sagte zu ihm: »Wisse, Herr, daß die Juden Zauberer sind und Wunder bewirken können, und bis heute lebt unter ihnen jener Mann, der Moses heißt und der in Ägypten Wunder tat, doch halten sie ihn verborgen.«

Da befahl der König den Juden, ihren Urvater Moses innerhalb von drei Tagen zu ihm zu bringen, sonst würde er sie alle vernichten.

Die Juden verkündeten eine Fastenzeit und saßen in der Synagoge und beteten und weinten. Ein Tag verging, dann ein zweiter, und es war keine Rettung in Sicht. Als sie am Morgen des dritten Tages zur Synagoge gingen, erblickten sie einen Juden, der sich genüßlich an Speise und Trank labte, so wie ein Frevler, der nicht an Gott glaubt.

Sie fragten ihn: »Warum ißt du?« Und er fragte zurück: »Warum fastet ihr?« Und sie erwiderten: »Weil der König uns das und das auferlegt hat.« Da sagte er: »Das habe ich nicht gewußt. Doch jetzt, da ihr es mir erzählt habt, werde ich zum König gehen und mich als Moses zu erkennen geben. Wenn er mir glaubt, ist es gut, und wenn er mich töten läßt, macht es nichts aus, denn er hat ohnehin über uns alle ein Todesurteil gefällt. Und was sonst kann mir der König antun?«

Der Mann kleidete sich in schöne Gewänder, wie man sie in alten Zeiten trug, nahm einen langen Stab in die Hand, trat vor den König und sagte: »Ich bin Moses.«

Der König ließ seinen Ratgeber kommen und fragte ihn, ob der Mann die Wahrheit gesprochen hatte. Der Ratgeber lachte im Inneren, doch zum König sagte er: »Herr, prüfe ihn selbst, dann werden wir sehen, ob er die Wahrheit spricht.«

Da fragte der König den Mann: »Welches Wunder kannst du vollbringen?«

Und der Mann erwiderte: »Ich zeige meinem Herrn und König ein Wunder, das es auf der Welt noch nie gab. Man bringe mir eine Wanne voll siedendem Öl, und in diese Wanne sollt ihr euren Ratgeber werfen lassen. Wenn ich ihn heraushole, wird er nicht nur heil und gesund sein, sondern auch zwanzig Jahre jünger.«

Als der Ratgeber diese Worte hörte, stockte ihm der Atem, und seine Knie schlotterten. Er rief aus: »Mein Herr und König, es ist wahr! Es besteht kein Zweifel, dieser Mann ist unser Urvater Moses in eigener Person.«

Darauf entließ der König den Mann und erwies ihm hohe Ehre, und die Juden hielten ein Freudenfest.

Der Streit des Priesters mit dem Stadtnarren

In einer kleinen Stadt lebte einmal ein Priester, der die Juden haßte. Eines Tages ging er an der Toraschule vorbei und hörte, wie die Kinder den Vers 22 aus dem Kapitel 60 des Buchs Jesaja aufsagten: »Aus dem Kleinsten sollen Tausend werden und aus dem Geringsten ein mächtiges Volk.« Er ging hinein und bat den Rabbi, ihm die Bedeutung dieses Spruches zu erklären. Und der Rabbi sagte: »Er bedeutet, daß wir eines Tages ein großes und starkes Volk sein werden.«

Dem Priester gefiel es nicht, daß sich die Juden, ein verhaßtes und unterdrücktes Volk, derart erdreisteten, und er verleumdete sie vor dem König. Da fragte ihn der König: »Weißt du einen Rat?« Und der Priester erwiderte: »Mein Herr und König, die Juden sollen den Klügsten unter sich auswählen, um mit mir ein Streitgespräch zu führen. Wenn ich ihn dann besiege, wäre das ein Grund, sie aus deinem Lande zu verbannen und ihren Besitz einzuziehen.«

Das gefiel dem König, und er befahl, daß es so sein solle. Als die Juden davon hörten, befiel sie Angst und Schrecken, und es war keiner unter ihnen, der es gewagt hätte, im Namen der Gemeinde öffentlich zu einem Streitgespräch mit dem Priester anzutreten, um kein Unglück über sein Volk zu bringen. Sie verkündeten eine Fastenzeit, lasen Psalmen, und ihr Aufschrei stieg bis zum Himmel empor.

Zufällig kam der Stadtnarr vorbei. Er betrat die Synagoge und fragte: »Meine Brüder und Freunde, wozu das Geschrei?« Da erzählten sie ihm, was geschehen war. Er nickte mit dem Kopf, grübelte ein wenig und sagte dann: »Wenn ihr wollt, werde ich das Streitgespräch mit dem Priester führen.« Die Juden dachten sich: Zweifellos ist dieser Jude nicht ganz richtig im Kopf, doch wir sind ohnehin verloren.

Sie willigten ein und beauftragten ihn, das Streitgespräch zu führen. Der König ließ auf dem Marktplatz der Stadt ein großes Podium errichten, und um das Podium herum saßen der König, seine Minister und die höchsten Würdenträger, und hinter ihnen stand das ganze Volk, Männer, Frauen und Kinder. Dann bestiegen der Priester und der Narr das Podium, und der Priester fragte seinen Gegner: »Bist du einverstanden, in der Zeichensprache mit mir zu sprechen?« Und der Narr erwiderte: »Ich bin einverstanden.«

Darauf zog der Priester ein Ei aus der Tasche. Der Narr steckte seine Hand ebenfalls in die Tasche und zog einen Klumpen Salz hervor.

Dann streckte der Priester zwei Finger aus. Der Narr erhob die Hand und streckte einen Finger aus.

Der Priester nahm eine Handvoll Gerste und streute die Körner auf dem Boden aus. Darauf holte der Narr einen Hahn aus seinem Knappsack, der die Körner aufpickte und dann wieder in den Knappsack kroch.

Da wandte sich der Priester dem König zu und sagte: »Mein Herr und König, dieser Jude hat alle meine Fragen mit Vernunft beantwortet. Ich kann keine Klage gegen ihn erheben.«

Da sagte der König: »Erkläre uns, Priester, was du ihn gefragt hast, und was er dir geantwortet hat.«

Darauf erklärte der Priester: »Ich habe ihm ein Ei gezeigt, zum Zeichen, daß ein Jude falsch ist. Sein Äußeres ist weiß, und sein Herz ist gelb. Darauf hat er mir einen Klumpen Salz gezeigt, zum Zeichen, daß das Herz eines Juden rein ist wie das Salz. Dann habe ich zwei Finger ausgestreckt, zum Zeichen, daß die Juden zwei Gottheiten verehren. Und er streckte einen Finger aus, was bedeutet, daß es nur einen Gott im Himmel und auf Erden gibt. Schließlich streute ich Gerstenkörner auf dem Boden aus, um damit zu sagen, daß die Juden auf der ganzen Welt zerstreut sind und niemals zu einem Volk werden können. Er jedoch ließ den Hahn die Körner aufpicken, was bedeutet, ihr Messias wird die Juden aus allen Teilen der Welt herbeiholen. Ich muß gestehen, daß dieser Mann mir im Streitgespräch überlegen war.«

Das ließ der König gelten, und die Juden feierten ein Freudenfest. Doch waren sie äußerst erstaunt, daß der Stadtnarr weiser sein sollte als der Priester, und sie befragten ihn. Da antwortete er: »Ich habe kein Wort von dem verstanden, was dieser Verrückte gesagt hat. Er wollte mir ein Ei an den Kopf werfen, und ich warnte ihn, ich würde einen Salzklumpen werfen, was mehr weh tut. Dann streckte er zwei Finger aus, zum Zeichen, daß er mir zwei Zähne ausbrechen wollte. Darauf zeigte ich ihm einen Finger, um ihn zu warnen, ich würde ihm ein Auge ausreißen, was viel schlimmer ist. Schließlich begann er, die guten Gerstenkörner wegzuwerfen, doch mein Hahn hatte Hunger und fraß sie alle auf. Hättet ihr an seiner Stelle nicht das gleiche getan?«

Der Rabbi und der Graf

Im Lande Ungarn, in einer Stadt namens Lobos-Brünn, wollten die Juden sich eine Synagoge bauen. Darauf ging der Rabbi zum Grafen, zu dessen Gebiet die Stadt gehörte, und trug ihm sein Anliegen vor. Doch der Graf sagte: »Ich werde euch nicht gestatten, eine Synagoge zu bauen, denn ihr habt unseren Heiland ans Kreuz schlagen lassen.« Darauf erwiderte der Rabbi: »Das stimmt nicht, Herr Graf. So etwas haben die Juden von Lobos-Brünn nie getan. Das waren die Juden aus Fekesz.«

Verwundert sagte der Graf: »Wenn dem so ist, habe ich euch nichts vorzuwerfen und erteile euch hiermit Erlaubnis zum Bau eurer Synagoge.«

Nach einiger Zeit kam der Rabbi wiederum zum Grafen und bat, den jüdischen Friedhof einzäunen zu dürfen. Doch der Graf sagte: »Dafür sehe ich keinen Grund. Oder glaubt ihr, die Toten werden sich aus ihren Gräbern erheben und davonlaufen?« Und der Rabbi erwiderte: »Das nicht, Herr Graf, aber die Schweine weiden auf den Gräbern und schänden das Andenken unserer Toten.«

Wieder willigte der Graf ein, doch nach einiger Zeit kam der Rabbi nochmals zu ihm und sagte: »Herr Graf, ich habe noch ein Anliegen. Gestattet mir, am Tor des Friedhofes eine Tafel aufzuhängen, ähnlich wie bei den Christen, mit der Aufschrift: Am Jüngsten Tag werden wir auferstehen.«

Da sagte der Graf: »So etwas wird es bei mir nicht geben. Müssen wir denn eure Anwesenheit auch noch nach dem Tag der Auferstehung ertragen?«

Da zog der Rabbi eine Bibel aus der Tasche und zeigte dem Grafen, was im Buch Hiob, Kapitel 3, Vers 19, geschrieben steht: »Da sind klein und groß gleich, und der Knecht ist frei von seinem Herrn.« Der Heiligen Schrift konnte sich der Graf nicht verschließen, und er erteilte den Juden die Erlaubnis, die gewünschte Tafel aufzuhängen. Und bis zum heutigen Tage hängt diese Tafel am Tor des jüdischen Friedhofs in Lobos-Brünn.

Der Fuhrmann und sein Unglück

In einer Kleinstadt lebte einmal ein Fuhrmann, der einen Wagen und ein Pferd besaß, mit dem er Lasten von einem Ort zum anderen brachte, und auf diese Weise ernährte er seine Familie schlecht und recht. Und obgleich er vom Morgengrauen bis in die Nacht schwer arbeitete, lebte er in Armut, denn er hatte kein Glück.

Eines Tages spielte ihm das Unglück besonders übel mit, und sein Pferd starb, so daß er seinen Lebensunterhalt verlor. Doch die Juden der Stadt hatten Mitleid mit ihm, sammelten eine Summe Geldes und kauften ihm ein neues Pferd. Hocherfreut nahm der Fuhrmann sein neues Pferd beim Zaum und führte es in den Stall.

Als er in den Stall trat, erblickte er eine kleine nackte Gestalt, die freudig auf dem Stroh herumtanzte und in die Hände klatschte. Erschrocken fragte der Fuhrmann: »Herr, wer bist du und was tust du hier?«

Worauf das Geschöpf ihm erwiderte: »Erschrick nicht, mein Freund, denn wir sind alte Bekannte. Ich bin dein Unglück, und der Tanz, den ich hier aufführe, ist ein Freudentanz.«

»Und was ist der Anlaß zu dieser Freude?« fragte der Fuhrmann.

Darauf erwiderte der Kleine: »Wir haben wieder Pferd und Wagen, und ich brauche dir nicht mehr zu Fuß nachzulaufen.«

Der Eierhändler, der reich werden wollte

Es war einmal ein Mann, der sich davon ernährte, daß er bei den Arabern in der Umgebung der Stadt Eier einkaufte, sie auf den Markt brachte und sie dort mit einigem Gewinn verkaufte.

Eines Tages ging er wieder mit einem schweren Korb voller Eier auf dem Kopf in die Stadt und machte sich Gedanken: Wie lange soll ich noch dieses Geschäft betreiben, das sehr ermüdend ist und wenig einbringt? Es wäre doch besser, wenn ich die tausend Eier in meinem Korb nach Hause brächte und sie ausbrüten ließe. Aus jedem Ei würde ein Küken schlüpfen, und nach zehn Tagen hätte ich tausend Küken. Die Küken würden heranwachsen und jeden Tag tausend Eier legen, und aus jedem Ei würde wieder ein Küken schlüpfen, und ich würde Tausende von Hennen auf Tausenden von Eiern brüten lassen und nach kurzer Zeit zweihunderttausend Hühner haben. Diese würde ich für einen Dinar pro Stück verkaufen und besäße dann zweihunderttausend Dinare. Dann würde ich eine große Menge Wolle kaufen und sie nach England schicken, wo sie mir einen Gewinn von fünfzig Prozent einbrächte. Für dieses Geld würde ich in England Waren einkaufen, sie herbringen und hier nochmals mit einem Gewinn von fünfzig Prozent verkaufen. Ich würde kaufen und verkaufen und nach drei Jahren etwa fünfhunderttausend Goldpfunde eingenommen haben. Von diesem Geld würde ich den großen Palast in unserer Stadt kaufen, der von Gärten und Orangenhainen umgeben ist, und außerdem eine Reihe von Gewölben, die ich weitervermieten kann. Bald wäre ich ein zweiter Rothschild, und die Reichen dieser Stadt könnten sich mit mir nicht vergleichen. Wegen meines Reichtums würde man mich zum Vorsteher der Gemeinde wählen, und am Geburtstag des Königs würde ich ihm an der Spitze der jüdischen Würdenträger unserer Stadt Glückwünsche überbringen.

Als er soweit gekommen war, begann er darüber nachzudenken, wie er sich vor dem König verneigen würde. Dabei krümmte er den Rücken, wobei ihm der Korb vom Kopf fiel und sämtliche Eier zerbrachen.

Moses und die Affenfrau

In einem fernen Land lebten einst zwischen den Sanddünen ein Vater und eine Mutter mit ihrem Sohn, die unter einem unglücklichen Stern geboren waren. Sie waren nackt wie am Tage ihrer Geburt und bedeckten die untere Hälfte ihres Körpers mit Sand. Eines Tages kam dort ein alter Mann vorüber, sah sie in ihrem erbärmlichen Zustand und sagte: »Morgen wird der Prophet Moses zu euch kommen. Bittet ihn, er möge für euch beten, und vielleicht lacht euch wieder das Glück.«

Am nächsten Tag kam unser Urvater Moses dort vorüber. Die drei flehten ihn an, er möge für sie beten. Da sprach Moses: »Ihr seid ohne Glück geboren, und das ist nicht zu ändern.« Doch baten sie ihn immer wieder, ihnen nach Möglichkeit zu helfen, und er sah ihr Elend und sagte: »Wisset, daß sich hier in der Nähe eine Quelle befindet. Gehet zur Quelle und badet euch darin vor Sonnenaufgang. Doch dürft ihr nicht gemeinsam baden, sondern einzeln, jeder von euch an einem anderen Tag. Nachdem ihr gebadet habt, darf jeder von euch einen Wunsch aussprechen, und dieser wird euch gewährt.« So sprach Moses und ging seines Weges.

Am nächsten Tag gingen sie zur Quelle und stritten sich, wer von ihnen als erster baden solle. Die Frau siegte und stieg als erste ins Wasser. Sie äußerte den Wunsch, so schön zu sein wie eine Schönheitskönigin. Der Wunsch wurde ihr gewährt, und sie entstieg der Quelle als schöne Frau. Zur gleichen Zeit kam dort ein Wesir in seiner Kutsche vorbeigefahren, packte die Frau und nahm sie mit sich in seinen Palast. Und die Frau freute sich über ihre Schönheit und war stolz, in einem Palast zu wohnen.

Am nächsten Tag gingen Vater und Sohn frühzeitig zur Quelle. Der Vater stieg ins Wasser und wünschte sich, seine Frau möge sich in einen Affen mit einem langen Schwanz verwandeln. Und sein Wunsch ging in Erfüllung. Als der Wesir am Morgen erwachte, sah er einen Affen mit einem langen Schwanz neben sich liegen. Sein Zorn entbrannte, und er vertrieb den Affen aus seinem Palast, und die arme Frau lief zurück zu ihrem Mann und ihrem Sohn. Zu dritt saßen sie im Sand und warteten auf den nächsten Tag.

Als der dritte Tag anbrach, stieg der Sohn ins Wasser. Er wünschte sich, seine Mutter möge wieder ihre frühere Form annehmen. Der Wunsch ging in Erfüllung, und die Mutter war wieder wie zuvor.

Der stotternde Tote

Eines Tages fanden Spaziergänger einen Toten auf dem Acker und wußten nicht, wer er war und wer ihn umgebracht hatte. Sie brachten den Leichnam in die Stadt zum Begräbnis. Plötzlich erschien eine Frau und begann zu schreien und zu weinen: »Mein Mann, mein Mann!« Da sagten die anderen zu ihr: »Warum schreist du so? Vielleicht ist es gar nicht dein Mann. Wenn du uns ein Erkennungszeichen gibst, können wir nachsehen, ob es dein Mann ist oder nicht.«

Da sagte die Frau: »Es gibt ein untrügliches Zeichen, an dem man erkennen kann, ob es mein Mann ist. Mein Mann stottert.«

Alle lachten laut über diese dumme Frau. Unter den Umstehenden befand sich ein Mann, der als Trottel bekannt war, und der lachte lauter als alle anderen. Alle, die ihn kannten, wunderten sich sehr über sein Gelächter, weil sie wußten, daß er nicht imstande war zu begreifen, warum die anderen lachten. Als man ihn fragte, erwiderte er: »Ist es nicht ein Grund zum Lachen, wenn die Frau solchen Unsinn redet?«

Da sagten sie zu ihm: »Erkläre uns doch, warum es Unsinn ist. Wir haben die Frau um ein Erkennungszeichen gebeten, und sie hat uns eines genannt.«

Darauf erwiderte er: »Das ist doch kein Erkennungszeichen. Ist ihr Mann denn der einzige Stotterer auf der Welt?«

Die kleinen Schuhmacher

Es war einmal ein armer Schuhmacher, der sich und seine Frau davon ernährte, daß er Schuhe anfertigte. Er pflegte ein Stück Leder zu kaufen und davon ein Paar Schuhe anzufertigen, das er dann verkaufte. Von einem Teil des Gewinns kaufte er ein neues Stück Leder, nachdem er ein wenig Geld für seinen Lebensunterhalt beiseite gelegt hatte, und nähte noch ein Paar Schuhe, und das tat er alle Tage. Eines Abends hatte er wieder ein Stück Leder zugeschnitten, legte es sich für den nächsten Tag zurecht und ging schlafen. Als er am nächsten Morgen an die Arbeit gehen wollte, fand er statt des Leders ein besonders schön gearbeitetes Paar Schuhe, fertig zum Verkauf. Er verkaufte die Schuhe, legte sich am Abend ein neues Stück Leder zurecht und fand am Morgen wieder ein Paar makellos verarbeitete Schuhe vor. Das wiederholte sich jeden Tag von neuem. Mit der Zeit begann er, zwei oder drei Stücke Schuhleder zurechtzulegen und fand dann am Morgen zwei oder drei Paar fertige Schuhe. Auf diese Weise begann es ihm besser zu gehen, und er brachte es zu einem gewissen Wohlstand.

Eines Tages beschloß er, der Sache auf den Grund zu gehen, legte wie immer das Leder zurecht, ging jedoch nicht schlafen, sondern versteckte sich mit seiner Frau unter dem Bett. Um Mitternacht erblickten sie aus ihrem Versteck vier kleine Männchen in zerlumpter und zerrissener Kleidung, die sich über das Leder hermachten und flink und geschickt zu arbeiten begannen. Sie ließen nicht ab, bis vier Paar Schuhe fertiggestellt waren, und verließen das Haus noch vor Anbruch der Dämmerung.

Der Schuhmacher und seine Frau waren höchst erstaunt. Da sagte die Frau: »Mein Mann, hast du gesehen, wie zerlumpt ihre Kleider und wie zerrissen ihre Schuhe sind? Und nur ihnen haben wir unseren Wohlstand zu verdanken. Wäre es nicht recht und billig, es ihnen dadurch zu vergelten, daß wir jedem von ihnen einen neuen Anzug und ein Paar Schuhe schenken?« Ihr Mann war einverstanden und fertigte für jedes der kleinen Männchen ein Paar winzige Schuhe an, während die Frau vier winzige Anzüge nähte. Am Abend legten sie alles auf den

Tisch und versteckten sich wieder unter dem Bett, um zu sehen, was sich ereignen würde.

Um Mitternacht kamen die kleinen Männchen, und ihre Freude war groß, als sie die Geschenke fanden. Sie bekleideten sich mit den neuen Anzügen und den neuen Schuhen und führten auf dem Tisch einen Freudentanz auf, klatschten in die Hände und sangen:

Wir sind gekleidet reich und fein
und brauchen nicht mehr Schuster sein!«

Sie tanzten erst auf dem Tisch, dann auf den Bänken, danach auf dem Fußboden und schließlich zum Fenster hinaus. Und sie kamen nie wieder.

Die Mäuse, die Eisen frassen

Die Marokkaner haben ein Sprichwort: »Die Mäuse haben das Eisen aufgefressen.« Und woher stammt dieses Sprichwort? Von einer wahren Begebenheit. Vor sehr langer Zeit lebte einmal ein reicher Mann. Je mehr sein Reichtum anwuchs, um so mildtätiger wurde er – nicht wie so viele andere Reiche, die mit anwachsendem Reichtum immer hartherziger werden. Er half allen Menschen und besonders den Armen, doch dabei dachte er stets an eines: Wenn ich mein Geld ohne Berechnung unter die Armen verteile, wird man mich für verrückt halten. Was tat er? Er kaufte verschiedene Waren, die für Menschen von Nutzen sind, und verkaufte sie den Armen zum halben Preis, und auf diese Weise erfreute er die Menschen.

Als die anderen Reichen der Stadt sahen, daß die Kunden nichts mehr bei ihnen kauften, sondern bei jenem Mann, packte sie der Neid. Da ersannen sie eine List: Sie legten all ihr Geld zusammen und boten jenem Reichen eine Teilhaberschaft an. Er nahm das Geld und kaufte wie gewöhnlich Waren ein, die er zum halben Preis weiterverkaufte, so daß seine Teilhaber keinen Gewinn hatten. Zu Anfang hatten sie geglaubt, er habe eine billige Einkaufsquelle, doch jetzt mußten sie erfahren, daß sie sich geirrt hatten. Da ersannen sie eine neue List: Sie gingen zu ihm und sagten: »Lieber Freund, all jene Waren, die du den Armen verkaufst, bringen ihnen wenig Nutzen. Wir raten dir, Eisen zu kaufen.« Er willigte ein, kaufte große Mengen von Eisen und wollte es wie gewöhnlich zum halben Preis verkaufen. Da sagten die anderen Kaufleute zu ihm: »Mach langsam. Was sollen die Armen mit dem Eisen anfangen? Wir sollten Handwerker anheuern, die von dem Eisen verschiedene Geräte anfertigen: Pflüge und Hämmer und Messer und Löffel und Gabeln und Nägel und ähnliches, das Nutzen bringt.« Auch damit war er einverstanden.

Das Eisen war schon lange Zeit auf Höfen und Ackern herumgelegen, und man fürchtete, es würde Rost ansetzen. Da sagten die Kaufleute: »Laßt uns den König um Erlaubnis bitten, das Eisen in seinen Kellern lagern zu dürfen, denn nur dort ist genügend Platz.« Sie gingen und sprachen mit dem König, doch in Wirklichkeit war es ihre Absicht, das Eisen heimlich zu verkaufen und den Gewinn mit dem König zu teilen. Und der König, der sehr habgierig war, stimmte diesem Plan zu.

Eines Tages kam der Reiche zum König und wollte sein Eisen sehen. Doch als man die Keller öffnete, waren sie leer. Da fragte der Reiche: »Wo ist das Eisen?« Und der König erwiderte: »Offenbar haben die Mäuse es aufgefressen.« Darauf fragte der Reiche: »Seit wann fressen Mäuse Eisen?« Worauf der König antwortete: »Das ist eine alte Plage. Unter den Kellern meines Palastes haust eine besondere Art von Mäusen, die Eisen fressen.«

Da sagte sich der Reiche im stillen: Es wäre unhöflich, dem König zu beweisen, daß er lügt. Was tat er? Er sagte zum König: »Herr, erteile mir die Erlaubnis, diese Mäuse zu jagen, denn ich habe ein besonderes Mittel.« Der König lachte innerlich ob der Leichtgläubigkeit dieses Mannes und erteilte ihm die Erlaubnis. Der Reiche heuerte tausend Arbeiter an, gab ihnen Hacken und Schaufeln und führte sie zum Palast. Dort sagte er zu dem verwunderten König: »Ich habe deine Erlaubnis, Mäuse zu jagen. Darum habe ich diese Arbeiter gebracht, die unter dem Palast graben und die Mäuse vernichten werden, und davon wirst auch du großen Nutzen haben.«

Den König befiel große Angst, der Palast würde bei den Grabungen zusammenbrechen, die Wände würden einstürzen und nicht ein Stein auf dem anderen bleiben. Er sah, daß er den kürzeren gezogen hatte, und begann, mit dem Reichen zu verhandeln. Der Reiche war einverstanden, auf die Erlaubnis zum Graben zu verzichten, und verlangte dafür eine Summe, die dem doppelten Wert des Eisens gleichkam. Die Hälfte des Geldes verteilte er unter die Armen, und von der anderen Hälfte kaufte er wie früher verschiedene Waren, die er zum halben Preis weiter verkaufte, wodurch er die Menschen glücklich machte.

Der Imam ohne Bart

Es war einmal ein Imam, der die Juden verfolgte und sie bei seinen Predigten in der Moschee beschimpfte und verspottete, obgleich doch Ismael und Isaak einen gemeinsamen Vater hatten. Da sagten sich die Juden: »Was sollen wir tun, da er doch gegen uns hetzt und uns Kummer und Schaden zufügt?« Unter ihnen befand sich ein schlauer Mann, der sagte: »Meine Brüder und Söhne meines Volkes, ich habe eine List erdacht, um ihm in gleicher Weise zu schaden, wie er es mit uns tut.«

Was tat er? Er stellte sich vor den Eingang der Moschee, und als der Imam nach dem Gebet und der Predigt mit seinen Schülern und Anhängern herauskam, sprach er zu ihm: »Herr, in der Nacht ist mir der Prophet Mohammed im Traum erschienen und hat mir gesagt, es gebe im ganzen Land keinen so heiligen und gerechten Mann wie dich, und wer auch nur ein Haar von deinem Bart ergattern könne, dem sei der Eintritt ins Paradies gewiß. Darum flehe ich dich an, heiliger Imam, schenke mir in deiner Güte ein einziges Haar von deinem Barte.«

Diese Worte erschienen dem Imam süß wie Honig, und er zupfte sich ein Haar aus dem Bart und schenkte es dem Bittsteller. Der Jude nahm das Haar, machte sich auf den Weg und küßte das Haar innig, wann immer ihm jemand begegnete.

Die Schüler und Anhänger des Iman hörten davon und baten ihn: »O Herr und Lehrer, heiliger Imam, gib auch uns ein Haar von deinem Barte, auf daß wir im Paradies zu deinen Füßen sitzen.«

Der Imam zupfte sich ein Barthaar nach dem anderen aus, gab diesem eines und jenem eines, bis er vierzig oder fünfzig Barthaare verschenkt hatte. Bald verbreitete sich die Kunde in der ganzen Straße, danach im ganzen Viertel, im ganzen Bezirk und in der ganzen Stadt, und von überall strömten die Gläubigen herbei, um nur ein einziges Haar zu erbitten, und der Imam konnte es ihnen nicht verweigern, denn wie konnte er einem Moslem den Eintritt ins Paradies verwehren. Und auf dem ganzen Weg rupfte er sich die Barthaare aus, bis er nach Hause kam und sich unter großen Schmerzen aufs Bett warf.

Benjamin Cascoda, Fänger der Diebe

In der Stadt Teheran lebte einst ein Jude namens Benjamin Cascoda, ein kluger Mann, der es verstand, die schwierigsten Fragen zu lösen, Geheimnisse zu enthüllen und Diebe zu fangen. Eines Tages brach ein Dieb in die Schatzkammer des Sultans ein und stahl dort viel Geld und zahlreiche Wertsachen. Die Polizei zog aus, den Dieb zu suchen, und suchte viele Tage lang, ohne ihn zu finden. Da sagte der Sultan: »Wir müssen Benjamin Cascoda kommen lassen und seine Hilfe erbitten.« Und er kam.

Benjamin Cascoda verneigte sich vor dem Sultan und sagte: »Herr, man bringe mir alle bekannten Diebe, und unter ihnen werde ich den richtigen herausfinden.«

Auf Befehl des Sultans griff die Polizei alle bekannten Diebe in der Stadt auf, brachte sie in den Hof des Palastes und stellte sie dort in einer Reihe auf. Benjamin Cascoda schritt die Reihe ab und blickte jedem von ihnen in die Augen. Als er beim letzten angekommen war, sagte er: »Jetzt weiß ich schon, wer der Dieb ist. Ihr anderen dürft in Frieden nach Hause gehen.«

Darauf wandten sich die Diebe zum Gehen. Kaum waren sie einige Schritte gegangen, da rief Benjamin Cascoda zornig: »O du, unnützer Dieb! Willst du denn auch in Frieden nach Hause gehen?«

Der Betreffende erschrak und wandte sich um. Darauf befahl Benjamin Cascoda den Polizisten: »Packt diesen Mann, denn er ist der Dieb.«

DER MANN, DER ZUM ESSEN KAM

Man erzählt sich von einem Juden, der bei einem Verwandten im Dorf zum Essen geladen war. Dort setzte er sich zu Tisch, und man setzte ihm ein gebratenes Hähnchen vor und gebackene Kartoffeln und gekochte Mohrrüben und Sauerkraut und verschiedene Gemüse und zum Nachtisch Pastete und Kirschkuchen, und zum Trinken gab es Apfelsaft und Wein und heißen Tee. Der Mann sprach den Segensspruch über die Speisen und segnete auch die Hausfrau für ihre Mühe. Danach ging er schlafen.

In der Nacht, als er zu Bett gegangen war, sagte er sich: Warum sollte ich aus diesem Paradies so schnell wieder heimkehren in die Stadt? Die Luft ist gut, die Gegend ist schön und das Essen köstlich. Ich werde noch ein wenig bleiben.

Er verweilte noch einen Tag und dann noch einen und auch einen dritten und vierten, und jeden Tag schlachtete man für ihn ein Huhn oder ein Hähnchen, sein Bauch wurde immer runder und seine Wangen rot. Es vergingen zwei Wochen und auch drei, und die Hausfrau begann sich bei ihrem Mann zu beklagen und sagte: »Mein Mann, wie lange wird dein Verwandter uns noch zur Last fallen? Wir haben schon bald keine Hühner mehr und auch keine Eier.« Doch der Bauer erwiderte: »Frau, was soll ich denn tun? Es ist mein Verwandter, und es wäre unhöflich, ihn zur Abfahrt zu drängen. Gott erbarme sich unser.«

Als der Gast nach einem Monat noch immer keine Anstalten machte, abzureisen, sagte der Bauer zu ihm: »Teurer Verwandter, du warst uns ein gerngesehener Gast, und wir haben dich mit Freuden unter unserem Dach aufgenommen, aber in unserem Hühnerstall ist nicht ein einziges Hähnchen verblieben.«

Als der Gast das hörte, dachte er sich im stillen: Wozu soll ich hierbleiben, wenn keine Hühner mehr da sind? Und er sagte zu seinem Gastgeber: »Teurer Verwandter, morgen werde ich mit Gottes Hilfe abreisen.«

Schon im Morgengrauen am nächsten Tag klopfte der Bauer an die Tür seines Gastes und rief: »Teurer Verwandter, erwache, denn der Hahn hat schon gekräht!«

Der Gast schlug die Augen auf und rief freudig aus: »Was höre ich? Ist euch noch ein Hahn geblieben? Wenn dem so ist, mein teurer Verwandter, bleibe ich noch.«

Der Kaftan von Mullah Abraham

In einer Stadt in Persien lebte einmal ein frommer Jude namens Abraham, und obgleich er nicht dem Rabbinat angehörte, nannten ihn alle Leute Mullah Abraham, weil er ein so frommer und gelehrter Mann war und das gesamte Buch der Psalmen auswendig hersagen konnte. Doch war er ein armer und bedürftiger Mann, dem es an allem fehlte. Wann immer er zu einem Festmahl geladen war, sei es zu einer Hochzeit oder einer Beschneidungsfeier, pflegte er ein wenig von den Speisen in seinen Knappsack zu tun, um es seiner Frau und seinen hungrigen Kindern zu bringen, und die Gastgeber ließen ihn gewähren.

Doch pflegten sie ihn auf den bescheidensten Platz an der Tafel zu setzen, und wenn er einmal auf einem besseren Platz saß und weitere Gäste, wie reiche Kaufleute und angesehene Bürger, hinzukamen, schoben ihn die Gastgeber von einem Platz zum nächsten bis zu einem Schemel neben der Tür. Und die Bediensteten pflegten die Speisen zu-

nächst am Kopfende der Tafel auszuteilen, und wenn sie zu ihm kamen, verblieben auf ihren Platten und Schüsseln nur noch Speisereste und Krumen.

Das bekümmerte ihn, und er sagte sich: Warum muß ich wie ein Bettler an der Tür sitzen, während an der Spitze der Tafel jene Platz nehmen, die nicht einmal einen einzigen Vers der Heiligen Schrift fehlerlos lesen können, deren Gespräch ohne Inhalt ist und die unsere Gesetze nicht einhalten? Nur wegen ihrer schönen Kleider?

Eines Tages beschloß einer der Reichen, in die Heilige Stadt Jerusalem zu ziehen, um dort seinen Lebensabend zu verbringen. Er verkaufte sein Haus und seinen Besitz an die Meistbietenden, und danach verblieb ihm nur ein seidener Kaftan, den er von seinem Vater geerbt hatte. Diesen wollte er nicht für Geld veräußern, und er rief Mullah Abraham zu sich und sagte zu ihm: »Mullah Abraham, du bist ein guter und frommer Mann, und unsere Väter waren Freunde, darum will ich dir diesen Kaftan zum Geschenk machen, als Andenken von mir.«

Mullah Abraham nahm den kostbaren Seidenkaftan und ging nach Hause. Am nächsten Tag war er zu einem Festmahl im Hause eines der Reichen geladen. Er kleidete sich in den seidenen Kaftan, und als er eintrat, nahmen die Gastgeber ihn bei der Hand, führten ihn an den Ehrenplatz an der Spitze der Tafel und bewirteten ihn mit den feinsten Speisen. Mullah Abraham nahm sich von jeder Speise ein wenig und steckte es ein, bis die Taschen seines Kaftans prall gefüllt waren mit

Fleisch und Fisch und Reis und Bohnen und anderen guten Speisen. Die Anwesenden wunderten sich sehr, als sie sahen, wie er seine Taschen füllte, und darauf erhob Mullah Abraham seine schöne Stimme und sprach diese Verse:

»Iß, mein Kaftan, und sättige dich,
Iß von jedem Teller und jeder Schüssel.
Denn ich bin dein Knecht und du bist mein Herr,
Dir gebührt alle Ehre, und nicht mir.«

Die Hörner des Königs

Es lebte einmal vor langer Zeit ein böser König namens Salkarnai, dem auf der Stirn ein Horn gewachsen war. Er schämte sich dessen sehr und wollte es vor den Menschen verbergen. Er beriet sich mit den Weisen, und sie rieten ihm, sich einen hohen Turban aufzusetzen. Das tat er, doch die Weisen ließ er erschlagen, um sein Geheimnis zu hüten.

Nun mußte er sich von Zeit zu Zeit die Haare scheren lassen. Dazu ließ er einen Barbier in den Palast kommen, und wenn dieser seine Arbeit beendet hatte, ließ König Salkarnai ihn ebenfalls erschlagen, auf daß er keinem erzähle, was er gesehen hatte. Auf diese Weise brachte er einen Barbier nach dem anderen um, und ihre Zahl verminderte sich immer mehr, bis im ganzen Land nur noch ein einziger Barbier übrig war. Dieser wußte, was ihn erwartete, und ging nicht mehr aus dem Hause.

Lange Zeit verging, und der Barbier konnte nicht länger zu Hause bleiben, weil seine Frau und seine Kinder hungerten. Als er sah, daß er keine andere Wahl hatte, nahm er Abschied von seiner Frau und seinen Kindern, ging zum Palast und trat mit seinen Messern und Scheren in der Hand vor den König. Er führte seine Arbeit aus und wähnte sich bereits dem Tode geweiht, doch der König dachte im stillen: Was soll ich tun? Wenn ich auch diesen Barbier töten lasse, den letzten im Lande,

wer wird mich dann scheren? Und weil ich es schon gewohnt bin, Menschen umzubringen, werde ich auch solche töten, die keine Barbiere sind, und das wird kein Ende nehmen. Und er sprach zu dem Barbier: »Wenn du mir zusagst, mein Geheimnis zu hüten, schenke ich dir dein Leben.« Darauf erwiderte der Barbier: »Mein Herr und König, möget Ihr ewig leben. Ich verspreche Euch, Euer Geheimnis streng zu hüten.«

Der König ließ ihn gehen, und von Zeit zu Zeit kam der Barbier in den Palast, verrichtete seine Arbeit und offenbarte keinem das Geheimnis. Doch es war ein furchtbares Geheimnis und lastete auf seiner Seele, und davon erkrankte er und wurde bleich und hager. Doch das Geheimnis durfte er keinem offenbaren, und er wußte sich keinen Rat. Der Barbier hatte einen Freund, der bekümmert zusehen mußte, wie es ihm immer schlechter ging, und der fragte ihn schließlich nach dem Grund. Da sagte der Barbier: »In meinem Herzen ist ein Geheimnis verborgen, das ich keinem Menschen offenbaren darf, und das bedrückt mich.« Da riet ihm sein Freund: »Gehe hinaus vor die Stadt an einen einsamen Ort, wo niemals ein Mensch hinkommt, und schreie dort dein Geheimnis in die Winde.« Der Barbier nahm seinen Rat an und ging im Morgengrauen aus der Stadt hinaus bis in ein einsames Tal, wo er stehenblieb und schrie: »Der König Salkarnai hat Hörner auf dem Kopf! Der König Salkarnai hat Hörner auf dem Kopf!« So rief er einmal und zweimal und dreimal, wandte sich um und ging fröhlich und guter Dinge nach Hause.

Doch an jener Stelle wuchs Schilfrohr, und das Schilfrohr hielt den Ton seiner Stimme fest. Am selben Tag kamen Kinder ins Tal, um von dem Schilfrohr Flöten zu fertigen. Als die Kinder hineinbliesen, ertönte eine seltsame Weise und eine Stimme, die ausrief: »Der König Salkarnai hat Hörner auf dem Kopf! Der König Salkarnai hat Hörner auf dem Kopf!« Darauf zogen die Kinder durch die Straßen der Stadt, bliesen auf ihren Flöten, und in der ganzen Stadt war die Stimme zu hören: »Der König Salkarnai hat Hörner auf dem Kopf! Der König Salkarnai hat Hörner auf dem Kopf!« Die Nachricht davon erreichte den König, der vor Wut außer sich geriet. Er ließ den Barbier rufen und sagte: »Hast du mir nicht versprochen, keinem Menschen mein Geheimnis zu offenbaren? Und jetzt verkündet man es mit Musik in der ganzen Stadt!« Darauf warf sich der Barbier vor dem König zu Boden und sagte: »Mein Herr und König, Awal persesch, dvom koschesch«, was in der afghanischen Sprache bedeutet: »Zuerst hören und dann töten.«

Da sprach der König: »So sei es. Sage, was du zu sagen hast.« Darauf erzählte ihm der Barbier die ganze Geschichte. Der König schickte seine Polizei, um Nachforschungen anzustellen. Sie berichteten dem König, der Barbier habe die Wahrheit gesprochen. Der König sah ein, daß man ein Geheimnis nicht ewig hüten kann. Er nahm seinen Turban ab, zeigte dem Volk, daß er nur ein einziges Horn auf dem Kopf hatte, und sagte: »Wenn alle schon davon singen, sollen sie wenigstens die Wahrheit singen.«

Der Händler und die Lügnerin

In alten Zeiten war es die Gewohnheit der Könige, hin und wieder bürgerliche Kleidung anzulegen und sich unerkannt unter das Volk zu mischen. Es geschah einmal, daß der König von Marrakesch und sein oberster Minister zerlumpte und zerrissene Kleider anlegten und sich bei Anbruch der Dunkelheit auf den Markt begaben, um bei den Moslems Almosen zu erbitten. Keiner gab ihnen ein Almosen, bis auf einen Juden, der mit alten Kleidern, Schuhen und Flaschen handelte. Er schenkte ihnen eine Münze, und sie dankten ihm und gingen ihrer Wege.

Der Jude ging weiter und hörte, wie eine Araberin ihm zurief: »He, Jude, komm herein zu mir. Ich habe Flaschen zu verkaufen.« Er trat zu ihr ins Haus, doch hatte sie keine Flaschen und wollte ihn nur zu einer unsittlichen Tat verführen. Da sagte er: »Meine Dame, das verbietet uns die Tora.« Dann lief er aus dem Haus.

Die Frau fühlte sich beleidigt, trat aus der Tür und begann zu schreien: »Ihr Moslems, dieser Jude wollte mit mir anbändeln, weh ist mir!« Darauf fielen sie über den Juden her, schlugen ihn und fesselten ihn mit Stricken und schleppten ihn vor den König, auf daß er ihn richte.

Der König erkannte in ihm den einzigen Menschen, der ihn bemitleidet und ihm ein Almosen gegeben hatte, und sagte zu der Frau: »Frau, hast du glaubwürdige Zeugen?«

Und die Frau erwiderte: »Mein Herr und König, alle, die hier versammelt sind, standen vor meinem Hause und sind glaubwürdige Zeugen, wie es ihresgleichen nicht gibt.«

Darauf sagte der König: »Das sehe ich. Doch sagt mir, ihr guten Leute, ist es wahr, daß meine Augen ein Wunder erblicken? Ich sehe eine schwerbeladene Kamelkarawane am Himmel.«

Die Umstehenden blickten zum Himmel auf und sagten: »Möge unser Herr und König ewig leben. Wir sehen in der Tat Kamele am Himmel.«

Und der König sagte: »Das ist richtig. Und was hast du zu sagen, Jude?«

Der Jude erhob die Augen zum Himmel und sagte: »Mein Herr und König, ich glaube dir alles, was du sagst, doch kann dein ergebener Knecht keine Kamele erkennen.«

Da wandte sich der König wieder an die Umstehenden und sagte: »Ihr glaubwürdigen Zeugen, ich sehe am hellen Tage die Sterne funkeln. Erhebt euren Blick und sagt mir, ob ihr sie auch sehen könnt.«

Sie blickten zum Himmel auf und sagten: »Möge unser Herr und König ewig leben! Der Himmel ist voller Sterne.«

Da wandte sich der König wieder an den Juden und fragte ihn: »Jude, was siehst du?«

Der Jude starrte lange auf den Himmel und sagte dann: »Mein Herr und König, ich glaube dir, doch kann ich die Sterne nicht sehen.«

Da zog der König die Münze, die ihm der Jude gegeben hatte, aus der Tasche und fragte ihn: »Erkennst du diese Münze?«

Und der Jude erwiderte: »Ich erkenne sie. Sie hat mir gehört, und ich habe sie an zwei Bettler verschenkt.«

Da sagte der König: »Du hast die Wahrheit gesprochen, und ich glaube dir, was du sagst.« Er befahl, den Juden freizulassen, und gab ihm ein reichliches Geldgeschenk. Die Frau und ihre falschen Zeugen ließ er schwer und schmerzhaft bestrafen.

Der Knabe, der an den Tod verkauft wurde

Vor langer Zeit lebte einmal ein König, der die Grenzen seines Landes erweitert und seinen Untertanen Wohlstand gebracht hatte und der sich jetzt eine große und prächtige Hauptstadt erbauen wollte. Er beriet sich mit seinen Wesiren und seinen Baumeistern und mit Männern der Wissenschaft und mit Handwerkern, und schließlich einigten sich alle auf eine Stelle, wo der Boden flach und eben war und wo ein kühler Wind wehte, nicht weit von Wasserquellen, und man beschloß, dort die Hauptstadt zu bauen. Der König befahl, Baumeister und Steinmetze und Lastträger kommen zu lassen und mit der Arbeit zu beginnen. Doch da erschien der Sterndeuter des Königs und sagte zu ihm: »Mein Herr und König, wisse, daß dieser Ort von Teufeln und bösen Geistern besessen ist und daß ein Fluch auf ihm lastet. Wenn du hier Häuser bauen läßt, wird ein Erdbeben sie zerstören, und die Einwohner werden den Tod finden.«

Das bekümmerte den König, der gern an diesem Ort seine Hauptstadt erbaut hätte, und er fragte den Sterndeuter, ob er keinen Rat wisse. Und der Sterndeuter erwiderte: »Ich weiß nur einen Rat: Du mußt einen Knaben opfern, den einzigen Sohn seiner Eltern, und sein Blut auf dem Grundstein der Stadt ausgießen.«

Der König schickte sogleich Boten aus, die im ganzen Land verkündeten: »Wer seinen einzigen Sohn dem König zum Opfern übergibt, wird mit einer großen Geldsumme belohnt.« Doch es fand sich im ganzen Land keiner, der seinen Sohn für Geld geopfert hätte. Doch eines Tages erschien eine Frau mit einem Knaben an der Hand vor dem Königspalast. Die Wächter fragten sie nach ihrem Begehren, und sie erwiderte: »Ich bin eine arme Witwe und kann meine Armut und Bedürftigkeit nicht länger ertragen. Ich habe euch meinen Sohn gebracht, mit dem ihr tun könnt, was ihr wollt, wenn ihr mir nur Geld gebt.«

Man gab ihr, was sie verlangte, und den Knaben brachte man zum Grundstein der neuen Stadt, wo schon der Henker mit gezücktem Schwert auf ihn wartete. Nach altem Brauch muß man dem zum Tode Verurteilten einen letzten Wunsch gewähren. Der König fragte den Knaben, was er sich wünsche, und der Knabe sagte: »Mein Herr und König, ich bitte darum, dir drei Fragen stellen zu dürfen. Wenn du sie richtig beantwortest, tue mit mir, was immer du willst. Wenn du jedoch die richtige Antwort nicht weißt, schenke mir mein Leben.«

Der König konnte dem Knaben seinen letzten Wunsch nicht verweigern und sagte: »Stelle deine Fragen.«

Darauf sagte der Knabe: »Meine erste Frage lautet: Was ist das Süßeste auf der Welt? Meine zweite Frage lautet: Was ist das Leichteste auf der Welt? Und meine dritte Frage: Was ist das Härteste auf der Welt?«

Der König beriet sich mit seinen Wesiren, die weise und gelehrte Männer waren, und alle waren der Meinung, die Fragen seien leicht zu beantworten. Darauf sagte der König zu dem Knaben: »Ich werde deine Fragen beantworten und damit deinen Wunsch erfüllen, und danach darfst du keine Forderungen mehr an mich stellen. Das Süßeste auf der Welt ist der Honig. Das Leichteste ist eine Knoblauchschale. Und das Härteste ist das Eisen.«

»Das ist falsch, mein Herr und König«, erwiderte der Knabe. »Das Süßeste auf der Welt ist die Muttermilch. Nachdem der Mensch von ihr gekostet hat, wird er nie wieder solche Süße schmecken. Das Leichteste auf der Welt ist das ungeborene Kind im Mutterleib, denn die Mutter trägt es neun Monate lang im Gehen, im Stehen und im Liegen, ohne zu ermüden. Und das Härteste auf der Welt ist das Herz meiner Mutter, denn sie hat mich in ihrem Leib getragen, mich mit Schmerzen geboren, mich gesäugt, mich aufgezogen und sich an mir erfreut, um mich dann für schnödes Geld als Schlachtopfer zu verkaufen.«

Als der König und seine Wesire das hörten, waren sie wie vom Donner gerührt. Sie umarmten und küßten den Knaben und brachten ihn in den Palast, wo sie ihn aufzogen wie einen Königssohn. Die hartherzige Mutter überhäuften sie mit Schimpf und Schande, und für den Bau der Stadt fanden sie einen neuen Platz, weit weg von Teufeln und bösen Geistern.

Die verkaufte Braut

Es war einmal eine arme Familie. Der Vater war ein Rabbi, doch fand er keine Arbeit. Eines Tages, als es ihnen so schlecht ging, daß sie nicht einmal einen Kanten Brot im Hause hatten, sagte einer der Söhne: »Wir sollten unsere Schwester verkaufen. Sie ist schön und würde viel Geld einbringen.« Und alle willigten ein.

Am nächsten Morgen stand der Vater frühzeitig auf, die Tochter nahm Abschied von ihrer Familie, und er nahm sie mit auf den Markt. Der Markt war zu dieser Zeit sehr belebt, und viele Menschen drängten sich um das Mädchen und wollten es kaufen. Dann kam ein schöner junger Prinz, und sie fand Gefallen in seinen Augen, und er kaufte sie und zahlte ihrem Vater einen hohen Kaufpreis.

Der Prinz brachte sie in seiner Kutsche zum Palast, nahm sie zur Frau und gab ihr sieben Mägde, die sie bedienten. Und so lebte sie angenehm und in Freuden.

Eines Tages mußte der Prinz auf Reisen gehen. Er wollte die Treue seiner jungen Frau auf die Probe stellen und sagte zu seinen Ministern und seinen Knechten: »Wer von euch herausfindet, wie das Schlafgemach meiner Frau von innen aussieht, möge es mir berichten, und ich werde ihm eine meiner Fabriken zum Geschenk machen.« So sprach er und reiste ab.

Unter den Ministern befand sich einer, der voller List war. Was tat er? Er bestach eine alte Hexe mit viel Geld, und diese sagte zu der Prinzessin: »Ich bin deine Tante.« Die Prinzessin glaubte ihr und ließ sie in den Palast. Die falsche Tante erzählte der Prinzessin unaufhörlich Geschichten aus der weiten Welt, von der Familienchronik und von Staatsgeschäften, bis die Prinzessin schließlich ermüdete und einschlief. Die Alte verzeichnete auf einem Blatt Papier alles, was sie sah, das Mobiliar und die Einrichtung, übergab das Papier jenem Minister und wurde von ihm nochmals reichlich beschenkt.

Als der Prinz von seiner Reise zurückkehrte, erzählte ihm der Minister alles, was er erfahren hatte. Der Prinz war äußerst erzürnt, doch konnte er sein gegebenes Wort nicht zurücknehmen, denn ein Prinz bricht niemals sein Wort. Also machte er dem Minister eine seiner Fabriken zum Geschenk. Danach befahl er seiner Frau, den Palast zu verlassen, doch gestattete er ihr, alles mitzunehmen, was ihr Herz begehrte. Sie konnte nicht verstehen, warum er so erzürnt war und welche Sünde sie begangen hatte, und flehte ihn an, es ihr zu sagen, doch er erfüllte ihre Bitte nicht.

Da nahm die Frau ihren Ehering und ging davon. Sie kaufte sich Männerkleidung, legte sie an und ging weiter, bis sie in eine andere Stadt kam. In dieser Stadt lebte ein König, der des Nachts nicht einschlafen konnte, ohne zuvor einer interessanten Geschichte zu lauschen. Und er hatte mehrere Geschichtenerzähler, die sich damit ihren Lebensunterhalt verdienten. Eines Nachts erkrankte einer der Geschichtenerzähler, und man gestattete dem Mädchen, das als Mann verkleidet war, seinen Platz einzunehmen und dem König Geschichten zu erzählen. Sie erzählte ihm ihre Lebensgeschichte, aber sie verriet dem König nicht, daß es um sie ging. Dem König gefiel die Geschichte, und er ernannte sie zum Geschichtenerzähler. Auf diese Weise stieg sie immer höher, bis sie schließlich zum Richter ernannt wurde, der vor Gericht dem König zur Seite saß. Und die ganze Zeit über war sie als Mann verkleidet, und keiner kannte ihr Geheimnis.

Eines Tages kam der Vater des Mädchens, um seine Tochter zu besuchen. Er fragte nach ihr im Palast des Prinzen, doch fand er sie nicht. Dann fragte er den Prinzen selbst, und dieser erwiderte: »Deine Tochter ist davongegangen, und ich weiß nicht, wo sie sich befindet.«

Darauf rief der Vater den Prinzen zu Gericht vor dem König. Sie fuhren in die Hauptstadt des Königs und erschienen dort vor Gericht, doch erkannten sie nicht, daß der Richter kein anderer war als die Tochter jenes Vaters und die Ehefrau des Prinzen. Der Vater brachte seine Klage vor und erzählte, wie er seine Tochter aus Not an den Prinzen verkauft hatte und daß sie jetzt spurlos verschwunden war. Darauf sagte der Prinz aus, daß er seine Frau wegen Untreue, von der ihm der Minister berichtet hatte, verstoßen habe.

Der Richter hörte die Klagen an und lud den Minister und die alte Hexe als Zeugen vor. Er verhörte die Zeugen so lange, bis die Wahrheit ans Licht kam. Sie gestanden ihre Tat und wurden zum Tode auf dem Scheiterhaufen verurteilt. Danach legte der Richter seine Roben ab und zeigte sich ihnen in der Kleidung einer Prinzessin. Der Vater erkannte seine Tochter und umarmte und küßte sie, und der Prinz führte sie voller Freude und mit großen Ehren in seinen Palast zurück.

Dies ist die Geschichte von der verkauften Braut.

Die drei Ratschläge des Vaters

Es lebte einmal ein Kaufmann, der große Reichtümer und ein gewaltiges Vermögen besaß und der einen einzigen Sohn hatte. Doch dieser Sohn war leichtfertig und verschleuderte das Geld für Trinkgelage und hübsche Mädchen. Als der reiche Kaufmann im Sterben lag, rief er seinen Sohn zu sich und sagte: »Mein Sohn, ich weiß, wie leichtfertig du bist und daß du dein Geld für Trinkgelage und schöne Mädchen ausgibst, und dafür will ich dich nicht tadeln, denn das bringt keinen Nutzen. Doch gebe ich dir drei Ratschläge, und du mußt mir versprechen, sie zu befolgen.«

Der Sohn versprach es ihm, und der Kaufmann sagte: »Mein erster Rat ist dieser: Wenn du ins Kaffeehaus gehst, gehe erst zwei Stunden nach Mitternacht. Mein zweiter Rat ist dieser: Wenn du zu einem Mädchen gehst, gehe erst zwei Stunden nach Sonnenaufgang. Mein dritter Rat lautet: Wenn du am Abend in Zorn gerätst, tue nichts bis zum Morgen.«

Der Kaufmann starb, und der Sohn vergaß seine Ratschläge nicht. Nach der Trauerzeit wollte er seinen Gram in Gesellschaft seiner Freunde in seinem gewohnten Kaffeehaus vergessen. Er ließ den Tag und den Abend vergehen und betrat das Kaffeehaus erst zwei Stunden nach Mitternacht. Als er eintrat, sah er, wie seine Freunde sich auf dem Boden wälzten, denn sie hatten schon mehrere Stunden lang übermäßig gegessen und getrunken. Da ekelte es ihn vor seinen Freunden, und er schwor sich, diesen Ort nie wieder zu betreten.

Am nächsten Tag gelüstete es ihn nach einem schönen Mädchen. Er erhob sich frühzeitig und ging zwei Stunden nach Sonnenaufgang zu ihr. Sie öffnete ihm die Tür und führte ihn in ihr Schlafgemach, und da sah er, daß ihre Schönheit, die er bei Nacht stets bewundert hatte, nur aus Henna und Kajal und Schminke bestanden hatte und daß sie jetzt alt und grau und faltig aussah. Darauf wandte er sich ab und ging davon.

Nach einiger Zeit heiratete er. Es fügte sich, daß er am Tage nach der Hochzeit eine lange Reise antreten mußte, um seinen Geschäften nachzugehen, und er reiste ab und blieb zwei Jahre lang in der Fremde. Während dieser Zeit gebar seine Frau einen Sohn. Und der Vater des Kindes wußte nichts davon, weil er von Ort zu Ort reiste und keine Nachricht ihn erreichte.

Als er seine Geschäfte gewinnbringend abgewickelt hatte, fuhr er fröhlich und guter Dinge nach Hause und kam um Mitternacht an. Als er sich dem Hause näherte, vernahm er Stimmen, die aus dem Fenster des verdunkelten Schlafgemachs seiner Frau kamen. Wutentbrannt zückte er sein Schwert und war im Begriff, ins Gemach der Treulosen zu stürmen. Doch da erinnerte er sich an den dritten Ratschlag seines Vaters. Er ging in eine Herberge, wo er übernachtete und den Morgen abwartete.

Am nächsten Tag erhob er sich frühzeitig und ging nach Hause. Als er dort ankam, sah er seine Frau mit einem kleinen Kind auf dem Schoß und fragte sie: »Frau, wer ist dieses Kind?« Und sie erwiderte: »Mein Mann, dies ist dein Sohn, der geboren wurde, während du in der Fremde weiltest.« Darauf fragte er sie: »Und wo schläft das Kind in der Nacht?« Und sie sagte: »Bei mir im Bett.« Da wurde ihm klar, mit wem sie in der Nacht gesprochen hatte, und im Herzen dankte er seinem Vater, der ihn gelehrt hatte, seinen Zorn zu zügeln.

Der Geizhals und der Gesandte aus dem Heiligen Land

In einer Stadt in Marokko lebte einmal ein sehr reicher Jude, doch so groß wie sein Reichtum war auch seine Böswilligkeit. Er mißachtete die Armen und Hilfesuchenden und baute sich ein Haus außerhalb der Stadt, umgab es mit einer hohen Mauer und stellte am Tor Wächter mit scharfen Hunden auf, um nicht von Bittstellern geplagt zu werden.

Eines Tages kam in diese Stadt ein Gesandter aus dem Heiligen Land, der von Ort zu Ort zog, um Geld für den Unterhalt von Toraschülern im Lande Israel zu sammeln. Man sagte ihm: »Es gibt hier einen reichen Mann, der außerhalb der Stadt ein Haus hat, doch spendet er niemals für wohltätige Zwecke.« Der Gesandte mißachtete die Warnung und machte sich auf zum Hause des Reichen. Auf dem Weg sah er eine riesengroße Schlange, deren Länge sich von einem Dorf zum nächsten erstreckte und die ihn verfolgte. Der Gesandte war ein frommer und heiliger Mann. Was tat er? Er rief den Namen Gottes aus, worauf die Schlange in ein Tal stürzte.

Als der Gesandte zum Hause des Reichen kam, verwehrten ihm die schwarzen Wächter den Eintritt. Darauf flüsterte er den Namen Gottes, machte sich unsichtbar und betrat das Haus, wo er sich in das Eßzimmer setzte. Der Reiche sah, daß ein Fremder in schäbiger, staubiger Kleidung bei ihm im Hause saß, und pfiff seine Hunde herbei. Doch die Ohren der Hunde waren wie verschlossen, und sie folgten dem Befehl ihres Herrn nicht, worauf dieser still war. Der Gesandte beachtete nicht, was um ihn herum vorging, zog ein Gebetbuch aus der Tasche und verrichtete sein Nachmittagsgebet.

Am Abend setzte sich der Reiche mit seinen Angehörigen zu Tisch. Der Gesandte streckte die Hand aus und bat um ein Stück Brot, doch man gab ihm keines. Am Ende des Mahles bat er wiederum um ein Stück Brot. Darauf sagte der Reiche: »Nimm dir von den Speiseresten, die ich den Hunden vorwerfe.« Und er warf ihm ein kleines Stück Brot zu.

Der Gesandte nahm seine kärgliche Mahlzeit ein und sprach den Segensspruch über die Speise. Darauf fragte ihn der Reiche: »Was willst du noch?« Worauf der Gesandte erwiderte: »Wisse, daß dir und den Deinen heute nacht eine große Gefahr droht. Schicke deine Frau und deine Kinder aus dem Haus und gehe in dieser Nacht nicht schlafen und öffne auch keine Tür.«

Der Reiche erschrak und tat wie geheißen. Er und der Gesandte saßen die ganze Nacht zusammen, und der Reiche zitterte vor Furcht, während der Gesandte auf dem Fußboden saß und Psalmen sang. Um Mitternacht ertönte ein lauter Schrei: »Rettet mich, man will mich töten!« Und der Reiche rief aus: »Das ist meine Frau. Sie will, daß ich ihr die Tür öffne.«

Doch der Gesandte sagte: »Öffne sie nicht.« Kurze Zeit darauf ertönte wieder ein Schrei: »Rettet uns, man will uns töten!« Darauf sagte der Reiche: »Das sind meine Kinder, die sich vor Räubern fürchten und mich bitten, ihnen die Tür zu öffnen.« Doch wieder sagte der Gesandte: »Öffne sie nicht.«

Als der Morgen anbrach, sagte der Gesandte zu dem Reichen: »Komm mit mir, und ich will dir zeigen, was draußen geschehen ist.« Sie gingen hinaus, und der Gesandte zeigte ihm eine riesengroße Schlange, deren Länge von einem Dorf zum anderen reichte und die in Stücke geschnitten im Hof lag. Da sagte der Gesandte zu dem Reichen: »Wisse, daß die

Schreie, die du in der Nacht vernommen hast, von dieser Schlange stammten. Sie wollte dich überlisten und dich glauben machen, es seien die Schreie deiner Frau und deiner Kinder. Doch hatte sie die Absicht, euch alle zu töten, und nur ich habe euch gerettet. Und das habe ich nur getan, weil du mir ein kleines Stück Brot gegeben hast.«

Rabbi Adam Baal Schem

Es lebte einmal ein Jude mit Namen Rabbi Adam Baal Schem, der eines Tages den Kaiser zum Essen einlud, und der Kaiser sagte zu. Doch wohnte Rabbi Adam in einem sehr kleinen Hause.

Zu jener Zeit lebte auch ein König, der für einen anderen König ein Festmahl ausrichten ließ, und die Vorbereitungen währten mehrere Jahre, denn der König erbaute sich zu dieser Zeit einen großen Palast mit Söllern aus Kristall und einem Springbrunnen, in dem Fische umherschwammen, und er kaufte Tafelbestecke aus Gold und Silber und heuerte zahlreiche Bedienstete an und ließ die köstlichsten Speisen und Getränke herrichten, und all das zu Ehren seines königlichen Gastes. Und die zwei Könige bestimmten einen Tag, an dem das Festmahl abgehalten werden sollte, und es war derselbe Tag, an dem Rabbi Adam den Kaiser zum Essen geladen hatte.

Und so fuhr der Kaiser mit den Ministern seines Kaiserreiches zu Rabbi Adam, doch unter den Ministern war einer, der die Juden haßte und versuchte, den Kaiser zu überreden, nicht zu Rabbi Adam zu fahren und sich Schmach und Schande zu ersparen, denn er wußte, daß Rabbi Adam keinen Palast besaß und kein Festmahl sie erwartete. Der Kaiser hörte nicht auf ihn und machte sich auf den Weg. Und wieder versuchte der Minister, ihn zu überreden, zum Kaiserhof zurückzukehren, aber der Kaiser hörte nicht auf ihn. Doch schickte er einen seiner Minister, zu erkunden, ob Rabbi Adam eine Mahlzeit vorbereitet habe und ob genügend Platz in seinem Hause sei. Der Minister kehrte zurück und meldete, Rabbi Adam wohne in demselben kleinen Haus wie ehedem. Da schickte der Kaiser noch einen Boten und erhielt die gleiche Antwort.

Als der Kaiser in die Straße einritt, wo Rabbi Adam wohnte, sah er dort einen prächtigen Palast mit einem großen Hof, den er mit seinen Ministern und Bediensteten betrat. Sogleich eilten Knechte herbei, die Pferde in den Stallungen zu versorgen, und zahlreiche Bedienstete verrichteten verschiedene Arbeiten, doch waren sie alle stumm. Die Gäste setzten sich zu Tisch und speisten und tranken nach Herzenslust. Und Rabbi Adam sagte zu ihnen: »Eßt und trinkt, wonach es euch gelüstet, doch möge keiner von euch sich von den Tafelbestecken etwas nehmen. Wer etwas haben will, möge es mir sagen, und wenn er dann die Hand in die Tasche steckt, wird er es dort vorfinden.«

Das tat der Kaiser. Er nannte einen Gegenstand und fand ihn gleich darauf in seiner Tasche. Und das gleiche taten die Minister. Als der judenfeindliche Minister einen Gegenstand nannte, sagte Rabbi Adam zu ihm: »Stecke die Hand in die Tasche.« Doch als der Minister die Hand aus der Tasche zog, war sie voller Kot. Ein fürchterlicher Gestank verbreitete sich, und der Kaiser befahl, den Mann hinauszuwerfen. Dieser wusch sich die Hand mit Wasser, doch half es nichts. Er flehte Rabbi Adam an, ihm zu helfen, und dieser sagte zu ihm: »Wenn du versprichst, die Juden nicht mehr zu hassen, wird dir geholfen. Wenn nicht, wird deine Hand dein Leben lang beschmutzt sein.« Der Minister versprach es, und Rabbi Adam sagte: »Nur wenn ein Jude dir auf die Hand pißt, wird sie wieder rein.« Und so geschah es.

Und der Kaiser nahm zwei Becher vom Tisch und steckte sie ein. Nachdem er abgereist war, verschwand der Palast, und es fehlte nichts, bis auf die zwei Becher und das, was die Gäste gegessen und getrunken hatten. Und die Zeitungen berichteten über das Wunder, das geschehen war, nämlich, daß der Palast des Königs mit allem, was er enthielt, verschwunden und später wieder an seinen Platz gesetzt worden war und nichts gefehlt hatte bis auf zwei Becher und die Speisen, die man verzehrt hatte. Als der Kaiser die Zeitungen las, schickte er jenem König einen Brief, in dem geschrieben stand: »Ich habe hier einen Juden, der uns Deinen Palast hergebracht hat, und die Speisen, die Du vorbereitet hattest, haben wir gegessen. Zum Beweis schicke ich Dir Deine zwei Becher.«

Als die Sterbestunde von Rabbi Adam nahte, bat er darum, der Himmel möge ihm im Traum verkünden, wem er seine Schriften hinterlassen solle, denn er besaß eine große Menge Schriften mit Geheimnissen der Tora. Darauf wurde ihm im Traum verkündet: »Übergib sie dem Rabbi Israel Ben Elieser aus der Stadt Akop.« Da rief Rabbi Adam seinen einzigen Sohn zu sich und sagte: »Ich habe in meinem Besitz Schriften mit Geheimnissen der Tora, deren du nicht würdig bist. Finde heraus, wo eine Stadt mit dem Namen Akop liegt, und dort findest du einen Mann namens Israel Ben Elieser, der etwa vierzehn Jahre alt ist. Übergib ihm die Schriften, denn seine Seele verlangt nach ihnen. Vielleicht kannst auch du gemeinsam mit ihm lernen.«

Als Rabbi Adam gestorben war, nahm sein einziger Sohn, der ein gelehrsamer Schüler und ein Mann von vielen Vorzügen war, einen Pferdewagen und fuhr damit von Stadt zu Stadt, bis er in die Stadt Akop kam. Dort fand er Unterkunft bei dem Gemeindevorsteher, und dieser fragte ihn: »Woher kommst du, und wohin gehst du?« Und der Sohn erwiderte: »Mein Vater seligen Angedenkens war ein berühmter Zaddik. Vor seinem Tode befahl er mir, ein Mädchen aus der heiligen Gemeinde Akop zur Frau zu nehmen, und ich muß seinen Wunsch erfüllen.«

Als die Nachricht sich in der Stadt verbreitete, bemühten sich viele Familien um den Sohn des berühmten Zaddik, und schließlich ehelichte er die Tochter eines reichen Würdenträgers. Nach der Hochzeit begann er, jenen Mann zu suchen, den zu finden sein Vater ihm aufgetragen hatte, doch einen Israel Ben Elieser gab es nicht. Es gab nur einen Mann namens Israel, und das war der Diener im Lehrhaus. Er betrachtete ihn genau und sah, daß sein Äußeres seinem Inneren nicht entsprach und daß er deshalb der Mann sein konnte, den er suchte, und da sagte er zu seinem Schwiegervater: »Hier in Eurem Hause ist so großer Lärm, daß ich nicht in Ruhe studieren kann. Geruhet, mir im Lehrhaus einen kleinen Verschlag zu bauen, wo ich studieren kann.« Es war seine Absicht, sich stets in der Nähe des Lehrhausdieners Israel zu befinden, um ihn genau beobachten zu können. Der Schwiegervater zögerte nicht, seinen Wunsch zu erfüllen, denn sein Eidam war ihm lieb und teuer, und er befahl auch dem Lehrhausdiener Israel, ihn zu betreuen, und versprach ihm ein Entgelt dafür.

Eines Nachts, als alle schliefen, gab auch der Sohn des Rabbi Adam vor, zu schlafen, und sah, daß Israel, der Lehrhausdiener, die ganze Nacht über die Heiligen Schriften studierte. So war es auch in der nächsten Nacht und auch in der dritten, und als Israel einmal für kurze Zeit eingeschlafen war, nahm der Rabbinersohn ein Kapitel aus den Schriften seines Vaters, legte es vor ihn auf den Tisch und begab sich wieder zur Ruhe und täuschte Schlaf vor. Als Israel erwachte, war er äußerst verwundert, studierte das Kapitel genau und steckte es dann in die Manteltasche. In der nächsten Nacht tat der Rabbinersohn das gleiche und erkannte deutlich, daß dies der Mann war, zu dem sein Vater ihn geschickt hatte, damit er ihm die Schriften übergebe.

Da rief er Israel zu sich und sagte: »Mein Vater seligen Angedenkens hat mir diese Schriften anvertraut, damit ich sie dir gebe, und hier liegen sie vor dir. Doch habe ich eine Bitte: Gewähre mir die Auszeichnung, sie mit dir zusammen studieren zu dürfen.« Darauf erwiderte Israel, der Diener: »Ich bin einverstanden, doch mache ich es zur Bedingung, daß keiner außer dir davon etwas wissen darf, und auch du darfst dir nichts anmerken lassen und mußt mir auch weiterhin befehlen, dich zu betreuen.« Und so geschah es. Als die Leute in der Gemeinde sahen, daß der Diener gemeinsam mit dem Rabbinersohn studierte, glaubten sie, das geschähe zu Ehren von Israels verstorbenem Vater. Sie sahen, daß Israel einen guten Weg ging, und verheirateten ihn, doch schon nach kurzer Zeit starb seine Frau.

Und die beiden Schüler studierten die Gemara und die Auslegungen des Raschi und Tosafot und alle Kapitel der Heiligen Schrift. Und aus den Schriften von Rabbi Adam lernten sie die göttliche wie auch die praktische Kabbala. Eines Tages bat der Rabbinersohn den Diener Israel, den Fürsten der Tora vom Himmel zu rufen, um ihnen eine bestimmte Auslegung der Tora zu erklären. Doch Israel weigerte sich und sagte: »Wenn wir Gott bewahre einen Irrtum begehen, setzen wir uns einer großen Gefahr aus, denn es fehlt die Asche der Kuh.« Doch der Rabbinersohn wiederholte seine Bitte Tag für Tag, bis Israel sie ihm nicht mehr verweigern konnte. Sie fasteten und kasteiten sich und badeten sich gründlich eine Woche lang, und am Sabbatausgang vollendeten sie ihre Gebete. Und sogleich rief Israel aus: »Weh, weh, wir haben einen Irrtum begangen, und der Fürst des Feuers ist zu uns herabgestiegen und wird die ganze Stadt verbrennen. Darum gehe du, der du als großer Frommer angesehen bist, zu deinem Schwiegervater und zu allen in der Stadt und warne sie, sie möchten sich retten, denn bald wird die ganze Stadt in Schutt und Asche liegen.«

Und so geschah es. Tage vergingen, und wieder bat der Rabbinersohn den Lehrhausdiener, den Fürsten der Tora vom Himmel zu rufen,

und Israel weigerte sich. Doch als der Rabbinersohn ihn wiederum Tag für Tag darum bat, stimmte er zu. Wieder fasteten sie und kasteiten sich, und am Ausgang des Sabbat sprachen sie ihre Gebete. Gleich darauf rief Israel aus: »Ach, wir sind beide verurteilt, noch in dieser Nacht zu sterben. Doch eines kann uns retten: Wir müssen die ganze Nacht über wach bleiben und in uns gehen und uns nicht vom Schlaf übermannen lassen, dann wird das Urteil nicht vollstreckt. Doch sollten wir einschlafen, werden wir nicht mehr erwachen, und der Teufel wird sich unserer bemächtigen.«

Und so wachten sie die ganze Nacht, doch in früher Morgenstunde konnte der Rabbinersohn nicht mehr gegen den Schlaf ankommen und nickte ein wenig ein. Als der Diener, der kein anderer war als der gelehrte Rabbi Israel Baal Schem Tow, das sah, lief er hinaus und verkündete laut, der Rabbinersohn sei plötzlich in Ohnmacht gefallen. Man versuchte, ihn zu erwecken, doch gelang es nicht, und man begrub ihn mit hohen Ehren.

Der Baal Schem Tow und die Hexe

In seiner Jugend lebte der Baal Schem Tow in einem Dorf, und als dort einmal der Regen ausblieb, betete er zu Gott, er möge den Regen kommen lassen. Doch lebte in diesem Dorf auch eine Hexe, der ein

Teufel zur Seite stand und die mit ihrer Hexerei das Kommen des Regens verhinderte. Darauf machte der Baal Schem Tow mit seinen Gebeten den Hexenspruch unwirksam. Sogleich ging die Hexe zu der Mutter des Baal Schem Tow und sagte zu ihr: »Wenn dein Sohn mich nicht in Frieden läßt, werde ich ihn verhexen.« Die Mutter glaubte, es gehe zwischen den beiden um eine unwichtige Angelegenheit und sagte zu ihrem Sohn: »Mein Sohn, lasse diese Nichtjüdin doch in Ruhe, denn sie ist eine Hexe.« Worauf er erwiderte: »Mutter, ich fürchte mich nicht vor ihr.« Und er betete weiterhin um Regen.

Und die Hexe ging nochmals zur Mutter des Baal Schem Tow, und als sie dort ihren Willen nicht durchsetzte, schickte sie ihren Teufel zu ihm. Der Teufel kam, doch gelang es ihm nicht, ins Haus einzudringen. Da sagte der Baal Schem Tow: »Wie wagst du es, zu mir zu kommen? Gehe zu jener Nichtjüdin an das kleine Fenster ihres Hauses und verfluche sie und lasse sie zu Schaden kommen.« Und der Teufel tat wie befohlen. Danach packte ihn der Baal Schem Tow und warf ihn in einen Kerker mitten im Wald, aus dem er nie wieder herauskam. Viele Jahre später, als der Baal Schem Tow berühmt geworden war, fuhr er mit seinen Begleitern durch jenen Wald und hielt an, um den Teufel in seinem Kerker zu betrachten, und lachte laut.

Der Baal Schem Tow und der Frosch

Bevor der Baal Schem Tow berühmt wurde, pflegte er allein durch die Berge zu wandern, wo auch Räuber hausten, die ihm wohlgesinnt waren. Eines Tages kamen die Räuber zu ihm und sagten: »Herr, wir kennen einen kurzen Weg, auf dem man durch Höhlen und Schluchten ins Land Israels gelangen kann. Wenn es dir so beliebt, zeigen wir dir diesen Weg.« Der Baal Schem Tow schloß sich ihnen an, und bald darauf kamen sie zu einer tiefen Schlucht voller Wasser und Schlamm. Sie gingen über eine Planke, die von einem Ufer zum anderen führte, und hielten sich an einem Stock fest. Die Räuber gingen voran, und der Baal Schem

Tow folgte ihnen. Doch als auch er die Planke besteigen wollte, sah er die Flamme des geschwungenen Schwertes und kehrte um.

Und er dachte sich im stillen: Trotz allem war meine Reise gewiß nicht umsonst. Plötzlich erblickte er einen Frosch, der so ungewöhnlich groß war, daß er fast nicht erkannt hätte, welche Art von Tier er vor sich hatte. Und er fragte ihn: »Wer bist du?« Darauf erwiderte der Frosch: »Ich bin ein gelehrter Schüler der Heiligen Schrift, der dazu verdammt wurde, in Gestalt eines Frosches zu leben.« Und der Gelehrte erzählte, er sei vor fünfhundert Jahren in einen Frosch verwandelt worden, und selbst als Ha-ari seligen Angedenkens alle Seelen erlöste und zum Himmel aufsteigen ließ, hatte man ihn an einen menschenleeren Ort verbannt, wo seine Seele keine Erlösung finden konnte, wegen der Sünden, die er begangen hatte. Da fragte der Baal Schem Tow den Gelehrten, welche Sünden er begangen habe. Dieser berichtete, er habe einmal das Waschen der Hände vor dem Gebet auf nachlässige Weise ausgeführt, und der Satan habe ihn deswegen getadelt. Darauf hatte er dem Satan erklärt, man könne einen Menschen nicht wegen einer einzigen Sünde verdammen, doch wenn er noch eine zweite Sünde begehe, würde auch die erste angerechnet, denn eine Sünde ziehe die andere nach sich. Aber wenn der Sünder sich des Herrn erinnere und be-

reue, werde ihm auch seine erste Sünde vergeben. Und Satan führte ihn nochmals in Versuchung, und er konnte der Versuchung nicht widerstehen und strauchelte nochmals und danach auch zum drittenmal, bis er schließlich gegen fast alle Gebote der Tora verstoßen hatte. Wenn er sich trotzdem dem Himmel zugewandt hätte, wäre er nicht abgewiesen worden, denn die wahre Reue löscht alle Sünden, aber Satan verführte ihn, und er wurde zum Säufer, der nicht den Willen hatte, auf den rechten Weg zurückzufinden. Und da alle seine Missetaten der ersten Sünde entsprangen, als er das Waschen vor dem Gebet unterließ, wurde er in einen Frosch verwandelt, ein Tier, das sich ständig im Wasser aufhält.

Darauf erlöste der Baal Schem Tow seine Seele und öffnete ihm die Pforten des Himmels, und nur ein toter Frosch blieb zurück.

Der Zauberer

Einmal begab sich der Baal Schem Tow mit seinen Schülern auf die Reise, und sie fuhren drei Tage lang, bis sie in ein Dorf kamen, wo sie im Hause eines Juden einkehrten, des Schankwirts des Dorfes. Sie fragten ihn, ob sie in seinem Hause übernachten könnten, und er erwiderte: »Nein.«

Der Mann kam ihnen sehr bekümmert vor, und überall im Hause brannten Kerzen, was ihr Erstaunen erregte. Der Baal Schem Tow fragte den Gastwirt, was es damit für eine Bewandtnis habe, doch dieser wollte es ihm nicht sagen. Doch als der Baal Schem Tow ihn nochmals fragte, sagte er: »Auch wenn ich es Euer Ehren erzählte, was könnt Ihr mir helfen? Weh mir! So etwas ist noch keinem anderen Menschen geschehen.« Doch der Baal Schem Tow drängte ihn, es ihm zu sagen, und der Mann erzählte ihm diese Geschichte: »In dieser Nacht halten wir Nachtwache, denn morgen will ich mit Gottes Hilfe meinen Sohn in den Bund unseres Urvaters Abraham aufnehmen lassen. Und da es bereits mein fünfter Sohn ist und die vier anderen alle in der Nacht vor der Beschneidung ohne Anzeichen einer Krankheit gestorben sind, fürchte ich mich sehr, daß auch dieses Mal ein Unglück geschieht.« Da sagte der Baal Schem Tow: »Fürchte dich nicht. Bereite dich auf die Beschneidung vor, und ich versichere dir, daß dem Knaben heute nacht nichts geschehen wird.« Als der Hausherr das hörte, sagte er zum Baal Schem Tow: »Wenn es ist, wie Ihr sagt, Herr, gebe ich Euch die Hälfte meines Besitzes und werde mein Leben lang Gott danken und ihn preisen.« Da erwiderte der Baal Schem Tow: »Ich will deinen Besitz nicht, doch stelle an der Wiege des Kindes zwei Männer auf, die einen leeren Sack bereit halten, einer auf jeder Seite, doch müssen sie sich hüten, einzuschlafen.« Er befahl seinen Schülern, sich an den Tisch zu setzen und die Tora zu studieren, und den Männern, die den Säugling bewachen sollten, befahl er: »Wenn ihr spürt, daß etwas in den Sack gefallen ist, bindet ihn sogleich mit einem Strick zu, und dann weckt mich auf, wenn ich schlafen sollte, und ich werde euch sagen, was ihr tun sollt.« Darauf legte er sich zur Ruhe.

Um Mitternacht begannen die Kerzen zu flackern und zu erlöschen, und die Schüler bemühten sich, sie vor dem plötzlichen Wind abzuschirmen. Die Männer, die bei dem Kind Wache hielten, sahen, daß sich in ihrem Sack eine große Ratte befand. Sogleich banden sie den Sack fest zu und weckten den Baal Schem Tow aus dem Schlaf. Er erhob sich und fragte, ob der Sack auch fest zugebunden sei. Dann sagte er zu den beiden Männern: »Nehmt jeder einen Knüppel zur Hand und schlagt mit allen Kräften auf den Sack ein.« Das taten sie so lange, bis er ihnen befahl aufzuhören. Dann wies er sie an, den Sack zu öffnen und hinauszuwerfen.

Danach untersuchte man den Säugling und sah, daß er unversehrt war, und man begann, alles für die Beschneidungsfeier vorzubereiten. Am Morgen verrichteten alle das Morgengebet, und danach bat der Hausherr den Baal Schem Tow, Pate zu stehen, und die Beschneidung wurde nach allen Regeln und Vorschriften ausgeführt. Dann bat der Hausherr den Baal Schem Tow, an dem Festmahl zu Ehren des Beschnittenen teilzunehmen. Er erzählte ihm auch, er müsse sich zu dem Dorfvorsteher begeben und ihm süße Speisen von dem Festmahl bringen, weil der Dorfvorsteher ein böser Mensch sei und er sich vor ihm fürchte. Und der Baal Schem Tow erwiderte: »Gehe in Frieden.« Als der Hausherr zu dem Dorfvorsteher kam, lag dieser krank im Bett, und auf seinem Gesicht waren die Spuren schwerer Schläge zu sehen. Er empfing den Vater des Kindes jedoch freundlich und fragte ihn: »Wer ist der Mann, der sich in deinem Hause aufhält?« Und der Schankwirt erwiderte: »Er ist ein Jude aus Polen, der bei mir übernachtet und mein Kind vor dem Tode bewahrt hat.« Darauf sagte der Dorfvorsteher: »Eile nach Hause und sage ihm, er möge noch heute zu mir kommen.« Der Schankwirt ging bekümmert nach Hause, denn er fürchtete, man würde seinetwegen dem Baal Schem Tow ein Leid antun. Er bat den Baal Schem Tow, ihm nicht zu zürnen, und erzählte ihm, was sich im Hause des Dorfvorstehers zugetragen hatte. Er riet ihm auch, nicht zu ihm zu gehen, sondern ihm durch einen Diener mitteilen zu lassen, er müsse sogleich seine Reise fortsetzen. Doch der Baal Schem Tow sagte: »Ich fürchte mich nicht vor ihm und werde zu ihm gehen.«

Nach dem Festmahl ging der Baal Schem Tow zu dem Dorfvorsteher, und dieser sagte zu ihm: »Ich weiß, daß du es warst, der mich überlistet hat, jedoch nur, weil ich darauf nicht vorbereitet war. Doch wenn du dich in der Zauberei mit mir messen willst, um zu sehen, wer von uns beiden diese Kunst besser beherrscht, warte, bis ich mich erholt habe, und dann werden wir sehen.« Darauf erwiderte der Baal Schem Tow: »So sei es, aber jetzt muß ich meine Reise fortsetzen. Am vereinbarten Tag komme du mit deinen Freunden, und ich komme mit meinen Schülern, und dann wird sich zeigen, wer der Stärkere ist. Doch wisse: Ich bin kein Zauberer, sondern ein einfacher, gottesfürchtiger Mensch, und vor Zauberei fürchte ich mich nicht.« Sie vereinbarten einen Tag, und der Baal Schem Tow machte sich auf die Reise.

An dem vereinbarten Tag fuhr der Baal Schem Tow mit all seinen Schülern zu dem Dorfvorsteher. Von dort begaben sie sich aufs Feld in ein großes und breites Tal. Der Baal Schem Tow ritzte zwei Kreise in den Boden, einen innerhalb des anderen, und stellte sich in den inneren Kreis, während seine Schüler sich im äußeren Kreis aufstellten. Und er warnte seine Schüler: »Wendet die Augen nicht von mir ab, und wenn ihr seht, daß mein Gesicht sich verändert, denkt an Umkehr und laßt euch durch nichts dazu bewegen, eure Augen von mir zu wenden.« Der Dorfvorsteher kam mit seinen Freunden, den Zauberern, und auch sie gruben sich einen kreisrunden Graben, und so standen sich die beiden Seiten den ganzen Tag lang gegenüber. Der Dorfvorsteher schickte Schlangen und Ottern aus und wilde, reißende Tiere gegen den Baal Schem Tow und seine Schüler, und als sie an den äußeren Kreis kamen, verschwanden sie spurlos. Das tat der Zauberer mehrere Male. Einmal schickte er wilde Tiere des Waldes, einmal bissige Hunde und einmal Schlangen, doch all diese konnten den ersten Kreis nicht überschreiten. Als der Zauberer das sah, nahm er seine letzten Kräfte zusammen und schickte eine Herde Wildschweine mit flammenden Mäulern, und diesen gelang es, den ersten Kreis zu durchbrechen. Da sahen die Schüler, wie sich die Gesichtszüge des Baal Schem Tow veränderten, und sie riefen Gott an, und mit Hilfe des Namens Gottes verschwanden die Wildschweine spurlos, noch bevor sie den inneren Kreis erreichten.

Das versuchte der Zauberer dreimal, doch es gelang ihm nicht. Da rief er dem Baal Schem Tow zu: »Ich sehe, daß meine Kraft nicht ausreicht, nimm meine Seele. Ich weiß, daß ich dem Tode geweiht bin und nichts mich vor dir retten kann.« Und der Baal Schem Tow erwiderte: »Ich sagte dir schon, ich bin kein Zauberer wie du, sondern nur der Baal Schem Tow. Wenn ich wollte, hätte ich dir deine Seele nehmen können. In jener Nacht, als du den Sohn des Schankwirtes töten wolltest, hätte ich dir alle Knochen im Leibe brechen können, doch habe ich dich am Leben gelassen, damit du weißt, daß es einen Gott gibt und daß die, die ihm dienen und ihn lieben, sich vor Zauberern nicht zu fürchten brauchen.« Darauf blieb der Baal Schem Tow in Gedanken versunken stehen und sagte dann: »Doch will ich dir die Kraft und die Macht Gottes zeigen. Erhebe deine Augen und betrachte den reinen Himmel über dir.« Da erhob der Zauberer den Blick zum Himmel, und zwei Raben kamen geflogen, setzten sich auf seinen Kopf, und jeder der zwei Raben hackte ihm ein Auge aus, so daß er blind wurde für sein Leben. Auch seine Zauberkräfte schwanden dahin, und er konnte keinem Menschen mehr ein Leid antun.

Der Wasserträger in der Einöde

Einmal fuhr der Baal Schem Tow mit einem seiner Schüler in eine einsame Wüste, wo es kein Wasser gab, und der Schüler wurde von goßem Durst befallen und sagte: »Ich bin sehr durstig und brauche Wasser.« Der Baal Schem Tow antwortete ihm nicht, doch der Schüler wurde immer durstiger und sagte: »Ich bin in Gefahr zu verdursten.« Darauf fragte ihn der Baal Schem Tow: »Glaubst du daran, daß der Allmächtige, als er die Welt schuf, diese Gefahr vorausgesehen und dafür gesorgt hat, daß du nicht verdurstest?« Der Schüler antwortete nicht sofort, und nachdem er einige Zeit nachgedacht hatte, erwiderte er: »Rabbi, ich glaube mit ganzem Herzen daran, daß der Allmächtige vom Tage der Schöpfung bis zum Ende aller Zeiten alles voraussieht, was seine Geschöpfe befällt.« Da sagte der Baal Schem Tow: »Dann warte ein wenig.« Sie fuhren noch eine kurze Strecke weiter und begegneten einem Fremden, der zwei Eimer Wasser auf den Schultern trug. Sie gaben dem Wasserträger einige Münzen, und er gab ihnen Wasser zu trinken. Dann fragte der Baal Schem Tow den Fremden: »Warum trägst du Wasser in diese menschenleere Einöde?« Und der Fremde erwiderte: »Mein Herr ist vom Wahnsinn befallen und hat mich zu einem bestimmten Brunnen geschickt, und ich trage dieses Wasser schon zwölf Meilen weit, ohne zu wissen, warum.« Da sagte der Baal Schem Tow zu seinem Schüler: »Da siehst du die Fürsorge des Allmächtigen, der einen Dienstherrn wahnsinnig werden ließ, weil er das alles bereits bei der Schöpfung der Welt verausgesehen hat.«

Die Brezel

Eines Tages saß der Baal Schem Tow mit seinen Anhängern beim Essen, als er plötzlich laut ausrief: »Dummkopf! Du siehst doch, daß dort einige Gojim sind! Wirf deine Brezel dorthin, wo sie sie sehen können, dann werden sie dich retten!«

Die Anwesenden verstanden nicht, was das zu bedeuten hatte. Nach einer Stunde kam ein Mann herein und erzählte, er sei in den Fluß gefallen, doch war niemand dort, der ihn hätte retten können. Zwar hätten sich in der Nähe einige Gojim aufgehalten, doch standen sie auf dem Berg und konnten ihn nicht sehen. Da fiel ihm ein, daß er eine Brezel in der Tasche hatte. Er nahm die Brezel und warf sie den Gojim zu, worauf sie ihn bemerkten und ihn mit Gottes Hilfe aus dem Fluß zogen.

Der Schuldschein für ein Pferd

Einmal fuhr der Baal Schem Tow aufs Dorf und übernachtete dort bei einem seiner Anhänger, einem Bauern, der ein Festmahl für ihn herrichtete. Sie saßen beim Essen und sprachen, wie es üblich ist, über Geschäfte und die wirtschaftliche Lage des Bauern. Mit einmal sagte der Baal Schem Tow zu seinem Gastgeber: »Wie ich höre, hast du ein paar gute Pferde. Komm, laß uns gehen, sie anschauen.« Sie erhoben sich und gingen in den Stall, wo der Baal Schem Tow ein kleines Pferd sah, das ihm besonders gut gefiel, und er bat den Bauern, ihm dieses Pferd zu schenken. Da sagte der Bauer: »Herr, bitte mich nicht um dieses Pferd, denn es ist mir besondern teuer und lieb. An jeder Stelle, wo keine drei Pferde den Wagen zu ziehen vermögen, schafft dieses Pferd es ganz allein, und das ist schon mehrmals geschehen. Darum liebe ich es von ganzem Herzen.«

Als der Baal Schem Tow das hörte, verlor er kein weiteres Wort über die Sache, und sie sprachen über geschäftliche Dinge und über die vielen Schuldner des Bauern. Da sagte der Baal Schem Tow: »Ich bitte dich, zeige mir die Schuldscheine, die in deinem Besitz sind.« Der Bauer tat wie geheißen, und der Baal Schem Tow nahm einen der Schuldscheine und erbat ihn sich als Geschenk. Da sagte der Bauer: »Herr, wozu benötigst du diesen Schuldschein? Dieser Schuldner ist schon vor vielen Jahren gestorben und hat nichts hinterlassen, um seine Schuld zu begleichen.« Doch der Baal Schem Tow erwiderte: »Ich möchte den

Schein trotzdem haben.« Darauf machte der Bauer ihm den Schuldschein zum Geschenk.

Da nahm der Baal Schem Tow den Schuldschein, riß ihn in zwei Stücke und beglich auf diese Weise die Schuld des Toten. Dann sagte der Baal Schem Tow: »Laß uns nach dem Befinden deines Pferdes sehen.« Und als der Bauer in den Stall kam, sah er, daß sein Pferd tot war. Da sagte der Baal Schem Tow: »Wisse, daß dieser Mann, der dir seine Schuld nicht abzahlen konnte, nach seinem Tode vom Höchsten Gericht dazu verurteilt wurde, sich in ein Pferd zu verwandeln und seine Schuld bei dir abzuarbeiten. Und dabei hat er sich sehr angestrengt, um dich zufriedenzustellen. Und jetzt, da seine Schuld beglichen ist, brauchte er kein Pferd mehr zu sein und durfte in Ruhe sterben.«

Der Diener des Baal Schem Tow

Als der Baal Schem Tow im Sterben lag, kam sein Diener zu ihm und sagte unter Tränen: »Herr, wenn du, Gott behüte, von uns gehst, wirst du mich zurücklassen wie den Propheten Jonas, dem man den schützenden Schatten seiner Rizinusstaude genommen hat? Wovon soll ich meine Familie ernähren?« Da erwiderte der Baal Schem Tow: »Fürchte dich nicht. Deinen Lebensunterhalt wirst du verdienen, indem du im Lande umherziehst und von meinen Wundertaten berichtest, und davon wirst du reich werden.«

Und so geschah es. Als die Leuchte Israels erloschen war, kaufte sich der Diener ein Pferd und zog überallhin, wo der Name des Baal Schem Tow bekannt war, und erzählte von den Wundertaten, die er mit eigenen Augen gesehen hatte. Doch reich wurde er nicht, sondern verdiente gerade genug, um seine Reisekosten zu bestreiten. Er war sehr traurig und verwundert, daß sich die Voraussage des heiligen Rabbi nicht erfüllt hatte, und dachte: Alles zu seiner Zeit. Vielleicht ist die Zeit meines Reichtums noch nicht gekommen. Er zog in die großen Städte, wo die Reichen wohnten, aber er selbst wurde nicht reich und verdiente nicht einmal genug, um seine Familie ernähren zu können. Dennoch glaubte er fest daran, daß sich die Voraussage des großen Rabbi eines Tages erfüllen würde.

Einmal übernachtete der Diener in einer Herberge, wo auch ein Wanderprediger abgestiegen war, der sich und seine Familie davon ernährte, daß er von Stadt zu Stadt reiste und predigte. Sie kamen ins Gespräch, und der Prediger erzählte, daß auch sein Verdienst gerade für die Reisekosten ausreichte. Schließlich sagte der Prediger zu dem Diener: »Ich will Euer Ehren einen guten Rat geben. Etwa achtzig Meilen von hier liegt eine Stadt, in der ein sehr reicher Mann wohnt, dessen größtes Begehren es ist, Geschichten über die Wundertaten des Baal Schem Tow zu hören, und dieser Mann wird dich gewiß reich belohnen.« Und der Diener erwiderte: »Das glaube ich auch.« Er ritt bis zu jener Stadt und erreichte das Haus des reichen Mannes am Vorabend des heiligen Sabbat.

Er sagte dem Reichen, er sei der Diener des Baal Schem Tow gewesen, worauf der Reiche große Freude zeigte und ihn bat, ihm etwas von den Wundern und den schrecklichen Dingen zu erzählen, die er im Hause des Baal Schem Tow gesehen hatte. Der Diener schickte sich an, ihm etwas zu erzählen, doch mit einmal hatte er alles vergessen, und es war, als hätte er den Baal Schem Tow nie gekannt. Er war äußerst erschrocken und sagte zu dem Reichen: »Ich bin von meiner langen Reise sehr ermüdet, und das Sprechen fällt mir schwer. Ich will mich bis zum Abend ausruhen und Euch dann meine Geschichten erzählen.« Er dachte, daß er sich bis zum Abend wieder erinnern würde. Der Reiche begab sich ins Badehaus, und als er wieder zurückkam, bat er den Diener, mit seinen Erzählungen zu beginnen, doch konnte sich dieser auch nicht an eine einzige Geschichte erinnern. Er hatte alles vergessen, als hätte er den Baal Schem Tow nie gekannt.

Der Diener war sehr verwundert darüber. Und so erging es ihm auch am Sabbatabend und am nächsten Tag. Der Reiche bat ihn beim Abendessen inständig, etwas zu erzählen, und der Diener konnte sich an nichts erinnern. Das bereitete nicht nur dem Reichen großen Kummer, sondern auch dem Diener. Er klagte über Kopfweh und versprach, beim Essen nach dem Nachmittagsgebet zu erzählen. Und den ganzen Tag über lief er wie benebelt herum und konnte sich an nichts erinnern. Nach dem Nachmittagsgebet kam der Reiche frohen Mutes nach Hause und freute sich auf die Erzählungen über die Wundertaten des heiligen Baal Schem Tow. Er hatte die Würdenträger der Stadt zum Essen geladen, und dem Diener erwies er die gleichen Ehren wie den großen Rabbinern. Dem Diener wurde übel, als steche man ihm Schwerter in den Leib, denn ihm fiel nicht eine einzige Geschichte ein. Er hatte alles vergessen, so wie ein Neugeborenes die gesamte Weisheit vergißt, die es in der Oberen Welt gekannt hat. Und sosehr man ihn auch bat, er saß stumm und hilflos da, wie ein Schiff ohne Ruder auf hoher See.

Doch mit einmal kehrte sein Gedächtnis wieder, und er erinnerte sich – o Wunder Gottes – an eine einzige Geschichte. Im Herzen dankte er Gott und begann zu erzählen: Eines Tages fuhr der Baal Schem Tow über Land, und wie es seine Gewohnheit war, fuhr er auf unbefahrenen Wegen und ließ das Pferd laufen, wohin es wollte. So legten sie in zwei Tagen eine große Strecke zurück, und am Morgen des dritten Tages kamen sie in ein Dorf, wo sich eine jüdische Herberge befand, und gegenüber der Herberge stand eine Kirche der Christen. Das Pferd hielt vor der Herberge, doch das Tor war verschlossen, und auch sämtliche Türen und Fenster waren fest verriegelt, und kein Mensch war zu sehen. Da sagte der Baal Schem Tow zu seinem Diener: »Gehe und bitte den Hausherrn, das Tor zu öffnen.« Der Diener ging und klopfte an die Tür und an die Fenster, erhielt jedoch keine Antwort. Als er nochmals laut anklopfte, ertönten aus dem Inneren des Hauses weinende Stimmen: »O jüdische Brüder, habt Mitleid mit uns und mit euch selbst und öffnet das Tor nicht.« Der Diener erschrak und berichtete dem Baal Schem Tow, was sich zugetragen hatte, doch dieser rief zornig: »Sage diesen Dummköpfen, sie möchten das Tor öffnen, denn mit Gottes Hilfe wird ihnen nichts Schlechtes widerfahren.« Der Diener verstand nicht, warum die Leute im Hause weinten, und auch nicht die Absicht des Baal Schem Tow, trotzdem ging er und bat die Hausbewohner nochmals, das Tor zu öffnen, aber diese flehten ihn an, es nicht zu tun, denn sie befänden sich in großer Gefahr. Darauf sagte ihnen der Diener, der große Rabbi Baal Schem Tow habe versichert, es werde ihnen nichts Böses zustoßen.

Darauf öffneten sie das Tor. Als der Baal Schem Tow und sein Diener das Haus betraten, saßen die Bewohner weinend und schreiend am Boden und trauerten wie um einen Toten, doch der Baal Schem Tow stellte ihnen keine Fragen, denn wie immer wußte er alles. Der Diener aber erschrak und fragte, was geschehen sei. Darauf sagten sie: »Hier im Land gibt es einen Priester namens Pipos, der einmal im Jahr vor versammeltem Volk predigt und das Volk gegen die Juden aufhetzt. Und heute soll er hier auf dem Podium vor unserem Hause predigen, und da wir in der ganzen Umgebung die einzigen Juden sind, befinden wir uns in großer Gefahr, und ihr ebenso. Darum haben wir euch das Tor nicht geöffnet.«

Und der Baal Schem Tow sprach mit Inbrunst und großer Freude seine Gebete, wie es seine Gewohnheit war, und fragte nicht einmal, warum sie weinten und trauerten. Nach dem Gebet befahl der Baal Schem Tow, das Fenster, das dem Podium gegenüberlag, zu öffnen. Doch der Hausherr sagte zu ihm: »Herr, ich bitte dich, das nicht zu tun. Wenn wir das Fenster öffnen, das zum Podium hinausführt, wo der Priester predigen wird, begeben wir uns in noch größere Gefahr.« Der Baal Schem Tow hörte nicht auf ihn, öffnete selbst das Fenster und blickte hinaus. Und die Kutschen der Minister und Würdenträger kamen eine nach der anderen angefahren, und bald war der Platz vor dem Haus voller Menschen. Zum Schluß kam eine prächtige Kutsche vorgefahren mit einem gold- und silberbestickten Baldachin, geschmückt mit Edelsteinen, und drin saß der Priester. Als die Kutsche anhielt, eilten die Minister und Würdenträger herbei, hoben den Priester aufs Podium und setzten ihn auf einen Sessel, und er begann seine Predigt, in der er gegen die Juden hetzte. Wie es bei Rednern üblich ist, wandte er den Kopf einmal nach dieser und einmal nach jener Seite, und als er ihn dem Fenster zuwandte, winkte ihn der Baal Schem Tow mit dem Finger zu sich heran. Als der Priester das sah, packte ihn die Angst, und er sprang vom Podium und lief wie ein Wahnsinniger auf das Fenster zu. Und die Minister und Würdenträger liefen ihm nach, um zu sehen, was sich ereignete, doch der Baal

Schem Tow winkte ihnen, sich zurückzuziehen. Darauf wurden auch sie von Angst befallen und kehrten auf ihre Plätze zurück.

Dieser Priester war ein getaufter Jude. Der Baal Schem Tow sagte zu ihm: »Du Bösewicht, bis wann wirst du noch das Blut unserer unschuldigen jüdischen Brüder vergießen, und warum denkst du nicht daran, zu deinem Glauben zurückzukehren?« Da erwiderte der Priester bitterlich weinend: »Heiliger Rabbi, wie kann ich zum Glauben zurückkehren, da ich doch alle Sünden auf der Welt begangen habe, und die schlimmste Sünde, indem ich Jahr für Jahr das Blut Unschuldiger vergossen habe?« Da sagte der Baal Schem Tow: »Wenn du aus ganzer Seele bereust, werde ich deine Seele erlösen.« Worauf ihn der Priester fragte: »Und wie werde ich wissen, daß meine Seele erlöst ist?« Und der Baal Schem Tow erwiderte: »Ich will dir ein Kennzeichen geben: Wenn eines Tages ein Mann zu dir kommt und dir alles erzählt, was sich heute hier zugetragen hat, dann wisse, daß deine Seele erlöst ist.« Darauf bereute der Priester und kehrte zu seinem Glauben zurück, und der Baal Schem Tow segnete ihn, und der Priester stieg wieder aufs Podium und pries und lobte die Juden. Danach fuhren die Minister und Würdenträger und der Priester davon, und der Besitzer der Herberge und seine Angehörigen blieben unbehelligt. Das Schicksal des Priesters (so beendete der Diener seine Erzählung) sei nur dem Allmächtigen bekannt.

Als der Diener seine Erzählung beendet hatte, war der Reiche vor Freude ganz außer sich und sagte: »Gewiß ist dem Allmächtigen das Schicksal des Priesters bekannt, doch Gott sei Dank kenne ich es jetzt auch.« Darauf sprach er den Segen über Speisen und Wein sowie das Abendgebet und eilte gleich darauf in eines seiner Gemächer, wo er sich zwei Stunden lang aufhielt. Der Diener und die anderen Gäste wunderten sich sehr über die große Freude des Reichen, der zwar schon immer großen Gefallen an den Geschichten vom Baal Schem Tow gefunden hatte, doch eine solche Freude hatten sie noch nie erlebt. Schließlich kam der Reiche zurück, beladen mit Säcken voller Silbermünzen, die ein großes Vermögen darstellten. Und er sprach zu dem Diener: »Nehmet dieses mit meinen Segenswünschen, denn es gehört Euch.« Der Diener wollte die Gabe nicht annehmen, denn er erschrak vor soviel Geld, doch der Reiche bestand darauf, er möge es nehmen. Die Gäste wunderten sich über alle Maßen, denn obgleich der Reiche jeden belohnte, der ihm eine Geschichte vom Baal Schem Tow erzählte, kam es ihnen sehr ungewöhnlich vor, ein solches Vermögen für eine einzige Geschichte zu zahlen.

Als der Reiche ihre Verwunderung bemerkte, sagte er zu seinen Gästen: »Damit ihr euch nicht zu sehr wundert, will ich euch alles erklären. Ich bin jener Priester, und der Grund für mein Begehren nach den Geschichten über den Baal Schem Tow ist, daß ich die ganzen Jahre über gehofft habe, ein Mann würde kommen und mir meine eigene Geschichte erzählen, damit ich beruhigt bin und weiß, daß meine Seele erlöst ist, denn das ist das Kennzeichen, das mir der Baal Schem Tow gegeben hat. Ich habe ein Gelübde abgelegt, daß der Mann, der mir diese Geschichte erzählt und mich aus der Dunkelheit ins Licht führt, die Hälfte meines Vermögens erhält. Darum habe ich mich zwei Stunden lang eingeschlossen, um meine Schätze zu zählen und ihm die Hälfte davon zu übergeben, wie ich es gelobt habe.«

Hier endet diese Erzählung. Jeder, dem der Schöpfer Verstand gegeben hat, wird verstehen, wie viele Wunder diese Geschichte enthält. Das größte Wunder ist, daß der Diener alles vergaß außer dieser einen Geschichte. Hätte er sich an mehr erinnert, so hätte er vielleicht eine andere Geschichte vom Baal Schem Tow erzählt, doch so war er gezwungen, gerade diese Geschichte zu erzählen, um den Reichen wissen zu lassen, daß die Erlösung seiner Seele vollkommen war.

Der richtige Weg

Einmal irrte ein Mann im Walde umher, mehrere Tage lang, und fand nicht den richtigen Weg. Da begegnete ihm ein anderer Mann, und der Verirrte freute sich sehr, weil er annahm, der andere könne ihm den richtigen Weg zeigen. Er sagte zu ihm: »Bruder, sage mir, wo der richtige Weg ist, denn ich irre seit einigen Tagen umher.«

Der andere erwiderte: »Bruder, ich weiß es nicht, denn auch ich irre schon viele Tage umher. Nur eines kann ich dir sagen: Gehe nicht auf dem Weg, den ich gegangen bin, denn es ist der falsche Weg.«

Diese Geschichte erzählte der Zaddik Rabbi Chaim von Zans am Neujahrsabend.

Die Seele des Musikanten

Der Zaddik Rabbi Israel aus Kosnitz saß einmal um Mitternacht allein in seinem Zimmer, als plötzlich eine traurige Stimme ertönte: »Heiliger Rabbi, hab Mitleid mit mir, auf daß ich Ruhe finde.« Da fragte der Zaddik: »Wer bist du?« Und die Stimme erwiderte: »Ich bin eine arme Seele, die schon zehn Jahre lang umherirrt und nicht zur Ruhe kommt.« Und der Rabbi fragte: »Welchen Beruf hast du ausgeübt, als du noch auf dieser Welt warst?« Und die Stimme erwiderte: »Ich war ein wandernder Musikant, und wie es bei solchen Leuten üblich ist, habe ich auf meinen Wanderungen hin und wieder ein wenig gesündigt, und dafür werde ich jetzt bestraft.« Da fragte der Zaddik: »Warum bist du gerade zu mir gekommen, um die Erlösung zu erbitten?« Und die Stimme erwiderte: »Rabbi, erinnerst du dich nicht an mich? Ich habe

bei deiner Hochzeit aufgespielt, und du batest mich, immer weiter zu spielen, weil dir mein Spiel so sehr gefiel.« Und der Rabbi fragte: »Kannst du noch dieselbe Melodie spielen wie damals, als man mich zur Chuppah führte?« Da begann die Stimme, jene Melodie zu singen, und der Rabbi lauschte mit geschlossenen Augen. Dann sagte er: »Am nächsten Sabbat wirst du Erlösung finden und nicht länger umherirren.«

BLÄTTER AUS DEM GARTEN EDEN

In der Stadt Ludmir lebte einmal ein Jude, den man den Postmeister nannte, weil er die Regierung mit Pferden für ihre Postkutschen belieferte. Er besaß einen großen Stall mit vielen Pferden, und jeden Tag kamen die Postkutschen, tauschten die müden Pferde gegen frische aus und setzten ihren Weg fort. Da er die schwere Arbeit nicht allein verrichten konnte, hielt er sich einen jüdischen Knaben, der die Pferde versorgte, sie fütterte und tränkte, die Ställe ausmistete und noch andere Arbeiten erledigte.

Dieser Knabe war ein Waisenkind und konnte kaum lesen und schreiben, doch war er ehrlich und treu und verrichtete seine Arbeit mit Sorgfalt. Sein Herr und dessen Angehörige mochten ihn gern, und er wohnte bei ihnen und speiste an ihrem Tisch wie ein Sohn des Hauses. Eines Tages begann der Knabe unter Kopfschmerzen zu leiden, und obgleich er glaubte, das würde bald vorübergehen, wurde es nicht besser. Die Familie pflegte ihn mit Hingabe und ließ auch einen Arzt kommen, doch die Arzneimittel, die ihm der Arzt einflößte, halfen nichts, und schließlich starb der Kranke.

Der Hausherr hatte eine jungfräuliche Tochter im Alter von siebzehn Jahren, gutherzig und lieblich anzusehen und der Augapfel ihres Vaters. Sie hatte Mitleid mit dem kranken Knaben, tat alles, um ihm zu helfen, und beschwor ihre Eltern, ihn zu retten. Als der Knabe starb, weinte sie bitterlich, so wie eine Schwester um ihren Bruder, und vor lauter Kummer erkrankte sie ebenfalls. Als ihr Vater sah, wie schmächtig sie wurde und wie eingefallen ihre glühenden Wangen waren, tat ihm das Herz weh, und er rief Ärzte herbei. Die Ärzte untersuchten das Mädchen und gaben ihr verschiedene Arzneien, doch ihr Zustand besserte sich nicht, und alle ärztliche Kunst war umsonst. Als der Vater sah, wie seine gute und schöne Tochter dahinsiechte, weinte er und rief den Schöpfer aller Heilmittel an, er möge ihr eine Arznei aus dem Himmel schicken.

Eines Tages saß er am Bett seiner kranken Tochter, und vor Kummer und Erschöpfung schlief er dort ein. Und im Traum erschien ihm der Knabe, der bei ihm gedient hatte, und auf seinem Gesicht lag große Fröhlichkeit. Verwundert fragte er den Knaben: »Warum bist du so fröhlich? Geht es dir denn so gut in jener Welt?« Und der Knabe erwiderte: »Ich werde dir alles erzählen und dir nichts verschweigen.« Und der Hausherr sagte zu ihm: »Erzähle nur, auf daß ich einmal einen Toten sprechen höre.« Und der Knabe erzählte: »An meinem Todestag brachte man mich vor das Höchste Gericht, und ich mußte Rechenschaft ablegen über alles, was ich auf Erden getan hatte. Da sagte ich: Mein Leben war kurz und bitter. Ich hatte viel Kummer und wenig Schulunterricht. Ich habe nichts gelernt außer den herkömmlichen Gebeten, und diese habe ich stets zur richtigen Zeit hergesagt. Meine Arbeit bei dem Besitzer der Pferde habe ich stets sorgfältig ausgeführt. Ich habe mich der Pferde erbarmt und sie rechtzeitig gefüttert und getränkt, wie man es mir befohlen hat. Als die Richter das hörten, sagten sie einer zum anderen: Er hat recht, und er braucht keine Rechenschaft abzulegen über Dinge, die man ihn nicht gelehrt hat. Dann berieten sie sich, und das Urteil lautete, ich müsse in der oberen Welt die gleichen Arbeiten verachten, wie ich es in der unteren Welt getan hatte. Man brachte mir eine prächtige Kutsche, mit zwei Pferden bespannt, und befahl mir, die Gerechten im Paradies spazierenzufahren. Und diese heilige Arbeit verrichte ich bis zum heutigen Tag.«

Darauf fragte der Knabe den Hausherrn, wie es seiner Familie ergehe, und dieser erzählte ihm, seine jungfräuliche Tochter sei schwer krank und kein Arzt könne ihr helfen. Und er weinte sehr. Der Knabe beruhigte ihn und sagte: »Herr, weine nicht. Im Garten Eden, wo ich täglich mit den Gerechten spazierenfahre, gibt es Heilkräuter, mit denen man jede Krankheit heilen kann. Ich werde sie sogleich holen.« Er rannte davon, flink wie eine Gazelle, und kehrte bald darauf zurück mit einigen Blättern in der Hand, die den Geruch frischer, von Gott gesegneter Felder ausströmten. Der Knabe streckte die Hand aus und hielt die Blätter unter die Nase des Schlafenden, und von dem starken Geruch erwachte dieser und sah, daß er nur geträumt hatte.

Der Mann war von dem Traum benommen und wollte seine Bedeutung verstehen, doch konnte er das Rätsel nicht lösen. Er erzählte seiner Frau und seiner Familie, was er geträumt hatte, doch auch diese wußten des Rätsels Lösung nicht. Da sagte die Frau: »Mein Mann, ich habe vernommen, daß es in der Stadt Kosnitz im Lande Polen einen heiligen Mann gibt, der alle Geheimnisse kennt. Darum rate ich dir, zu ihm zu fahren, auf daß er deinen Traum deute.«

Der Mann folgte dem Rat seiner Frau, spannte seinen Wagen an und fuhr zu dem Zaddik von Kosnitz. Diesem übergab er einen Zettel, auf dem geschrieben stand: Möge die Tochter dieses Mannes gesunden. Während der Rabbi den Zettel las, erzählte ihm der Postmeister von dem Traum, den er geträumt hatte, und fragte ihn, ob jene Blätter auch hier auf Erden zu haben seien. Darauf blickte der Rabbi ihn an und sagte: »Ja, auch bei uns gibt es Heilkräuter.« Er nahm den Feststrauß vom Laubhüttenfest, pflückte einige Blätter aus der Myrte und übergab sie dem Postmeister mit den Worten: »Nimm diese Blätter, koche sie in Wasser auf und gib es deiner kranken Tochter zu trinken. Dann wird die Krankheit von ihr schwinden, als sei sie nie gewesen.« Der Vater brachte die Blätter nach Hause, tat, wie der Zaddik ihn geheißen hatte, und seine Tochter wurde völlig gesund.

Möge der Herr auch uns so gnädig sein.

Er verzieh dem Allmächtigen Gott

Der Zaddik Rabbi Levi Jitzhak aus Berditschow kam einmal am Abend des Jom Kippur ins Bethaus und ging dort umher, ohne sich anzuschicken, das Kol-Nidre-Gebet zu sprechen. Da bemerkte er einen Mann, der in einem Winkel auf dem Fußboden saß und bitterlich weinte. Rabbi Levi Jitzhak fragte ihn: »Warum weinst du so sehr?« Und der Mann erwiderte: »Rabbi, wie sollte ich nicht weinen? Noch vor einem Jahr hatte ich alles, was mein Herz begehrte, und jetzt lebe ich im Elend und habe gar nichts mehr. Vielleicht glaubt der Allmächtige, ich hätte ein sündhaftes Leben geführt, doch dem ist nicht so. Ich habe still und bescheiden in meinem Dorfe gelebt, und jedem, der an meine Tür kam, habe ich Speise und Trank gereicht, und jeder, der mein Haus hungrig betrat, verließ es gesättigt. Und meine Frau war noch mildtätiger als ich und ist durch die Straßen gegangen, um vielleicht irgendwo einen armen hungrigen Juden anzutreffen, der eine Mahlzeit benötigte. Doch dann kam jener, der oben im Himmel sitzt, nahm mir meine Frau und ließ sie sterben. Doch damit begnügte er sich nicht, sondern ließ auch mein Haus niederbrennen, so daß ich jetzt weder eine Frau noch ein Haus habe und mit sechs kleinen Kindern im Elend lebe. Ich besaß auch ein Gebetbuch, in dem sämtliche Pijutim und Gebete in der richtigen Reihenfolge aufgezeichnet waren, so daß ich niemals nach einem bestimmten Gebet suchen mußte, und auch dieses Gebetbuch ist verbrannt. Kann ich ihm das verzeihen?« Sogleich befahl der Rabbi, im ganzen Hause nach einem solchen Gebetbuch zu suchen. Man fand eines und übergab es jenem Manne. Der Mann schlug eine Seite nach der anderen auf, um sich zu vergewissern, daß dort alle Gebete in der richtigen Reihenfolge verzeichnet waren. Und der Rabbi wartete etwa eine Stunde, bis der Mann geendet hatte. Dann fragte er ihn: »Verzeihst du jetzt dem Allmächtigen?« Und der Mann erwiderte: »Jetzt verzeihe ich ihm.« Darauf trat der Rabbi vor die heilige Lade und begann, das Kol-Nidre-Gebet zu sprechen.

Die schöne Sarah

In einem Dorf lebte einmal ein jüdischer Landpächter, der eine schöne Tochter namens Sarah hatte. Eines Tages erblickte der Sohn des Landgrafen das schöne Mädchen und war von ihrer Schönheit betört. Er ging zu seinem Vater und sagte: »Ich habe unter den Töchtern der Juden eine Schönheit gesehen, die ich mit ganzem Herzen begehre, und wenn du sie mir nicht zur Frau gibst, will ich lieber sterben als am Leben bleiben.« Da fragte ihn der Vater: »Wessen Tochter ist sie?« Und er erwiderte: »Die Tochter deines Pächters.« Darauf ließ der Vater seinen jüdischen Pächter kommen und sagte zu ihm: »Ich habe beschlossen, deine Tochter meinem Sohn zur Frau zu geben. Wenn du einwilligst, wird es dir an nichts fehlen. Wenn nicht, wird es dir schlecht ergehen.«

Traurig und bekümmert ging der Pächter nach Hause und erzählte seiner Familie, was der Landgraf gesagt hatte, und alle waren sehr erschrocken. Im Hause wohnte auch ein alter Gelehrter, der die Söhne des Pächters in der Heiligen Schrift unterrichtete, ein gerechter, gottesfürchtiger und einfacher Mann ohne Frau und Kinder, dessen einzige Beschäftigung das Torastudium war. Als die schöne Sarah das Unglück auf sich zukommen sah, beschloß sie, den alten Schriftgelehrten zu heiraten, um dem Sohn des Landgrafen zuvorzukommen, denn sie sagte sich: Gewiß wird mich der Sohn des Landgrafen nicht mehr begehren, wenn ich diesen alten Juden geheiratet habe. Sie bat ihren Vater, den Alten zu fragen, ob er sie heiraten würde. Er war einverstanden, und beide fuhren heimlich in die nächste Stadt, wo Rabbi Josef Sarah nach jüdischem Glaubensgesetz ehelichte.

Doch war dieser Gelehrte in Wirklichkeit ein Zaddik, einer der fünfunddreißig Gerechten, um derentwillen die Welt besteht. In seiner Heiligkeit hatte er vorausgesehen, daß in jenem Dorf ein schönes und züchtiges Mädchen lebte, das ihm zur Frau bestimmt war, und hatte sich bei dem Vater des Mädchens als Toralehrer verdingt. Er hatte sich einige Jahre dort aufgehalten, und die Familie hatte ihn ins Herz geschlossen. Und das Mädchen war ein Mädchen wie alle anderen. Als der Lehrer hörte, daß der Teufel seine Hand nach ihr ausgestreckt hatte, in der Verkleidung des Landgrafensohnes, war er sehr bekümmert, denn er sagte sich: Wer kennt das Herz eines Mädchens? Vielleicht gelingt es dem Teufel, sie einzufangen. Doch ihre Keuschheit hinderte sie daran, sich von dem falschen Glanz betören zu lassen. Und nach der Hochzeit, als sie allein waren, sagte er zu ihr: »Meine Frau, weil du die Ehre deines Schöpfers gehütet und dir statt des Ruhms und Glanzes eines Fürstentums einen alten Mann erwählt hast, der nicht mehr lange zu leben hat, verspreche ich dir, daß du uns einen Sohn gebären wirst, der mit Gottes Hilfe dem ganzen Land zum Segen gereichen wird, und sein Name wird im Volke Israel bekannt sein, und er wird deinen Namen tragen.« Nach einem Jahr wurde ihnen ein Sohn geboren, und bei seiner Beschneidung gab man ihm den Namen Arjeh Lejb. Doch konnte sich der Vater nicht lange an seinem Sohn erfreuen, denn er war schon alt und ließ ihn bald als Waise zurück.

Seine Mutter hegte und pflegte den Knaben und zog ihn auf zur Tora, zur Heirat und zu guten Taten, und bis heute trägt er ihren Namen. Denn er ist kein anderer als der berühmte Zaddik Rabbi Lejb Ben Sarah, möge sein Verdienst uns alle beschützen.

DER JÜNGLING, DIE REICHE ERBIN UND DER ZADDIK

Der Zaddik Rabbi Lejb Ben Sarah kam einmal in die Stadt Levitzk. Es war seine Gewohnheit, sich Geld zu leihen und es dann an andere weiter zu verleihen. Einmal lieh er sich dreihundert Rubel von einem Kaufmann, der mit Salz handelte, und gab ihm dafür einen Schuldschein. Kurz darauf wollte der Kaufmann in seinem Laden einem Käufer Salz abfüllen, und dabei fiel der Schuldschein in ein Salzfaß und versank dort. Von diesem Tag an ruhte auf dem Salzfaß der Segen des Allmächtigen, und der Kaufmann brauchte ein ganzes Jahr lang kein Salz in das Faß zu füllen, denn soviel er auch herausnahm, das Faß war immer voll. Nach einem Jahr kam der Rabbi, verlangte seinen Schuldschein zurück und wollte seine Schuld begleichen. Der Kaufmann suchte überall nach dem Schuldschein und fand ihn nicht. Er sagte zum Rabbi: »Ich habe ihn gesucht, doch kann ich ihn nicht finden.« Da fragte ihn der Rabbi: »Hast du in diesem Jahr schon Salz eingekauft?« Da erzählte ihm der Kaufmann, es sei ein Wunder geschehen, und er habe das ganze Jahr lang kein Salz zu kaufen brauchen. Darauf befahl ihm der Rabbi, in jenem Salzfaß zu suchen, und dort fand er in der Tat den Schuldschein. Da sagte der Rabbi: »Ich brauche meine Schuld nicht mehr zu begleichen, denn der Schuldschein selbst hat dir schon das Fünfhundertfache bezahlt von der Summe, die du mir geliehen hast.«

In derselben Stadt lebte ein Jüngling, der den Zaddik mehrmals gebeten hatte, einer seiner Schüler und Anhänger werden zu dürfen, doch der Rabbi hatte abgelehnt. Das bekümmerte den Jüngling sehr, und er bat seine Freunde und Bekannten, sich bei dem Rabbi für ihn einzusetzen, weil sonst sein Leben kein Leben mehr sei. Als der Rabbi nach

Levitzk kam, beschwor man ihn, den Jüngling bei sich aufzunehmen, um sein Leben zu retten. Da fragte der Rabbi: »Wieviel Geld hat er?« Man sagte ihm, das gesamte Vermögen des Jünglings sei in einer Wollweberei angelegt. Da sagte der Rabbi: »Wenn er noch heute sein ganzes Vermögen zu Bargeld macht und es mir für ein Jahr leiht, rechne ich ihn zu meinen Anhängern.« Der Jüngling war einverstanden, ging zu dem Rabbi und sagte ihm, seine gesamte Ware sei sechshundert Rubel wert. Und der Rabbi sagte zu ihm: »Wenn du mir bis heute abend den Gegenwert deiner gesamten Ware gibst, will ich deinen Wunsch erfüllen.« Sogleich kamen die Chassidim, holten die Ware des Jünglings aus der Weberei und fanden einen Käufer, dem sie die Ware für vierhundertfünfzig Rubel verkauften. Das Geld übergaben sie dem Rabbi, der dem Jüngling dafür einen Schuldschein ausstellte.

Der Rabbi reiste weiter, und der Jüngling blieb arm und mittellos zurück, denn es widerstrebte ihm, den Schuldschein des Zaddik zu Geld zu machen. Er besaß kein Geld, um Waren zu kaufen und Handel zu treiben, und so saß er im Bethaus und studierte die Tora, und seine Freunde ernährten ihn schlecht und recht. Ein Jahr ging vorüber, und der Zaddik kam wieder in die Stadt. Er übergab dem Jüngling hundertfünfzig Rubel und sagte zu ihm: »Für hundert Rubel sollst du dich schön einkleiden, und fünfzig Rubel sollst du für Reisespesen zurückhalten. Dann fahre in die Stadt Volkovsk und steige dort in einer Herberge ab, die ich dir nennen werde. Danach lasse den Heiratsvermittler Rabbi David rufen, gib ihm einen Golddukaten als Arbeitslohn und schicke ihn zur Tochter des dortigen Edelmannes, um in deinem Na-

men um ihre Hand anzuhalten. Sei tapfer und bereite mir keine Schande.« Er gab dem Jüngling einen Schuldschein für die restlichen dreihundert Rubel und begab sich wieder auf die Reise.

Der Jüngling stattete sich für hundert Rubel mit schöner Kleidung aus, mietete eine Kutsche und fuhr nach Volkovsk, wo er in der Herberge abstieg, die der Rabbi ihm genannt hatte. Er ließ Rabbi David den Heiratsvermittler rufen und sagte ihm, was der Zaddik ihn zu sagen geheißen hatte. Darauf erwiderte der Heiratsvermittler: »Willst du dich über mich lustig machen, oder hältst du mich für einen Verrückten? Laß mich erzählen, wer diese Jungfrau ist: Ihr Vater war einer der reichsten Männer dieser Stadt und sie seine einzige Tochter, und er hat ihr alles vererbt. Sie selbst besitzt alle Vorzüge und kann nur einen Bräutigam nehmen, der ihr, was Reichtum und Herkunft betrifft, ebenbürtig ist, denn sie ist von hohem Stande. Darum hat sie, obgleich sie im heiratsfähigen Alter ist, bis jetzt noch nicht geheiratet, denn sie wartet darauf, daß der Himmel ihr einen Bräutigam schickt, der ihrer würdig ist. Soll ich vielleicht jetzt zu ihr gehen, ihr einen Mann vorschlagen, dessen Namen ich nicht einmal kenne, mich zum Gespött aller Leute machen, die es hören, damit sie mich mit Schimpf und Schande aus dem Hause jagt und ich ihre Schwelle nie wieder betreten darf? Ich wundere mich über dich, junger Mann, daß du derartige Gedanken hegst. Wenn du nur deswegen hergekommen bist, war deine Reise umsonst. Du solltest dir eine Frau suchen, die deinen Umständen und deinen Verhältnissen entspricht, und ich kann dir eine solche anbieten. Einem Storch am Himmel sollst du nicht nachfliegen, sonst wirst du tief stürzen.« So sprach der Heiratsvermittler und wiederholte seine Worte zweimal und auch dreimal, denn es wurmte ihn, daß dieser Jüngling – wie er glaubte – ihn zum Narren halten wollte.

Der Jüngling hörte ihm zu, erinnerte sich an die Worte des Zaddik und gab dem Heiratsvermittler einen Golddukaten. Dann sagte er: »Es scheint mir, daß du kein reicher Mann bist. Darum gebe ich dir diesen Dukaten als Lohn für deine Mühe, ins Haus der Erbin zu gehen und ihr dieses zu sagen: Gestern kam ein Jüngling in diese Stadt, dessen Familie ich nicht kenne und der mir auch nichts über seinen Vermögensstand gesagt hat. Er gab mir einen Golddukaten für meine Mühe, meiner Herrin mitzuteilen, er wolle um ihre Hand anhalten. Wenn du ihr das sagst, wird dir kein Leid geschehen, und sie wird dir nicht zürnen. Den Lohn für deine Mühe hast du erhalten, und du brauchst mir nur noch ihre Antwort zu übermitteln.« Verwundert erwiderte der Heiratsvermittler: »Ich werde tun, wie du sagst, doch kann ich nicht an einem Werktag zu ihr gehen, denn sie hat viele Geschäfte und ist ständig von Menschen umgeben. Ich werde warten bis zum Ausgang des heiligen Sabbat, wenn sie keine Geschäfte hat und allein in ihrem Hause sitzt. Dann werde ich ihr im Vertrauen sagen, was du mir aufgetragen hast, und dir ihre Antwort überbringen.«

Am Sabbatausgang ging der Heiratsvermittler zu der Erbin, bat sie, ihm nicht zu zürnen, und berichtete ihr, es sei ein Jüngling aus Levitzk gekommen, der um ihre Hand anhalten wolle. Und die Erbin erwiderte: »Schreibe seinen Namen und Zunamen auf einen Zettel und komme am Dienstag zu mir. Dann will ich dir eine klare Antwort geben.« Der Heiratsvermittler war sehr erstaunt, als er sah, daß sie den Antrag nicht sogleich von sich wies. Er ging zu dem Jüngling, erzählte ihm, was sie gesagt hatte, und der Jüngling schrieb seinen Namen und Zunamen auf einen Zettel, den er dem Heiratsvermittler gab.

Am Dienstag erschien der Heiratsvermittler wieder bei der Erbin und übergab ihr den Zettel. Und diese sagte: »Zweifellos ist es von Gott gefügt, daß ein Jüngling aus Levitzk um meine Hand anhält. Und weil es Gottes Wille ist, darf ich mich ihm nicht verweigern. Doch um kein Gerücht aufkommen zu lassen, ich hätte einen armen Mann geheiratet, will ich ihm den Anschein eines reichen Mannes geben. Sage ihm, er möge die sechs neuen Läden mieten, die neben meinen Läden liegen, und ich werde Weisungen geben, die Ware, die ich in Leipzig bestellt habe, zu ihm zu schicken. Er soll sie in Empfang nehmen und in seinen Läden lagern. Er wird in der Stadt als sehr reicher Mann bekannt werden, und man wird sagen, er sei noch reicher als ich, denn die Ware ist sehr viel Geld wert. Und dann wird es mir zur Ehre gereichen, ihn zu ehelichen. Doch darfst du kein Wort darüber verlauten lassen.«

Der Heiratsvermittler eilte zu seinem Auftraggeber und berichtete ihm freudig, die Erbin sei bereit, ihn zu heiraten, und was sie ihm befohlen hatte. Der Jüngling tat wie geheißen und mietete die Läden. Die Diener der Erbin erzählten ihr, daß in der Stadt erzählt werde, es sei ein reicher Kaufmann aus Levitzk gekommen und habe die benachbarten Läden gemietet, und wahrscheinlich werde er jetzt mit der Erbin in Wettbewerb treten, und sie würden ihr raten, das noch rechtzeitig zu verhindern. Doch die Erbin sagte ihren Dienern, sie wolle abwarten, welche Waren er bringen würde, und wenn es nicht die gleichen Waren seien wie die ihren, wäre ein Wettbewerb nicht zu befürchten.

Doch schon nach wenigen Tagen wurden die Waren aus Leipzig geliefert, und die Bediensteten der Erbin sahen, daß es gute und teure Sachen waren und der neue Kaufmann sie bereits in seinen Läden gelagert und mit dem Verkauf begonnen hatte. Die Bediensteten meldeten es sogleich ihrer Herrin, und diese sagte: »Ich will selbst sehen, ob ihr die Wahrheit gesprochen habt.« Sie ging und sah, und es gefiel ihr. Darauf sagte sie zu ihrem Onkel, der ihre Geschäfte verwaltete: »Dem Vernehmen nach ist ein reicher Kaufmann in die Stadt gekommen, der noch frei ist. Vielleicht sollte ich ihn heiraten.« Der Onkel war sehr erfreut, daß Gott ihr endlich einen würdigen Bräutigam geschickt hatte, man traf alle Vorbereitungen, und sie hielten Hochzeit, wie es das Gesetz von Moses und Israel vorschreibt.

Eines Tages – zwei Jahre nach der Hochzeit – saßen die Eheleute am Ausgang des heiligen Sabbat in ihrem Hause und tranken Tee. Da glitt ein Ring vom Finger der Frau und fiel auf den Fußboden. Sie nahm eine Kerze und bückte sich, ihn zu suchen. In diesem Augenblick kam der Zaddik Rabbi Lejb in großer Eile ins Zimmer und sagte zu dem Jüngling: »Hier hast du das Geld, das ich dir schulde, und zerreiße sofort den Schuldschein.« Und sogleich eilte er wieder hinaus. Der Jüngling stand auf, ihn zu begleiten, doch der Rabbi sagte: »Geh ins Zimmer zurück. Ich will nicht, daß du mich begleitest.« Als er zurückkam, fragte ihn seine Frau: »Warum läßt du ihn alleine gehen? Es ist doch der Zaddik Rabbi Lejb Ben Sarah.« Verwundert fragte sie der Jüngling: »Woher kennst du ihn?« Und sie erwiderte: »Als du den Heiratsvermittler zu mir schicktest, glaubtest du wohl, ich sei verrückt geworden, daß ich mein Einverständnis gab. Ich will dir erzählen, was sich zugetragen hat: Dieser alte Rabbi ist immer wieder zu mir gekommen und hat mir gesagt, der und der Jüngling aus Levitzk würde mein Ehemann werden. Doch ich hörte nicht auf ihn, bis mir mein seliger Vater im Traum erschien und mir sagte, dies sei ein großer und berühmter Zaddik, und er wisse, wen ich ehelichen würde. Auch dann konnte ich es nicht glauben, bis ich eines Tages todkrank wurde. Da kam dieser alte Mann zu mir und sagte: Du hast die Wahl. Entweder stirbst du an dieser Krankheit, oder du nimmst jenen Jüngling zum Mann. Ich war gezwungen, es ihm zu versprechen und zu tun, was er verlangte, und den Jüngling aus Levitzk zu ehelichen, wenn er kommen sollte. Und du glaubtest, ich sei schwachsinnig, als ich dem Heiratsvermittler zusagte. Ich kenne diesen Zaddik sehr gut, aber was hattest du mit ihm zu tun?« Da erzählte der Mann ihr die ganze Geschichte, und es wurde ihnen klar, daß sie in der Hand des Zaddik wie der Ton in den Händen des Töpfers waren und er mit ihnen tat, was er wollte.

Wo liegt der Garten Eden?

Der Zaddik Rabbi Mosche Teitelboim träumte einmal in der Nacht, er sei auf dem Wege ins Paradies. Er kam an einen hohen Berg und wollte hinaufsteigen, um so in den Garten Eden zu gelangen, doch zwei Engel verwehrten ihm den Eintritt und befahlen ihm, vorerst im Brunnen der Prophetin Miriam zu baden. Als er jedoch in den Brunnen blickte, erschrak er vor dessen Tiefe. Doch die zwei Engel packten ihn und warfen ihn ins Wasser. Als sie ihn wieder herausgezogen hatten, ging er weiter und kam in den Garten Eden. Dort sah er mehrere Gerechte, die über ihren Büchern saßen und die Heilige Schrift studierten. Voller Verwunderung fragte er den Engel, der ihn begleitete: »Ist dies das ganze Paradies?« Worauf der Engel erwiderte: »Du irrst, wenn du glaubst, die Gerechten säßen im Paradies. Das Paradies befindet sich im Herzen der Gerechten.«

Teufelswerk

Es war einmal ein Mann, der nicht daran glaubte, daß es Teufel gibt, die den Menschen häufig einen Streich spielen. Man erzählte sich viel davon, aber er glaubte es nicht.

Eines Nachts kam ein solcher Teufel zu ihm und rief ihn aus dem Haus. Er ging hinaus, und der Teufel bot ihm ein Pferd zum Verkauf an. Es war ein besonders schönes Pferd, und der Mann fragte den Teufel: »Wieviel willst du dafür haben?« Und der Teufel erwiderte: »Vier Dukaten.« Der Mann sah, daß das Pferd mindestens acht Dukaten wert war, denn es war ein sehr gutes und edles Pferd. Er kaufte das Pferd für vier Dukaten und war überzeugt, ein gutes Geschäft gemacht zu haben.

Am nächsten Tag bot er das Pferd zum Verkauf an. Man handelte und feilschte und bot ihm eine bestimmte Summe. Da dachte er im stillen: Wenn man mir eine solche Summe bietet, ist das Pferd wahrscheinlich das Doppelte wert. Und er verkaufte es nicht. Er brachte das Pferd auf einen anderen Markt, und dort bot man ihm den doppelten Preis. Doch er sagte sich: Wahrscheinlich ist es das Doppelte dieser Summe wert. Und wieder brachte er das Pferd auf einen anderen Markt, und schließlich bot man ihm Tausende von Dukaten. Doch er wollte noch mehr und fand keinen Käufer und dachte sich, der König würde es vielleicht kaufen. Der König bot einen gewaltigen Preis, denn es war wirklich ein ausgezeichnetes Pferd, doch auch damit war der Mann nicht einverstanden, denn er sagte sich: Vermutlich ist es noch mehr wert. Und auch der König kaufte das Pferd nicht.

Darauf ging der Mann mit dem Pferd zur Tränke. Es gab dort eine Pumpe, von der die Pferde getränkt wurden, und das Pferd sprang in die Pumpe hinein und war verschwunden. Da begann der Mann, laut zu schreien. Die Leute eilten herbei und fragten ihn: »Warum schreist du?« Er erwiderte, sein Pferd sei in die Pumpe gesprungen. Darauf verprügelten sie ihn, bis er blutete, weil sie ihn für einen Verrückten hielten, denn ein Pferd kann in einem so dünnen Rohr nicht verschwinden.

Als er sah, daß man ihn für einen Verrückten hielt und ihn verprügelte, wollte er sich aus dem Staub machen, doch plötzlich streckte das

Pferd den Kopf aus dem Wasserrohr, und der Mann fing an zu schreien: »Aha, aha!«, weil er glaubte, sein Pferd zu sehen. Wieder versammelten sich die Leute und schlugen auf ihn ein, weil sie ihn für einen Verrückten hielten. Er wollte davonlaufen, doch wieder streckte das Pferd seinen Kopf aus dem Wasserrohr. Wieder begann er zu schreien und erhielt noch eine Tracht Prügel.

So spiegelt der Teufel den Menschen oft Dinge vor, die nicht vorhanden sind. Und der Mensch folgt ihm und glaubt jedesmal, er könne noch mehr verdienen und seine Gelüste befriedigen. Und er geht diesen Phantasiegebilden nach, bis sie vor seinen Augen verschwinden. Und wenn er sie manchmal aus den Augen verliert und beginnt, sie zu vergessen, kommen sie wieder und verführen ihn erneut. Und das muß man wissen.

Der verrückte Königssohn

Es war einmal ein Königssohn, der plötzlich verrückt wurde und glaubte, er sei ein Truthahn. Er setzte sich nackt unter den Tisch und pickte Brotkrumen und Knochenstückchen vom Fußboden, wie es Truthähne tun. Kein Arzt konnte ihm helfen und ihn heilen, und der König war sehr bekümmert, bis eines Tages ein Weiser erschien und zu ihm sagte: »Ich werde ihn heilen.«

Er entkleidete sich ebenfalls, setzte sich nackt zu dem Königssohn unter den Tisch und begann, Brotkrumen und Knochenstückchen aufzupicken. Da fragte ihn der Königssohn: »Wer bist du, und was tust du hier?« Und der Weise erwiderte: »Und was tust du hier?« Darauf sagte der Königssohn: »Ich bin ein Truthahn.« Und der Weise sagte: »Auch ich bin ein Truthahn.« Und so hockten sie zusammen unter dem Tisch, bis sie sich aneinander gewöhnt hatten.

Dann gab der Weise den Dienern einen Wink, und sie legten ihnen zwei Hemden unter den Tisch, und der Weise sagte zu dem Königssohn: »Glaubst du, daß ein Truthahn kein Hemd tragen kann? Man kann sehr wohl ein Hemd tragen und trotzdem ein Truthahn bleiben.« Und beide zogen sich Hemden über. Nach einiger Zeit verlangte der Weise, man möge ihnen Hosen bringen, und sagte zu dem Königssohn: »Meinst du nicht, daß man auch in Hosen ein Truthahn sein kann?« Und beide zogen sich Hosen an, und so ging es weiter mit den übrigen Kleidungsstücken.

Danach ließ der Weise menschliche Speisen kommen und sagte zu dem Königssohn: »Glaubst du, man hört auf, ein Truthahn zu sein, wenn man gutes Essen zu sich nimmt? Man kann gut essen und trotzdem ein Truthahn bleiben.« Sie aßen gemeinsam, und dann sagte er: »Man kann sich auch als Truthahn an den Tisch setzen.«

Und so ging es weiter, bis er den Königssohn von seiner Krankheit geheilt hatte.

Und wer klug ist, wird den Sinn dieser Geschichte verstehen.

Die kleinen Schneider

Einmal beschwerte sich der Mond bei der Sonne darüber, daß sie stets bei Tag und an warmen Sommertagen ihren Dienst ausübe, während er hauptsächlich in den langen, kalten Winternächten seiner Tätigkeit nachgehen müsse. Darauf tröstete die Sonne den Mond und sagte zu ihm, er solle sich Kleidung anfertigen lassen.

Man ließ alle großen und berühmten Schneider kommen, um für den Mond ein warmes Kleid nähen zu lassen. Auch die kleinen Schneider wollten dabei helfen, doch sie sagten sich: »Man hat uns nicht gerufen, also werden wir auch nicht kommen.« Die großen Schneider sahen jedoch, daß es unmöglich war, für den Mond ein Kleid anzufertigen, weil er einmal groß und einmal klein war und sie ihm nicht Maß nehmen konnten. Da kamen die kleinen Schneider und erboten sich, dem Mond Maß zu nehmen.

Doch da sagte man ihnen: »Wenn die großen Schneider es nicht können, wie soll es euch gelingen?«

Die verlorene Königstochter

Es lebte einmal ein König, der sechs Söhne und eine einzige Tochter hatte, und diese Tochter war ihm lieber und wichtiger als jeder andere Mensch. Eines Tages zürnte der König seiner Tochter, und es entfuhr ihm: »Der Ungute soll dich holen!« In der Nacht begab sich die Königstochter in ihr Schlafgemach, und am Morgen war sie nicht mehr aufzufinden.

Der König war darob sehr bekümmert und suchte sie überall. Als der oberste Minister sah, wie traurig der König war, ließ er sich ein Pferd, einen Diener und Reisegeld geben und zog aus, die verlorene Königstochter zu suchen. Doch mußte er sehr lange suchen, bis er sie schließlich fand.

Der oberste Minister durchstreifte Wüsten und Äcker und Wälder und erreichte einen schmalen Pfad. Da sagte er sich: Ich bin schon so lange in der Wüste und habe das Mädchen nicht gefunden – vielleicht führt mich dieser Pfad zu einer Siedlung. Lange Zeit folgte er dem Pfad und kam schließlich an eine Festung, die ringsum von Soldaten bewacht war. Er fürchtete, die Soldaten würden ihn nicht einlassen, doch beschloß er, den Versuch zu unternehmen. Er ließ sein Pferd draußen stehen, und niemand verwehrte ihm den Eintritt. So ging er ungestört von einem Gemach ins andere und kam schließlich in einen Saal, wo ein König mit einer Krone auf dem Kopf auf seinem Thron saß. Er war von Soldaten und Musikanten umgeben, und der Saal war reich geschmückt. Doch weder der König noch ein anderer fragte ihn nach seinem Begehren. Er labte sich an den köstlichen Speisen, die dort standen, und setzte sich dann in einen Winkel, um zu sehen, was geschehen würde.

Der König befahl, die Königin zu ihm zu bringen, und unter fröhlichem Lärm und lautem Musikspiel eilte man, seinen Befehl auszuführen. Als die Königin eintrat, setzte man sie auf einen Sessel neben den König. Und da erkannte der oberste Minister, daß sie keine andere war als die verlorene Königstochter. Die Königin erblickte den Mann in der Ecke und erkannte ihn ebenfalls. Sie erhob sich und trat an ihn heran, berührte ihn mit der Hand und fragte: »Erkennst du mich?« Und er erwiderte: »Ja, ich erkenne dich. Du bist die verlorene Königstochter.« Und er fragte sie: »Wie bist du hierhergekommen?« Da sagte sie: »Mein Vater hat mir im Zorn gesagt, der Ungute möge mich holen, und dies hier ist der Ort des Unguten.« Da erzählte ihr der oberste Minister, ihr Vater sei sehr bekümmert und lasse sie schon seit mehreren Jahren suchen. Und er fragte sie: »Wie kann ich dich von hier herausbringen?« Und sie erwiderte: »Das kannst du nur, wenn du ein ganzes Jahr lang an einem einzigen Ort verweilst und nichts im Sinn hast als mich herauszubringen, und wenn dieser Gedanke dich ein ganzes Jahr lang quält. Und am letzten Tage des Jahres mußt du dich kasteien und darfst den ganzen Tag und die ganze Nacht nicht schlafen.« Das tat der oberste Minister, und am letzten Tag des Jahres schlief er den ganzen Tag und die ganze Nacht über nicht. Da sah er einen Baum, auf dem köstliche Äpfel wuchsen, und es gelüstete ihn sehr danach. Er aß von den Früchten des Baumes, doch kaum hatte er davon gekostet, überkam ihn der Schlaf, und er schlief lange Zeit. Und sooft sein Diener ihn auch zu wecken versuchte, es gelang ihm nicht. Als er schließlich erwachte, fragte er seinen Diener: »Wo bin ich auf dieser Welt?« Und der Diener erwiderte: »Du hast einige Jahre lang geschlafen, und während dieser Zeit habe ich mich von den Früchten dieses Baumes genährt.«

Der oberste Minister war sehr bekümmert, ging in die Festung und fand dort die Königstochter. Auch sie war sehr bekümmert und sagte: »Wärest du am letzten Tag des Jahres gekommen, dann hättest du mich herausbringen können, und wegen dieses einen Tages bist du gescheitert. Doch ist es sehr schwer, nicht einzuschlafen, besonders an dem letzten Tag, da der böse Trieb überwiegt. Darum suche dir einen Platz, wo du ein weiteres Jahr warten kannst, und am letzten Tag darfst du auch essen, doch sollst du keinen Wein trinken, um nicht einzuschlafen. Denn das Wichtigste ist, nicht zu schlafen.«

Das tat der oberste Minister. Am letzten Tag erblickte er eine sprudelnde Quelle. Sie war von roter Farbe und duftete nach Wein. Da sagte er zu seinem Diener: »Siehst du das? Es ist eine Quelle, aus der Wasser strömen sollte, doch ist sie rot und duftet nach Wein.« Er trank von der Quelle, schlummerte ein und schlief siebzig Jahre lang. Und dauernd kamen Soldaten vorüber, und der Diener verbarg sich vor ihnen. Dann kam eine Kutsche vorbei, in der die Königstochter saß. Sie stieg aus der Kutsche, trat an den obersten Minister heran und erkannte ihn. Sie schüttelte ihn, um ihn zu wecken, doch er erwachte nicht. Da klagte sie: »Wie viele Mühen und Qualen mußte er erleiden, um mich hier herauszubringen, doch wegen eines einzigen Tages ist er gescheitert. Er und ich verdienen Mitleid, weil ich schon so viele Jahre hier bin und nicht entkommen kann.«

Und sie weinte sehr. Dann nahm sie ihr Kopftuch ab und schrieb darauf mit ihren Tränen. Danach legte sie das Kopftuch neben ihn hin, stieg in die Kutsche und fuhr davon. Als er erwachte, fragte er seinen Diener: »Wo bin ich auf dieser Welt?« Und der Diener erzählte ihm von den Soldaten und von der Königstochter, die in einer Kutsche gekommen war und ausgerufen hatte, sie und er verdienten Mitleid. Dann sah der oberste Minister das Kopftuch und fragte: »Woher ist das?« Und der Diener berichtete, die Königstochter habe es mit ihren Tränen beschriftet. Da hielt der Minister das Kopftuch in die Höhe, gegen die Sonne, und sah deutlich die Buchstaben. Er las, was auf dem Tuch geschrieben stand von ihrer Trauer und ihrem Kummer und daß sie sich nicht länger in der Festung befinde und er einen Berg aus Gold und eine Festung aus Edelsteinen suchen müsse, und dort würde er sie finden.

Der Minister ließ seinen Diener zurück und machte sich allein auf die Suche nach der Königstochter. Er suchte sie mehrere Jahre lang, und dann sagte er sich, er würde an einem bevölkerten Ort keinen Berg aus Gold und keine Festung aus Edelsteinen finden, denn der Minister kannte die Karte der Welt genau. Darum beschloß er, die Wüste zu durchstreifen, und auch dort suchte er sie mehrere Jahre lang.

Auf seinem Weg begegnete er einem Menschen, der so groß war, wie kein Sterblicher es sein konnte. Und dieser Mensch trug einen Baum auf der Schulter, der so groß war, wie er sonst nirgends wuchs. Und der Riese fragte ihn: »Wer bist du?« Worauf der oberste Minister antwortete: »Ich bin ein Mensch.« Verwundert sagte der Riese: »So lange Zeit lebe ich schon in dieser Wüste und habe noch nie einen Menschen gesehen.« Darauf erzählte ihm der Minister alles, was sich zugetragen hatte, und daß er auf der Suche nach einem Berg aus Gold und einer Festung aus Edelsteinen sei. Da sagte der Riese: »Mit Sicherheit gibt es so etwas nicht.« Der Minister brach in Tränen aus, denn irgendwo mußte sich ein solcher Ort befinden. Schließlich sagte der Riese: »Ich glaube, du redest irre, doch weil es dir so sehr am Herzen liegt, will ich dir helfen. Ich bin der Herrscher der Tiere, und ich werde alle Tiere zu mir rufen und sie befragen. Sie laufen auf der ganzen Welt umher, und vielleicht kennt eines von ihnen jene Festung.« Er rief alle Tiere, groß und klein, und befragte sie. Doch keines von ihnen wußte etwas.

Da sagte der Riese zu dem Minister: »Du siehst selbst, daß man dir Unsinniges erzählt hat, und wenn du auf mich hörst, kehrst du um, denn das, was du suchst, gibt es nicht auf der Welt.« Doch der Minister flehte ihn an und sagte, es müsse das Gesuchte geben. Da sagte der Riese: »Hier in dieser Wüste lebt mein Bruder, und er ist Herrscher der Vögel. Vielleicht hat einer der Vögel, die in den Höhen schweben, den Berg mit der Festung gesehen. Gehe zu meinem Bruder und sage ihm, ich hätte dich zu ihm geschickt.«

Der oberste Minister machte sich auf und zog mehrere Jahre lang durch die Wüste, bis er einen zweiten Riesen fand, der ebenfalls einen Baum auf der Schulter trug. Er sagte zu ihm, sein Bruder habe ihn geschickt, und brachte seine Bitte vor. Doch auch der zweite Riese wies ihn ab und sagte, einen solchen Berg und eine solche Festung gebe es nicht. Als der Minister ihn anflehte, sagte er schließlich: »Ich bin der Herrscher der Vögel. Ich werde sie rufen und befragen. Vielleicht hat einer von ihnen etwas gesehen.« Er ließ sämtliche Vögel kommen, klein und groß, und befragte sie, doch keiner wußte von einem solchen Berg und von einer solchen Festung. Da sagte der Riese: »Höre auf mich und kehre um, denn einen solchen Ort gibt es nicht.« Doch der Minister beschwor ihn, und da sagte der Riese: »Hier in der Wüste lebt mein Bruder, der Herrscher der Winde, die überall auf der Welt wehen. Vielleicht wissen sie etwas.«

Der oberste Minister zog nochmals mehrere Jahre durch die Wüste, bis er einem dritten Riesen begegnete, der einen großen Baum auf der Schulter trug. Auch dieser wies ihn ab, doch als der Minister ihn beschwor, sagte er: »Dir zu Gefallen werde ich die Winde herbeirufen und sie befragen.« Er rief die Winde herbei und befragte sie, doch keiner von ihnen wußte etwas von dem Berg und der Festung. Da sagte der dritte Riese: »Du siehst selbst, daß man dich irregeführt hat.« Der oberste Minister begann zu weinen und sagte: »Ich weiß, daß es sie geben muß.« Auf einmal kam noch ein Wind angeflogen. Zornig fragte ihn der Herrscher der Winde: »Warum hast du dich verspätet? Ich habe befohlen, alle Winde sollten sogleich zu mir kommen. Warum bist du nicht zusammen mit den anderen hier angekommen?« Und der Wind erwiderte: »Ich habe mich verspätet, weil ich eine Königstochter auf einen goldenen Berg mit einer Festung aus Edelsteinen tragen mußte.«

Als der Minister diese Worte vernahm, war er sehr erfreut. Der Riese fragte den Wind, was es dort Wertvolles gebe, und der Wind erwiderte, alles sei dort von großem Wert. Da sagte der Herrscher der Winde zum obersten Minister: »Du hast schon so lange und unter so großen Mühen und Entbehrungen nach der Königstochter gesucht, und vielleicht ist dir dabei das Geld ausgegangen, darum schenke ich dir ein Gefäß, das Geldmünzen spendet, sobald du die Hand hineinsteckst.« Und er befahl dem Wind, den Minister an jenen Ort zu bringen.

Der Sturmwind trug ihn dorthin und setzte ihn vor dem Stadttor ab. Dort standen Soldaten, die den Eintritt in die Stadt verwehrten, doch er steckte seine Hand in das Gefäß, bestach mit den Geldmünzen die Soldaten und betrat die Stadt. Es war eine schöne Stadt. Bei einem reichen Händler kaufte er Vorräte ein, weil er längere Zeit in der Stadt verweilen mußte, um die Königstochter befreien zu können. Aber schließlich gelang es ihm.

Die Fliege und die Spinne

Dies ist die Geschichte eines Königs, der viele und schwere Kriege führte, seine Feinde besiegte und zahlreiche Gefangene nahm. Und jedes Jahr richtete der König ein großes Festmahl zum Andenken an seinen Siegestag aus. Und an dem Festmahl nahmen sämtliche Minister des Königreiches teil, und man vergnügte und belustigte sich nach Art der Könige. Sie verspotteten alle anderen Völker, darunter auch die Türken. Sie schmähten die Sitten und Gebräuche anderer Völker und auch die des jüdischen Volkes. Der König befahl, man sollte ihm ein Buch bringen, in dem die Sitten und Gebräuche eines jeden Volkes verzeichnet und beschrieben waren, und wo immer er das Buch aufschlug, waren lustige und witzige Geschichten über die Sitten der einzelnen Völker zu lesen.

Während der König noch in dem Buch las, bemerkte er am Rand des Buches eine Spinne. Auf dem anderen Rand des Buches saß eine Fliege. Und wohin ging die Spinne? Sie ging auf die Fliege zu. Während sich die Spinne der Fliege näherte, kam ein Windstoß und hob die aufgeschlagene Seite in die Höhe, so daß die Spinne nicht an die Fliege herankommen konnte und umkehrte. Voller List tat sie so, als wolle sie gar nicht zu der Fliege gehen. Die Buchseite fiel auf ihren Platz zurück, und wieder machte sich die Spinne auf den Weg zur Fliege. Doch wieder wehte die Seite hoch und versperrte der Spinne den Weg zur Fliege. Danach fiel die Buchseite wieder auf ihren Platz zurück, und das wiederholte sich mehrere Male. Als dann die Spinne wieder auf die Fliege zuging, erreichte sie mit den Beinen bereits die Buchseite, und als diese in die Höhe wehte, stand die Spinne schon oben, und als die Seite auf ihren Platz zurückfiel, war die Spinne zwischen den Buchseiten gefangen und wurde zerdrückt. Was mit der Fliege geschah, will ich jetzt nicht erzählen.

Der König hatte das alles gesehen und war sehr verwundert. Es war ihm klar, daß dieser Zwischenfall eine besondere Bedeutung haben mußte. Er begann darüber nachzudenken und schlief über dem Buch ein.

Er träumte, er hätte einen großen Diamanten in seiner Hand. Er betrachtete den Diamanten und sah viele Menschen aus ihm herausströmen. Da warf er den Diamanten von sich. Bei Königen ist es gebräuchlich, sich über dem Kopf ein Abbild ihrer selbst aufzuhängen und darüber eine Krone. Und die Menschen, die aus dem Diamanten kamen, nahmen das Bild des Königs und schnitten ihm den Kopf ab. Und danach nahmen sie die Krone und warfen sie in den Schmutz.

All das träumte der König.

Danach liefen die Menschen auf ihn zu und wollten ihn töten. Da erhob sich die Buchseite, über der der König eingeschlafen war, und schützte ihn, so daß die Menschen nicht an ihn herankamen und von ihm abließen. Danach fiel die Buchseite auf ihren Platz zurück, und wieder wollten die Menschen ihn töten, doch wieder erhob sich die Buchseite. Das wiederholte sich einige Male. Der König war begierig zu sehen, welche Buchseite es war und welche Gebräuche von welchem Volk darauf verzeichnet waren. Doch fürchtete er sich nachzusehen und begann zu schreien: »Ach, ach!« Die Minister, die an der Tafel saßen, hörten seinen Aufschrei und wollten ihn wecken, doch ist es unhöflich, einen König zu wecken. Sie schlugen mit den Händen auf den Tisch, damit er erwache, doch er erwachte nicht.

Im Traum erschien ihm ein hoher Berg und fragte ihn: »Warum schreist du so laut? Ich schlafe schon so lange Zeit, und nichts hat mich geweckt, und jetzt hast du es getan.« Da erwiderte der König: »Wie sollte ich nicht schreien, wenn diese Menschen mich töten wollen? Nur die Buchseite beschützt mich.« Und der Berg sagte zu ihm: »Wenn die Buchseite dich beschützt, brauchst du dich nicht zu fürchten. Denn auch ich habe viele Feinde, vor denen die Buchseite mich beschützt. Komm, ich will es dir zeigen.« Und er zeigte ihm, daß er von Tausenden und Abertausenden von Feinden umgeben war, die Festmähler ausrichteten und tanzten und musizierten. Und sie freuten sich, daß eine Gruppe unter ihnen eine List ersonnen hatte, wie sie den Berg besteigen konnte, und darum hielten sie ein Festmahl ab und tanzten und sangen. Doch dieselbe Buchseite, die den König beschützte, beschützte auch den Berg.

Auf dem Gipfel des Berges stand eine Tafel, auf der die gleichen Sitten und Gebräuche des gleichen Volkes verzeichnet waren wie auf der

Buchseite. Aber weil der Berg sehr hoch war, konnte keiner das Geschriebene lesen. Am Fuße des Berges war eine Tafel, auf der geschrieben stand, wer noch alle Zähne im Munde habe, könne den Berg erklimmen, doch der Allmächtige ließ am Fuße des Berges ein Kraut wachsen, das bewirkte, daß allen, die den Berg besteigen wollten, die Zähne ausfielen. Ob sie nun zu Fuß kamen oder auf Reittieren oder in Wagen und Kutschen – allen fielen die Zähne aus. Und an dieser Stelle lagen ganze Hügel ausgefallener Zähne.

Danach kamen die Menschen, die aus dem Diamanten geströmt waren, zurück, hingen das Bildnis des Königs wieder an seinen Platz, wuschen und säuberten die Krone und hängten auch diese wieder auf.

Als der König erwachte, blickte er sogleich auf die Buchseite vor sich, um zu sehen, welchem Volk die Sitten und Gebräuche, die dort verzeichnet waren, gehörten. Und er sah, daß es die Sitten und Gebräuche des Volkes Israel waren. Er begann der Wahrheit nachzugehen und gewann die Überzeugung, er müsse selbst dem Volke Israel angehören. Aber was tut man, um alle der Wahrheit zuzuführen? Er beschloß, sich auf die Suche nach einem weisen Mann zu machen, der ihm seinen Traum deuten konnte.

Der König nahm zwei Männer mit sich und fuhr mit ihnen in die Welt hinaus, verkleidet als einfacher Bürger. Er fuhr von einer Stadt zur anderen und von Land zu Land und fragte überall nach einem weisen Mann, der ihm seinen Traum deuten konnte. Schließlich sagte man ihm, an einem bestimmten Ort befinde sich ein solcher Mann. Er fuhr zu ihm und erzählte ihm die ganze Wahrheit, er sei ein König, der viele

Siege errungen habe, und alles, was ihm widerfahren war. Und er bat ihn, ihm seinen Traum zu deuten. Und der Weise erwiderte: »Ich selbst kann deinen Traum nicht deuten. Doch an einem bestimmten Tag in einem bestimmten Monat vermenge ich alle Parfüme und Wohlgerüche, und der Mensch, der diesen Duft einatmet, erfährt alles, was er wissen will.«

Der König beschloß, da er schon so lange Zeit auf der Suche nach der Wahrheit war, jenen Monat und jenen Tag abzuwarten. Der Weise ließ ihn an jenem Tag an dem Duft riechen, und der König erfuhr alles, was er wissen wollte. Er sah sich selbst noch vor seiner Geburt, als seine Seele noch in einer anderen Welt weilte. Und er sah, wie man seine Seele von einer Welt in die andere führte und verkündete: »Wer diese Seele anklagen will, möge hervortreten.« Doch es kam keiner, der sie anklagen wollte. Plötzlich kam einer und schrie: »Allmächtiger, erhöre mein Gebet! Wozu hast du mich erschaffen, wenn ein solcher auf die Welt kommt?« Und der da schrie, war Samael. Doch der Herr erwiderte: »Diese Seele muß zur Erde hinabsteigen, und du mußt dir selbst einen Rat finden.« Da verschwand er.

Und so führte man die Seele von einer Welt in die andere und brachte sie vor das Höchste Gericht, um ihr den Schwur abzunehmen, zur Erde hinabzusteigen. Und auch jetzt kam Samael noch nicht. Man schickte einen Boten, ihn zu rufen, und er kehrte mit einem alten, gebückten Mann zurück, den Samael kannte. Und Samael lachte und sagte: »Ich habe schon einen Rat gefunden. Diese Seele darf zur Erde hinabsteigen.«

Und so ließ man die Seele zur Erde hinabsteigen. Und der König sah alles, was ihm seither geschehen war, wie er zum König gekrönt wurde, wie er Kriege führte und alles andere. Und er nahm viele Gefangene, und unter ihnen war ein schönes Mädchen, so schön wie kein anderes auf der Welt. Doch kam diese Schönheit nicht von ihr selbst, sondern von einem großen Diamanten, den sie sich umgehängt hatte. Und darum glaubte man, daß sie große Schönheit besitze.

Man könnte darüber noch viel erzählen, doch ist das Ende dieser Geschichte nicht klar geschrieben.

Wie der Schneider mit Gott abrechnete

Einmal, am Vorabend des Jom Kippur, sagte der Zaddik Rabbi Elimelech aus Lisansk zu seinen Schülern: »Wenn ihr wissen wollt, was man am Vorabend des Jom Kippur tun sollte, geht zu dem Schneider am Rande der Stadt.« Die Chassidim gingen zu dem Schneider, stellten sich ans Fenster und sahen, wie der Schneider und seine Söhne auf einfache Weise ihre Gebete verrichteten, wie es Schneider eben tun. Nach dem Gebet legten der Schneider und seine Söhne ihre Sabbatkleidung an, deckten den Tisch mit köstlichen Speisen und setzten sich voller Freude zum Essen. Der Schneider holte ein Notizbuch hervor, in dem alle Sünden, die er vom vorigen Jom Kippur bis zum heutigen Jom Kippur begangen hatte, verzeichnet waren, und sagte: »Allmächtiger Gott, jetzt müssen wir alle unsere Sünden abrechnen.« Sogleich begann er, alle Sünden, die er im Laufe des Jahres begangen hatte und die im Notizbuch verzeichnet waren, aufzuzählen. Als er damit fertig war, holte er ein größeres und dickeres Notizbuch aus dem Schrank und sagte: »Allmächtiger Gott, ich habe all meine Sünden aufgezählt, und jetzt werde ich deine Sünden aufzählen.« Und er begann allen Kummer und alle Sorgen, alle Krankheiten und alle Geldverluste aufzurechnen, die ihn und seine Söhne im Laufe des Jahres befallen hatten. Als er mit der Abrechnung fertig war, sagte er: »Allmächtiger Gott, wenn man eine ehrliche Rechnung aufstellt, schuldest du mir mehr als ich dir. Aber ich will mit dir nicht kleinlich umgehen. Es ist Jom Kippur, alle müssen sich versöhnen, und ich verzeihe dir deine Sünden, die du uns angetan hast, und auch du sollst uns unsere Sünden verzeihen.« Darauf schenkte der Schneider die Gläser mit Wein voll und rief aus: »Lechaim, allmächtiger Gott, wir verzeihen einander unsere Sünden.«

Die Chassidim kehrten zu ihrem Rabbi zurück, berichteten ihm, was sich zugetragen hatte, und sagten, es sei eine Unverschämtheit. Da sagte der Rabbi: »Wisset, daß Gott der Allmächtige selbst mit seinem ganzen himmlischen Gefolge an diesem Tag herkommt, um die Worte des Schneiders zu hören, und daß an seinen Worten sich alle Welten freuen.«

Die Buchstaben des Bauern

Es war einmal ein Bauer, der wußte, daß es Pflicht war, am Vorabend des Jom Kippur zu essen und zu trinken. Er dachte sich: Ich werde essen und trinken bis zum Ende des Nachmittaggebetes und dann schnell auf meinem Pferd in die Stadt reiten, so daß ich zum Beginn der Gebete noch rechtzeitig komme. Der Bauer aß sich satt und bestieg sein Pferd, doch unterwegs verirrte er sich im Wald und konnte den Weg nicht mehr finden.

Die Sonne ging unter, und die Zeit des Kol-Nidre-Gebetes war gekommen, und es wurde ihm klar, daß er die ganze Nacht und den ganzen Feiertag über allein im Wald bleiben mußte. Doch ein Gebetbuch hatte er nicht. Da weinte er bittere Tränen und rief aus: »Allmächtiger Gott, was soll ich nur tun? Ich weiß nur einen Rat: Ich werde die Buchstaben des Alphabets aufsagen, und du, allmächtiger Gott, mußt die Buchstaben so zusammensetzen, daß sie die richtigen Gebete ergeben.«

Das Kind und das gesamte Gebetbuch

In einer kleinen Stadt lebte einmal ein jüdischer Schankwirt, den der Landgraf besonders gern hatte. Als der Schankwirt und seine Frau starben, nahm der Landgraf den kleinen Sohn des Schankwirts bei sich auf und adoptierte ihn als seinen eigenen Sohn. Und dem Knaben war nichts über den jüdischen Glauben bekannt. Er wußte nur, daß seine Eltern Juden gewesen waren, daß der Landgraf ihn jetzt als seinen eigenen Sohn aufzog und daß er einmal seinen ganzen Besitz erben würde. All das hatte ihm der Landgraf erzählt und ihm auch die Hinterlassenschaft seiner Eltern gezeigt, unter der sich auch einige Gebetbücher befanden, darunter der *Korhan Mincha,* ein Gebetbuch, das seine Mutter stets zu benützen pflegte.

Zu jener Zeit pflegten die Juden aus den Dörfern an den »Schrecklichen Tagen« in die Stadt zu fahren, um dort zu beten. Als der Knabe sah, daß alle Juden in die Stadt fuhren, fragte er sie, warum, und sie sagten ihm den Grund. In derselben Nacht erschienen ihm seine Eltern im Traum und drängten ihn, er möge zum Glauben seiner Väter zurückkehren. Und so geschah es jede Nacht während der gesamten zehn Bußtage. Der Knabe erzählte es dem Landgrafen, doch dieser meinte, Träume hätten keine Bedeutung. Sein Vater und seine Mutter aber ließen nicht von ihm ab und drohten ihm im Traum, sie würden ihn erwürgen, wenn er nicht den Weg zurück zu seinem Glauben fände. Am Vorabend des höchsten Feiertages sah der Knabe, wie sämtliche Juden des Dorfes auf ihren Wagen in die Stadt fuhren, holte das Gebetbuch seiner Mutter und fuhr mit ihnen in die Stadt zur Synagoge. Dort sah er die gesamte Gemeinde in weiße Gewänder gehüllt mit Gebetbüchern in der Hand weinen und beten. Da begann der Knabe bitterlich zu weinen und zu schreien, weil er nicht wußte, wie man betet. Das bemerkte der Baal Schem Tow und hatte Mitleid mit ihm, denn er befürchtete, der Knabe könne sich wieder vom jüdischen Glauben abwenden. Doch der Knabe schlug sein Gebetbuch auf, legte seinen Kopf auf das offene Buch und sagte weinend: »Allmächtiger Gott, ich weiß nicht, wie man betet und welche Worte ich sprechen soll. Und darum, allmächtiger Gott, lege ich das gesamte Gebetbuch offen vor dich hin.«

Die Flöte

Ein einfacher Bauer pflegte an den »Schrecklichen Tagen« in dem Bethaus des Baal Schem Tow seligen Angedenkens seine Gebete zu verrichten. Dieser Bauer hatte einen behinderten Sohn, der nicht einmal die Buchstaben kannte, geschweige denn ein Gebet sprechen konnte. Und darum brachte der Vater das Kind niemals in die Stadt, weil es nichts verstand.

Nachdem der Knabe Bar-Mitzwa geworden war, nahm ihn der Vater am Jom Kippur mit in die Stadt, um aufzupassen, daß er in seiner Unwissenheit am heiligen Fasttag nichts aß. Und der Knabe hatte eine Flöte, auf der er stets spielte, wenn er auf dem Feld die Schafe hütete. Diese Flöte nahm der Knabe mit und steckte sie in die Tasche, ohne daß

der Vater es wußte. Den ganzen Jom Kippur über saß er im Bethaus und betete nicht, weil er nicht konnte.

Während des Mussaf-Gebets sagte der Knabe: »Vater, ich will auf meiner Flöte spielen.« Der Vater erschrak und verwies es ihm streng, und der Knabe unterließ das Flötenspiel. Beim Nachmittagsgebet sagte er: »Vater, erlaube mir doch, auf der Flöte zu spielen.« Wieder verwies es ihm der Vater und warnte ihn, er solle es nicht wagen. Er konnte dem Kind die Flöte nicht wegnehmen, weil das gegen die Gebote des Jom Kippur verstoßen hätte. Nach dem Nachmittagsgebet sagte der Knabe: »Was immer auch sein mag, erlaube mir jetzt, auf der Flöte zu spielen.« Der Vater sah, daß es ihm sehr ans Herz ging, und fragte ihn: »Wo hast du die Flöte?« Und der Knabe zeigte auf seine Rocktasche. Da legte der Vater seine Hand auf die Rocktasche des Knaben, damit er die Flöte nicht herausziehen konnte. Und so stand er und sprach das Schlußgebet, während er mit der Hand die Tasche und die Flöte festhielt.

Während des Gebets entriß der Knabe seinem Vater die Flöte und blies darauf einen lauten Ton zur Verwunderung der Gemeinde. Als der Baal Schem Tow das hörte, beendete er das Gebet.

Danach sprach er: »Dieses Kind hat auf seinen Flötentönen unsere Gebete zum Himmel getragen und hat mich somit entlastet.«

Anhang

Nachwort

1.

Vor zwanzig Jahren geriet ich an einem stickig-heißen Nachmittag bei einem Spaziergang durch Haifa in ein kleines Cafe der Unterstadt in der Nähe des Hafens. Außer mir saßen nur zwei Menschen in jenem Cafe, das eigentlich nichts weiter als eine einfache Imbißstube war. Zunächst beachtete ich die beiden nicht, doch im Lauf der Zeit lenkte ihr Gespräch meine Aufmerksamkeit auf sie. Der Sprecher war ein alter Mann mit einem schweren Leib; er trug seine Matrosenmütze schräg ins Gesicht gezogen und nahm mitunter einen Schluck aus einem großen Glas, das mit verdünntem Arrak gefüllt war. Die Stimme des Alten klang heiser und schläfrig, aber nichtsdestoweniger einnehmend und überzeugend. Ihr lauschte ein junger Mann, dessen Gesichtsausdruck eher von Vertrauen in die Erzählung des Alten als von Zweifeln an ihre Glaubwürdigkeit zeugte.

»Doktor Herzl« waren die Worte, die meine Aufmerksamkeit geweckt hatten. »Eines Tages«, erzählte der Alte dem jungen Mann, »kam Doktor Herzl zu Sultan Hamid, dem König der Türken, und wollte ihn um einen Staat für die Juden bitten. Sultan Hamid war ein mächtiger König, ihm gehörte alles, also auch Haifa. Er besaß sogar neunundneunzig Frauen. Als Herzl in sein Schloß kam, bewirtete man ihn voller Ehrerbietung. Man sagte zu ihm: Setzen Sie sich, Herr Herzl! Er setzte sich, und man brachte ihm Kaffee. Doch Herzl antwortete: Nein, danke, ich trinke keinen Kaffee. Denn Herzl war ein sehr kluger Mann, ein Professor, der sich mit dem Wetter und dem Organismus auskannte; überhaupt hatte er viel studiert. Und als er den Kaffee sah, bemerkte er sofort die Giftkügelchen, die in der Tasse schwammen. Er steckte einen Finger in den Kaffee, zog ihn wieder heraus, und der Finger war ganz grün. Dem Sultan war die ganze Geschichte sehr peinlich wegen der Presse. Denn wie kann man einem Gast Gift in den Kaffee schütten? Da sagte Sultan Hamid in ruhigem Ton zu Herzl: Das haben die Diener aus Versehen in den Kaffee getan. Herzl glaubte, daß ihn der Sultan belogen hatte. Da versprach ihm der Sultan sogar eine Frau – denn er hatte schöne Frauen, sie stammten alle aus Frankreich –, alles nur, damit Herzl nichts von dem Vorfall weitererzählen sollte. Aber Herzl hatte seine eigenen Frauen. Deshalb sagte er zum Sultan: Ich brauche deine Frauen nicht; gib mir einfach ein Land für die Juden und senke die Steuern! So riskierte Herzl sein Leben für den Staat Israel.«

2.

Denke ich heute an diese weit zurückliegende Stunde, in der ich in einer schummrigen Ecke jenes kleinen Cafes saß und der Geschichte des betrunkenen Hafenarbeiters lauschte (er schien ein Hafenarbeiter aus Saloniki, vielleicht aber auch ein Fischer zu sein), werde ich mir der Möglichkeit bewußt, eventuell die Entstehung dessen erlebt zu haben, was in der Literaturwissenschaft »Märchen« genannt wird, auch wenn die Erzählung des alten Mannes eine äußerst einfache Geschichte war und zweifelsohne nicht an den *Froschkönig* oder vergleichbare Märchen heranreichte. Die kleine Geschichte über die Gründung des Staates Israel wurde aus der stickigen Mittagshitze heraus geboren, aus der lebhaften Phantasie eines betrunkenen Mannes, aus dem Versuch, Bruchstücke historischer Wahrheit zusammenzufügen, und aus dem Bedürfnis des Erzählers, irgendeinem verschwommenen Ideal, das er in sich trug, Ausdruck zu verleihen. Zwar war seine Erzählung nichts anderes als das zufällige Produkt jenes Augenblicks, doch findet man in ihr bei näherem Hinsehen einige Elemente, die seit jeher zu den Charakteristika des Märchens und in gewisser Weise auch des Mythos zählen: so übernimmt Herzl zum Beispiel die Rolle des Helden, der in die Welt hinauszieht. Er gelangt zu dem Schloß, das den Ort seiner Bewährung darstellt und an dem die von ihm erhoffte Beute verborgen ist. Dort lauert natürlich auch die Gefahr. Der König besitzt alle Schätze dieser Erde, so auch die Stadt Haifa und einen Harem mit neunundneunzig Frauen, also einen immensen, die Begehrlichkeit weckenden Schatz. Doch die Wünsche des Helden gleichen nicht denen eines gewöhnlichen Menschen. Auch wird das Gewünschte nicht von einer Prinzessin oder einem Vogel verkörpert. Im Fall des Helden Herzl ist der ersehnte Schatz natürlich der Staat Israel. Wie in anderen Fällen begibt sich der Held auch in der vorliegenden Geschichte in Lebensgefahr. Doch versteht er es, ihr durch seine Schläue zu entkommen und so die erste Prüfung heil zu überstehen. Er wird aber noch ein zweites Mal auf die Probe gestellt: diesmal handelt es sich nicht um einen Mordanschlag, sondern um den Versuch des Sultans, den Helden durch sexuelle Verlockungen zu besiegen. Doch auch in dieser Situation bewährt sich der Held und läßt sich selbst durch den verlockenden Ersatz, der ihm geboten wird, nicht von seinem Ziel ablenken. Er trägt seinen Wunsch nach einem Land für die Juden vor, der dem Erzähler jedoch sicher ein wenig zu abstrakt erscheint, so daß er ein eigenes Anliegen – die Steuersenkung – damit verbindet. Dabei übersieht er den Widersinn, der in der Forderung einer Steuersenkung in einem noch nicht existenten Staat liegt; diese Ungereimtheit entspricht der aus anderen Geschichten bekannten Vorstellung vom sprechenden Vogel, dem geflügelten Pferd und ähnlichem.

3.

Diese kleine Geschichte notierte ich damals aus Begeisterung für das Authentische und ohne jegliche weitergehende Absicht auf ein Stück Papier. Als ich damals den Roman *Die Lage des Menschen* schrieb, fand die Geschichte Verwendung, dient darin jedoch lediglich als humoristische Einlage. Soweit ich mich erinnere, erwies sich ihre Bearbeitung als langwierig, ja sogar als äußerst ermüdend, was scheinbar darauf zurückzuführen ist, daß ich wohl nicht zum Romaneschreiben geboren bin. In meinem Denken, oder, fast würde ich sagen, im Innersten meines Herzens, orientiere ich mich nicht an psychologischen und mindestens ebensowenig an soziologischen Gesichtspunkten. Vielmehr scheint der Mythos meine Welt zu sein, und ich betrachte *Das beispielhafte Leben,* das die Charakteristika des Mythos besitzt und hinsichtlich seiner künstlerischen Gestalt dem Grund meines Wesens entspricht, seit jeher als mein wichtigstes Buch.

Soweit diese Bemerkung am Rande. Was nun aber die kleine Geschichte über die Gründung des Staates Israel betrifft, so behandelte ich sie mit der ihr gebührenden Ernsthaftigkeit, indem ich ihren Wortlaut notierte. Darüber hinaus schenkte ich ihr keine Aufmerksamkeit, und sie vermochte es auch nicht, mein Interesse für Märchen im allgemeinen zu wecken, obgleich ich mich, wie gesagt, aufgrund meines Wesens durchaus für die Welt des Mythos interessierte. So standen mir die zauberhaften Geschichten der griechischen Mythologie vor Augen, ferner die farbigen Märchen aus China und Indien, *Tausendundeine Nacht* sowie die Märchen der Brüder Grimm, deren naive Fassade die dunkelsten Winkel der menschlichen Seele verbirgt. Bewundernd richtete ich meinen Blick auf jene beispielhaften Werke, die auf abgelegenen volkstümlichen Erzählungen basieren – wie beispielsweise *Faust* oder *Tristan und Isolde.* An einem weit zurückliegenden Abend vor vielen Jahren ließ in einem dunklen Kinosaal auch der Spielfilm *Orfeu Negro* mein Herz höher schlagen. Als ich nach der Vorstellung durch die dunklen, menschenleeren Straßen Londons im Nieselregen den Fluß entlang nach Hause ging, fühlte ich mich, als irrte auch ich durch eine chaotische Welt auf der Suche nach meiner Eurydike, die ich nie finden würde.

Was wußte ich andererseits über die Märchen der Juden? Mir war Bialiks *Sefer Ha-Agada* (Märchenbuch) bekannt. Doch schon als Schuljunge vermochte ich mich nicht für diese Sammlung gefälliger Erzählungen, die nichts mit Märchen gemein haben und der Alltagskonversation weiser Männer gleichen, zu begeistern. Das Buch ist zwar ein verdienstvolles Werk, jedoch der Welt des Märchens, die in der Ursprünglichkeit der Traumwelt und in der metaphysischen Rätselhaftigkeit menschlichen Seins ruht, kaum verbunden. Berdiczewski erkannte offenbar die Schwächen des *Sefer Ha-Agada*. So heißt es in seiner Besprechung des Buches, das von ihm »ein ehrenwertes Buch« genannt wurde: »Jedes Märchen ist tatsächlich nichts anderes als eine ›Erzählung‹. Für die Redaktoren war aber nicht das Märchen selbst das Wichtigste, und so fügten sie Worte von gelehrten Männern hinzu.« In seinem eigenen Buch *Zefonot Ve-Agadot* (Geheimnisse und Märchen) suchte Berdiczewski ein ganz anderes Bild des frühen jüdischen Märchens zu zeichnen, doch scheint ihm das große Vorhaben nicht gelungen zu sein – vielleicht gerade deshalb, weil dieser wunderbare Autor beabsichtigte, die Geschichten in einem recht persönlichen und esoterischen Stil neu zu schreiben.

Was war mir außerdem bekannt? Einige chassidische Erzählungen – insbesondere die, die in Bubers Buch *Or Ha-Ganus* (Verborgenes Licht) enthalten sind. Doch zeichnen sich diese Erzählungen durch einen Mangel an Phantasie und ein hohes Maß an erzieherischen Absichten aus; wie Lorca es in einem seiner Gedichte (in einem ganz anderen Zusammenhang) ausdrückte: »Sie sind voller Olivenöl.« Erst viel später entdeckte ich, daß Buber die künstlerisch kraftvollsten chassidischen Geschichten überhaupt nicht in sein Buch aufgenommen hatte. Vielleicht war es Buber entgangen, daß gerade die wundersamsten, wilder Phantasie entsprungenen Erzählungen (zum Beispiel über den Baal Schem Tow, der mit Fröschen redet und mit bösen Geistern und Zauberern ringt) mehr über das Wesen des Menschen, seine Verbundenheit mit der Natur und dem Dämonischen aussagen als Humanität propagierende Geschichten und erbauliche Sprichwörter. (Bubers Beschreibung des Baal Schem Tow als ehrwürdigen und anerkannten Rabbiner widerspricht der historischen Wahrheit; schon Gerschom Scholem zitiert den Bericht eines jungen Zeitgenossen des Baal Schem Tow, in dem es heißt: »Ich erinnere mich, daß er für seinen Mangel an Bildung bekannt war, daß er Amulette herstellte, das Studium vernachlässigte und daß er auf den Märkten und in den Straßen umherstreifte und mit den Frauen plauderte.«) Was kannte ich noch? Mit der Erwähnung des Buches *Sefer Ha-Bedicha Ve-Ha-Chidud* (Das Buch des Scherzes und des Witzes) von Drujanow, das ich in meiner Kindheit gelesen hatte und das eine umfangreiche Sammlung von Anekdoten beinhaltet, beschließe ich die Aufzählung des wenigen, das mir damals vertraut war. Denn auch die Anekdote ist als volkstümliches literarisches Werk zu betrachten. Als ich kürzlich im Zusammenhang mit meiner momentanen Arbeit diese Bände wieder durchblätterte, erschrak ich beinahe wegen all des Häßlichen, das ihre Seiten füllt: alle Frauen gebärden sich wie Hausdrachen, die Männer fluchen über ihre Ehefrauen, das Augenmerk der Bräutigame ist auf den materiellen Gewinn gerichtet, den die Ehe mit sich bringen soll, die Bräute sind mit einem Makel behaftet, die Ehevermittler Hochstapler, die Händler Betrüger, und immer wieder besiegt der kluge Jude mit seiner scharfen Zunge den dummen Goi während der Reise im Zug.

Aber ach! Jener Zug befand sich auf dem Weg nach Bergen-Belsen.

Es ist also nicht verwunderlich, daß ich mich in all den Jahren nicht für jüdische Märchen interessierte, von denen ich – wie mir schließlich klarwerden sollte – damals nur wenig wußte.

4.

Vor kurzem gelangte zufällig eine Sammlung volkstümlicher Erzählungen in meine Hände, die auf die mündliche Tradierung durch jüdische Einwanderer aus Marokko zurückgeht und vom Israeli Folktale Archive (IFA) herausgegeben wurde. Zunächst blätterte ich in dieser Sammlung ohne großes Interesse: Der erste Eindruck war nichtssagend, jedenfalls stellte sich nicht der Zauber ein, den in vergangenen Zeiten die klassischen Geschichten auf mich ausgeübt hatten. Auch der Stil, in dem die Erzählungen niedergeschrieben worden waren, verlangte im allgemeinen nach einer erheblichen Verbesserung. Je länger ich aber darin las, und je mehr es mir gelang, die Spreu vom Weizen zu trennen, um so größer wurde mein Interesse, bis ich schließlich staunend begriff, daß ich – um in der Sprache der Märchen zu sprechen – am Eingang einer Kammer stand, die einen sagenhaften Schatz barg. Danach ging ich zu anderen Sammlungen über (zum Beispiel der von persischen, tunesischen und kurdischen Juden erzählten Märchen); aus der Fülle des reichhaltigen Materials heraus, das wahrscheinlich vorwiegend aus ethnologischen und folkloristischen Motiven gesammelt worden war (in der Einleitung zu der marokkanischen Sammlung heißt es, es gehe darum, »das ursprüngliche Material zu bewahren und es den Interessenten und Wissenschaftlern zur Verfügung zu stellen«), offenbarten sich mir immer wieder Werke, die jede klassische Anthologie von Märchen enthalten sollte. Ich beschränke mich an dieser Stelle darauf, Geschichten wie *Der Eselskopf, Der König und die vierzig Krähen* und *Die Nachtigall und die Männer in Totenhemden* zu erwähnen – oder auch die dämonische Geschichte von der Rabbinertochter, die einen Zauberer heiratete, vom Wandel des äußerlichen Aspekts ihres Daseins und von ihrer seelischen Entwicklung.

Das bislang Gesagte bezieht sich auf Geschichten, die in der heutigen Zeit aufgrund der mündlichen Wiedergabe durch Menschen aus unterschiedlichen Herkunftsländern aufgeschrieben wurden. Einen anderen »Schatz«, der mir bis dahin weitgehend unbekannt war, entdeckte ich in den Publikationen vergangener Generationen, denen ich mich zuwandte, als mein Interesse für die jüdischen Märchen geweckt worden war. Dieses Textmaterial, die geistige Leistung Unbekannter, finden wir in unzähligen dünnen, farblosen Bändchen verstreut; es dürfte Forschern und einigen wenigen gebildeten Lesern bekannt sein. Dem aufgrund mündlicher Wiedergabe niedergeschriebenen Material ist es qualitativ durchaus ebenbürtig, manchmal sogar überlegen, so daß mich die Lektüre mitunter in Staunen versetzte. An dieser Stelle verweise ich auf *Die Geschichte von Rabbi Josef de la Reina, Die Geschichte des Goldschmieds und seiner zwei Frauen, Der Mann, seine Frau und der Räuber* sowie *Der jüdische Papst* und *Elchanan der Papst,* auf dessen – dem Schicksal des Ödipus ähnelnde – Tragödie ich im weiteren Verlauf noch zurückkommen werde.

Schließlich dachte ich, eine Auswahl des Besten von dem erwähnten Material verdiene es, in einem einzigen Buch vereint zu werden. Meines Wissens existierte eine derartige Sammlung bis dahin nicht. Die bislang erschienenen Bücher sind einerseits die Anthologien mündlich tradierter Geschichten, andererseits einige Anthologien, in denen in literarischen Werken verarbeitete Erzählungen gesammelt wurden. Unter letzteren scheint mir *Sefer Ha-Ma'asijot* (Buch der Erzählungen) von Mordechai Ben Jecheskel die beste und umfassendste zu sein. Ein Buch, das erstere und letztere zusammenfügte und sie trotz ihrer unterschiedlichen Herkunft und ihres unterschiedlichen Charakters in einer gewissen Einheitlichkeit darstellte, wartete noch darauf, geschrieben zu werden.

Ich möchte an dieser Stelle in aller Kürze noch eine grundsätzliche Bemerkung bezüglich der Notwendigkeit einer solchen Publikation anbringen. Gerschom Scholem wies vor einer Generation nachdrücklich und überzeugend auf die mangelnde Beachtung einer der beiden Ausdrucksformen des jüdischen Genius – nämlich auf die Vernachlässigung des mystischen Schrifttums – hin. Mit seinem bedeutenden Werk korrigierte Scholem diese Haltung. Doch hatte das Judentum im Laufe der Generationen nicht allein zwei Ausdrucksformen, die halachische und die kabbalistische Literatur, entwickelt, sondern daneben noch eine dritte in der Gestalt volkstümlicher Erzählungen. Diese ist wie ein großer Ozean, der von Abertausenden Flüssen gespeist wird, die dem Herzen unbekannter Erzähler entspringen. Es scheint mir also angebracht, dieser dritten literarischen Form des Judentums Gerechtigkeit widerfahren zu lassen. Dabei verfolge ich nicht die Absicht, eine klar definierte folkloristische Studie vorzulegen, so wichtig eine derartige Forschungsarbeit auch wäre; vielmehr möchte ich die Kenntnis dieser Vorstellungswelt fördern und zu deren lebendigem und qualitativem Verstehen beitragen, so wie Kenntnis und Verstehen der halachischen und später auch der kabbalistischen Literatur bereits vermittelt wurden.

5.

Für das vorliegende Buch sah ich ungefähr tausendachthundert Texte durch, von einzelnen in chassidischen Sammlungen erschienenen Novellen über zu Lebzeiten der uns vorausgegangenen Generationen gedruckte beziehungsweise mündlich tradierte und in unserer Zeit niedergeschriebene Erzählungen und Märchen sowie einzelne historische Zeugnisse, die fiktive Elemente enthalten (diese schließen auf Träume und Visionen beruhende Geschichten historischer Gestalten ein), bis hin zu kleinen – Witzen ähnelnden – Anekdoten; in einem Fall stützte ich mich sogar auf das jüdische Gebetbuch. Aus diesem Material wählte ich 274 Geschichten aus.*

Das einzige Kriterium, das mir dabei relevant erschien, war die Qualität des jeweiligen Textes, genauer gesagt: seine Bedeutung als Erzählung, Kunstwerk und Produkt der erzählerischen Phantasie. Andere Erwägungen – seien sie folkloristischer, ethnologischer, soziologischer oder historiographischer Art – spielten bei meiner Wahl keine Rolle. Bewußt weiche ich von der Gewohnheit der Autoren anderer, ursprünglich in hebräischer Sprache verfaßter Anthologien ab, die die Geschichten nach der ethnischen Herkunft ihrer Erzähler, nach Epochen, Quellen, Themen und so weiter klassifizieren. Die Redaktion der Geschichten und ihre Anordnung im vorliegenden Buch richteten sich also ausschließlich nach qualitativen Gesichtspunkten. Ich nehme an, daß der Leser dieses Prinzip bei der Lektüre ohne weiteres erkennen wird. Ich vermied die Einordnung der Erzähler beziehungsweise Verfasser nach ihrer ethnischen Herkunft, die Klassifizierung der in den Geschichten vorkommenden Motive und die Abgrenzung der Genres, in die sich die Geschichten einordnen ließen; vielmehr beabsichtigte ich, das verstreute, heterogene Textmaterial zu einem möglichst bunten und vielschichtigen, aber dennoch einheitlichen Ganzen zu verschmelzen.

Die ältesten der von mir ausgewählten Texte stammen nach dem heutigen Wissensstand aus dem Mittelalter, nicht aber aus früheren Epochen. Trotzdem beinhaltet mein Buch einige ältere, auf den Talmud und die Midraschim zurückgehende Geschichten, die ich jedoch in jüngeren Fassungen wiedergebe. Was die alten Texte (aus der Antike), wie beispielsweise die in Bialiks *Sefer Ha-Agada* enthaltenen, betrifft, so sind sie nicht als volkstümliche Geschichten anonymer Schreiber zu betrachten, sondern als »richtige« Literatur, die als solche bereits anerkannt und geläufig ist, so daß ich keine Notwendigkeit sah, sie in mein Buch aufzunehmen.

Die Titel der Geschichten stammen, so wie sie in diesem Buch zu finden sind, aus meiner Feder.

* Die deutsche Ausgabe wurde vom Verfasser gekürzt.

6.

Einige Wissenschaftler, deren Publikationen ich las, glauben, der ursprüngliche Stil der Märchenerzähler sei in der Sammlung der Brüder Grimm erhalten geblieben. Da ich kein Wissenschaftler bin, steht es mir nicht zu, diese Annahme in Frage zu stellen. Dennoch habe ich den Eindruck, daß bereits bei der einfachen Lektüre der Grimmschen Märchen Zweifel an der oben erwähnten These aufkommen. Ist sie aber doch richtig, muß in der Wiedergabe des ursprünglichen Stils ein wesentlicher Teil der Größe der Brüder Grimm gesehen werden. Denn ihnen waren Schriftsteller vorausgegangen, die sich – aufgrund des damaligen allgemein herrschenden Interesses für Märchen – dieser Gattung zugewandt und die volkstümlichen Geschichten in »richtige« literarische Werke umgearbeitet hatten, so zum Beispiel Goethe, Schiller, Uhland und andere. Wilhelm und Jakob Grimm hingegen statuierten ein Exempel, indem sie wenigstens in einem gewissen Maße den ursprünglichen Stil konservierten.

Das soll nicht bedeuten, der Weg der anderen Schriftsteller verdiene es, kritisiert zu werden. Sind uns doch alle griechischen Märchen und Mythen der Antike ausschließlich in der formvollendeten Sprache großer Künstler erhalten – von Homer und Pindar bis hin zu Ovid, Apuleius und Lukian. Selbst in den Geschichten unbekannter Erzähler, wie beispielsweise in *Tausendundeiner Nacht,* sind neben der Versform und der Inkorporierung ganzer Gedichtspassagen der literarische Schliff und das Streben nach stilistischer Einheitlichkeit offensichtlich; von letzterem zeugen insbesondere die wie ein Leitmotiv unzählige Male wiederkehrenden Wendungen, vor allem natürlich: »Da bemerkte Scheherazade, daß der Morgen begann, und sie hielt in der verstatteten Rede inne.«

Es ist also nicht leicht, sich für einen der beiden Wege zu entscheiden, doch hätte ich im Hinblick auf das vorliegende Buch eine Wahl treffen müssen, so wäre sie trotz allen Zaubers, der mit der künstlerischen Gestaltung verbunden ist, zugunsten der Methode der Brüder Grimm ausgefallen. Aber ich hatte derlei Entscheidungen nicht zu fällen. Denn die Texte (das heißt die Erzählungen, die aufgrund der mündlichen Wiedergabe niedergeschrieben wurden; die anderen, die ich in Büchern früherer Generationen fand, verfügen über ihre eigene Qualität und Anmut, und so bestand meine Aufgabe hinsichtlich dieser Erzählungen nur darin, hier und dort den Stil ein wenig zu korrigieren) waren bereits in unterschiedlichem Maße von ihrem sprachlichen Ursprung entfernt: die Mehrheit der Erzähler stammte aus anderen orientalischen Ländern, doch erzählten sie die Geschichten in Hebräisch, also in einer Sprache, die ihnen nicht vollkommen vertraut war, so daß der Ausdruck des jeweiligen Erzählers an Lebendigkeit verlor. Da es aber unmöglich war, diesen Verlust auszugleichen, blieb mir keine andere Wahl, als das Vorhandene entgegenzunehmen und den Stil der Geschichten meinem Verständnis entsprechend zu gestalten.

Ich konservierte alles Authentische, das der Stil noch enthielt, und freute mich über jede kleine »Perle«, ja selbst über jede farbige »Glasscherbe«, wie über die Entdeckung eines Schatzes. Ich bewahrte naive Ausführungen und reizende Anachronismen aller Art und hob sie noch hervor, man denke nur an das kaugummikauende Mädchen, das im Mittelpunkt einer wundersamen Geschichte über Prinzen und Zauberer steht, an den Jungen, der zur Zeit des Königs Salomo in Tiberias lebt, oder an den Gebrauch einer modernen Schußwaffe, eines Gewehrs, in einer Geschichte, in der ein Arzt einen Kranken heilt, indem er ihm zunächst den Kopf vom Leib abtrennt und später wieder anklebt. Doch dies sind nur Details. Bezüglich der Handlung der Geschichten nahm ich keinerlei Veränderungen vor, weder Kürzungen noch Erweiterungen, und vor allem unterzog ich die Texte keinerlei literarischer Bearbeitung. Von der ersten bis zur letzten Geschichte ging mein Bemühen dahin, die Dinge so zu belassen, wie ich sie vorfand, abgesehen von sprachlichen Korrekturen, die ich im Hinblick auf die angestrebte Einheitlichkeit des ganzen Buches durchführte.

7.

Einige Bemerkungen zu den Dialogen.

Die Menschen in nördlichen Ländern neigen dazu, wenig zu reden; dies zeigt sich auch in ihren Geschichten. Ebensowenig sprachen die Helden der griechischen Mythologie; wenn sich aber den Bedürfnissen des Dramas entsprechend doch ihre Zunge löste, reichten ihre Worte – wie Nietzsche feststellte – nicht an ihre Taten heran, die für sich selbst sprachen. Dagegen neigen die Orientalen dazu, viel zu reden, und *Tausendundeine Nacht* quillt von Dialogen über. Bei der Redaktion der Geschichten des vorliegenden Buches, von denen ungefähr die Hälfte aus dem Orient stammt, tendierte ich dazu, die Dialoge ein wenig zu kürzen. Wenn ich mich nicht täusche, bemerkte schon Kierkegaard, daß Abraham während der Opferung Isaaks schwieg. Mir scheinen die Verfasser der Midraschim nicht gut daran getan zu haben, ihn doch sprechen zu lassen. Hätte es Abraham für richtig befunden, in jener Stunde zu sprechen, hätte er sicher selbst die Worte dafür gefunden.

8.

An dieser Stelle sollte vielleicht vom Anfang und Ende der Märchen die Rede sein.

Tolkien, der Verfasser des Romans *Der Herr der Ringe,* schreibt in seinem Essay *On Fairy Tales,* die beste Einleitung eines Märchens sei »Es war einmal« und der beste Schluß »Und sie lebten glücklich und zufrieden bis ans Ende ihrer Tage«. Ein flüchtiger Blick in die Sammlung der Brüder Grimm zeigt uns, daß diese Formeln nur wenige Märchen eröffnen beziehungsweise schließen. Doch besteht kein Zweifel an der Richtigkeit von Tolkiens Worten. In der Einleitungsformel ist es völlig bedeutungslos, Zeit und Ort genauer zu bestimmen. Das Bagdad des Harun El-Raschid dient lediglich als Beispiel, oder, um das vorliegende Buch zu zitieren, das Tiberias des Königs Salomo besteht nicht weniger als das Tiberias von Herodes. So ist das abstrakte »Es war einmal« tatsächlich der bestmögliche Beginn eines Märchens. Während die Einleitungsformel nur einen formalen Charakter besitzt, ist die Schlußformel, die ja das Ziel, den Endpunkt des zuvor Geschehenen markiert, von qualitativer Bedeutung.

Darüber, daß die meisten griechischen Märchen, aus denen die klassischen Tragödien entstanden, tragisch enden, wurde seit Aristoteles bis hin zu Nietzsche und in die heutige Zeit hinein bereits viel gesagt. Später entstandene Märchen aber – die jüdischen eingeschlossen – haben in ihrer Mehrzahl einen glücklichen Ausgang. (Würden wir die klassische Terminologie anwenden, müßten wir sie somit als Komödien bezeichnen.) Was hat dies zu bedeuten? Entspricht das glückliche Ende der Geschichten nicht dem einfachen Ideal der Masse des Volkes, von der diese Geschichten stammten und erzählt wurden, und findet dieses Ideal nicht in konzentrierter Form seinen Ausdruck in den Worten: »Sie heirateten und lebten glücklich und zufrieden ...«? Diese Erklärung ist möglich. Zwar mißachte ich dieses Ideal keineswegs, doch scheint es mir, daß die genannte Schlußformel eine weiterreichende Bedeutung hat.

Tolstoi eröffnet seinen Roman *Anna Karenina* mit dem bekannten Satz: »Alle glücklichen Familien ähneln einander. Von den unglücklichen aber ist jede einzelne auf ihre Art unglücklich.« Die Schlußformel »Sie heirateten« und so weiter bedeutet, daß der Held der Geschichte in die Welt der »glücklichen Familie« eingeht und dadurch allen anderen Menschen ähnlich wird. Er hört also auf, das zu sein, was er darstellte, solange er seinen eigenen, besonderen Weg ging, nämlich einen Helden. (In seinem Buch *Geschlecht und Charakter* schreibt Weininger in dem Kapitel über das Problem des Ich und der Genialität in erhabenen und doch ein wenig brutalen Worten, das Genie, das dem Wahnsinn verfallen sei, wolle nicht weiterhin ein Genie sein, statt nach der Sittlichkeit strebe es fortan nach dem Glück.) Die oben genannte Schlußformel ist also die vollkommenste im Hinblick auf die Vollendung des Weges, den der Held eingeschlagen hatte, und ohnehin der Abschluß der ganzen Geschichte.

Doch nicht in brutalen, sondern in der Märchensprache entsprechenden, beinahe mozartschen Worten gesagt: Bedeutet dieses Ende nicht eigentlich den Tod?

9.

Zeichnen sich die volkstümlichen Erzählungen der Juden durch gemeinsame Charakteristika aus? Oder mit anderen Worten: Wenn eine bestimmte Geschichte in einer jüdischen Version und in weiteren Versionen anderer Völker vorliegt, enthält die jüdische Version etwas Typisches, das sie von den anderen abhebt? Um dies beurteilen zu können, ist es überflüssig, mehr als eine Geschichte zu betrachten, und mit Sicherheit ermöglicht das umfassende Material, das bereits gesammelt wurde (vor allem dank des mündlich tradierten Materials, das von Freiwilligen auf die Initiative des Israeli Folktale Archive hin aufgezeichnet wurde; jeder, der sich in Zukunft mit volkstümlichen Erzählungen der Juden beschäftigt, ist auf diese Institution und ihren Leiter Professor Dov Noi angewiesen, denen ich sehr dankbar bin), eine eindeutige Beantwortung der oben gestellten Fragen. Im folgenden möchte ich einige Gedanken wiedergeben, die mir während der Lektüre der Texte durch den Kopf gingen.

Dabei läßt sich ein Charakteristikum ausmachen, das beinahe allen Texten gemein ist: fast immer nehmen die Geschichten ein gutes Ende. Der Böse wird bestraft und der Rechtschaffene belohnt. Es wird deutlich, daß das Volk, das die Handlung dieser Geschichten erdachte (oder das aus anderen Quellen Entnommenes formulierte), »mit Gebetsriemen gebunden ist«, wie es Tschernichowski ausdrückte. Es zwängte selbst der biblischen Chronik das Prinzip von Sünde und Bestrafung, Rechtschaffenheit und Belohnung auf, ein Prinzip, das philosophisch schwer zu begründen und noch schwerer im tatsächlichen Leben wiederzufinden ist – darauf werde ich im Laufe der nächsten Kapitel zurückkommen. Um so verständlicher ist es, daß dieses Volk auch in seiner Vorstellungswelt nicht auf dieses Prinzip verzichtet. Diese Aussage verlangt nach einer näheren Erklärung: Zwar setzt sich auch in den germanischen Märchen der Brüder Grimm (wie in den übrigen Märchen, in denen – mag ihr Ursprung auch in noch so frühen heidnischen Zeiten zu suchen sein – der Einfluß des Christentums erkennbar ist) das Gute im allgemeinen durch. Doch während dies (das heißt die Kunde davon, daß auf der Erde Recht und Ordnung herrschen) bei den Juden die Absicht der Geschichte zu sein scheint, entspricht der Sieg des Rechtschaffenen am Ende jener Erzählungen nicht einem wesentlichen Prinzip, vielmehr scheint seine Aufgabe vor allem darin zu bestehen, das Gemüt der Zuhörer zu erfreuen. Ich habe den Eindruck gewonnen, daß die Geschehnisse im Verlauf der Handlung das Wesentliche dieser Märchen ausmachen: tatsächlich werden Hänsel und Gretel oder Rotkäppchen schließlich gerettet, aber das Wesentliche der Geschichten besteht in der Düsternis des Waldes, der Düsternis der rätselhaften menschlichen Existenz, der Bedrohung durch die Hexe und den Wolf, all den Ausdrucksformen der ursprünglichen Kräfte der Natur. In Wirklichkeit – so scheint es mir – sind die Hauptfiguren dieser Märchen, genau wie die Helden der klassischen Tragödien, dem Verderben anheimgegeben, Hänsel im Stall der Hexe und Rotkäppchen im Bauch des Wolfs, doch auf wundersame Weise erleben sie ihre Auferstehung im Geiste des christlichen Glaubens.

Mir ist die psychologisch-psychoanalytische Interpretation solcher Märchen wenigstens teilweise bekannt – so heißt es, der Wolf symbolisiere die Furcht Rotkäppchens vor der sexuellen Bedrohung durch den Mann und Rotkäppchens Befreiung aus dem Bauch des Wolfs die kindliche Vorstellung von der Geburt; doch erscheinen mir diese Interpretationen hinsichtlich des Märchens parasitär und wie eine Trivialisierung desselben, so daß ich ihnen keine Bedeutung beimesse.

Ein weiterer Aspekt, der bei der Lektüre meine Aufmerksamkeit erregte, ist die Darstellung der Frau. So wie in den Erzählungen anderer Völker finden wir auch in denen der Juden alle Erscheinungsformen und Masken Evas wieder: die treue Frau *(Der Himmel, die Ratte und das Wasserloch)*, die betrügerische Frau *(Der Mann, seine Frau und der Räuber)*, die verführerische Frau *(Lilit und das Unkraut)* und viele andere mehr. Doch scheint mir die Gestalt der bösen Frau, das heißt die in den Grimmschen Märchen oft auftretende böse Mutter, nicht zu existieren. Was verkörpert die böse Frau, wenn nicht die böse Mutter, und was stellt die böse Mutter anderes dar als die Mutter, die ihre Familie verläßt und die der Mann sein Leben lang sucht; die Suche nach ihr ist vielleicht der Sinn seines Lebens und die wiederkehrende Erfahrung der Abwesenheit dieser Frau die konkreteste Erscheinungsform des bevorstehenden Todes im Leben des Mannes. Denn so, wie das Leben Adams damit begann, daß er von Eva träumte und er sie vor sich stehen sah, als er erwachte, legt sich umgekehrt der Schatten des Todes auf sein Dasein, als Eva entschwindet und nichts als ein Traum von ihr zurückbleibt. Möglicherweise tritt die böse Mutter in den jüdischen Märchen nicht auf, da der Eros im jüdischen Familienleben dem Fruchtbarkeitsgebot und der Aufzucht der Nachkommenschaft an Wichtigkeit nachsteht. Daher erreichte das traumatische Erlebnis, das die Mutter verursacht, die ihre Kinder im Stich läßt beziehungsweise sich dem Fremden, dem Vater, dem Feind hingibt, vielleicht nicht dieselbe Brisanz und Grausamkeit. (Einzig in einer Märchensammlung der Juden Marokkos wird von einer Frau berichtet, deren sexuelle Zuneigung zu ihrem Ehemann stärker ist als ihr mütterliches Verantwortungsgefühl und die ihrem Kind schließlich nach dem Leben trachtet.) Darin besteht gleichzeitig ein Vorzug und ein Mangel des Judentums.

Eine Bemerkung über die »andere« Frau, die verborgene Geliebte. Diese Gestalt finden wir ebenso wie in den Märchen anderer Völker auch in denjüdischen Märchen wieder. Aber einigen antiken Göttinnen ähnlich, die im Laufe der Geschichte zu Dämonen und Schadegeistern wurden, erscheint auch die andere Frau, die Schöne, Begehrenswerte, vom Gesetz der Tora Verbotene, nicht öffentlich in all ihrer Schönheit – selbst wenn diese der tragischen Schönheit Isoldes gliche –, sondern in Gestalt einer Dämonin, wie beispielsweise in der Geschichte *Der Kuß* und in der *Geschichte des Goldschmieds und seiner zwei Frauen*. Dieser jüdische Goldschmied aus Posen hatte neben seiner Ehegattin eine Dämonin zur Frau, die in einem großen schönen Gemach wohnte, das ihrer Schönheit ebenbürtig war. Dieses Gemach befand sich aber aufgrund eines Zaubers im Badezimmer. An einem Pessachabend erhob sich der Goldschmied vom Tisch und ging in das Badezimmer. Als er nicht zurückkam, folgte ihm seine Frau, schaute durch das Schlüsselloch der Badezimmertür und sah, wie ihr Mann mit der anderen, der verborgenen Frau, von deren Existenz sie nichts wußte, zusammentraf. Es ist nicht unwahrscheinlich, daß die verborgene Frau nichts anderes als ein Geschöpf der Phantasie des Mannes war, das er sich vorstellte, während er onanierte. Diese Möglichkeit erklärt sich auch aus dem Glauben, daß Dämonen durch Ejakulationen gezeugt werden, die nicht der Befruchtung dienen. (Nach dem Buch *Sohar* pflegt die Dämonenmutter Naama dem Mann im Traum zu erscheinen und ihn zu erregen; von der Pollution wird sie schwanger, und sie gebärt schließlich neue Dämonen.) Den Kern der oben erwähnten Geschichte aber bildet der Streit zwischen den menschlichen und den dämonischen Nachkommen des Goldschmieds.

In seinem Gedicht *Die Götter Griechenlands* schildert Heinrich Heine das Schicksal der Götter des Olymp: Nachdem das Christentum aufgekommen war und sie verdrängt hatte, zogen sie an die abgelegensten Orte des Erdkreises, hüllten sich in Lumpen, um ihren Glanz zu verbergen, und wohnen seither in Hirtenzelten und Fischerhütten. Nur äußerst selten ist der Moment, in dem die Maske für einen Augenblick fällt und es einem Menschen gelingt, bezaubert und vom Schrecken überwältigt ihrer angesichtig zu werden und sie zu sehen, wie sie wirklich sind.

10.

Wer rast im VW
Durchs blaue Gebirg?
Lorelei – ihr Haar
Nußfarben, wie dunkles Gold.

Das Tempo – der helle Wahn!
Selbst die Mig 2 holt sie nicht ein.
Veilchen wenden sich ab:
»Wenn bloß kein Unglück geschieht!«
O Lorelei, Lorelei
Dein goldenes Haar im Wind,
Deine Augen hellblau wie der Fluß,
Was Schönheit bedeutet, bist du.

Verbitterte, sagt nicht zu mir:
»Untreue Frauen sind sie, betrügerisch.«
Natürlich fehlen sie nicht, die Schändlichen,
Nicht in der Bibel, nicht im Leben.

Batseba zum Beispiel. Und Jesebel.
Die eine untreu dem Gatten. Die andre dem Gatten treu.
Doch weshalb an Vergeßne erinnern?
Geseufzt hat man längst zuviel.

Aber du, mein Herz, Lorelei,
Bist stets noch mit mir:
Dein goldenes Haar, die flußfarbnen Augen,
Ein Lächeln – Worte bezeichnen sie nicht.

Wie du am Morgen jenes Sabbats
Eine Zeitlang im Schatten brauner Vorhänge
Ruhtest in strahlender Nacktheit.
Ein jüdischer Sänger und eine germanische Gottheit.

Lorelei, teure Lorelei,
Hüll dich ein in ein wollenes Tuch.

Kalt weht der Wind
Dort, in den steirischen Bergen.

Lorelei, teure Lorelei,
Binde dein wildes Haar
Trotz allem zum Zopf,
Verfange dich nicht im Pistazienbaumzweig.

Doch Lorelei kennt keine Furcht mehr.
Lorelei ist längst tot, erhob sich
Von einem Turme Jerusalems
Am 15. 6. 79.

Wer da sagt: Die Toten sind tot,
Weiß nicht, was er spricht.
Die Toten sind wir – auf unsrer gemächlichen Fahrt,
Ein Würmlein. Und dumm.

Spottend und grimmig schreibe ich nieder –
Traurig, die Feder in meiner Hand,
Späne und Spreu häufend – Metaphern,
Nachts zur Mozartmusik.

Wolfgang hätt' nicht gefallen
So sinnloses Wort.
Doch ich denk ganz anders darüber.
Weshalb mußte sie sterben?

Zehn Jahre und sechs
Von nah und von fern, im Wandel des Glücks,
Meine Liebe, Schönste unter den Mädchen,
Welche je ich gekannt.

Jahre von heidnischer Schönheit,
Schizophren geborstener Spiegel,
Kirschen, heil'ges Gestrüpp,
Jasmin, Chrysanthemen.

Als ich am Ende all dieser Jahre
Zu ihr sprach: Sei meine Frau,
Tropfte Gips mir kalt auf die Hand –
Zwei Tropfen zerflossen.

Danach im VW
Zur Josefskirche gefahrn,
Bestieg sie den Turm.
Und wie ein Vogel den Körper anspannend

Breitete sie die Flügel aus und stieg auf
In des tosenden Himmels Azur.
Die Notiz in der Abendzeitung
Verkündet es mir.

II.

Die Aufgabe meines kurzen Aufsatzes besteht nicht darin, grundlegende Informationen über Märchen beziehungsweise Volkserzählungen, ihre Quellen und Typen sowie über die verschiedenen Theorien zu diesem Themenkreis zu vermitteln. Wer nach solcher Information sucht, wird sie in jeder beliebigen Enzyklopädie finden können. Der vorliegende Aufsatz soll ebensowenig dazu dienen, Dinge zu wiederholen, die von anderen bereits gesagt wurden. Vielmehr lag mir daran, einige Gedanken, die mich während meiner Arbeit beschäftigten, aufzuzeichnen. Dazu zählt auch meine Bearbeitung des deutschen Stoffs, auf den das bekannte Gedicht von Heinrich Heine zurückgeht, den ich jedoch auf ganz andere Weise und mit anderen Bezügen verwandte. In den letzten Kapiteln möchte ich nun einige Überlegungen bezüglich drei der in diesem Band veröffentlichten Geschichten festhalten; dabei handelt es sich um die erste und die letzte Geschichte sowie eine aus der Mitte des Buches.

Die erste Geschichte, *Sturz der Engel,* erzählt von zwei Engeln, die vom Himmel auf die Erde herniederfielen; damit ist ein »Fall« in jeglicher Hinsicht gemeint. Der Ursprung dieses Mythos geht – selbst wenn eine noch ältere Vorlage existierte – auf drei Verse am Anfang von Kapitel 6 des Buches Genesis zurück; von dort gelangte die Geschichte in die Midraschim und in das Buch *Sohar* und aus diesen in volkstümliche Erzählungen. Im vorliegenden Buch erscheint sie in dieser letzten Fassung, so wie sie aufgrund der mündlichen Wiedergabe kurdischer Juden niedergeschrieben wurde. Hinsichtlich der Entwicklung der Geschichte ist es verwunderlich, daß gerade die alte Fassung – wie zum Beispiel die im Midrasch enthaltene – die detailliertere und farbigere ist, wohingegen die letzte Fassung fast keine zusätzlichen Ausschmückungen beinhaltet (abgesehen von der merkwürdigen und an sich interessanten Feststellung, daß Gott die Propheten Elija und Nahum an die Stelle der beiden verlorenen Engel setzte), sondern sogar einen Teil des Stoffes, den die Menschen im Altertum erzählten, wegläßt. Die antike Version umfaßt beispielsweise den Bericht von einer Liebesgeschichte – oder einem Verhältnis – zwischen einem der verderbten Engel und »einem Mädchen mit Namen Asthar«. Weil sie ihre Reinheit bewahrte, war es der Erdenbewohnerin Asthar vergönnt, schließlich ein Stern am Firmament zu werden. In der späteren Volkserzählung sind keine Anklänge an diesen kurzen, aber dennoch bedeutungsvollen Mythos erhalten, und selbst die Namen der beiden Engel Schemchasi und Asael im Midrasch beziehungsweise Asa und Asael im Buch *Sohar* werden darin nicht einmal genannt.

Auch bezüglich des Endes der Engel fällt die später entstandene Erzählung, wenigstens in ihrer kurdischen Fassung, dürftiger aus als die älteren Fassungen: beide Engel werden als Strafe für die Schandtaten, die sie auf Erden begingen, gehängt; dies entspricht nichts anderem als der im Märchen üblichen Bestrafung der Übeltäter. Das Ende im Midrasch erweist sich als interessanter: dort bereut einer der Engel seine Schandtaten, so daß er sich erhängt, wohingegen der andere nichts bereut und an seinem Ungehorsam festhält, »bis auf den heutigen Tag«. Diese Wendung ist äußerst interessant; daher werde ich später noch darauf eingehen. Die Bedeutung des Endes der Geschichte im *Sohar* ist anders begründet: in diesem Buch erhängte Gott die beiden Engel, die sich gegen ihn versündigt hatten, nicht, sondern kettete sie statt dessen mit eisernen Ketten an »die Berge der Finsternis«. Reflektiert dies nicht auf beinah merkwürdige Weise den Mythos des Prometheus? Darüber hinaus begeben sich nach dem *Sohar* Menschen zu den beiden Engeln, um aus ihrem Munde die Kunst des Weissagens und des Zauberns zu lernen, eine Kunst, die in den Augen Gottes nicht gut ist (so wie es in seinen Augen nicht gut war, daß der Mensch von den Früchten des Baumes der Erkenntnis aß), dem Menschen aber dennoch nützlich sein kann. Auch dies ist ein Anklang an den Mythos des Prometheus.

Auf folgendes Detail, das den antiken Vorlagen wie der Volkserzählung gemein ist, sollte besonders hingewiesen werden: von Anfang an, noch bevor sie tatsächlich sündigen, erheben sich die beiden Engel gegen Gott und wagen es, ihm zu widersprechen. Als sie schließlich getötet beziehungsweise angekettet sind, kommen Menschen (oder nach der Version der Volkserzählung Hexen, die ja eigentlich nichts anderes als auf diesem Gebiet besonders bewanderte Frauen sind) an den Ort, an dem sich die Engel oder ihre Leichen befinden, um von diesem eine Inspiration zu erhalten. Er ist also die Quelle des Bösen in der Welt, das Gefilde des Teufels, das Gott – sei es, weil er es nicht will, oder sei es, weil er es nicht vermag, in jedem Falle aber aus einem für den menschlichen Verstand unbegreiflichen Grund – nicht von der Erde nahm; ebenso hindert er (weil er es nicht will oder nicht kann?) diejenigen, die sich an diesen Ort begeben, nicht daran, dorthin zu gehen, um eine Inspiration zu empfangen. Und nicht nur das – nach der antiken Fassung lebt einer der beiden Engel (nämlich Asael; in einem Text wird er mit dem biblischen Asasel identifiziert, jenem rätselhaften Wesen, dem, dem Buch Leviticus gemäß, am Versöhnungstag zur gleichen Zeit wie Gott ein Opfer gebracht werden muß; im *Sohar* heißt es, es handle sich dabei um eine Gabe für Sitra Achora, den Teufel, was nicht außergewöhnlich erscheint, wenn man bedenkt, daß der *Sohar auch* von der sexuellen Vereinigung der göttlichen Schechina und des Teufels berichtet) immer noch und hält an seinem Ungehorsam fest, »bis auf den heutigen Tag«, das heißt selbst in dem realen, farbigen, schmerzhaften, zur Verzweiflung führenden und wie ein Traum vergänglichen Erlebnis unseres Daseins.

12.

Was mich an der Geschichte von den Engeln interessierte, ist in diesen letzten Worten zusammengefaßt: »in dem realen Erlebnis unseres Daseins«. Die Frage danach, ob die Tat (oder das Versäumnis) Gottes in seinem Willen oder in der Begrenztheit seiner Macht begründet ist, gehört zur göttlichen, nicht zur menschlichen Biographie, wobei jedoch die menschliche durchaus einen Teil der göttlichen darstellt. In jedem Fall ist es unmöglich, diese Frage zu beantworten. Selbst wenn wir eine Antwort bei jenen zu finden versuchen, die sich rühmten, sie beantworten zu können – angefangen bei dem griechischen Philosophen, in dessen Augen die Götter unbekümmert und gleichgültig in unübertrefflichen Wonnen leben, über den Kabbalisten aus Safed, der nicht umhinkam, die Schlußfolgerung zu ziehen, daß der Ursprung des Bösen bei Gott selber liege, da »nichts außer ihm ist«, bis hin zu dem deutschen Philosophen, der die Frage kurz und bündig mit den Worten »Gott ist tot« beantwortete –, werden wir letztendlich feststellen, daß wir keinen Schritt vorangekommen sind. Was die Lokalisierung des »Gefildes des Teufels« betrifft, könnte man zum Beispiel sagen, es habe sich in Auschwitz befunden, beziehungsweise daß es sich von Ort zu Ort verlagere. Während ich zu dieser mittäglichen Stunde eines Sommertages hier sitze und diese Worte niederschreibe, dringt aus dem Radio eine Stimme an mein Ohr, die den Angriff der israelischen Luftwaffe auf Beirut schildert; die Besatzung sei gezwungen, Leuchtraketen abzuschießen, da die Stadt zu dieser Mittagsstunde wegen des aufsteigenden schwarzen Rauchs im Dunkeln liege. Welch anderer Ort ist die Hölle für jene Männer, Frauen und Kinder, die jetzt gefangen sind im Feuer der Kanonen und Flugzeuge – wenn nicht der Ort, an dem sie sich befinden?

Doch vielleicht besteht keine Notwendigkeit, die Lage jenes Gefildes auf diese Art zu bestimmen, vielleicht erwiese sich eine derartige Lokalisierung sogar als unpräzise, da das Böse auf unzählige Orte verteilt ist oder sich an jedem von diesen gleichzeitig in seiner Gesamtheit befindet: auf jedem Sterbebett, in jedem gebrochenen Herzen, in jedem verzweifelten Blick. Als ich gestern am frühen Abend einen Augenblick an einem Kiosk nahe meines Hauses verweilte, um Zigaretten zu kaufen, hörte ich einen Mann zu mir sprechen. Ich schaute mich um und sah einen Mann unbestimmbaren Alters, vielleicht war er dreißig oder vierzig Jahre alt. Es schien mir, als sei er Junggeselle. Das einzige, was mir von seinem Gesicht deutlich in Erinnerung geblieben ist, ist ein sehr kleiner, sehr schmallippiger Mund mit kleinen Zähnen. Vielleicht richtete ich meinen Blick auf seinen Mund, weil dieser zu mir sprach, oder aber weil ich es vermied, dem Mann in die Augen zu sehen. Er erzählte, irgend jemand, anscheinend ein Bauunternehmer, habe ihn am Morgen für eine aufreibende Arbeit angeheuert und ihn schließlich am Abend betrogen, indem er ihm nicht seinen Lohn ausgezahlt habe. Der Sprecher zeigte sich erstaunt darüber, wie jemand seinem Mitmenschen solches antun könne. »Dabei ist er ein Verwandter meiner Mutter«, sagte er mit leiser, fast kindlicher Stimme. Ich empfahl ihm, sich bei seiner Mutter zu beklagen. »Meine Mutter ist tot«, entgegnete er. Darauf wiederholte er seine Geschichte und fügte verschiedene Ausdrücke des Kummers und der Verwunderung ein. Neben ihm, auf der Theke des Kiosks, stand ein Glas Bier, das er jedoch nicht anrührte. Ich riet ihm, sein Bier zu trinken, bevor es warm würde, und fügte hinzu: »Was nützt es Ihnen, sich an einem Kiosk zu beklagen? Vielleicht wenden Sie sich besser an eine angesehene Person aus der Nachbarschaft (wir befanden uns im Ha-Tikva-Viertel in Tel Aviv), an jemanden, dem gegenüber der Bauunternehmer Scham empfinden und den er respektieren würde.« Mein Gesprächspartner murmelte etwas, danach trennten wir uns, und er grüßte mich aus irgendeinem Grund besonders höflich. Als ich wegging, dachte ich: Was ist das für eine Welt, in der ein Mensch niemanden hat, vor dem er seinen Kummer aussprechen kann, außer einem Unbekannten, dem er zufällig an einem Kiosk begegnet? Wenn mich Betrübnis überkommt, schreibe ich meinen Kummer in einem Gedicht, einem Buch nieder, und andere Menschen lesen, was ich ausdrükken wollte, und werden es noch nach meinem Tode lesen, doch bedeutet dies keinen Trost für mich. Jener Mann, ein Mensch wie ich, hat dagegen auf dieser Erde, unter diesem öden Sommerhimmel keine Seele, die der Stimme seines müden und zerknitterten Herzens lauschte und sich seiner erbarmte.

Ich ging nach Hause zurück; doch am nächsten Tag erinnerte ich mich einige Augenblicke lang an den kleinen Mund und die kleinen Zähne des Mannes, und nun habe ich fast unabsichtlich seine Geschichte aufgeschrieben und sage zu mir: Streich diese Dinge, denn wer wird schon einen Zusammenhang zwischen ihnen und dem Thema dieses Aufsatzes erkennen? Und doch streiche ich sie nicht.

13.

Die zweite Geschichte, zu der ich einige Anmerkungen niederschreiben möchte, ist jene über den jüdischen Papst.

Das vorliegende Buch enthält zahlreiche Erzählungen, in denen Dämonen, Schadegeister, Könige, Prinzessinnen, Hexen und so weiter die Hauptrolle spielen. Zwar wecken diese Geschichten manchmal Verwunderung beim Leser, doch sind sie nichts anderes als die in Märchen üblichen Phantasiegebilde. Demgegenüber scheinen mir Geschichten, deren Hauptfiguren historische oder pseudohistorische Gestalten sind, von besonderem Interesse zu sein. Ich meine nicht die bekannteren Geschichten, wie etwa jene über König Salomo oder den Propheten Elija; diese verdienen weniger Aufmerksamkeit – wenigstens im Vergleich mit einigen außergewöhnlichen Erzählungen, deren fremdartige Motive den Leser tatsächlich in Erstaunen versetzen: so erzählt die Geschichte *Das Urteil des Sanhedrin,* wie im fernen Prag unter einem Erdhaufen die Niederschrift des Todesurteils, das der Sanhedrin über Jesus verhängte, entdeckt wurde. Da ich kein Wissenschaftler bin, ist mir nicht bekannt, ob eine Quelle oder eine Parallele dieser eigenartigen Erzählung existiert; doch erscheint sie mir wie ein Nachtgespinst irgendeines unbekannten Erzählers.

Im folgenden möchte ich nun aber zu dem Märchen von dem jüdischen Papst kommen. Im vorliegenden Buch sind zwei Erzählungen zu diesem Thema enthalten: *Elchanan der Papst* ist die kürzere und einfachere, wohingegen *Der jüdische Papst* komplizierter ausfällt und mit zahlreichen Wundern und Grausamkeiten angefüllt ist. Dem Anschein nach handelt es sich um jüdische Volkserzählungen, die die beiden folgenden Motive miteinander verbinden: das vom verlorengeglaubten Sohn, der zu Ruhm und Größe gelangt, mit dem spezifisch jüdischen vom Juden, dem der Aufstieg – im Falle der oben genannten Geschichten sogar bis hin in die bedeutendste Position in der Christenheit – gelingt. Am Ende beider Geschichten bereut der Held sein Handeln und stirbt, indem er Hand an sich legt, in Aufopferung für den jüdischen Gott. Dieser Schluß scheint die Aufgabe zu haben, den jüdischen Leser zu beruhigen.

Dennoch bin ich nach der Lektüre der beiden Geschichten angesichts des tragischen Schattens, der düster auf ihnen liegt, keineswegs beruhigt. Die erste Geschichte handelt von einem jüdischen Knaben namens Elchanan, der aus dem Haus seines Vaters in der Stadt Mainz entführt wird, bei Christen aufwächst und aufgrund seiner Begabung sogar Papst wird. Im Laufe der Zeit beginnt er sich darüber zu wundern, daß er nichts über seine Herkunft und seine Vorfahren weiß: »Hat mich etwa der Stein geboren, daß ich niemanden auf der Welt habe?« Schließlich müssen ihm die Priester verraten, was sie wissen, und bringen sogar seinen Vater zu ihm. Während er mit seinem Vater spricht, bricht eine Welt für ihn zusammen – oder vielmehr kehrt er, vom jüdischen Standpunkt aus betrachtet, in die Welt, die eigentlich die seine war, zurück; zuletzt steigt er auf einen Turm und stürzt sich in die Tiefe.

Hier nun in aller Kürze der Inhalt der zweiten Geschichte: darin ist von einer jungen jüdischen Frau die Rede, die ihrem greisen Ehemann untreu wird und einen Sohn zur Welt bringt. Als der Ehemann dem Rabbiner davon berichtet, verletzt dieser bei der Beschneidung das Glied des Säuglings, so daß er, nach der jüdischen Religion, ein mit einem Makel behafteter Bastard ist. Als der Junge heranwächst, verfolgt ihn die Sünde seiner unehelichen Geburt, wohin er auch geht, und der Makel, der ihm auferlegt ist, vereitelt – wenigstens solange er unter Juden lebt – jeden Versuch, Glück und Frieden auf Erden zu finden. Schließlich wird er Christ, erklimmt alle Stufen der kirchlichen Hierarchie und wird Papst. Als er Papst ist, ereignet sich eines Tages in Rom eine Bluttat: Ein Schuhmacher verkauft seinen kleinen Sohn an Mörder, die die Leiche des Kindes in den Hof eines jüdischen Hauses werfen. Im Verlauf der Geschichte wird der Papst selbst in die Affäre verwickelt; zwar deckt er die Wahrheit auf und rettet auf diese Weise die Juden, doch kommt dadurch Unheil über ihn, und er stirbt schließlich durch eigene Hand. Soweit die kurze Zusammenfassung der komplizierten Geschichte.

Was mich nachdenklich werden ließ, ist die düstere Seite der beiden Geschichten, die das Gegenteil der direkten Aussage der Handlung in sich birgt, mit anderen Worten: die Ähnlichkeit mit der Tragödie des Ödipus. In der ersten Geschichte setzt die Krise in dem Moment ein, da die Identität der Hauptfigur erschüttert wird; dies geschieht zu einer Zeit, in der die Hauptfigur den Höhepunkt ihres Aufstieges erreicht hat. Plötzlich beginnt sie, über ihre Herkunft und somit eigentlich über sich selbst nachzudenken: Wer bin ich? Dann erscheint der Vater. Man könnte sagen, er taucht wie ein Geist aus der tiefen Zerrissenheit auf, die die Persönlichkeit der Hauptfigur kennzeichnet. Bei Ödipus erscheint der Vater als Idee, bei Hamlet als Schatten. Elchanan tritt er in Fleisch und Blut gegenüber. Und doch ist er in jedem dieser Fälle ein Geist aus dem Reich der Toten. Sein Erscheinen verkündet den Untergang, es sei denn, es gelingt der Hauptfigur, ihn dorthin zurückzuschicken, woher er kam, ihn wieder dem Vergessen, dem Reich der Toten anheimzugeben. (Eigentlich verfolgt nicht der Vater den Sohn, sondern tatsächlich holt der Sohn den Vater in dem Augenblick, da sein Selbstbild erschüttert wird, aus dem Reich des Vergessens zurück. Bei Kafka ist das Vater-Thema von wesentlicher Bedeutung und grundlegend für das Verständnis der Begriffe »Gesetz« und »Prozeß«; so erklärt ein Vertreter des Gesetzes Josef K., das Gericht suche nicht den Schuldigen, sondern entspreche lediglich seinem Antrag.) Die Antwort, die der Vater dem Sohn gibt, bedeutet Tod, nicht Leben.

So kommt das Verhängnis über Elchanan; warum ihm aber dieses Unglück widerfährt, vermag ich nicht zu sagen. Im Gegensatz zu Elchanans Geschichte wird im Buch Hiob wenigstens eine humoristische Begründung für das verhängnisvolle Schicksal der Hauptfigur gegeben, (ich beziehe mich dabei auf das erste Kapitel des biblischen Hiob, nicht aber auf seine Auslegung im Buch *Sohar,* in dem Hiob bestraft wird, weil er Gott allein, nicht aber auch dem Teufel Opfer brachte.) Vielleicht kann der Aufstieg des jüdischen Knaben Elchanan bis hin zu seiner Wahl zum Papst als eine Art Vereinigung mit der Kirche (der Frau) verstanden werden, also mit jener, auf die sein ganzer Lebensweg ausgerichtet war und die Ziel, Lohn, Gnade, ja eine ganze Welt für ihn bedeuten sollte. Woran zerbrach aber diese seine Welt? Weil er – wie Ödipus zuvor – die Mutter, die ihm verboten war, mit der Frau verwechselte, das heißt in der Kirche, die eigentlich die Mutter ist, die Frau sah? Oder aber weil die Aufgabe des tragischen Helden stets darin besteht, sich selbst und der Welt zu beweisen, daß das Leben nur ein Traum ist? Vielleicht ist der für Elchanan und die anderen Helden bestimmte Lohn gleichzeitig die Strafe, die ihrer harrt, und bedeutet das Erreichen des Ziels aufgrund seiner Beschaffenheit von vornherein seine Negierung. In der nächtlichen Stunde, da ich diese Zeilen schreibe, in diesem Augenblick scheint es mir, als hätte ich damit die Erklärung gefunden, aber dennoch kann ich nicht wissen, ob sie die richtige ist.

Soviel zu der Geschichte von Elchanan. In der zweiten Erzählung ist das Urteil, das über den Helden gefällt wurde, von Anfang an offenbar: gleich zu Beginn läßt der Vater den Sohn verstümmeln. Der Sohn zieht in die Welt hinaus, gelangt zu Größe und Ruhm und wird Papst; doch dann erscheint ihm der Geist des Vaters. Das Ereignis, das dazu führt, ist eine Mordtat, die in Rom geschieht; im Fall des Ödipus besteht es in einer Seuche, die die Stadt Theben heimsucht. Wie ich bereits erwähnte, verkauft ein Schuhmacher seinen Sohn an Mörder, die dann den Leichnam des Kindes in den Hof eines jüdischen Hauses werfen. Der Erzählung zufolge greift der Papst in das Geschehen scheinbar mit der Absicht ein, den Juden zu helfen. Veranlaßt ihn aber nicht in Wirklichkeit die selbstverständliche Tatsache, daß er sich mit dem Kind identifiziert, dazu, die Juden zu beschützen? Ist er nicht selbst das Kind, das vom eigenen Vater dem Tod ausgeliefert wurde, und wiederholt sich in dem, was dem kleinen Jungen widerfährt, nicht sein eigenes Schicksal? Zwar ist das Kind schon ermordet und sein Blut vergossen, doch bleibt dem Papst die Möglichkeit, wenigstens die Wahrheit ans Licht zu bringen. Am Ende der Geschichte erweckt der Papst das Kind noch einmal für kurze Zeit zum Leben, damit es erzählen kann, was ihm widerfuhr und wie es ermordet wurde. Dabei kann man nicht umhin, in den Worten des Kindes den Papst wiederzuerkennen, als ob dieser seine eigene Geschichte erzählte.

Beide Geschichten verbergen hinter der naiven Maske einer volkstümlichen Erzählung das fürchterliche Schicksal eines tragischen Helden. In beiden läßt sich die Identität des Opfers eindeutig bestimmen, nicht aber die der Täter. Vielleicht ist das Volk, ihr Volk, als Täter zu sehen, vielleicht Gott.

14.

Ich nehme an, daß die letzte Erzählung des vorliegenden Bandes, *Die Flöte,* in der ursprünglichen Fassung oder in einer literarischen Bearbeitung jedem Schulkind geläufig ist und daß sie der kindliche Leser, für den die im Handeln des Helden zum Ausdruck kommende Naivität verständlich ist, gerne liest.

Aus der Geschichte ergeben sich mindestens vier Fragen von wachsender Bedeutung, die ich im weiteren nacheinander behandeln möchte. Der Kern der Geschichte ist folgender: Ein Mann vom Lande kommt am Versöhnungstag zum Lehrhaus des Baal Schem Tow. Begleitet wird er von seinem Sohn, einem ungebildeten Jüngling, der nicht beten kann. Doch besitzt er eine Hirtenflöte, und er bittet den Vater, darauf spielen zu dürfen; der Vater aber verbietet es ihm. Als der Feiertag fast vorüber ist, kann es der Junge nicht mehr erwarten, auf der

Flöte zu spielen. Er zieht sie aus seiner Tasche hervor und bläst auf ihr einen lauten Ton zur Verwunderung der Gemeinde. Der Vater ist voll Kummer und Scham, doch der Baal Schem Tow sagt nach dem Beten: »Dieses Kind hat auf seinen Flötentönen unsere Gebete zum Himmel getragen und hat mich somit entlastet.«

Das ist in Kürze die an sich schon kurze Handlung der Geschichte. In ihr soll scheinbar zum Ausdruck gebracht werden, daß selbst ein einfältiges, ungebildetes Kind seinen bescheidenen Beitrag zum Gebet leisten kann und daß dieser bei Gott mehr Wohlgefallen als der aller anderen findet. So verstehen die Leser und Bearbeiter der Geschichte ihren Sinn. In der ursprünglichen Fassung wird über den Jungen gesagt, er sei »grob«, womit jedoch nicht »gefühllos«, sondern »ungebildet« beziehungsweise »von langsamer Auffassungsgabe« gemeint ist. Buber hielt es in seiner Version der Geschichte in dem Buch *Or Ha-Ganus* für besonders wichtig, diesen Aspekt hervorzuheben, und ersetzte das Attribut, mit dem der Junge charakterisiert wird, durch ein anderes, nämlich »einfältig«. Zweifelsohne beabsichtigte Buber nicht, den Jungen auf geringschätzige Art zu beschreiben, vielmehr nahm er wohl an, daß die Besonderheit der in der Geschichte erzählten Situation durch die »Einfalt« des Jungen noch verstärkt werde, das heißt, daß die Bevorzugung, die Gott dem Einfältigen vor den klugen und gebildeten Männern zuteil werden läßt, hervorgehoben werde. Darüber hinaus heißt es im weiteren Verlauf desselben Satzes in der ursprünglichen Version der Geschichte, der Junge vermöge nicht, die Buchstaben voneinander zu unterscheiden, und könne nicht einmal den Segensspruch sprechen. Auch hier lag Buber daran, den Text in seinem Sinne zu glätten, so daß wir bei ihm lesen: »Er kannte nicht einmal das Alphabet, um so weniger war ihm der Sinn der heiligen Worte vertraut.« In der ursprünglichen Fassung der Geschichte konnte der Junge weder aus dem Gebetbuch vorlesen noch auswendig Gebete sprechen. Was bedeutet dagegen, der Junge kenne den Sinn der heiligen Worte nicht? »Verstehen« denn intelligente Kinder oder gebildete Erwachsene tatsächlich? Was bedeutet darüber hinaus die Wendung »der Sinn der heiligen Worte«? Mir scheint, daß Buber, der offenbar die verbreitete Ansicht, er sei ein weiser Mann, teilte, den Jungen in Schutz nimmt und ihn zunächst herabsetzt, um ihn anschließend zu erhöhen und uns mit einem Lächeln zu zeigen, wie es ausgerechnet diesem Tor gelingt, dort zu bestehen, wo die anderen scheitern: »Gott schützt die Toren«, heißt es in der Bibel. Ich, der ich mich nicht als weisen Mann betrachte (ich könnte dafür einige Gründe anführen), halte es für unpassend, jenem Jungen gegenüber als Beschützer auftreten zu wollen, insbesondere da ich, wie ich im folgenden darlegen werde, die Ansicht vertrete, daß die Unwissenheit des Jungen (oder vielmehr seine »Einfalt«) weder das entscheidende Kriterium seiner Charakterisierung darstellt noch den Kern der Geschichte bildet.

Das oben Gesagte soll nur eine Bemerkung am Rande sein, der ich jedoch noch einige Worte hinzufügen möchte: die Bubersche Weisheit stellt sich mir als ausgesprochen bequem dar, sie ist für den, der über sie verfügt, äußerst angenehm und verbreitet Behagen bei allen, die in seiner Nähe weilen. Was ich persönlich mir aber unter Weisheit vorstelle, kommt weit weniger behaglich daher, es ist eher hart und dornenreich wie der Boden der Tatsachen. Dabei denke ich unvermittelt an die Figur des Sokrates, von dem erzählt wird, daß er barfuß zu gehen pflegte. Sokrates sagte, er wisse, daß er nichts wisse. Dennoch hatte er mindestens zwei Dinge verstanden: er wußte, daß er sterben mußte und daß er, wenn er heute nicht starb, doch an einem anderen Tag werde sterben müssen, daß es also letztlich kein Entrinnen gibt; er wußte auch, daß die weise Diotima, die das Geheimnis der Liebe in sich trug, vielleicht in Mantinea zu finden war oder im Reich der Träume (vielleicht war sie es, die ihm vor seinem Tode in Gestalt »einer sehr schönen Frau, in ein weißes Gewand gekleidet« im Traum erschien), daß sie aber keinesfalls »hier«, auf Erden, weilte. Friedrich Hölderlin, der sich wünschte, seine Diotima in der irdischen Gestalt der Bankiersfrau aus Frankfurt zu finden, und der diese in seinem dichterischen Werk mit dem Namen jener weisen Priesterin schmückte, verbrachte die letzten Jahre seines Lebens in der ausweglosen Finsternis völliger Verzweiflung.

Soweit meine Bemerkungen am Rande.

15.

Wie ich bereits erwähnte, ergeben sich aus der Erzählung *Die Flöte* vier Fragen, die ich im folgenden ausführen werde. Die erste Frage lautet: Worin bestand die Tat des Jungen, daß er einen so starken Eindruck hinterließ? Die zweite Frage: Welcher Art war jene Flöte, daß ihr Klang den des Gebets aller Betenden aufwog? Die dritte Frage: Was hinderte – dem Baal Schem Tow zufolge – das Gebet der Betenden daran, zu Gott emporzusteigen? Die vierte und letzte Frage: Was veranlaßte den Baal Schem Tow, den Jungen zu loben, über den man sagen könnte, er habe durch sein Flötenspiel den Versöhnungstag entweiht?

Worin bestand also die Tat des Jungen? Nehmen wir an, der Junge sei nur ein einfältiges Geschöpf, das lediglich aufgrund seiner Einfalt so handelte, wie es die Geschichte berichtet. Wahrscheinlich waren in jener Situation aber noch andere Kinder zugegen, von denen einige jünger als er waren; und obwohl sie wie er naiv und unschuldig waren, beteten sie und verhielten sich nach den für den Versöhnungstag verbindlichen Regeln, wohingegen er, der bereits das Alter der Bar-Mitzwa erreicht hatte, wider die Gesetze der Religion handelte. Worin besteht dann aber das Verdienst dieses Jungen? Er ist die Hauptfigur in jenem Märchen, gerade weil er nicht das verkörpert, was die Hauptfigur eines Märchens gewöhnlich darstellen muß, nämlich einen Helden.

Was bedeutet es, die Rolle des Helden zu spielen? Mir scheint eine gewisse Reinheit eine wesentliche Eigenschaft zu sein, über die der Held verfügen muß. Er vermag nicht, eine Tat zu vollbringen, zu wissen, was getan werden muß, gegebenenfalls den Schmerz und die Gefahr auf sich zu nehmen, wenn sein Denken nicht klar und rein ist und frei von inneren Kämpfen. Wenn es sich so verhält, ist eine der Voraussetzungen dafür das, was man Absonderung nennen kann, nämlich Rückzug aus dem Strudel der Dinge, die einen umgeben, Abkehr vom Häßlichen und vom Schmutz, mit denen die anderen Menschen leben. Nicht ein einziger der Bürger Thebens befand sich in der Lage, das simple, ja geradezu kindische Rätsel der Sphinx zu lösen, obwohl ihr Leben davon abhing. Nur ein Außenstehender, ein Mann, der zwar in Theben geboren war, die Stadt aber verlassen hatte, verfügte über ein ausreichendes Maß an Klarsicht, um die Stadt zu retten. Daher beginnt der Weg jedes Helden mit der Absonderung, der Abstandnahme, dem Aufbruch. Der Aufbruch ist notwendigerweise der Beginn der Laufbahn des Helden, ob er Abraham oder Moses, Orpheus oder Buddha heißt, ohne diesen Aufbruch kann nichts geschehen, gibt es nichts zu berichten.

Der Held der Geschichte *Die Flöte,* der ungebildete Junge, ist von seiner Umgebung durch seinen Mangel an Wissen, durch seine Unfähigkeit zu lesen und zu beten isoliert. Sein Mangel an Wissen ist eine notwendige Voraussetzung, da ohne diese keine Tat möglich wäre. Überträfe er beispielsweise die anderen beim Lesen und im Gebet, wäre er nicht mehr von ihnen geschieden, da er ihnen in größerem Maße ähnelte. Einen dreizehnjährigen Jungen am Versöhnungstag vor die Gemeinde treten zu lassen, ohne daß er in der Lage wäre, auch nur ein einziges Wort oder Gebet zu sprechen, bedeutet zweifelsohne die Scheidung, die Absonderung, den Aufbruch. So bricht er auf, um seinen Weg zu gehen.

Dann beginnt der heftige, äußerst schwere Kampf zwischen ihm und seinem Vater. Findet sich der Junge zuvor von der Gemeinde isoliert, aber noch unter dem Schutz seines Vaters, so erweist sich der Vater von nun an als Repräsentant der Gemeinde, ihrer Ideen und Gebräuche, und der Junge steht ihnen völlig allein gegenüber. So kurz und präzise die Schilderung des Geschehens in der ursprünglichen Version der Geschichte auch im allgemeinen ausfällt, der »Kampf« wird darin ausführlich beschrieben. Da ich oben in aller Kürze nur eine Zusammenfassung brachte, möchte ich nun einige Einzelheiten darlegen. Noch bevor der Junge das Haus verläßt, verbirgt er, ohne daß sein Vater davon weiß, die Flöte in seiner Tasche. Später, während des Mussaf-Gebets, bittet er den Vater zum erstenmal um die Erlaubnis, auf der Flöte spielen zu dürfen. Der Vater »erschrak«, wie es in der Erzählung heißt. Beim Mincha-Gebet wendet sich der Junge ein zweites Mal an seinen Vater und wird von diesem getadelt. Nach dem Mincha-Gebet bittet er den Vater zum drittenmal, diesmal in schärferem Ton: »Was immer auch sein mag, erlaube mir jetzt, auf der Flöte zu spielen!« Als der Vater sieht, daß beim drittenmal die Schelte allein nicht mehr ausreicht, ergreift er die Tasche des Jungen, um zu verhindern, daß er die Flöte herauszieht. Jetzt nimmt die Auseinandersetzung einen gewalttätigen Charakter an. So vergeht eine gewisse Zeit, bis schließlich beim Abschlußgebet des Versöhnungstages, dem Höhepunkt des Feiertages, auch der Konflikt seinen Höhepunkt erreicht: »Während des Gebets entriß der Knabe dem Vater die Flöte und blies darauf einen lauten Ton zur Verwunderung der Gemeinde.«

In der Geschichte wird nichts darüber ausgesagt, was geschieht, nachdem der Junge seine Tat vollbracht hat, abgesehen von der Bemerkung, daß sich alle, die ihn hörten, wunderten. Dennoch kann man sich die darauffolgenden langen und qualvollen Minuten vorstellen. Ohne Zweifel verfinstert sich der Blick des Vaters: wie groß muß das Bedauern des Vaters sein, mit dem dummen, verrückten Sohn in die Synagoge gekommen zu sein, der ihm vor Gott und den Nachbarn eine solche Schande bereitet! Und wie sehr ist wohl der Junge selbst durch die Wirren seiner eigenen Gefühle hin- und hergerissen: zwar tut er, was sein Herz ihm befiehlt, aber welch eine Verlegenheit, Scham und Bedrückung entstehen daraus! Wenn nicht nur der Vater und die Gemeinde, sondern selbst Gott von nun an ihm zürnt (schließlich ist es möglich – und dieser Gedanke kommt dem Jungen erst jetzt –, daß es Gott nicht erlaubt, daß in seiner Synagoge Flöte gespielt wird), dann bleibt er, der Junge, auf Erden einsam und allein. Auf diese Weise durchleben sie sehr lange und qualvolle Minuten bis zum Abschluß des Gebets.

16.

Soweit die erste Frage. Zu der zweiten Frage – welcher Art war jene Flöte, daß ihr Klang den des Gebets aller Betenden aufwog? – heißt es in der Geschichte: »Der Knabe hatte eine Flöte, auf der er stets spielte, wenn er auf dem Feld die Schafe hütete.« Diese Bemerkung ist zwar selbstverständlich, aber dennoch nicht überflüssig, da sie die Flöte als der Natur zugehörig beschreibt, als ein Ding, dessen Ursprung und Platz die Natur darstellt. So ist die Flöte aus Holz geschnitzt, sei es Schilf oder irgendein anderes Gehölz; das Holz aber ist in der Menschheitsgeschichte ein besonderes Sinnbild des Lebens. Während der Ertrag des Feldes den physischen Bestand des Menschen sichert und die Erde seinen Leichnam aufnimmt, spricht der Baum, der sich über die Erde erhebt, die menschliche Seele an. So verhält es sich mit jenen beiden Bäumen, deren Frucht das menschliche Schicksal bestimmte, mit dem Baum des Lebens und dem Baum der Erkenntnis, ebenso mit der Weltesche Yggdrasil in der nordischen Mythologie, mit dem Baum, unter dem Buddha zum Zeitpunkt seiner Erleuchtung saß, mit dem brennenden Dornbusch, der weder Früchte trug noch Schatten spendete, aus dem Moses aber die Stimme seines Gottes vernahm, und selbst mit dem Baum, aus dem das Kreuz entstand, der an sich zwar gefällt und abgestorben war und dennoch, wie die Religion ihn sieht, ein Tor zur Sühne, Auferstehung und Erlösung.

Zu einer erschöpfenden Antwort auf die zweite Frage gelangen wir erst, wenn wir auch die dritte Frage in unsere Überlegung einbeziehen. Sie lautet: Was hinderte das Gebet der anderen Betenden daran, zu Gott emporzusteigen? Sie ist die schwierigste der vier Fragen.

17.

Als der Baal Schem Tow das Abschlußgebet zu Ende gesprochen hat, sagt er: »Dieses Kind hat auf seinen Flötentönen unsere Gebete zum Himmel getragen.« Demzufolge war keines der Gebete zu Gott emporgestiegen, als seien sie alle wie weggeworfen auf dem Erdboden liegengeblieben. Das läßt sich in all seiner Einfachheit folgendermaßen erklären: Das Gebet der Betenden war es nicht wert, zu Gott zu gelangen, da es mit nicht dazugehörigen Gedanken, Nebensächlichkeiten, quälenden Erinnerungen und anderem, das nach unten strebt, vermischt war. Ist es nicht natürlich, daß das Gebet erwachsener und sorgenvoller Menschen derartig ausfällt? Darauf könnte man antworten, daß vielleicht gerade ein Gebet, das aus einem inneren Konflikt hervorgeht, sich mit Schmerz und Sorge mischt, aus Weh und Leid geboren wird, erhabener als das naive Gebet eines Kindes ist. Wäre es nicht möglich, daß gerade ein Gebet, das mit gebrochenen Schwingen emporzusteigen versucht, die höchsten Höhen erreicht? Rabbi Nachman von Bratzlaw sagte sogar: »Eine große Gnade besteht darin, daß die Gedanken des Menschen vom Gebet abschweifen. Betete er so, wie es sich gehört, so könnte er die Schuld nicht ertragen, um derentwillen er das Gebet so spricht, wie es sich gehört, und die auf diesem lastet. Da er aber das Gebet in Gedanken kleidet, die von ihm abschweifen, sehen es die bösen Geister nicht genau, und die Anklage wiegt nicht so schwer. Und so kann das Gebet in die Höhe aufsteigen.«

Das Scheitern der Gebete jener Männer läßt sich also nicht auf die oben genannte Weise erklären. Sie gibt uns keine Antwort, ja es besteht nicht einmal ein Bezug zwischen ihr und der Fragestellung. Denn das eigentliche Problem ist folgendes: Glaubten die Männer, die den ganzen Tag lang beteten, tatsächlich in aller Aufrichtigkeit an ihr Gebet? Glaubten sie an die Kraft des Gebets? Im einundzwanzigsten Kapitel des Matthäus-Evangeliums sagt Jesus seinen Jüngern: »So ihr Glauben habt und nicht zweifelt, so werdet ihr sagen zu diesem Berge: Heb dich auf und wirf dich ins Meer, so wird es geschehen.« Der Wahrheitsgehalt dieses Ausspruchs wurde nie überprüft, denn welcher Mensch könnte glauben, es sei möglich, Berge zu versetzen? Vielleicht basiert dieser Ausspruch aber auf einem Irrtum und wurde doch bereits auf seinen Wahrheitsgehalt hin überprüft, und zwar von Jesus selbst, als er in seiner letzten Stunde rief: »Mein Gott, mein Gott, warum hast du mich verlassen?« Vielleicht enthalten diese furchtbaren Worte das Resultat der Prüfung des oben zitierten Ausspruchs. Folglich begriff Jesus zu jener Stunde, daß er in dem Augenblick, in dem er sich für Gott aufopferte, von diesem verlassen war, oder, mit anderen Worten, als Jesus sich an Gott wandte, schwieg dieser, und sein Schweigen war absolut, definitiv und weder durch eine Tat noch durch ein Gebet abwendbar. Vielleicht dachte der jüdische Philosoph daran, als er allein in seiner Kammer in Amsterdam saß und in seiner traurigen »mathematischen« Sprache schrieb: »Daraus, daß Gott der Ursprung aller Dinge ist, ergibt sich zwangsläufig, daß in Gott selbst etwas ist, um dessentwillen er handelt und er sein Handeln nicht ändert. Wir haben gesagt, daß die Freiheit nicht in der Möglichkeit begründet ist, zu wählen, etwas zu tun oder es nicht zu tun; ferner haben wir bewiesen, daß das Motiv für das Handeln Gottes allein in der Vollkommenheit Gottes zu finden ist; somit gelangen wir zu folgendem Schluß: Würde nicht Gottes Vollkommenheit sein Handeln veranlassen, wären die Dinge nicht, wie sie sind.«

Das ist die grundlegende Frage – nicht allein in der kleinen Erzählung, um die es hier geht, sondern vielleicht sogar bezüglich der Religion im allgemeinen. Denn worauf gründet sich die Hinwendung der Juden zu Gott, wenn nicht auf den Glauben an die Existenz eines gerechten Gottes, der nicht allein über das Universum, sondern ebenso über das Individuum wacht, den Gerechten belohnt und den Sünder bestraft? All das, was im Leben des einzelnen und in dem des Volkes geschieht, wird in der Bibel gemäß diesem Glauben interpretiert. Selbst wenn eine anders begründete Interpretation auf der Hand zu liegen und das persönliche Geschick beziehungsweise die historischen Abläufe besser zu erklären scheint, ist eine solche Interpretation nicht denkbar, ohne daß sie die moralischen Grundlagen, auf denen der Glauben basiert, zerschlüge. Der Mensch – in unserem Kontext: der Jude – kann die Problematik, oder das Paradoxon, das die Vorstellung von einem gerechten Gott in sich birgt, nicht übersehen, solange er von einem moralischen Prinzip ausgeht, das anhand von vom Menschen geprägten Begriffen definiert ist. Der Mensch erkennt, daß weder die Natur noch die Geschichte diesem moralischen Prinzip entspricht. Welcher Mensch könnte, was sein eigenes Leben betrifft, die Augen vor dem verschließen, was gut oder böse für ihn ist? Jene Männer, die am Versöhnungstag im Lehrhaus des Baal Schem Tow beteten, waren Nachkommen der in den Pogromen von 1648–49 Ermordeten; ebenso beten an diesem Feiertag in ähnlichem Rahmen die Söhne derer, die in Auschwitz ihr Leben ließen. Es stellt sich also die Frage, ob diese Männer tatsächlich an ihr Gebet, an die Kraft ihres Gebets, an einen Gott, der ihr Gebet erhört, glauben konnten; diese Frage ist von nicht geringer Bedeutung, selbst wenn sie nicht in das Bewußtsein jener Männer vordrang. (Auf die psychologische und gesellschaftliche Bedeutung des Betens möchte ich an dieser Stelle nicht eingehen.)

18.

Ich komme nun zu der vierten Frage, die sich auf das Lob bezieht, das der Baal Schem Tow dem Jungen erteilte. »Dieses Kind hat auf seinen Flötentönen unsere Gebete zum Himmel getragen«, sagte der Baal Schem Tow. Die Problematik, die er wahrscheinlich in jener Situation erkannte, tritt bereits in den ersten Worten dieses Ausspruchs zutage. Der Baal Schem Tow hätte den Jungen auch anders als »Kind« nennen können. Schließlich wird in der Geschichte präzisiert, daß jener Junge bereits das Alter der Bar-Mitzwa erreicht hatte und somit für seine Taten verantwortlich war. Am Sabbat einen Gegenstand zu tragen und zu benutzen, wird dem Religionsgesetz zufolge bekanntlich mit der Steinigung bestraft; geschieht das gleiche Vergehen am Versöhnungstag, soll der Sünder ausgerottet werden. Diese Bestimmungen kannte der Baal Schem Tow nur zu gut. So bezeichnete er den Jungen nicht grundlos als »Kind«, sondern in der Absicht, die Situation zu verharmlosen. (Die Wahl des Wortes »tinuq« geschah vielleicht nicht einmal zufällig, denn es findet auch im Talmud-Traktat »Joma« Verwendung, das folgende Vorschrift enthält: »Kinder sollen sich nicht kasteien am Versöhnungstage.« Demnach sind sie von der Pflicht befreit, alle Vorschriften, die diesen Tag betreffen, zu erfüllen.) Es liegt nicht in meiner Absicht zu behaupten, der Baal Schem Tow sei leichtfertig im Umgang mit den religiösen Vorschriften gewesen, insbesondere mit den den Versöhnungstag betreffenden. Dennoch erweist sich seine Haltung ihnen gegenüber als ambivalent – ja sogar als antinomistisch – und in den Schriften der bedeutendsten jüdischen Mystiker wurzelnd, deren Lehre den Baal Schem Tow zweifelsohne in einem gewissen Maße beeinflußte; um dies zu belegen, genügt ein einziges Beispiel aus dem berühmten Buch *Sefer Ha-Kaneh* (Buch des Zweiges), das von einem unbekannten Autor stammt, der darin über eine in der Bibel dargelegte Vorschrift bemerkt: »Welchen Nutzen zieht der Heilige, gepriesen sei er, daraus, daß man Schaufäden anlegt? Weswegen befahl er, der Faden solle hellblau sein, man solle Quasten machen und Schaufäden anbringen? Alles kommt von Gott, er sei gepriesen, auf jeden Fall ist jener dem Wahnsinn nahe.« Diese und ähnliche Gedanken wurden letztendlich von den Sabbatianern verwirklicht, denen der Baal Schem Tow auf geistiger Ebene (ebenso wie auf der Ebene persönlicher Beziehungen, beispielsweise mit dem Mystiker Kopel aus Mazaricz) verbunden war. Wie gesagt glaube ich dennoch nicht, daß der von uns besprochene Fall auf Leichtfertigkeit seitens des Baal Schem Tow den religiösen Vorschriften gegenüber zurückzuführen ist. Ich halte diesen Aspekt der Erzählung für äußerst bemerkenswert. Es stellt sich also wiederum die Frage, weshalb der Baal Schem Tow es für angebracht hielt, so zu sprechen, wie wir es der Geschichte entnehmen, also die Augen vor der Sünde, die der Junge beging, zu schließen und ihm dann ein so großes Lob zu erteilen.

19.

Die Klänge, die der Junge mittels der Flöte – auf der er sonst auf dem Feld spielte – hervorbrachte, hatten nichts gemein mit dem Gebet der übrigen Personen: sie waren unmittelbar und aufrichtig.

Der Zeitpunkt, zu dem die Tat geschieht, ist ein Moment der Krise, ein Augenblick, in dem sich die Spannung bis hin zur Unerträglichkeit steigert. In diesem Stadium erwartet man das Erscheinen des Helden, dessen Tat retten, läutern, klären soll. Inwiefern ist die Situation, in der sich die Tat des jungen ereignete, als kritisch anzusehen? Die Krise bestand darin, daß das Gebet der Männer nicht emporsteigen konnte. Der gängige Wortlaut des Gebets entsprach nicht mehr der tiefen inneren Zerrissenheit, die den Glauben der Betenden, auf dem das Gebet basierte, kennzeichnete. Ihr Gebet, das ja an einen gerechten, auf Erden gegenwärtigen Gott gerichtet war, stand im Widerspruch dazu, daß sie auf Erden kein moralisches Prinzip verwirklicht sahen. Da erschien der Junge und löste dieses Paradoxon, in dem sie befangen waren, durch eine simple und mit Entschiedenheit ausgeführte Tat auf. Er setzte sich über den Wortlaut des Gebets, den er aufgrund seiner Unwissenheit nicht kannte und der im Widerspruch zur Wirklichkeit stand, hinweg und führte sie statt dessen hin zur Wirklichkeit, zur Natur, zu etwas, das weder gerecht noch ungerecht, weder gut noch böse ist, nämlich zum Leben selbst.

Hiermit komme ich zu der Geschichte über die Hirtenflöte zurück – und gleichzeitig auch zum Ende meines Aufsatzes. Der Klang der Flöte war zwar bescheiden, aber dennoch der Stimme gleich, die aus dem Sturm zu Hiob sprach. Dem Anschein nach sprachen Hiobs Gefährten, ebenso wie die betenden Männer in dem Lehrhaus des Baal Schem Tow, die »richtigen« Worte: »Meinst du, daß Gott unrecht richtet und der Allmächtige das Recht verkehrt?« Dennoch sagte die Stimme aus dem Sturm zu ihnen: »Ihr habt nicht recht von mir geredet.« Was bedeutet dann aber »recht reden«? Ist es möglich, »recht zu reden«? Stehen überhaupt die »rechten Worte« zur Verfügung? Die Stimme sagt nichts dazu. Sie gibt keinerlei Erklärung, die sich auch nur im geringsten Maße der menschlichen Logik und der menschlichen Vorstellung von Gerechtigkeit unterwerfen und von Aufmerksamkeit gegenüber dem menschlichen Leiden beziehungsweise von Erbarmen zeugen würde. Wenn man versucht, jenen mächtigen und wilden Wortsturm in aller Kürze zu resümieren, sagt die Stimme ungefähr folgendes: Ich bin, wie ich bin. Ich glaube, daß der Sinn dieses Ausspruchs sich in nichts, absolut überhaupt nichts von dem unendlichen Schweigen des gestirnten Firmaments unterscheidet, das ich zu dieser nächtlichen Stunde, da ich die letzten Worte dieses Aufsatzes niederschreibe, durch das Fenster über mir sehe.

Quellennachweis

Sturz der Engel
Aus Kurdistan. IFA (Israeli Folktale Archive) Nr. 10856. Die hebräische Quelle des Motivs ist das Buch Genesis; weitere Versionen finden sich in dem Buch Henoch, dem Midrasch, dem Neuen Testament, dem Koran, dem *Sohar und* anderen. In verschiedenen fiktionalen und theologischen Ausformungen steht das Thema im Mittelpunkt literarischer Werke, insbesondere des Mittelalters und der Renaissance, unter denen Miltons *Paradise Lost* das berühmteste ist. Im Buch Genesis werden die Hauptfiguren der Geschichte »Söhne Gottes« genannt. Der Gelehrte M. D. Cassuto vergleicht diese Benennung mit ähnlichen ugaritischen und phönizischen Bezeichnungen und erklärt sie als Hinweis auf Wesen, die einst selbständige Gottheiten waren und schließlich in der Bibel zu Dienern Gottes degradiert wurden. Daher scheint mir die Geschichte der Überrest eines vergessenen Mythos von einem Kampf zwischen Gott und anderen Göttern zu sein.

Der Diamant Adams
Aus Afghanistan. IFA 7836.

Moses und die Ameisen
Aus Afghanistan. Schon im Pentateuch und später im Talmud und im Midrasch kommt es zu zahlreichen Auseinandersetzungen zwischen Moses und Gott; doch ist eine derartige Mischung eines aufrichtigen Glaubens und eines an Nihilismus grenzenden Denkens äußerst selten.

Der Satan und sein Verbündeter
Aus dem Jemen. Es scheint mir möglich, diese burleske Beschreibung des Satans (der im Judentum auch vor Gott erscheint und mit ihm spricht und im allgemeinen eine bedrohliche Figur darstellt) auf eine moslemische Vorstellung zurückzuführen, wonach der Satan nur einer unter vielen Dschinns ist (Koran, Sure 18 und 48). Auch in den Märchen der Brüder Grimm und in gewisser Hinsicht in Goethes *Faust* wird der Satan manchmal als komische Figur charakterisiert. Dies geht vielleicht auf Martin Luther zurück, der eigenen Aussagen zufolge mehrmals auf humoristische und spöttische Art mit dem Satan sprach; denn seiner Meinung nach ist wahre Furcht

Gottesfurcht. Trotzdem mindert das komische Moment nicht die Furcht vor dem Satan (oder den Satans), sondern verstärkt sie möglicherweise noch.

Die Geschichte vom Eselskopf
Aus Tunesien. IFA 2054. Parallelen aus Osteuropa, Marokko, dem Irak u. a.

Der Himmel, die Ratte und das Wasserloch
Nach der im 19. Jahrhundert in Livorno erschienenen Sammlung *Oseh Pele* (Wundertäter) von Rabbi Josef Schabtai Farchi. Der Ursprung der Geschichte geht auf das Talmuttraktat »Ta'anit« zurück; verschiedene Versionen finden sich in den Midraschim, im Buch *Schalschelet Ha-Kabbala* (Tradition der Kabbala), das Ende des 19. Jahrhunderts in Polen erschien, und in der späteren Literatur.

Die Braut und der Todesengel
Nach dem Mitte des 19. Jahrhunderts in Lemberg erschienenen Buch *Kav Ha-Jaschar* (Maß der Gerechtigkeit); frühere Fassungen finden sich in dem Buch Tobias und in *Tausendundeiner Nacht*. Im Buch Tobias pflegt ein Dämon den Bräutigam zu töten, weil er selbst die Braut begehrt; in der vorliegenden Geschichte wird der Bräutigam jedoch durch Zauberei gerettet und nicht durch seine Frau. Meiner Meinung nach ist die vorliegende Fassung vom menschlichen wie vom künstlerischen Gesichtspunkt her den anderen Fassungen überlegen. (Im Talmud wird von der Tochter des Rabbi Akiva erzählt, der geweissagt wird, sie werde in ihrer Hochzeitsnacht sterben; sie entging jedoch ihrem Schicksal dadurch, daß sie einen Armen, der zu ihrer Hochzeit kam, ehrenvoll empfing.)

Der Mann und seine Frau und der Räuber
Nach dem *Oseh Pele*. Parallelen aus dem Fernen Osten, die bekannteste stammt aus Japan, auf der der Film *Rashomon* basiert.

Die tote Braut
Nach dem chassidischen Buch *Kehal Chassidim* (Chassidische Gemeinde). Ein in der jüdischen Literatur seltenes Beispiel eines Geistes in Menschengestalt; dieses Motiv findet in der chinesischen Literatur seine gelungenste Ausformung.

Die Gesteinigte
Nach dem Buch *Sefer Ha-Ma'asijot* (Buch der Erzählungen) von Mordechai Ben Jecheskel. Parallelen in *Tausendundeiner Nacht* und in den mittelalterlichen *Gesta Romanorum*.

Das Kleid

Nach einem Ende des 19. Jahrhunderts in Krakau erschienenen Buch.

Die Geschichte vom alten Hagestolz, der eine Bohne verlor

Aus Marokko. IFA 1988. Parallelen aus Tunesien, der Türkei, dem Jemen u. a.

Die Nachtigall und die Männer in Totenhemden

Aus Tunesien. IFA 5751. Parallelen aus Marokko, der Türkei, dem Jemen, dem Irak u.a. Diese Geschichte, eine von vielen volkstümlichen und theologischen Erzählungen, die sich mit dem zentralen Thema des Werdegangs einer Hauptfigur beschäftigen, ist eine der schönsten, die ich kenne. Man könnte viel über sie erzählen, ich beschränke mich jedoch auf zwei Punkte: den Ausgangspunkt der Entwicklung des Helden und ihren Höhepunkt. Den Ausgangspunkt bildet die Trennung des Helden von seiner ursprünglichen Umgebung. Manchmal vollzieht sich die Trennung bereits im Säuglingsalter; so beginnt auch die Geschichte von Moses, König Sargon, Papst Gregor dem Großen, Ödipus u.a. Zwischen der Trennung des Helden von seiner ursprünglichen Umgebung und seiner Aktivierung liegt ein Zeitraum, in dem er sich unbewußt auf die Tat vorbereitet. Schließlich kommt der Augenblick, in dem sich scheinbar Zufälliges ereignet, das den Helden zur Tat veranlaßt. Für Moses ist dieses auslösende Moment der Anblick des Hebräers, der von einem Ägypter gezüchtigt wird. In der vorliegenden Geschichte ist es das Auftreten der beiden bösen Tanten. Auf dem schweren Weg des Helden manifestieren sich seine positiven Eigenschaften, deren wichtigste seine Fähigkeit ist, sich unheilvollen Versuchungen und den bösen Ratschlägen der in Leichenhemden Gewandeten zu verschließen. Es ist nicht einfach, Worte zu finden, die kraftvoll genug sind, um den Helden für sein Verhalten im schicksalhaften Augenblick zu loben und die reale Bedeutung zu betonen, die dieses Beispiel für das Leben eines jeden Menschen besitzt.

Die Geschichte des Mannes, der sein Brot ins Wasser warf

Nach *Sipurim Nißa'im* (Wunderbare Geschichten, Jerusalem, hrsg. von Z. Bar-Chaim), einem Nachdruck der von Rabbi Jeschaja Zikernik im 19. Jahrhundert erstellten Sammlung. Das Motiv vom Menschen, der von einem Walfisch verschlungen wird, ist aus den Erzählungen verschiedener Völker bekannt (u.a. aus denen der Eskimos). Oft symbolisiert es den Abstieg in die Unterwelt, bedeutet Gefahr, Bedrängnis und schließlich wundersame Rettung. Zwar ist die vorliegende Geschichte in der Sprache geschrieben, in der die bekannteste Verarbeitung dieses Motivs verfaßt ist, doch wird die Begegnung mit dem Walfisch einem Salongespräch ähnlich dargestellt. Verschiedene Erzählungen beinhalten ähnliche Motive wie das des Helden, der die Sprache der Tiere versteht, nachdem der Walfisch in seinen Mund spuckte.

Der König und die vierzig Krähen

Aus Marokko. IFA 4135. Die Geschichte vom König, den sein Vogel vor dem Tode rettet, findet sich in *Tausendundeiner Nacht*. Die Jungfrauengeburt ist ein von alters her bekanntes Motiv in der Mythologie, Theologie und Kosmogonie; in weit voneinander entfernten Zivilisationen (wie z.B. bei den Slawen, den Ureinwohnern Neuguineas und Australiens) ist, wie Frazer im *Goldenen Zweig* ausführt, der Glaube verbreitet, daß der Geschlechtsverkehr keineswegs die notwendige Voraussetzung für die Empfängnis darstellt, denn das Neugeborene verkörpert nichts anderes als die Seele eines ins Leben zurückkehrenden Toten. Wie in der vorliegenden und einer weiteren in diesem Buch enthaltenen Geschichte kann die Berührung eines Totenkopfes bzw. das Essen eines Bonbons, der aus dem Mund eines Toten gefallen ist, eine Schwangerschaft verursachen. Schon eine altägyptische Erzählung berichtet von einer Frau, die einen Holzspan verschluckt und dadurch schwanger wird. In der Geschichte von der Empfängnis durch den Heiligen Geist wird dieses Motiv im Grunde lediglich in einen religiösen Kontext erhoben. Jedoch besteht kein wesentlicher Unterschied zwischen diesen beiden Darstellungen, da der Heilige Geist auch in einem Holzspan weilen kann.

Die Geschichte von der Prinzessin, dem Mädchen mit dem Kaugummi und dem jungen Mann, der zwischen ihnen stand

Aus Tunesien. IFA 2043. Parallelen aus dem Jemen, Kurdistan und dem Irak. Die Geschichte, in der die Prinzessin den einen sucht, der ein Stück seines Mantels bei ihr zurückgelassen hat, und deren Schicksal auf diese Weise mit dem seinen verknüpft wird, findet sich in zahlreichen Erzählungen. In einer weitverbreiteten Abwandlung des Motivs ist es der Mann, der sich auf die Suche nach der für ihn bestimmten Frau befindet. So verhält es sich mit Tristan und Isolde und auch mit dem König, der – nach einer hebräischen Erzählung aus dem Mittelalter – das Mädchen zu finden sucht, von dem ihm ein Rabe ein goldenes Haar überbracht hat. Anstelle des goldenen Haares ist in *Aschenputtel* von einem Schuh die Rede. Aschenputtels Geschichte wird in fast allen Sprachen erzählt, wobei das Motiv des Schuhs sehr alt ist und bereits in altägyptischen Erzählungen erscheint.

Der Engel Asriel und der Schafhirte

Aus dem Kaukasus. IFA 10895. Parallelen aus Rumänien, Marokko, dem Libanon u.a. Es bestehen Berührungspunkte mit dem Mythos vom griechischen König Admetos, der von den Schicksalsgöttinnen zum Tode verdammt wird und vergebens jemanden sucht, der bereit ist, an seiner Stelle zu sterben, bis sich seine Frau Alkestes dazu bereit erklärt. Das Motiv vom Menschen, der dazu bestimmt ist, an seinem Hochzeitstag zu sterben, ist äußerst verbreitet. (Siehe die Anmerkung zu *Die Braut und der Todesengel)*

Die Höhle unseres Urvaters Abraham
Aus Kurdistan. IFA 4824. Die geographischen Angaben beziehen sich auf tatsächlich existierende Orte, in deren Umgebung eine nach Abraham benannte Moschee steht.

Der zehnte Mann
Nach dem im 17. Jahrhundert in Amsterdam erschienenen Buch *Emek Ha-Melech* (Das Tal des Königs) von Rabbi Naftali Elchanan.

Abraham der Schuhmacher
Nach dem Ende des 19. Jahrhunderts in Warschau erschienenen Buch *Schem Ha-Gedolim He-Chadasch* (Das neue Buch »Name der Großen«) von Rabbi Aaron Waiden.

Das Gespräch mit unserem Urvater Abraham
Nach dem Buch *Kesef Zaruf* (Geläutertes Silber), Jerusalem, Anfang des 20. Jahrhunderts.

Die vier vornehmen Frauen
Nach einer Geschichte von Martin Buber aus seinem Buch *Or Ha-Ganus* (Das verborgene Licht).

Joab Ben Zeruja und die Amalekiter
Nach dem *Oseh Pele. [Der Herr erhöre dich …:* Psalm 20. *Du sollst …:* 5. Buch Moses 25,19.]

König David und Rabbi Riaanati
Nach *Sefer Ha-Ma'asijot* von Mordechai Ben Jecheskel.

Rabbi Judel der Rote und König David
Ebenda.

Der reiche Mann, der Baal Schem Tow und König David
Ebenda.

König Salomo und das Honigurteil
Aus Tunesien. IFA 6841. Parallelen aus Afghanistan, dem Jemen, Persien u.a. Ein unerwarteter Rechtsspruch ist ein beliebtes Motiv in Volkserzählungen. Die vorliegende hebräische Geschichte geht auf den Midrasch zurück, in dem jedoch David die Hauptfigur ist.

König Salomo und der uralte Frosch
Aus Tunesien. IFA 5088. Die Worte des Frosches können als Variation des Mythos von den Zeitaltern der Menschheit (dem Goldenen, Silbernen, Kupfernen und Eisernen) angesehen werden; dieser Mythos wird u. a. von Hesiod erzählt.

Das Zinnschwert
Nach dem *Oseh Pele;* die Geschichte geht auf den Midrasch zurück.
[*Unter Tausenden …:* Prediger 7,28.]

Die Geschichte von dem Mann mit den zwei Köpfen
Ebenda. Die Geschichte geht auf den Midrasch zurück. Möglicherweise ist sie von der Gemara inspiriert, die von einem Mann berichtet, der mit seinem doppelköpfigen Sohn zu Rabbi Jehuda Hanassi kommt. In der Gemara und ihren Kommentaren finden wir eine ausführliche Diskussion der halachischen Implikationen dieses Falles; so wird beispielsweise die Frage nach der Ehetauglichkeit eines Menschen mit zwei Köpfen aufgeworfen. Obwohl die Natur durchaus siamesische Zwillinge hervorbringt, heißt es in der Tosefta, der oben beschriebene Fall sei widernatürlich und könne sich nicht ereignet haben.

Salomo und Asmodi
Ebenda. Die Geschichte geht auf den Talmud und den Midrasch zurück. Auch von dem Perserkönig Darius wird erzählt, daß Asmodi ihm für eine gewisse Zeit die Herrschaft entrissen habe. Möglicherweise stammt die Figur des Asmodi aus der altpersischen Mythologie, die ihn Aeshma-Daeva nennt. Wie andere Geschichten über Salomo finden wir auch die vorliegende in der islamischen Tradition wieder; sie wurde ebenfalls in der Weltliteratur verarbeitet (Klopstock, Longfellow, Hugo, Yeats). Mir erscheint die Geschichte Salomos als eine Wiederholung der Geschichte seines Vaters David, der vor dem Antritt seiner Herrschaft zu den Philistern ging und eine Zeitlang von Sinnen war oder dies wenigstens vortäuschte. Das dämonische Verhalten, das Asmodi an den Tag legte, während er auf dem Thron saß, kann auf Salomo projiziert werden, wenn man die Begehrlichkeit, den Hochmut, die List und die Willkür Salomos bedenkt. Andererseits ist diese wundersame Erzählung vielleicht als

eine Geschichte von Fall, Verlust, Herzensleid und Reue zu verstehen. Beide Interpretationen sind jedoch auch gleichzeitig möglich.

König Salomo und das Schicksal

Aus Tunesien. IFA 3264. Diese Geschichte hat viele Parallelen (Persien, Jemen, Osteuropa u.a.); die vorliegende Version entspringt der arabischen Tradition. Nach dieser las Salomo in den Sternen, daß ein Mädchen einem jungen Mann aus einem fernen Ort bestimmt sei. Der riesige Vogel behauptete aber, das Schicksal ändern zu können. Was tat der Vogel also? Er entführte das Mädchen und versteckte es hoch oben in seinem Nest. Der junge Mann kam unterdessen aus der Ferne; und als das Mädchen ihn sah, rief es ihm zu, er solle sich in die Haut eines Nashorns hüllen. Dann bat es den Vogel, ihm die Nashornhaut zu bringen. Und er tat es ahnungslos. Nach einem Jahr wollte König Salomo wissen, wie seine Wette mit dem Vogel ausgegangen war. Und siehe da, das Mädchen hatte dem jungen Mann ein Kind geboren.

In den frühen hebräischen Fassungen der Geschichte, wie z.B. im Midrasch Tanchuma, ist das Mädchen eine Tochter Salomos, die er in einem Schloß mitten im Meer versteckt, nachdem er in den Sternen gelesen hatte, daß sie einen armen Jüngling heiraten würde. Doch Salomos Plan mißlang. Der Jüngling zeichnet sich schließlich im Studium der religiösen Schriften aus, was den Schreibern der Midraschim als der bestmögliche Ausgang der Geschichte erscheint. Im Midrasch ist nicht vom Schicksal die Rede, sondern von Gott, der den Lauf der Dinge bestimmt. Das Motiv erscheint im Laufe der jüdischen Geschichte immer wieder, in volkstümlichen Erzählungen wie in literarischen Bearbeitungen. Die ursprüngliche Vorlage der verschiedenen Versionen ist altägyptisch; das Papyrus, auf dem die Geschichte niedergeschrieben ist, befindet sich im Britischen Museum.

Die Königsgräber

Nach dem Buch *Massa'ot Rabbi Binjamin Mi-Tudela* (Die Reisen des Rabbi Benjamin von Tudela) aus dem 12. Jahrhundert.

Der Kuß

Nach *Sefer Ha-Ma'asijot* von Mordechai Ben Jecheskel. Die Geschichte stammt vermutlich aus dem 13. Jahrhundert.

Der Kaufmannssohn und Asmodis Tochter

Ebenda. Aus dem Mittelalter ist der jüdische Volksglaube bekannt, wonach Asmodi die Tora studierte und nach den Gesetzen des Judentums lebte. In späteren Jahrhunderten – unter dem Einfluß des Chassidismus – wurde diese Vorstellung abgelehnt. Ähnlich verhält es sich im Islam: die Geister in *Tausendundeiner Nacht* schwören bei Allah. [*Dies sind die Rechtsordnungen …:* 2. Moses 21,1.]

Die Geschichte des Goldschmieds und seiner zwei Frauen

Nach dem *Kav Ha-Jaschar.* In der vorliegenden Geschichte wie auch in anderen in diesem Buch enthaltenen Geschichten scheint der Sieg der Frau im Wettstreit mit dem weiblichen Dämon selbstverständlich. (In einer dieser Erzählungen wagt es Isaak Ben Luria, dem Gesetz und der Halacha widersprechend, eine Dämonin zur Scheidung zu zwingen, die im Einklang mit dem Gesetz geheiratet hat.) In ähnlichen Erzählungen anderer Völker zeigt man sich der Dämonin gegenüber nachsichtiger. [5408–5418: entspricht 1648–1658 nach christlicher Zeitrechnung.]

Die Geschichte der Schlangenfrau

Aus Afghanistan. IFA 2037. Mir scheint, daß die den Naturgewalten verbundenen weiblichen Wesen der heidnischen Märchen, wie z.B. die Sirenen und die Lorelei, den Mann in das Reich der Natur locken, das Chaos und Romantik bedeutet, wohingegen sich der Mann in der jüdischen Erzählung nach der Geborgenheit des Hauses und der Familie sehnt. (Siehe das Ende von Kapitel 9 des Nachwortes.)

Lilit und das Unkraut

Nach einer Erzählung aus dem Buch *Sikaron Tov,* das in Bubers *Or Ha-Ganus* vorkommt. Die Gestalt Lilits, der Königin der Dämonen, stammt wahrscheinlich aus Mesopotamien, wo sie als Dämonin bekannt war, die Kindern Schaden zufügte. Sie war dafür berühmt, daß sie Menschensöhne begehrte. Nach dem *Sohar* verführte sie bereits Adam, der sie – nach einem Midrasch – sogar ehelichte. Obwohl sie als die bekannteste weibliche Figur in der Welt der Dämonen gilt, ist sie keineswegs deren einzige Königin. Ein Midrasch besagt, die Herrschaft über jene Welt sei unter der Nachkommenschaft Lilits und dreier anderer Dämoninnen aufgeteilt.

Die verlassene Frau und der Tote

Nach *Sefer Ha-Ma'asijot* von Ben Jecheskel.

Die Geschichte von dem lebenden und dem toten Kaufmann

Nach dem Buch *Adat Zaddikim* (Gemeinschaft der Gerechten) aus Lublin vom Anfang dieses Jahrhunderts. Parallelen finden sich in den Erzählungen der deutschen und der jemenitischen Juden.

Der fahrende Händler und der getreue Tote
Nach *Sefer Ha-Ma'asijot* von Ben Jecheskel. [*Er macht Völker groß ...:* Buch Hiob 12,24.]

Der Weise, der ins Wasser fiel
Nach dem Buch *Sipurim Nifla'im*. Eine frühe Vorlage der Geschichte stammt aus dem Fernen Osten und liegt in unterschiedlichen Versionen vor. (Eine ähnliche phantastische Zukunftsvision bildet das Motiv einer bekannten Erzählung von Borges.)

Der Jüngling, der die Zauberkunst erlernen wollte
Nach dem Buch *Ma'asijot Ve-Sichot Zaddikim* (Erzählungen und Gespräche der Gerechten) aus Warschau vom Anfang dieses Jahrhunderts. [*Halte dich ferne ...:* 2. Buch Moses 23,7.]

Die Geschichte der Rabbinertochter, die einen Zauberer heiratete
Aus Marokko. IFA 1500. Parallelen aus Tunesien, demjemen, Persien, dem Irak u. a.

Der amerikanische Königssohn
Aus Tunesien. IFA 42. Parallelen aus Ägypten, dem Irak u. a.

Die Geschichte der Brüder Salomo und Abraham
Aus Marokko. IFA 3936. Parallelen aus dem Jemen, Tunesien, Kurdistan u.a. Eine Bindung, die eine Frau mit einem Tier eingeht (mit oder – wie in der Mehrzahl der Geschichten – ohne Hochzeit), ist ein bekanntes Thema: von der Unzucht einer Frau mit einem Affen oder Bären in *Tausendundeiner Nacht* über die verschiedenen Versionen des Märchens *Die Schöne und das* Tier bis hin zu den griechischen Mythen von den Frauen, die sich mit einem als Stier und Schwan auftretenden Gott vereinen. In einem griechischen Märchen aus neuerer Zeit ehelichen drei Schwestern einen Löwen, einen Panther und einen Adler. In einer Zigeunergeschichte heiratet eine junge Frau ein Schlangenmännchen und führt mit ihm ein glückliches Leben.

Der Jüngling mit den leuchtenden Augen
Aus Tunesien. IFA 1917. Parallelen aus Osteuropa, Persien, dem Irak, Marokko u.a. Wundersamer noch als die Geschichte von dem Fischmenschen ist die Erzählung aus der 348. Nacht in *Tausendundeiner Nacht:* Eine Frau schenkte einem Armen zwei Brotlaibe, obwohl der König des Landes Almosen verboten hatte. Als ihre Tat bekannt wurde, schlug man ihr zur Strafe beide Hände ab. Daraufhin ging die Frau in

die Wüste und weinte. Zwei Männer kamen vorbei und fragten sie: »Wünschst du, daß Gott dir deine Hände wiedergibt?« Sie entgegnete: »Ja.« Darauf beteten die beiden Männer zu Gott, und er gab ihr ihre Hände wieder, und sie waren schöner als zuvor. Da verrieten sie ihr, daß sie die Brotlaibe waren, die sie dem Armen geschenkt hatte.

Die Ministertochter und der Dieb im Schafspelz
Aus Tunesien. IFA 2044. Parallelen aus dem Jemen u. a.

Die drei Tiere und der undankbare Jude
Aus Tunesien. IFA 41. Parallelen aus demjemen, dem Irak u. a.

Der Königssohn als Schneiderlehrling
Aus dem Irak. IFA 11197. Zu dieser Geschichte existieren wahrscheinlich keine Parallelen, vielmehr ist sie das Resultat einer Mischung verschiedener Motive.

Der beschämte Weise und der gerechte Metzger
Aus Marokko. IFA 854. Parallelen aus dem Jemen, dem Irak, Afghanistan, Osteuropa u.a. Von Huang-Ti, dem »gelben Kaiser«, der vor ungefähr fünftausend Jahren in China herrschte, wird erzählt, er habe bereits im Alter von siebzig Tagen wie ein Erwachsener sprechen können, da er die übernatürliche Fähigkeit besaß, in die Herzen der Menschen einzudringen, und er sei auf allen seinen Wegen gerecht gewesen.

Die Geschichte vom Königssohn, der in die Welt zog
Aus Tunesien. IFA 2502. Parallelen aus Osteuropa, Libyen, dem Jemen, Persien, dem Irak u. a. Das Motiv von dem Liebenden, der auf die Probe gestellt wird, finden wir auch in dem griechischen Mythos von Psyche, die Aphrodites Sohn Amor liebt. Auch das Motiv der Verwandlung der Liebenden auf der Flucht vor ihren Verfolgern ist weit verbreitet: so verwandeln sich in einem Grimmschen Märchen die Liebenden, denen eine Hexe nachstellt, in einen See und in eine Ente. In einem alten ägyptischen Märchen flieht ein Mann vor seinem Bruder; doch verwandelt er sich nicht, um der Gefahr zu entrinnen, sondern es entspringt zu seiner Rettung ein Fluß, der seinem Verfolger den Weg abschneidet. Die groteske Seite der Verwandlung finden wir in einer besonders typischen Bearbeitung im *Simplicius Simplicissimus.* Die bekannteste unserer Zeit entstammende Geschichte über dieses Thema ist natürlich Kafkas *Verwandlung.* Wie in der Geschichte von Daphne, der wohl berühmtesten Verarbeitung des Motivs überhaupt, nehmen die beiden Hauptfiguren schließlich nicht mehr ihre ursprüngliche Gestalt an. Dies gilt ebenso für Lots Weib.

Die Geschichte von der schweigsamen Prinzessin
Aus Marokko. IFA 3321. Parallelen aus Ägypten, dem Jemen u.a.

Der Königssohn und die Hindin
Aus Marokko. IFA 4310. Parallelen aus Tunesien, Ägypten, Persien u.a.

Der gesegnete Bäckerlehrling
Aus Tunesien. IFA 11346. Zahlreiche Parallelen.

Die Geschichte von den zwei Freunden
Nach dem Anfang des 17. Jahrhunderts in Venedig erschienenen Buch *Schete Jadot* (Zwei Hände) von Rabbi Menachem von Lugano. Zahlreiche Versionen in Volkserzählungen, u.a. in *Tausendundeiner Nacht.*

Rabbi Nissim der Ägypter
Nach *Sipurim Nifla'im.*

Es war einmal ein Chassid
Nach einem Sabbatlied aus dem jüdischen Gebetbuch und nach dem *Oseh Pete,* die ich miteinander verbunden habe.

Der Alte aus den Bergen
Aus Tunesien. IFA 2332.

Der Prophet Elija und der Baal Schem Tow
Nach dem im 19. Jahrhundert erschienenen Buch *Sipure Kedoschim* (Heiligengeschichten).

Der Buchhändler
Nach dem *Sefer Ha-Ma'asijot.*

Der alte Mann, der ins Zimmer trat
Aus Tunesien. IFA 2331. Obwohl der Prophet Elija in verschiedenen Situationen als Lebensretter auftritt, ist er im jüdischen Volksglauben nicht als Heilkundiger bekannt. Als solcher erscheint er jedoch im moslemischen Volksglauben, also in dem Gebiet, aus dem die vorliegende Geschichte überliefert ist.

Zwei Wäscherinnen am Pessachabend
Aus Tunesien. IFA 6840. Parallelen aus Osteuropa, Ägypten, der Türkei u. a.

Die Geschichte vom armen Mann, der Arzt wurde
Aus Tunesien. IFA 560. Parallelen aus der Türkei u. a.

Gehasi der Hund
Nach *Sefer Ha-Ma'asijot.*

Der Verfolger
Gleichen Ursprungs wie die vorige Erzählung. Es ist eine gewisse Ähnlichkeit mit der Geschichte von Ahasver, dem Ewigen Juden, zu verzeichnen, der dazu verdammt wurde, bis an das Ende der Tage als Strafe dafür umherzuwandern, daß er Jesus seine Hilfe verweigert hatte.

Jakob und der Fischer
Aus Spanisch-Marokko. IFA 11102. Zu dieser Geschichte existieren zahlreiche Parallelen.

Die Geschichte von der Witwe und dem Bankdirektor
Aus Tunesien. IFA 3289. Parallelen aus Osteuropa u. a.

Der arme Bruder und die drei Tiere
Aus Persien. IFA 3702. Parallelen aus Marokko, dem Irak, dem Jemen u.a. In unterschiedlichen Versionen in der ganzen Welt verbreitet. Der Kern der Geschichte ist sehr alt und wahrscheinlich in der allegorischen Erzählung aus Altägypten zu finden, die vom Streit der Wahrheit mit der Lüge berichtet, [*jeder Hungrige …:* Ein Satz aus der Pessach-Haggada.]

Perlenhab
Aus Tunesien. IFA 11468. Parallelen aus dem Jemen und Marokko.

Wo ist der Platz des Asasell
Aus Marokko. IFA 3598. Parallelen aus Osteuropa und dem Jemen.

Wen Gott liebt
Aus Marokko. IFA 3937. Parallelen aus Tunesien, Persien, Kurdistan, dem Irak u.a.

Ein Teller aus einer anderen Welt
Aus Marokko. IFA 1073. [*Eine gute Botschaft …:* Sprüche 15,30.]

Der Mann, der den Propheten Zacharias erschlug
Nach dem Buch *Sipurim Nifla'im;* der Ursprung geht auf das Buch *Nozer Chesed* (Der Gnade bewahrt) zurück, in dem die Geschichte dem Baal Schem Tow zugeschrieben wird.

Der Zaddik und der Dibbuk
Nach dem *Sefer Ha-Ma'asijot*. In Bubers *Or Ha-Ganus* erscheint eine stark gekürzte Version dieser Geschichte.

Menasse, den man Moses nannte
Stammt aus einem in Jerusalem veröffentlichten Band.

Aarons Stier
Aus Marokko. IFA 4396. In diesem Zusammenhang sei darauf hingewiesen, daß auch das Goldene Kalb ein Werk Aarons war. Der Stier (bzw. das Kalb oder die Kuh) ist das Tier, das in den religiösen Kulten des Altertums die größte Rolle spielte. Er erscheint unzählige Male in der antiken Literatur, so beispielsweise im Gilgamesch-Epos, in dem der »himmlische Stier« von der Himmelsgöttin in den Kampf gegen den Helden der Geschichte geschickt wird. Der bekannteste altägyptische Gott, Osiris, wird oft in Gestalt eines Stieres gezeigt, und seine Gemahlin, die Göttin Isis, ist manchmal mit einem Rinderkopf oder zumindest mit Hörnern dargestellt. Die Griechen erzählten, daß Zeus als Stier auftrete, und die spätrömische Kunst zeigt Jupiter bisweilen auf dem Rücken eines Stieres stehend. In der griechischen Mythologie trägt der in Menschengestalt dargestellte Atlas die Welt auf seinen Schultern. In anderen Mythen ruht sie auf dem Rücken verschiedener Wesen, z.B. auf dem Rükken eines Fisches, einer Schlange, eines Elefanten oder, wie in der vorliegenden Erzählung, auf den Hörnern eines Stieres. Auch in der islamischen Welt wird von einem riesenhaften, viertausendäugigen Stier berichtet, der auf seinem Rücken einen Felsen trägt; auf diesem steht ein Engel, auf dessen Rücken die Erdkugel ruht. Unterhalb des Stieres befindet sich ein Fisch, unter diesem das Meer, darunter ein feuriger Abgrund und unter dem Feuer eine prächtige Schlange, die nur Allah allein gehorcht. Nach einer der heiligen Schriften der Japaner wohnt ein riesiger Aal unter der Erde, die er erbeben läßt, wenn er in seiner Ruhe gestört wird.

Die Löwen auf der Bundeslade
Aus Polen. IFA 11435.

Die Klage des Gewürms
Aus Marokko. IFA 4395.

Ein Rätsel
Diese Geschichte wurde mir als Kind erzählt.

Der Beschneider und der Teufel
Nach dem *Kav Ha-Jaschar.* Mit Menschenfrauen verheiratete Dämonen lassen gewöhnlich eine Hebamme aus einem anderen Ort kommen und belohnen sie großzügig (so auch in volkstümlichen Überlieferungen aus Rußland). Anscheinend wird die Rolle der Hebamme in der jüdischen Erzählung auf den Beschneider übertragen.

Die Geschichte von den alten Eseln
Aus Italien. Nach dem Buch *Zedmach Zaddik* (Rechtmäßiger Sproß) von Rabbi Juda Arieh aus Modena.

Die sieben Boten des Todesengels
Aus dem Jemen. IFA 970. Eine 400 Jahre alte Parallele findet sich in Reimform in dem Buch *Sefer Ha-Musar* (Buch der Moral) von Rabbi Sacharia Elsahari. In unterschiedlichen Versionen in der ganzen Welt verbreitet, so auch in den Märchen der Brüder Grimm.

Der Traum des Holzfällers
Zahlreiche Parallelen. Der Ursprung geht auf die griechische Mythologie zurück, die von König Midas erzählt; die vortrefflichste Bearbeitung seiner Geschichte schuf Ovid. In Sa'adis Erzählung (aus dem Persien des 13. Jahrhunderts) findet ein hungernder Vagabund in der Wüste einen Sack, von dem er glaubt, er sei mit Weizen gefüllt; doch muß er zu seiner Enttäuschung feststellen, daß er »nur« Perlen enthält.

Die Kupferfigur
Nach dem vom Ende des 19. Jahrhunderts aus Bagdad stammenden *Sefer Ha-Ma'asijot.* [*Er hebt auf …:* 1. Buch Samuel 2,8.]

Pinchas und der tote Affe
Aus der Tschechoslowakei. Nach dem Buch *Sipurim* (Geschichten), einer Sammlung jüdischer Volkserzählungen in deutscher Sprache aus Prag.

Der jüdische Papst
Nach dem Anfang dieses Jahrhunderts in Lemberg erschienenen Buch *Kehal Ha-Chassidim He-Chadasch* (Das neue Buch »Chassidische Gemeinde«). Dort wird die Erzählung Rabbi Levi Isaak von Berdiczew zugeschrieben, und es heißt, er habe sie in den Büchern der jüdischen Gemeinde von Wilna gefunden. Die Geschichte ist jedoch bereits aus früheren Generationen in unterschiedlichen Versionen bekannt.

Elchanan der Papst
Nach der im 19. Jahrhundert in Deutschland erschienenen Sammlung *Ginse Nistarot* (Verborgene Schätze); die Geschichte erscheint ebenfalls in Agnons Buch *Jamim Nora'im* (Schreckliche Tage). Das Motiv eines ungewöhnlichen Papstes (ein jüdischer Papst, eine Frau als Papst) findet sich in verschiedenen Geschichten.

Die zwei Schneider und das wunderbare Bild
Nach dem Anfang dieses Jahrhunderts in Warschau erschienenen Buch *Mevasser Jeschu'a* (Verkünder der Erlösung).

Amen
Nach dem Buch *Oseh Pele.*

Die kleinen Blumen
Ebenda. Aus China ist die Geschichte von den kleinen Vergehen, deren Bestrafung im Jenseits hart ausfällt, überliefert. Eines Tages fingen Fischer einen Fisch mit hundert Köpfen, von denen einer der eines Affen, einer der eines Schweines usw. war. Als sie Buddha den Fisch zeigten, erklärte er, jener verkörpere den Mönch Kapila, der in den heiligen Schriften sehr bewandert gewesen war. Hatten seine Gefährten beim Studium einen Fehler begangen, hatte er sie als »Affenkopf«, »Schweinskopf« usw. beschimpft. [*Gelobt sei Gott ...:* 1. Moses 24,48.]

Der Fromme und der Bösewicht, die am selben Tag starben
Ebenda. Auf den Midrasch zurückgehend.

Die Teufelsanbeter und Rabbi Abraham Ben Esra
Nach dem vom Ende des 19. Jahrhunderts aus Krakau stammenden Buch *Ma'asijot Pli'ot* (Wunderbare Erzählungen).

Rabbi Jechiel und der König von Rankreich
Nach dem Buch *Schalschelet Ha-Kabbala.*

Der Bischof von Salzburg und der Rabbi von Regensburg
Nach dem Anfang dieses Jahrhunderts in Husiatin erschienenen Buch *Ma'asijot* (Erzählungen); die Geschichte stammt aus einem früheren Jahrhundert.

Raschi und der Ritter Gottfried von Bouillon
Nach dem Buch *Schalschelet Ha-Kabbala.* Die Beschreibung des Charakters Raschis in der vorliegenden fiktiven Geschichte entspricht der historischen Wahrheit: seine außergewöhnliche Bescheidenheit neben seiner Treue hinsichtlich seiner Überzeugungen.

Der Golem von Prag
Nach Berdiczewski und anderen Quellen. Der Versuch, einen Golem aus Staub zu formen, der tatsächlich den Versuch einer Wiederholung der Schaffung des Menschen darstellt, wird im Midrasch Enosch, dem Enkel des ersten Menschen, zugeschrieben. Ähnliches wird ebenfalls von dem Talmudgelehrten Rabba erzählt. Die Vorstellung, der Mensch sei aus Staub gemacht, findet sich insbesondere in den Märchen der Indianer im Nordwesten der USA und der Tataren in Sibirien. In der griechischen Mythologie wird von dem Gott Hephaistos, dem Gemahl der Aphrodite, berichtet, er habe aus Gold Frauen geformt, die ihm bei seinem Schmiedehandwerk zur Seite stehen sollten. In späteren Zeiten wurde das Motiv des Golems immer wieder verarbeitet, vgl. Paracelsus und Frankenstein. [*Und er blies ...:* 1. Moses 2,7.]

Das Urteil des Sanhedrin
Nach dem in New York erschienenen Buch *Sipure Mechokeke Dat* Ha-Nozrim (Geschichten von den Begründern der christlichen Religion).

Die Geschichte von Rabbi Josef de la Reina
Nach dem Buch *Imre Josef* (Sprüche Josefs). Nach Scholem war de la Reina »wahrscheinlich eine historische Figur, die als Jude starb«. Es wird allgemein angenommen, de la Reina sei ein Rabbiner und Mystiker gewesen und habe im 15. Jahrhundert gelebt. Es existieren verschiedene Fassungen der vorliegenden Geschichte, deren äl-

teste – von dem aus Spanien stammenden Rabbi Abraham Halevi – bei Scholem abgedruckt ist. Die bekannteste ist wahrscheinlich die zur Zeit des Auftretens von Sabbataj Zwi von dem Mystiker Rabbi Salomo Navarro verfaßte. Nach dieser Version heiratete de la Reina schließlich Lilit und nahm sich später das Leben. Navarro, der sich bei der Niederschrift seiner formvollendeten Fassung der Geschichte wahrscheinlich auf verschiedene volkstümliche Erzählungen stützte, lebte im 17. Jahrhundert als Mystiker in Jerusalem und konvertierte zum Christentum.

Ha-ari und die Zauderer

Nach dem aus dem 17. Jahrhundert stammenden Buch *Schivche Ha-ari* (Lobreden auf Ha-ari), einer Sammlung von Briefen des Rabbi Schlemel Dresnitz. Eine Überlieferung berichtet, der in der Geschichte wiedergegebene Vorfall habe sich am Grabe des Rabbi Josef de la Reina ereignet. Hier wiederholte sich also der Versuch, erlöst zu werden, und das Scheitern dieses Versuches aufgrund von Zögern, aufgrund eines Irrtums bzw. einer charakterlichen Schwäche. Darüber hinaus erzählt die Geschichte, daß de la Reinas Seele vor Ha-ari, das heißt Rabbi Isaak Luria, tritt und von ihm Besserung für sich erbittet. Mir scheint aber unbegreiflich, wie Rabbi Isaak Luria, der doch ebenso wie de la Reina gescheitert war, diesem hätte helfen können.

Zwei Laibe Brot

Nach dem Buch *Mischnat Chachamim* (Lehre der Weisen) des Rabbiners Mose Hagis aus dem 18. Jahrhundert.

Der Finger

Aus dem Buch *Sefer Ha-Ma'asijot* von Ben Jecheskel. Die Geschichte geht – abgesehen von einigen Veränderungen – auf *Ma'aseh Jeruschalmi* (Jerusalemer Werk) zurück, das Rabbi Abraham, Sohn des Maimonides, zugeschrieben wird.

Die Geschichte der Frau, die nicht an Wunder glaubte

Nach dem *Oseh Pele.*

Der Traum des Sohnes von Rabbi Chaim Vital

Nach dem Buch *Schivche Rabbi Chaim Vital* (Lobreden auf Rabbi Chaim Vital) oder *Sefer Ha-Chesionot* (Das Buch der Visionen), das die Träume bzw. Visionen des Schülers des Ari, Rabbi Chaim Vital, enthält. 17. Jahrhundert. Ein anderer Traum des Rabbi Chaim Vital handelt von der Verwandlung der Gestalt Mose: »Ich träumte einen schrecklichen Traum … Zu Hosanna Rabba oder Simchat Tora besuchte ich eine Synagoge in Safed … Die Anwesenden wollten die Synagoge schmücken, wie es zu

Simchat Tora Brauch ist. Im Traum sahen wir, daß es von alters her auch üblich war, den Leichnam Mose in die Synagoge zu tragen … Der Anlaß dafür war Simchat Tora, wenn wir uns über die Tora freuen, die uns Moses übergeben hat. Deshalb trug man ihn herein, daß auch er sich freue … Auch wird an diesem Tag der Tora-Abschnitt gelesen, der von Mose Tod berichtet. Und ich sah, wie der Leichnam in die Synagoge hereingetragen wurde; er war zehn Ellen lang. Man legte ihn auf eine lange Bank, auf der Bücher lagen. Er war in sein Gewand gekleidet, und als er auf den Tisch gelegt worden war, verwandelte er sich in eine Torarolle. Man konnte ihn nur der Länge nach ausrollen wie einen langen Brief, der längs auf der Bank ausgebreitet war und in dem alle Abschnitte der Tora niedergeschrieben waren. Sie legten ein Ende in den Süden, der der erste Tora-Abschnitt ist, und das andere in den Norden, der der letzte Abschnitt ist. Der Rabbiner saß am Südende, und ich saß am Nordende. Ich dachte, aus Stolz habe er den Anfang der Tora zu sich gelegt und ihr Ende zu mir … Da sprach der Rabbiner: ›Bringt Kleider herbei, daß wir Moses bekleiden! Den Gürtel für seine Hüften aber sollt ihr nicht bringen, ihn vielmehr mit einer dünnen Schnur gürten.‹ Daraufhin sah ich, wie die Torarolle sich in Mose Leichnam zurückverwandelte. Man kleidete ihn und gürtete ihn mit der Schnur und zwei weißen Tüchern.«

Die Geschichte von David El-Rai
Nach dem Buch *Massa'ot Rabbi Binjamin Mi-Tudela.*

Der Sambation und Sabbataj Zwi
Der erste Teil geht auf *Sipur Eldad Hadani* (Die Geschichte des Eldad Hadani) aus dem 10. Jahrhundert zurück, der zweite auf den Brief des Nathan von Gaza in *Torat Ha-Kena'ot* (Die Lehre von der Eifersucht) aus dem 17. Jahrhundert, der in Scholems Buch *Schabtai Zwi* abgedruckt ist.

Die Visionen von Jakob Frank
Übersetzung aus dem Polnischen.

Die Wundertaten von Jakob Frank
Nach Jakob von Emden, Altona 1769.

Die Freilegung der Klagemauer
Nach dem Buch *Mischnat Chachamim.*

Rabbi Alfasi und der Löwe
Von der Insel Dscherba. Nach dem Buch *Pil'e Ha-Zaddikim* (Wunder der Gerechten) von Rabbi Schoschan Cohen.

Die Geschichte von Abuchazera
Aus Marokko. Zu dieser Geschichte existiert eine jüdisch-griechische Parallele, nach der ein jüdischer Gelehrter das Meer auf seinem Gebetsmantel überquert.

Das Zeugnis des Toten
Nach dem Anfang dieses Jahrhunderts erschienenen Buch *Ohel Naftali* (Das Zelt Naftalis).

Hüte dich vor den Hinterlistigen
Nach dem Buch *Kav Ha-Jaschar.* Es existieren verschiedene Versionen dieser Geschichte, davon findet sich eine der ältesten in *Tausendundeiner Nacht.* [... *wie Simri ... und wie Pinchas ...:* Der Vergleich geht auf das 4. Buch Moses, 25, zurück.]

Der Fromme, der zum Dieb wurde
Aus Persien. Literarische Bearbeitung in *Elu Ve-Elu* (Diese und jene) von Agnon.

Der arme Mann und die diebischen Minister
Aus Libyen. IFA 3948. Parallelen aus Osteuropa, dem Irak, dem Jemen u.a.

Der Rabbi und der Räuber
Aus Tunesien. IFA 3282. Parallelen aus Osteuropa, Griechenland, Marokko und in den Märchen der Brüder Grimm.

Der Bäckerlehrling und der verzauberte Becher
Aus Tunesien. IFA 3963. Parallelen aus Tunesien, dem Jemen u.a. Weit verbreitet.

Die zwei Kaufleute und der Adler
Aus dem Irak. IFA 6250. Parallelen aus Polen, dem Jemen, Buchara, Ägypten u. a.

Der Sohn des Rabbi und der Adler
Aus Marokko. IFA 1070. Parallelen aus Osteuropa, Ägypten, dem Jemen u. a.

Das Mädchen mit dem Antlitz eines Tieres
Aus Marokko. IFA 4510. Parallelen aus Osteuropa, dem Jemen u. a.

Die Königstochter, die alles wissen wollte
Aus Marokko. IFA 3911.

Die Königin und der Holzhändler
Aus Tunesien. IFA 6501.

Der zerschnittene Kaftan
Aus Griechenland. Nach dem Buch *Saloniki, Ir Ve-Em Be-Israel* (Saloniki, Stadt und Mutter Israels).

Die Glasscherben
Aus Tunesien. IFA 1921. Parallelen aus Osteuropa, Bulgarien, Libyen, Ägypten, Marokko u. a.

Der Traum des Befehlshabers der Polizei
Aus Persien. Nach einer Geschichte von Salman Baharav in dem Buch *Schischim Sipure Am Mi-Pi Mesaperim be-Aschkelon* (Sechzig Volkserzählungen aus dem Munde von Erzählern aus Aschkelon). In unterschiedlichen Versionen verbreitet; eine davon findet sich bei Rabbi Nachman von Bratzlaw, der den Ort der Handlung nach Wien verlegte, eine frühe Version in *Tausendundeiner Nacht.*

Der Mandolinenspieler
Aus dem Jemen.

Der berufsmäßige Dieb
Aus Tunesien. Parallelen aus Osteuropa, dem Jemen, Afghanistan u. a.

Er geht und reitet – er lacht und weint
Aus Marokko. IFA 3795. Eine 5000 Jahre alte ägyptische Geschichte erzählt folgendes: Als König Snefru seine Gemahlinnen gleichzeitig bekleidet und entblößt betrachten wollte, ließ er sie ein Netz überstreifen.

Der Mann, der bereit war, Moses zu spielen
Aus Marokko. IFA 4390. Verschiedene Versionen aus Osteuropa, dem Irak, dem Jemen u. a.

Der Streit des Priesters mit dem Stadtnarren
Aus Libyen. IFA 6870. Dieses Motiv findet sich in unterschiedlichen Versionen wie-

der; es geht möglicherweise auf eine alte indische Geschichte zurück, in der ein Hirtenjunge die Rätsel löst, die ihm ein Riese aufgibt.

Der Rabbi und der Graf
Aus Ungarn. IFA 11269.

Der Fuhrmann und sein Unglück
Aus Weißrußland. IFA 6547. Parallelen aus der Türkei, dem Jemen, Kurdistan, Osteuropa u. a.

Der Eierhändler, der reich werden wollte
Aus dem Irak. Nach dem Buch *Nißa'im Ma'asecha* (Wunderbar sind deine Taten) des Rabbiners Josef Chaim aus Bagdad. Eine alte Version der Geschichte findet sich in *Tausendundeiner Nacht.*

Moses und die Affenfrau
Aus Afghanistan. IFA 8270. In unterschiedlichen Versionen weit verbreitet.

Der stotternde Tote
Von der Insel Dscherba. Nach dem Buch *Mi-Nachat-Kohen* (Vom Gleichmut eines Priesters) des Rabbiners Rachamim Chai Chawita Hacohen. Parallelen aus Osteuropa.

Die kleinen Schuhmacher
Aus Osteuropa. Nach dem Buch *Hajo Haja Ma'aseh* (Es war einmal), einer Anthologie jüdischer Folklore Osteuropas von H. B. Ayalon Barnik. Wesen, die dem Menschen – zumeist nachts – einen Teil der Arbeit abnehmen (Zwerge, Feen u.a.), stellen ein bekanntes Motiv volkstümlicher Erzählungen dar. Sie verhalten sich dem gegenüber gut, der es seinerseits mit ihnen gut meint – und ihnen beispielsweise Essen gibt. Dagegen ist der Ausgang der vorliegenden Geschichte vielleicht als Ausdruck jüdischer Ironie zu werten. Die Fähigkeiten der Zwerge beschränken sich nicht immer allein auf einfache handwerkliche Tätigkeiten: aus schottischen Märchen sind uns aufgrund ihrer Hautfarbe »Brownies« genannte Wichte bekannt, von denen der Schotte R. L. Stevenson erzählt, sie hätten ihm bei seiner literarischen Arbeit geholfen, indem sie ihm im Schlaf die Handlung von *Doktor Jekyll und Mister Hyde* ins Ohr flüsterten.

Die Mäuse, die Eisen fraßen
Aus Marokko. IFA 4955.

Der Imam ohne Bart
Aus Persien. IFA 1377. Parallelen aus dem Irak und Afghanistan. Der moslemische Glaube weist den Haaren Mohammeds und anderer bedeutender Männer eine besondere Bedeutung zu. In Indien wurde sogar eine Moschee für ein Haar aus dem Bart des Propheten Mohammed gebaut.

Benjamin Cascoda, Fänger der Diebe
Aus Persien. IFA 1370. Parallelen aus Osteuropa, dem Jemen, Kurdistan, dem Irak u. a.

Der Mann, der zum Essen kam
Aus Polen. IFA 10945. Eher eine Anekdote als ein Märchen, unterschiedliche Versionen.

Der Kaftan von Mullah Abraham
Aus Persien. IFA 5870. In unterschiedlichen Versionen verbreitet; als Hauptfigur treten der Prophet Elija, Raschi, Homer, Dante u. v. a. m. auf.

Die Hörner des Königs
Aus Afghanistan. IFA 962. Die Geschichte geht auf den griechischen Mythos von König Midas zurück. Jedoch bestehen zwei Unterschiede zwischen dem Original und den späteren Versionen: im Original wachsen dem König nicht Hörner, sondern Eselsohren, und er begeht Selbstmord, als sein Geheimnis bekannt wird. Ranke-Graves nimmt an, daß der Kern der Geschichte älter ist und auf den altägyptischen Mythos von dem Gott Seth, der Eselsohren hatte, zurückgeht.

Der Händler und die Lügnerin
Aus Marokko. IFA 3336.

Der Knabe, der an den Tod verkauft wurde
Aus Afghanistan. IFA 11137. Parallelen aus dem Irak u. a.

Die verkaufte Braut
Aus Marokko. IFA 3800. Parallelen aus Ägypten, Kurdistan u. a.

Die drei Ratschläge des Vaters
Aus Marokko. IFA 4728. Zahlreiche Parallelen aus dem Irak, Osteuropa, Libyen, der Türkei, Ägypten u. a.

Der Geizhals und der Gesandte aus dem Heiligen Land
Aus Marokko. IFA 2452. Parallelen aus Ägypten, dem Jemen, Osteuropa u. a.

Rabbi Adam Baal Schem
Nach dem Buch *Schivche Ha-Ba'al-Schem-Tov* (Lobreden auf den Baal Schem Tow). Eine sehr alte Version der Geschichte findet sich in den prächassidischen jiddischen Volkserzählungen. Scholem nimmt an, daß die Rabbi Adam zugeschriebenen Schriften tatsächlich von Rabbi Heschel Zoref stammen. Von verborgenen Schriften berichtet schon der Midrasch: Derlei wundersame Schriften seien Adam und Noah gegeben worden; die Adams seien schließlich in einem Felsen verborgen worden, wohingegen Noahs (Noah hatte sie vom Engel Rasiel erhalten) durch viele Hände gegangen seien, bis hin zu König Salomo, der aus ihnen seine Weisheit geschöpft habe. [... *es fehlt die Asche der Kuh:* Vgl. 4. Buch Moses 19,9.]

Der Baal Schem Tow und die Hexe
Ebenda.

Der Baal Schem Tow und der Frosch
Ebenda.

Der Zauberer
Nach dem Buch *Kehal Chassidim*.

Der Wasserträger in der Einöde
Nach *Sipurim Nißa'im*.

Die Brezel
Nach dem Buch *Schivche Ha-Ba'al-Schem-Tov.* Darüber, wie weit das Auge des Zaddik reicht, wird folgende Anekdote erzählt: Ein Chassid sprach zu einem Weisen: »Wie weit das Auge meines Rabbi reicht! Eines Tages aßen wir in Brod, da rief der Rabbi plötzlich aus: ›Chassiden, still! Ich sehe ein großes Feuer in Warschau!‹« Der Weise entgegnete erstaunt: »Welch ein Wunder! Aber sage mir: Bestätigte sich später, daß in Warschau ein Brand ausgebrochen war?« Da antwortete der Chassid wütend:

»Es ist doch völlig unwichtig, ob es in Warschau ein Feuer gab oder nicht! Wichtig ist, daß er von Brod bis nach Warschau sehen konnte!«

Der Schuldschein für ein Pferd
Ebenda.

Der Diener des Baal Schem Tow
Nach dem Mitte des vorigen Jahrhunderts in Lemberg erschienenen Buch *Sipurim Nora'im* (Furchtbare Geschichten) von Rabbi Jakob Kudnir.

Der richtige Weg
Nach dem in Krakau erschienenen Buch *Darke Chajim* (Lebensweisen), einer Sammlung der Worte von Rabbi Chaim Halberstamm aus Zans.

Die Seele des Musikanten
Nach dem Buch *Or Ha-Ganus.*

Blätter aus dem Garten Eden
Nach dem *Sefer Ha-Ma'asijot.*

Er verzieh dem allmächtigen Gott
Nach dem Buch *Schem Ha-Gedolim He-Chadasch.*

Die schöne Sarah
Nach einer im 19. Jahrhundert in Lemberg erschienenen Märchensammlung über Rabbi Leib Ben Sarah, einen frühen Vertreter des Chassidismus.

Der Jüngling, die reiche Erbin und der Zaddik
Ebenda.

Wo liegt der Garten Eden?
Nach dem Buch *Or Ha-Ganus.*

Teufelswerk
Von Rabbi Nachman von Bratzlaw.

Der verrückte Königssohn
Ebenda.

Die kleinen Schneider
Ebenda.

Die verlorene Königstochter
Ebenda. Die literarischen Vorlagen der Geschichte Rabbi Nachmans blieben bislang weitgehend unerforscht. Die früheren wie die heutigen Interpreten beschäftigen sich vornehmlich mit Symbolik (und in einem Fall auch mit Psychoanalyse). So schreibt ein Autor: »Der Lesestoff, der jüdischen Frauen in der damaligen Zeit zur Verfügung stand, sollte untersucht werden: die Romane über Kaiser Friedrich Barbarossa, die bekannte Geschichte von Prinz Z u. ä. Diese französischen und deutschen Romane bleiben noch zu erforschen. Sie wurden dem Gesichtskreis der jüdischen Leserschaft entsprechend übersetzt und bearbeitet. Es muß auf die Vorlagen hingewiesen werden, die der reichen Phantasie des Verfassers als Inspirationsquelle dienten.«

Die Fliege und die Spinne
Ebenda.

Wie der Schneider mit Gott abrechnete
Nach dem Buch *Sipure Nißa'ot Mi-Gedole Isra'el* (Wunderbare Geschichten von den Großen Israels) von Rabbi Israel Bekmeister, Jerusalem. Die Chassidim kehrten zum Rabbi zurück und sprachen abfällig von jenem Schneider. Da schalt sie der Rabbi ob ihres Unverständnisses und widersprach ihrer Ansicht, indem er ihnen erklärte, die Worte des Schneiders erfreuten Gott.

Die Buchstaben des Bauern
Nach dem Anfang des Jahrhunderts erschienenen Buch *Devarim Arevim* (Angenehme Worte).

Das Kind und das gesamte Gebetbuch
Ebenda.

Die Flöte
Nach dem Buch *Kehal Chassidim He-Chadasch*. Das Motiv erfuhr verschiedene literarische Bearbeitungen. Der Jüngling spielte jene Hirtenflöte, die auch das Instrument des Pan war, des Stiefbruders des Zeus – jenes Gottes, dessen Stimme selbst die Titanen das Fürchten lehrte. Die Melodie, die der Jüngling auf der Flöte spielte, war also den Gebeten der anderen ganz und gar unähnlich.

Glossar

Ab der elfte Monat im hebräischen Kalender.

Akatriel Name eines Engels, der vermutlich dem Herrn Kronen bindet.

Arieh der Buchstabe H ist im Hebräischen die Abkürzung des Namens Gottes. »Arieh« bedeutet soviel wie »Löwe Gottes«.

Asasel Ort in der Wüste, der im 3. Buch Moses, 16,8, erwähnt wird; auch Bezeichnung für den Teufel.

Baal Schem Beiname von Personen, denen man die Kenntnis des geheimnisvollen göttlichen Namens und anderer Namen sowie Wunderkräfte mit Hilfe dieser Namen zuschrieb.

Baal Schem Tow abgekürzt Beseht, wörtlich »Meister des guten (göttlichen) Namens«; Ehrenbezeichnung des Rabbi Israel ben Eli'eser (ca. 1700–1760), der Gründerfigur des Chassidismus. Er wirkte als charismatischer Wanderprediger, Erzähler, Amulettschreiber und Wunderheiler. Seine Lehren und Taten wurden von seinen Schülern und im Volksmund bewahrt.

Bar-Mitzwa wörtlich »gebotspflichtig«; Bezeichnung für den 13jährigen Jungen, der nach jüdischem Gesetz zu allen religiösen Geboten verpflichtet und berechtigt ist.

Blutbeschuldigung die aus dem Mittelalter stammende Verleumdung, daß die Juden am Pessachabend das Blut von Christen, insbesondere von Kindern, die sie geschlachtet hätten, in den Teig der Matzen mischten.

Challa (Pl. Challot) Brotlaibe aus feinem Mehl, die für den Sabbat und andere Feiertage gebacken werden.

Chassid wörtlich »Frommer«; Mitglied einer chassidischen Gruppe, die meist um einen Zaddik geschart ist.

Chassidismus Erneuerungs- und Erweckungsbewegung, die im 18.Jh. im südöstlichen Polen und in der Ukraine aus verschiedenen asketischen und mystischen Bewegungen, nach den inneren und äußeren Katastrophen des 17. Jh.s (Chmielnicki-Pogrome, Sabbatianische Bewegung, Jakob Frank) zu einer Massenbewegung anwuchs. Strebt Neubelebung und Befriedigung der geistig-religiösen Bedürfnisse der weniger torakundigen einfachen Leute an, betont darum den Vorrang des andächtigen Gebets vor Torastudium und Toragelehrsamkeit. Popularisiert und ethisiert die Systeme der Kabbala, betont die

Freude und die Möglichkeit, Gott in seiner Immanenz durch alles Tun und durch alle Dinge hindurch, meist durch die Vermittlung eines Zaddik, anhängen zu können.

Chuppa Baldachin, unter dem die Zeremonie einer jüdischen Hochzeit gefeiert wird.

Cohen wörtlich »Priester«; häufiger jüdischer Familienname, der fast immer identisch ist mit priesterlicher Abstammung aus der Familie des Hohepriesters Aaron.

Dibbuk wörtlich »anhaften«; nach jüdischem Volksglauben ein Totengeist, der in einen Lebenden fährt und unter besonderen Beschwörungen ausgetrieben werden kann.

Frank, Jakob (1726–1791) gründete 1756 eine extreme sabbatianische Sekte in Podolien (Frankisten) mit anarchistisch-nihilistischen Tendenzen und Scheinkonversionen zum Katholizismus.

Gog und Magog die Feinde Israels, die einen Krieg gegen Gott und das Volk Israel führen werden, unmittelbar bevor der Messias kommt.

Golem aramäisch, wahrscheinlich soviel wie »formlose Masse«; nach der Kabbala hat ein Mensch, der den geheimen Namen Gottes aus 72 Buchstaben kennt, die Macht, einen Golem, einen künstlichen Menschen, zu schaffen.

Gemara wörtlich »Vollendung«; eine allgemeine Bezeichnung für die Talmudbücher, die die Mischna und die Auslegungen der späteren Rabbinen umfaßt.

Ha-ari Abkürzung von Ha-elohi Rabbi Itzchak (»der göttliche Rabbi Isaak«); Haupt der kabbalistischen Schule von Safed; entwickelte das letzte große System der Kabbala (1534–1572).

Halacha Hauptbestandteil des Talmud; Grundlage und Ergebnis der religiösen Praxis, das Gesetz.

Hamedakdek einer, der in der Lehre der Grammatik bewandert ist.

Jeschiwa talmudische Hochschule.

Jom Kippur Versöhnungstag; der heiligste Tag des jüdisch-religiösen Jahres, Abschluß der zehn Bußtage.

Kabbala wörtlich »Überlieferung«; bezeichnet die esoterisch-mystischen Strömungen des Judentums. Zahlreiche und komplexe spekulativ theosophisch-mythische Systeme. Entsteht unter neuplatonischen Einflüssen, die mit eigenen biblischen und anderen Vorstellungen verschmolzen werden. Entfaltung seit dem 12. Jh. Nach der Vertreibung von der Iberischen Halbinsel mit stärker endzeitlich eschatologisch ausgerichteter Tendenz.

Kaddisch wörtlich »heilig«; ein Gebet, das aus mehreren Anlässen gesprochen wird, u. a. als Trauergebet.

Ketubba Ehevertrag, der während der Hochzeitszeremonie vorgelesen wird.

Kidduschin Eheschließung mittels aller für die Hochzeit üblichen Riten und Gebräuche.

Kohelet Bezeichnung für den König Salomo und der hebräische Titel des Buches Prediger, das nach der Tradition Salomo zugeschrieben wird.

Kol Nidre wörtlich »alle Gelübde«; das Einleitungsgebet am Abend des Versöhnungstags.

Kubbe arabisches Gericht.

Kuskus nordafrikanisches Gericht.

Lilit weiblicher Dämon, nach manchen Überlieferungen auch die erste Frau Adams. Der Brauch, Amulette zum Schutz gegen Lilit herzustellen, ist seit dem frühen Mittelalter verbreitet.

Maggid wörtlich »Künder«; Bezeichnung für volkstümliche Buß- und Wanderprediger in Osteuropa, vor allem im Chassidismus.

Maharal Abkürzung für Morenu Ha-raw Liwa (»Unser Lehrer und Rabbi Löw«), auch genannt der »Hohe Rabbi Löw«; Rabbiner in Prag, über den viele Legenden erzählt wurden (1525–1609).

Marranen ursprünglich ein Schimpfwort, bezeichnet die im 14. und 15. Jh. in Spanien und Portugal Zwangsgetauften, die insgeheim ihr Judentum weiterzuführen suchten; vielfach Opfer der Inquisition.

Metatron einer der höchsten Engel in der esoterischen jüdischen Literatur und der Kabbala.

Mikwe Tauchbad mit »lebendigem« (Fluß- oder Regen)wasser zur rituellen Reinigung. Im Chassidismus auch vor dem Gebet benutzt.

Minjan die für den öffentlichen Gemeindegottesdienst erforderliche Mindestzahl von zehn männlichen Betern (ab 13 Jahren).

Mischna Kern der mündlichen Lehre des Judentums; zusammen mit der Gemara bildet sie den Talmud.

Mufti moslemischer Rechtsgelehrter, der Fragen mit religiös-rechtlichem Inhalt beantwortet.

Mussaf-Gebet der täglichen Liturgie hinzugefügtes Gebet.

Natan von Gaza (1644–1680) Zeitgenosse und Anhänger Sabbataj Zwis.

Nissim wörtlich »Wunder«, auch häufiger Eigenname.

Parsang persisches Wegmaß.

Pessach erstes der drei Wallfahrtsfeste, Feier des Auszugs aus Ägypten, am 14. Nissan Festmahl (Seder).

Pijutim religiöse Dichtung, die zum Vortrag in der Synagoge bestimmt ist.

Purim Freudenfest anläßlich der Errettung der jüdisch-persischen Diaspora vor dem Anschlag Hamans.

Rabbi Schimeon Ben Jochai jüdischer Gelehrter, der in der Mitte des 2. Jh.s n. Chr. lebte. Spielt in der Kabbala eine wichtige Rolle. Der Tradition nach befindet sich sein Grab in der Nähe von Safed.

Raschi Abkürzung für Rabbi Schlomo Itzchaki; berühmt für seine Auslegung der Heiligen Schriften (1040–1105).

Rosch-Haschana wörtlich »Anfang des Jahres«; Bezeichnung für das Neujahrsfest.

Sabbataj Zwi (1626–1676) rief sich 1665 zum Messias aus und verkündete mit großem Echo die nahe Erlösung Israels. Nach seiner Konversion zum Islam lebte die messianische Bewegung dennoch weiter, indem sie den Abstieg des Messias in das Reich der Sünde als erlösungsnotwendig lehrte. Der Sabbatianismus löste tiefe Erschütterungen aus und war ein wichtiger Faktor für Entstehung und Entwicklung auch des Chassidismus.

Samael böser Engel, häufig identisch mit dem Satan.

Sambation legendärer Fluß, jenseits dem die verschollenen Zehn Stämme Israels leben.

Sandalphon Name eines der höchsten Engel in der talmudischen Tradition. Manche Kabbalisten glaubten, daß der Prophet Elija im Himmel in den Engel Sandalphon verwandelt wurde.

Sanhedrin oberste politische und religiöse Körperschaft in Palästina in griechisch-römischer Zeit.

Schawuot Wochenfest; mittleres der drei großen Feste des Jahres, Ernte- und Wallfahrtsfest.

Schechina in der talmudischen Tradition Bezeichnung für die göttliche Immanenz. Manche Traditionen gehen davon aus, daß die Schechina sich nach der Zerstörung des ersten Tempels aus Israel zurückzog, andere, daß sie mit Israel ins Exil ging.

Schin im Hebräischen wird der 21. Buchstabe Schin sowohl »s« als auch »sch« ausgesprochen. Der Buchstabe steht auch für die Zahl 300.

Schma Yisrael wörtlich »Höre Israel«; jüdisches Hauptgebet. Häufig von jüdischen Märtyrern als Bekenntnis zum einzigen Gott des Judentums gebetet, ist das Schma Yisrael ein verbreitetes Gebet während der Todesstunde geworden.

Schreckliche Tage (Jamim Noraim) die zehn Bußtage zwischen Rosch-Haschana und Jom Kippur.

Tallit Gebetsmantel, viereckiges Tuch aus Wolle oder Seide, weiß mit blauen oder schwarzen Streifen, wird beim Morgengebet angelegt.

Talmud größtes Werk der »mündlichen Tora«, umfaßt die Diskussion vor allem der Halacha aus ca. fünf Jahrhunderten.

Tamus der zehnte Monat im hebräischen Kalender.

Tanna Debe Elijahu wörtlich »Der Lehrer aus dem Lehrhaus des Elija«; ein Auslegungsbuch, in dem das Hauptthema die Bedeutung des Studiums der Heiligen Schriften ist. In vielen Erzählungen und Gleichnissen taucht der Prophet Elija auf.

Tansia marokkanisches Fleischgericht.

Tefillin lederne Gebetsriemen, am linken Arm und auf der Stirn beim Morgengebet getragen. Im obenauf befestigten Kästchen sind Toraabschnitte eingeschlossen.

Tora Bezeichnung für die fünf Bücher Mose; im weiteren Sinn die gesamte hebräische Bibel.

Tosafot wörtlich »Ergänzungen«; Sammlungen von Erläuterungen und Zusätzen zu frühen Talmudkommentaren, vor allem zum Kommentar Raschis.

Wajehi Noam Gebet, das am Sabbat gesprochen wird.

Zaddik wörtlich »gerecht«; bezeichnet im Chassidismus den charismatischen Menschen- und Seelenführer; die höchste weltliche und religiöse Autorität und das Vorbild für den Chassid.